文景
Horizon

我的名字叫红

Orhan Pamuk

〔土耳其〕奥尔罕·帕慕克 著 沈志兴 译

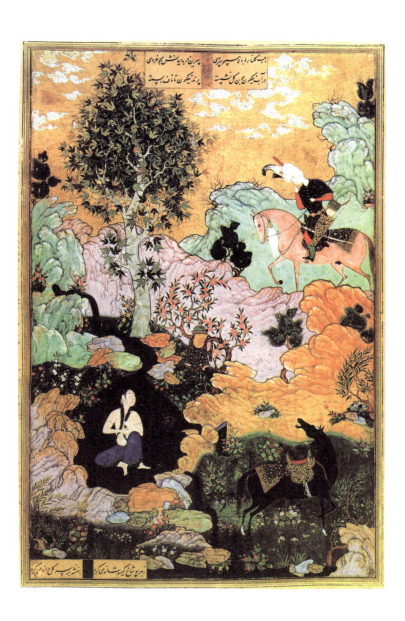

霍斯陆看见席琳在月光下沐浴

内扎米《霍斯陆与席琳》插图

作者：苏尔丹·穆罕默德

霍斯陆和席琳是著名的波斯爱情悲剧故事的主人公。故事题材来源于波斯地区，并能在菲尔多西（940—1020）著名的波斯历史叙事长诗《列王记》中找到历史人物原型。通过著名的伊朗诗人内扎米（1141—1209）版本的韵文诗，这一浪漫故事在文学史上登上了前所未有的高度。

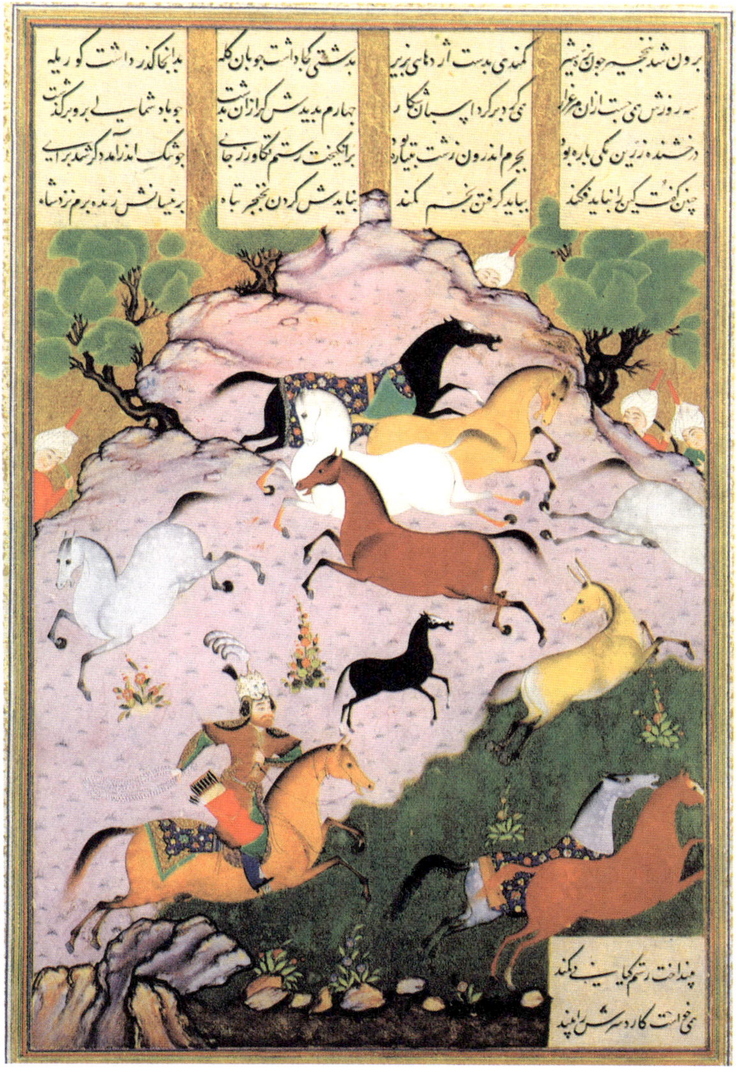

鲁斯坦姆逐马打猎

菲尔多西《列王记》插图（绘制年代 1530—1535年）

作者：莫扎法尔·阿里

《列王记》是伊朗诗人菲尔多西创作的民族英雄史诗，描写了从神话时期到历史时期伊朗50位国王统治时代的文治武功。这部史诗长12万行，菲尔多西约于公元980年开始创作，到公元1020年最后完成，前后共用了40年时间，是世界文坛为数不多的长篇史诗之一。

献给

我的女儿如梦（Rüya）

当时，你们杀了一个人，你们互相抵赖。

——《古兰经》，"黄牛"章，第七十二节

盲人和非盲人不相等。

——《古兰经》，"创造者"章，第十九节

东方和西方都是真主的。

——《古兰经》，"黄牛"章，第一一五节

目 录

1. 我是一个死人

    如今我已是一个死人，成了一具躺在井底的死尸。尽管我已经死了很久，心脏也早已停止了跳动，但除了那个卑鄙的凶手之外没人知道我发生了什么事。而他，那个混蛋，则听了听我是否还有呼吸，摸了摸我的脉搏以确信他已把我干掉，之后又朝我的肚子踹了一脚，把我扛到井边，搬起我的身子扔了下去。往下落时，我先前被他用石头砸烂了的脑袋摔裂开来；我的脸、我的额头和脸颊全都挤烂了；我全身的骨头都散架了，满嘴都是鲜血。

    已经有四天没回家了，妻子和孩子们一定在到处找我。我的女儿，哭累之后，一定紧盯着庭院大门；他们一定都盯着我回家的路，盯着大门。

    他们真的都眼巴巴地望着大门吗？我不知道。也许他们已经习惯了，真是太糟糕了！因为当人在这个地方的时候，他会觉得逝去的生命还像以前一样仍然持续着。我出生前就已经有着无穷的时间，我死后仍然是无穷无尽的时间！活着的时候我根本不想这些。一直以来，在两团永恒的黑暗之间，我生活在明亮的世界里。

    我过得很快乐，人们都说我过得很快乐；此时我才明白：在苏丹的装饰画坊里，最精致华丽的书页插画是我画的，谁都不能跟我相比。我在外面干的活每月能赚九百块银币。这些，自然而然地使我的死亡更加难以让人接受。我只不过是画画书本插画及纹饰。我在书页的边缘画上装饰图案，在其框架内涂上各种颜色，勾勒出彩色的叶子、枝干、玫瑰、花朵和小鸟；一团团中国式的云朵，纠结缠绕的串串藤蔓，蓝色的海洋以及藏身其中的羚羊、远洋帆船、苏丹、树木、宫殿、马匹与猎人……以前有时我会纹饰盘子，有时会在镜子的背面或是汤匙里面，有时候我会在一栋豪宅或博斯普鲁斯宅邸的天花板上，有时候会在一个箱子上面……然而这几年来，我只专精于装饰手抄本的页面，因为苏丹陛下愿意花很多钱来买有纹饰的书籍。我不是要说我死了才明白金钱在生活中一点儿都不重要。就算你死了，你也知道金钱的价值。

眼下在这种状况下听到我的声音、看到这一奇迹时，我知道你们会想："谁管你活着的时候赚多少钱！告诉我们你在那儿看到了什么。死后都有什么？你的灵魂到哪去了？天堂和地狱是什么样的？死是怎么一回事儿？你很痛苦吗？"问得没错，我知道活着的人总是极度好奇死后会发生些什么。人们曾经讲过这样一个故事：有一个人因为对这些问题太过好奇，以至于跑上战场在尸体当中乱晃，想着能够从生死搏斗而受伤的士兵当中找到一个死而复生的人，心想这个人必定能告诉他另一个世界的秘密。然而帖木儿汗国的士兵们误以为这位追寻者是敌人，拔出弯刀利落地把他劈成两半，而他最后也得出了一个结论，认为在死后的世界里人都会被分成两半。

没有这回事儿！恰恰相反，我甚至要说，活着的时候被分成两半的灵魂死后在这儿又合为一体了。然而正好与那些无神论者

2

以及沉沦于魔鬼召唤下的罪恶异教徒们所想的相反，确实有另一个世界，感谢真主。我现在正从这个世界对你们说话，这就是证据。我已经死了，不过你们可以很清楚地看到，我并没有消失。另外，我得承认，我并没有看见伟大的《古兰经》中所描述的金银色天园别墅及从其身旁边蜿蜒而过的河流，也没遇见长着硕大果实的宽叶树木或是美丽的少女。然而我很清楚地记得，自己以前画画时常常会在脑中热切地想象着"大事"一章中描写的大眼美女。除此之外，我也没有见到那传说中的四条河流。尽管《古兰经》里没有提到这四条河，但一些想象力丰富的梦想家如伊本·阿拉比把她们描绘得如花似锦，说这些河流中满是牛奶、美酒、清水与蜂蜜。不过对于那些借由幻想期盼来世生活的人，我丝毫无意挑战他们的信仰，因此，我必须说明，我所见到的一切全来自于个人的特别处境。任何相信或稍微了解死后世界的人都会明白，处于我目前这种状况中愤愤不平的灵魂，实在也不太可能见到天园的河流。

简言之，我，在画坊中和画师们当中被称为高雅先生的这位，死了。然而我还没有被埋葬，也因此我的灵魂尚未完全脱离躯体。不论命运决定我是去天堂，还是去地狱，我的灵魂要想到达那儿，我的躯体都必须离开那肮脏的地方。尽管我并不是惟一一个遇上这种处境的人，但它却使我的灵魂感受到难以言喻的痛苦。虽然感觉不到自己头骨已碎裂，也感觉不到一半泡在冰冷的水里、一身断骨、伤痕累累的躯体逐渐开始腐败，但我确实感觉到我的灵魂正深受折磨，扑腾着想要挣脱躯体的枷锁。那就像整个世界都挤压在我心中的某个地方，使我紧缩得痛苦不堪。

唯一能与这种痛苦相提并论的，是在死亡的那个骇人刹那我所感觉到的那种出人意料的轻松感。是的，当那个混蛋猛然拿石头砸我的头、打破我的脑袋时，我立刻明白他想杀死我，但我并不相信他能杀死我。突然间，我发现自己原来是个乐观的人，以前在画坊和家庭之间的阴影下生活时，从不曾察觉这一点。我用指甲、手指及咬他的牙齿狂热地紧抓住生命。至于接下来我所遭受的其他惨痛毒打，这里就不再多加赘述。

在这场痛楚中我知道自己难逃一死，顿时一股不可思议的轻松感涌上心头。离开人世的刹那，我感受到这股轻松：通往死亡的过程非常平坦，仿佛在梦中看见自己沉睡。我最后注意到的一件东西，是凶手那双沾满泥雪的鞋子。我闭上眼睛，仿佛逐渐沉入睡眠，轻松地来到了这一边。

此时我的焦虑不在于我的牙齿像坚果般掉进满是鲜血的嘴里，或是我的脸被摔烂到无法辨认，或者我缩身在一口深不见底的井里——而是每个人都以为我还活着。我躁动的灵魂之所以痛苦不堪，是因为关心我的亲友，可能猜想我正在伊斯坦布尔的某个地方处理琐事，甚至猜想我正在调戏另一个女人。够了！但愿他们能赶快找到我的尸体，祭拜我，并把我好好埋葬。最重要的，找出杀我的凶手！我要让你们知道，就算他们把我葬在最富丽堂皇的陵墓，只要那个混蛋仍旧自在逍遥，我就会在坟墓里辗转难安，日日等待，并且让你们都变成无神论者。快找到那个婊子养的凶手，我就告诉你们死后世界的所有细节！不过，抓到他之后，一定要凌迟他一番，敲断他七八根骨头，最好是他的肋骨；用专为酷刑特制的尖针戳进他的头皮，拿支钳子把他恶心的油腻头发拔光，一根一根地拔，让他一次又一次地尖叫。

这个让我愤恨难当的凶手究竟是谁！他为什么用如此出其不

意的手段杀我！请注意并探究这些细节。你们说这世界上充满了卑微低贱的凶手，不是这个人干的，就是那个人做的？那么我提醒你们：我死亡的背后隐藏着一个骇人的阴谋，极可能瓦解我们的宗教、传统，以及世界观。睁大你们的双眼，探究在你们信仰、生活的伊斯兰世界，存在着何种敌人，他们为什么要除掉我，去了解为什么有一天他们也可能会同样对你们下毒手。伟大的传道士，埃尔祖鲁姆的努斯莱特教长，我曾流泪倾听他的布道，他所预测的所有事情，一件接着一件，全部都成为了事实。我还要告诉你们，假使把我们如今陷入的处境写进书里，就连最精湛的细密画家也永远无法配以图画呈现。就像《古兰经》——千万不要误解，求真主责罚——这本书之所以拥有如此强大的力量，正是由于它绝不可能被描绘。我真怀疑你们是否彻底明白这个事实。

你们看，我当学徒的时候，也因为害怕，忽视了隐藏的真相及上天的话语，总以开玩笑的口气谈论这些事。结果，我落得这种下场，躺在一口可悲的井底！千万要小心，这也可能发生在你们身上。现在，我什么都不能做了，只希望我能彻底腐烂，用我的尸臭引他们来找到我。我什么都不能做了，只能想象一下，等那个醒龊的杀人凶手被抓到后，某个好心人会用什么样的手段来凌虐他。

2. 我的名字叫黑

　　离开我从小生长的城市伊斯坦布尔十二年后，我像个梦游者般再度归来。"土地召唤他回来。"他们这么形容快死的人，就我的情况而言，是死亡召唤了我。初抵旧地时，我以为这里只有死亡；之后，我也遇见了爱情。只不过那时，我重回故土，如同我对曾经居住过的这个城市的记忆一样，爱情是一段遥远而早已忘却的过去。十二年前，就是在伊斯坦布尔，我无可救药地爱上了我的姨表妹。

　　离开伊斯坦布尔仅仅四年之后，当我走遍波斯国广袤无垠的大草原、积雪覆盖的山脉、哀伤忧愁的城市，递送信件并收集税款时，我发现，我已渐渐淡忘了留在伊斯坦布尔的小恋人的面容。惊恐中，我努力地试图记起她，但终究发现，无论你多么爱她，人是会渐渐地忘却那张久未见面的面孔的。在东方，当帕夏的秘书、受帕夏之命东奔西跑度过的第六年，我已明白我幻想中的面孔已不再是我留在伊斯坦布尔的恋人的脸了。到了第八年的时候，我再次忘记了自己在第六年时心中误认的那张脸，于是又编织出了一张截然不同的面孔。到了第十二年，我以三十六岁的年纪回到这座城市时，痛苦地察觉我早已如此这般地把我恋人的容颜忘却了。

十二年中，我的许多朋友、亲戚和街区的熟人都已相继死去。我前往俯瞰金角湾的墓园探视，为母亲及那些在我离开时过世的叔伯祷告。泥土的气味混入我的回忆。母亲的坟墓旁，有人打破了一只陶水罐，不知道为什么，望着地上的碎片，我哭了起来。我是为死去的人流泪吗？还是因为十多年之后，我奇怪地发现自己仍然只是在生命的开端？或者相反，是因为我已经感到自己已来到了人生旅途的终点？我不知道。雪轻柔地落下，我失神地望着东飘西荡的雪花，脑中昏乱地想象自己生命的种种，以致迷了路，没有注意到墓园的阴暗角落里，一只黑狗正盯着我瞧。

泪水止息后，我擦净鼻子。离开墓园时，我看见那只黑狗冲我友善地摇着尾巴。再后来，我租下了一位我父亲一脉的亲戚以前住过的房子，在城中安顿了下来。女房东把我当作了她在战场上被萨法维王朝士兵杀死的儿子，要帮我打扫房间并为我做饭。

就好像我不是安顿在伊斯坦布尔，而是临时在世界另一个尽头的某座阿拉伯城市，想要知道城市是个什么样的地方似的我上了街，心满意足地走了很长一段时间。不知道是马路变得比以前窄了，还是我觉得是如此？在某些地方，道路挤在紧紧相邻的房屋之间，我得贴着墙壁和大门走，才不会被满载货物的马匹撞上。城里多了许多有钱人，至少在我看来是如此。我看见一辆装饰华丽的马车，如同一座堡垒，由高傲的马匹拉着，就连在阿拉伯或波斯也找不到这样的车。在"焚毁的石柱"附近，我看到几个衣衫褴褛的讨厌乞丐挤成一堆，四周飘散着从鸡贩市场传出的臭气。其中一个瞎子空瞪着落下的雪花微笑着。

如果有人告诉我，伊斯坦布尔以前是个较为贫穷、狭小、快乐的城市，我大概不会相信，但我的内心正是这么对我说的。尽管我恋人的房子仍在原处，坐落在菩提树和栗树当中，但待我敲门询问后，才知道屋子的主人已经换了。我得知恋人的母亲，我的阿姨，已经去世，而姨父和他的女儿皆已搬走。从应门的人口中，我得知他们遭受了某种厄运。这些人丝毫没有察觉自己如何残忍地伤透了你的心，摧毁了你的梦想。我现在不想将这一切描述给你们听，但我想告诉你们，当回忆起旧日花园里菩提枝丫上垂悬着一根根小指粗细的冰柱，而夏日里则是青葱翠绿、阳光普照时，我看到如今这个花园充满苦痛、积雪而疏于照顾，此情此景能让人联想到的，只有死亡。

从姨父寄到大不里士的一封信中，我已经得知了一些亲戚们的遭遇。信中他邀请我回到伊斯坦布尔，说他正在为苏丹陛下编纂一本秘密书籍，而他需要我的帮助。他听说我在大不里士时，有一段时间曾为奥斯曼的帕夏们、地方官员及伊斯坦布尔的客户们制作书本。伊斯坦布尔的客户会付现金下订单委托编写手稿，我做的就是拿这笔钱到附近城市里寻找那些虽对战争和奥斯曼士兵不满，但没有投奔加兹温或其他波斯城市的细密画家及书法家，请这些身无分文、怀才不遇的大师们撰写、绘画并装订成书，再找人把完成的书送回伊斯坦布尔。要不是年少时姨父灌输我对绘画与精致书本的热爱，我绝不可能有机会从事这项职业。

在我姨父曾经居住过一段时间的街道，一头通往市场，在这街头，有一位技艺精湛的理发师，他还在那家店里，还在同样的镜子、剃刀、水罐和肥皂刷之间。我们四目相对，但我不知道他是否认出了我。我很高兴看见那只连着链子从天花板悬垂而下的洗头盆，他往里头倒热水的时候，仍然依循着旧日的抛物线，来回悠荡。

有一些我年少时频繁走过的街区和街道，十二年来已经消失在灰烬中，成为野狗聚集的场所，以及疯癫的流浪汉们吓唬小孩子的燃火之地。有些地方则盖起了富丽堂皇的别墅，奢华的程度足以令我这从外归来的人震惊不已，有些屋子的窗户镶上了最昂贵的威尼斯彩绘玻璃。我看到了我不在的这段日子里伊斯坦布尔盖起了许多豪华的二层楼房，二楼装饰着凸窗，拱出高墙之外。

和其他许多城市一样，金钱在伊斯坦布尔已不再具有任何价值。从东方回来后，我发现以前一个银币可以买到四百德拉克马那么重的面包，如今同样的价钱只能换得一半的面包，而且吃起来味道也不如以前了。要是死去的母亲知道如今她得花三块银币买一打鸡蛋，一定会说："趁那些鸡还没骄傲到往我们头上拉屎，赶紧走吧。"但我知道金钱贬值的问题哪里都一样。有传言说佛兰芒和威尼斯的商船载满了一箱箱伪币运至伊斯坦布尔。过去，官方的铸币是用一百德拉克马的银子铸成五百个硬币，然而现在，由于与波斯连年征战，同样重的银子开始铸成八百个硬币。当土耳其禁卫步兵发现赚来的硬币就像菜贩码头上掉落海中的干豆子一样居然可以漂浮在金角湾上，便群起暴动，把苏丹的宫殿当作敌人的城堡团团围绕。

在这段道德沦丧、物价飞涨、谋杀和抢劫盛行的时期，一位在贝亚泽特清真寺传道，并宣称是先知穆罕默德后裔的传道士努斯莱特，扬名于世。这位来自埃尔祖鲁姆的传道士解释说，这十年间降临伊斯坦布尔的灾难——包括巴切卡比和卡珊吉拉地区的大火、每次都要夺去上万人性命的瘟疫、与波斯人长年不断损失无数生命而毫无结果的战争，以及在欧洲基督教徒对奥斯曼城堡的占据——都是因为人们偏离了先知的道路，不听《古兰经》的教诲，过于纵容基督徒，容忍他们公开贩卖酒类，容忍他们在苦行僧修道院弹奏乐器。

卖酱菜的小贩口沫横飞地说完了埃尔祖鲁姆传道士的故事，又谈到伪币、新威尼斯金币、上面刻着狮子的假弗罗林以及含银量逐年降低的奥斯曼硬币——这些钱币充斥市场和商店，就像马路上摩肩接踵的切尔卡西亚人、阿布哈兹人、明格里亚人、波斯尼亚人、格鲁吉亚人和亚美尼亚人，把人们拖往堕落的深渊，难以自拔。他告诉我，流氓和叛徒都聚集在咖啡馆，密谋叛乱直到清晨：不知道是什么人的大秃子、抽鸦片的疯子以及海达里耶教团的残余分子，这群人宣称依循安拉的道路，彻夜在苦行僧修道院里随着音乐跳舞，用尖针穿刺自己的身体，从事各种邪恶的行为，最后再野蛮地彼此相奸，或对任何他们找得到的男孩下手。

我听到了一阵优美的笛声，不知道是因为我想去追随它，还是因为我再也无法忍受这个口出秽言的酱菜小贩，而模糊的记忆与欲望又使我觉得这是个逃脱的借口。然而，我确实知道一点：当你热爱一座城市并且时常漫步探索其间时，不仅你的灵魂，就连你的身体，也会对这些街道极为熟悉，以至于多年之后，在一股或许因为忧伤飘落的轻雪所引起的哀愁情绪中，你的腿会自动带着你来到最喜爱的一个山丘。

我就是如此离开了蹄铁市场，来到苏莱曼清真寺旁的一个地方，望着雪片飘落金角湾。清真寺面北的屋顶，以及圆顶上迎着东北风的几个部分，已经开始积雪。一艘逐渐驶近的船只，降下了向我致意而啪啪响的船帆。船帆和金角湾的水面都笼罩在这铅灰色的雾气当中。眼前的柏树和梧桐树、屋顶、凄凉的黄昏、下方住宅区传来的声响、小贩的叫卖、清真寺庭院里孩童的玩耍叫喊，这一切糅入我的脑海，决绝地使我感到，从今往后，除了这里，我将无法在其他城市生活。我莫名地感觉到，那遗忘了多年的恋人的脸孔，很可能会蓦然出现在我眼前。

我开始走下山丘，融入人群。晚祷过后，我在一间肝杂小店里填饱了肚子。坐在空无一人的店铺里，我仔细聆听了老板的谈话，他慈爱地望着我一口一口进食，好像在喂猫一样。天黑之后，根据他提供的线索，我依照他指示的方向，拐进了奴隶市场后面的一条小巷子，找到了一家咖啡馆。

咖啡馆内拥挤而温暖。一个说书人，如同我在大不里士和波斯城市看到的"表演明星"，坐在火炉旁的高台上。他挂起了一幅图画，粗糙的纸上有一条狗，尽管线条潦草，却颇具架势。说书人扮演狗的角色说起了故事，不时地伸手指向图画。

3. 我是一条狗

亲爱的朋友，想必你们看得出来，我的犬齿又尖又长，几乎塞不进我的嘴巴。我知道这让我看起来很凶恶，不过我很满意。有一次一个屠夫看到我巨大的犬齿，他居然说："哎哟，那根本不是狗，是头野猪！"

我狠狠地咬进他的腿里，犬齿深深陷进肥腻的肉中，感触到了他那硬邦邦的大腿骨。对一条狗而言，确实，没有什么比在一股本能的愤怒下，用牙齿深深咬进可恶敌人的身体更令它愉快的。当这种机会自己送上门时，也就是，当我那活该被咬的牺牲者无知而愚蠢地从我跟前经过时，我的牙齿因期待而发疼，脑袋渴望得头晕目眩，不由自主地从嗓子眼里发出令你们寒毛直竖的嗥叫声。

我是一条狗，但因为你们人类是一种比我还没大脑的动物，所以你们就告诉自己："狗怎么会说话呢！"而另一方面，你们却相信这样的故事：死人会说话，其中的角色还会用连他们自己也不知道的字。狗会说话，不过它们只对听得懂的人讲。

很久、很久以前，在一个很远、很远的地方，一名没有什么见识的传道士从一个乡下小镇来到一座大城市最大的清真寺，好

12

吧，我们就叫它贝亚泽特清真寺。这里也许应该不透露他的名字，比如说应该姑且称他为"胡斯莱特教长"。可是我干吗还要隐瞒：这个人根本是个呆头传道士。虽然他很笨，但老天保佑，他的口才却很好。每个星期五聚礼的时候，他是那么富有煽动性，那么能让人感动落泪，以致有些人哭到昏厥、喘不过气般死去活来。千万别搞错我的意思，不像其他有说教天赋的传道士，他自己可是一滴眼泪也不流，相反的，当大家都在哭的时候，他反而更专注于他的演讲，眼睛眨也不眨，仿佛在责备他的信徒们。就这样，园丁们、宫廷仆役、做哈尔瓦糕点的人、低贱的贫民，以及像他一样的传道士都变成了他的跟班，显然正是因为他们享受这种口舌的鞭笞。嗨，他毕竟不是狗，他是吃过奶的人；面对着这群死心塌地的人群，当他发现吓唬这一帮人就跟让他们痛哭流涕一样有趣时，他昏了头。尤其当看到这件事还有利可图时，他厚颜无耻地说出了下面的话：

"物价上涨、瘟疫与军事失败的唯一原因，在于我们忘记了我们伟大的先知那个时代的伊斯兰训示，错把其他的书本和谎言当成了伊斯兰。先知穆罕默德时期，有过诵读先知的出生史诗吗？为死者举行过第四十天祭礼，用哈尔瓦糕或烤甜饼之类的甜食祭祀过死者吗？先知穆罕默德时期，伟大的《古兰经》是像唱歌一样地配着音乐诵读的吗？是否有人曾经自认为自己的阿拉伯语说得是多么好，说阿拉伯语时就像阿拉伯人一样而上到清真寺的宣礼塔，骄傲地用花腔高唱宣礼词？今天，人们到坟前乞求宽恕，希望死去的人可以帮帮他们；他们到圣人的墓园，像异教徒一样朝一块块石头墓碑膜拜；他们在衣服里里外外绑满了许愿信物，然后就赌咒发誓。穆罕默德的时代，有散布这种信仰的苦行派吗？苦行派的宗师伊本·阿拉比，由于发誓说异教的法老王以信徒身份死亡而成为罪人。苦行派、莫拉维派、哈尔瓦提派、海达里耶派的信徒们，以及那些和着音乐吟唱着《古兰经》、声称我们在和孩童及青年一起做祷告而跳舞的人，他们全部都是异教徒。苦行僧修道院应该被推倒，挖掉五米的地基，拿去填海。只有这样，那些地方才能再举行礼拜仪式。"

我听到这个胡斯莱特教长变本加厉，唾沫横飞地大声宣布："啊，我忠实的信徒呀！饮用咖啡是一项严重的罪行！我们荣耀的先知半滴咖啡都不沾，因为他明白它蒙昧神志、引起溃疡、疝气与不孕；他了解咖啡根本是魔鬼的诡计。咖啡馆这种地方，让追逐享乐的人和游手好闲的有钱人促膝而坐，从事各种粗鄙的活动；事实上，比起关闭苦行僧修道院，咖啡馆更应该被禁止。穷人们有钱喝咖啡吗？经常光顾这些地方，沉溺于咖啡中，会丧失控制自己心智思想的能力，甚而听信杂种狗的话。不过，那些诅咒我和我们信仰的人，他们才是真正的杂种狗。"

如果你们允许的话，我想针对这位自以为是的传道士的最后几句话作些回应。当然啦，大家都知道教士、教长、传道士和讲道者瞧不起我们狗。我认为，这整件事归因于我们尊崇的先知穆罕默德，愿他平安而幸福，他曾经为了不吵醒一只躺在长袍上睡觉的猫，割下自己的袍子。由于他对猫特别宠爱，不经意排除了我们狗类，加上我们与这种猫科动物是宿敌，使得最愚笨的人也认为我们忘恩负义，因此人们私自解释先知自己讨厌狗。他们相信我们会亵渎实行斋戒沐浴仪式的人，基于这种恶意中伤的错误认识，好几个世纪以来，我们被禁止进入清真寺，并且在清真寺庭院饱受挥舞扫把的门房毒打。

容我提醒你们《古兰经》中最优美的一章："山洞"。我之所以提醒你们，不是因为我怀疑在这间优雅的咖啡馆里，我们当中有些人可能从没读过《古兰经》，而是想让大家再清楚地回忆一下：这一章叙述七个年轻人的故事，他们厌倦了居住在异教徒之中，躲进一个洞穴睡觉。安拉封住了他们的耳朵，使他们整整睡了三百零九年。等他们醒来，其中一个人回到人类社会，试图用一枚过时的银币买东西，结果发现已经过了这么多年。得知事情的真相后，所有人都惊讶地呆住了。这个篇章巧妙地描述了人类对安拉的依赖、真主的神迹、时间的短暂，以及熟睡的愉悦。我不是要跟你们说这些，而是想跟你们谈谈，第十八节经文里提到的在七个年轻人熟睡的山洞口休息的一条狗。毋庸置疑，任何人只要他的名字能够出现在《古兰经》中都该感到骄傲。身为一条狗，我对这一章引以为傲，不但如此，更想借这个章节，来使那些把敌人比喻成肮脏杂种狗的埃尔祖鲁姆教徒重新省悟。

那么，对于狗的仇恨，真正原因究竟从何而来？你们为什么坚持说狗是不纯洁的，只要有条狗不小心闯进屋内，你们就要从里到外清洁打扫三遍？你们为什么相信只要碰触到我们，就会毁了斋戒沐浴？如果你们的长衫拂过我们潮湿的毛皮，为什么非得像个疯女人似的把那件长衫洗七次？如果一条狗舔过了一个锅，那么这个锅一定要被丢掉或重新镀锡，这种谣言显然是镀锡匠传播的，或者很可能，是猫散布的……

当人们离开村落、野外，放弃游牧生活，来到城市定居时，牧羊犬被留在了乡下；这时候狗也就变成肮脏的了。伊斯兰降临之前，十二个月中有一个被称为"狗月"。然而如今，狗却被视为恶兆。我并不想用自己的烦恼来伤你们的心，我亲爱的朋友，你们来到这里是要听故事，思考其中的教诲，而我的愤怒是来自于那位自以为是的传道士攻击我们的咖啡馆。

如果我说这位埃尔祖鲁姆的胡斯莱特身世可疑，你们会怎么看我呢？他们也这么说过："你以为自己是什么狗啊？你辱骂德高望重的传道士，只因为你的主人是个在咖啡馆里讲故事的挂图说书人，而你想为他辩护。出去，滚！"不，不是那回事，我不是要说谁的坏话。但我非常喜欢我们的咖啡馆。要知道，我不介意我的肖像被画在一张廉价的纸上，也不在乎自己是只四条腿的动物，但我确实很遗憾自己不能像人类一样，跟你们坐在一起喝杯咖啡。要是能拥有自己的咖啡和咖啡馆，我们死也愿意……啊？！那是什么？……我的主人正从小咖啡壶里给我倒咖啡呢！图画怎么能喝咖啡呢？你们别这么说！你们自己看呀，这条狗正咕嘟咕嘟地喝着呢。

啊，真好，心满意足，咖啡让我全身暖和，目光锐利，思想也活跃起来。现在，仔细听我要说的话：你们知道威尼斯总督除了一匹匹中国丝绸和绘上蓝色花朵的中国瓷器之外，送给我们崇高苏丹的尊贵女儿努尔哈雅苏丹的还有什么礼物？一只毛皮比黑貂和丝缎还要柔软而黏人的法兰克狗。我听说这条狗被宠得不像话，她甚至还有一件红色的丝洋装。我们有一个朋友真的操过她，所以我才知道，她脱掉衣服就做不成那档事。反正，在她们法兰克地区，所有的狗都像那样穿着衣服。我听说在那边，有一个所谓优雅而有教养的法兰克女士看到一条没穿衣服的狗——或者她看到了它的家伙，我不确定——总之，她尖叫道："哎呀，这条狗光着身子！"就昏死了过去。

据说在异教徒法兰克人居住的地区，每条狗都有一个主人。

这些可怜的动物脖子上拴着锁链，被牵上街展示。它们像最悲惨的奴隶一样被单独绑着，到处拖来拖去。之后那些人逼迫这些可怜的狗进他们的屋子，甚至让它们睡在他们的床上。一条狗别说不能与另一条狗互相嗅闻或舔舐，就连在街上都不能有两条狗一块儿走。在那种卑贱的状态下，锁链拴着，如果过马路时相遇，它们也只能趁此机会用忧伤的目光远远地凝视对方，仅此而已。异教徒们完全无法想象，狗能自由自在、成群结队地在我们伊斯坦布尔的街道上乱跑；他们也无法想象，不管你是不是它的主人，必要的时候狗会吓唬人类；也可以蜷缩在一个温暖的角落，或是在阴凉处伸懒腰，安详地睡觉；更可以随地大便，随便咬人。我不是没有想过，很可能就是因为这样，埃尔祖鲁姆传道士的追随者们才反对在伊斯坦布尔街头给狗施舍肉吃以换取上天的恩宠，甚至反对为此建立提供这些服务的慈善机构。如果他们不仅企图把我们当作敌人，还想使我们成为异教徒，那么就让我来提醒他们，对狗来说，成为敌人和成为异教徒是同一回事。在不久的将来，我希望，当这些可耻的人被处决时，我祈祷我们的刽子手朋友会邀请我们来咬一口，就像他们有时为了教训这些人所做的那样。

最后，我想说的是：我前一个主人是个很公平的人。半夜出去偷窃时，我们互相合作：我大声吠叫时，他就割断受害者的喉咙，这样一来就听不到对方的惨叫声了。作为回报，他会砍碎那些被他惩罚的罪人，煮了给我吃。我不喜欢生肉。老天保佑，希望未来的刽子手在处决那个从埃尔祖鲁姆来的传道士时，会考虑到这一点，即使是生吃那无赖的肉，我也不会吃坏肚子。

4. 人们将称我为凶手

就在我杀死那个蠢蛋前几分钟如果有人告诉我，说我会夺去某人的生命，我绝不会相信；因此，我的罪行常常从心中消退，如同外国的远洋帆船消失在地平线一样。有时，我甚至觉得我根本不曾犯下什么谋杀罪。自从被迫干掉亲如兄弟的倒霉鬼高雅之后，已经过了四天，但现在我才稍微习惯了自己目前的处境。

要是能够不用做掉任何人，便能解决这个意外而恐怖的难题，我一定愿意那么做，但我知道自己别无选择。我在当下把这件事情处理掉了，承担起了所有的责任。我不能任由一个鲁莽的家伙，以不实的指控危害整个细密画家群体。

尽管如此，要习惯一个杀人凶手的身份的确很难。我在家里待不住，只好上街。在这条街上也待不住，又走上另一条街，再另一条。当我望着人们的脸孔时，发现许多人之所以自认为清白，只因为他们还没有机会干掉一个人。很难相信大部分的人比我正直高尚，一切只是基于命运的小小扭转。最多，他们显得更加愚蠢，因为他们还不曾杀过人，而如同所有的白痴，他们的外表看起来心地善良。处理掉那个可悲的家伙后，我在伊斯坦布尔的街头游荡了四天，多日的观察让我得出结论，任何一个人，如果眼中闪烁出一丝聪慧、脸上笼罩着一抹灵魂的阴影，那么他就是一个隐藏的刺客。只有白痴才是清白无辜的。

就拿今天晚上来说，窝在奴隶市场后巷一间温暖的咖啡馆里，端着一杯热腾腾的咖啡，望着挂在后墙上一只狗的画像，我逐渐忘记了自己的处境，跟其他人一起聆听从狗嘴里吐出的每一句话，哄堂大笑。此时，我就感觉到身旁坐着的一个人，也和我一样是个杀人凶手。虽然他也能和我一样朝说书人大笑，但从他摆放在我手边的手臂的姿势，或者是从他不安地用手指敲打杯子的动作中，我确定他和我是一个类型的，所以我陡然转身，直勾勾地盯着他的眼睛。他吓了一跳，一脸的仓皇失措。咖啡馆散场时，他的一个熟人挽住了他的胳膊，说："努斯莱特教长的人铁定会袭击这个地方。"

他挤眉弄眼，示意那人闭嘴。他们的恐惧感染了我。谁也不相信谁，随时都会被对面的人给做掉，对此每个人都有心理准备。

外头更冷了，街角和墙根都已积了厚厚的雪。夜里一片黑暗，在狭窄的巷子里我只能凭感觉找路。偶尔，微弱的油灯光芒，从某处一间木房子那黑暗的窗户及拉下的百叶窗内透出，映照在雪上。但大部分时间，我看不到什么光亮，也看不见什么东西，只能聆听着声音找路，像守夜人用木棍敲击石头的声响、疯狗的嗥叫或是屋内传来的声音。有时候，雪中似乎发出一丝神秘的光线，照亮了城市狭窄而可怕的街道。在这团黑暗里，废墟和树影之间，我以为瞥见了千百年来不祥地出没于伊斯坦布尔的鬼魂。有时则断断续续地听见屋里的各种杂音，悲苦的人们要么一阵阵地咳嗽着，要么在呻吟着，要么在睡梦中哭喊着，要么是丈夫与妻子争吵着，仿佛试图掐死对方，孩子们则在他们的身旁哭泣。

连续几个晚上，我来到这间咖啡馆，聆听说书人的故事，借此得以重温成为杀人凶手之前的快乐，振奋精神。我的许多细密画家朋友，我花了一辈子相处的弟兄们，每天晚上都到这里来。自从让那个从小到大一起绘画的蠢蛋闭嘴之后，我一点也不想见到他们。兄弟们的生活实在教我觉得丢脸，他们只会论人是非，这里弥漫的可耻欢乐气氛也让我难堪不已。我甚至随手替说书人描了几张图画，让大家不致说我吹牛，但我想这不足以平息他们的嫉妒。

他们完全有理由嫉妒。没有人能比得上我，无论是调色、装饰页缘，编排书页，选择题材，勾勒脸孔，描绘纷乱的战争及狩猎场景，刻画野兽、苏丹、船舰、马匹、战士与情侣都算在内，没有人能像我那样专精地把灵魂的诗歌融入绘画中，甚至我镀金的技巧也无人能及。我不是自夸，只是说给你们听，让你们能理解我。时间久了，嫉妒变得跟颜料一样，会成为一位画师生命中不可缺少的要素。

溜达的时间随着我的焦躁不安而越来越长，散步的途中，偶尔会迎面遇见一两个我们最纯洁而真诚的穆斯林兄弟。突然间，心中升起一股奇异的念头：如果现在心中想着自己是个凶手，眼前的人会从我脸上读出来这一讯息。

因此，我逼迫自己去想别的事情，如同青春期的我祷告时尴尬地挣扎着想要驱逐满脑子的女人。然而，不像年少冲动的那些日子，脑中怎么样都赶不走交媾的画面，如今，我的确能忘记自己犯下的杀人罪。

我想你们应该明白，我之所以解释这一切是因为它们关系到我的处境。哪怕我只是说一点点，你们就会明白一切的，但这会使我不再是一个幽魂般在人群中游荡、没有名字、没有身份的凶手，而成为一个自己投案、身份清楚且即将被砍头抵罪的凶手。请准许我不描述每一个小细节，容我隐瞒一些线索：就让那些像你们一样细心的人试着从我所说的字句及颜色中去推测我是谁，就好像通过检查脚印来抓贼一样。如此一来，我们必然要提到"风格"这个如今备受关注的话题：一位细密画家有没有、该不该有自己的个人风格？一种属于他自己的色彩、他自己的声音？

让我们来看一下大师中的大师、细密画的创始人贝赫扎德的一幅画。在赫拉特画派九十年前制作的一本完美手抄本书页中，我碰巧看过这幅经典之作，这幅画刚好很适合我的处境，因为主题正是一场谋杀。一位波斯王子在一场残酷的王位争夺战中被杀后，这本书从他的图书馆流传出去，内容叙述的是霍斯陆与席琳的爱情故事。你们当然知道霍斯陆与席琳的悲剧，我指的是内扎米的版本，而不是菲尔多西的：

经历一连串的考验与苦难，这对情侣终成眷属：然而，霍斯陆与前一任妻子所生的儿子席路耶，像个魔鬼似的，不肯让他们称心如意。这位王子不但觊觎父亲的王位，更垂涎父亲的年轻妻子席琳。内扎米笔下形容为"他的嘴像狮子一样有口臭"的席路耶，不择手段地软禁了自己的父亲，坐上了王位。一天夜里，他潜进父亲与席琳的卧房，摸黑找到床上的两个人，拔出匕首刺入父亲的胸膛。就这样，在与美丽席琳共枕的床上，父亲流血到清晨，慢慢死去；而在他身旁，席琳仍安然熟睡。

伟大画师贝赫扎德的绘画，如同故事本身，触动了我心中埋藏多年的阴沉恐惧：在黑夜里醒来，听见窸窸窣窣的声响，发现黑暗的房间有一个陌生人是多么的可怕！想象一下，陌生人一手掐住您的脖子，一手挥舞着匕首。精雕细琢的墙壁、窗户、框棂；从勒紧喉咙中溢散的无声尖叫所染红的地毯上弯曲、圆形的图案；当凶手上前结束您的生命时他污秽的赤脚踩着的被单上所绣的无比精巧细腻、鲜艳狂放的黄色与紫色花朵；所有这些都是为了同一个目的：除了凸显绘画本身的华美，它们同时提醒您，濒临死亡的您身处的这个房间、您将要告别的这个世界，是多么精致美丽。精美的绘画和美丽的世界对您的死漠不关心，尽管妻子就在身旁，但面对死亡时您还是孑然孤独。这才是当您看画时真正震撼您的意义所在。

"这是贝赫扎德的画。"二十年前，年老的大师看着我用颤抖的双手捧着的这本书时，脸孔发亮，不是因为一旁烛光的反射，而是涌自观看的欢愉。他说："这实在太贝赫扎德了，甚至不需要签名。"

贝赫扎德也明白这个事实，因此从不在画中某个秘密的角落暗藏自己的签名。而且，根据年老大师的说法，在这一点上，贝赫扎德隐约带着某种难堪和羞耻。唯有真正高超的艺术技巧，才能让一位艺术家既画出无可匹敌的作品，又不留下任何透露自己身份的痕迹。

我以拼了命才想出来的普通且粗糙的手法杀死了倒霉的受害人。一夜又一夜，每当我返回那片火灾残骸的区域，去看看有没有留下任何可以揭露我身份的痕迹时，风格的问题愈发地在脑中涌现。人们所追求的风格，只不过是泄露我们自身痕迹的一个瑕疵。

即使没有纷飞大雪的光芒，我也能轻易找到这个地方，因为就是在这个被火夷平的地点，我杀害了相处二十五年的伙伴。此时，白雪覆盖并抹去了所有可能被解读为我的签名的线索，证明了在风格与签名这个议题上，安拉是与贝赫扎德和我有同样的看法的。四天前，如果我们在绘制那本书时犯下像那白痴所提出来的那种罪行的话——即使是无意识之中——安拉也不会对我们细密画家展示出这种仁爱。

那天晚上，当我和高雅先生来到此地时，还没有开始下雪。我们可以听见野狗的嗥叫在远处回荡。

"我们干吗来这儿？"倒霉的家伙问，"这么晚了，在这种地方，你打算要给我看什么？"

"正前方有一口井，从那儿往前走十二步，我把存了好几年的钱都埋在了那里。"我说，"如果你不跟任何人说出我所给你讲的，那么姨父大人和我都会让你满意的。"

"你的意思是，你承认一开始就知道自己在做什么？"他激动地说。

"我承认。"我无奈地撒了谎。

"你知道你们所制作的图画是多大的罪过吗？"他直率地说，"那是邪魔歪道，没有人胆敢犯下这种亵渎。你们会在地狱的最底层被火炼烧。你们遭受的折磨与痛苦永远也不会停止。而你们居然把我也拉了进来。"

我听他说话，恐惧地感觉到会有很多人相信他的。为什么？因为这些话含有巨大的威力与吸引力，不管愿不愿意，人们都会加以留意，都会想从其他家伙那儿得到证实。有关姨父大人的这类谣言本来已经沸沸扬扬，一方面是他正在编纂秘密书籍；一方面因为他支付的钱，而画坊总监奥斯曼大师又憎恨他。我也曾想，就是他狡猾地利用我镀金师弟兄的诽谤指控来掩盖事实真相。以前我们是多么亲密啊！

我任由他重复这件让我们反目的指控，而他也毫不留情，翻来覆去地讲。他似乎想刺激我去隐瞒错误，就如同在我们学徒时代，他要我隐匿错误以逃避奥斯曼大师的责打。当时我觉得他的诚恳令人信服。当学徒的时候，他的两只眼睛也会这么睁得大大的，只不过那时候的眼睛还没有因为长年的插画工作而变小。然而我终究还是硬起了心肠，因为他已经准备好向别人招供一切。

"听我说，"我压抑住愤怒说，"我们绘制插画、设计页缘花纹、在页面上描绘框界，我们用彩色的金粉涂饰一页一页的书页，最漂亮的图画是我们画的，我们使得衣柜与箱子更加喜庆。多年来我们一直在做这些，这是我们的工作。他们委托我们绘画，指定我们在特定的书页框界里安插一艘船舰、一只羚羊或一位苏丹，他们要求我们画某种样式的鸟、某种样式的人物，从故事中选取某个特定的场景，什么什么该怎么怎么样。我们也就照着做了。你看，这次姨父大人告诉我：'这里，画一匹你自己心目中的马。'整整三天，我像前辈画师一样，试画了几百匹马，为了想知道到底什么才是我自己心目中的马。"我拿出撒马尔罕纸给他看，上面有我为了练手而画的一系列马匹。他兴致盎然地接过纸张，在昏暗的月光下凑近研究起这些黑白的马匹。"设拉子及赫拉特的前辈大师们认为，"我说，"要想画出安拉所想所见的真正的马，一位细密画家必须花五十年时间不停地去画。他们还说最完美的马匹图画应该是在黑暗中完成的，因为一位真正的细密画家在经过五十年的工作后，必然已经失明，而他的手却会记得如何画马。"

他脸上天真无邪的目光，就像小时候我所见到的，已经全然沉溺于我画的马匹当中去了。

"他们委托给我们，而我们则努力地像前辈大师那样画出最神秘、最难达成的马匹，仅此而已。若他要我们为他们所要求的东西负责，那是不公正的。"

"这对吗？我不知道。"他说，"我们也有责任和意志。除了安拉，我不怕任何人。是他赋予我们理智，使我们能够分辨善与恶。"

非常恰当的回答。

"安拉看见并知晓一切……"我用阿拉伯语说，"他知道我和你，我们是在毫不知情的情况下做了这件事。你要向谁告发姨父大人呢？你难道不相信这件事的背后是苏丹陛下的旨意？"

静默。

我想：他真的这么没脑子吗？还是出于内心对安拉的恐惧而失去了冷静才会这么胡说八道？

我们在井边停了下来。黑暗中，我依稀瞥见他的眼睛，看得出来他很害怕。我可怜他。可是开弓没有回头箭。我祈求真主给我证明，证明站在我面前的这个人不但是个没脑子的胆小鬼，更是一个卑鄙的小人。

"往前数十二步然后开始往下挖。"我说。

"然后，你们打算怎么做？"

"我会告诉姨父大人，他会烧毁那些图画的。我们还能做什么？只要胡斯莱特教长的信徒们听到有这么个说法，他们就不会让我们活着，也不会让画坊再存在下去。他们当中你有熟人吗？收下这笔钱，让我们相信你不会向他们举报我们。"

"钱装在什么东西里？"

"那里有一个老旧的酱菜陶瓮，里面有七十五块威尼斯金币。"

25

威尼斯金币听起来颇为合理，但我是从哪儿编出这酱菜陶瓮的？真是胡编乱造，但他却信了。因此我再次确认真主果然站在我这边，因为日复一日变得更加贪婪的学徒伙伴，此刻已经朝我指的方向跨步，兴奋地开始数着步子。

那一刹那我心中想着两件事。第一，地下根本就没埋什么威尼斯金币或类似的东西！如果我不给钱的话，那个下贱的蠢货将会毁了我们。忽然间我很想一把抱住这个白痴，亲亲他，就像当学徒的时候偶尔做的那样，但岁月已经使我们之间的距离变得那么遥远！第二，我满脑子在想着到底该怎么挖？用指甲吗？我不想这些，要说想的话，也就是一眨眼的工夫。

惊慌之下，我双手抓起井边的一块石头。当他还在第七步或第八步的时候，我追上去用尽全力狠狠砸向他的后脑。速度之快、动作之粗暴，连我自己都吓得愣住了，仿佛石头是砸在我的头上，甚至我都感到了疼。

与其为自己的行为感到痛苦，我想还是尽快结束这件事吧。因为此时他开始在地上猛烈抽搐，这更使人感到恐慌。

把他丢进井里后过了很久，我才想到，自己粗暴的行径一点也不符合细密画家的优雅细致。

5. 我是你们的姨父

我是黑的姨父大人，不过其他人也叫我"姨父"。有一阵子黑的母亲鼓励他称呼我为"姨父大人"，之后不只黑，大家也都开始这么称呼我。三十年前，当我们搬进阿克萨拉依地区外被栗树与菩提树遮盖的湿暗街道后，黑开始经常来我们家。那是我们的前一个居所。那段时间，如果夏天我与玛赫姆德帕夏一同出征作战，秋天回来的时候往往会发现黑与他母亲来到我们家避难。黑的母亲，愿她安息，是我亡妻的姐姐；曾经有一阵子，冬夜里回家时，我会发现妻子和他母亲正相拥落泪，彼此诉苦。黑的父亲不但脾气暴躁，还酗酒，他在远方的小宗教学校教书，但始终保不住职位。当时黑六岁，母亲哭，他也跟着哭，母亲静下来，他也跟着安静。面对我——他的姨父时，总是带着敬畏。

现在我很高兴看见在我面前的他，已长成一个坚毅、成熟而有礼貌的外甥。他对我展现的尊敬，吻我手时的那种认真，赠送蒙古墨水瓶时说"特别用来装红色"的诚恳，细心地并拢双膝坐在我面前时礼貌而端庄的举止：所有这一切，不但显示出他是一个符合自己期望的稳重的人，同时也提醒我，自己是一个受人尊敬的长者。

他有几分神似他的父亲，我见过后者一两次。他高而瘦，双手和胳膊偶尔会做出略微紧张但还算合宜的动作，他习惯把双手放在膝上；或者当我告诉他某些重要的事时，他会专注而深沉地望着我的眼睛，仿佛在说："我明白，我带着敬意在听。"或者他会巧妙地踩着我言语的节奏，有韵律地点头。这一切都恰到好处。如今我已到了这把年纪，明白真正的尊敬不是发自内心，而是源于各种不同的规矩和顺从。

那些年间，黑的母亲用尽各种理由带他来我们家，因为她看到他在这里会有前途。我发现他很喜欢书，这一点让我们联系得更紧密了。依照家里人的说法，我让他做了自己的学徒。我给他讲设拉子的细密画家如何把地平线清楚地抬高到页缘的上方，从而在设拉子创造了一种新的风格；给他讲每个人都描绘马杰农由于苦恋蕾莉而落魄地在沙漠中游荡时，伟大的贝赫扎德大师则描绘他漫步于一群试图生火、煮饭或行走在帐篷间的妇女之中，以此来突出表现马杰农的孤独。我还给他讲，许多插画家描绘霍斯陆瞥见赤裸的席琳在弥漫月光的湖里沐浴那一刻时，想当然地为这对爱侣的马匹和衣服涂上颜色，这些人甚至没有读过内扎米的诗，这是多么可笑的事；我告诉他，一位细密画家如果没有用脑子细心地阅读过他所绘画的文章就拿起画笔，那么他的动机除了贪婪之外，别无其他。

现在，我高兴地发现黑拥有另一项必备的优点：如果不想在细密画和艺术上感受失望，你就千万不要把它看作是你的职业。无论你拥有多么高的艺术技巧和天赋，要寻找金钱及权力就到别处去，如此一来，当发现自己的才华和努力得不到同等的回报时，你才不会因此而憎恨艺术。

黑在为伊斯坦布尔和外省的帕夏们、有钱人制作书籍那段时间，接连认识了所有大不里士的插画家和书法大师。他讲述了这些艺术家们的贫困潦倒及心灰意懒。不只在大不里士，在马什哈德与阿勒颇也一样，许多细密画家因为贫困和怀才不遇已经放弃了书籍绘画，开始画起单张图画，画一些可以吸引欧洲游客的新奇玩意儿，甚至淫秽的图片。他听说当年阿巴斯王在大不里士签署和平条约时呈献给苏丹的手抄绘本，早已被拆散，这些图画被拿去用在了别的书上，而印度君王阿克巴正为了一本庞大的新书撒出大笔金钱，大不里士和加兹温城里最优秀的插画家们抛下手边的工作，群集涌进了他的皇宫。

　　告诉我这些事情的同时，他也轻松地穿插了其他故事：譬如，他带着微笑讲述着马赫迪的有趣故事，或者萨法维王朝的一个傻王子作为和平谈判的人质被送到乌兹别克后，三天内就引火自焚，使得对方显得十分紧张。尽管如此，他眼中隐约闪现的阴影告诉我，虽然我们两人都没有提起，但那个使我们双方都感到害怕的难题尚未解决。

　　如同每一个时常拜访我们家，或听过别人谈论我们，或者即使很远但也获悉我有一个美丽女儿谢库瑞的年轻男子一样，黑也很自然地爱上了我的独生女儿。也许当时，我并不觉得事态严重到需要留意，因为许多人从没亲眼见过就爱上了我的女儿——美人中的美人。不同的是，黑不但可以自由进出我们的屋子，受到家人的接纳与喜爱，更有机会亲眼看见谢库瑞，他得了相思病。他没能如我所愿压抑住自己的爱意，反而犯下了错误，向我的女儿敞开了他内心的烈火。

　　结果，他被迫不得再踏入我们的家门。

在他离开伊斯坦布尔三年后，我的女儿，正当她青春年华之际，嫁给了一位土耳其骑兵。而这位满不在乎的士兵，在两个男孩出生以后便离家出征作战，从此再没回来。四年来，没有人知道他的下落。我猜想黑知道这件事，不只是因为这种闲话在伊斯坦布尔蔓延迅速，同时也是在我们两人偶尔的沉默中，从他直直望着我眼睛时的目光中，我感觉他早已知道了一切。甚至此刻，当他瞥向摊开在书桌上的《灵魂之书》时，我明白他正侧耳倾听她的孩子在屋里跑动的声响：我知道他心里清楚，两年来我的女儿带着两个儿子住回到了父亲的家里。

之前我们没提到过这栋在黑离开期间我盖的新房子。很可能，黑就像任何一个决心朝富裕和声望之路发展的年轻人一样，认为谈论这种话题不甚礼貌。虽然如此，一进屋，我就在楼梯口告诉他，因为二楼通常比较干燥，搬到二楼对我关节痛的毛病有好处。当我说"二楼"的时候，感到有点莫名的羞惭，但是听我说：赚钱比我少很多的人，就连一个只有一小块领地的土耳其骑兵，也很快就能建造起两层的楼房。

我们来到了冬天我作为画室用的房间。我发现黑感觉到了谢库瑞就住在隔壁房间，于是赶紧进入了真正的主题，告诉他我为何写信到大不里士，邀请他返回伊斯坦布尔。

"正如你与大不里士的书法家和细密画家一起所做的一样，我也正着手编纂一本手抄绘本。"我说，"我的客户，事实上，正是社稷的根基，荣耀的苏丹陛下。由于这本书是个秘密，苏丹隐瞒了他的国库大臣支付我报酬。我和苏丹画坊里的最优秀的细密画家一个一个地说好了。我让他们有的人画一条狗，有的人画一棵树，有的人我请他绘制页缘装饰及地平线上的云朵，有的人则负责画马。我想透过我所描绘的各种事物呈现苏丹的帝国全貌，就好像威尼斯大师们在画中所表达的那样。然而，与威尼斯画家不同，我的作品不是描述财富，而当然是反映其丰富的内心世界，它将表现苏丹帝国的种种喜悦及恐惧。如果我最后让人画上一张金币，它的目的是在贬低金钱；我加进了死亡与撒旦，是因为我们害怕它们，虽然我不知道谣言是怎么说的。我想要借由树的不朽、马的疲倦和狗的粗鄙来体现荣耀的苏丹陛下与他的帝国。我要求我的那些代号为'鹳鸟'、'橄榄'、'高雅'及'蝴蝶'的画家们根据自己的爱好选择自己的题材。即使是在最寒冷、最严峻的冬夜里，苏丹的画家们也常常会把他为书本绘制的图画拿来给我看。"

"我们究竟在画哪种图画？为什么我们要用这种方式画？我现在不能全部告诉你。不是因为我想保守秘密，也不是因为我不能告诉你，而是因为我自己也不很清楚它们将会呈现何种意思。不过，我非常清楚它们应该是哪种图画。"

信寄出后四个月，我从我们旧居的理发师那里听说黑已经回到伊斯坦布尔，接着邀请他来家里。我知道，我的故事当中有把我们紧密联系在一起的一种伤感与幸福。

"每幅画都是在说一个故事，"我说，"为了美化我们阅读的手抄本，细密画家描绘出最鲜活的场景：情人们初次见面；英雄鲁斯坦姆砍下邪恶怪兽的脑袋；当发现所杀的陌生人竟是自己的儿子时，鲁斯坦姆悲痛欲绝；为爱而迷失心智的马杰农，游荡于贫瘠而荒芜的大地，置身狮子、老虎、雄鹿与豺狼之间；一场战役前夕，亚历山大来到森林里，想用禽鸟占卜战争的结果，却目睹一只巨雕撕裂自己的山鹬，他伤心难过……我们的眼睛，在读累了这些故事的文字后，可以看看图画歇一歇。如果文字中有些内容我们费尽心机也想象不出来，插画便能立刻帮助我们。图画是故事的彩色花朵。然而，一张没有故事内容的图画是不可能存在的。"

"以前我是这么想的，"我接着说，语带遗憾，"但这却是可能的。两年前，我以苏丹使者的身份，再度旅行到威尼斯。我详尽地观察了意大利大师绘制的肖像画。我完全不知道这些图画出自哪些故事、哪个场景，只是单纯地观看，并努力从画面上萃取其中的故事。有一天在宫廷里，我意外看见一幅挂在墙上的画，顿时目瞪口呆。"

"那张画里似乎是一个人，一个像我一样的人。当然，画中的人不像我们，而是一个异教徒。尽管如此，我越看他，就越觉得我和他很相像，虽然事实上他跟我长得一点也不像。他有一张圆圆的胖脸，没有骨头，一点颧骨也没有，除此之外，他也没有我这样坚挺的下巴。虽然他看起来一点也不像我，但不知道为什么，我越看图画，就越觉得心怦怦直跳，仿佛那是我自己的肖像。

"引领我参观皇宫的是一位威尼斯绅士，告诉我这幅肖像是他的一位朋友，和他一样是贵族。在他的肖像画中，加入了所有他生命中的重要物品：背景中一扇打开的窗户外是一座农场、一个村落，以及一片糅合各种颜色、看起来很写实的森林。这位绅士面前的桌子上，放置着一个时钟、书籍、时间、邪恶、生命、一支笔、一张地图、一个指南针、装满金币的盒子和其他东西，零零碎碎，谁知道呢，还有和许多画中一样的一些我所不明白但能感觉到的东西……画中还能看到邪灵与魔鬼的阴影，除此之外，还有站在父亲身边美丽如梦的女儿。

"这幅图画的目的究竟是为了修饰或补足哪一个故事？在观看这幅作品的过程中，我逐渐察觉，它所蕴含的故事便是他自己。这幅画不是哪一个故事的延伸，就是为他本人而画的一幅作品。

"我永远忘不了那幅令我目瞪口呆的画。我离开皇宫，回到暂时客居的屋子，一整夜都在思索着那幅画。我，也想要被人用同样的方式画下来。不，我没有那个资格，应该被如此描绘的，是苏丹陛下！应该描绘苏丹陛下与他所拥有的一切，这一切要能展示出他的帝国并包围起他。我想，这本手抄本可以依此构想来绘制。

"意大利巨匠笔下的贵族肖像，让你可以一眼看出这个人是谁。即使从没见过此人，如果人们要你从人群中把他找出来，借助肖像，你就能从几千人当中把他找出来。意大利画师们发现了此种绘画的技巧，使人们能够分辨个别的人物——无需仰赖他的服装或勋章，纯粹透过他独一无二的脸型。这便是人们所说的'肖像画'。

"你的脸孔只要曾经用这种方式画出来，那便没有人能忘得了你。而且就算你身在远方，凡是见到你肖像的人，都会感觉到你仿佛正在他身旁。那些不曾活生生亲眼见过你的人，即使在你死后多年，也会好像面对面地看见你，仿佛你就站在他们眼前。"

我们沉默了许久。外头一丝凛冽的光线，从前厅一扇面向街道的小窗上半部渗入；这扇窗户下半部的百叶窗从未开启过，最近我才拿一块浸了蜂蜡的布把它封死。

"有一位细密画家，"我说，"为了制作苏丹陛下的秘密手稿，也和其他画家一样常悄悄地来我这里，与我一起工作到清晨。他最擅长的是镀金。这位不幸的高雅先生，有一天晚上从这里离开后，再也没有回家。我担心他们可能已经把我的镀金大师干掉了。"

6. 我是奥尔罕

黑说:"他们真的杀了他吗?"

这位黑长得又高又瘦,有点吓人。当外公说"他们可能已经把他干掉了"的时候,我刚好朝他们走去。外公话才说完就看见了我:"你来这里做什么?"

他望着我的样子,让我丝毫没感觉到拘束,我走过去坐上了他的腿。可是他马上把我放了下来。

"亲吻黑的手。"他说。

我亲吻了他的手背。他的手没有味道。

"他长得真可爱。"黑说,亲亲我的脸颊,"将来会是一个勇敢的年轻人。"

"他是奥尔罕,六岁。还有一个大一点的,谢夫盖,七岁。他呀,太犟了。"

"我去过阿克萨拉依的旧街,"黑说,"天气很冷,到处都是雪和冰。然而感觉好像什么都没变。"

"唉呀!一切都变了,什么都弄砸了。"外公说,"而且很糟糕。"他转向我说:"你哥哥在哪儿?"

"他在大师那里。"

"那么，你在这儿干吗？"

"大师对我说：'做得好，你可以走了。'"

"你自己一个人走到这里来的？"外公问，"你哥哥应该送你来的。"接着他对黑说："我有一个搞装订的朋友，每个星期有两天他们从古兰经学校下课后到他那儿去，当他的学徒，学习装订的艺术。"

"你喜欢画插画吗，像你外公一样？"黑问。

我没有回答。

"好吧，"外公说，"现在出去吧。"

火盆中散出来的热气，温暖了整个房间，感觉好舒服，我不想离开。我站在原地待了一会儿，闻着颜料和糨糊的气味，还闻到了咖啡的香气。

"以不同的方式绘画，是否就意味着要另眼相看？"外公开口，"这是他们杀害可怜镀金师的原因。他是以旧的风格来镀金的。我甚至不确定他已经遇害，只知道他失踪了。受命于画坊总监奥斯曼大师，我的细密画家们最近正在为苏丹陛下制作一本庆典叙事诗。他们在各自的家中作画，而奥斯曼大师则驻守皇宫的画坊。首先，我要你去那儿亲眼看看每件事情。我担心其他人，已经陷入争端，并且自相残杀。他们的名字，依照多年前画坊总监奥斯曼大师为他们取的工匠坊称号，分别是'蝴蝶'、'橄榄'、'鹳鸟'，你可以去他们家，去见见他们。"

我没有走下楼梯，而是转个身。哈莉叶睡觉的房间里有一个小壁柜，我听见房间里有声响。我走了进去，哈莉叶不在，只有我母亲在。她看见我就有点尴尬。她一半的身子还在壁柜里。

"你跑去哪里了？"她问。

可是她明明知道我去了哪里。壁柜后面有一个小窥孔，可以从那里看见我外公的画室；如果画室的门开着的话，还可以看到宽敞的前厅，以及前厅对面、楼梯旁边外公的卧房——当然，如果他卧房的门也打开的话。

"我跟外公在一起。"我说，"母亲，你在这里做什么？"

"我不是告诉过你，外公有客人，不准你去打扰他们？"她责骂我，但不是很大声，因为她不想让客人听见。"他们刚才在做什么？"过了一会儿她问，声音甜甜的。

"他们坐着。可是没有在画画，外公说话，另一个人听。"

"他是用什么姿势坐着呢？"

我一屁股坐到地上，模仿客人的样子。"现在，我是一个非常认真的人，母亲，看。我现在皱着眉头专心听外公讲话，就像那个客人那样，认认真真地依着拍子点头，好像在听穆罕默德诞生诗一样。"

"下楼去，"母亲说，"叫哈莉叶马上过来。"

她坐下来，拿出带上楼的写字板，开始在一张小纸片上写字。

"妈妈，你在写什么？"

"我不是叫你赶快下楼去叫哈莉叶吗？"

我下楼到厨房。哥哥已经回来了，哈莉叶在他面前摆了一盘为客人准备的肉饭。

"叛徒，"哥哥说，"你就这样溜掉了，留我一个人在大师那边。我自己一个人折完了所有装订的书页，手指头都发紫了。"

"哈莉叶，我妈妈叫你。"

"等我吃完饭，一定要好好揍你一顿。"哥哥说，"你得为自己的懒惰和背叛付出代价。"

36

等哈莉叶离开后，哥哥站起来，他甚至连肉饭都还没有吃完，就凶巴巴地冲向我。我来不及逃走。他抓住我的手腕用力扭动。

"不要，谢夫盖，不要，你弄得我好痛。"

"你以后还敢撂下活自己开溜吗？"

"不会，我再也不会溜了。"

"发誓。"

"我发誓。"

"以《古兰经》发誓。"

"以《古兰经》……"

他没有放手。他把我拖向铜托盘旁边，压着我跪下来。他的力气实在太大了，甚至可以一边用勺子吃肉饭，一边扭着我的手臂。

"别又虐待你弟弟，暴君。"哈莉叶说，她包上头巾准备出门，"放开他。"

"你别管，女奴。"哥哥说，仍扭着我的手臂不放，"你要上哪儿？"

"去买柠檬。"哈莉叶说。

"你这个骗子，"哥哥说，"橱柜里塞满了柠檬。"

这时他已经稍稍松开了我的手臂，我突然挣脱了开来。我踢了他一脚，抓住了烛台的手把，可是他猛扑向我，把我压在了底下。他打掉我手上的烛台，弄翻了铜托盘。

"你们这两个真主的祸害！"母亲说。她压低声音避免客人听见。她如何能经过画室敞开的门，穿过前厅，走下楼梯，而没有被黑看见？她把我们分开。"你们两个不中用的东西，就只会丢我的脸。"

"奥尔罕今天撒了谎，"谢夫盖说，"他留我一个人在大师那里做全部的工作。"

"闭嘴!"母亲说,打了他一巴掌。

她打得很轻,哥哥没有哭。"我要我爸爸。"他说,"等我爸爸一回来,我们就可以玩哈桑叔叔那把红宝石宝剑,我们就可以搬回去跟哈桑叔叔住。"

"闭嘴!"母亲说。她忽然变得非常生气,一把抓起谢夫盖的手臂,把他拖过厨房,经过楼梯,来到面向庭院阴暗处的一个房间。我跟上他们。母亲打开门,当她看见我的时候说道:

"进去,你们两个。"

"可是我什么事都没做。"我说。但我还是进去了。母亲在我们身后关上门。虽然里面不是乌漆抹黑——墙壁上有一扇百叶窗面对庭院的石榴树,一丝光线从缝隙间进来——但我很害怕。

"开门,妈妈。"我说,"我好冷。"

"别哭哭啼啼的,你这个胆小鬼。"谢夫盖说,"她马上就会开门了。"

母亲打开门。"在客人离开之前,你们会不会乖乖的?"她说,"好吧,在黑离开以前,你们去厨房的火炉边坐着,不准上楼。"

"待在那边好无聊。"谢夫盖说,"哈莉叶上哪儿去了?"

"什么事儿你都要掺和,你也管得太多了。"母亲说。

我们听见马厩传来一声微弱的马嘶,之后又听到了一声。那不是外公的马,而是黑的。我们开心极了,好像今天是庙会或者是一个节日开始了。母亲微微一笑,似乎也希望我们也笑一下。她往前踏出两步,打开面向厨房的马厩门。

她朝里面发出了"嘘"的声响。

她转过身,把我们推进闻起来油腻腻、老鼠横行的哈莉叶的厨房，让我们坐下。"在我们的客人离开以前，别想站起来。还有，不准打架，别让别人以为你们是娇宠调皮的孩子。"

"妈妈，"趁她关上厨房门之前，我说，"我想说一件事，妈妈，他们干掉了我们外公可怜的镀金师。"

7. 我的名字叫黑

当我第一眼见到她的孩子时，立刻明白自己多年来记错了谢库瑞的脸的哪些地方。她的脸和奥尔罕一样瘦长，不过下巴比我记忆中的尖一点。因此，我恋人的嘴也必定比我想象中的要小而窄。这十二年来，这是你的城市，那是我的城市，如此这般地闯荡之时，我总会主观地把谢库瑞的嘴想象得大一些，总想象她的唇要更为齐整、更为丰润，让人无法抗拒，就如同一颗闪亮、饱满的樱桃。

如果我身边有一张以威尼斯大师手法绘成的谢库瑞的肖像，那么我就一定不会在十二年的旅途中因为忘记了被我抛在身后的恋人的脸庞而感觉自己没有归宿。因为，只要爱人的面容仍铭刻于心，世界就还是你的家。

遇见谢库瑞的儿子，跟他说话，看着他仰起的脸如此靠近，亲吻他，不禁激起我内心一种只有不幸的人、杀人犯、罪人们才有的躁动不安。一个声音从心里对我说："快，现在就去见她。"

有一阵子，我想什么话也不说就从姨父身边走开，推开宽敞前厅里的每一扇门——我用眼角余光数了数，共五扇黑色的门，其中一扇是楼梯门——直到找到谢库瑞为止。然而，我之所以与我的恋人分离十二年，正是因为当年我鲁莽地表露心迹。我悄悄地等待着，一边听我姨父说话，一边看曾被谢库瑞触摸过的物品，以及那一只不知被她坐过多少次的坐垫。

他告诉我，苏丹希望这本书在穆罕默德出走麦地那千年纪念之前完成。世界的保护者苏丹陛下，希望在穆斯林历的第一千年时展示他与他的王国可以像法兰克人一样运用他们的风格。由于他同时也安排了庆典叙事诗的编纂，苏丹特别准允这些极为忙碌的细密画师们，无需待在拥挤的画坊，可以待在自己的家中安静工作。当然，他也知道他们每个人都定期暗中拜访我的姨父。

"你会见到画坊总监奥斯曼大师，"我的姨父说，"有些人说他已经瞎了，有些人说他年老发昏。我认为他既盲又老。"

尽管我的姨父没有绘画大师的地位，也谈不上艺术专精，但他却获得苏丹的许可及鼓励来监督制作一本手抄绘本。这自然就使得他与年老的奥斯曼大师关系紧张。

沉浸于过往的童年时光，我任由自己的注意力在屋里的家具和物品中漫游。事隔十二年，我依然记得铺在地上的蓝色库拉地毯、铜制宽口水罐、咖啡壶及托盘，还有远从中国经由葡萄牙跋涉而来的精巧咖啡杯，已故的姨母每每提到它们便骄傲不已。这些家居用品，例如放在边上镶嵌有珍珠母贝的书桌、墙上的包头巾架、一触摸便忆起其柔软的红色丝绒枕头，都是来自阿克萨拉依的旧居，我在那间屋子里与谢库瑞度过了我的童年。当年经历的幸福绘画岁月里，仍有些东西保留在这些物品中。

绘画和快乐。我希望那些认真留意我的故事及命运的亲爱读者，牢记这两件事，因为它们是我的世界之泉源。曾经，在这里，在书籍、画笔及图画之间，我过得很快乐。接着，我坠入情网，被逐出这个天堂。在感情遭到放逐的那些岁月里，我时常想，我之所以能够乐观地接受生命与世界，完全有赖于谢库瑞与自己对她的痴情。幼稚的天真，使我坚信自己的爱将获得回报；因而我非常乐观，并以乐观的态度来接受这个世界，把它看成是一个美好的地方。是的，我便是以同样乐观的态度投入书籍，爱上了它们，爱上了姨父当时要求我阅读的功课，爱上了我宗教学校的课程，爱上了我的彩绘和插画。然而，如同我那充满阳光与欢乐、最为丰沛的前半段学习时光要归功于我对谢库瑞的爱，毁灭我后半段学习时光的黑暗智慧，也就归之于遭到拒绝：冰冷的夜晚里，想要随着商队旅舍火炉里逐渐熄灭的火花一起消失；一夜盲目冲动的狂欢后，常常梦见与身旁躺着的女人一起坠入偏僻的深渊；想着"我只是一个一文不值的家伙"。——这一切都是拜谢库瑞所赐。

"你知不知道，"过了很久姨父说，"人死后，我们的灵魂可以遇见熟睡在床上的世间男女的心灵。"

"不，我不知道。"

"我们死后会经历漫长的旅程，所以我并不怕死亡。我害怕的是死前无法完成苏丹陛下的书。"

我一部分的脑子在想着自己比姨父更为强壮、更为理智而可信赖；另一部分的脑子却想着，眼前的这个人十二年前不许女儿与我结婚，而来看他之前，我花了多少钱购置身上的长衫，还想着一会儿下楼后我就要从马厩里牵出配有银质马镫和手工打造的马鞍的马匹骑上。

我告诉他，拜访过各个细密画家后，会向他报告我所了解的一切。我吻了他的手，走下楼梯，来到庭院，感觉雪花冰冷地落在身上，我承认自己如今既不是个孩子也不是老人：透过我的皮肤，我愉快地感觉着这个世界。关上马厩大门时，吹来了一阵风。我拉起马辔，领着马儿跨过石头步道，正要往庭院走，我们不约而同地打了一个寒战：我明白了它强壮而青筋粗大的腿、它的烦躁以及它的固执和我自己的完全一样。走上街道后，正要一下子跳上坐骑，像传说中的骑士般隐入窄小街巷，永不回头时，忽然有一个壮硕的犹太女人，一身粉红衣衫，手里拿着一个布包，不知道从哪儿冒出来叫住了我。她是那么的又大又宽，如同一个雕花衣柜，但却灵活、有生气，甚至有点卖弄风骚。

"我的小伙子，我年轻的英雄，你果真像大家讲的一样，俊俏得很。"她说，"你结婚了吗？或者是个单身汉？你愿不愿意给你的情人向伊斯坦布尔首屈一指的高级布贩艾斯特买条丝手帕？"

"不了。"

"一条红色的阿特拉斯绸腰带？"

"不了。"

"别那样一直'不了，不了'地对我唱。像你这么勇敢的英雄怎么可能没有一个未婚妻或秘密情人？天晓得有多少泪眼汪汪的姑娘正为你欲火中烧呢？"

她的身体一下子拉得像杂技演员一样修长，整个人以一种令人吃惊的优雅姿势靠向我。与此同时，她像一个变戏法的魔术师那样，手里变出了一封信。一眨眼的工夫我把信抓了过来，仿佛为了这一刻早已练习多年，巧妙地把它塞入了腰带。那是一封厚厚的信，贴在我腰间冰冷的肌肤上，感觉像火烧一样。

"慢慢骑，"布贩艾斯特说，"到了街角右转，沿着蜿蜒的墙壁一步步走不要停，等到了石榴树旁，转身朝向你刚才离开的房子，看你对面的窗户。"

接着她便离开，一下子就消失了。我跨上马背，动作笨拙得像是第一次骑马。我的心脏狂跳不止，内心激动万分，手已经忘了该如何控制缰绳，然而当我的腿紧紧夹住马的身体时，强健的理智和技巧又回到了马和我的身上。依照艾斯特的指示，我聪明的马儿稳稳地踏步，然后，我们右转进入了小巷，多么美妙呀！

当下我忽然觉得自己或许真的很英俊。如同神话故事里那样，在每一片百叶窗和每一扇格子窗棂后面，好像都有一个本地的女人正注视着我。我感觉自己似乎又将面临同样的烈火。这是我所想要的吗？我是否又重新屈服于折磨我多年的相思病痛？阳光陡然破云而出，照得我一惊。

石榴树在哪里？是眼前这棵瘦小而凄凉的树吗？是的！我稍微转了转马鞍上的身体：正对面的确有扇窗户，然而那里没有半个人影。我被艾斯特那长舌妇给耍了！

正当脑中这么想时，窗户上冰雪覆盖的百叶窗砰的一声打开，仿佛爆炸开来。然后，历经十二年之后，在积雪的枝丫之间，我看见我恋人的绝丽容颜，镶嵌在闪闪映射着阳光的结冰窗框之间。究竟，我恋人的黝黑眼睛是在看着我，还是望着我身后的另一个人？我分辨不出她是哀伤，是微笑，还是哀伤地微笑？笨马儿，不明白我的心，慢下来！我再度轻轻扭转马鞍上的身体，思念的眼睛用尽全力紧紧盯着，直到她神秘、优雅、清瘦的脸孔消失在白色树枝后面。

稍晚，打开她的信看见里面的图画之后，我才知道，我在马背上、她在窗户里的这一景象，与被画过千万次的那个瞬间，当霍斯陆来到席琳的窗下与她相会的那一刻——只不过在我们的故事中，有一棵凄凉的树隔开了我们——是多么的相似，我心中又燃起熊熊的爱恋，就如同他们在我们珍爱的书本中描绘的一样。

8. 我是艾斯特

　　我知道你们大家都很想知道究竟谢库瑞在我交给黑的信中写了些什么。由于我自己也挺好奇的，所以去了解了所有的一切。你们要是愿意的话，就假装自己把故事往前面翻过几页，让我告诉你们在我送信之前，发生了什么事。

　　现在，傍晚的夜色愈来愈重，我已经回家休息了。我和丈夫奈辛坐在金角湾口一个小犹太区的家里，两个老人家又吹又呼地把木柴塞进火炉，想把屋子弄暖和一点。别看我现在说我自己"老"，只要我把我的货品——有便宜的也有贵的，都是小姐、太太们抗拒不了的东西，戒指啦、耳环、项链和小玩意儿——塞进一叠叠折好的丝手帕、手套、床单和一捆葡萄牙船只运来的五颜六色的衣服布料里，抄起布包，就能在伊斯坦布尔到处走，没有一条街道我没走过。没有我不曾挨家挨户送过的信，没有我不曾挨家挨户传过的话，伊斯坦布尔有一半的姑娘都是我做的媒，不过我说这些不是为了夸我自己。我刚刚说到，我们正在家里坐着，忽然听见有人在门外"啪啪"敲门。我走上前打开门，只见哈莉叶，那个愚蠢的女奴，站在面前。她手里拿着一封信。我也看不出是因为外头冷还是因为心情激动，反正她一边发抖一边解释着谢库瑞的意思。

　　一开始，我还以为这封信是给哈桑的，因而吃了一惊。你们知道漂亮的谢库瑞不是有个跑去打仗就没再回来的丈夫吗——依我看，那个不幸的人早就已经被砍死了。就是那个一去不回的军人丈夫有一个气急败坏的弟弟，名叫哈桑。但我明白了谢库瑞的信不是给哈桑的，而是给另一个人的。信里写些什么？艾斯特好奇得快疯了，还好到最后，我终于成功地看到内容。

　　可是，唉呀，我跟你们也没那么熟。老实说，我突然觉得很丢脸。我不会告诉你们我是怎么读到信的，也许你们会觉得我的好奇心可耻，会瞧不起我，但你们自己至少也有着理发师一样的好奇心，难道不是吗？我只打算告诉你们他们给我读信的时候我所听到的内容。可爱的谢库瑞信上是这么写的：

　　　　黑先生：由于你与我父亲的亲近关系，使得你来我家拜访。但别期待我会给你什么暗示。自从你离去后发生了许多事，我嫁了人，生了两个健壮活泼的儿子。其中一个叫奥尔罕，他刚刚才去过画室，你已经见过他了。四年来我一直在等待丈夫归来，不曾有过其他的想法。与两个孩子及年迈的父亲住在一起，我或许会感到寂寞、绝望和软弱，也许需要一个男人的力量与保护，但谁也别以为这就有机会了。因此，你别再来敲我家的门了。过去你曾经使我困窘难堪，那时候，为了想让父亲觉得我是清白的，我得遭受多大的痛苦！随信我把当年你还是一个理智不足的冲动青年时画给我的图画，一并归还。我这么做，是为了不

46

让你心存任何幻想，或曲解任何暗示。以为人观赏一幅图画就会坠入情网，这是假的。你最好不要再踏进我们家的大门。

我可怜的谢库瑞，你又不是个男人，也不是个绅士，更不是个帕夏，你怎么可能在信上盖上你的华丽封印呢！信纸下方，她签上了名字的第一个字母，看起来像只弱小、胆怯的小鸟儿，仅此而已。

我说到"封印"，你们可能猜想，我是怎么把这些蜡印封住的信件打开又密封上。事实上，这些信件根本没有封起来。"那艾斯特是个不识字的犹太人，"我亲爱的谢库瑞这么想，"她绝对看不懂我写的字。"没错，我看不懂你们写的字，可是我可以找别人念给我听。至于你们的信，我自己可以轻易"读"懂。听糊涂了吧？

我这么说吧，这样就算你们之中最笨的人也能听得懂：

一封信不只是靠字来说出想要说的话。信就好像一本书，可以用闻、摸和摆弄来读它。所以，聪明的人会说："看一看这封信都说些什么！"愚笨的人则说："看一看都写了些什么！"读信的关键不是看字，而是要看信的全部。现在，我们听听谢库瑞还说了些什么：

一、她说，虽然我偷偷送出这封信，通过艾斯特送了这封信，尽管她把送信看成是一项活计和一种习惯，但我并不是为了增加更多的神秘感。

二、把信折得像一块法国小饼干，暗示着它的秘密和神秘，没错。但信并没有密封，而且旁边还有一张大大的图画，目的是要做得好像是要对别人保守住我们的秘密似的。这种做法，比较适合求爱信而非拒爱信。

三、不只这样，信纸上的香味更肯定了这种解读。香味淡得让人捉摸不定（她故意在信上洒的香水吗？）却又诱惑得让人不得不在乎（这是玫瑰花油的香味，还是她手里的幽香？）。这样一股淡香，都已经引得帮我读信的可怜男人神魂颠倒了，想必对黑也有同样的效果。

四、虽然我，艾斯特，不会读也不会写，但我知道一点：尽管笔迹流动的样子似乎在说："唉呀，我很匆忙，我没有很认真或很小心地写这封信。"可是这些字母，仿佛在温柔微风中优美地起舞，从中透露出完全相反的信息。尽管她提到奥尔罕时写了"刚刚"，暗示这封信正是在那个时刻写下的，但很显然她打过草稿，因为字里行间可以感觉到一种细心。

五、附在信里的图画，描绘的是美丽的席琳凝视着英俊的霍斯陆画像而坠入情网，这个故事就连我这个犹太人艾斯特，也很熟悉。全伊斯坦布尔所有的思春姑娘都迷恋这个故事，但我还是第一次见到有人会寄一张关于这个故事的图画。

你们这些幸运的识字者，一定常碰到这种事：一个不识字的人求你帮忙读一封她收到的情书。尽管被你知道最隐秘的私事会让信的主人十分难堪，然而由于信的内容实在太惊奇、刺激且教人心神不宁，在扭扭捏捏中，她会拜托你再读一次。你再读一遍，到最后，你把那封信读了又读，结果你们两个都能背下来了。不用多久，她会把信抓在手里，问你："他是在这里写了那段话吗？"或"他这里是说这个吗？"等你指出正确的位置，她会凝视着那里的字母，虽然还是看不懂，但她凝望弯曲的笔迹时会任由眼泪滴到信纸上，有时候我会感动到忘记自己不会读也不会写，只想冲动地抱住那些不识字的姑娘。

但是也有一些实在很可恶的读信人，希望你们不要变成像他们一样：等到姑娘把信拿回自己手里，触摸着它，渴望看看信上在哪里讲了什么话，那些畜生会对她说："你想要干吗？你又不识字，你还想看什么？"有些人甚至不归还信件，从此把它当成好像自己的东西。有时候，去跟他们吵着闹着把信要回来的事儿就落到我艾斯特身上。我，艾斯特，就是这样一个善良的女人。只要喜欢你们，我也会帮你们忙的。

9. 我，谢库瑞

噢，为什么黑骑着白马从对面经过时，我会站在窗前？为什么我会在那一刻刚好凭直觉打开了百叶窗，并从积雪覆盖的石榴树枝后，望了他那么久？我没办法准确地告诉你们。是我通过哈莉叶告诉了艾斯特，因此，我当然很清楚黑会经过那条路。在此同时，我独自走上有壁柜的那个房间，检查箱子里的床单，房间的窗子正对石榴树，恰巧就在那一刻，一个念头忽然闪过，我激动地使尽全力推开了百叶窗，阳光流泻一室：站在窗口，虽然有点晃眼，但我与黑四目相对，这是何等美妙。

他长大了，也更成熟了，褪去了年轻时生涩的瘦小模样，如今成了一个潇洒的男人。听着，谢库瑞，我的心这么告诉我，他不但外表英俊，看进他的眼里，会发现他拥有一颗孩童的心，纯真孤独：嫁给他。然而，我却给了他一封意思完全相反的信。

尽管他年纪比我大十二岁，但在我十二岁时，却比他成熟得多。那个时候，不像一般男人会笔挺地站在我面前，大声宣布他要做这或做那，要跳过这里或要爬上那里；相反的，他只是埋首于眼前的书本或图画中，好像凡事都让他不自在似的躲了起来。到最后，他也爱上了我。他画了一幅画表达了他的爱意。那时我们两个都长大了。当我到了十二岁时，感觉到黑无法再直视我的眼睛，好像很害怕我会发现他已爱上了我。"将那把象牙柄刀子拿给我。"比如，当他说这话的时候，会望着刀子而不是我。再比如，如果我问他："你想喝杯樱桃蛋奶吗？"他都不敢像我们嘴里塞满食物时会做的那样，以一个甜美的微笑、一个面部表情来表示愿意；相反的，他会像对耳背的人说话一样扯开喉咙大叫："好。"因为他害怕，不敢看我的脸。当时，我是美丽绝伦的少女，任何一个男人，就算隔得远远的，或者透过拉开的帘幕或微启的门，甚至隔着我脸上层层的头纱，只要瞥一眼，都会立刻迷恋上我。我不是自夸，只是解释给你们听，让你们能明白我的故事，并因此更能分担我的悲伤。

霍斯陆与席琳这段家喻户晓的故事中，有一个场景我和黑曾详尽地讨论过。霍斯陆的朋友沙普尔，一心想撮合霍斯陆与席琳。有一天，席琳与宫廷里的女伴们一同出游乡间时，沙普尔偷偷地在她们坐下休息的林子里，悬挂了一幅霍斯陆的画像。在美丽的花园里，看见挂在树上的英俊的霍斯陆的画像，席琳立刻坠入了情网。许多绘画都描绘出了这个瞬间，这个细密画家们所称的"场景"，刻画出了席琳仰头凝望霍斯陆的相貌时，脸上惊喜与爱慕的神情。当黑与我父亲一起工作时，见过这幅画许多次，也曾经看着原画比照临摹过一两次，画得和原画一模一样。爱上我之后，他为自己又临摹了一幅，但是在霍斯陆与席琳的位置上，却画下了自己和我——黑与谢库瑞。如果人物下方没有加上名字标示，只有我才认得出画中的男人与少女是谁，因为我们偶尔开玩笑闹着玩的时候，他会以同样的方式和颜色画我们：我一身蓝衣，他一身红色。好像怕这样还不够似的，他还在霍斯陆与席琳的画像下方写下了我们的名字。他把画放在我找得到的地方，然后跑掉了。我还记得他从旁偷看我见到这幅作品之后，有了什么样的反应。

我非常清楚自己无法像席琳那样爱他，于是佯装不知情。夏天，为了驱散炎热，我们喝着冰凉的酸樱桃蛋奶，里头加入了听说是远从冰雪覆盖的乌鲁山运来的冰块。就在这样的一个夏日夜晚，在黑回家之后我告诉父亲，黑向我示爱。当时，黑刚从宗教学校毕业，在远郊教书；同时，更多像是基于我父亲的坚持而非他自己的意愿，黑正试图在位高权贵的纳依姆帕夏那儿谋求职位。但在我父亲看来，黑太上不心了。父亲整天为他发愁，想让黑到纳依姆帕夏手下谋个一官半职，至少从一个书记员开始做起，但父亲抱怨说他自己显然不够努力，也就是说，黑尽做些没脑子的事。当天晚上，听见我提及黑和我的事后，父亲宣布："没想到他把眼光放得更高，这个穷外甥。"接着，不顾我母亲在场，他又说："没想到他比我们想象的要精明得多。"

我伤心地忆起接下来几天父亲的作为，我如何避开黑，他又如何不再来我们家，甚至都不来我们街区，不过我不打算解释太多，不然你们会讨厌我和父亲。请你们相信，我们别无选择。在这种情况下，理智的人会立刻明白，无望的爱情怎么样都是绝望，他们会在明白了心中那条非理性的界线后，快刀斩乱麻，礼貌地宣布："他们认为我们门不当户不对。"我们也是这么做的。我母亲也说过好多次："至少别伤了这男孩的心。"母亲称之为"男孩"的黑，当时二十四岁，而我只有他的一半年纪。由于父亲把黑的示爱看作是一个无礼的举动，因此他可能有意没有满足母亲的愿望。

当我们听说他离开伊斯坦布尔的消息时，尽管还没有全然忘记他，但我们已不再去想他了。因为许多年来，我们都没有再从任何城市听说他的任何消息，我心想可以留下他画给我的图画，作为我们童年的回忆及童年伙伴的信物。为了不让父亲与我后来的军人丈夫发现这幅画，惹得他们生气或嫉妒，我仔细涂掉人物下方的名字"谢库瑞"与"黑"，让它们看起来好像有人不小心在上面滴上了父亲的哈桑帕夏墨水，意外发生后再刻意画成花朵掩饰。既然今天我已经把这幅画还给他，你们之中那些因为我在窗口向他现身而看不起我的人，或许会觉得有点不好意思，或许会重新考虑考虑。

十二年之后他突然出现在我面前，我在窗口多待了一会儿，沐浴在晚霞的深红余晖中，虔敬地望着花园在这种光芒中逐渐变成浅红色，继而再变成橘红色，直到傍晚的寒意把我唤醒。外头没有风。如果街上有人经过，或者我父亲，他们看见我站在敞开的窗口会说些什么，我不在乎。梅丝茹，齐威尔帕夏的女儿，每星期都和我兴高采烈地到澡堂去洗一次澡，她总是不停地笑，不停地乐，总会挑一些最不恰当的时机说些最吓人的话。有一次她告诉我，一个人永远无法彻底明白自己到底在想些什么。我是常常这么想的：有时候我会随口说些什么，一开口才发觉自己想他了，察觉到这一点的时候，我又使劲地认为自己没有去想他。

我不想对你们隐瞒我曾经一个一个地偷窥过父亲邀请至家中的细密画家们。当他们当中可怜的高雅先生像我不幸的丈夫一样失踪之后，我觉得很难过。他是那些画家们当中最丑，也是最死气沉沉的一位。

我掩上百叶窗，走出房间，下楼来到了厨房。

"母亲，谢夫盖没听你的话，"奥尔罕说，"刚刚黑到马厩牵马的时候，谢夫盖溜出厨房，跑到门洞后面偷看了他。"

"又怎样！"谢夫盖说，手里拿着杵，"妈妈也从壁柜的洞里偷看他。"

"哈莉叶，"我说，"晚上给他们煎几片杏仁糊甜面包，少放点油。"

奥尔罕开心地跳上跳下，谢夫盖则默不作声。然而当我转身上楼时，他们两个却赶上我，兴奋地尖叫着、推挤着从我身边过去。"慢一点，慢一点。"我笑着说，"两个小捣蛋。"我轻轻地拍了拍他们瘦小的背。

夜晚降临时，与孩子们一起待在家里，多美好呀！父亲已经安静地埋首于书中了。

"你的客人走了，"我说，"我希望他没有太烦你。"

"恰巧相反，"他说，"他让我很开心，他像以前一样非常尊敬他的姨父。"

"那很好。"

"但如今他也很小心谨慎。"

他这么说，与其是想观察我的反应，还不如说是用轻视黑的口气来结束这个话题。若是在别的时候，我一定会反唇相讥，可是此时，我感觉他还骑着白马在走，想起他，我微微一颤。

我不知道怎么会这样，稍晚我发现，在有壁柜的房间里，我紧紧搂着奥尔罕。谢夫盖也加入了我们，他们两个推挤了一会儿，原以为他们俩又打了起来，结果我们全部滚到了地板上。我像爱抚小狗一样摸着他们，亲了亲他们的后脖和头发，把他们紧搂胸前，感觉他们的重量压在了我的乳房上。

"啊哟，"我说，"你们的头发臭死了。明天你们跟哈莉叶去澡堂。"

"我再也不要跟哈莉叶去澡堂了。"谢夫盖说。

"你长得很大了吗？"我说。

"妈妈，你为什么要穿那件漂亮的紫色衬衣？"谢夫盖问。

我走进里面的房间，脱下紫色上衣，换上平日穿的旧绿衬衣。换衣服的时候，我觉得有点冷，微微发抖，但能感觉到我的皮肤灼烫，身体精力旺盛，充满活力。我本来在脸颊上涂了一点红粉，刚刚和孩子们滚来滚去时大概抹坏了，但我啐了一口，用手心把颊上的红晕抹匀。你们知道吗，我的亲戚，澡堂里我所见到的女人，以及所有看到我的人，都说我看起来像一个十六岁的少女，不像二十四岁、有两个小孩、年华已逝的少妇。别怀疑她们，千万相信她们，明白吗？不然我就不讲下去了。

我对你们说话，你们可别惊讶。好多年来，我寻遍父亲书籍中的图画，寻找女人和佳丽的画像。她们确实存在，不过数量很少，仅零星散布，而且总是一脸害羞、腼腆，总是低着头，至多像在道歉似的互相凝视。她们从不曾像男人、士兵或君主那样昂着头、挺直身子看着世界。只有在草草绘制的廉价书本中，由于画家的不小心，有些女人的眼睛才不会看着地面或是画中的某样东西，也不会看着一杯酒或是看着恋人，而是直接朝向读者。我一直很好奇她们看的那个读者究竟是谁。

一想到那些两百年前帖木儿时代制作的书籍，一想到那些好奇的邪教徒心甘情愿花费黄金买下并大老远运回自己国家的那些书，我就兴奋得发抖：或许有一天，某个遥远国度的人们，也会听到我的故事。难道这不就是人们渴望自己被刻画在书页中的原因吗？难道不就是为了这种喜悦，才使苏丹与大臣们乐意提供一袋袋黄金，请人写下他们的历史？当感觉到这种喜悦时，我也想和那些美丽的女人一样，一只眼睛看着书中的世界，一只眼睛望向外面的世界，我也极想和你们这些天晓得从哪个遥远时空欣赏着我的人们说话。我是个迷人而聪明的女子，也很喜欢被你们欣赏。如果偶尔不小心撒了一两个小谎，也只是为了不让你们在我身上得出错误的结论。

你们大概已经注意到，父亲非常疼爱我。在我之前他有三个儿子，但真主把他们一个个从身边带走，只留下了我这个女儿。父亲对我百般呵护，但我却没有嫁给一个他挑选的男人，而是嫁给了一位我遇见继而喜欢上的土耳其骑兵。如果留给父亲选择，我的丈夫将不仅是最伟大的学者、对绘画与艺术极具鉴赏力、有权有势，而且会像《古兰经》里富有贵族的代表卡伦一样富裕。这种男人，就算在父亲的书里也找不到半点踪影，真要是非这种男人不嫁，那我想必注定一辈子就待在家里了。我丈夫的英俊众所周知，透过媒人的介绍，他找到机会，在我从澡堂回家的路上突然出现在了我的面前。他的眼睛充满着爱的火焰，我立刻就爱上了他。他有一头黑发、白皙的皮肤、绿色的眼睛及强壮的臂膀，不过他却像一个睡着了的小孩一样安静而无邪。尽管他在家中如女人般温柔而文静，但是，至少我自己能感觉到，他身上似乎还弥漫着一丝血腥的气息，或许那是因为他把所有力气都花在了战场上杀人和掠夺战利品。起先父亲觉得他是一个身无分文的士兵，不愿意把我嫁给他，我以死相逼，父亲才同意了。这个男人由于在接连的战役中表现出过人的勇敢而获得了一块价值一万银币的领地，从此以后大家都很羡慕我们。

四年前，一场和萨法维的战役结束后，他没有随部队一块儿回来，一开始我并不担心。因为随着参加的战斗越来越多，他变得愈来愈精明老练，知道如何为自己制造机会，掠夺更好的战利品带回家，争取更大的领地，为自己的部队招募更多的士兵。有些目击者说，与部队分散后，他便带着自己的士兵逃入了山里。最初，我一直想着他就要回来了；然而两年后，我慢慢习惯了他不在身边。直到后来我才发觉，原来整个伊斯坦布尔有那么多的女人和我一样，丈夫出外打仗都失踪了，这时，我才接受了自己的命运。

夜里，躺在我们的床上，我们这些女人只能紧紧搂着孩子一块儿哭。为了不让孩子们哭，我对他们说一些充满希望的谎言，比如某某人证明说他们的父亲在春天来临前就会回家。之后我的谎言由他们的嘴里说给别人听，再在别人的嘴里越说越走样，最后作为好消息又说回给我听时，我反而变成了第一个相信的人。

原先我们与丈夫那温和善良、从没过过好日子的阿巴扎老父亲，以及那同样有着绿眼睛的弟弟一起，住在查社卡普一套租来的房子里。家中的顶梁柱失踪后，我们便陷入困境。我公公原本是做镜子的，但大儿子从军赚钱后便中断了，如今这么大岁数又重操旧业。哈桑，丈夫的单身汉弟弟，在海关工作，随着拿回家的钱越来越多，开始计划争夺"一家之主"的地位。某个冬天，因为害怕付不出房租，他们匆匆忙忙把负责家务杂工的女奴带去奴隶市场卖了，从此要我接手厨房的活儿、洗衣服，甚至还要我上市集采买。我没有抗议，没有说："我是干这种活的女人吗？"我咽下自尊，干起了所有的活。然而，如今当小叔子哈桑夜里不再有女奴可以带进房后，他开始试图闯进我的房门，我真的不知道该怎么办了。

　　我当然可以马上回到父亲的家里，但是根据伊斯兰教法官所言，我丈夫在法律上仍然活着，如果我激怒了夫家的人，他们不仅可以逼迫我和孩子回到丈夫家中，甚至会让我与留住我不放的父亲受到处罚，以此来侮辱我们。说实话，我其实可以和哈桑上床睡觉，因为我发觉他比我丈夫更人性、更理智，当然他还深爱着我。但是，如果我想都不想就这么做的话，到头来很可能我不是当他的妻子，真主保佑，而是变成他的奴隶。因为，他们害怕我要求取得我的那一份遗产，甚至有可能抛弃他们，带着孩子回我父亲家，所以他们也不太愿意请法官裁定我丈夫的死亡。如果在法官眼中，我的丈夫没有死，那么我自然不能嫁给哈桑，也不能嫁给别人，这样我就被牢牢地绑在了这个家里。因此，在他们看来，我丈夫的失踪以及就这样持续下去的不清不楚的关系是一种不错的选择。你们别忘了，我可是在给他们做家务，从煮饭到洗衣服什么都做；不但如此，其中一个人还疯狂地爱着我。

　　对于公公和哈桑来说，最好的解决办法就是我嫁给哈桑，但要这么做首先必须要找好证明人，然后再去说服法官。这样一来，如果失踪丈夫的血亲，他的父亲及弟弟，接受了他的死亡，也没有任何人会反对关于他死亡的宣告，还有如果，只需要花几个银币给证人作证在战场上看见了他的尸首，那么法官也会认定这一事实。只不过，最大的问题是我要让哈桑相信，一旦成了寡妇，我不会离开这个家，不会要求我的遗产继承权，或是向他要一笔钱才肯嫁给他；更重要的是要让他相信我会心甘情愿地嫁给他。我自然知道如果想在这点上取得他的信任，必须以一种令他信服的态度与他同床，如此一来他才能确定我是真的把自己给了他，不是为了取得他的同意与丈夫离婚，而是因为我诚挚地爱着他。

　　只要些许努力，我的确可能爱上哈桑。他比我失踪的丈夫小八岁，丈夫在家时，哈桑就像我的小弟弟，而我也一直以这样的情感疼爱他。我喜欢他质朴但又有激情的样子，喜欢他爱陪孩子们玩耍的态度，也喜欢他有时望着我的饥渴神情，仿佛他是个快要渴死的人，而我则是一杯冰凉的酸樱桃蛋奶。但我也明白得强迫自己才可能爱上这样一个不但叫我洗衣服、也不在乎要我像个女奴或奴隶般上市场买东西的男人。那些日子，我常常回到父亲的家中，盯着锅碗瓢盆泪流满面；深夜里，我和孩子们总是挤在一起，相拥而眠。那段时间，哈桑也不曾给我机会改变心意。由于他不相信我会爱上他，不相信我们婚姻的必要前提将会不证自明，一点自信都没有，因而总是采取一些错误的举动。他试过围堵我、吻我和调戏我。他说我的丈夫永远不会再回来，还说他会杀了我。他恐吓我，哭得像个婴儿。他又急又慌，从不给时间来培养传说中描述的那种真实、高贵的爱情。我知道我永远也不会嫁给他。

　　一天夜里，当我与孩子们在房里熟睡时，他试图强行打开我的房门。我立刻起身，不顾是否会吓到孩子，扯开喉咙放声尖叫，大喊家里闯入了可怕的邪灵。我吵醒了公公，我所谓的对邪灵的恐惧和惊叫声使得仍处于兴奋当中的哈桑在他父亲面前狼狈不堪。在我假装的哀号和颠三倒四的有关邪灵的话语间，这个有头脑的老人羞惭地发现眼前可怕的事实：他的儿子喝醉了，竟然想要哥哥的妻子，两个孩子的母亲。我说天亮之前不敢闭眼睡觉，要守在门口，保护我的孩子不受"邪灵"伤害。对此公公没有回答。早上，我向他们宣布将带我的孩子回父亲家住一阵子，照顾生病的父亲；这个时候，哈桑才接受了他的失败。我返回父亲家，随身带走几件物品，作为婚姻生活的纪念：一只丈夫没有卖掉的从匈牙利带回来的闹钟，一根用最剽悍的阿拉伯骏马的筋腱制成的鞭子，一副大不里士出产的象牙棋，里面的棋子常被孩子们拿来玩战争游戏，以及我吵了多少回才没有被卖掉的银烛台，这是那吉瓦战役的战利品。

正如我所预料，搬离失踪丈夫的家，使得哈桑偏执而粗暴的爱情转化为绝望但又令人敬佩的一团火。他很清楚自己的父亲不会支持他，因此与其恐吓我，他转而寻求我的怜悯，寄给我一封封情书，在信纸的角落画上失恋的鸟儿、泪眼汪汪的狮子与哀伤的羚羊。我不打算对你们隐瞒，最近我重新开始阅读这些信件。如果这些信不是他拜托某个画家朋友所画，也不是拜托某个诗人朋友所写的话，那么哈桑还是有很丰富的想象力的，而当我们住在同一个屋檐下时，我从来就不曾察觉到这一点。最近的一封信中，哈桑发誓他会赚很多钱，绝不再让我成为家务活的奴隶。发现他贴心、敬重、幽默的口吻，加上孩子们无休无止的争吵和哀求，以及父亲的抱怨，使得我的脑袋乱成了一锅粥，而正因为如此我才打开了那扇百叶窗，就像是为了向世界吐出一口闷气。

趁哈莉叶还没有准备好餐桌，我用最高级的阿拉伯椰枣花给父亲调制了一杯苦酒，在里面掺入一匙蜂蜜和几滴柠檬汁，接着安静地来到父亲跟前，他正在阅读《灵魂之书》。我像个幽灵，静悄悄不让人察觉地把酒放到了他的面前，他喜欢这样。

"下雪了吗？"他问，声音如此微弱而忧伤。当下我就明白，这将是可怜的父亲最后一次看见雪。

10. 我是一棵树

　　我是一棵树，而且我很寂寞，我在雨中哭泣。看在安拉的分上，听听我想说的话。喝点儿咖啡，不要犯困，睁大眼睛，就当我是精灵一样，听我给你们说说为什么我会如此寂寞。

　　一、人们说我是被潦草地画在一张表面未涂胶的粗纸上的，为了在说书大师身后能有一幅树的图画挂着。的确如此。此刻，我身旁既没有其他修长的树，也没有草原上的七叶草，没有常用来比作撒旦和人的层层黑岩石，也没有天空中卷曲的中国式云朵。只有土地、天空、我和地平线。但我的故事比这要复杂得多。

　　二、身为一棵树，我没有必要非得成为书的一部分。然而，身为一棵树的图画，我却不是某本书中的一页，这点让我感到有些不安。既然我不是要在书中展示什么，那么我就想到，我的图画被挂在墙上，而异教徒和邪教徒之类的人将会跪倒在我面前拜我。别让埃尔祖鲁姆教长的信徒们听见，我偷偷地为这种念头自豪，之后就被深深的恐惧和羞惭吞没。

　　三、我的寂寞，最根本的原因是我甚至不知道自己属于哪个故事。本来我应该是某个故事的一部分，然而我却像秋天的落叶一样，从那里飘落。让我来讲给你们听：

像秋天的落叶般从我的故事中飘落的故事

四十年前，波斯王塔赫玛斯普，这位奥斯曼帝国的大敌，也是全世界最喜欢绘画艺术的君王，随着年岁的衰老，失去了对美酒、音乐、诗歌，以及绘画的热爱；不仅如此，他还戒除了咖啡，结果他的脑袋自然也就停止了运转。成天阴沉着脸，疑心越来越重，为了远离奥斯曼军队，他甚至把帝国的首都从当时仍属于波斯领土的大不里士，迁移到了加兹温。晚年有一天，他被邪灵缠身，一阵精神错乱中，他祈求真主的宽恕，发誓一辈子再也不碰酒、漂亮男孩和绘画。这个事件明显地证明，丧失了对咖啡的品位之后，这位伟大的君主同时也丧失了他的神智。

由于这个原因，许多天赋异禀的装订师、书法家、镀金师与细密画家，二十年来曾在大不里士创造出世上最珍贵的经典著作，此时却全部作鸟兽散般地分散到了其他城市。马什哈德的总督易卜拉欣·米尔扎苏丹，塔赫玛斯普的侄儿及女婿，于是邀请到其中最优秀的几位来到他管辖的城市，把他们安置在他的细密画家工匠坊，要他们临摹帖木儿统治时期赫拉特城最伟大诗人贾米的七部叙事诗《七宝座》，并把它制作成一本有细密画的精致手抄本。对于这位聪明而可爱的侄儿，君王塔赫玛斯普原本就是又爱又嫉妒，也后悔把自己的女儿嫁给了他。当他听说这本精致手抄本的时候，妒火中烧，愤怒地免除了侄儿马什哈德总督的职位，把他贬到卡因市；这样还不够，之后又把他贬到一个更小的城镇萨卜泽瓦尔。马什哈德的书法家和插画家于是流落到别的城市、别的国家，投靠到别的苏丹和王子的手抄画坊里去了。

然而，奇迹般地，易卜拉欣·米尔扎苏丹的精美书册并没有半途而废。原来，他手下有一位忠心耿耿的图书制作员。这个人骑着马，大老远跑到最优秀的镀金大师居住的设拉子；然后他再带着几张书页来到伊斯法罕，寻找最擅长书写奈斯塔力克体书法的书法家；接着他翻山越岭，一路来到布哈拉，请乌兹别克汗身边最伟大的绘画大师设计绘画结构，请他们描绘人像；之后，他南下赫拉特，委托一位半盲的老画师根据记忆画出了蜿蜒扭曲的藤蔓和枝叶；在赫拉特，他拜访另一位书法家，请他以金色的瑞卡体书法为图画中一扇门撰写了门楣；最后，他再度出发往南到卡因，向易卜拉欣·米尔扎苏丹展示自己长途跋涉六个月完成了一半的书页，以此获得了极大的赞赏。

依照这种速度，这本书显然永远也做不完，明白了这一点后他们雇用了鞑靼快骑作为信差。除了准备让大师绘画和书写的手稿书页外，每一位快骑还携带一封信，详细描述要求艺术家们所做的内容。就这样，信差们带着手稿书页，穿越波斯、呼罗珊、乌兹别克领土，以及索格底亚那。信差的快马疾驰加速了书本的制作。有时，在一个下雪的夜晚，第五十九页和第一百六十二页，会在一间屋外狼嗥声依稀可闻的驼马店相遇。两位信差友善地交谈后，会发现彼此正参与同一本书的制作，于是他们把各自的书页从房里拿出来。彼此讨论手上这些书页，努力分辨它们究竟属于哪一个故事，又是故事的哪一部分。

我原本应该属于这本现已完工了的手抄绘本中的一页，然而很遗憾，一个寒冷的冬夜，运送我的那位鞑靼快骑穿越一座崎岖的高山时，被埋伏的盗贼突袭。他们先是痛打可怜的鞑靼人一顿，然后这群无耻的盗贼将他洗劫一空，强奸并残酷地杀害了他。因此我也无从知晓自己原本究竟属于哪一页。我请求你们看看我，告诉我：我本来是准备在马杰农乔装成牧羊人去探视蕾莉的帐篷时，作为他的遮阴？还是本来准备隐没在黑夜里，象征一个绝望而没有信仰的人灵魂中的幽暗？我多么希望自己能为一对逃离全世界、横越大海、最后在一座鸟语花香的岛屿上得到安宁的情侣增添幸福的色彩！我多么希望，当亚历山大在征服印度的过程中，受到暑热以致鼻血不止而身亡时，自己能在他生命的最后一刻为其遮阴。或者，一位父亲向儿子提供关于爱与生命的忠告时，我原本是用来象征他的力量和智慧的？啊，究竟我原本是要为哪一个故事增添意义及典雅呢？

这群土匪杀死了信差，把我带在身边，鲁莽地揣着我穿越无数山脉及城市，其中一个偶尔也明白我的价值，对我细心呵护，就好像他知道一张树木的图画要比一棵真正的树更加赏心悦目似的。然而由于他不知道我属于哪一个故事，因而很快就厌倦了我。这个流氓揣着我走过一座又一座的城市，幸好他并没有像我所害怕的人那样，把我撕了乱丢，反而来到一家旅店，以一壶酒的价格把我卖给了一个细心的人。这位可怜的细心人，有时会在夜里就着烛光看着我哭泣。没多久，他就悲伤而亡，人们卖掉了他所有的物品。感谢说书大师买下了我，让我大老远地来到了伊斯坦布尔。如今，我万分快乐，今晚能够在这里和你们这些奥斯曼苏丹手下天赋异禀、目光如鹰、意志坚定、下笔精巧、心思细腻的细密画家及书法家在一起，我感到十分荣幸。看在上天的分上，我乞求你们别相信别人的瞎扯，说我是某个细密画大师为了墙上能有幅画挂而随便在粗纸上乱涂的。

但再听听看，还有些什么样的谎言、什么样的诽谤和什么样的大胆玩笑！你们大概还记得，昨天晚上我的主人在这面墙上挂了一张狗的图画，讲述了这只禽兽的冒险故事；同时他还说了关于埃尔祖鲁姆的胡斯莱特教长的故事！是这样的，尊敬的努斯莱特教长的信徒们完全误解了这个故事，他们以为我们的言论冒犯了他。我们怎么可能说这位伟大的传道士、尊贵的大人身世可疑呢？真主责罚！我们怎么可能有这种念头？他们可真能搬弄是非，这是多么大胆的玩笑呀！事实上，他们把埃尔祖鲁姆的努斯莱特听成了埃尔祖鲁姆的胡斯莱特了。所以，接下来让我告诉你们"锡瓦斯的斗鸡眼奈德莱特教长与树"的故事。

除了公开斥责追求漂亮男孩和绘画艺术，锡瓦斯的斗鸡眼奈德莱特教长坚持咖啡是魔鬼的产物，喝咖啡的人全都要下地狱。喂，锡瓦斯人，难道你忘了我这根粗大的枝条是怎么弯曲的吗？我来告诉你们，不过你们得发誓不告诉别人，因为安拉会保佑你们不听信诽谤的。一天早晨，我醒来一看，哇塞，一个个儿有清真寺宣礼塔那么高、手像狮子爪一样的庞大的家伙，带着之前提到的那位教长，爬到我这棵树上，躲在我茂盛的树叶下；接着，原谅我的用词，他们就像发情的狗一样搞了起来。当这个庞然大物，后来我才明白原来是撒旦，在干我们这位的时候，一边温柔地亲吻他迷人的耳朵，一边对之细语："咖啡是罪，咖啡是恶……"因此，那些相信咖啡带来不良影响的人，相信的不是我们正统宗教的戒律，而是撒旦本人。

最后，我要提一下法兰克画家，如此一来，如果你们之中有些堕落的人一心想和他们一样的话，希望你们留意我的警告，改变想法。是的，这些法兰克画家用惊人的技巧描绘君王、神甫、绅士甚至女人的脸孔，使你看过这样的一张肖像之后，能够在街上指认出画中的人。本来他们的妻子就可以随便在街上游荡，所以，其余的你们自己去想吧。但好像这还不够似的，他们更加的变本加厉。我指的不是拉皮条这种事，而是绘画……

一位伟大的法兰克大画师与另一位伟大的法兰克大画师，一起走过一片法兰克草原，谈论着技巧和艺术。他们走着，走着，看到前方有一座森林，其中技艺更为纯熟的一位告诉另一位："新风格的绘画需要这样一种才能，当你画了这座森林中的一棵树后，看过画的人来到这里，若他愿意的话，便可从所有树木里准确无误地找出那一棵树。"

感谢安拉，我，你们见到的这幅可怜的树画，好在不是根据这种企图画出来的。这么说不是害怕如果我是如此被画出来的话，伊斯坦布尔所有的狗都会以为我是一棵真的树，跑来往我身上撒尿，而是因为：我不想成为一棵树本身，而想成为它的意义。

11. 我的名字叫黑

　　雪从深夜开始，一直下到清晨。整个晚上，谢库瑞的信我看了一遍又一遍。我在空荡荡的屋子中空荡荡的房间里心情激动地来回走着，偶尔倾身倚向烛台，在昏暗烛火的闪烁烛光下，看着我恋人生气的笔迹：这些字母急躁颤动，翻着筋斗地想要欺骗我，忽左忽右地摇摆行进着。陡然间，百叶窗在我眼前打开，我恋人的脸庞和她悲伤的微笑在我眼前浮现。一见到她真实的面孔，我就忘掉了最近六七年在我心中藏着的那张樱桃红的小嘴已逐渐变大了的脸。

　　深夜，我沉浸在了婚姻的幻想之中：我毫不怀疑我的爱情，也相信它会得到同样的回报，我们就这样幸福地结了婚；然而，我梦中想象的幸福，却在一栋带楼梯的房子里遭到了打击；因为我找不到合适的工作，开始与妻子争吵，无法让她听我的话。

　　我明白这些不祥的画面，是来自安萨里《圣学重光》一书中关于婚姻之恶的段落；单身在阿拉伯时，好几个夜晚我都读这本书。不过，我记得在同样的段落中，还更多地提到了婚姻的好处，虽然这些段落我读过好几遍，但此刻我怎么想也只能记起其中的两条：第一，男人结婚以后就会有人井井有条地打理家务

（而在我幻想中的屋子里却没有）；第二，我就可以免除自渎的罪恶，无需再带着一种更深的罪恶感，怯懦地跟随皮条客钻进漆黑的小巷，钻进娼妓的巢穴。

深夜里这种获救的想法，再次引发了我手淫的念头。为了解决心中这种无法克制的冲动，我在单纯的欲望驱使下，像往常一样缩到房间的一个角落里。然而过了一会儿，我却发现举不起来了。十二年之后我再度坠入了爱河！

这个发现在我内心激起了极大的兴奋与恐惧，使我绕着房间，几乎像烛火般颤抖地踱起了步。如果谢库瑞是想故意现身窗口，那么还有什么必要写这封意思完全相反的信呢？如果女儿是那么的不想要我的话，她的父亲又为什么要邀请我来？难道说是父女俩在跟我玩游戏吗？我在屋里来回踱着步，感觉到房门、墙壁及嘎吱作响的地板和我一样打着磕巴，试图嘎嘎吱吱地回答我的每一个问题。

我望向多年前我画的那幅画，画中席琳抬头看见霍斯陆的画像悬挂在树枝上，随即坠入了情网。这幅画是我受姨父当时刚从大不里士得到的一本书中同样一幅画的启发而画的。此时看着这幅画，并没有像往昔那样让我每每想起它就感到难堪（因为画和爱的表白都太简单直白），也没有唤起我年轻时代的快乐回忆。天快亮时，我已经想明白了：谢库瑞正巧妙地引诱我进入一场爱情的棋局。借由退还这幅画，她已经移动了一颗棋子。我坐了下来，在烛光下给她写了一封回信。

早晨，小睡了一会儿之后，我把信揣在胸前，走上街头，沿着街道走了很长一段路。积雪拓宽了伊斯坦布尔狭窄的街道，也使得城市不再那么拥挤。四周变得更加寂静而死气沉沉，正如我童年时一样。年少时在下雪的冬天，我总以为伊斯坦布尔的屋脊、圆顶和花园似乎是被乌鸦包围着的，此时我又有了同样的感觉。我飞快地行走，听着自己踩在雪地上的脚步声，看着呼吸吐出的白雾。我逐渐兴奋起来，想着姨父要我去拜访的宫廷画坊，也一定和街道一样安静。走进犹太社区之前，我托路旁一个小孩替我给艾斯特传了个口信，告诉她正午祷告之前到何处跟我碰面，她将会替我把信转给谢库瑞的。

我早早地来到了位于圣索菲亚清真寺后面的宫廷画坊。除了屋檐上悬垂的冰柱，画坊大楼没有丝毫改变，与我小时候在这里当学徒、和姨父一起进进出出的时候一模一样。

我跟随一位俊美的年轻学徒一路穿行，两旁是那些长年浸淫在糨糊及装订胶水气味中的年老装订大师、年轻时就已驼背的细密画大师们，以及混合颜料的年轻学徒，他们甚至看也不看放在膝盖上的碗，而是悲伤地凝视着炉里的火焰。在一个角落里，我看见一个老人把一颗鸵鸟蛋放在腿上，正在蛋壳上认认真真地画着琐碎的图案，另一名大叔则专注地在纹饰一个抽屉，一位年轻学徒恭敬地在一旁看着两人。透过一扇敞开的门，我见到一帮学生正在挨训，他们低垂着头，脸涨得通红，鼻尖几乎要碰到在面前摊开的书页，努力想弄清楚自己犯的错误。另一个房间里，一个忧伤的学徒仿佛暂时忘了颜色、纸张和绘画，只是呆望着刚才我兴冲冲走过的街道。敞开着的房门前，那些正在临摹绘画、准备模板和颜料、削笔的画师用敌视的眼光侧目看着我。

我们爬上结了冰的楼梯，穿过环绕屋内二楼的回廊。下方积雪覆盖的内院，有两个孩子般大小的学生，尽管包着粗厚的羊毛斗篷，仍然冷得发抖，他们正在等待着什么，或许是等待着即将到来的处罚。我回想起自己年少时，那些懒惰或浪费昂贵颜料的学生都要被责打和处以笞跖刑，那一棍一棍都落在他们的脚底板上，直到打出血为止。

我们走进一个温暖的房间，见到了一些舒舒服服跪坐着的画师，但他们不是我所想的那种大师，而是刚结束学徒阶段的年轻人。由于几位被奥斯曼大师赐予工匠坊代号的大画师们如今都在家里工作，这里看起来已经不再像是一位富裕伟大苏丹的画坊，而像是遥远东方偏远山区中破败了的驼马店里的一个大房间。

十五年之后我第一次见到了画坊总监奥斯曼大师，他就坐在边上的一个长桌台旁，我感觉与其说他像个影子，不如说他更像个幽灵。在外的那些日子里，每当幻想着绘画的事时，这位伟大的大师总会出现在我崇敬的心中，就像贝赫扎德一样。此刻，雪白的光线从面向圣索菲亚清真寺的窗户洒落，衬着他一身白衣，看起来仿佛他早已成为另一个世界的幽魂。我亲吻了他的手，看到上面布满了老人斑，接着介绍了自己。我说小时候，我姨父曾让我在这里学习，但之后我选择了公职，离开了此地；这些年来一直在路上东奔西走，在东方各城给帕夏们当书记员或财务秘书。我还告诉他，我和塞尔哈特帕夏等人一起认识了许多大不里士的书法家及插画家，组织编纂书籍；曾在巴格达、哈勒普、凡城和第比利斯待过，看到过许多战役。

"啊，第比利斯！"大师看着从冰雪覆盖的花园渗过窗上油布射入屋内的光线说，"那里正在下雪吗？"

他的表情正如那些长年精研技艺终致失明的波斯前辈大师，他们到了某个年纪后，过着半圣人、半痴呆的生活，关于他们有着永远也说不完的传奇故事。当下，从他那精灵般的眼中，我看出他极为讨厌我的姨父，也看出他在怀疑我。尽管如此，我还是向他解释说，在阿拉伯的沙漠中和在这儿一样，雪不只是落在圣索菲亚清真寺上面，同时也会飘落在记忆当中。我还编了一段故事：当雪花落在第比利斯城堡上时，洗衣妇会唱起有着花朵色彩的歌曲，孩子们则把冰激凌藏在枕头下为夏天预留。

"你给我讲讲，你到过的国家里那些细密画家都在画些什么。"他说。

角落里，一个双眼朦胧的年轻画家正在描纸上的格线。他原本陷入沉思，听到这句话，从画桌上抬起头，和屋里其他人一样，他望着我的表情似乎在说："现在讲讲你最真实的故事吧。"这些人，大多数不知道自己所住街区杂货店的老板是谁，也不知道面包的价格有多高，但我却一点也不怀疑他们知道在大不里士、加兹温、设拉子和巴格达谁画得怎么样，也不怀疑他们知道哪个画坊、国王、君主、王子花多少钱编书，更不怀疑他们听说了太多的最新谣言和传说，这些谣言和传说至少在这个范围内就像瘟疫一样流传得很快。尽管如此，我还是跟他们讲了，因为我是从那儿、从东方、从波斯帝国来的。在那里，军队相互争战，王子们互相残杀，把城市掠夺一空之后再烧成灰烬；在那里，每天都在谈论着战争与和平；在那里，好几世纪以来写下了最优美的诗歌，创造出了最精致的彩饰和绘画。

"塔赫玛斯普君王统治了五十二年。最近几年，你们也知道，他忘却了对书本、彩饰及绘画的热爱，冷落了诗人、插画家及书法家，自己隐遁到宗教信仰中。他过世之后，儿子伊斯玛仪登上了王位。"我说，"塔赫玛斯普国王一直很清楚儿子性情暴烈且好斗，因此把这位未来的国王关起来囚禁了二十年。新君王一登上王位就疯狂地追杀自己的弟弟们，有的被他弄瞎了眼赶了出去。然而，他的敌人最后引诱他吸食鸦片，摧毁了他的心智，彻底摆脱了他。他们把他智能不足的哥哥穆罕默德·胡大班德哄上了皇位。在他的统治下，所有王子、他的兄弟们、总督们与乌兹别克人，所有的人全都开始叛乱。他们彼此厮杀，攻打我们的塞尔哈特帕夏，猛烈的战火将整个波斯笼罩在漫天烟尘之中，混乱不堪。现在的君王，没有金钱、没有智慧，又是半个瞎子，实在没有能力请人绘画、制作书籍了。因此，加兹温和赫拉特的神奇画家，在塔赫玛斯普君王的画坊里创造出奇迹的所有这些年长的大师及他们的学徒，这些画笔一挥能让马儿奔腾冲刺、让蝴蝶翩然展翅飞离书页的画家和着色师们，所有那些装订大师及书法家，没有一个不是穷困潦倒、身无分文甚至无家可归。他们有些人北上进入了乌兹别克，有些到了西边的印度，有些则来到了伊斯坦布尔。有些人转行做了别的工作，糟蹋着自己和自己的荣誉。有些人则投靠了互相为敌的各个小王子和总督，开始在他们手下绘制一些巴掌大小的书籍，其中最多也只有三五页插图。到处可见书写潦草、仓促绘制而成的廉价书本，正好符合那些普通士兵、粗俗帕夏和娇宠王子的品位。"

"他们愿意为多少钱干活？"奥斯曼大师问。

"我听说那么有名的萨德格依先生为一位乌兹别克骑兵绘制一本《珍禽异兽》，只拿了四十金币。我在埃尔祖鲁姆一位刚刚东征回来的鄙俗帕夏的营帐里，看见一本猥亵图片的画册，里头包括名家瑟亚乌什的作品。有一些尚未放弃绘画的大画师则制作单张图画贩卖，那些画甚至不属于任何一本书，不属于任何一个故事。观察那些单张图画时，你不会去考虑它是哪一个故事的哪

72

个场景，你会去欣赏图画本身，纯粹是为了饱饱眼福。比如说，你可能称赞：'这跟真的马一模一样，美极了。'然后你会基于这点付钱给画家。战争和交媾的图画相当抢手。一场人数众多的战斗场景已经降到了三百银币，且几乎没有人来预订。为了贱价吸引买家，有些人干脆只在未上胶的粗纸上画黑白画，连一丝一毫的颜料都不涂。"

"我有一位极具天赋而极为知足的镀金师，"奥斯曼大师说，"他笔下的作品非常高雅，因此我们称呼他为'高雅先生'。然而他离开了我们。已经六天了，到处都找不到他。就这么凭空消失了。"

"怎么可能会有人想离开这么一间画坊，这么一个温馨的家呢？"我说。

"蝴蝶、橄榄、鹳鸟与高雅，这四位我从他们学徒时代训练出来的年轻大师，目前遵照苏丹陛下的吩咐在家里工作。"奥斯曼大师说。

这么做，表面上是为了让他们能够更舒服地绘制画坊所有人都参与的庆典叙事诗。这一次，苏丹并没在宫廷内院为他的细密画师们设置一个特别工作室，而是命令他们在家中进行绘制。这个安排很可能是为了我姨父的书而下的命令，想到这一点，我陷入了沉思。奥斯曼大师的话中到底有几分暗示？

"努里先生，"他叫来一名苍白而驼背的画师，"领我们黑大师作一场画坊'巡视'！"

"巡视"是苏丹陛下每两个月一次参观细密画家画室时的例行仪式，有一段振奋人心的时期，苏丹陛下非常认真注意画坊里的活动。在财务大臣哈兹姆、编年史诗大臣罗克曼，以及画坊总监奥斯曼大师的陪同下，苏丹陛下会听取介绍画师们正在绘制哪一本书的哪几页，谁为哪一页镀金、谁为哪一幅图上色，然后再一个接一个，听取介绍所有参与人员的工作，包括着色师、格线师、镀金师，以及心灵手巧的细密画大师们。

看到他们举行一场假的仪式让我很难过，真的"巡视"再也不曾举办，因为负责大部分手抄绘本写作的编年史诗大臣罗克曼大人，如今已年老力衰出不了门了；因为奥斯曼大师时常在一阵盛怒下消失得无影无踪；因为代号为蝴蝶、橄榄、鹳鸟与高雅的四位大师在家里工作；同时更因为苏丹陛下在画坊里不能再像个孩子般激动起来。就如许多细密画家一样，努里先生一事无成地老去，不曾充实地享受生活，也没有专精他的手艺。不过，他并没有白白地躬身在工作台前变成驼背：他始终仔细留意画坊里发生的一切，留心谁画了哪一幅精美的图画。

我兴致勃勃地第一次欣赏到传说中的庆典叙事诗，书中描述了苏丹陛下王子们的割礼庆典。还在波斯时，我就听过许多关于这个历时五十二天的割礼庆典故事，全伊斯坦布尔各行各业的人们都参加了这一庆典活动，而当时作为纪念这项盛事的这本书籍尚在绘制当中。

翻开我面前的第一幅图画，它所描绘的是在已故易卜拉欣帕夏官邸的凉廊下，世界的保护神苏丹陛下，正在凝视着下方赛马场里的庆典活动，脸上的表情流露出他十分满足。他的脸孔，尽管五官没有细腻到可以让一个人在众人中分辨出他来，笔锋却极为熟练而充满敬意。这幅画横跨两页，苏丹陛下在左页，在他的左边则是站在圆拱形柱廊里和窗口的许多大臣、帕夏，以及波斯、鞑靼、法兰克与威尼斯的使臣。由于他们不是君王，因而他们的眼睛是仓促而随意画的，并没有特别注视什么，只是大致观望着广场里的活动。稍后，我注意到在其他图画中，尽管墙上的装饰、树木、屋瓦的风格与颜色有所不同，但位置安排和画面的结构都是重复的。等到书法家写完内文，插画完成，书本装订好后，读者翻阅书页时，就会看到苏丹和受邀而来的人群都站在同样的位置，以同样的目光看着同样的赛马场，但通过截然不同的色彩，就可以看到截然不同的庆典活动。

我也都看见了：我看见人们争相抢夺放在赛马场里的上百碗肉饭；我看见活生生的兔子和小鸟从一只烤牛里蹦出来，吓坏了前去抢肉的人群；我看见铜匠大师们驾着一辆轮车，驶过苏丹陛下面前，车上躺着一个人，他把铁砧放在自己赤裸的胸膛上，其他人则拿着槌子在上头敲打铜片，却丝毫没有伤到他；我看见玻璃彩绘师们乘着马车，一边在玻璃上画着丁香树和柏树，一边游行经过苏丹陛下面前；我也看见糖点师父骑着载满一袋袋糖的骆驼行过苏丹陛下面前时，展示着一笼笼糖制的鹦鹉，同时吟唱着甜美的诗歌；还有年老的锁匠们，在车上展示了各种各样的挂锁、扣锁、门闩锁及链锁，抱怨新时代和新门窗的邪恶。蝴蝶、鹳鸟和橄榄共同画出了一张描绘魔术师的图画：其中一个魔术师正让鸡蛋随着另一个人的铃鼓节拍，滚过一根木棍而不掉落地面——仿佛是在一片宽阔的大理石板上滚动。在一辆马车里，我清楚看见船长科勒奇·阿里帕夏让他在海上俘虏的异教徒们用泥土堆成了一座"异教山"，接着他把所有奴隶塞进马车，等来到苏丹面前时引爆了"山"里的火药，展示着他是如何用大炮炸得异教徒的国土哀鸿遍野的。我看见胡子刮得干干净净的屠夫们穿着玫瑰色和紫色的制服，手里拿着大片切肉刀，微笑着面对吊在挂钩上、剥了皮的粉红色绵羊。驯兽师们牵着一只绑着铁链的狮子来到苏丹陛下面前，逗弄并激怒它，直到它的眼中燃起血红的怒火，周围的观众看了鼓掌叫好。接着在下一页，我看见这只象征伊斯兰的狮子，正在追逐一只灰粉红色的猪。在另一张图画中，一辆马车上载着一间理发店，一位理发师从天花板倒吊而下，为顾客刮胡子；他的助手身穿红衣，手里拿着镜子和一个装香皂的银碗，等着收小费。这幅画我看了又看，后来问这件作品是出自哪一位了不起的细密画家。

"一幅画真正重要的，是通过它的美，让人了解生命的丰富多彩、仁爱，让人尊重真主所创造的缤纷世界，让人了解内心世界与信仰。细密画家的身份并不重要。"

细密画家努里显然比我想的要圆滑得多，他话中的保留，是否因为明白了我姨父是派我来这里进行调查的？或者他只是转述画坊总监奥斯曼大师的话？

"书中所有的镀金工作是由高雅做的吗？"我问，"现在是谁代替他做呢？"

孩童的尖声嚷叫从面向内院的门外传来。下方，其中一位部门总管已经开始执行答跕刑，被打的学徒们很可能是被抓到在口袋偷藏红色颜料粉末，或是把金箔夹藏在纸张里；大概就是刚才我看到在寒风中等待的那两个人。年轻的画师们不放过嘲笑他们的机会，都跑到门口看去了。

"等学徒们依照奥斯曼大师的指示，在这幅画中用玫瑰的粉红色涂好竞技场的地面，"努里先生小心谨慎地说，"但愿我们的兄弟高雅先生，无论此刻身在何方，届时将会回来接手完成这两页的镀金。我们的大师，细密画家奥斯曼，要求高雅先生把每一幅画中的竞技场地面涂上不同的颜色。玫瑰粉红、印度绿、番红花黄或是鹅屎的颜色。任何人看了第一张图画都会明白这是一个广场，应该是土的颜色，然而在第二张、第三张图中，他会希望看到别的颜色，为眼睛增加乐趣。彩饰的目的就是为了使页面充满喜庆。"

我们注意到一位助手把一张纸放在了一个角落，上面有一些图画。他正忙于《胜利之书》里的一张单页图画，这张图画描绘的是一队海军船舰出发作战。不过很明显，听到朋友被痛打脚底板的尖叫声他就跑去看了。他拿了一块船的图样描边，重复画出一艘艘一模一样的船只，看起来甚至都没有接触到海面。然而这种不精确、看不出风吹的船帆，并不是因为图样的缘故，而是因为年轻画师的功力不足。我难过地看着那块图样从一本旧书上被粗暴地剪了下来，那是一本什么书，我却看不出来，或许是一本图样集。显然，奥斯曼大师已经对许多事情都不太在意了。

我们来到努里先生的画桌旁，他骄傲地说自己花了三个星期镀完了一枚玺印。我满怀敬意地欣赏了镀金玺印，它被画在一张空白的纸上，以确保没人会明白这是要送给谁的、有什么用处。我非常清楚在东方有许多不安分的帕夏，单单看见苏丹陛下尊贵而充满力量的玺印，便放弃了反叛之心。

接着，尽管我们看到了书法家杰玛尔抄写、完成并留下的最新经典之作，但为了不给那些打压、反对色彩与绘画的人留下话柄，我们很快翻了翻就过去了。

描边师纳赛尔正在修补一张图画，说是修补，其实是在破坏。这是一张描述霍斯陆给席琳洗澡的裸露画面，这是内扎米的《五部曲》中的某一页，而这本书则是从帖木儿之子的年代留传下来的。

一位九十二岁、半瞎的前大师，平时总爱絮絮叨叨说着同样的故事：六十年前他在大不里士亲吻过贝赫扎德大师的手，那位传奇的名大师当时又盲又醉。此刻他用颤抖的双手向我们展示了一个笔盒上的纹饰，这个笔盒三个月之后才能完工，届时将献给苏丹陛下作为节日礼物。

　　突然间，一阵寂静包围了整个画坊，近八十名在一楼许多小小隔间里工作的画师、学生与学徒，全部鸦雀无声。这是责打过后的寂静，类似的情形我听说过许多；过一会儿这样的寂静将被打破，有时候是一声讨人厌的轻笑或是一句玩笑，有时候是令人想起学徒年代的一两声啜泣和突然要哭喊之前的呻吟；细密画师们也会想起自己学徒时代所遭受的责打。然而，某一瞬间，这位九十二岁的半盲大师让我感觉到了一种更深层的东西：就在这里，就在这远离所有战争与纷乱的地方，所有的一切都已走到了尽头。世界末日前的一刹那，想必也是如此寂静。

　　绘画是思想的寂静，视觉的音乐。

　　亲吻奥斯曼大师的手道别时，我不仅对他无比尊敬，同时升起一股完全不同的情感，使我的心灵混乱不已：怜悯混杂着对一个圣者的仰慕，一种奇特的罪恶感。这，或许，是因为我的姨父——他要求画家们，不管公开或秘密地，去模仿法兰克大师的技巧——是他的对手。

　　同时，我忽然感觉到，这或许是我最后一次在人世间见到这位大师了。于是在一股渴望取悦于他的冲动下，我问了一个问题：

　　“我伟大的大师，我亲爱的阁下，是什么区分出优秀的细密画家，使他们不同于一般？”

　　我以为这位习于如此奉承问题的画坊总监，会给我一个漫不经心的回答，也以为此时他已全然忘记了我是谁。

"并没有一个单独的标准，可以分辨优秀的细密画家与拙劣不实的画匠。"他态度严肃地说，"这会随着时间而改变。然而，当他面对威胁艺术的邪恶时所持有的技巧与道德却非常重要。如今，为了了解一位年轻画家有多么优秀，我会问他三个问题。"

"什么问题？"

"他是否认同新的风尚，受中国人与法兰克人的影响，坚持自己应该拥有个人的绘画风格？作为一位插画家，他是否想要与众不同？为了证明这一点，他是否企图像法兰克画师一样，在作品某处签上自己的名字？为了了解这一点，我会先问他一个关于'风格'与'签名'的问题。"

"接着呢？"我尊敬地问。

"接着我会想知道，在最初委托制作原书的君王和苏丹死后，书籍被转手、被拆散，书中我们的图画被用于别的年代、别的书，对此这位插画家会怎么想。这是个很敏感的东西，不单单只是伤心或高兴的问题。所以，我会问插画家一个关于'时间'的问题，插画家的时间与安拉的时间。你听得懂吗，孩子？"

不懂。但我没这么说。相反的，我问道："那么，第三个问题呢？"

"第三个问题是'失明'！"伟大的画坊总监奥斯曼大师说，然后他陷入沉默，仿佛这是显而易见的，无需再作解释。

"关于'失明'是怎么样呢？"我羞愧地问。

"失明就是寂灭。如果你结合我刚才说的第一个和第二个问题，'失明'便会浮现。它是一个人绘画的极致：它是在安拉的黑暗中看见事物。"

我也沉默了下来。我走出屋外，不疾不徐地走下结了冰的楼梯。我知道我将会拿大师的三个伟大的问题去问蝴蝶、橄榄和鹳鸟，不只是为了有话题可聊，而是想更了解与我同龄的这三位当代的传奇人物。

虽然如此，我并没有立刻前往绘画大师们的家。我来到犹太社区附近一个新的市场，那里可以俯瞰金角湾与博斯普鲁斯海峡的交汇处，在那儿与艾斯特碰了面。艾斯特真是个活宝：在一群采买的女奴之间，在那些穿着那种松松垮垮的褪色长衫的贫民区女人之间，在聚精会神挑拣胡萝卜、椴梓与一串串洋葱和萝卜的人群之间，她不得不穿着一身粉红色犹太长袍；她的身体肥胖而灵活，一张嘴永远动个不停，疯狂地向我挤眉弄眼，做着各种示意。

她以一种老练而神秘的姿势，把我交给她的信塞进灯笼裤里，好像整个市场都在窥视我们。她告诉我，谢库瑞正在想着我。她收下小费，当我说"拜托快点，马上就把信送去"时，她指了指布包，表示还有一大堆事情要忙，然后告诉我中午时分才能把信交给谢库瑞。我请她转告谢库瑞，我正要前去拜访三位年轻的细密画大师。

12. 人们都叫我"蝴蝶"

响礼的时间还未到，敲门声响起：开门发现是黑先生，以前当学徒的时候，有一阵子他曾和我们在一起。我们互相拥抱，亲吻脸颊。我心里猜想是不是他的姨父要他传几句话，但他却说是以朋友的身份来访，想看看我画的书页和图画，而且还将以苏丹陛下的名义问我一个问题。

"好的，"我说，"要问我的是什么问题呢？"他告诉了我。的确，好极了！

风格与签名

"低贱的人为了金钱与名声作画，而并不是为了观看的欢愉及自己的信仰。只要这种人的数目增加，"我说，"我们就会看到愈来愈多的丑恶与贪婪，就像他们对'风格'和'签名'的狂热追求。"我如此开场，并不是我相信自己的话，而是从套路上来说应该这么回答。而真正的才能与技巧绝不会因为对黄金和名声的热爱而受损。不仅如此，说实话，就我而言，金钱与名声是一个巧匠应得的权利，并且还会令他更加痴迷于艺术。但如果我公开这么说，细密画家部门里那些嫉妒得发狂的平庸插画家必定因为我说了一句大白话而跳出来攻击我。然而我可以在一粒米上画一棵树，以此来证明我比他们任何一个人都更加热爱这份职业。我很清楚这股对于"风格"、"签名"与"个性"的渴求，是从遥远的东方传来我们这里的，某些不幸的中国大师看见耶稣会教士自西方带去的图画后，受到欧洲人的影响误入歧途。因此，就这一方面，让我来给你们讲三个可以称之为寓言的故事。

三个关于风格与签名的故事
一

很久以前，在赫拉特北方一座高山城堡里，住着一位着迷于彩饰及绘画的年轻大汗。这位大汗只喜欢后宫的一个女人。他疯狂爱恋着的这位美艳无双的鞑靼女子同样深爱着他。他们做爱，汗水淋漓直到天亮，他们是那么的幸福，唯一的愿望便是生活能够永远如此。很快地，他们发现要实现这个愿望，最好的方法是翻开书本，连续好几个小时、好几天，一刻不停地看前辈大师们所绘的完美无瑕的图画。越看那些一丝不差地重复同一个故事的完美图画，他们就越觉得时间仿佛停止了，而他们的快乐也融入了故事中黄金时代的幸福时光。在皇室画坊中，有一位细密画家，大师中的大师，曾一次又一次地复制出同样书籍里相同的书页，临摹出同样完美无瑕的图画。已经成了习惯，这位大师总是描绘法尔哈德对席琳的痛苦爱恋，或者蕾莉与马杰农之间爱慕渴望的目光交会，或是霍斯陆与席琳在传说中的天堂花园里意味深长且暧昧的四目交投。而有一天在画这样的书页时，在这些传奇爱侣的位置，画家画上了大汗与他的鞑靼美女。望着这些书页，大汗与他的情人深信自己的幸福将永不止息，因此赏赐给细密画大师数不清的赞美与黄金。然而，到最后，太多的恭维与太多的黄金，使得这位细密画家步上了歪道：在魔鬼的煽动下，他忘记了自己的完美图画其实是仰赖于前辈大师的恩赐，高傲地以为若加入一点自己的个性，将使他的作品更为迷人。只不过他所作的这些创新，他个人风格的痕迹，在大汗与他的情人看来，却只是瑕疵，因而深感不悦。大汗花了很长时间细察这些画作，觉得自己先前的幸福在许多方面都受到了破坏。先是对于书页中只有鞑靼美女的画像而妒忌，之后，为了让美丽的鞑靼情人吃醋，他故意与另一个嫔妃燕好。情人从后宫流言中知道这件事后，伤心欲绝，静悄悄地跑到后宫内院一棵香柏树下，上吊自尽了。大汗这才了解自己的错误，并明白整个悲剧全是由于细密画家追求自己的风格引起的，因而当天就下令刺瞎了这位受魔鬼诱惑的艺术大师。

二

很久以前东方一个国家，有一位喜爱彩饰绘画的幸福老国王，他和美丽绝伦的中国妻子快乐地生活在一起。这期间，国王和前妻所生的英俊儿子，与国王的年轻妻子彼此倾心。这个儿子因为害怕自己对父亲的背叛，羞于这份禁恋，就把自己关在了画坊里，全心投入了绘画。他借着悲伤而强烈的爱情作画，每一幅画都精美万分，让看画者分辨不出哪些是他的画，哪些是前辈大师的作品。国王为自己的儿子感到万分骄傲，年轻的中国妻子观赏画作时则会称赞："是的，是很漂亮！可是日子久了以后，如果他不在作品上签名，没有人会知道这些漂亮的图画是出自他的手。"苏丹回应："不过，如果我的儿子在画上签名，不就成剽窃前辈大师的作品了吗？而且，如果他签上名字，不正是说明：

'我的图画透露着我的缺陷？'"中国妻子明白，关于签名这一点，自己无法说服年迈的丈夫。然而，最终她却成功地把这有关签名的话传给了埋首画坊的年轻儿子。这个儿子由于不得不隐瞒自己的爱情而伤了自尊，在美丽继母的劝说及魔鬼的强迫下，于画中的一角，在墙壁与草丛之间，某个他以为不会有人发觉的地方，签下了自己的名字。第一张有他签名的画作，是《霍斯陆与席琳》故事中的某个场景。你们知道这一场：霍斯陆与席琳结婚后，霍斯陆第一次婚姻所生的儿子席鲁耶，爱上了席琳。一天夜里，席鲁耶从窗户潜入他们的卧房，拿出匕首猛然刺入躺在席琳身旁的父亲的胸膛。老国王看他儿子画的这幅图画时，突然感觉到画中有某种缺陷；他看到了签名，但和我们当中大多数人一样，没有注意他所看到的，只是感觉到："这幅画有缺陷。"由于前辈大师的作品绝不可能给人以此种感觉，老国王心中突然产生了一种恐慌，因为这就意味着自己读的这本书叙述的并不是某个故事或传说，反而是最不应该出现在书本中的东西，一种现实。当老人察觉到这一点时，充满了惊惧。就在此时，他的画家儿子就和画中一样，从窗户爬了进来，没有朝父亲惊凸的眼珠看一眼，就把和画中大小一般的匕首刺入了父亲的胸膛。

三

加兹温的拉施都丁在其《历史》一书中，愉快地写道：两百五十年前在加兹温，手抄本的纹饰、书法及插画是所有艺术中最受推崇与喜爱的。当时加兹温在位的国王统治着拜占庭与中国之间的四十多个国家（或许对插画的热爱是这种巨大力量的秘诀），可惜，他膝下无子。为了不让他所征服的土地在他死后被瓜分，国王决定为美丽的女儿寻找一位聪明的细密画家丈夫。因而，他画室中三位著名的单身年轻画师之间就开始了一场比赛。根据拉施都丁的《历史》记载，比赛的题目非常简单：谁能够画出一张最出色的绘画，他就是胜利者！和拉施都丁自己一样，年轻的细密画家知道这意味着依前辈大师的方式作画，因此，三个人都翻制了最受喜爱的场景：在一座仿佛天堂的花园中，一位美丽少女站在扁柏与香柏树之间，四周围绕着胆小的兔子与惊慌的燕子，少女凝视着地面，沉浸在相思的哀愁中。三位细密画家不约而同地都以前辈大师的手法，分毫不差地画出了同样的场景。尽管如此，其中一人想要凸显自己，想把图画的美丽归为己有，就在花园最偏僻角落的水仙花丛中藏入了自己的签名。这位艺术家的这种厚颜无耻的行为，背离了前辈大师的谦卑态度，因而立刻被逐出加兹温，流放到了中国。这么一来，比赛在两位留下的细密画家间重新展开。这一次，两人都画了一幅优美如诗的图画，描绘一位美丽的少女骑马站在一座迷人的花园里。可是其中一位细密画家，不知道是笔误还是故意，没有人晓得，为有一对中国凤眼与高颧骨的少女所骑的那匹白马，画了一对奇怪的鼻孔。这一点立刻被国王和他的女儿视为一个瑕疵。确实，这位细密画家并没有签名，然而在他华丽的图画中，显然为了凸显自己的作品，在马的鼻孔上加了一笔纯熟的变化。国王表示"瑕疵是风格之母"，于是把这位插画家放逐到了拜占庭。然而根据加兹温的拉施都丁所著的《历史》一书记载，最后还发生了一个重要事件。就在那位没留下任何签名、没留下任何瑕疵、完全像前辈大师一样作画的天才细密画家与国王的女儿准备婚礼时，最后还发生了一件事：婚礼前一天，国王的女儿一整天都满怀悲伤地看着未来丈夫的画作，这位年轻英俊的著名大师第二天就要成为她的丈夫。晚上，当夜幕降临时，她来到父亲跟前："确实，没错，前辈大师们在他们精致华美的图画中，都将那美丽的少女画成中国人，这也是从东方传来的、一条不可更改的规则。"她说，"可是当画家深爱一个人时，他们会把情人的形象画入美丽少女的眉、眼、唇、发、微笑，甚至睫毛中，他们总是会添加点什么的。绘画中这种秘密的瑕疵应该是某种情人间的暗示，这种暗示也只有他们自己和他们的恋人才能看得出来。今天一整天，我都看着骑马的美丽少女，我亲爱的父亲，在她身上丝毫没有我的痕迹！这位细密画家或许是个了不起的大师，年轻又英俊，然而他并不爱我。"就这样，国王马上取消了婚礼。从此以后，父亲和女儿相依为命度过了余生。

"这么说，根据第三个故事，缺陷造成了我们所谓的'风格'。"黑毕恭毕敬地说，"这种缺陷是否来自于画家所爱美女的面容、眼睛和微笑中的暗示？"

"不，"我以自信而骄傲的语气说，"从画师所爱的姑娘身上进入画中的东西，最终却不是瑕疵或缺陷，而成为了一种规则。因为，经过一段时间，大家都开始模仿画师，在画姑娘们的脸时都会照着那位美女的脸来画的。"

我们陷入了沉默。我看见之前一直专心聆听我说故事的黑，此时转移了注意，他听到了我美艳的妻子漫步于回廊与隔壁房间的脚步声。我盯着他的眼睛。

"第一个故事证明'风格'是瑕疵；"我说，"第二个故事表示一幅完美的图画不需要签名；而第三个故事则结合了第一个与第二个故事的主旨，说明'签名'与'风格'只不过是画家对于瑕疵作品愚蠢而无耻的沾沾自喜，除此别无其他。"

我给他上了一课，而这个男人，究竟对绘画懂得多少？我说："从我的故事里，你明白我是什么样的人了吗？"

"明白了。"他说，但语气毫无信服力。

为了让你们不必局限于他的眼睛与观察来辨别我是什么人，就让我直接来告诉你们我是个什么样的人。我可以做任何事情。我可以像加兹温的前辈大师们一样，欢欣愉快地画画和涂彩。我是带着自信的微笑说的：我比谁都优秀。如果我的直觉没错的话，黑来访的目的是为了镀金师高雅先生的失踪，而这与我没有丝毫关系。

黑问我关于婚姻与艺术的相互影响。

我工作很努力，而且是高高兴兴地工作。最近我刚刚娶了街区里最美丽的一位姑娘。当我不作画时，我们发疯似的做爱，然后我再度去工作。当然我没有这么回答。"这是一个很大的问题，"我说，"如果细密画家的画笔正在纸上描绘经典，那么，当进入自己妻子体内时，就很难挑起同样的欢愉。""反之亦成立：如果一个男人的芦秆笔使妻子得到了快乐，那么他绘画的芦秆笔就会相形失色。"我补充道。就如每个妒忌细密画家才华的人一样，黑也满心愉悦地相信了这些谎言。

他说想看看我最近所画的书页。我让他坐在我的工作桌前，坐在了各种颜料、墨水瓶、磨光石、毛笔、硬笔与削芦秆笔的板子之间。黑细心研究我正在为庆典叙事诗画的一幅双页图书画，内容描述王子殿下的割礼仪式。我坐在他身旁一只红色坐垫上，坐垫上的余热让我想起有着诱人大腿的美丽妻子不久前才坐过这里。我用芦秆笔画出苏丹陛下面前那些可怜囚犯的悲伤时，聪慧的妻子就握着我的另一支芦秆笔。

我所画的双页画中的场景，内容描述一群因还不起债而被判囚禁的债务人，以及他们的家人，在苏丹陛下的恩泽下获得了解救。我把苏丹安排在一条地毯的边上，地毯上堆满了一袋袋的银币，就如同我在庆典中所见到的一样。苏丹身后，我画出了财务大臣，他手里拿着债务账本，大声宣读。被判罪的囚犯们脖子上戴着铁制枷锁，彼此链在一起，在我的笔下，他们皱着眉、拉长着脸甚至泪眼汪汪，透露出悲惨和痛苦。在苏丹即将颁布赦免这些囚犯并给他们分发仁慈礼物时，乌德琴手和塔布尔琴手，为满脸欣喜地念着祷告、为吟唱着诗歌的人们弹起了伴奏，我用红色调画出了这些琴手，给了他们一张张漂亮的脸孔。为了强调欠债的痛苦及羞耻，虽然我最初并没有这么打算，但在最后一位痛苦囚犯的身旁，我画上了他那一身紫色长衫、忧伤而变难看了的妻子，以及他那身披红色斗篷、哀伤而美丽的长发女儿。黑皱着眉头研究，为了让他明白绘画如何等同于生命之爱，我准备向他解释，为什么这一排排拴着铁链的债务人要横跨两页；我准备告诉他图画中的红色有着什么样的暗喻；我准备讲述前辈大师们从来不曾做过的事情；我准备阐释画中某些我和妻子时常边观赏边笑着讨论的小细节，例如我为何情有独钟地为蹲在角落的那只狗涂上与苏丹的阿特拉丝绸衫一模一样的颜色。但他问了我一个相当粗鲁无礼的问题。

他问我是否知道不幸的高雅先生可能在哪里。

什么"不幸"！我没有说那是个卑劣的抄袭者，一个缺乏灵感、只为金钱镀金的笨蛋。"不，"我说，"我不知道。"

他问我有没有想过，可能是埃尔祖鲁姆传道士身边那些激进、暴力的追随者，伤害了高雅先生？

我克制住了自己，没有回答说他根本就是他们那一伙的。"没，"我说，"为什么？"

今日的伊斯坦布尔弥漫着贫穷、瘟疫，世风日下、道德沦丧，我们之所以沉沦于此，完全是因为远离了我们先知那个时代的伊斯兰教义，转而接受新颖的邪恶习俗，并任由欧洲法兰克人的思想在我们之中蔓延。埃尔祖鲁姆的传道士也是这么说的，然而他的敌人却试图说服苏丹不要信以为真，宣称埃尔祖鲁姆人的信徒们攻击了苦行僧修道院，因为那里有音乐的演奏，同时他们破坏了圣人的坟墓。他们知道我并不像他们一样仇视崇高的埃尔祖鲁姆人，于是想要客气地问我："高雅先生是不是你杀的？"

突然间，我恍然大悟，原来这些谣言早已在细密画家们之间流传开了。那群没灵感、没才华的废物，洋洋得意地散布说我只不过是一个卑鄙的杀人凶手。这个蠢蛋黑竟然把这群妒忌的细密画家们的诽谤当真，单单这一点，就教我忍不住想拿起墨水瓶砸入这位切尔卡西亚人的脑袋。

黑仔细观察着我的工作室，记下了他所看到的一切。他专注地看着我剪纸的长剪刀、装满黄色颜料的陶碗、一碗碗的颜料、我一边工作一边啃食的苹果、安放在后面炉子边缘的咖啡壶、我的咖啡杯、坐垫、从半掩的窗户透入的光线、我用来检查页面构图的镜子、我的衬衫，以及刚才听到敲门声而匆忙退出房间时我妻子掉落在一旁的红腰带，这条红腰带像某种罪行般落在了一边。

尽管对他隐瞒了脑中的想法，我却把我所画的图画及居住的房间，毫无保留地呈现在了他那无礼而挑衅的目光下。我知道我身上的这种骄傲会令你们所有的人都感到震惊，但赚钱最多的是我，因此，最优秀的细密画家也是我！因为，真主一定希望彩绘成为一种喜庆，那就让那些懂得欣赏的人看到这个世界本身就是一种喜庆。

13. 人们都叫我"鹳鸟"

接近晡礼的时候，我听见门口有人敲门。是很久以前，我们小时候就认识的黑。我们相互拥抱。外头很冷，于是我让他进了屋。我甚至没有问他是怎么找到这个家的。一定是他的姨父派他探探我的口风，问问我关于高雅先生失踪的事，以及他的下落。不仅如此，他还带来了奥斯曼大师的话。"容我问你一个问题，"他说，"依照奥斯曼大师的说法，证明一位优秀的细密画家与众不同的是'时间'：绘画的时间。"我对此有何想法？仔细听了。

绘画与时间

大家都知道，很久以前，我们国家的插画家，比如说，阿拉伯前辈大师们，与当今的法兰克异教徒一样看这个世界，他们也是站在那儿看着街上的流浪汉和无赖、看着商店里的售货员和傻瓜而画出他们的一切的。由于他们不懂得今日被法兰克大师引以为傲的透视画法，因而他们所画的世界就像无赖和傻瓜所看到的那么单调而狭窄。接着发生了一件事，我们整个绘画世界也随之而发生了改变。让我从这里开始给你们讲。

三个关于绘画与时间的故事

一

三百五十年前，一个寒冷的二月，蒙古人占领了巴格达，并展开残暴的掠夺。伊本·沙奇尔是当时阿拉伯地区，甚至整个伊斯兰世界最负盛名且技术最为纯熟的书法家。虽然年纪很轻，但在巴格达几座世界知名的图书馆里，却已收藏了他所抄写的二十二册书籍，其中大部分是《古兰经》的篇章。伊本·沙奇尔相信这些书本将流传至世界末日，因此对于时间的永恒有着深刻而强烈的体认。而在短短几天的时间里，这些书就被蒙古可汗旭烈兀手下的士兵们一本本地撕碎、扯烂、烧毁，丢入了底格里斯河，因此这些书如今我们已无从知晓了。就在这二月的一个夜晚，一整夜，他勇敢地在摇曳的烛光下抄写了这些传奇书籍中的最后一部。传统的阿拉伯书法大师们，相信书本会是永恒的。过去五个世纪以来，他们习惯于背对初升的太阳望着西方地平线，借助于这种让眼睛休息的方法预防失明。伊本·沙奇尔也在凉爽的清晨登上了哈里发清真寺的宣礼塔，站在露台上，目睹了一切暴行，而这一切也即将结束五百年来延续着的书写艺术的传统。他先是看到了旭烈兀凶残的士兵攻入巴格达，但他却仍留在宣礼塔塔顶。他看到了整座城市被掳掠一空、摧毁殆尽，看到了城里的几十万平民惨遭杀戮；他看到了统治巴格达五百年的伊斯兰哈里发中的最后一位被杀害，看到了妇女们被奸淫、图书馆被焚毁、上万册的书籍被抛入了底格里斯河。两天后，在尸臭与死亡的哀号声中，他望着被书本里的墨水染红了的底格里斯河的流水，想到所有他以优美书法抄写的、而今已荡然无存的这十几本书籍，居然没有一丝一毫的力量能够阻止这场血腥杀戮与毁灭。

从那天起，他发誓永远不再书写。不仅如此，一股强烈的渴望涌入心中，他想要透过绘画呈现自己亲眼目睹的痛苦与灾难，虽然直到那天之前，他对绘画始终不屑一顾，认为它是对安拉的侮辱。就这样，在随身携带的纸上，他画下了自己从宣礼塔塔顶所看到的一切。蒙古入侵过后，伊斯兰绘画的力量之所以能够持续三百年，他的崇拜者们的作品之所以能够有别于基督教的绘画，我们这个悲苦的世界之所以能够从安拉所观望的角度画一条地平线来进行描绘，全有赖于这一次神奇的经历，也有赖于伊本·沙奇尔在亲眼目睹大屠杀之后，带着他的图画及他心中对绘画的执着，前往北方，走向蒙古军队前来的方向，学习了中国大师们的绘画……就这样，人们终于明白，五百年来阿拉伯书法大师们心中的永恒时间观，不是在书写中，而是在绘画中才能得到体现。最好的证明就是，手抄本与书籍可以被撕碎销毁，而其中的绘画却仍会进入其他书册，流传到永远，继续呈现安拉的尘世领土。

二

　　世间的一切都在不断地重复着，因此如果没有老死一说，人们就无法察觉到还有时间这种东西的存在，而人们也总是以同样的故事和绘画来描绘我们的世界，仿佛时间根本就不存在似的。就在这既古老又崭新的时间里，正如撒马尔罕人萨利姆所著的简短《历史》一书中所述的那样，法希尔国王人数不多的军队打败了赛拉哈丁汗的军队。胜利了的法希尔国王俘虏了赛拉哈丁汗，将他折磨致死后，依照习俗，法希尔国王立刻入主已故大汗的图书馆与后宫，作为确立其统治的第一要务。图书馆里，老练的装订师拆散了已故国王的书籍，将它们重新编排，开始着手装订新的书册；书法家们也开始着手把书中的"永远不败"的赛拉哈丁汗的名字更改为"胜利者法希尔国王";细密画家们也抹去了已故赛拉哈丁汗那画在书籍最美丽的图画中的精致脸孔,开始画上法希尔国王更为年轻的面容。才踏进后宫,法希尔国王便轻易找到了里面最美丽的女人,然而由于他是精通诗画的文雅之士,没有强占她,而是决定要赢得她的芳心,于是和她聊天交谈。就这样,已故赛拉哈丁汗众佳丽中的美女、眼中尚有泪水的妻子奈丽曼苏丹,向要成为她新丈夫的法希尔国王提出了唯一的要求:请他不要抹去在浪漫故事《蕾莉与马杰农》一书中她已故丈夫赛拉哈丁汗的画像,在这张画里,蕾莉被画成了奈丽曼苏丹,而在她对面的马杰农则是赛拉哈丁汗的脸。她希望,至少在这一页中,丈夫长年以来企图借由书本达到的不朽,不会被销毁。胜利者法希尔国王大度地允诺了这个简单的要求,他的绘画大师们唯有对这一张画没有进行任何改动。就这样,奈丽曼与法希尔很快地上床做爱,没有多久,他们就忘记了恐怖的过去,彼此真心相爱了。只不过,法希尔国王仍旧忘不了《蕾莉与马杰农》书中的那张画。不,让他不安的不是嫉妒,也不是因为他的妻子与前任丈夫同在画中。啃噬着他内心的是:由于他自己没有出现在那本华丽书本的古老传说中,他将无法与妻子共同达到不朽。这只多疑的蛀虫在法希尔国王心中啃食了五年,直到最后,某个欢愉的夜里,在与奈丽曼做爱之后,他拿起蜡烛,像个小偷般溜进了自己的图书馆,翻开《蕾莉与马杰农》这本书,然后在奈丽曼已故前夫的脸孔上,画下了自己的脸。就如许多喜爱彩饰及绘画的大汗一样,他不过是个业余的画家,没能把自己的脸画好。到了早晨,他的图书馆员发现了凌乱的痕迹,心存疑虑地打开了书本,看见在画成奈丽曼的蕾莉对面,已故的赛拉哈丁汗被换上了一张新的脸孔。他非但认不出那是法希尔国王，更宣布画中人是法希尔国王的头号敌人，年轻英俊的阿布杜拉赫王。谣言传遍了法希尔国王的军队，使得士气大落，更鼓舞了年轻好斗的新君主阿布杜拉赫王。他也在第一次战役中便击败、俘虏并杀死了法希尔国王，占领了敌人的图书馆与后宫，建立了自己的统治，并且成为永远美丽的奈丽曼的新丈夫。

三

伊斯坦布尔人说的细密画家高个子穆罕默德，也就是波斯人说的呼罗珊人穆罕默德，他的传奇故事在画师们之间，大多数时候总是作为长寿与失明的例子来讲的，但事实上这也不过是关于绘画与时间的一个实例。这位大师九岁开始学徒生涯，直到失明大概画了一百一十年的画；他最大的特色，就是他没有特色。我这么说不是玩文字游戏，而是说出了发自内心的一句赞语。他和所有人一样，更多的是依照前辈大师的技法来进行绘画，也因而成为了最伟大的大师。他视绘画艺术为对安拉的服侍，不仅谦卑，而且全身心地投入绘画；在工作的画坊里，他总是远离那些内部的纷争；尽管从年龄上来说也适合担当细密画家总监，但他从来也没有这种欲望。在他的绘画生涯当中，一百一十年来，他耐心地描绘了每一个边角的细节：填满书页边缘的细草、千万片树叶、卷曲的云絮，需要一根根梳理的马鬃、砖墙、蜿蜒不止的墙头檐饰，以及上万张一模一样细眼睛、尖下巴的面孔。他极为知足含蓄，从不妄想凸显自己，也不曾追求自己的风格与个性。那一阵子，无论自己在哪一位大汗或王子的画坊里工作，他都把它当作自己的家，并把自己当成那间房屋的一件家具。当大汗与君王们互相残杀，细密画家们也和后宫嫔妃一样，跟着新主人从这个城市迁移到另一个城市的日子里，他所画的树叶、细草、岩石的弧度以及他耐心绘制的暗隐曲线，首先成为了新画坊的风格。当他八十岁时，人们忘记了他是血肉之躯，开始相信他活在自己笔下的传说故事中。或许是这个原因，有些人认为他超脱了时间，永远不会衰老、死亡。也有人解释说，尽管没有自己的家可住，尽管每晚睡在画坊的工作间或帐篷里，尽管所有时间几乎都盯着书页纸，但最终没有失明，这完全是由于时间已经为他而停驻这一奇迹。有些人声称他其实已经瞎了，画画时完全是靠记忆，已不再需要用眼睛看了。一百一十九岁时，这位没结过婚、甚至没做过爱的传奇大师在塔赫玛斯普君王的画坊里，遇见了一位他画了一百年的细眼睛、尖下巴、俏脸蛋的美貌少年，这是一个中国与克罗地亚的混血儿，一个有血有肉的十六岁学徒。可以理解，大师一见他，立刻就爱上了他。和所有现实生活当中陷入爱河的人一样，为了得到这位俊美无双的少年学徒，大师投身到了细密画家之间的权力斗争、谎言、欺骗与阴谋当中。这位呼罗珊的细密画大师努力地想要满足自己一百年来成功远离的日常需求，虽然这种努力一开始也令他充满了活力，但最终也把他从古老传说中时间的永恒里拽了出来。一天午后，他站在一扇敞开的窗户前，迷蒙地看着俊美的学徒时，在大不里士冰冷的风中受了风寒。第二天，在一阵喷嚏声中，他双眼瞎了。两天后，他从画坊高高的石阶上跌落下来，摔死了。

"我听过呼罗珊人高个子穆罕默德这个名字，但从不知道这段故事。"黑说。

他巧妙地说出了这些话，表示他知道故事已经说完了，而且脑中满是我所讲的。我静默不语了好一阵子，让他可以尽情地打量我。由于只要手一闲下来就觉得不自在，第二个故事才开始没多久，我又开始在刚才敲门时停下的地方接着画画了。我漂亮的学徒玛赫穆德静静地坐在我身旁，一边听我说着故事，一边欣赏着我画的画。平常，他总是坐在跟前替我调颜料，帮我削芦秆笔，偶尔为我把错误擦掉。里屋，传来了妻子走动的声响。

"啊呀，"黑说，"苏丹怎么是站着的？"

他吃惊地盯着图画，我假装那个令他吃惊的原因微不足道，不过让我坦白地告诉你们：庆典叙事诗所有两百张割礼仪式的图画中，崇高的苏丹陛下都是以坐姿呈现。在割礼仪式的过程中，五十二天来，他一直都坐着，在凉廊的窗户底下，观看工匠、行会、民众、士兵及囚犯游行经过。只有在我画的这张画中，他起身站立，从装满银币的袋子掏出钱币，抛给广场上的人群。我的重点是捕捉人群的惊讶与兴奋，他们互相掐着脖子，互相拳打脚踢，争先恐后地抢夺掉在地上的银币，屁股高高地翘向天空。

"如果画的主题中有爱情，那么就要用爱来画画，"我说，"如果有痛苦，那么画中也应该流露出痛苦。然而，表达痛苦的并不是画中的人物或是他们的泪水，而应当是画的内部和谐，这种和谐第一眼是看不出来的，但能感觉得到。我描绘惊讶的方法，没有像几世纪以来成千上百的大师们那样，画出一个人把食指伸进合不拢的嘴里；相反，我让整张画蕴含着惊讶。要达到这个效果，也只有请苏丹陛下起身站立了。"

黑仔细审视着我的物品及绘画用具，而事实上他是在审视我整个的生命，试图寻找什么痕迹。我的注意力也盯上了他的目光，从他的眼睛里我看到了自己的家。

大家都知道，有一阵子宫殿、澡堂与城堡的图片，风行于大不里士与设拉子。为了让图画看起来好像是透过全知全能、崇高安拉的锐利眼神所见，细密画家仿佛用一把巨大、神奇的剃刀，把他所描绘的宫殿切成了两半，画出了室内的瓶瓶罐罐、玻璃水杯，外面绝对看不见的墙壁装饰、帘幕，笼中的鹦鹉，最私密的角落、枕头，以及斜倚在枕头上从来不晒太阳的美丽少女。黑像一个好奇而着迷的读者，仔细地看着我的颜料、我的纸张、我的书、我可爱的助手、我为游客所画的《服饰之书》和图案集、我秘密为一位帕夏随手乱画的春宫画和其他猥亵图片，看着各种用玻璃、青铜、陶土制造的墨水瓶，我的象牙笔刀、我的金柄画笔，还有，我俊俏学徒的眼神。

"和前辈大师不同的是，我见过许多许多战争。"我说道，想用自己的存在来打破沉默，"战争的机器、大炮、军队、死尸，苏丹陛下和帕夏们营帐里的顶篷都是我画的。战役结束，军队返回伊斯坦布尔后，为了不让人们遗忘，是我，用图画记录下了战争的景象：劈成了两半的尸体、混战中的敌我双方、躲在被围城堡高塔墙垛后恐惧地看着我们的大炮和军队的卑贱的异教徒士兵、被砍下了脑袋的叛贼、冲锋陷阵的马匹。我把眼睛所见的一切，都印刻在了脑中：一台新式咖啡豆研磨器、某种我从没见过的窗户栅栏、一门大炮、一把新式法兰克步枪的扳机、宴会中谁穿了哪种颜色的长袍、谁吃了什么、谁的手怎么放在哪里……"

"你刚才说的三个故事，有什么寓意？"黑问道，像是要总结一下所有的一切，又像是有一点要算账的样子。

"其一，"我说，"有关宣礼塔楼的第一则故事显示出，无论一位细密画家多么有才华，画出'完美'图画的却是时间。其二，关于后宫和图书馆的第二则故事，说明超越时间的唯一途径就是技巧和绘画。至于第三个故事，这样吧，就由你来告诉我吧。"

"其三！"黑信心十足地说，"关于一百一十九岁细密画家的第三则故事，结合了'其一'与'其二'，离开了完美的生活和完美的绘画，时间就会结束，就会死亡，它所展示的就是这一点。"

14. 人们都叫我"橄榄"

那是晌礼过后，正当我愉快地挥笔描绘男孩们甜美的脸蛋时，听见门口传来了敲门声。我吓了一跳，手微微一抖。放下画笔，我小心翼翼地把膝上的画板放到了一旁，飞也似的冲到门边，开门之前轻声祷告：我的真主……从这本书里听我说话的你们，比起我们这些居住在这污秽、悲惨世界中的人，比起我们这些苏丹的卑贱奴隶，还要接近安拉，因此我不会对你们隐瞒任何事：阿克巴汗，印度的君王，世上最富有的国王，正在筹划一本将为人们津津乐道的书籍。他向伊斯兰世界的各个角落散布消息，邀请全世界最伟大的绘画家到他身边。他派到伊斯坦布尔的使者们昨天来找过我，邀请我前往印度。这一次，我打开门发现并不是他们，而是我早就忘掉了的黑。当年他没能走进我们这个圈子，经常嫉妒我们。"什么事？"

他说是来友好拜访，来聊聊天，并看看我的绘画。我请他进了门，让他自己瞧个够。我听说今天他才去拜访了画坊总监奥斯曼大师，并亲吻了他的手。这位伟大的大师给了他一句哲言："从一位画家对失明与记忆的看法中，可以看出他是否是一位优秀的画家。"他说。那你们就看看吧。

失明与记忆

在绘画艺术开始之前，有一种黑暗；当它出现之后，也有一种黑暗。透过我们的颜料、技巧与热情，我们会记得安拉曾命令我们"看"！记得即表示知晓你所看见的；知晓即表示记得你所看见的；看见则表示无需记得的知晓。因此，绘画即是表示记得黑暗。热爱绘画，并知晓从黑暗中看见色彩与事物的前辈大师们，渴望借由颜色，返回安拉的黑暗。缺乏记忆的艺术家们非但不记得安拉，也不记得他的黑暗。所有伟大的画师，在自己的画里，都一直在寻找潜藏于颜色中、超越时间外的那种深邃的黑暗。赫拉特的前辈大师们找到了这种黑暗，就让我来说给你们听听，你们也来理解理解看，记得这种黑暗意味着什么。

三个关于失明与记忆的故事

一

诗人贾米的《献给埃赫拉尔的赠礼》讲述圣人的故事，在拉米伊·却勒比的土耳其文译本中，有一则故事说的是，黑羊王朝统治者贾杭王的画坊中，著名的大师，大不里士的谢赫·阿里绘制了一册精美的《霍斯陆与席琳》。根据我所听说的，在这本历时十一年才完成的传奇著作里，细密画大师中的巨匠谢赫·阿里，展现了无与伦比的才华与技巧，画出了极为华美精致的图画，只有过去最伟大的大师贝赫扎德才可能与之匹敌。甚至手抄绘本方完成一半，贾杭王就已经知道，他即将拥有一本全世界独一无二的精美书本。然而这位视白羊王朝的统治者——年轻的高个子哈桑为自己的头号大敌的贾杭王，一直以来都生活在恐惧和妒忌中，此时他想到，虽然书本完成后他的威望将大幅提升，但大师

101

也可能会为高个子哈桑制作出另一本更完美的手抄本。由于心中有着毒害着他的对幸福的妒忌，总是害怕着："如果别人也这么幸福的话，该怎么办？"贾杭王立刻明白，如果这位细密画巨匠再画另一本，甚至是更好的一本，那将一定是替他的敌人高个子哈桑所绘。所以，为了防止自己以外的人拥有这样一本伟大的杰作，贾杭王决定等到大师谢赫·阿里一完成书之后，就杀了他。然而后宫一位善良的切尔卡西亚美女劝告他，弄瞎细密画大师就已足够。贾杭王立刻采纳了这个聪明的意见，并把自己的决定讲给周围的阿谀奉承者听，直到最后传进了谢赫·阿里的耳朵。尽管得知自己的下场，谢赫·阿里并不像其他普通画家那样，放下手中完成了一半的书，逃离大不里士。他也不玩把戏，像是放慢手抄本的进度，或是画出较为拙劣的图画，让书本无法"完美"，借此延缓失明的命运。相反，他甚至更热情执着地投入了工作。在独自一人居住的房子里，晨祷过后他便开始工作，不间断地一次又一次画着同样的马匹、柏树、恋人、巨龙以及英俊的王子，在烛光中画到深夜，直到流出灼痛的泪水。许多时候，他会好几天凝视着一幅赫拉特前辈大师的图画，然后看也不看就把它画在另一张纸上，画得和原画一般无二。终于，他完成了黑羊王朝贾杭王的书。接着，正如细密画大师所预期的那样，他先是得到无数赞美与黄金，然后就被一根尖锐的羽毛针刺瞎了双眼。痛楚尚未消退，谢赫·阿里即离开了赫拉特，投奔白羊王朝的高个子哈桑。"是的，没错，我是瞎了。"他解释说，"但我记得最近十一年来所绘的手抄本中所有的优美，包括每一根线条、每一个笔触。而我的手也能够在我看不见的情况下凭记忆再画一遍。伟大的陛下，我可以为您画出绝世经典。因为我的眼睛不再受世间的污秽所扰，我将能以记忆中最纯净的模样，描绘出安拉的一切美丽。"高个子哈桑相信了伟大细密画大师的话；而这位细密画大师也信守诺言，凭借记忆，为白羊王朝的统治者画出了一本最辉煌的书本。大家都知道，正是这本新书提供了一股精神力量，支持着高个子哈桑，使他在靠近千湖附近的一场突击中，战胜并杀死了贾杭王。后来，胜利者高个子哈桑在安纳托利战役中兵败于征服者苏丹穆罕默德，于是这本辉煌的书籍，以及大不里士的谢赫·阿里为已故贾杭王所绘的那本书，便都进入了苏丹陛下的宝库。看到的人都知道。

二

天堂的居民卡努尼·苏丹·苏莱曼汗，偏好书法胜于绘画，当时那些有志难伸的细密画家便讲述这个我所要讲的故事，把它当作绘画比书法更为重要的例子。然而，任何一个用心的听众都会发现，这个故事其实是关于失明与记忆的。世界的统治者帖木儿死后，他的子孙们便彼此展开了残暴的厮杀。一旦其中一人成功地征服了另一座城市，如果他所做的第一件事是铸造自己的钱币，并在清真寺举行讲道的话，那么他所做的第二件事就是把他所得到的书籍全部拆散，写上新的献词，夸耀征服者为"世界的统治者"，并在书末加入新的题词，然后重新装订，让所有看见这本王书的人相信他真的是世界的统治者。在这些人当中，帖木儿之孙乌鲁大公的儿子阿布杜拉提夫，占领赫拉特之后，他迅速动员起细密画家、书法家及装订师，催促他们立刻编制一本书来献给他的父亲。由于当时书册已被拆散，写着文字的书页也遭焚烧、撕毁，因而许多画页都已无法与文字页相对应。乌鲁大公的儿子知道，父亲是个绘画的爱好者，若不细心依照故事的内容编

103

辑图画、装订书本，将是对父亲的不敬，因此他召集了全赫拉特的细密画家，要求他们讲述画中的故事，以便给这些画页排个顺序。只不过，每一位细密画家讲的故事都不一样，结果这些画页的顺序更加混乱了。最后，他们找到了最年长的细密画总监。这位大师早已被人们所遗忘。过去五十四年来，他为所有曾经统治过赫拉特的君王与王子们绘制过书籍，长年的辛劳早已熄灭了他眼中的光芒。当人们发现此刻望着图画的年老大师其实已经瞎了，骚动四起，甚至有人嘲笑了起来。但年老的大师却要求他们找一个聪慧、不满七岁、不会读书写字的男孩。他们立刻找来了一个。年老的大师把画放在了他的面前，说："说说你看到了什么。"当男孩开始描述图画时，年老的细密画家抬起盲眼望向天空，细心聆听，然后回答："亚历山大怀抱着濒死的大流士，出自菲尔多西的《列王记》……这是记录一位教师爱上了自己英俊的学生，出自萨迪的《蔷薇园》……医生之间的比赛，出自内扎米的《秘密宝库》……"其他细密画家恼怒于年老失明的同行说："我们也能够说出这些，这些都是最知名故事中最家喻户晓的场景。"然而，年老失明的细密画家这次让人把最难的图画放在了男孩面前，依旧专注地听他说。"霍尔莫兹连续毒杀书法家，出自菲尔多西的《列王记》。"他仍旧望着天空说。"一个不好的故事，一幅不值钱的图画，讲的是丈夫在榅桲树上抓到妻子与她的情人，出自鲁米的《玛斯纳维》。"他说。就这样，通过男孩的描述，他指认出了所有他所看不见的图画，使得这本书得以正确地重新装订。乌鲁大公带兵进入赫拉特后，问年迈的细密画家，究竟什么秘密让他，一个盲人，能够指认其他细密画大师就算亲眼看见也无法分辨的故事。"并不像别人猜想的那样，是我的记忆弥补了我的失明。"年迈的插画家回答，"故事不仅借由图画流传，同时也透过文字，这一点我从没忘记。"乌鲁大公说，他自己的细密画家也知道那些文字和故事，却仍然无法按顺序排列图画。"因为，"年老的细密画家说，"他们很清楚关于绘画的事情，因为那是他们的技巧和能力，但并不明白前辈大师却是从安拉真主的记忆中创造出那些图画。"乌鲁大公问，一个小孩子怎么会知道这些事。"小男孩并不知道，"年老的细密画家说，"只不过我，一个又老又瞎的细密画家，知道一个七岁的聪慧孩子是想看看安拉创造的世界的，而安拉也正是如此创造了这个世界。因为，安拉创造这个世界的首要目的，是为了让人们看到这个世界。之后，他才赐予了我们文字，所以我们才能彼此分享、谈论我们所看见的事物。但我们错误地以为这些故事起源于文字，图画只是用来装饰故事而已。然而，绘画的用意在于寻求安拉的记忆，从他观看世界的角度来观看世界。"

三

大家都知道，有一个时期，阿拉伯的细密画家们习惯在破晓时久久望着西方地平线，而一世纪之后，许多设拉子的插画家会在早晨空腹时，吃些核桃玫瑰花瓣糊。这是因为画家一族永远都有一种对失明的担心与恐惧，而这种担心与恐惧也不是完全没有道理的。同一个时期，伊斯法罕的年老细密画家们认为，致使他们像得瘟疫般一个接一个失明的原因就是阳光。因此他们通常会坐在房间中一个半明半暗的角落里，在烛光下工作，避免阳光直射他们的工作桌。当一天结束，布哈拉的乌兹别克画坊里，细密画大师会用长老祝福过的清水洗涤眼睛。然而所有的预防办法之中，只有赫拉特的细密画家赛义德·米勒克所找到的，才是面对失明最纯粹的方法，他是伟大大师贝赫扎德的老师。在细密画大师米瑞克看来，失明并不是一种苦难，反而是安拉为褒奖终生为真主奉献的绘画家们而赐予的最终幸福。因为绘画，就是细密画家对安拉眼中的凡间世界的追寻。然而这种独特的景象，只有当细密画家经过一辈子的辛苦作画，耗尽其一生，眼睛极度疲劳而最终失明之后，才能在记忆之中找到。也就是说，唯有从失明细密画家的记忆中，才能看清安拉眼中的世界。衰老的细密画家为了在得到这幅影像之时，也就是说，当他在记忆与失明的黑暗中眼前浮现出安拉所见的世界时，能够让他的手自然地描绘出精致的图画，他会穷其一生进行手的绘画训练。历史学者米尔扎·穆罕默德·哈依达尔·杜格拉特曾经写下了这一时期的赫拉特细密画家们的传奇，据他所述，赛义德·米勒克大师解释这种绘画理念时，举了一个画家画马的例子。从这个例子中可以看出，就算是最无能的画家，就算他脑袋空空如当今的威尼斯画家，当他看着一匹马来画马时，画出来的仍是记忆中的景象。因为，谁也不可能同时看着真的马又看着画纸上的马。画家会先看马匹，接着迅速把停留在脑中的印象画到纸上。在这当中，即使只是一眨眼的工夫，画家表现在纸上的并不是眼前的马，而是记忆中刚才看到的那匹马。这证明了，就算是最拙劣的画家，一幅画也只有靠记忆才可能产生。这种理念，把一位细密画家活跃的工作生涯，看作是为了最终幸福的失明与失明者的记忆做好准备。在这种理念的影响下，这一时期赫拉特的大师们，把他们为爱好书籍的君王和王子创作的图画，当作手的训练，当作一种练习。他们接受这些工作，在烛光下一天又一天无休无止地绘画、观看书页，把工作的辛苦视为通往失明之路的愉快劳动。什么时候才最适合得到这种最为幸福的结果，对此，细密画大师米勒克终其一生，不断地进行了探索。为了刻意加速失明，他会在指甲、米粒，甚至头发上，连枝带叶地画出完整的树。或者，为了小心地延迟无可避免的黑暗，他会轻松随意地描绘阳光普照的欢乐花园。他七十岁时，为了奖赏这位伟大的画师，侯赛因·巴伊伽罗苏丹允许他进入锁上加锁的宝库，向他打开了收藏在那里的几千册书。在这满是武器、黄金、绸缎和丝绒的宝库里，在金烛台的烛光下，米勒克大师翻看了赫拉特前辈大师们画笔下的华美书页，每一篇皆是传奇之作。经过三天三夜不眠不休的专注欣赏，伟大的大师瞎了。他成熟而顺从地接受了这个事实，有如迎接安拉的天使一样，从此不再说话，也不再绘画。《拉失德史》的作者米尔扎·穆罕默德·哈依达尔·杜格拉特将此解释成为：一位细密画家，在得到了安拉永恒不朽的景象之后，永远无法再返回到那些为生命有限的寻常人所画的书页了。他说："当失明细密画家的记忆到达安拉身边时，那里是绝对的寂灭、幸福的黑暗，以及一张白纸的永恒无限。"

我知道，黑之所以问奥斯曼大师的这一有关失明与记忆的问题，显然不完全是真的想听我的答案，而更像是为了在看我的物品、我的房间与我的图画时显得不是那么太拘束。但话说回来，我很高兴看到我的故事对他产生了影响。"失明是幸福的境界，那里不受魔鬼与罪恶的侵扰。"我告诉他。

"在大不里士，"黑说，"受到米勒克大师的影响，有些老式细密画家仍旧认为失明是安拉的恩赐，是至高无上的美德。有些人若是年老但没有失明，他们会觉得很难堪。甚至到今天，因为害怕别人认为这证明他们缺乏才华和技巧，他们会假装失明。由于这种受加兹温人杰拉列丁影响的道德观念，有些人尽管自己并没有真的失明，但他们会好几个星期坐在黑暗中，包围在镜子间，一盏油灯微弱的灯光下，不吃不喝，只是瞪着赫拉特前辈大师所绘的书页，目的是想学习一个瞎子观看世界的方法。"

有人敲门。我打开门后，发现是一位俊美的画坊学徒，漂亮的眼睛睁得大大的。他说我们的弟兄，镀金师高雅先生的尸体已经在一口枯井里被发现了，他的葬礼将于晡礼时在米赫里玛赫清真寺举行。说完他就跑了，跑去向其他人传递这个消息了。安拉，愿您保佑我们。

15. 我是艾斯特

不知道究竟是爱情让一个人变成呆子，还是只有呆子才会谈恋爱？我背着包袱卖了那么多年的布品，媒人也当了那么多年了，却一点也搞不懂。我总是很想见到这样相爱而变得更加聪明、更加狡猾、更加会耍弄诡计的一对情人，尤其想见到这样的一个男人。不过我也很清楚：如果一个男人使用一些诡计、设一些小阴谋或耍一些小手段，那就表示他根本不是真的在恋爱。至于黑先生，他显然已经失去了镇定，就连和我谈到谢库瑞的时候，他都已经完全不知深浅了。

在市集里，我倒背如流地用我告诉每个人的台词哄他：谢库瑞一直在想他，她问我有没有他的回信，我从没见过她这种样子等等。他看我的眼神，让我忍不住想要怜悯他。他叫我马上把信直接交给谢库瑞。每个白痴都以为自己的爱情火烧眉毛，非得快马加鞭才行，结果只是坦白地暴露了他的爱情浓度，把武器交到了情人手中。要是他的情人聪明的话，就会故意迟迟不应。其中的道理就是：爱情总是欲速则不达。

因此，如果黑先生知道，我把他叫我"火速"传递的信件先带到了另外一个地方，他就会感谢我的。我在集市广场等他等得快要冻死了，为了暖暖身子，我想可以顺路去一下我孩子的家。那些我曾经帮忙送信、汗流浃背地把她们嫁出去的姑娘，我称她们为我的"孩子"。我的这位丑姑娘对我实在感激万分，因此每次我登门时，她不但全心全意地伺候我，像只飞蛾一样忙东忙西，还会往我手里塞几枚银币。如今她怀孕了，心情极佳。她煮了一壶菩提茶，我一口一口地细细品尝。当我独自一个人时，我数了数黑先生给我的钱币。一共二十枚。

我又上了路。我穿过小巷，走过阴森的弄堂，满地都是冻住了的烂泥，非常难走。敲门的时候，突然想要开个玩笑，我便大声喊了起来。

"卖布品的来了！卖布品的！"我说，"我这儿有皇室都能用的最好的细麻纱布。有从克什米尔来的漂亮披肩、布尔萨的丝绒腰带布、精致的丝绸滚边埃及衬衫布、绣花麻纱桌巾、床罩和床单，还有各种彩色小手帕。卖布品的来了！"

门开了，我走进屋里。一如往常，屋子里弥漫着床单、睡眠、炸油和湿气的味道，一种逐渐衰老的单身汉特有的可怕气味。

"老巫婆，"他说，"你鬼叫什么？"

我啥也没说，拿出信递给了他。昏暗的房间里，他像个鬼影似的走了过来，一把抢走了我手中的信。他走进隔壁房间，那里始终点着一盏油灯。我在门边站着。

"你父亲大人不在家吗？"我问道。

他没有回答，专心看着信。我不打扰他，让他好好读信。他背对着我，因而我看不见他的脸。看完之后，他又开始从头读起。

"好吧，"我说，"他写了什么？"

哈桑读了起来：

　　亲爱的谢库瑞，因为多年来我也是靠那么一个人的幻影生活到现在，所以对你始终等待着你的丈夫、从没想过别人我表示尊敬和理解。像你这样的女人，除了正直与贞洁之外，怎会有其他？（哈桑哈哈大笑！）我前来拜访你父亲的目的，只是为了绘画，并不是想要骚扰你。我心中从来不曾有过此种念头。我绝不敢说我从你那儿得到了一点暗示，或是任何鼓励。当你的面孔如一道神圣的光芒从窗口出现在我面前时，我只把它看作是真主的恩赐。看见你的面容，就已带给了我足够的欢愉。（"这句话是从内扎米那儿抄来的。"哈桑插嘴，满心不悦。）然而你要求我保持距离，那么，告诉我，难道你是一位天使吗，那么害怕有人靠近？我必须告诉你，听我说：过去，我时常投宿在边远偏僻、杳无人迹的旅店，那里，除了一位绝望的客栈主人和几个亡命天涯的杀人犯之外，别无他客。许多难眠的夜里，在那里，深夜时分，望着洒落在荒芜山脊上的月光，倾听着比我更孤独而不幸的狼群仰天长嗥，我时常想象，有一天你将蓦然出现在我面前，就如你出现在窗口一样。听着：如今我为了编书的缘故，回到你父亲身旁，而你却退回了我童年时画的图画。我明白这不是你心已死的暗示，而是说明我再度找到了你。我见到了你其中一个孩子奥尔罕。那没有父亲的可怜男孩，有一天我会成为他的父亲！

"真主保佑，他写得真好。"我说，"都成诗人了。"

"难道你是一位天使吗，那么害怕有人靠近？"他复诵，"他这句话是从伊本·泽尔哈尼那里偷来的。我可以写得更好。"他从口袋里拿出自己的信。"拿去交给谢库瑞。"

有史以来头一次，接受金钱收下信件让我觉得不安。对于这个男人因爱情得不到回报而产生的疯狂，我感到某种厌恶。仿佛要证明我这种感觉似的，许久以来哈桑第一次抛开了他的绅士模样，粗鲁地说：

"告诉她，如果我们愿意的话，可以通过法官逼迫她回到这里。"

"你真的要我那么说？"

一下子沉静了下来。"不要。"他说。油灯的光芒照亮他的脸，我看见他像个犯了错的小孩一样低下了头。因为我知道哈桑性格中也有这一面，所以才会尊重他的感情，帮他传信。并不是像人们所想的，完全只为了钱。

正当我要踏出屋外时，哈桑在门口叫住了我。

"你告诉过谢库瑞我有多么爱她吗？"他兴奋而痴傻地问我。

"你的信里不写这话吗？"

"告诉我，我该如何说服她和她父亲？我该如何让他们相信？"

"当一个好人。"我说，向门口走去。

"到了这把年纪，太迟了……"他忧伤地说。

"你已经开始赚很多钱了，哈桑官员。这可以让一个人变成好人。"说完我走了出去。

屋子里又暗又郁闷，显得外头的空气仿佛还暖和些。阳光照在我的脸上。我祈求谢库瑞能够得到幸福，但是也同情住在那间湿冷阴暗屋子里的可怜男人。我突发奇想，转身走进拉莱里的香料市场，心想肉桂、番红花和胡椒的气味或许能使我清醒过来，但我错了。

来到谢库瑞家中，她才一拿起信件，便问起黑。我告诉她，他整个人已经被恋爱的烈火彻底吞噬。她听了很高兴。

"就连忙着织毛线的妇人们，也在谈论可怜的高雅先生为什么会被杀害。"接着我改换了话题。

"哈莉叶，准备一些哈尔瓦糕拿去送给可怜的高雅先生的遗孀卡比叶。"谢库瑞说。

"所有埃尔祖鲁姆教徒及其他许多人都会去参加他的葬礼。"我说，"他的亲戚们发誓要为他报仇雪恨。"

但谢库瑞已经开始读起黑的信了。我细心而生气地看着她的脸，这个女人有那么多的生活经验，竟然能够控制反映在脸上的热情。当她读信的时候，我感觉我的沉默让她很高兴，她似乎觉得这代表我赞成她对黑的信特别在意。这样一来，谢库瑞读完信后对我微笑时，为了迎合她，我不得不问："他说了些什么？"

"和他年轻时候一样……他爱上我了。"

"你怎么想？"

"我是个结了婚的女人，我在等我的丈夫。"

和你们猜想的恰巧相反，在请我帮了这么多忙之后，她却仍对我说谎，对这一点我并没有生气，甚至我可以说，她的结论倒让我松了一口气。那些我帮忙传信、向她们传授生活经验的年轻姑娘和女人，如果能像谢库瑞这样认真仔细的话，那么一定早已省却我们双方一半的心，甚至她们中的有些可能会嫁一个更好的老公。

"另一个人说了些什么？"我又问道。

"我现在不想看哈桑的信。"她回答，"哈桑知道黑回伊斯坦布尔了吗？"

"他甚至不知道有这么一个人。"

"你跟哈桑见面了吗？"她睁大了美丽的黑眼睛问。

"在你的要求之下。"

"怎么样？"

"他很痛苦。他深爱着你。就算你的心属于另一个人，如今想要摆脱他是相当困难的。你收了他的信，给了他极大的鼓励。不过，要提防他。因为他不只想要逼你回那里，而且，他还想说服别人承认哥哥已死，准备娶你为妻。"我微笑着说，想减轻这些话中威胁的一面，不致被她看作是那位不幸者的代言人。

"那么，另一个人怎么说呢？"她问，但她知道自己问的是哪一个。

"那位细密画家？"

"我的脑子乱成一团。"她突然说，似乎很害怕自己的想法，"这些事情好像只会变得越来越混乱。我父亲愈来愈老了。将来我们会变成什么样子，这些没有父亲的孩子又会怎么样？我感觉有某种邪恶已经逼近，魔鬼正在为我们酝酿各种灾难。艾斯特，说一些让我心安的事情。"

"你一点也不要担心，我心爱的谢库瑞，"我战战兢兢地说，"你是这么聪慧，又那么漂亮。有一天你将会和英俊的丈夫同床共枕，你会抱紧他，忘记所有忧虑，你将会得到幸福。我可以从你的眼中看出这些。"

一股爱怜从心底升起，我眼中盈满了泪水。

"不错，但是哪一个会成为我的丈夫？"

"难道你那聪明的心没有告诉你吗？"

"就是因为我不明白我的心在说些什么，所以才如此沮丧。"

一下子静了下来。有一刹那，我忽然觉得谢库瑞根本不相信我。为了想从我嘴里套些话，她高明地掩饰了她的不信任，试图激起我的怜悯。看见她并不准备当场写回信，我就说了一句话，这句话是我告诉过每一位姑娘的，即使她有斜眼也一样，然后抓起布包走进内院，溜出了大门：

"别害怕，我亲爱的，只要睁大你美丽的眼睛，任何不幸都不会、都不会落在你身上。"

16. 我，谢库瑞

以前布贩艾斯特每次来家里，我都会幻想她捎来了一个恋人最终忍不住写的信，而这个恋人会令一个像我这样的聪慧、漂亮、有教养、寡居但仍有好名声的女人怦然心动。当发现信件是来自以往的追求者时，至少，我更增强了等待丈夫归来的决心和耐心。可是现在，每当艾斯特离开后，我的脑子就乱了，只觉得自己更加不幸了。

我听了听小小世界里的各种声响。厨房传来了煮东西的声音和柠檬与洋葱的香味：我知道哈莉叶正在煮胡瓜。谢夫盖与奥尔罕在庭院的石榴树下嬉闹，玩"剑士"的游戏，我听见了他们的叫喊。父亲则安静地坐在隔壁房里。我打开看了哈桑的信，再次知道了里面没有什么值得感兴趣的东西。只是，我更有点怕他，很庆幸当初我们还住在同一间屋子时，顶住了他为进入我的怀抱而所做的许多努力。接着，我看了黑的信，小心谨慎地捧着信纸，仿佛它是一样脆弱、易碎的东西。读完之后，我的思绪又一片混乱。我没有再看那两封信。太阳出来了，我忽然想到：那些夜晚如果我投入哈桑的怀抱，和他做爱，除了安拉之外，不会有半个人察觉。他的确很像我失踪的丈夫，非常像。有时候我脑中会浮现这种荒唐而奇怪的想法。阳光很快晒暖了我，我可以感觉到自己的身体：我的皮肤、我的脖子，甚至我的乳头。就在阳光从门里这么照在我身上时，奥尔罕突然走了进来。

"妈妈，你在看什么？"他说。

好吧，记得我刚才说过我没有再看艾斯特新送来的信吗？我说了谎。我又在看。这一次，我确实把它们折了起来，塞进了怀里。

"你，过来，到我怀里来。"我对奥尔罕说。他照着做了。"噢，我的天，你好重喔，都长这么大了。"我一边说一边亲他，"你冷得像块冰……"

"你好温暖喔，妈妈。"他说着，靠在了我的胸前。

我们紧紧地靠在一起，都很喜欢静静地坐在一起的感觉。我闻闻他的颈背，亲吻他。我把他搂得更紧了，什么话也不说，就这么搂着。

"我觉得痒痒的。"过了许久他说。

"我问你，"我用最严肃的声音说，"如果邪灵王国的苏丹出现，要赐给你一个愿望，那么你最想要的是什么？"

"我要谢夫盖不和我们在一起。"

"还想要什么？想不想要一个父亲？"

"不要，等我长大以后，我要跟你结婚。"

所有不幸中，最悲哀的不是年华老去，不是娇容不再，也不是失去丈夫或生活贫穷，而是生活中不再有任何人羡慕你，我这样想道。我把奥尔罕逐渐温暖的身体从我的怀抱中放下。像我这么一个坏女人应该嫁给一个好男人，想到这里，我起身去见父亲。

"等苏丹陛下亲眼看见他的书完成，他定会大力奖赏您。"我说，"您又要去威尼斯了。"

"我不能确定。"父亲说，"这桩谋杀案让我感到害怕。我们的敌人肯定非常强大。"

"我也知道，自己的处境更给了他们勇气，引起了他们的误解和荒谬的希望。"

"这是什么意思？"

"我应该尽快嫁人。"

"什么？"父亲说。"嫁给谁？可是你已经结婚了啊。这种念头是哪儿来的？"他问。"谁向你求婚了？就算有这么一个非常理智而又无法拒绝的求婚人，"理智的父亲说，"我也怀疑我们是否能接受他。"他为我不幸的处境下了一个结论："你很清楚，在我们把那些困难而复杂的问题处理好之前，你没办法改嫁。"沉默了很长一段时间之后，他又说道："我亲爱的女儿，你是不是想离开我？"

"昨天夜里我梦见我的丈夫已经死了。"我说。我并没有像一个真正做了这种梦的女人那样放声哭泣。

"就像看画时懂得怎么去看的人一样，一个人也该知道如何解析一场梦。"

"您觉得我可以给您讲讲我做的梦吗？"

我们陷入了沉思，像所有聪明人那样，在脑子中飞快地想象所谈事情将会带来的其他所有的结局，互相笑了笑。

"解析过你的梦境后，我可以相信他已经死了。然而你的公公、你的小叔和站在他们那边的法官，则会要求更多证据。"

"自从我带着孩子回到这里，已经过了两年，公公和小叔也没能把我逼回去……"

"因为他们非常清楚自己有过错，"父亲说，"但这并不表示他们愿意让你离婚。"

"如果我们是马立克或罕百里派的信徒，"我说，"法官只要证实已经过了四年，他不但会允许我离婚，还会确保我有一份赡养费。然而，由于我们属于哈乃斐学派，多谢安拉，我们没有这种选择。"

"别跟我提起乌斯库达尔法官那身为沙斐仪派信徒的助手，这些教派都是不可靠的。"

"伊斯坦布尔所有丈夫在战场上失踪的女人，都带着证人去找他，申请离婚。因为他是个沙斐仪派信徒，只会问：'你的丈夫失踪了吗？''他失踪多久了？''你有生活困难吗？''这些是你的证人吗？'然后立刻批准离婚。"

"我亲爱的谢库瑞，是谁把这些东西塞入你脑中的？"他说，"是谁夺走了你的理智？"

"等我离了婚之后，如果真有个男人可以夺走我的理智，您当然会告诉我那个人是谁，在我将和谁结婚这一问题上，我绝不会不遵从您的决定。"

我精明的父亲，很清楚他的女儿跟他一样精明，开始眨起了眼睛。事实上，父亲会像这样快速眨眼一般有这么三个原因：一、他身陷困境，而他的头脑正飞快地转动，想找出一个聪明的解决办法；二、他绝望而悲伤得要哭的时候；三、他身陷困境，于是机巧地结合第一个和第二个原因，让人以为他就要因悲伤而落泪。

"你打算带着孩子离开，让你老迈的父亲孤身一人吗？你知道吗，由于我们的书"——没错，他说的是"我们的书"——"我很担心自己被谋杀吗？但现在既然你想带着孩子离开，那么我就想要死了。"

"我亲爱的父亲，只有离婚才能摆脱那没用的小叔，您不总是这么说的吗？"

"我不要你离开我。有一天你的丈夫会回来。即使他不回来，你已婚的身份也没有什么坏处——只要你与你的父亲一起住在这个家里。"

"我只想要和您一起住在这个家里。"

"亲爱的，你刚才不是说想要尽快嫁人吗？"

与父亲争执就是这样的：到头来，我也会相信自己错了。

"我刚才是这么说。"我望着面前的地板说。接着，极力忍着眼泪。突然脑海中闪现了某种东西，我便勇敢地说：

"好吧，那我是不是永远不再结婚了？"

"我可以接受一位不会把你带离我身边的女婿。谁在追求你？他愿意和我们一起住在这个家里吗？"

我沉默不语。当然，我们都知道，父亲绝对不会尊敬一个愿意与我们同住的女婿，他会慢慢地折磨他的。父亲会悄悄地用老练的手段来贬低那上门女婿，很快地我也会不想把自己给那个男人。

"没有父亲的同意，以你的处境，你知道要嫁人几乎是不可能的，这一点你是清楚的，是吧？我不要也不允许你嫁人。"

"我不要嫁人，我要离婚。"

"因为某个只在乎自己利益而不顾其他、没有脑子、禽兽般的男人会伤害你。你知道我有多么爱你，对不对，我亲爱的女儿？而且，我们必须完成这本书。"

我没有说话。因为如果一开口——受到魔鬼的怂恿，他非常清楚我的愤怒——我会当着父亲的面告诉他，我知道他晚上把哈莉叶带上床。可是，像我这样的女人，怎么能说出自己知道年迈的父亲跟一个女奴上床呢？

"是谁想要和你结婚？"

我望着眼前的地板，沉默不语，但不是出于尴尬，而是因为生气。更糟糕的是，虽然知道自己生气，却又不能回答，这让我更加生气。在那一刹那，脑中浮现父亲与哈莉叶躺在床上，摆出可笑而令人作呕的姿势。就在泪水夺眶之际，我看着面前说：

"胡瓜还在炉子上，别要烧焦了。"

我跨步走入楼梯旁的房间，这个房间有一扇永远紧闭的窗户，面对外面的水井。黑暗中，我摸索着很快找到了我的床，把它铺好，扑倒在了上面：啊，小时候受了委屈就躺下来哭到睡着，那有多美呀！知道全世界除了自己没别人喜欢我，这种孤独教人多么难过，以至于当我为自己的孤独哭泣时，你们都听到了我的啜泣和呜咽，赶来帮助我。

过了一会儿，我发现奥尔罕已经躺在了我的身边。他把头靠在我的胸前，我一看，他也在那儿抽泣、流泪。我紧紧地搂住了他。

"不要哭，妈妈。"一会儿后他说，"爸爸会从战场上回来的。"

"你怎么知道？"

他没有回答。我真的好爱他，把他紧紧地搂在怀里，忘掉了自己所有的烦恼。拥着我纤瘦、小巧的奥尔罕沉入梦乡之前，让我吐露心中唯一的忧虑：我很后悔刚才一时气愤，告诉你们父亲和哈莉叶之间的事。不，我没有说谎，但仍为此感到非常羞愧，请你们忘掉我所说的，就当我什么都没说，就当我父亲和哈莉叶之间没那种关系，好吗？

17. 我是你们的姨父

　　唉呀，养一个女儿真难，真难。当她在隔壁房间哭泣时，我能听见她的啜泣声，但只能看着手上那本书，什么都不能做。我尝试阅读的这本《末日之书》，其中有一页写道，死者的灵魂在死后三天，得到安拉的准许，会前来探望生前寄居的躯体。看见自己可怜的身体躺在坟墓里，血迹斑斑、腐烂发臭、尸水流溢，灵魂会伤心、哀怜、呜咽地悲号："噢，我悲惨的躯壳，我亲爱的可怜身体。"我马上联想到高雅先生悲惨的结局，当他的灵魂前来探望时，不是在坟墓中，而是在井里看到自己的样子，一定悲痛万分。

　　等谢库瑞的啜泣声逐渐平息，我放下了关于死亡的书。我加了一件羊毛衬衣，拿一条厚羊毛腰带缠紧腰际，似乎这样才能使腰部暖和起来，然后套上一条兔毛滚边的灯笼裤。正当我准备踏出家门时，扭头发现谢夫盖站在门口。

　　"你要去哪里，外公？"

　　"你回屋里去。我要去参加葬礼。"

　　我沿着积雪覆盖的街道，穿越两旁东倒西歪、几乎快站不住的破败房舍，走过大火肆虐过的地方。我走了很久，迈着老人的步伐，小心翼翼地生怕在冰上滑倒。我穿过边远的街区、菜园和田野，在前往城墙的路上，我行经许多卖车马鞍具的商店，路过铁匠铺、马具修理铺、挽具铺和蹄铁匠铺。

我不知道他们为何决定在这里举行葬礼，大老远地来到埃迪尔奈卡普的米赫里玛赫清真寺。到达清真寺后，我拥抱了死者高雅的兄弟，他们一脸愤怒和倔强。我们细密画家和书法家彼此拥抱，低声啜泣。祷告的过程中，一阵铅灰色的浓雾陡然降临，吞噬了一切。我凝视着安放在清真寺葬礼石板上的棺材，心中对犯下这件罪行的恶棍感到无比愤恨，你们看，此时就连祷词"安拉呼穆巴克"也在我脑中乱成一团。

跪拜结束后，集会的人群把棺材扛上肩的时候，我身边仍聚集着细密画家和书法家。以前有几个夜晚，鹳鸟与我曾坐在昏暗的油灯下，为我的书本一直忙到清晨。在这几个晚上，他曾试图说服我相信高雅先生的镀金技巧低劣，在颜色的搭配上也缺乏见识——为了让东西看起来更贵气，他把它们全部涂成深蓝色——而我也确实曾经附和地说出"但是没人了"这样的话。此时，我们把这一切都忘了，我们互相拥抱，再一次低泣。稍后，橄榄先是友善而恭敬地看我一眼，然后才搂搂我——知道如何拥抱的男人是一个好男人——我很喜欢他的动作，这使我想起画坊里所有的艺术家中，他最信赖我的书。

来到庭院大门的台阶时，我遇见了画坊总监奥斯曼大师，我们都不知道该说些什么。气氛诡异而紧张；死者的一个兄弟开始大哭起来，有个喜欢炫耀的人则念起了赞主词。

"到哪一个墓园？"为了说点什么，奥斯曼大师问我。

若回答"我不知道"似乎有点敌意。狼狈之下，我没有多想，也转头问站在旁边的人："到哪一个墓园？埃迪尔奈卡普吗？"

"埃于普。"一个脾气暴躁、留胡子的年轻蠢材说。

"埃于普。"我转向大师说，不过反正他已经听见脾气暴躁的蠢材说的话了。接着，他望了我一眼，仿佛说："我知道了。"他的眼神告诉我，他不想再延长我们此次的见面了。

苏丹陛下指定我监督我所谓"秘密"的这本插画书，负责其内容写作、页缘饰画和内页插画，这件事早就让奥斯曼大师极为窝火。再加上在我的影响下，苏丹陛下对法兰克风格的绘画也有了兴趣，这更教奥斯曼大师满心不悦。有一次，苏丹曾经逼迫奥斯曼大师仿制一位意大利画家绘制的肖像。奥斯曼大师厌恶地模仿了意大利画家的那幅畸形的图画，他把这次画画称为"酷刑"，而我也知道他因此而怪罪于我了。他对我的迁怒也是有道理的。

我在阶梯中间站了一会儿，望着天空。确信自己已经落后很多时，我就开始走下结了冰的台阶。我非常缓慢地还没有下两级台阶，有个人已经抓住我的手臂，抱住了我：黑。

"太冷了，"他说，"您冷吗？"

我毫不怀疑就是这个人搅乱了谢库瑞的心。就连他抓住我手臂时的自信，都在证明这一点。他的样子中有某样东西像是在说："我已经努力了十二年，如今真的长大了。"楼梯走完了。我让他以后再跟我说说在画坊里看到的情形。

"你先走吧，孩子。"我说，"去跟上人群。"

他有点吃惊，但没有表露出来。他稳重地放开我的手臂，朝前方走去，这个动作甚至都让我感到满意。如果我把谢库瑞嫁给他，他会同意和我们住在一起吗？

我们穿过埃迪尔奈卡普，走出城外。我看见一群插画家、书法家与学徒，抬着棺材，就快要隐没在轻雾里。他们飞快地走下山坡，朝金角湾行去。他们走得很快，沿山谷前往埃于普的雪地泥路都已经走过一半了。寂静的轻雾里，向左望去，嫔妃苏丹慈善机构蜡烛制造厂的烟囱，正雀跃地喷出白烟。城墙的阴影下是几间制革厂和忙乱的屠宰场，专门供应埃于普的希腊肉贩。残渣肉屑的气味从这里传出，飘入山谷，飘向前方依稀可辨的埃于普清真寺圆顶，飘向墓园中整齐排列着的柏树。再走一段路，我听见下面巴拉特区的新兴犹太区里，传来了孩童嬉闹玩耍的叫喊。

当我们抵达埃于普所在的平原，蝴蝶朝我走来。他以惯常的热烈态度，唐突地切入了正题：

"这事儿是橄榄和鹳鸟干的，"他说，"他们和其他人一样，都知道我与死者关系不佳。他们也知道大家都了解这一点。谁将接替奥斯曼大师当画坊的头，在这一点上，我们之间彼此嫉妒，甚至公开仇恨、敌对。现在他们估计这项罪行会落在我头上，或至少能使得财务大臣及受他影响的苏丹陛下疏离我，不，是疏离我们。"

"你所谓的'我们'指的是谁？"

"我们这些人认为画坊应该坚守过去的伦理，应该遵循波斯大师们的道路，不应该为了金钱什么都画。我们认为古老的神话、传说和故事，应该取代武器、军队、俘房和占领，重新呈现于我们的书中，我们不应该放弃老的模板，优秀的细密画家不应该在市集店铺里，为了三五个金币，替每一个行经的路人画些破烂老玩意儿。苏丹陛下会认可我们的。"

"你这是在无为地诽谤，"我说，想让他尽快结束这个话题，"我深信，天性能做出这种事的人不会藏身于画坊的。你们全是

125

弟兄，就算画了三五种从前不曾画过的题材，也不会造成多大伤害，至少不会严重到让你们反目成仇。"

如同最初听说这个恐怖的消息时一样，此时我脑中灵光闪现，抓住了事实的真相。谋杀高雅先生的凶手，正是宫廷画坊中几位出类拔萃的大师中的一个，他就在我面前的人群当中，和他们一起爬上通往墓园的山坡。此刻我深信，这个凶手将继续他魔鬼般的叛乱恶行，他不但是我手上这本书的敌人，而且非常可能地，他曾经拜访过我家，接受绘画和插图工作。蝴蝶是否也和大部分经常造访我家的画家们一样，爱上了谢库瑞？在他妄下断言时，难道忘了有好几次，我要求他画一些与他的观念相反的绘画？或者他只是高明地用话在试探我？

不，我想了一会儿，他不可能在试探我。蝴蝶，以及其他细密画师，显然都对我心存感激：由于战争的缘故，加上苏丹兴致低落，细密画家得到的金钱和奖赏逐年递减，很长一段时间以来，他们额外收入的主要来源是替我工作。我知道他们彼此嫉妒，认为我偏爱某几个人。由于这个原因——不只是这个原因——我单独与他们在家中会面，这更不可能导致他们对我的敌意。我所有的细密画家都足够成熟，能够理智地找到一个更人性化的理由来喜爱一个为了利益而不得不喜爱的人。

为了让沉默不再继续下去，也为了不再回到同样的话题，我说："噢，真主的神迹无限！他们抬棺材上坡的速度跟下坡时一样快。"

蝴蝶露出牙齿甜甜地笑了笑，说："因为天气冷。"

这个人，我想，真的有可能杀人吗？比如说因为妒忌。以后还会杀我吗？他会找到借口的：这个人辱骂我的信仰。但，他是个伟大的细密画家，才华洋溢，为何要杀人呢？衰老不只意味着没有体力爬坡，同时，我想，也表示没那么怕死；它意味着缺乏欲望，走进一个女奴的卧房，不是基于一种兴奋，而像是要冲破禁忌。凭着一种直觉，我对他说出了我当下作出的决定：

"那本书我不想再继续了。"

"什么？"蝴蝶说，脸色一变。

"那本书里隐含着某种不幸。苏丹陛下也终止了资金。你去把这件事告诉橄榄和鹳鸟吧。"

或许他本来还要问，但这时我们已来到斜坡上的墓地，墓地周围紧密排列着耸立的柏树、高大的蕨类和墓碑。一大群人围绕在坟地四周，我只能借由逐渐增强的哭泣声，以及"必斯米拉赫"和"阿拉米列地芮苏路拉赫"的叫喊声，知道尸体此刻正被放入墓穴。

"让他的脸露出来，完全露出来。"有人说。

他们掀开白色的尸布，如果那颗砸烂了的头颅上还有眼睛的话，他们这时一定正和尸体眼对眼相望。我站在后面，什么都看不见。我曾经有一次望进死神的眼睛，不是在坟边，而是一个截然不同的地方……

三十年前，苏丹陛下的祖父，天堂的居民，下定决心从威尼斯人手中夺取塞浦路斯。伊斯兰教长埃布苏特·埃芬迪立刻提出这座岛曾经被埃及苏丹指定为麦加和麦地那的军需供应处，他作出了一项裁定，声明一座当年协助供给圣地物资的岛屿，如今落在基督异教徒的掌控中，这是不正当的。就这样，作为我第一次的使者使命，我被指派了这项艰巨的任务，去告知威尼斯人这个突如其来的决定，告诉他们必须要把这些岛屿交给我们。就这样，我在威尼斯参观了各个教堂，惊讶于他们的桥梁与宫殿，着迷于最为富有的威尼斯人家里悬挂的绘画。在这惊奇之中，我相信了威尼斯人展现的好客，于是我递上了那封充满威胁的信函，并用傲慢、盛气凌人的态度，告诉他们苏丹陛下想要塞浦路斯。威尼斯人气极了，在他们迅速召集的会议中，大家决定连讨论这封信的议程都无法接受。更甚的是，愤怒的人群把我堵在总督宅邸，几个流氓设法避过卫兵和门房，溜进屋内想要把我勒死，这时还好有两位总督的贴身侍卫，成功地护送我经由一条秘密通道溜出宅院，来到后门外的运河边。那里，正弥漫着像这样的雾，刹那间我以为那个抓着我手臂、身材高挑而脸色苍白、穿着一身白衣的运河船夫，正是死神，因而我望着他的眼睛，从他的眼里，看到了自己的身影。

我渴望地梦想着秘密完成我的书本，能够再次回到威尼斯。我走向已经用泥土仔细覆盖好的坟墓：此时此刻，天使正在上面审讯他，问他是男还是女，他的宗教信仰是什么，他视何人为他的先知。我想到自己也可能会死。

一只乌鸦飘然飞落在我身旁。我慈爱地望着黑的眼睛，让他搀扶着我，陪我一起往回走。我告诉他，我希望他第二天一早来家里，继续书本的工作。因为我一想到自己有可能会死，就再次领悟到，不管代价有多高，我一定得完成这本书。

18. 人们将称我为凶手

当冰冷、湿黏的泥土落在不幸的高雅先生稀烂变形的尸体上时，我哭得比谁都大声。我喊着："让我和他一起死！让我和他埋葬在一起！"他们抓住我的腰，防止我跌进去。当我像要背过气去时，他们用手掌压住我的额头，扳起我的头让我可以呼吸。从死者亲属们的眼神中，我意识到自己可能哭叫得太过火了。我平复了自己的情绪。看我哭得这么伤心，画坊里的嚼舌者们可能会以为我和高雅先生是一对恋人。

为了避免引起更多的注意，一直到葬礼结束我都躲在一棵梧桐树后面。比被我送下地狱的白痴更白痴的他的一位亲戚，把我堵在了梧桐树的后面，以一种自认为意味深长的眼神，直直地望着我的眼睛。久久地拥抱了我之后，这个弱智者问道："你是'星期六'还是'星期三'？""'星期三'是过世者以前的名号。"我说。他吃了一惊。

这些名号，仍然使我们神秘地联系在一起，而其背后的故事却很简单。在我们当学徒的时候，细密画大师奥斯曼刚从大师助理升上大师，我们对他倍感尊敬、仰慕与爱戴。因为他是一位巨匠，他把一切都传授给了我们，包括真主的神奇技巧，也包括精灵般的智慧。每天清晨，学徒们必须依照要求选出一个人，前往大师家中，帮他拿笔盒、袋子、装满纸张的卷宗夹，然后跟在大师身后，陪他走到画坊。我们每个人都极渴望接近他，时常为了"今天我要去"而吵得不可开交。

奥斯曼大师偏爱其中一位。但如果总是他去，这将使得画坊中本已不绝于耳的各种流言蜚语和低级玩笑变本加厉，因此大师决定我们每人一星期去一次。大师星期五工作，星期六就不去画坊了。他极宠爱的儿子——之后背叛了他和我们，放弃了艺术——每星期一作为一个普通学徒陪伴父亲前来。还有一位又高又瘦的弟兄，是我们所谓的"星期四"，他比我们任何人都更有才华，后来得了一种不知名的病，在高烧中英年早逝。高雅先生，愿他安息，负责每个星期三，因而被称为"星期三"。但后来，我们的大师慈爱而有深意地把我们的名字由"星期二"改成"橄榄"、由"星期五"改成"鹳鸟"、由"星期天"改成"蝴蝶"，而将他的名字改成了"高雅"，表示其镀金工作做得很精致。大师每天早上一定也曾像欢迎我们大家那样，对他说过：

"欢迎你，'星期三'，今天早上好吗？"

回忆起他过去如何称呼我时，我以为我的眼中会溢满泪水：当学徒时尽管难免挨责打，但奥斯曼大师欣赏我们，当他看见我们华美的作品时，会热泪盈眶地亲吻我们的手和手臂，我们的才华也带着对绘画的热爱绽放开花，使我们觉得仿佛身在天堂一般。那时候就连给我们的快乐时光投下阴影的嫉妒，也有着不同的色彩。

你们也看到了，我觉得自己已经分成了两半，就像某些人物像，头和手是由一位大师描绘，身体与衣服则是另一位大师所涂

130

画。像我这样畏惧真主的人意外地变成凶手时，一下子还适应不了。我开始使用第二种语调，适合凶手的，如此一来才能继续过我以前的生活。此刻，我正使用这种嘲弄而拐弯抹角的第二种语调说话。当然，如果我没有变成凶手，你会不时听见我熟悉的、平常的语气，但不是自称"我是凶手"，而是以名号自称。谁也别想把这两者联系起来，因为我没有个人的风格或瑕疵，能够暴露出我隐藏的角色。的确，我相信风格是一位画家有别于他人的一种瑕疵，而不是如有些人声称的，是个性。

我承认在我这种特殊的状况下，这也造成了一个问题。因为即使我们以名号来说话，尽管这些名号是由奥斯曼大师慈爱赏赐、也被姨父大人所欣赏并使用，我也绝不希望你们分辨出究竟我是蝴蝶、橄榄还是鹳鸟。因为如果听出来了，你们一定会毫不犹豫地跑去把我交给苏丹皇家侍卫队长手下的刽子手。

因此，我不能想什么就说什么。事实上我也知道，即使当我私下沉思事情时，你们也在听。我不会去想生命中那些能够暴露我身份的细节和愤怒。甚至当我讲述"一"、"二"和"三"的小故事时，也总是在留心你们的目光。

我画过好几万次的战士、爱侣、王子和传说中的英雄都是在那一刻以他们的某一个方面来面对画中的事物的，比如说，在那一传奇时刻他们所攻打的敌人、与之搏斗的恶龙，或是为之流泪的美丽少女们。然而另一方面，他们身体的另一边，却是面对正在欣赏着精美绘画的绘画爱好者。如果我真的有风格和特色，那将不只是隐藏在我的艺术作品中，同时也一定隐藏在我的谋杀与文字里！是的，从文字的颜色中，你们找找看，我到底是谁！

我想如果你们逮到我，那将能为不幸的高雅先生的悲惨灵魂带来安慰。当他们朝他身上铲土时，我正站在树下，在啁啾的鸟鸣声中，望着金角湾波光粼粼的河水，以及伊斯坦布尔各座耀眼的圆顶。我再次发现，活着是多么美好。可悲的高雅先生，当他加入面目狰狞的埃尔祖鲁姆传道士的圈子后，就再也不喜欢我了。虽然，过去一起为苏丹陛下绘制书本的二十五年中，我们也曾经感到彼此非常的亲近。二十年前，我们一起为当今苏丹的先父制作一本皇室历史诗时，成为了好朋友。不过绘制《富祖里宫廷诗集》的八张图画时我们就更亲密了。当时，一个夏天的傍晚，为了满足他那正当的却又不可理喻的要求（他说一位细密画家必须在心中感受到他所绘的诗词文章），我来到了这里，在一群狂飞乱舞的燕子围绕下，耐心地倾听他装模作样地背诵《富祖里宫廷诗集》中的诗句。从那天晚上起，"我不是我，而我说的却永远都是你"这一诗句就留在了我的脑海里，还有就是我总在想的、总是自己问自己的一个问题：这句诗句该如何用画来体现呢？

　　一听到发现他尸体的消息，我立刻跑去他家。那儿，我们曾经坐着朗诵诗词的狭窄花园，如今盖满了雪，看起来好像变小了，任何一座花园如果多年后再去探访，都会给人这种感觉。他的房子看起来也是如此。隔壁房间传来女人们的哭号，她们夸张的哀号一句比一句大声，仿佛在互相比赛。他的大哥说话时，我专注地倾听：我们悲惨兄弟高雅的脸几乎全被毁了，头也被打烂了。从陈尸四天的井底被捞出来之后，他的兄弟们根本认不出他；而他可怜的妻子卡比叶，不得不在黑夜中从家里到现场去看，借由破烂的衣服，指认那具无法辨认的尸体。我眼前浮现出了这么一幅场景：被嫉妒的兄弟丢入井里的优素福正被米底扬的商人们从井里捞出来。我很喜欢画《优素福与佐列哈》的这个场

132

景，因为它提醒我们，兄弟间的嫉妒是生命中最基本的情感。

忽然一阵安静，我感觉他们的眼睛都在看着我。我该哭吗？但我的眼睛却盯上了黑。那个卑鄙的混蛋，他在打量我们每一个人，努力摆出一副他是姨父大人派到画家们当中来调查事实真相的模样。

"谁会干出这种卑鄙的勾当？"大哥高喊，"哪个冷血的禽兽会杀害我们这连一只蚂蚁都不敢伤害的兄弟？"

他用眼泪回答了自己的问题，我也从内心问了同样的问题，并且自己给自己寻找答案。谁是高雅的敌人？如果不是我杀了他的话，还有谁会想谋杀他？我想起，在一段时间之前——我想是在准备《技艺之书》的那几年——他曾经与某些人发生争执，因为他们不再重视前辈大师们的技法，他们为了更廉价、更快速地镀金而用极不适当的颜色涂抹页缘，毁坏了我们插画家辛苦完成的书页。这些人是谁呢？不过后来却开始谣传，彼此的敌对不是由于这个原因，而是为了一位在一楼工作的俊美装订学徒，双方互相争风吃醋。不过这也是陈年往事了。还有一些人，看不惯高雅的尊贵态度，他的纤细，以及他女人般的绅士模样，不过这完全又是另外一回事：高雅服膺旧式风格，狂热地相信镀金和绘画之间的颜色协调，而且会当着奥斯曼大师的面，比如说，语带高傲地指出其他细密画家——特别是我——不存在的错误……他最近一次争吵是关于一件奥斯曼大师近年来特别在意的事：宫廷细密画家们在外兼差，悄悄接受宫廷外的小件委托。最近几年，随着苏丹陛下的兴致减退，财务大臣支付的金钱也逐渐减少，所有细密画家开始出没于一些年轻愚蠢的帕夏的两层楼宅邸，其中最优秀的画家则趁半夜去拜访姨父。

姨父推说他的书或者我们的书不吉利而决定终止制作，对此我一点也没有因为多疑而生气。当然，他猜到了干掉笨蛋高雅先生的凶手是替他绘制书本的我们其中的一个。站在他的立场想想：你会每两个星期一次邀请一个杀人凶手，半夜到你家画画吗？还是先找出真正的凶手，判别出谁是最优秀的插画家呢？毋庸置疑地，他将很快从到他家来的这些人中判别出哪一位细密画家最具天赋，在选择颜色、镀金、页面分格、插画、脸部描绘，以及版面构图上，谁的技巧最纯熟。同样毋庸置疑地，在作出判别之后，他将只找我继续进行单独合作。我认为他绝不会下作到视我为普通杀人凶手，而不是一位真正天才的细密画家。

从眼角余光，我观察着与姨父走在一起的白痴黑先生。他们穿过墓园里正在散场的人群，走下埃于普码头，我也紧随其后。他们登上一艘四桨的船，过了一会儿，我也上了一艘六桨的船，船上有许多年轻学徒，他们早已忘掉了死者和葬礼，正在嬉闹作乐。接近菲奈尔卡普时，我们的船只一度靠得很近，差点撞上了，这时我可以清楚地看见黑正嘀嘀咕咕地对姨父讲着什么。我再次想到，要杀一个人实在是太容易了。我的真主，你把这种不可思议的力量赐予了我们每个人，但同时也吓唬我们不要去用它。

尽管如此，一个人只要有一次克服这种恐惧而采取了行动，立刻就会变成截然不同的人。我曾经不但惧怕魔鬼，甚至害怕自己内心任何一丝邪恶的念头。然而事到如今，我不但明白邪恶是可以被忍受的，甚至，对一位艺术家而言，它更是不可缺少的。在我杀了那个可悲的人渣后，除了我的手颤抖了几天以外，我画得更好了，我采用更为鲜艳大胆的色彩，而且最重要的，我发现自己的想象力创造出了神奇的景象。然而，这就不得不问，究竟伊斯坦布尔有多少人能够真正欣赏我画中的神妙？

船驶到吉巴里附近的河岸边，远远地从金角湾中央，我鄙夷地看了看伊斯坦布尔。阳光陡然穿透云层，照得白雪覆盖的圆顶闪闪发亮。一座城市有多么大、其色彩有多么丰富，就意味着里面有多少角落可以藏匿一个人的过错与罪孽；城市有多么拥挤，就意味着有那么多的人可以让犯罪的人藏身于其中。一座城市的智慧不应该以它有多少学者、图书馆、细密画家、书法家和学校来衡量，而应该以几千年来暗巷里神不知鬼不觉的犯罪数目来评估。依照这个逻辑，毫无疑问地，伊斯坦布尔是全世界最有智慧的城市。

来到翁卡帕尼码头，继黑与他的姨父之后，我也下了船。他们彼此倚靠着爬上山丘，我跟在他们身后。到了苏丹穆罕默德清真寺后面失火的地方时，他们停下来再次交谈了一下，在此分了手。姨父大人现在独自一人，看起来就像一个无助的老人。我忍不住想跑向他，告诉他那个我们才参加过他葬礼的野蛮人曾经偷偷对我说过的谣言诽谤，以及为了保护大家，我所做的所有事情，并问他："高雅先生所说的是真的吗？我们有没有滥用苏丹陛下的信赖？我们的绘画技巧是不是背叛和侮辱了我们的信仰？你已经完成了最后的心愿吗？"

傍晚时分，我站在积雪的街道中央，望向黑暗巷子的尽头，我被遗弃在精灵、仙子、流氓、小偷之间，周围只有返家父子的悲伤，以及冰雪覆盖的树的忧愁。街道的尽头，是姨父大人富丽堂皇的两层楼宅邸，屋顶之下，穿过栗树光秃秃的枝杈看过去，那儿住着全世界最美丽的女人。不过，我可不想失去理智。

19. 我是一枚金币

　　看呀！我是一枚 22K 的奥斯曼苏丹金币，身上有着世界的保护神苏丹陛下的玺印。今天，葬礼之后，在这间充满哀伤的漂亮咖啡馆里，苏丹陛下手下的大师鹳鸟，大半夜里刚完成了一幅我的图画，还没给我抹一层薄金，不过抹上薄金之后的样子你们可以自己去想象了。我的画像在这里，而我的真身则是在你们亲爱的弟兄、知名细密画家鹳鸟的钱包里。他现在站起来了，把我从钱包里拿出来，展示给你们每个人看。你好，你好，各位艺术大师，各位来宾，大家好。看见我身上闪亮的光芒，你们的眼睛全睁大了，激动地看着我在油灯的光芒下闪闪发光，最后，你们对我的主人鹳鸟大师羡慕不已。你们说得没错，因为除我之外，就没有什么可以衡量一位画家的才华了。

　　过去三个月，鹳鸟大师赚了整整四十七枚和我一样的金币。我们全部都在这个钱包里，而且鹳鸟大师，你们自己瞧，没打算向任何人隐瞒。他知道伊斯坦布尔所有细密画家中没有人赚得比他多。人们可以用我来衡量各位细密画家的才华，解决各种不必要的争端，这让我感到很骄傲。过去，当我们还没有养成到咖啡馆来的习惯、头脑还没有开化时，这些呆蠢的细密画家晚上总

136

会争吵谁最有才华、谁最懂得色彩、谁画的树最好或谁是描绘云朵的专家，不仅如此，他们甚至每天晚上都会为这些事动手互殴，打得鼻青脸肿。现在既然由我来主持公道，画坊里一片甜美和谐，不仅如此，还带来了赫拉特前辈大师们才有的那种平静氛围。

除了我的判断带来的和谐与平静，让我来给你们列举一下可以用我交换的各种东西：一个美丽年轻女奴的一只脚，大约是她整个人总价的五十分之一；一面滚着象牙边的高级胡桃木制理发师镜子；一个绘制精美的五斗柜，上面装饰着价值九十枚银币的旭日图形和银叶；一百二十个新鲜面包；一块三人墓地加三副棺材；一只银臂环；十分之一匹马；一个又老又肥的女奴的两条腿；一头小水牛；两个中国瓷盘；苏丹陛下画坊中波斯细密画家、大不里士人德尔维什·穆罕默德及像他这样的大多数人一个月的薪水；一只优秀的猎鹰加笼子；十罐帕那约特葡萄酒；与以俊美闻名于世的少年玛赫穆德欲仙欲死一小时，还有其他许多举不胜举的机会。

来此之前，我曾在一个穷鞋匠学徒的臭袜子里待了十天。每天夜里，这落魄的家伙会躺在床上，嘴里念叨着各种他可以用我买到的东西，一直念到睡着。他所念的这首诗的诗句，如摇篮曲那般甜美，向我证明了还没有钱不能进的洞。

说到洞，这又提醒了我。如果我把来此之前发生在身上的一切全部复述一遍，可以写好几大本书。我们之间不是陌生人，大家全是朋友，只要你们保证不告诉任何人，只要鹳鸟先生不生气，那么我就告诉你们一个秘密。你们发誓吗？

那么好吧，我交代。我不是一枚由钱伯里塔什铸币厂铸造的真正22K奥斯曼金币。我是枚假币。他们在威尼斯用低含量的金子把我制造出来，带到这儿，当作一枚22K奥斯曼金币招摇撞骗。我对你们的体谅深表感激。

根据我从威尼斯铸币厂得来的消息，这种事情已经持续了好多年。但在最近之前，威尼斯异教徒带到东方使用的劣质金币，都是他们在同一间铸币厂铸造的威尼斯币。我们这些轻信白纸黑字的奥斯曼人，毫不怀疑每块威尼斯币的黄金纯度，只看上面刻的字，没有留意它的含金量，于是这些假的威尼斯金币迅速充斥了整个伊斯坦布尔。后来，因为注意到含金量少、含铜量多的钱币比较硬，人们开始用牙咬来辨别钱币。譬如说，你欲火焚身，跑去找人见人爱的绝世美少年玛赫穆德，首先他会把钱币而不是别的东西放入柔软的嘴里咬一咬，宣布它是假的。结果这么一来，他只给你欲仙欲死的半小时，而不是整整一个小时。威尼斯异教徒一看，他们的伪币有这种不幸的结局，于是他们决定伪造奥斯曼金币，认为奥斯曼人是不会发现的。

现在，请你们注意一下这么一种奇怪的事情：这些威尼斯异教徒画画的时候，好像不是在画一幅图，而是真正创造出他们笔下的物品。然而，铸钱的时候，他们却不做真的钱币，反而制造假的。

我们被装进铁箱子里，上了船，摇来晃去地从威尼斯来到了伊斯坦布尔。我发现自己来到一个兑币商的店铺，塞在店主人蒜臭冲天的嘴里。我们等了一会儿，一个头脑简单的农夫走进门，希望换开一个金币。这个无赖的兑币商大师，说你把它拿来我咬一下，看看你的金币是真的还是假的。于是他拿起农夫的金币，丢进了自己嘴里。

当我们在他的嘴里相遇时，我发觉农夫的金币是一枚真正的奥斯曼苏丹币。他在蒜臭味中看见我说："你只不过是个假的。"他说的没错，但是他高傲的姿态伤了我的自尊，于是我骗他："老实说，老兄，你才是假的。"

正当此时，农夫骄傲地坚持说："我的金币怎么可能是假的？二十年前我就把它埋进了地底下，那个时候有这种缺德玩意儿吗？"

我还在想结果会如何时，兑币商把我而不是农夫的金币从嘴里拿了出来。"把你的金币拿走吧，我才不要下贱的威尼斯异教徒的假钱。"他说，还斥责那农夫道，"你还有没有羞耻呀？"农夫也回应了几句，然后拿着我走了。听到其他兑币商说了同样的话之后，农夫的信心没了，因为含金量低用我只换得了九十个银币。从此，在不停地转手之间，我七年没完没了的冒险生涯就这样开始了。

容我骄傲地告诉你们，我大部分时间都在伊斯坦布尔流浪，从钱包到钱包，从腰袋到口袋，是一枚有智慧的钱币。我最惨的噩梦是被装进一个罐子，埋在某座花园的石头下面好多年。我不是没遇到过这种事，但不知为什么，这种枯燥的时间都不是很长。许多得到我的人，特别是当他们发现我是假币时，都想尽快摆脱我。虽然如此，我还从来不曾碰到有谁警告过对方我是假的。但也有人没有察觉我是伪币，数了一百二十枚银币来交换我，结果发现自己上了当受了骗，就在痛苦与焦躁中捶胸顿足，直到瞒骗住了另一个人，才得以摆脱我。在这过程中，虽然他们自己也一再企图欺骗别人，但每一次都因为急躁和恼怒而失败，因而也只能不断地诅咒当初唬骗他的人"缺德"。

在这最近的七年中，我在伊斯坦布尔被转手了五百六十次，没有一个家庭、商店、市场、市集、清真寺、教堂或犹太会堂没有进去过。当我四处流浪时，听过各种与我有关的谣言、传说、谎话，数量之多远超过了我的想象。人们不停地往我身上安各种名分：我是最有价值的东西；我是无情的；我是盲目的；甚至连我自己都爱上了钱；很遗憾，这个世界是建立在我之上的；我可以买所有的一切；我是肮脏的、低俗的、下贱的。那些知道我是伪币的人，甚至会更加生气地对我说些更为糟糕的话。当我真实的价值贬值时，隐含的价值反而升高了。不过，尽管有这些无情的隐义和无知的诽谤，我却看到绝大多数人是从心底里真正喜欢我。我想，在这个没有爱的年代，如此发自内心的甚至是洋溢在外的喜爱实在该让我们感到高兴。

我一条街道一条街道、一个街区一个街区地走过伊斯坦布尔的每一个角落。我看过各种人，从犹太人到阿布哈兹人，从阿拉伯人到明格里亚人，我认识了每一个人的手。有一次我在一位埃迪尔内传道士的钱包里，跟着他离开伊斯坦布尔前往马尼萨。半路上，我们不巧遇到了劫匪。他们其中一人大叫："要钱还是要命！"恐慌中，这位倒霉的传道士把我们藏进了他的屁眼。这个地方比喜欢吃大蒜的人的嘴巴还要臭、还要不舒服。然而很快一切就变得更糟糕了，因为强盗们没有喊"要钱还是要命"，而是大喊："要贞操还是要命！"他们排成一列，一个一个轮流上他。我们被塞在那个小小的洞里所承受的痛苦，我就不跟你们提了。正是由于这个原因，所以我一点儿都不喜欢离开伊斯坦布尔。

我在伊斯坦布尔广受欢迎。年轻女孩们把我当作她们的梦中情人般亲吻；她们把我藏在丝绒钱包里，藏在枕头下、硕大的乳房间，以及她们的内衣里；她们甚至会在睡梦中抚摸我，看看我还在不在那儿。我曾经被收藏在公共澡堂的火炉边、在靴子里、在一间香喷喷麝香店的一只小瓶子瓶底，以及一个厨师拿来装扁豆的麻袋中的小暗袋里。我游遍伊斯坦布尔，被塞在骆驼皮做成的皮带里、埃及格子布裁制的外套内里、鞋子内里的厚布料间，以及五颜六色的灯笼裤的暗角落里。钟表匠大师佩特罗把我藏在一只老爷钟的秘密隔间里，一位希腊杂货商则直接把我塞进羊奶酪中。人们用厚布把我与珠宝、印章、钥匙一起包起来，收藏在烟囱里、火炉中、窗台下、粗茅草垫里、大立柜和箱子的暗格中。我知道有些父亲经常从餐桌上起身，过来看看我是否还待在原位；有些女人莫名其妙地把我当糖果吸吮；小孩子闻着闻着就把我塞进鼻孔；而一条腿已经跨进棺材的老人们，如果一天不把我从羊皮钱包里拿出来看七次，就会辗转难眠。曾经一个有洁癖的切尔卡西亚女人，一整天下来打扫完屋子后，会把我们从钱包里拿出来，用一把木刷子刷洗我们。我记得有一个独眼兑币商，总是把我们一枚枚叠起来，搭成塔形；一位身上散发牵牛花香味的搬运工，常常和家人一起，像在观赏一片美景似的望着我们；还有那位已经离开人世的镀金师——不需要说出他的名字了——晚上没事会用我们排列出各种图案。我曾经搭乘红木小船旅行，还进出过苏丹的宫殿，我藏匿在赫拉特制造的书本里、在散发玫瑰香气的鞋跟里，以及驮鞍的盖布中。我看过成千上百只手：脏的、毛的、肥的、油的、抖的，还有老的。我身上沾染上了各种气味：鸦片窟的、蜡烛制造厂的、鲭花鱼干的，还有所有伊斯坦布尔的汗味。经历过这么多刺激和纷乱后，有一个卑贱的小偷在黑夜里割断了受害者的喉咙，把我扔进他的皮包。等他回到自己邪恶的屋子，朝我脸上吐了一口口水，怒骂道："去死，全都是为了你。"我觉得好伤心，真希望自己马上消失不见。

不过，如果我不存在的话，便没有人能够区别好画家与烂画家，这将造成细密画家间的彼此互相残杀。所以，我没有消失，而是跳进一位最聪明、最天才的细密画家的钱包里，一路来到此地。

如果你认为自己是个比他还要厉害的画家，那么，你就想尽办法，把我抢到手吧。

20. 我的名字叫黑

　　我不知道谢库瑞的父亲知道多少我们互通信件的事情。如果看她信中所表现出来的那种害怕自己父亲的胆小少女的模样，我会推断出他们之间从来没有提到过我。然而，我感觉事实并非如此。布贩艾斯特眼里的狡猾、谢库瑞现身窗口时的魔力、姨父派我拜访其他画家时的毅然坚决，以及他叫我今天早上去时我从他身上感觉到的无助，全都令我感到不安。

　　早上，我刚在姨父面前坐下，他就开始讲述在威尼斯看到的肖像画。他说他作为世界的庇护神苏丹陛下的使者，参观了许多宫殿、教堂，以及王公贵族的宅邸。几天当中，他伫立在上千幅肖像画前欣赏，见到了画在挂布上、木头上、画框内和墙上的几千幅面孔。"每一张脸都不一样，都是独一无二的人脸！"他说。他深深陶醉于这些脸的多样性，陶醉于它们的色彩，陶醉于上面的那种光线的柔和，陶醉于这些脸的怡人甚至是冷酷的样子，陶醉于他们眼中的深意。

　　"就像都染上了瘟疫似的，人人都找人画自己的肖像画。"他说，"全威尼斯每一个有钱有势的人都想要有自己的肖像画，既把它作为他们生活的证明和纪念，也把它作为财富、力量和权威的象征，同时也暗示着他们一直都在那儿，在我们面前，让人感觉到他们的存在，向人们展示他们的与众不同。"

平常他说话时，像是在谈论嫉妒、野心与贪婪似的，话中总是带着一种鄙夷。然而此时，当他谈论起在威尼斯见到的肖像画时，脸上却不时现出光彩，像个孩子般兴高采烈。

肖像画的风气像传染病一样，在有钱人、君主、贵族家庭这些艺术赞助者之间蔓延，一有机会就让别人画他们的肖像，当他们委托画家绘制《圣经》场景的壁画或教堂墙壁的宗教传说时，这些异教徒热衷于把自己的肖像放入作品某处。是这样的，譬如说，在一张圣约翰葬礼的图画中，你会突然看见，啊，在一群泪流满面的墓园送葬者中，有一位正是那热情洋溢、兴致高昂并踌躇满志地带你参观他的画廊、为你解说墙上绘画的王子。接着，在一幅描绘圣彼得用自己的影子治疗病人的壁画一角，你一时间忽然发觉眼前那位痛苦挣扎的可怜病人，事实上，正是你和蔼房东那体壮如牛的弟弟，你会因此而觉得这像是一种幻觉。接下来的一天，这次在一幅描绘死人复活的画作中，你会发现画里的死者正是刚刚吃午饭时坐在你旁边狼吞虎咽的食客。

"有些人甚至有点饥不择食，"我姨父恐惧地说，仿佛正在谈论撒旦的诱惑，"只为了被加进一幅画里，他们不在乎被描绘成人群中一个倒酒的仆人，或一个用石头砸淫妇的残忍男人，或一个双手沾满血腥的杀人凶手。"

我假装没有听懂，说："这就好像在那些讲述古波斯传说的绘画书中，我们却看见伊斯玛仪王登基一样。或者，像是我们在霍斯陆与席琳的故事中，发现画中画的却是时代远在其后的统治者帖木儿。"

屋子里有什么声音吗？

"这就好像威尼斯的绘画是用来恐吓我们的。"过了一会儿我姨父说，"他们不仅用委托绘画的人的金钱和权势来恐吓我们，还试图要我们相信，单单是存在于这个世界上，就是一件非常特别、非常神秘的事情。他们试图用其不同的面孔、眼睛、姿态，以及有皱褶阴影的衣服，来显示自己是一个神秘创造物的典范，借此恐吓我们。"

他讲述道，有一次他拜访一位狂热收藏家位于科莫湖畔的奢豪别墅，结果却在精致华丽的肖像展览厅里迷了路：房子主人搜集了所有法兰克历史上著名人物的肖像，从君王到主教，从军人到诗人。他说："我好客的主人先是骄傲地带我参观他的展览厅，接着在我的请求下，让我自由欣赏。在那里，我看到这些显然地位崇高的异教徒们大多数都跟真人似的，还有几个直视着我的眼睛，他们单单靠着请人绘制出自己的肖像，就已经拥有了自己的个性，正是这些个性充斥了这个世界。他们的肖像似乎染上了某种魔力，每一个人看起来都如此地与众不同，以至于身处这些画像之中时，有那么一阵子，我觉得自己并不完美、并不强壮。好像只有当我也被用这种方式画下来的时候，我才能更好地明白自己为什么在这个世界上。"

他忽然明白——或许也渴望着——赫拉特前辈大师们那完美不变的伊斯兰绘画艺术，将随着对肖像画的热衷而走到尽头。对此他说他感到惶恐不安。"然而，似乎我也想要感觉自己与众不同、独一无二。"他说。就这样，像魔鬼诱使我们走向罪孽时那样，他发现已深深地被自己所恐惧的念头吸引住了。"我该怎么形容呢？这就像是一种欲望之罪，像是在真主面前自我膨胀，自

145

以为是个了不起的人物，把自己放在了世界的中央。"

稍后，他心中升起了一个想法：这些被法兰克艺术家如同儿戏般骄傲把玩的技巧，不仅可以为崇高的苏丹陛下增加魔力，更可以成为服务于宗教的一股力量，让所有看到的人都受其左右。

我姨父也就是在那个时候，兴起了制作一本手抄绘本的念头，书中将收入苏丹陛下及其所有代表人物的画像。从威尼斯回到伊斯坦布尔后，我姨父向苏丹陛下提出，应该以法兰克的风格为苏丹陛下绘制一幅肖像，并说这将是一件非常好的事情。然而崇高的苏丹陛下一开始是表示反对的。

"故事才是关键，"智慧而荣耀的苏丹陛下说，"一幅美丽的插画优雅地补足了故事内容。当我努力想象一幅不附属于故事的绘画的时候，我感觉这幅画最终将会变成一个偶像。既然我们无法相信一个不存在的故事，将自然而然地开始相信图画本身。这就如同我们的先知之前克尔白的偶像崇拜。若图画不属于某故事的场景，那么你准备如何描绘，举例而言，这朵丁香花，抑或那个目中无人的侏儒？"

"我将展现丁香花的美与独特。"

"如此说来，在你的场景构图中，你准备把花朵放在书页的正中央吗？"

"我感到恐惧，"我姨父对我说，"一时间惊慌失措，明白了苏丹陛下的想法会把我带向何方。"

我感觉到让我的姨父充满恐慌的，是那种认为也可以把某种并非由真主安排的物品放置在书页中央——也就是世界中央——的想法。

"或者，"苏丹陛下说，"你会想把一幅中央画着侏儒的图画挂在墙上。"这正是我姨父害怕的，也正如我猜想到的。"然而这幅画不能挂在墙上。因为不管我们以什么样的目的把图画挂到墙上，些许时日后，我们将会开始崇拜它。除非我和那些异教徒一样——上天不允——相信先知耶稣同时也是真主安拉，那么我也会相信真主可以被世人所见，甚至，他还可以以人的形象现身，我也才可能接受一幅人的画像，并把它挂上墙。你也知道的，最终，我们都将于不知不觉中开始崇拜挂在墙上的每一幅图画，对不对？"

我姨父对我说："我非常了解这一点，也正因为我了解，所以惧怕我们两人正在想的事情。"

"基于这个理由，"苏丹陛下作结论道，"我绝不允许把我的肖像挂在墙上。"

"虽然这正是他想要的。"我的姨父悄声说，带着邪恶的窃笑。

现在轮到我恐惧了。

"话虽如此，我的确期望用法兰克大师的风格来画一幅我的肖像。"苏丹陛下继续说道，"这张肖像，必须隐藏在一本书的书页中。究竟它是什么样的一本书，由你负责告诉我。"

"在惊惧与讶异中，我仔细地想了一阵子。"我的姨父说，比之前更为邪恶地对我笑了笑，我几乎要相信他已变成了另外一个人。

"崇高的苏丹陛下命令我立刻开始这本书的编纂。我高兴得头都晕了。陛下补充说，这本书将作为一份礼物送给威尼斯总督，届时会再派我前去拜访。等书本完成后，它将在伊斯兰教历第一千年时，象征伊斯兰哈里发——崇高的苏丹陛下——的征服力量。他要求我秘密地进行书本的制作，主要是为了不让人知道他想和威尼斯人和睦相处，同时也为了避免引起画坊中的妒忌。满怀得意中，我也就秘密地开始让人绘制我所要的图画了。"

21. 我是你们的姨父

　　于是就在那个星期五早晨，我开始向他描述那本书，其中将包含以威尼斯风格所画的苏丹陛下的肖像。我一开始讲述的就是，我是如何向苏丹陛下讲了同样的故事，又是如何说服他同意书本的制作。但我却暗藏着一个企图，那就是希望由黑来写我还没有开始写的故事内容。

　　我告诉他，我已经完成了书中的大部分图画，最后一幅画也已接近完工。"书中有描绘死亡的图画，"我说，"有为了显示苏丹陛下的国土是如何和平安详而请聪明的细密画家鹳鸟画的一棵树，有撒旦的图画，有带我们去向远方的马的图画；还有那总是一脸奸诈、总爱不懂装懂的狗，还有一枚金币……我请细密画师们以最精巧、美丽的笔触画出了这些画，"我告诉黑，"就算只看到它们一眼，你也能马上知道相关的故事该怎么写了。诗歌与绘画，文字与色彩，彼此都是兄弟，这一点你是知道的。"

　　有那么几秒钟，我思索着是否应该告诉他我可以把女儿嫁给他。他愿意与我们同住在这个家里吗？但我还是告诉了自己不要被他全神贯注的态度与天真的表情所蒙蔽，他正期望着带上我的谢库瑞离开。然而，除了他，谁也不能替我完成这本书。

从星期五聚祷回来的路上，我跟他谈到了意大利大师们在绘画中最伟大的创新表现："阴影"。"如果，"我说，"我们打算画一个人在街上行走，或站在街上，或在街上谈天说地，那么我们就必须要学习如何像法兰克人所做的那样，把那儿最普遍可见的东西——阴影——塞进画中。"

"怎样才能画出阴影呢？"黑问。

当外甥在听我讲的时候，我注意到他时不时地有点不耐烦。有时他会把玩他自己送给我作礼物的蒙古墨水瓶。偶尔，他会拿起拨火的铁棒，拨弄炉里的柴火。我有时会想象他其实很想拿起铁棒狠敲我的脑袋，杀死我，因为我要使绘画艺术远离安拉的观察点；因为我背叛了赫拉特大师们的梦想，以及整个绘画传统；因为我哄得苏丹陛下答应了做这件事。有时候，黑则会正襟危坐好一段时间，目光不离我的眼睛。我想他肯定想过："我愿意为你做牛做马，只要让我得到你的女儿。"有一次我带他到院子里，就像以前他小时候那样，试着像一个父亲一样给他讲讲树，讲讲落在叶子上的光线，讲讲融雪，讲讲为什么我们走得越远，房子看起来就越小。然而这是个错误：只证明了我们昔日的父子情谊早已荡然无存。如今，因为看上了一个老人的女儿而对他的那些错乱呓语采取容忍，这种态度取代了黑年幼时的好奇与好学。十二年来，他走过了许多国家与城市，这些国家与城市的凝重和尘土已经彻底融入了他的灵魂。他比我还要累，我可怜他。他的愤怒，我猜想，不只是因为十二年前我没有把谢库瑞嫁给他——这在当时是不可能的——主要还是我梦想的绘画已经超出了赫拉特大师们的风格，还一而再、再而三地对他讲述着这些无稽之谈。也正因为如此，我不禁想象自己或许会死在他手下。

不过，我并不怕他。相反，我试图让他感到害怕。因为我感觉恐惧正适合我要求他所做的写作。"就像在那些图画中一样，"我说，"人必须要能把自己放在世界的中央。我的一位插画家为我美妙地描绘出了死亡。你来看一看吧。"

于是我开始向他展示过去一年来秘密委托细密画师们绘制的图画。一开始，他有点胆怯，甚至害怕。这幅死亡的描绘，灵感是起源于《列王记》众书册中家喻户晓的场景，比如说，瑟亚乌什被阿夫拉西亚布斩首的场景；或是鲁斯坦姆杀死苏赫拉布，却不晓得是自己的儿子；当黑明白主题是来自于熟悉的故事之后，很快便有了兴趣。在描绘已故苏莱曼苏丹葬礼的图画中，我使用了大胆而哀伤的彩色，采用了法兰克式的构图，并亲笔尝试着加上了阴影。我把利用云层与地平线交互产生的阴沉深度指给他看了。我提醒他，死亡是独一无二的，正如挂在威尼斯展览厅的异教徒肖像，每一个人都渴盼呈现独特的形象。"他们想要与众不同，他们是那么热切地想要这种效果。"我说，"看，看看死亡的眼睛。人们不是害怕死亡，而是恐惧那种想要独一无二、举世无双的强烈愿望。看看这幅图画，写出它的故事。让死亡说话，这里有纸和笔。你写出的内容我会立刻交给书法家的。"

他瞪着图画，沉默不语。"这是谁画的？"稍后他问。

"蝴蝶。他是所有人中最有才华的。多年来他始终深受奥斯曼大师的宠爱。"

"我曾经在说书人表演的咖啡馆里，见过这幅狗的类似画像，只不过比这更加粗糙些。"黑说。

"我的插画家们，大部分都在精神上效忠于奥斯曼大师及画坊，他们不相信那些为我的书所画的东西。当他们半夜从这里离

151

开，我可以想象他们会到咖啡馆，对这些为钱所画的图画和我冷嘲热讽。苏丹陛下曾让一位年轻的威尼斯画家为他画肖像，这位画家是我费劲从使馆带来的。之后，他要奥斯曼大师用自己的风格复制了那幅油画。被迫模仿威尼斯画家的奥斯曼大师由此而迁怒于我，认为是我造成了他痛苦的折磨及让他画出了这么一幅令人感到羞耻的画。他一点也没错。"

整整一天，我给他看了所有的图画，除了最后一幅，那是我目前怎么也没能完成的一幅画。为了让黑编写故事，我对他进行了刺激。我跟他说了说各个细密画家的气质，并一一说出我付给了他们多少钱。我们讨论了"透视法"，讨论了在威尼斯的图画背景里，根据距离远近把物品缩小是否算亵渎神灵，同样地，我们还谈到了不幸的高雅先生可能是由于他拿的钱多遭妒忌或是由于愤恨而被杀的。

那天夜里黑回家的时候，我已然相信他将遵守承诺，隔天早晨会再来听我讲述我书中的故事。我听着他的脚步声渐渐消失在敞开的大门外；寒冷的夜里，似乎隐藏着某种不祥，让失眠而不安的凶手变得比我和我的书更为强壮、更为邪恶。

我在他身后紧紧关上庭院大门。我依照每晚的惯例，把我拿来种罗勒的旧陶水盆移到门后。回到屋内，正准备熄灭炉火上床就寝前，我仰头瞥见谢库瑞穿着一身白袍，像黑暗中的一缕幽魂般站在我面前。

"你真的确定你想要嫁给他吗？"我问。

"不，亲爱的父亲。我早就放弃结婚这个念头了。而且，我还是已婚的身份。"

"如果你还想嫁给他，现在我可以同意了。"

"我不想嫁给他。"

"为什么？"

"因为这违反您的意愿。我真的不想要一个您不喜欢的人。"

刹那间，我注意到火炉中红红的炭映射在她眼中。她的眼睛变老了，不是因为不快乐，而是由于生气。然而她的声音里没有丝毫不悦。

"黑很爱你。"我仿佛泄露秘密似的说。

"我知道。"

"今天一整天他听我说了那么多话，不是因为他对绘画的热爱，而是因为他对你的爱。"

"他会完成您的书的，这才是重要的。"

"你的丈夫有一天会回来的。"我说。

"我不知道为什么，或许是寂静的缘故，然而今天晚上我已经完全明白，我的丈夫永远不会再回来了。我在梦中所看到的一定是真实的：他们一定已经杀了他。他早已成为狼和鸟的腹中之物了。"她轻声吐出最后一句话，唯恐睡梦中的孩子们听见，说话的声音中含着一丝异样的愤怒。

"如果我不幸被他们杀害，"我说，"你要继续完成这本我为之献出了一切的书。你要发誓。"

"我发誓。但谁会完成您的书呢？"

"黑！你可以让他来完成。"

"您已经在让他做了，亲爱的父亲，"她说，"您不需要我。"

"没错，但他之所以服从我，是由于你的缘故。如果他们杀了我，他可能会因为害怕而放弃的。"

"若是那样，他就无法娶我了。"我伶俐的女儿微笑着说。

我究竟从哪儿看出她在微笑的呢？整场对话中，我只看得见她眼中偶尔闪烁的光芒。我们面对面，紧绷着腿站在房间中央。

　　"你们有彼此通信、互递暗示吗？"我忍不住问道。

　　"您怎么能想出这种事呢？"

　　好长一段折磨人的寂静。远方一只狗叫了一阵。我有点冷，打了一个哆嗦。此时房间已经变得一片漆黑，我们再也看不见对方，只能感觉到我们面对面地站着。突然间，我们紧紧相拥，用尽全力抱在了一起。她开始哭了，说她想念母亲。我亲吻并轻抚她那闻起来和她母亲一样的头发。我陪她走到她的卧房，扶她上床躺在熟睡的孩子们身旁。接着，当我回想过去两天的日子，我确信谢库瑞与黑曾经互通信息。

22. 我的名字叫黑

　　那天夜里我回到家，摆脱了女房东后——她很快就把自己当成了我母亲——进入自己的房间，在床上躺下，开始思念起谢库瑞。

　　就让我从那嬉戏般打断我注意力的声响说起吧：十二年后的第二次到访，她并没有现身。然而，她却成功地让我感觉到了她的存在，就像是神秘地把我给围了起来，使我确信她一直在看着我，衡量着我是否适合作为她未来的丈夫，仿佛在自得其乐地玩一场逻辑游戏。知道这一点后，我也以为自己一直看得到她。此刻我才清楚地明白了伊本·阿拉比的说法，他认为爱情的力量能让人看见他所看不见的人，这种能力就是想要感觉到看不见的人一直都在身旁的愿望。

　　我之所以推断出谢库瑞一直在看我，是因为我一直在听着屋里的声音，以及木地板的咯吱作响。有那么一阵，我确信她与她的孩子们正在隔壁一间面对着走廊前厅的房间里：因为我听到了孩子们推搡、扭打声，以及在他们母亲皱起眉头瞪了两眼之后努力想要压低的声音。偶尔我会听见他们不自然地悄声交谈，声音不像是为了怕打扰到别人礼拜而刻意压低的，更像是矫作的，之后又听到了他们嘻嘻的笑声。

有一次，正当他们的外公向我解释光线与阴影的神妙时，两个孩子，谢夫盖和奥尔罕走进房间，以一种显然事先排练过的小心谨慎姿态，端着一个托盘，为我们送来了咖啡。这原本应该是哈莉叶的活儿，想必是谢库瑞安排的，为了让他们能够有机会从近处看看也许不久的将来就会成为他们父亲的男人，也为了能和他们一起聊聊这个男人。想到这儿，我就对谢夫盖说："你的眼睛真漂亮。"接着，立刻感觉到他弟弟可能会有点嫉妒，就转向奥尔罕，补充道："你的也是。"然后，马上从兜里拿出一片褪了色的丁香花花瓣，把它放在托盘里，再亲吻了两个男孩的脸颊。过了一会儿，我就听见屋里传来了嘻嘻哈哈的笑声。

有时候我会好奇地想要知道那看我的眼睛是在哪面墙、哪扇门，甚至是天花板上某个地方的某个洞里，会看着那些裂缝、凹处或是不正常的地方作出各种猜测，会想像谢库瑞是如何藏身在那些裂缝后面的；也就在这些时候，我会徒劳地怀疑另外一个黑点，为了证实我的怀疑是否准确，就算很可能冒犯滔滔不绝、没完没了述说着的姨父，我也会站起身来，佯装还在专注地听着姨父所讲的故事，带着一种脑子相当忙碌，或是表情相当吃惊，或是若有所思的神态，开始在房里来回地踱步，然后慢慢地接近墙上那个可疑的黑点，接近那个黑影。

发现在那被自己误认为是窥孔的地方，并没有谢库瑞的眼睛时，我经常会失望透顶，接着心里便会涌起一股奇异的孤独感，会像一个茫然不知所措的人那样焦躁不安。

偶尔，一种强烈的感觉会突然涌上心头，告诉我谢库瑞正在看着我，全心全意地相信我就在她的视线中。这使得我不禁摆出各种姿势，努力显示出更深沉、更强壮、更能干的模样，企图为所爱的女人留下好印象。稍后，我也会想象着谢库瑞和她的儿子们正在把我和她在战场上失踪的丈夫——孩子们失踪的父亲——进行比较。也就是在这个时候，我脑中会想起姨父所讲的威尼斯的新一类名人。我渴望自己也能像他们一样，单单只是因为谢库瑞是从她父亲那儿听说了他们；这些名人，是通过他们写的书或是画的书页而成名的，而不像圣人是借由在修道堂里所受的痛苦而成名，也不像她失踪的丈夫是靠用手腕的力量和锋利的弯刀砍下敌兵的脑袋而成名。这些名人，如我姨父所说，从世界上黑暗与神秘角落的力量中获得灵感，画出了精美的图画。这些精美的图画，我姨父见到了，而我没看见，因而他一直在努力地给他外甥讲解。我则绞尽脑汁地想象这些精美的图画，但最终却什么也想象不出来，感觉自己受到了一种挫折，也感到了一种自卑。

我抬起头，发现谢夫盖又出现在面前。看他坚定地朝我走来，我以为他要来吻我的手，就像在索格底亚那的某些阿拉伯部族和高加索山区的切尔卡西亚部族，最年长的男孩不论是在访客刚抵达时要亲吻他的手，他自己要上街时也必须如此。我心不在焉地伸出手让他亲吻，正当此时，不远处传来谢库瑞的笑声。她在笑我吗？我一时手足无措，为了掩饰窘境，我搂过谢夫盖，亲吻他的两颊，仿佛我确实应当如此。这期间我一边向我的姨父笑了笑，以示我为打断了他而道歉，并表示自己没有不尊敬的意思；一边则认真地闻了闻孩子，想看看他身上是否残留有他母亲的香气。等我发现他在我手里塞了一张纸片时，他早已转身朝门口走去了。

我把纸片紧紧地握在了手里，就像攥着一颗珠宝似的。当我确信这是谢库瑞给我的短信时，兴奋得几乎忍不住要对我的姨父傻笑。这难道还不足以证明谢库瑞是那么地想要我吗？突然，脑中意外地浮现出我和谢库瑞疯狂做爱的画面。我深深相信正在幻想着的那不可思议的事情即将发生，以至于我发现，就在姨父的面前，我的阳具开始不合时宜地勃起了。谢库瑞看到这一点了吗？我集中精神听姨父的谈话，以此来转移自己的注意力。

过了很久，当我的姨父准备向我展示他书本中的另一幅图画时，我偷偷打开散发着杜鹃花香的纸片，却发现上面没写任何东西。我不相信它是一张空白纸，因而茫然地把纸片翻来覆去地看。

"一扇窗户，"我的姨父说，"使用透视技巧，就像从一扇窗户里看世界一样。那是张什么纸？"

"没什么，姨父大人。"我说，但之后我却长时间地闻了闻它。

用完午餐后，由于不想使用我姨父的尿壶，我告退到院子里的户外茅房。外头冰冷冰冷的。我尽快解决了我的问题，以免屁股冻僵，出来时看见谢夫盖像劫道似的，悄悄地出现在了我面前。他手里拿着外公的尿壶，满满的还冒着热气。他在我之后走进厕所，倒空尿壶。他走出来，漂亮的眼睛直盯着我，鼓起了胖乎乎的腮帮子，手里仍拿着空尿壶。

"你有没有看过死猫？"他问。他的鼻子跟他母亲的一模一样。她正在看我们吗？我环顾四周。二楼那扇梦幻般的窗户，百叶窗是关着的，就是在那儿，多年后我第一次见到了谢库瑞。

"没有。"

"要不要我带你去吊死鬼犹太人的屋子看死猫？"

他没等我回答便径自走上街道，我跟上他。我们沿着上冻了的泥泞路走了四五十步，来到一个荒芜的花园。这里散发着潮湿和腐烂树叶的气味，还有一丝淡淡的霉味。孩子像是熟知周遭环境似的，充满自信地踩着坚定、平稳的步伐往前走。我们的前方，隐藏在浓密的无花果和杏树之后，是一栋黄色的屋子。他走进了房子的大门。

屋里空无一物，不过干燥而温暖，仿佛有人住在这里。

"这是谁的房子？"我问。

"犹太人的。丈夫死了以后，他的妻子和小孩搬到干果市场旁边的犹太人居住区去了。他们在请布贩艾斯特把房子卖掉。"他走进房间一个角落，又走回来。"猫不见了，没了。"他说。

"一只死猫会跑哪里去？"

"我外公说死人也四处游荡。"

"但不是死人自己，"我说，"是他们的灵魂四处游荡。"

"你怎么知道？"他说。他紧抱着怀里的尿壶，一脸的严肃认真。

"我就是知道。你常常跑到这里来吗？"

"我母亲和艾斯特会来。都说幽灵半夜里会来这儿，可是我不怕这个地方。你有没有杀过人？"

"有。"

"几个？"

"不多，两个。"

"用剑吗？"

"用剑。"

"他们的灵魂四处游荡吗？"

"我不知道。依照书里写的，他们必定也四处游荡。"

"哈桑叔叔有一把红色的剑。它很锐利，你只要碰它一下就

159

会被割伤。他还有一把匕首，刀柄上镶有红宝石。是你杀了我父亲吗？"

我晃了晃头，不代表"是"，也不代表"不是"。"你怎么知道你父亲死了？"

"我母亲昨天这么说的。她说他不会回来了，她在梦里看见的。"

我们一直都在为我们自己可悲的利益，为了我们心中熊熊燃烧的欲望，为了那令我们心碎的爱情而做着一些我们不愿意做的事情，如果有机会，我们也总是想能为了一个更崇高的目的来做这些事情。我也就是在那一刻，再次决定要成为这些孤儿的父亲。因此，返回屋内后，我也就更专注地倾听他们外公，听他描述那本将由我负责完成其文字及插图的书。

就让我从姨父展示给我看的插图说起，举马为例。这一页没有半个人物，马的周围也空无一物。虽然如此，我也不能说这仅仅只是一匹马的图画。没错，那儿有一匹马，但很明显地，骑师已经走到了一边，或者天晓得，也许他就会从以加兹温风格画成的树丛后走出来。从马匹身上带有贵族符号和纹饰的鞍具上，你一眼就能看明白这一点。也许，一位挎剑的人就要从马的身旁出现了。

这匹马显然是姨父委托一位他暗中召集的画坊绘画大师所画。深夜来这里的这位画家，当他画马的时候，只能假设它是某个故事的内容，把如同模板一样铭刻在他心里的马画到纸上。类似的马，他在爱情和战争场景中见过千万次，而当他开始画的时候，我的姨父，受到威尼斯大师们的绘画技巧的启发，很可能指示了画家应该如何作画，譬如说，或许会告诉他："别画骑士，

160

在那里画一棵树，不过把它画在背景中，比例小一点。"

　　这位夜晚来访的画家，与我的姨父一同坐在画桌前，映着烛光认真地画出一张奇特、超常规的图画，完全不同于他记忆中熟悉的任何一个场景。当然了，我的姨父支付他丰厚的报酬。坦白地说，这种特别的绘画方法也有其迷人之处。然而过了一阵子，这位画家也和我的姨父一样，再也搞不清楚这幅画究竟是要装饰或补足哪一个故事。因此，我的姨父期望我做的，便是仔细端详这些半威尼斯、半波斯风格的插画，然后在它们毗邻的书页中写上与之相配的故事。要想得到谢库瑞，我就一定得写这些故事。只不过，我脑中想到的却全是说书人在咖啡馆里所讲的故事。

23. 人们将称我为凶手

　　我的机械钟滴答作响，告诉我此时已是傍晚。礼拜的宣礼声尚未开始，然而我早已点起了画桌旁的蜡烛。我把我的芦秆笔蘸饱了黑色的哈桑帕夏墨水，流畅地挥洒在光滑平整的纸面，很快就靠记忆完成了一幅鸦片瘾君子的图画。接着我听见了内心中的呼喊声，它每晚都呼唤我到街上去。但我忍住了。我打定主意晚上不出去，要留在家里工作，有一阵子我甚至想把我的门给钉死。

　　这本我匆匆完成的书是一位亚美尼亚人委托的，有一天一大清早，人们都还没起床时，他就老远地从加拉塔跑来敲门了。尽管他口吃，但还在做翻译和导游。每当有法兰克或威尼斯的旅客想要一本《服饰之书》时，他就会来找我。在一场激烈的讨价还价之后，我们协议以一百二十个银币的价格，制作一本二十页的、品质粗糙的服饰之书。于是我着手画了十几个伊斯坦布尔人同时出现在晚祷的场景中，并特别仔细地画了他们的服装。我画了一个伊斯兰教长、一个宫廷门房领班、一个阿訇、一个禁卫军步兵、一个苦行僧、一个骑兵、一个法官、一个熟食小贩、一个刽子手——刽子手施行拷打的图画卖得很好——一个乞丐、一个去澡堂的女人、一个鸦片瘾君子。为了多赚三五个银币，这种书我实在画过太多次，因此我替自己发明了不同的游戏，排解画图时的无聊。比如说，我逼自己一笔画出法官，或是闭上眼睛画乞丐。

每一个恶棍、诗人及忧郁的人都知道，昏礼开始后，他们体内的精灵和魔鬼便会愈来愈躁动而叛逆，异口同声地挣扎着："出去！到外头去！"心中骚乱的声音会说："跑去找同伴，去找黑暗、痛苦和丑恶。"这些年来我一直压抑心中的精灵与魔鬼。在这些精灵和魔鬼的帮助下，我画出了人们视为我笔下奇迹的图画。然而自从杀死那个混蛋后，这七天以来，每当黄昏过后，我再也控制不住心里的精灵与魔鬼。他们狂暴地嘶吼，我只能告诉自己，或许出去走走可以使他们平静下来。

这么想之后，和平时一样，也不知道是怎么回事，我发现自己已经在街上游荡了。我走得很快，穿越积雪的街道、泥泞的小径、结了冰的斜坡，以及没人走过的人行道，一直走个不停。当城市中荒凉、毫无人烟的角落里的夜幕越来越浓时，我越走就越觉得我的罪孽已缓缓落在了身后；在窄窄的街巷里，石头客栈、宗教学校和清真寺的墙上回荡我的脚步声，我的恐惧也随之减少了。

我的双脚不由自主地带我来到了这个边远郊区，带我来到了连鬼魂和精灵进去时都会感到害怕的荒凉街道，每天晚上，我都会来到这个地方。我听说这个区里一半的男人都死在与波斯的战争中，剩下的人则全都离开了这个不祥之地。然而我不相信这种东西。与波斯的战争中唯一降临在这个美丽居民区的悲剧，就是四十年前，因为怀疑这里是敌人的窝点而关闭了海达里耶苦行僧修道院。

我漫步在黑刺莓和那甚至在最严寒的天气里也会散发迷人清香的月桂树后。几片墙板倚在倾颓的烟囱与没有了百叶窗的窗户之间，我一如往常，小心翼翼地把它们扶正。我走了进去，深吸了一口气，把百年焚香的气息和湿霉的味道灌入了我的肺里。身处此地让我感到幸福无比，感觉眼泪几乎就要夺眶而出了。

如果我前面忘了提的话，现在就要对你们说，我什么都不怕，除了安拉，人世所制定的刑罚对我而言毫无意义。我所害怕的是，像我这样的杀人凶手，将在最后的审判日接受各式各样的酷刑，正如荣耀的《古兰经》中，比如在"准则"这一章中所清楚描述的那样。在我能够得到的为数不多的古书里，常常可以看到鲜明而强烈的酷刑图画；或者以前的阿拉伯画家们在小牛皮上画的地狱图里，也有许多简单、幼稚但同样吓人的场景；或者，莫名其妙地，就连中国和蒙古艺术大师画的鬼折磨图也是。每当看到这些图画，每当我想象这些惩罚的色彩和痛苦时，我都会不由自主地歪解得出这么一个逻辑："夜行"这一章第三十三节是怎么讲的？它难道不是写着，一个人不应该毫无道理地夺走另一个人的生命，这是真主所不允许的？那么好吧：被我送入地狱的贱货既不是安拉所不允许杀的穆斯林，而且此外，我有太多砸烂他脑袋的理由。

这个家伙诽谤我们这些接受苏丹秘密委托制作书本的人。如果我没让他闭嘴，他早已经公开指责姨父大人、所有细密画家甚至奥斯曼大师都是不信教者，而任由气急败坏了的埃尔祖鲁姆教长的狂热追随者恣意妄为。只要听见有人大声地说细密画家犯了亵渎罪，这些本来就在找借口展示其力量的埃尔祖鲁姆信徒，将不仅仅满足于杀掉细密画师，他们还会将整个画坊夷为平地，而苏丹陛下也只能眼睁睁地看着。

我依照每次来此的习惯，拿出藏在角落的扫帚和破抹布把四周打扫干净。我打扫时，心里感到热乎乎的，觉得自己是个安拉的好仆人。为了不让他收回我这种幸福的感受，我向安拉祈祷了许久。能让狐狸的大便冻成黄铜一样的寒冷，直钻入我的骨髓。我的喉咙已开始隐隐作痛。我跨步到了外头。

过没多久，在同样奇异的心境下，我发现自己又到了另外一个居民区。我不知道苦行僧修道院被关闭了的居民区和这里有什么关系，不知道自己想了些什么，也不知道我怎么就来到了这两旁立着柏树的街道。

但不管我走多远，仍有一个念头是我摆脱不了的，它像只虫子一样啮咬着我的心。或许我跟你们说说，就可以稍微减轻一些。那个"龌龊的诽谤者"，或者说是"可怜的高雅先生"——其实两者本来就是同一个人——这位已故的镀金师在离开人世前不久，当他激动地指责姨父时，还对我说了另外一件事。他指责姨父大人在所有的画中都使用了异教徒的透视技巧，然而当他发现我并没有反应时，这只禽兽进一步说道："还有最后的那幅画，在那幅图中，姨父污辱了我们所信仰的一切。他的所作所为不再只是无神论者的行为，完完全全就是亵渎。"在这个混蛋进行此次诽谤三个星期前，姨父大人的确叫我画过一些不同的东西，像是一匹马、一枚钱币和死亡，要我以差异极大的比例画在一张纸的不同位置上，而这也正是法兰克绘画的形式。在姨父要我画画的纸上，他总是用其他纸遮盖住上面一大部分，似乎想要对我和其他细密画家隐瞒些什么。而这一部分是已经拉好了线，由倒霉的高雅先生涂过金的。

我想问姨父在最后的大幅图画中他都画了些什么，然而有许多东西没让我问。如果我问了他，他一定会怀疑是我杀害了高雅先生，并且会把他的怀疑告诉大家。除此之外，还有另一件事让我感到不安，那就是如果我问了他，姨父可能坦承高雅先生所说的是对的。偶尔，我对自己说我可以去问，假装是我自己有所怀疑，而不是从高雅先生那儿得来的。但这并没有减轻恐惧。人如果是无意识地做了一些不信教的事，那也许并不可怕，然而我现在却头脑清醒。

我的腿，反应总是比我的脑袋还快，它们已经依照自己的意思带我来到姨父大人家所在的街道。我躲在一个角落，尽我所能在黑暗中久久地看着他的房子。坐落在树丛之中的是，一栋宽敞、奇特、有钱人的两层楼房！我看不出谢库瑞在房子的哪一边。如同塔赫玛斯普王时代大不里士的许多画中的一样，我想象着，要是把房子用刀子切成两半，我就能看到谢库瑞到底是在哪一扇百叶窗之后。

门开了，我看见黑在黑暗中离开了屋子。姨父站在庭院大门后面，关爱地目送他，过了一会儿才把门关上。

我的脑中刚刚还充满傻乎乎的幻想，此时却飞快而痛苦地根据眼前所见，得出了三个结论：

一、由于黑比较廉价，也比较不危险，所以姨父大人决定请他来完成我们的书。

二、美丽的谢库瑞将会嫁给黑。

三、不幸的高雅先生所说的都是真话，因此，我白白地杀了他。

遇到这种情况，也就是当我们无情的理智得出了我们心里怎么也不愿意得出的痛苦结论时，我们整个的身体就会起来造它的反。一开始，我半个心智强烈地反抗第三个结论，因为那表示我只不过是个最卑贱的杀人凶手。而这期间我的腿，再一次反应比我的脑袋更快，也更理智，已经主动带领我跟上了黑先生。

我们不知道走过了多少条小巷。看着走在前方志得意满的黑，我心想，要杀他是多么的容易，如此一来将能解决心中挥之不去的前两个痛苦结论。而且，这样一来，我也就不算是平白无故地敲烂了高雅先生的头颅。现在，如果我往前跑八步到十步赶上黑，用尽全力狠狠砸一下他的脑袋，一切都将恢复正常。姨父大人将会叫我一起去完成我们的书。然而这个时候，我理智中更正直（正直在部分时候除了恐惧还能是什么？）和谨慎的一面还在不断地告诉我，被我杀害、抛入井中的恶棍确实是满口胡言。如果是这样的话，我便不是白白地杀了他，而且，姨父的书里也没有任何需要隐藏的，他肯定会叫我去他家的。

然而，望着走在前方的黑，我心里很清楚一切不会发生。全都是幻想。黑先生比我还现实。我们都体验过这种情形：有时候我们一个星期又一个星期、一年又一年地抱着幻想，以为想得很有逻辑，有一天我们看见某样东西，一张脸、一件衣服、一个快乐的人，然后陡然明了，我们的梦想永远不可能实现，比如我们终于了解他们绝不可能把那位姑娘嫁给我们，比如我们一辈子也达不到某一种地位。

我望着黑的头、脖子、他忽高忽低的肩膀、他那令人厌恶的走路姿势——仿佛跨出的每一步都是纡尊降贵——心底紧紧缠绕着深沉的仇恨。像黑这样的人，不受良心之苦，未来充满希望，把整个世界都看成自己的家，他们如同走进他自己家马厩的苏丹一样，打开每一扇门，立刻就瞧不起蹲踞在里面的我们。我几乎克制不住强烈的冲动，只想抓起一块石头冲过去砸向他的脑袋。

我们，爱上了同一个女人的两个男人，他走在前面，他一点都没觉察到我走在后面。我们走过伊斯坦布尔蜿蜒曲折的街道，一会儿上坡，一会儿下坡，如兄弟般穿过专门留给野狗群聚打架的荒凉街巷，越过有精灵在此等候的火灾废墟、天使斜倚在圆顶上熟睡的清真寺后院，沿着窃声低语的扁柏，绕过幽魂聚集的积雪墓园，经过正在杀人的劫匪身旁，走过数不完的商店、马厩、苦行僧修道院、蜡烛工厂、皮革工厂和石墙。就这么走着走着，我感觉自己不是在跟踪他，而是在模仿他。

24. 我的名字叫死亡

　　正如你们所看到的一样，我是死亡，不过你们无须害怕，因为我只是一幅画。尽管这样，我仍从你们眼里看到了恐惧。就像玩游戏玩上了瘾的孩子一样，虽然非常清楚我不是真的，你们仍然被惊恐所攫，仿佛真的是在面对死亡。这让我很高兴。当你们看着我，感觉到不可逃避的最后一刻已经来临时，我感到你们害怕得快要尿裤子了。这不是开玩笑。面对死亡时，尤其是大多数被视为勇敢者的那些英雄，都会大小便失禁的。由于这个原因，你们笔下画过千万遍、充斥着勇敢的战场，并不是想象中那样弥漫着鲜血、火药、烧红了的武器的味道，而是弥漫着屎尿和腐尸的气味。

　　我知道这是你们头一次看见死亡的绘画。

　　一年前，受到一位高瘦、神秘老人的邀请，画我的那位年轻细密画家来到了老人的家中。在两层楼别墅的一间幽暗画室里，老人为年轻大师奉上了一杯香浓的咖啡，清醒了年轻人的头脑。接着，在有着一扇蓝门的阴暗房里，老人向他展示了来自印度的高级纸张、松鼠毛做的画笔、黄金箔片、各种各样的芦秆笔，以及珊瑚柄的削笔刀，表示他会支付很丰厚的酬金，以此来激起年轻大师的热情。

"现在，为我画死亡。"老人说。

"我画不出死亡的图画，因为我这辈子从没见过任何一张死亡的图画。"这位后来把我画出来的神奇巧手画家说。

"你并不一定需要看过某样东西的图画，才有办法描绘那样东西。"热切的瘦老人说。

"没错，也许不用。"画我的大师说，"可是，如果一幅画要像前辈大师画得那么完美，必须在之前画上几千遍。无论一位细密画家技艺多么精巧，当他第一次画一件物品时，会像一位学徒那样画它，而这和我一点儿都不相称。我无法摒弃我的专精技巧来画死亡，因为这就等于要我命一样。"

"这种感觉或许能使你接近这个主题。"老人敏捷地回应。

"亲身经历过主题并不能使我们成为大师，我们之所以成为大师，正是因为从没经历过。"

"那么，此等的专精必然使你认识死亡。"

就这样，他们认真地交谈了起来，言语中不乏各种双关、影射、反语、隐喻和暗示，年轻的画家既尊崇前辈大师，又对自己的才华洋洋得意。由于讨论的是我的存在，我很专心地听了他们的讨论，不过，我知道，他们讨论的所有内容一定会让咖啡馆在座的各位杰出的细密画家感到乏味。只是有一阵他们讨论到了下面这些内容：

"衡量一位细密画家才华的标准，是看他是不是模仿前辈大师的完美风格来画出每一样物品，还是看他是不是把无人看过的主题纳入画中？"双手灵巧、眼睛炯炯有神、才华洋溢的插画家说，虽然他自己知道问题的答案，却仍很小心翼翼。

"威尼斯人衡量一位细密画家的本领，是看他是否发掘出了新的主题及新的绘画技巧。"老人坚定地说。

"威尼斯人是以威尼斯人的方式死的。"即将着手画我的插画家说。

"每一个人的死亡都是一样的。"老人说。

"传说与绘画描述的都是人的与众不同，而不是人与人的相同之处。"聪慧的插画家说，"绘画大师是用相同的方式画出了不同的传说，因而才成为大师。"

就这样，谈话的主题转移到了威尼斯人与奥斯曼人的死亡，谈到了死神与安拉的其他天使，谈到了他们的画绝不会混同于异教徒的画。此刻正坐在我们美妙的咖啡馆里、用一对明眸盯着我瞧的年轻大师，受到老人一席深奥谈话的激励，手开始感到不耐烦，想要画我，然而完全不知道我究竟长什么样。

工于心计的老人，从一开始便试图说服年轻的大师，此时他狡猾地嗅到了年轻人的热情冲动。幽暗的房间里，老人的眼睛在空自燃烧的油灯火光中闪着光芒，直直地望着巧手万能的年轻大师。

"死亡，在威尼斯大师笔下以人形出现，对我们而言则是一个叫做阿兹拉伊来的天使。"他说，"是的，他是人的形象。正如天使哲布勒伊来，化身为人形向我们的先知传递天经。你明白吗？"

我察觉天赋异禀的年轻大师急切地想要画我，因为魔鬼般的老人已经成功地激起了他身上的这种魔鬼般的念头：我们最想要画的，是某种在昏暗中无人知晓的东西，而不是在光明中人尽皆知的东西。

"我丝毫不了解死亡。"即将要画我的细密画家说。

"我们都知道死亡。"老人说。

"我们害怕它，但不了解它。"

"那么，你就画出这种恐惧。"老人说。

他几乎当下就要把我画出来了。我感觉到伟大细密画师的颈背发麻，手臂肌肉紧绷，手指开始伸向芦秆笔。然而，由于他是真正的绘画大师，因此他强行控制住了自己，心里明白这样的紧绷只会愈发加深他灵魂深处对绘画的热爱。

狡诈的老人心知肚明，确信年轻人不久便会画我的画。为了启发年轻人的灵感，他开始从面前的书本里，选取关于死亡的段落朗读：艾尔·杰夫济耶的《灵魂之书》、安萨里的《末日之书》，以及苏优提的书。

于是，神奇巧手的细密画大师开始画你们面前这幅恐怖的肖像，一面倾听老人说明死亡的天使有千万双宽大的翅膀，从天堂展开到地面，从最远的东方延伸至最远的西方。这些翅膀给予心诚的信仰者无限的宽慰，却带给罪人和叛逆如长钉插入体内的痛苦。既然你们大部分细密画家注定下地狱，于是他把我画得全身都长满了长钉。他听老人说道，安拉派来取你们性命的天使手里会携带一本账簿，上面写着你们所有人的姓名，其中有些名字用黑笔圈起，但只有安拉知道死亡的确切时辰，当时辰到来时，九重天下的一棵树上会落下一片叶子，拿到这片叶子看过之后，人就知道是谁要死了。基于这些原因，细密画家将我画成了一个恐怖的东西，然而同时也显得若有所思，像一个看得懂的人一样。疯狂的老人继续读道：当死亡的天使化为人形，伸长手臂攫取尘世生命已终结之人的灵魂后，周身会有一道如同阳光般的光芒萦绕着。因此，聪慧的细密画家把我画在光芒之中，因为他也知道这道光芒是不会让死者身旁的人看到的。激昂的老人从《灵魂之书》中，朗读有关古代盗墓者的片段，这些盗墓者亲眼目睹，尸体的这里那里被钉上了长钉，当刨开土时，陈放新鲜尸体的地方会燃起火焰，头颅里面灌满了熔铅。神妙的插画家专心聆听这些说明，画我的时候，把所有能让看到我的人惊惶不已的一切东西都加了进去。

画完后，他却感到后悔。不是因为他赋予了图画如此的恐惧，而是后悔自己居然画了这么一幅画。而我也觉得自己就像是个被自己父亲视为耻辱和难堪的人一样。为什么双手才华横溢的细密画大师会后悔画了我呢？

一、因为我，死亡之画，并没有反映出足够的专精技巧。正如你们所看到的，我并不如威尼斯大师们和赫拉特前辈大师们所画的东西那么完美。我也对自己的丑陋感到难堪。我的这种样子，并不符合死亡的尊严。

二、受到老人狡猾的诱导，插画大师突然发现自己不知不觉地模仿了法兰克大师们的绘画风格和绘画理念，觉得这是对前辈大师的大不敬，而且，他头一次感觉到自己很不光彩。这种感觉噬咬着他的灵魂。

三、他甚至，如同你们某些习惯了以后开始对我微笑的低能儿一样，顿悟到了一点：不能和死亡开玩笑。

创造我的细密画大师，如今出于悔恨，每夜都在街上不停地徘徊。就像某些中国大师一样，他相信他已变成自己所画的东西了。

25. 我是艾斯特

在我去贝列吉克卖东西的时候，宣礼楼区与黑猫区的女士们向我订了紫色和红色的被单布，所以，一大早我就把它们装在了我的包里。我把最近从葡萄牙商船那儿买来的绿色中国丝绸放在了一边，把蓝色的中国丝绸放了进去。由于今年的漫长冬季大雪不停，我把许多羊毛袜、厚羊毛腰带和五颜六色的厚羊毛背心叠得漂漂亮亮的，放在了布包中央，只要一打开我的布包，就连最不想买东西的女人也会心动，喜欢上这些色彩缤纷的东西。接着，我把一些轻而昂贵的丝手帕、钱包和绣花洗澡巾放了进去，这些东西不是为了拿去卖，而是专门为那些找我去闲聊的太太准备的。我拎起包袱，哎哟喂，这实在太重了，会压断我的背的。我放下布包，又打了开来。正当我瞪着里面，想着该拿出哪些时，听见有人敲门。奈辛去开了门，叫我。

原来是女奴哈莉叶，气喘吁吁满脸通红，手里拿着一封信。

"谢库瑞小姐送来的。"她悄声道。她是那么地担惊受怕，你会以为坠入爱河想要结婚的人是她。

我极为严肃地抢过信，警告这个白痴小心回家别被人发现，于是她便离开了。奈辛投给我一个询问的眼神。我拿起那个比较大但又比较轻的包袱，每次出门送信时我都会带上这个用来装样子的包。

"谢库瑞，姨父大人的女儿，正陷入热恋。"我说，"可怜的女孩，她显然已经爱得发昏了。"

我咯咯笑着，跨出屋外，然而心中立刻漫起一股羞愧。说实话，我实在很想为她那不幸的生活掉眼泪，而不是嘲笑她的心思。她是多么的美丽，黑眼睛的忧郁女孩！

我飞快地大步走过我们犹太区的破烂房子，在清晨的寒冷中，这一区看起来更加地凄凉。过了很久，我望见那个老是盘踞在哈桑家巷子一角、审视着每一个过路人的瞎眼乞丐，放声大喊："卖布的！"

"肥巫婆，"他说，"你不用吼我也能从脚步声中听出是你。"

"你这个废物瞎子，"我说，"鞑靼倒霉鬼！像你这样的瞎子是安拉不屑的祸害。希望安拉赐给你应有的惩罚。"

以前，这样的对话不会激怒我。我不把它们当一回事。哈桑的父亲打开了门，他是阿布哈兹人，一位高尚有礼的绅士。

"我们来瞧瞧，这次你给我们带来了些什么？"他说。

"你那个懒惰的儿子还在睡吗？"

"他怎么可能还在睡？他一直在盼着，等着你的消息呢。"

屋子里暗极了，每次来，我都觉得自己好像走进一座坟墓。谢库瑞从来不问他们在干吗，但我总是和她这么说这个家，叫她一点儿也别考虑回到这座坟墓。很难想象可爱的谢库瑞曾经是这个家的女主人，与她调皮捣蛋的儿子们一起住在这里。屋里散发着沉睡与死亡的气息。我走进另一个房间，走进了更加黑暗的地方。

这里伸手不见五指，我甚至还没完全把信拿出来，哈桑就从黑暗中冒出来，一把从我手里把信抢走了。像往常一样，我让他自己一个人读信，以满足他的好奇心。他很快就从信纸上抬起了头。

"没别的了吗？"他说。他明知没别的了。"只有短短一段。"他说，并读道：

> 黑先生，你来我们家，一坐就是一整天。然而我却听说你还没有为我父亲的书动笔写一行字。不完成我父亲的那本书，就千万别空抱任何希望。

手里拿着信，他责备地瞪着我的眼睛，好像一切都是我的错。我不喜欢这间屋子里的寂静。

"再也没有半个字提到她已婚，或是她的丈夫会从战场回来的事。"他说，"为什么？"

"我哪知道为什么？"我说，"写信的又不是我。"

"有时候我甚至会怀疑这一点。"他说，把信和十五枚银币一起给了我。

"有些男人钱赚得愈多反而愈小气，但你不是这样。"我说。

尽管有着阴沉的坏样子，但这个男人身上依然有着魔鬼般聪明的一面，你去想想吧，为什么谢库瑞仍会接受他的信。

"谢库瑞的父亲在编什么书？"

"你知道是什么书！他们说所有的钱都是苏丹陛下给的。"

"细密画家为了那本书里的图画正自相残杀。"他说，"是为了钱还是——真主责罚——因为那本书亵渎了我们的信仰？他们

176

说只要看一眼那些图画，就会立刻让人瞎眼。"

他嘴里这么说，脸上却带着一抹微笑，我知道不该把他的话当真。就算那是一句当真的话，至少，我有没有把它当真对他来说一点也不重要。哈桑和许多仰赖我为他们居中传信的男人一样，当他的自尊受伤时，就会小瞧我。我呢，则尽我的职责，装出一副沮丧的样子来让他们高兴。姑娘们则相反，当她们的自尊受伤时则会抱着我痛哭。

"你是个聪明的女人。"哈桑以为自己伤了我的自尊，想要安慰我，"快把信送去，我很想知道那个蠢蛋的回应。"

当下，我很想说："黑没有那么蠢。"遇到这种情况，让敌对的追求者互相吃醋可以替媒人艾斯特多赚很多钱。不过我怕他们可能会勃然大怒。

"街角不是有个鞑靼乞丐吗？"我说，"他太不要脸了。"

为了不再和瞎子纠缠，我从街的另一头走，正巧经过一大早的鸡市。为什么穆斯林不吃鸡头和鸡爪？因为他们很奇怪！我的祖母，愿她安息，以前常说当他们刚从葡萄牙来到这里时，鸡爪便宜得不得了，他们就经常煮鸡爪吃。

来到开麦尔阿拉勒，我看见一个女人骑在马上，身边跟着奴隶，像个男人似的直挺挺地坐着，骄傲得鼻子翘得老高，或许是某个帕夏的妻子或有钱人的女儿。嗨，如果谢库瑞的父亲没有全身心地投入到书本中去，如果她的丈夫带着战利品从萨法维战争回来，她也能活得像那个高傲的女人。她比任何人都应该过这种日子。

转入黑家的街道后，我的心跳突然加速。我真的希望谢库瑞嫁给这个男人吗？我已经成功地让谢库瑞与哈桑保持联系，同时却又让他们离得远远的。但这个黑又如何呢？他在各方面似乎都是脚踏实地的人，除了对谢库瑞的爱情之外。

"卖布的——"

我很喜欢替受寂寞所苦的恋人和找不到妻子或丈夫的人传信，这种快乐拿任何东西来我都不换。就算知道会收到最坏的消息，在他们开始看信的一刹那，心里都会因希望而发颤。

谢库瑞在信中完全不提丈夫的归来，并且为她的警告"别空抱任何希望"设置了一个条件，这当然使黑更有理由地充满希望了。我满心欢喜地看着他读信。他高兴得心神不宁，甚至有点惊惧。他退回房里写回信时，我，身为一个聪明的布贩，解开了我那用来装样子的布包，从里面拿出一个黑钱包，企图推销给黑那好奇心很强的女房东。

"这是上好的波斯绒布做的。"我说。

"我儿子就死在与波斯的战争中。"她说，"你送谁的信给黑？"

从她的脸上我可以看出，她正想尽各种办法撮合英勇的黑与自己瘦巴巴的女儿，或者天晓得谁的女儿。"没有谁。"我说，"他一个可怜的亲戚重病，躺在巴依拉姆帕夏疗养院里，需要钱。"

"噢，老天，"她说，语带怀疑，"这不幸的人是谁？"

"你的儿子怎么死在战场上的？"我执拗地问。

我们充满敌意地对视。她是孤零零的寡妇，生活一定过得很苦。如果你也像艾斯特一样，成为布贩兼信差，很快就会学到，只有财富、权力和传说中不可思议的爱情故事才会激起人们的好奇。其他一切只不过是忧虑、别离、嫉妒、孤独、敌意、眼泪、谣言和无止无尽的贫穷。所有这些都很相像，就和家里摆设的这些物品一样：一块褪色的旧织锦地毯、搁在空烤盘上的一支勺子和一只小铜锅、倚在火炉边的钳子与煤灰箱、一大一小两个破旧的柜子、一个立在那里为了掩饰寡妇孤独生活的包头巾架，以及一把用来吓跑小偷的旧剑。

黑高高兴兴地拿着钱包回来了。"卖布的女人。"他说，刻意讲给好奇心很强的女房东听，"把这带去给可怜的病人，要是有回信的话，我等着。今天一整天我都会在姨父大人家。"

实在没必要玩这些游戏，一个像黑这样年轻勇敢的男人，得到了暗示，送出了手帕和信，为自己挑选一位姑娘，这实在没有什么好隐瞒的。又或者，难道他真的在觊觎女房东的女儿吗？有时候，我一点也不信任黑，害怕他在残忍地欺骗谢库瑞。不然为什么一整天与谢库瑞待在同一座房子里，他却没办法给她任何暗示？

一走到外头，我便打开了钱包，里头有二十枚银币和一封信。我对信的内容好奇极了，几乎是跑着去到哈桑家的。菜贩在他们的店门口排出了包心菜、红萝卜等蔬菜。尽管大棵的韭葱在呼唤着我去把玩它们，我却连摸都不想摸。

我转进小巷，看见鞑靼瞎子等在那里准备再次骚扰我。"呸。"我朝他的方向吐口水，仅此而已。为什么这刺骨的寒风不冻死这些下贱货？

哈桑默默读信时，我几乎捺不住性子了。最后，终于忍不住冒出一句："怎样？"于是他开始读给我听：

我最亲爱的谢库瑞小姐，你要求我完成你父亲的书，你要知道我没有别的目的。我就是为了这个目的才到你家来的，而非如你先前所说的，是要来骚扰你。

179

我非常清楚对你的爱是我自己的问题。然而，由于这份爱，我怎么也无法好好拿起笔来写作你父亲——我亲爱的姨父——要求我为他的书所写的故事。每当我感觉到你在屋子里，我就全身发呆，无法为你父亲效劳。关于这一点我想了很久，只有一个原因：十二年后，只有那么一次，当你在窗口现身时，我才见到了你的容颜。如今，我很害怕自己会忘却那个影像。如果能够再一次就近清晰地见到你，我就不会再害怕忘记你的模样，而能从容地完成你父亲的书。昨天，谢夫盖带我去吊死鬼犹太人的废弃空屋，在那里不会有人看见我们的。今天，在你认为合适的时间，我会去那里等你。昨天，谢夫盖还告诉了我，你梦见你的丈夫已经死了。

哈桑嘲弄地读着信，念到某些地方时，他会扬起原本已经很尖细的嗓音，甚至比女人的嗓音还尖细；遇到某些地方，他会用颤抖的声音模仿一个失去理智的恋人的恳求。他讽刺了黑用波斯文写的"再见你一面"的要求。他说："黑一看到谢库瑞给了他一丁点儿希望，马上就开始讨价还价了。这种精打细算的做法实在不是一个真正的恋人会做的。"

"他真的爱上了谢库瑞。"我天真地说。

"你的话证明你站在黑那边。"他说，"如果谢库瑞写到她梦见我哥哥死了，表示她接受了丈夫死亡的事实。"

"那只是一场梦。"我像个傻瓜似的说。

"我知道谢夫盖很聪明又很会骗人。我们在这个家里一起住了多少年！如果没有经过他母亲的允许和强迫，谢夫盖绝不会带黑去吊死鬼犹太人的屋子。如果谢库瑞以为她能把我哥哥、把我们踢开，那就大错特错了！我哥哥还活着，他会从战场上回来的。"

话还没有说完，他就走进了里屋，他本想用炉火点燃蜡烛，结果烧到了自己的手，他狂吼了一声。他舔着烧伤的手，最后终于点燃了蜡烛，把它放到了桌子的边上。他从笔盒中拿出一支芦秆笔，浸入墨水瓶中，飞快地在一张小纸片上写了起来。我立刻感觉到他很高兴我在一旁观看，但为了显示自己并不怕他，我努力地保持着微笑。

"这个吊死鬼犹太人是谁？你一定知道。"他问。

"这些房子后面有一栋黄色的屋子。人们说默谢·哈门，一个受前任苏丹宠爱的有钱医生，把他来自阿玛斯亚的犹太情妇和她哥哥藏在了那里。好几年前在阿玛斯亚，除酵节的前夕，有一个希腊青年在犹太区'失踪'了，有人打赌说他是被人勒死的，是为了拿他的鲜血来制作无酵母面包。等到出现了几个伪证人，就开始执行犹太人的死刑。然而，苏丹宠爱的医生帮助这个美丽的女人和她哥哥逃跑，并在苏丹的应允下把他们藏了起来。苏丹死后，苏丹的敌人没能找到这个美丽的女人，于是便吊死了她独自生活的哥哥。"

"如果谢库瑞不等待我哥哥从战场回来，他们会惩罚她的。"哈桑说，把信交给了我。

从他的脸上我看不出任何愤怒，只有真正恋爱中的人所特有的那种不幸与哀愁。我看着他的眼睛，忽然发现爱情已经使这个男人迅速苍老了，在海关工作所赚的钱丝毫也没有使他变得更年轻。看他受伤的眼神，我以为他在说了这么多恐吓的话之后还会再一次问我如何才能赢得谢库瑞。但是他已经近乎彻底地变成了一个坏人，不会再问这个问题了。人一旦承认了自己是个坏人——恋爱遭拒是一个重要原因——很快地野蛮就会随之而来。我开始害怕自己脑子里想的东西，以及男孩们谈到的那把红剑，听说它削铁如泥。我惊慌失措地想要逃跑，艰难地走到了街上。

结果我就这么白白地掉进了鞑靼乞丐的咒骂声中。不过我立刻回过神来，从地上捡起一颗小石子儿，轻轻丢入他的手帕里说："给你，肮脏的鞑靼人。"

我忍住大笑，看着他的手充满期待地伸向以为是硬币的石头。我不理会他的咒骂，径自朝一个被我嫁了个好丈夫的"女儿"家中走去。

我贴心的"女儿"给我拿来了一个菠菜馅饼，虽然是昨天剩下的，但还很酥。她正在准备炖羊肉作为午餐，鸡蛋里加了不少的调味品，用李子使羊肉稍稍地变酸，这正是我喜欢的口味。为了不让她失望，我等她煮好，配着新鲜面包吃了满满两大勺。她还煮了一些可口的糖渍葡萄水。我毫不客气地要了一些玫瑰花果酱，挖一匙搅入糖水中，喝下去压了压食。之后，我把信送去交给了我忧愁的谢库瑞。

26. 我，谢库瑞

　　我本想对你们说，哈莉叶通报说艾斯特来了的时候，我正把昨天洗好已经晾干了的衣服收进衣柜……可是我何必说谎呢？好吧，当艾斯特来到的时候，我正透过橱柜里的窥孔偷看父亲和黑，一边焦急地等待黑和哈桑的信件，所以，我满脑子都在想着她。正如我感觉到父亲对死亡的恐惧是合理的一样，我也明白黑对我的兴趣不会一生都是如此。他和所有的恋人一样想要结婚，因为他想结婚，所以很轻易地就坠入了爱河。即使不是和我，他也会和别人结婚，结婚之前也会很快爱上她的。

　　厨房里，哈莉叶让艾斯特坐在角落，给她端了一杯玫瑰香饮料，像是犯了什么错似的看着我。我发觉自从哈莉叶投进我父亲的怀抱以来，她把她所看到的每件事情都告诉了他，我对此有些害怕。

　　"我不幸的黑眼姑娘，我的大美人，我来晚了，因为我那死猪丈夫怎么都不放我走。"艾斯特说，"你没有丈夫来逼迫你，你要珍惜这一点。"

　　她一拿出信，我就从她手里抢了过来。哈莉叶退到了一个角落，尽管不会在眼前晃悠，但还能听到所有的一切。为了不让艾斯特看见我的表情，我转身背向她，首先看了黑的信。当我想到吊死犹太人的空屋时，打了一阵哆嗦。"别怕，谢库瑞，任何状况你都处理得来。"我对自己说，接着开始读哈桑的信。他已经近乎发狂：

> 谢库瑞小姐，我已被爱的烈火焚烧，但我知道你一点也不在乎。无数个夜晚，在梦里我看到自己在荒凉的山顶上追逐着你的身影。每一次你收到我的信，我知道你都看了，但却从没给过回信，我的心就像被一根尾梢带着三支羽毛的利箭穿透了。我今天写信，希望你这次会回复。话已经传出来了，大家都在谈论这个消息，你的孩子们说：你梦见了你的丈夫已经死了，如今你已经自由了。我不知道那是真是假。我所知道的是你仍然是我哥哥的妻子，还应当属于这个家庭。现在既然我父亲也认可我了，我们两人今天要去找法官，要把你带回家里来。我们会带一帮人去找你，让你父亲也知道这一点。收拾好你的包袱，你要回家了。马上派艾斯特送来你的回复。

读完第二遍之后，我回过神来，用询问的眼神望着艾斯特。但她没说什么关于哈桑或黑的其他消息。

我随即抽出藏在橱柜角落里的芦秆笔，拿一张纸放在面包砧板上。正当准备开始写信给黑时，我停了下来。

我想到了某件事。我扭头看着艾斯特：她正像个胖娃娃似的，开心地享用着玫瑰香饮料。我突然觉得很荒唐，艾斯特怎么可能知道我心里正在想什么。

"看你笑得多甜呀，我的美人。"她说，"别担心，最后一切都会圆满收场的。伊斯坦布尔有太多的有钱绅士与帕夏，都渴望着娶一位像你这样心灵手巧的美丽姑娘。"

你们也知道：有时候你说出一句深信不疑的话，可是一旦话出口后，就会问自己："尽管我自己彻头彻尾地相信，却为什么说的时候又显得那么不自信了呢？"也就是带着这样一种心情，我说道：

"可是艾斯特，看在上天的分上，谁会想娶一个带着两个小孩的寡妇？"

"像你这样的人，有太多太多的男人想要啊。"她说，用手比画出一大堆人。

我看着她的眼睛。我心想我并不喜欢她。我不再说话，她也就明白了我不打算把回信给她，也明白自己该走了。艾斯特走后，我退回屋内自己的角落，感受到了同样的一种寂静，这种寂静我该怎么来形容呢，我灵魂深处也感受到了这种寂静。

倚着墙，我在黑暗里什么也没做，就那么站了很长一段时间。我想着自己，想着我该怎么做，想着心底逐渐增强的恐惧。这段时间以来，我不时听见楼上传来谢夫盖与奥尔罕的叽叽咕咕。

"你像女人一样胆小，"谢夫盖说，"只敢从背后攻击。"

"我的牙齿松了。"奥尔罕说。

同时，我的另一半心思则专注地倾听着父亲与黑之间传出的谈话。

画室的蓝门敞开着，因而我很容易就能听见他们的说话。"看过威尼斯大师的肖像画之后，人们就会害怕，因为你会发现，"父亲说，"在画中，眼睛不再只是脸上一模一样的圆孔，而是必须和我们自己的眼睛一样，会像一面镜子那样反射光芒，会像一口井那样吸收光线。嘴唇不再是平板如纸的脸上的一条裂缝，而必须是表情的表现要点，其红色各不相同，通过紧绷和放松来表现出我们的欢乐、哀伤和内心世界。我们的鼻子也不再是分隔面孔的一道干巴巴的墙，而是一件体现我们活力与好奇心的工具，每个人的都完全不相同。"

听见父亲提到那些肖像里的异教徒绅士时口称"我们"，黑和我一样感到惊讶吗？我从窥孔望出去，看见黑的脸如此苍白，吓了一跳。我黝黑的爱人，我受苦的英雄，你是因为思念我而彻夜未眠吗？是因此而脸色苍白吗？

也许你们还不知道黑是个高瘦英俊的男人。他有着宽阔的前额、一双杏仁眼和一个坚挺优雅的鼻子。他的手如童年时一样修长，指头灵活而敏捷。他的身体瘦长有力，站得又高又直，肩膀很宽，又没有挑夫那么宽。小时候，他的身体和脸还没有长开。十二年后，当我从黑暗的角落里第一次望见他时，立刻明白他已经成熟了。

此刻，当我在黑暗中把眼睛凑上洞口时，在黑的脸上我看见了十二年后才见到的忧虑。我既感到自己做错了又感到无比的骄傲，他为我受了这么多苦。看着一幅为书本所画的画时，听着我父亲说话的黑的脸孩子般天真无邪。就在那时，当我看见他像个孩子般张开嫩红的嘴时，陡然间，我想把自己的奶头塞进他的嘴里。我用手指抚摸他的颈背，勾缠他的头发，而黑则会把头埋在我的乳房间，就像我自己的孩子那样吸住我的奶头时，他会快乐地闭上眼睛，像个可怜无助的孩子那样只有在我的温柔中才能找到安宁，等他明白这一点时，他将永远也离不开我了。

这种幻想令我感到如此愉悦，以至于当我微微冒着汗时，我还在想象着黑惊异而认真地看着的不是我父亲给他看的魔鬼图画，而是我硕大的乳房。他陶醉地看着的不只是我的乳房，还有我的头发、我的脖子、我的全身。他对我着迷至极，不禁喃喃念着年少时说不出口的所有那些甜言蜜语，他的目光和表情讲述着他是多么地陶醉于我骄傲的态度、我的见识、我的教养、我等候丈夫归来的耐心和勇敢，以及我写给他的信中的美妙言语。

我突然对父亲生起气来了，他故意设计不让我再嫁人。我也受够了他叫细密画家们细心模仿法兰克大师所绘的那些图画，也受够了他那威尼斯之行的种种回忆。

我再度闭上了眼睛，安拉，这不是我自己想要做的，在我的脑海里，黑是那么甜甜地靠近我，黑暗中，我感觉到他就在我身旁。忽然，我感觉他出现在了我的身后，亲吻我的颈背、我的耳垂，我可以感觉到他有多么地强壮。他结实、雄伟而有力，我可以倚靠着他，因而我觉得很安全。我的颈背在发痒，乳头在发颤。就好像在黑暗中我闭着眼睛时，感觉到他那胀大的东西就在身后贴近了我，我头都晕了。黑的那个东西会是什么样呢？

有时候在我的梦里，丈夫痛苦地向我展示着他的。我发现，我的丈夫一方面挣扎着撑起被萨法维的士兵们用矛刺穿的血乎乎的身体，直挺挺地想要走来，他身上还扎着箭；另一方面他想要靠近我们，然而可悲的是我们之间有一条河。他在对岸喊我，伤痕累累、浑身是血，但我注意到他的前面鼓起来了。如果澡堂里的那位格鲁吉亚媳妇说的是真的，如果那老巫婆所说的"是的，有那么大的"这句话无误的话，那么我丈夫的并不算太大。如果黑的更大，如果昨天当黑拿起我派谢夫盖送给他的空白纸片时，我在他腰带下看见的巨大东西真的是那东西的话——是的，就是它——我担心它也许就放不进我那里面或者我会承受极大的痛苦。

"母亲，谢夫盖老是学我的样。"

我从柜子的黑暗角落里走了出来，轻声走进对面的房间。我从箱子里拿出红色细棉背心穿上。他们已经摊开了我的床垫，正在上头嬉戏吵闹。

"我难道没有告诉过你们黑来的时候不准大喊大叫？"

"妈妈，你为什么要穿上那件红色背心？"谢夫盖问。

"可是，妈妈，谢夫盖老是学我的样。"奥尔罕说。

"我不是说过不准学他的样吗？为什么这脏东西会在这里？"旁边有一块动物的毛皮。

"那是尸体。"奥尔罕说，"谢夫盖在路上捡到的。"

"快点把它拿出去，从哪儿捡来的就丢回哪儿去，快点。"

"叫谢夫盖去。"

"我说马上！"

我生气地咬紧下唇，就像每次要打他们之前所做的那样。看见我确实是认真的，他们吓得赶紧去了。但愿他们能赶紧回来，免得着凉。

所有细密画家中，我最喜欢黑，因为他比其他人都更爱我，而且我了解他的天性。我拿出笔和纸，坐下来，不假思索地一口气写出了下面的话：

> 好吧，昏礼开始之前，我会在吊死鬼犹太人的屋子和你会面。尽快完成我父亲的书。

我没有回信给哈桑。就算他今天真的要去找法官，我也不相信他和他父亲以及他们所召集的人会现在就突然来我们家。如果他确实已经准备好采取行动，就不会写信给我，也就不会等待我的回音，马上就会来我们家。他一定正在等我的回信，而且，当他始终没有收到时，一定会发狂，只有到那时候他才会开始找人，准备来我们家。别以为我一点都不怕他，不过，我相信黑会保护我的。让我来告诉你们现在我心里是怎么想的：我之所以没那么怕哈桑，大概是因为我也爱着他。

　　如果你们要说："这爱又是怎么一回事？"我不会生你们的气，我会认为你们问得有道理。并不是因为这些年来，当我们在同一个屋檐下等待我丈夫归来时，我没有注意到这个男人是多么可悲、软弱而自私，而是艾斯特告诉我他赚了很多钱，这一点我可以从她挑起的眉毛中看出她所说的并不是虚言。既然他有了钱，那么我想他就有了自信，过去那些令哈桑显得不可爱的缺点想必就已经消失了，就会显露出吸引我的黑暗的、邪灵般的、奇特的那一面了。从他固执不断地寄给我的信中，我发现了他的这一面。

　　黑与哈桑同样为爱我而受了苦。黑十二年来去了远方，不见了，没有了任何消息。哈桑则天天写信给我，在信纸的边上画上飞鸟和羚羊。读着他的信，一开始我很怕他，之后又对他产生了好奇。

　　我很清楚哈桑对我的每一件事都极为好奇，所以并不惊讶他知道我梦见丈夫的尸体。我怀疑的是，艾斯特让哈桑看我给黑的信。这就是为什么我不叫艾斯特把信转交给黑。我的怀疑是否准确，你们比我还清楚。

"你们跑哪儿去了？"孩子们回来后，我对他们说。

他们很快发现我并不是真的生气。我悄悄把谢夫盖拉到一旁，来到黑暗壁柜的边上。我把他抱到腿上，亲亲他的头和颈背。

"你冻着了吧，我的宝贝。"我说，"把你的漂亮小手交给妈妈，让妈妈来给它们暖和暖和……"

他的手臭臭的，但我没有说什么。我把他的头压在胸前，紧紧地搂住了他。他很快就暖和过来了，像只小猫那样开心地小声喘起气来，全身都放松了下来。

"说说看，你是不是很爱很爱妈妈？"

"嗯——哼——"

"那是'对'的意思吗？"

"对。"

"比谁都爱？"

"对。"

"那么我要告诉你一件事。"我像是要透露一个秘密似的说道，"可是你不要告诉别人，好不好？"我朝他的耳朵悄悄说："我爱你比谁都要多，你知道吗？"

"甚至比奥尔罕还多？"

"甚至比奥尔罕还多。奥尔罕还小，像只小鸟儿，他什么都不懂。你比较聪明，你能够懂。"我亲吻并嗅闻他的头发，"所以，现在我想请我帮我做件事。记得昨天你悄悄地把一张白纸拿给了黑先生吗？今天你再做一次，好不好？"

"我爸爸是他杀死的。"

"什么？"

"我爸爸是他杀死的。昨天在吊死鬼犹太人的屋子里，他自己说的。"

"他说了什么？"

"'你的父亲是我杀死的。'他说。'我杀过好多人。'他说。"

突然间发生了什么事情。紧接着谢夫盖从我腿上下去了，哭了起来。这孩子为什么现在要哭？好吧，也许是我刚才一时控制不住自己，打了他一耳光。我不希望任何人觉得我铁石心肠。可是他怎么能这么说一个我准备要嫁的男人，而且我正是为了他们才要和他结婚的呀。

没有了父亲的可怜男孩还在哭个不停，忽然间，我感到难过极了。我自己也要哭出来了。我们搂在了一起，他断断续续地哽咽着。那一巴掌值得哭成这样吗？我摸了摸他的头发。

一切都是这么开始的：前一天，你们知道，我在言语之间告诉了父亲梦见自己的丈夫已经死了。事实上，过去这等待丈夫从波斯战场回来的四年中，我时常在梦中这么见到他，梦里也出现过一具尸体，不过是他的尸体吗？这却一点都不清楚。

梦境总被利用来达成某种目的。在葡萄牙，艾斯特祖母来的地方，梦境似乎被当作异端与魔鬼幽会交媾的借口。那时候，尽管艾斯特的家族否认自己是犹太人，公开宣布："我们已经变成和你们一样的天主教徒了。"葡萄牙教会耶稣会的掌刑者们仍不相信，对他们这些人都用了刑；为了能够把犹太人都送上火刑台烧死，就像他们一一说出了自己梦里的邪灵和恶魔一样，用刑强加给了他们从没做过的梦，逼迫他们承认。这么一来，在那个地方梦境就被用来证明人们与魔鬼交媾，以便加以控告并予以烧死。

梦有三种用途：

其一，你想要某样东西，但人们却连想都不让你想。于是你就说你是在梦里见到的，这么一来，你就说出了你所想要的东西，却好像你连想都没想过似的。

其二，你想对某人使点坏。譬如说，你想诽谤一个人，于是你就说我在梦里见到他与某某女人通奸，或者说在梦里见到有人给某某帕夏送去了一罐一罐的酒。就这样，就算人们不相信你，他们也会把你所说的这些坏话中的一部分传出去，你的目的也就达到了。

其三，你想要某样东西，但你却连自己想要什么都不知道。于是，你可以描述一个乱七八糟的梦，人们就会立刻向你解释梦的含义，告诉你应当要什么、他们可以给你什么。比如，他们会说：你需要一个丈夫、一个孩子、一栋房子……

这些梦根本就不是我们真正在睡眠中所看见的那些。为了能够让它起到效用，人人都把大白天做的梦说成是晚上做的。只有白痴才会一五一十地描述夜晚做的梦。如果真的这么做，大家要么嘲笑你，要么就把梦境解析为一个凶兆。没有人把真正的梦当真，包括那些做梦的人。难道你们把它当真吗？

通过不情愿地说出口的一场梦，我暗示丈夫可能真的死了。虽然父亲起初说不能把这梦看成是事实的征兆，然而从葬礼回来后，他却从这个梦中得出我丈夫确实已经死了的结论。因此，大家不仅相信过去四年来我怎么也死不了的丈夫死在了一场梦中，而且也接受了，就像是已经正式公告过了似的。直到那时，孩子们才真正明白他们没有了父亲；直到那时，他们才真正开始感到悲伤。

"你做过梦吗？"我问谢夫盖。

"有。"他微笑着说，"父亲没有回家，但最后我娶了你。"

他窄窄的鼻子、黑黑的眼睛和宽宽的肩膀比较像我，而不像他父亲。有时候，我很遗憾没能把他们父亲的宽阔额头传给我那圆脑袋的孩子们。

"去吧，跟你弟弟去玩剑吧。"

"用爸爸的旧剑吗？"

"好的。"

我听着孩子们挥剑互击的声响，望着天花板看了好一阵子，努力地想压抑住心中逐渐升起的恐惧和焦虑。我走进厨房，对哈莉叶说："我父亲好长时间以来一直想喝鱼汤。或许我会让你去帆船码头。谢夫盖喜欢吃的水果软糕你不是收起来了吗，去拿几片给孩子们。"

谢夫盖在厨房吃的时候，我和奥尔罕上了楼。我把他抱在怀里，亲亲他的脖子。

"你满身大汗。"我说，"这里是怎么一回事？"

"谢夫盖打的，说是叔叔的红剑。"

"瘀青了，"我说，轻轻地摸了摸，"疼吗？这个谢夫盖真是没脑子。听我说，你很聪明，又很细心，我想请你做一件事。如果你照我的话做，我会告诉你一个没有跟谢夫盖或任何人说过的秘密。"

"什么事？"

"你看到这张纸了吗？你要去外公那边，趁他不注意的时候，把纸放在黑先生的手里。你懂吗？"

"我懂。"

"你愿意做吗？"

"你会告诉我什么秘密？"

"你把纸条拿去。"我说。我再次亲吻他的脖子，闻起来香喷喷的。这个香只是说说而已，不知道哈莉叶已经有多长时间没带孩子们去澡堂了。自从谢夫盖的家伙开始会当着那些女人的面举起来后，他们就没再去过。"我等一下再告诉你秘密。"我亲吻他，"你好聪明、好漂亮。谢夫盖是个讨厌鬼。他甚至有胆反抗他的母亲。"

"我不去送这个。"他说，"我怕黑先生，他是杀死我爸爸的人。"

"谢夫盖告诉你的，是不是？"我说，"快点，下楼去，把他叫来。"

奥尔罕看见我脸上的怒火，吓得从我的怀里下来，跑了下去。或许他甚至因为感到谢夫盖要倒霉了而有点高兴。过了一会儿，两个人都红通通、喘吁吁地来了。谢夫盖一只手里拿着一片水果软糕，另一只手里拿着一把剑。

"是你告诉弟弟黑先生是杀死你们爸爸的人的？"我说，"我不准你们在屋子里再讲这种事，你们两个应该要尊敬和爱戴黑先生。明白了吗？你们不能一辈子没有父亲。"

"我不要他。我要回我们的家，和哈桑叔叔一起住，等我爸爸。"谢夫盖胆大包天地说。

这使我怒火中烧，打了他一巴掌，剑从他的手里跌落。

"我要爸爸。"他哭着说。

然而我哭得比他还难过。

"你们没有父亲了，他不会回来了。"我抽噎着说，"你们是孤儿，你们懂了吗，你们这两个蠢货。"我哭得很伤心，真怕他们在里面会听见。

"我们不是蠢货。"谢夫盖哭哭啼啼地说。我们尽情地痛哭了很久。过了一会儿，我觉得我之所以哭，是因为哭能使我的心变软了，也能使我变成一个好人。哭着哭着我就和孩子们搂在一起，躺在了床上。谢夫盖把头塞进我的双乳间。有时候当他这样黏黏糊糊地贴在身上时，我感觉得出事实上他并没有睡着。也许我也会和他们一起就这么睡着的，但我的心思却在楼下。我闻到煮橙子的香甜气味。我猛然从床上坐起，发出的声响把孩子们都吵醒了：

"下楼去，叫哈莉叶填饱你们的肚子。"

我独自在房里。外头已经开始飘雪，我乞求安拉的帮助，接着打开《古兰经》，再一次读了一遍"仪姆兰的家属"一章中的段落，上面说在战场上身亡、在安拉之道上被杀害的人，都将回到安拉的身边。我为自己亡故的丈夫感到心安了许多。我的父亲已经向黑展示过未完成的苏丹陛下的肖像了吗？父亲经常说这幅肖像肯定会十分逼真，任何人看见，都会惊惧地转开眼睛，就像那些试图直接看进苏丹陛下眼睛的人一样。

我叫来奥尔罕，这一次没有把他抱在怀里，直接深深地吻了吻他的头和脸。"现在，不要怕，也不要让你外公看见，马上把这张纸交给黑。你懂了吗？"

"我的牙齿松了。"

"等你回来，如果你愿意，我帮你拔牙。"我说，"你要扑进他怀里，他会吃一惊，然后抱你。接着你就偷偷地把纸条放在他手里。听明白了吗？"

"我怕。"

"没什么好怕的。如果不是黑，你知道还有谁想当你的爸爸吗？哈桑叔叔！你想让哈桑叔叔当你的爸爸吗？"

"不要。"

"那么好吧，你就快去，我漂亮聪明的奥尔罕。"我说，"如果你不去，小心，我会很生气……如果你哭的话，我会更生气。"

我把信折了好几折，塞进他无助而顺从地伸出的小手中。安拉，求您帮帮我，不要让这些失去了父亲的孩子没有安身之处。我牵着他的手，带他到了门边。到了门口，他害怕地望了我最后一眼。

我回到我的角落，从窥孔看见他踩着扭扭捏捏的步子走向沙发，来到我父亲和黑的身旁，他停了下来，一下子不知道该怎么做，就那么呆呆地站着，他扭头找我，向窥孔望了一眼。他哭了起来。不过他尽最后的努力，成功地扑进了黑的怀里。聪明得足以做我孩子父亲的黑，一看奥尔罕在他怀里没来由地哭，并没有慌乱，而是看看孩子的手里有没有东西。

奥尔罕在我父亲错愕的瞪视下走了回来，我跑去把他抱进怀里，不停地亲吻他。我带他下楼到厨房，拿他最爱吃的葡萄干塞满了他的嘴巴，说道：

"哈莉叶，带孩子们去帆船码头，到科斯塔的铺子里买些适合做汤的鲻鱼。拿上这二十个银币，用买鱼剩下的钱在回来的路上给奥尔罕买点他喜欢吃的黄无花果干和红山茱萸果干，给谢夫盖买些炒鹰嘴豆和核桃蜜饯条。昏礼宣礼声开始时带他们到处随便逛，可是小心别让他们着凉。"

他们裹上厚衣服出门之后，屋子里的安静让我感到愉快。我上楼拿出公公亲手打造、丈夫送我的小镜子，挂了起来。我一直把它藏在有薰衣草香味的枕头套中间。我站远一点照镜子时，只要轻轻地摆动，就可以一块一块地看见自己的全身。我的红色细棉背心穿在身上还挺相称，但我也想把母亲嫁妆里的一件紫色衬衫穿在里面。我拿出开心果绿棉袄，上面有外婆亲手刺绣的花朵，把它穿在身上，可是不相称。穿紫色衬衫时，我感到一阵寒意，打了一个哆嗦，蜡烛的火焰也随之微微地颤抖。最外面，当然了，本来我是想穿那件红色的狐皮里子外套，然而最后一分钟我改变了主意。我悄悄地穿过门厅，从箱子里拿出母亲送给我的一件又长又松的天蓝色羊毛外套，穿上了它。就在这时，我听见门口有声音，一时陷入惊惶：黑要走了！我飞快地脱下了母亲的旧外套，换上那件红色的狐皮里子外套。衣服的胸口绷得很紧，不过我喜欢。接着我把头包得严严实实的，放下了亚麻面纱。

当然，黑先生还没有离开，是我因为激动而弄错了。如果我现在出去，我可以告诉父亲刚才和孩子们一起去买鱼了。我像猫一样蹑手蹑脚地走下了楼梯。

我咔哒一声关上了门，像个幽魂一样。我悄悄地穿过庭院，来到街上后，转身朝房子看了一眼：隔着面纱望去，它看起来一点也不像我们的房子。

街上一个人影都没有，连只猫也没有。零星的雪花慢慢地飘着。我胆战心惊地走进了终年不见阳光的荒废花园。空气中弥漫着腐烂的树叶、潮湿和死亡的气味。不过，当我踏进吊死鬼犹太人的屋子，却感觉仿佛就在自己家里一样。人们说夜里精灵们在此聚集，点燃炉火，嬉笑作乐。听见自己的脚步声回响在空荡荡的屋子里，有点吓人。我等着，一动也不动。我听见花园里有个声响，但很快一切就都沉浸在了寂静之中。我听见不远处有只狗在吠叫。我能分辨出我们街区每只狗的叫声，但却听不出这是哪一只。

接下来在这寂静中，我有这样一种感觉：好像屋子里还有别人似的，我僵直不动，免得他听见我的脚步声。外头街上有人聊着走过。我想到哈莉叶与孩子们，向真主祈祷别让他们着凉。接着又是一阵寂静，慢慢地后悔的感觉笼罩了我的内心。黑不会来的，我犯了一个大错，我应该在自尊心还没完全受损前赶快回家。我惊慌失措，想象哈桑正注视着我。忽然，我听见花园里有动静，门开了。

我猛然移动位置。我不知道自己为何这么做，但当我站到窗户的左方时，一道微弱的光线从花园渗入，照在了我的身上。我明白黑将能看见我，身处于"神秘的阴影中"——借用父亲的用词。我拉下面纱遮住脸，听着他的脚步声，等待着。

黑跨进大门，一看见我，就再往前走了几步，然后停了下来。我们隔着五六步的距离站着，互相对视。他看起来比我从窥孔里见到的，更健康而强壮。周围又是一片寂静。

"摘下你的面纱。"他轻声说，"拜托。"

"我已经嫁人了，我在等待丈夫的归来。"

"摘下你的面纱。"他用同样的语调说，"你的丈夫再也不会回来了。"

"你把我叫到这里来，就是为了告诉我这件事？"

"不，我这么做是想见到你。我想了你十二年。摘下你的面纱，亲爱的，让我再看你一眼。"

我摘下面纱。他静静地看着我的脸，默默地望进我眼眸深处。我感到很高兴。

"结了婚，当了母亲，这使你变得更漂亮了。你的脸与我记忆中的完全不一样了。"

"你怎么记着我的？"

"非常痛苦。因为当我想起你时，不禁会想，我所记得的并不是你，而是一个你的幻影。你记不记得，我们小时候经常讨论霍斯陆与席琳，他们见到彼此的形象之后便坠入情网，记得吗？为什么席琳第一次看见霍斯陆的图画挂在树枝上时，并没有立刻爱上英俊的他，而必须看了三次之后，才陷入爱河？你以前经常说，在神话故事里，凡事都要发生三次。而我则争辩说，当她第一次看见图画，爱苗一定已经滋生。但谁有能力把霍斯陆画得足够真实，让她能爱上他，或者足够精准，让她能认得他？我们从没讨论过这一点。过去的十二年，如果我能拥有一张写实的肖像，描绘你秀丽无双的面容，或许就不会受这么多折磨。"

他用温柔的语气说了许多动听的话，譬如观看一幅图画坠入爱河的故事，以及他为我受了多少痛苦折磨。他一步一步地走近，我的注意力也全都集中在这上面，因而他说出的每一个字都没有在我脑海中停留，而是直接飞入了我的记忆深处。稍后，我将一个字一个字地细细回想，加以品味。不过此刻，我只是内心感觉到了他言语的魔力，让我不禁爱上了他。让他承受了十二年的痛苦，我有一种罪恶感。好一个甜言蜜语的男人！黑真是一个善良的人！像个纯真的孩子！我可以从他眼中读出这一切。他是那么地深爱着我，这给了我更大的信心。

我们拥抱在了一起。这使我觉得好愉快，就连一点罪恶感都没有。在这甜蜜的情感之中，我都快要晕过去了。我把他抱得更紧了。我同意了他吻我，而我也回吻了他。当我们亲吻时，仿佛整个世界都笼罩在了甜甜的黑暗之中。我希望每个人都能像我们这样互相拥抱。我恍惚地回忆起，爱情应该就是这样。他把舌头伸进了我的嘴里。我是那么地心满意足，好像整个世界都和我们一起沉浸在了闪亮的幸福之中，我一点都没有任何罪恶感。

如果有一天有人要把我的悲剧故事写成书，赫拉特的传奇细密画师们要把它画成画的话，我来跟你们说说他们可能会怎么样来描绘我们的拥抱。父亲曾经给我看过许多惊人的插画，上面书法激昂的流动配合着树叶的摇摆，墙壁的纹饰呼应着页缘镀金的图案，燕子欢乐的翅膀刺穿插画的边框，映照着恋人们的惊慌。恋人们远远地交换眼神，用模棱两可的话语互相责备。他们被画得那么小，距离显得那么遥远，一时间看起来会以为故事与他们毫无关系，而是在叙述繁星点点的夜晚、幽暗的树林、他们相遇的华美宫殿、宫内的庭院与漂亮的花园，其中每一片树叶都画得十分细腻精致。然而，如果非常仔细地观察色彩的秘密对称，以及笼罩整幅图画的神秘光线，这些只有深谙技巧的细密画家才有能力传达的细节，那么，细心的观者就能立刻明白这些插画中的秘密，也就是，所有这一切都是由爱情来创造的。仿佛一道光芒从恋人之间迸发，渗透进了图画的最深处。黑与我相拥时，相信我，幸福也在以同样的方式向全世界蔓延着。

感谢真主，我有足够的生活经历，知道此种幸福从来不会长久。黑先是温柔地伸手握住我硕大的乳房。感觉真好，我忘记了一切，渴望他含住我的乳头。不过他有点笨手笨脚，因为他不是很确定自己在做什么；好像他不知道自己在做什么，却又想要做得更多。就这样，我们拥抱得愈久，就越来越感觉到了一种恐惧和尴尬。接着他搂着我的腰把我拉近，将坚硬胀大的东西顶着我的肚子，一开始我很喜欢，感到很好奇，并不觉得难堪。我骄傲地告诉自己，你要是拥抱这么久也会成这样的。后来，当他把它拿出来时，我把头扭了过去，但我还是忍不住睁大了惊呆了的眼睛：它是那么的庞大！

又过了许久，他试图强迫我做那种龌龊的事情，就是那种连钦察女人和在澡堂讲闲话的没有羞耻的女人都不愿意马上做的事。这时我惊愕而迟疑地停了下来。

"亲爱的，别皱起眉头。"他哀求。

我站起身，推开他，开始朝他喊叫了起来，完全不在乎他是否会感到伤心。

27. 我的名字叫黑

在吊死鬼犹太人的黑暗屋子里，谢库瑞皱起眉头，开始怒骂，在她看来我或许可以轻易地把我手里的庞然大物塞进其他人的嘴里，就像是我在第比利斯遇见的切尔卡西亚女孩、钦察娼妓、客栈卖身的穷苦姑娘、土库曼和波斯寡妇、迅速充斥伊斯坦布尔的普通妓女、水性杨花的明格里亚人、风骚的阿布哈兹人、亚美尼亚老巫婆、热那亚和叙利亚的老妖精、扮成女人的戏子以及贪婪的男孩们，然而别想进到她嘴里。她愤怒地指责我完全丧失了自制，从炎热的阿拉伯小镇暗巷到里海沿岸，从波斯到巴格达，到处跟各种廉价、卑贱的人渣睡，忘了有些女人还是有她们的尊严的；也就是说，我所有爱情的话语，全都是虚伪的。

我尊敬地听着我恋人五彩缤纷的责骂，手里罪恶的家伙早已失去了它的色彩。尽管眼前被拒的窘况令我难堪不已，但有两件事让我很高兴：一、我克制住了自己，没有照样回应谢库瑞的怒火与厉言，因为以往遭遇类似情况时，我通常会野蛮地臭骂那些女人；二、我发现谢库瑞对我的旅途经过了如指掌，也就明白了她比我预期的要更常想念起我。

看见我因为无法解决欲望而垂头丧气，谢库瑞立刻就怜悯起我来了。

"如果你真的是单相思地爱着我，"她说，仿佛想要为自己找台阶下，"你就会像个绅士一样控制住自己，你就不会企图侵犯一个真正喜欢的女人的尊严。你不是唯一一个想方设法要娶我的人。来这里的路上有人看见你吗？"

"没有。"

她把迷人的、这十二年来我一直没能记住的脸扭向了门口，就像听见有人在幽暗积雪的花园走动似的，这让我得以欣赏她的侧面。外头突然传来了一声咯吱声，我们不约而同地静默等候，可是没有人进来。我想起以前甚至当谢库瑞才十二岁时，她就激起我一种不祥的感觉，因为她知道的比我还多。

"吊死鬼犹太人的幽魂经常在此地徘徊。"她说。

"你最近常来这里吗？"

"精灵、幽魂、鬼怪……他们随风而来，藏身于家具里面，在寂静中发出声响。所有的东西都会说话。我不需要大老远来这里，就可以听见他们。"

"谢夫盖带我来这里看死猫，可是它不见了。"

"听说你告诉他，是你杀死了他的父亲。"

"不完全对。我的话已经变成这样了吗？我并没有杀他的父亲，相反的，我想当他的父亲。"

"你为什么说你杀死了他父亲？"

"他先问我有没有杀过人。我告诉了他事实，我杀过两个人。"

"为了炫耀吗？"

"为了炫耀，也为了让我深爱女人的孩子印象深刻。因为我知道，这位母亲为了安慰两个小捣蛋鬼，夸大他们父亲在战场上的英雄事迹，而且刻意展示屋子里他遗留的战利品。"

"那么继续炫耀吧！他们不喜欢你。"

"谢夫盖不喜欢我，但奥尔罕喜欢。"我说，骄傲地指出我恋人的错误，"不过，我将成为他们两个人的父亲。"

仿佛某样不存在的东西的影子在昏暗中从我们之间穿过，我们不安地打着战，心惊胆战了起来。我醒过神来时，看见谢库瑞正低声啜泣着。

"我不幸的丈夫有一个弟弟，名叫哈桑。等待丈夫归来这段时间，我与他和我公公在同一座房子里生活了两年。他爱上了我。最近，他开始怀疑可能发生了什么事。想象着我可能会嫁给别人，或许是你，这令他极为愤怒。他传话给我，想把我强行带回他们家。他们说，既然在法官眼里我并不是寡妇，他们就要以我丈夫的名义逼迫我回到那个家。他们随时都有可能来我们家。我父亲也不希望让法官判决我为寡妇，因为如果我获准离婚，他认为我会找一个新丈夫，弃他于不顾。我母亲死后他承受着孤独，我带着孩子回到家后，带给了他极大的快乐。你会同意与我们住在一起吗？"

"你的意思是？"

"如果我们结了婚，你愿意和我父亲、和我们住在一起吗？"

"我不知道。"

"那你早点想一想这件事吧。你的时间也不会太多，相信我。我父亲感觉到某种邪恶正朝我们而来，我认为他是对的。如果哈桑带着他的人和禁卫步兵们来我们家，并带我父亲去见法官的话，你会愿意作证说亲眼看见了我丈夫的尸体吗？你刚从波斯回来，他们会相信你的。"

"我愿意作证，可是我并没有杀他。"

"好吧。再多找一个证人，为了让我成为一个寡妇，你愿意在法官面前作证，说你在波斯的战场上看见了我丈夫血迹斑斑的尸体吗？"

"我并没有真的看见，亲爱的，不过为了你，我愿意作证。"

"你爱我的孩子吗？"

"我爱他们。"

"告诉我，你爱他们什么地方？"

"我爱谢夫盖的力量、果决、诚实、智慧和执着。"我说，"而我爱奥尔罕的敏感、弱小和聪明的样子。我爱他们，因为他们是你的孩子。"

我黑眼睛的恋人微微一笑，落下几滴泪来。接着，像一个精打细算的女人，忙碌地想在短时间内做成很多事，她又转换了话题：

"我父亲的书必须完成，并呈给苏丹陛下。萦绕着我们的不祥之兆，都是因为这本书。"

"除了高雅先生被谋杀之外，还有什么其他的邪恶之事？"

这个问题令她不悦。她试图表现真诚，却适得其反。她说：

"埃尔祖鲁姆的努斯莱特教长的信徒们正在四处散布谣言，说我父亲的书里有反宗教的东西，有法兰克异教的思想。经常出入我们家的细密画家们，难道不是彼此嫉妒而各怀鬼胎吗？你曾经和他们相处过，你最清楚！"

"你先夫的弟弟，"我说，"与这些细密画家、你父亲的书，或者努斯莱特教长的信徒们有任何关系吗，或者只是一个安分守己的人？"

"他与这些都没有关联，但也绝不是一个安分守己的人。"她说。

一阵神秘而奇异的静默。

"与哈桑同住在一个屋檐下时，你们之间没有什么回避吗？"

"尽可能地待在不同的房间里。"

就在此时，不远处，几条狗忘我地投入彼此的争打嬉闹，兴奋地狂吠起来。

我提不起勇气问谢库瑞，为什么她已故的丈夫，一个参加过战斗且战功彪炳并领有封地的男人，会让他的妻子与他的弟弟同住在有两个房间的家里。迟疑而胆怯地，我向年少时的恋人问了这么一个问题："为什么你会嫁给你的丈夫？"

"我当然会被嫁给某个人。"她说。这话没错，简单明了地解释了她的婚姻，同时机智地避免了因为赞美丈夫而使我沮丧。"你走了，再也没有回来。杳无音讯或许是爱情的标志，然而一个音讯全无的爱人也很令人感到无聊，没有任何未来。"这也是事实，但不足以构成她嫁给那土匪的理由。从她脸上含蓄的表情看来，不难猜出在我离开伊斯坦布尔后没多久，谢库瑞就和其他人一样把我忘了。我想，她告诉我这个华美的谎言只是为了安抚我受伤的心，哪怕只是一点点，而我也应该把它视为善意的表示，应该感激。于是我开始向她讲述，在漫长的旅途中自己如何始终惦念着她，夜里，她的形象又如何如幽魂般回到我的身边。这些是我最最私密、最最深沉的痛苦，我以为是自己永远无法向任何人倾诉的。尽管这痛苦是千真万确的，但话说出口的当下，我惊讶地发现，它听起来一点儿都不真诚。

为了让大家能够正确地理解我的情感和欲望，这里我必须说明我一生中头一次发现的这种差异，这就是：有时候说出事实的真相，会让人变得不真诚。或许最好的例子就是我们这群被当中的凶手搅得不得安宁的细密画家。想象一幅完美的图画，比如，一匹马的画像，不论它表现得多么像一匹真马，或是像安拉创造的马，或是大画师笔下的马，它也可能无法体现出画它的天才画家在那一刻的真诚。细密画家或我们这些安拉的谦卑仆人的真诚，并非体现于才华与完美的时刻；相反地，它体现于发生口误、过失、失望与痛苦挫折的时候。我这么说是解释给那些年轻女士听的，因为她们会发现我刚才对谢库瑞的强烈欲望——她也清楚——比起我在旅行途中遇到一位瓜子脸、古铜肤色、酒红嘴唇的加兹温美女时所感到的昏乱欲火并没有不同，她们可能会因此而感到失望。还好谢库瑞拥有天赐的深厚生活常识和精明的直觉，深知我十二年来为她饱受了真正中国式折磨般的苦恋煎熬，也了解十二年后当与她第一次单独相处时我为什么会像个淫棍似的满脑子只想着迅速满足自己的黑暗饥渴。内扎米曾比喻绝代佳丽席琳的嘴，说它像一只盛满珍珠的墨水瓶。

外头兴奋的狗群再度竭力狂吠了起来，谢库瑞不安地说："我现在得走了。"尽管离天黑还有一段时间，此刻我们才察觉幽灵犹太人的屋子的确变暗了许多。我的身体不由自主地冲上前去，想要再次拥抱她，然而她却像一只蹦蹦跳跳的麻雀一样，猛然跳开。

"我还那么漂亮吗？快点回答我。"

我告诉了她。她优雅地倾听，同意并相信了我的话。

"那我的衣服呢？"

我告诉了她。

"我闻起来香吗？"

当然，谢库瑞也晓得内扎米所谓的"爱情棋局"并不包含此种修辞游戏，而是由恋人之间暗藏的情感活动组成的。

"你打算靠什么养家？"她问，"你有能力照顾我没有父亲的孩子吗？"

我告诉她，我有超过十二年的官员助理经验，见到的战争与尸体赋予了我广博的知识，我更有光明的未来前景。我一边说，一边抱住了她。

"我们刚才的拥抱多么甜美，"她说，"但现在一切却已经失去了最初的神秘。"

我把她抱得更紧，以证明我的真诚。我问她，为什么在保存了十二年之后，又叫艾斯特退回了我画给她的图画。当我发现她的眼中透露出了对我痴呆样的惊讶，以及从心底涌起了对我的同情时，我们吻在了一起。这一回，我发现自己不再受令人眩晕的欲火牵绊，一股强烈的爱情涌入我们的心脏、胸口和腹部，就像老鹰扑扇着翅膀一样令我们震慑不已。安抚爱情的最佳途径，不正是做爱吗？

当我伸手摸向谢库瑞的大乳房时，她以一种比先前更为坚决而甜蜜的姿态把我推开。我还不够成熟，不足以与婚前被我玷污的女人维系一场可以信赖的婚姻。我太过自以为是，忘记了任何冲动的行为会引来魔鬼，而且也太无知，不明白一场幸福的婚姻前需要无尽的耐心与痛苦的煎熬。她溜出了我的怀抱，放下亚麻面纱向门口走去。门开着，街上也已早早地黑了，我瞥见外头飘着雪花。我忘了我们刚才一直是在低声细语——或许是不想惊扰吊死鬼犹太人的灵魂——我放声大叫：

"今后我们怎么办？"

"我不知道。"她说，留心着"爱情棋局"的规则。她在花园里的雪地上留下了足迹——显然先前的脚印已被白雪抹去——悄然而去了。

28. 人们将称我为凶手

我相信，你们也会有我所要描述的感觉。有时候，当我穿过伊斯坦布尔蜿蜒无尽的巷子，当我在食堂挖起一勺肉末炖西葫芦放进嘴里，或者当我眯眼细看芦苇样式边缘饰画中的弯曲设计时，感觉自己仿佛以前曾经经历过这一刻。换句话说，当我踏雪走在街上时，会忍不住地想说，以前我也是这样踏着雪在街上走的。

我所要叙述的惊人事件发生在我们大家都知道的现在，同时也好像发生在过去。那时是傍晚，夜幕正在降临，零零星星地飘着雪花，我朝姨父大人居住的街道走去。

不同于其他夜晚，今天我来此，心里很清楚地知道自己的目的，也很坚决。过去别的夜里，当我的腿带我来这里时，我总是满脑子地想着其他一些杂事：帖木儿时代封面画着太阳图饰但未镀金的赫拉特书籍，我第一次是如何告诉母亲我单靠一本书就赚了七百银币，自己所犯的罪孽和愚蠢的行为。然而，这一次，我知道并想着自己该做什么而来到了这里。

当我准备敲门时我还害怕没有人会给我开门，谁知那巨大的庭院大门却应手而开了，我再次明白安拉是与我站在一边的。以前来此为姨父大人的精美书本画新插图的那些夜里我经常走过的那条亮晃晃的石头路上空无一人。右边的水井旁放着水桶，上头有一只看起来浑然不觉寒冷的麻雀；稍远处有一个炉子，不知为何这么晚了还没点燃；左边，是专为来客们拴马的马厩：一切还都是老样子。我从马厩旁一扇没上锁的门里走了进去，在木楼梯上啪啪地走着，一面咳嗽一面向上走去。

我的咳嗽声没有引出任何回应。在门厅的入口处，我脱下了泥泞的鞋子，放在其他整齐排列的鞋子旁，发出的声响也没有引起任何的回应。每次我来这儿的时候，都会把一双绿色的秀鞋当成是谢库瑞的，然而此时却没有找到，因而想到屋里可能没有人。

我走进了右边第一个房间，这里我想应该是谢库瑞与孩子们相拥而睡的地方。我摸了摸床和床褥，打开边上的一个箱子，拉开一个衣柜的轻巧薄门看了看。当我想到房里淡淡的杏仁香必定来自谢库瑞的肌肤时，一个塞在柜子顶部的枕头，掉落在我愚昧的脑袋上，接着打翻了黄铜水壶和杯子。听见这一声响，我们可以想象到房间里是多么的漆黑一片。我感觉到这里很冷。

"哈莉叶？"姨父大人在里屋喊道，"谢库瑞？是你们哪一个？"

我迅速离开房间，斜穿过门厅，走进蓝门的房间。今年一整个冬天，我就是在这里与姨父大人一起为他的书工作。

"是我，姨父大人。"我说，"我。"

"你是哪一位？"

刹那间，我明白了，奥斯曼大师在我们小时候给我们起的这些别号，只是被姨父大人用来悄悄地嘲弄我们。我一个字一个字地缓缓念出了我的全名，包括父亲的名号、我的出生地，并冠以

"您可怜罪恶的仆人"这一称谓，就像一位高傲的书法家，在一本绘制精美的手抄本末页签上题记时所做的那样。

"啊？"他说，然后又补充，"啊！"

就像我小时候在叙利亚传说中听过的那个遇见死亡的老人一样，姨父大人陷入了短暂而永恒的沉默。

如果你们之中有人因为我刚才提及"死亡"而相信我就是为了做这种事而来的话，那他就彻底误解了所读的这本书。有这种计谋的人会敲门吗？会脱下他的鞋子吗？会连刀子都不带就来吗？

"哦，是你来了。"他说，如同传说当中的老人。但接着他换上了一种截然不同的语气："欢迎你，我的孩子。告诉我，你想要什么？"

天已经变得很黑了。微弱的光线渗入用浸了蜂蜡的布糊起的窄窗——春天时取下这块布，将能看见一棵石榴树和一棵梧桐树，勾勒出屋内物品的轮廓，这种微弱的光线是中国画家所喜欢的。姨父大人一如往常，坐在一张低矮的折叠阅读桌前，光线落在他的左侧，我看不清楚他的脸。我极尽所能试图捕捉我们之间曾有的亲密，过去，在烛光下，在这些画刷、墨水瓶、画笔和研光板之间，我们曾一起画画，一起谈论画作。我不确定是因为疏离感，还是因为羞于直截了当地向他说出自己怀疑画画时犯下了罪孽，并且怀疑这些罪孽已被宗教狂们所知晓，那一刻我决定讲一个故事来说出自己的烦恼。

你们或许也听说过伊斯法罕的画家谢赫·穆罕默德的故事。无论是在色彩的选择上，还是在书页的排序上，或是人物、动物和面孔的描绘方面，没有一个画家能够超越他，他能够在画中加进我们只有在诗中才能见到的激情，还能在画中加进我们只有在几何中才能见到的一种神秘逻辑。他年纪轻轻就已达到了绘画大师的地位，其后的整整三十年中，无论是在选取题材方面，还是在创新方面，或是在风格方面，他都是那一时代最为有胆识的细密画家。是他用高超的技巧均衡地把由蒙古人传到我们这里的中国水墨画中恐怖的恶魔、长角的妖怪、有着大睾丸的马匹、半人半兽的怪物、巨人、精灵和恶魔般的东西加进了细腻的赫拉特风格绘画；是他首先对来自于葡萄牙和佛兰芒商船的肖像画感兴趣并受到了影响；是他从远溯至成吉思汗时代的残破旧书中重新挖掘出了被遗忘的古代技法；是他勇敢地领先于众人，画出了亚历山大偷窥裸体的佳丽在女人岛上游泳、席琳在月光下沐浴等令人阴茎勃起的题材；是他画出了我们荣耀的先知乘着飞马卜拉克、国王们搔着痒、野狗交媾、教长们喝醉了酒的图画，并让整个绘画界都接受了这些形象。所有这一切，都是在他偷偷地或是公开地纵情饮酒并吸食鸦片度过的三十年中勤奋而富有激情地做出来的。然而晚年时，他却成了一位虔诚长老的弟子，在短短的时间内，彻彻底底地变成了另外一个人。他得出结论，认为自己前三十年间所画的每张图画，都是污秽而渎神的。他不仅弃绝它们，甚至将自己生命中剩下的三十年，投身于走访各个宫殿、各个城市，寻遍各个苏丹和君王的图书馆及藏宝室，只为了搜寻并销毁他所画的所有手抄本。不管在哪个国王的图书馆，只要发现一张自己昔日创作的绘画，他或是软磨硬泡、想方设法要毁掉它，或是趁人不注意时撕掉他所画的书页，或是逮住机会往画上泼水破坏它。我叙述这个故事作为例子，想要说明一位细密画家在艺术的召唤下若不明智地抛弃自己的信仰，将会承受极大的痛苦。因此请大家不要忘记谢赫·穆罕默德焚毁了阿巴斯·米尔扎王子位于加兹温的庞大图书馆，只是因为里头收藏了千百本他画的书籍，多到他无法一一加以挑拣。这位极度痛苦而后悔的画家，最后在那场惨烈的大火中被活活地烧死了，对此，我仿佛自己亲身经历过一般夸张地予以了描述。

"你害怕吗，我的孩子？"姨父大人慈祥地对我说，"你怕我们画的图画吗？"

此时房里一片漆黑，我看不见，但却猜想出他说话时是面带着微笑的。

"我们的书已经不是秘密。"我回答，"或许这不重要。但各种谣言正在盛传。有人说我们偷偷摸摸地犯下了亵渎罪。有人说，我们在这里制作的书，并不是苏丹陛下想要的，并不是苏丹陛下所期望的，而是一本我们想要的书，甚至是一本嘲讽苏丹的书，是一本不信神、不信教的书，是一本模仿异教徒大师们的书。还有人说它甚至把撒旦也描绘成了可爱的形象。他们说我们以街上一条肮脏野狗的目光来看世界，用远景画法把一只马蝇和一座清真寺画得几乎同样大小——借口说清真寺是远景，以此亵渎了我们的宗教，嘲笑了前往清真寺做礼拜的穆斯林。晚上想着这些我就辗转难眠。"

"画儿是我们一起画的，"姨父大人说，"不要说是我们做了这些事情，难道我们想过这种念头吗？"

"一点也没有。"我更进一步地说，"但是无论如何人们是听说了，他们说有一张最后的图画，上面不是隐晦地表达了不信神，而是公开地侮辱了我们的宗教。"

"你自己也见过最后一幅图画。"

"不，我只是依照您的要求，在一张大纸的各个角落里画出了您想要的图画。那张纸，想必将来是一张双页的图。"我小心而又坚决地说，希望能取悦姨父大人，"但我从没见过完成的图画。如果见过整幅画，我便能问心无愧地否认所有的恶言中伤。"

"你为什么会感到罪恶？"他问，"是什么在啃噬着你的灵魂？是谁让你怀疑起了自己？"

"……担忧自己花几个月欢乐地绘画一本书之后，却发现污蔑了自己所认为神圣的信仰……活着的时候就承受地狱的折磨……只要能让我看见最后一幅画的全貌。"

"你所有的烦恼就是这吗？"他说，"你到这儿来就是为了这吗？"

突然一阵恐慌袭来。难道他在想着某件可恶的事情吗，比如说我就是杀死倒霉鬼高雅先生的凶手？

"希望推翻苏丹陛下的王位让王子来继承的那些人，"我说，"也开始这种中伤，散布谣言说是苏丹在暗中赞助这本书。"

"有多少人真的相信？"他疲倦而厌烦地问，"每位传道士，只要稍有抱负，多少受到民众一点喜爱而得意忘形，就会开始宣扬说宗教就要被抛弃了。这是确保他生计的最可靠的方法。"

难道他以为我来这里纯粹只是向他通报这一传言吗？

"可怜的高雅先生，愿真主赐他灵魂安息。"我声音颤抖地说，"是我们杀了他，因为他见到了完整的那所谓的最后一幅画，确信它诽谤了我们的信仰。一位我认识的宫廷画坊部门总管告诉了我这些。你也知道学徒们和助手们是什么样，人人都在议论着这件事。"

沿着这一逻辑，我愈发激昂，继续讲了很久。我不知道我说的话中有哪些是自己听说的，有哪些是做掉了那恶毒中伤者之后因为恐惧而编造出来的，又有哪些是我即兴发挥的。我期待在我说了那么多话之后，姨父大人会拿出那幅双页的图画给我看，让我安心。他为什么不明白，只有这样，我才能从深陷罪孽的猜忌中解脱出来？

为了使他产生动摇，我鼓起勇气问道："一个人有没有可能不自觉地画出亵渎宗教的画来？"

他没有回答，而是微妙优雅地比了一个手势，仿佛警告我房里有个熟睡的婴儿。我安静了下来。"太黑了，"他轻声说，"我们把这蜡烛点上吧。"

用房间里取暖的热炭盆点亮蜡烛后，我看到他脸上流露出了一抹我不熟悉的骄傲表情，这让我感到相当不悦。或者，那是怜悯的神情？他已经想通一切了吗？他是否认为我就是那个卑贱的凶手，还是他对我感到害怕？我只记得自己的思绪陡然奔腾出我的掌控，留下我呆呆地跟踪着那一刻我所想的，就好像是在跟踪别人脑中的思想似的。比如说，我脚下的地毯：某个角落有个狼形的图案，但为什么以前我不曾注意到？

"所有大汗、国王和苏丹对于绘画、插图及精致书籍的热爱，可以分为三个阶段。"姨父大人说，"最初他们大胆、友善而好奇。看到别人有画，为了自己的声望，他们就也想要。在这一阶段，他们会学一些东西。到了第二个阶段，他们就开始按照自己的兴趣请人制作他们想要的书。由于已经学会了从内心去喜欢欣赏图画，他们就有了威望，同时也有了书本，这些书本可以在他们死后确保他们在世界上的名声得到流传。然而，在他们生命的迟暮之秋，就再也没有一个苏丹会关心是否在这个世上流芳千古了。这个世上的流芳千古，我的理解是被我们的子孙后代所记忆。事实上，热爱细密画的统治者们，早已通过他们委托我们制作的手抄本、通过他们让加进去的名字、通过那些载有他们历史的书籍达到了不朽。当他们老了的时候，他们就想要在另一个世界得到一个好的地位。而他们每一个人都会立刻得出这么一个结论，认为绘画阻碍了他们的这一目的。我感到最为不安与惧怕的便是这一点。塔赫玛斯普君王，身为一位细密画大师，在自己的画坊里度过了自己的青春，临死前却关闭了他富丽堂皇的画室，把他的那些天赋奇才的画家赶出了大不里士，销毁了他叫人制作的书本，并堕入了无止境的悔恨之中。为什么他们全都相信绘画将对他们关闭天堂之门？"

"你很清楚为什么！因为他们记得我们先知的警告，审判日来临时，安拉将给予画家们最严厉的惩罚。"

"不是画家，"姨父大人说，"是美术家。这是一条圣训，是布哈里的。"

"审判日那一天，会让美术家们把他们创造的形象活生生地呈现，"我小心翼翼地说，"但他们却什么也办不到，因而将遭受地狱的折磨。别忘了，在《古兰经》里，'创造者'是安拉的属性之一。只有安拉才能创造，只有他才能无中生有，只有他才能给无生命者赋予生命。谁都别妄想与他比试。画家们试图做出他所做的事，妄想像他一样成为一个创造者，这是最大的罪孽。"

我语气强硬地说出了这番话，好像我也是在指责他似的。他直直地盯着我的眼睛。

"你认为我们在做这样的事吗？"

"从不。"我说着微笑了起来，"然而，当高雅先生，愿他安

217

息，见到了最后一幅画之后，他开始作此臆测。他说，采用透视科学和威尼斯大师的技法，纯粹是撒旦的诱惑。在最后一幅画中，我们用法兰克技巧画了一张人类的脸，让观者以为它是真实的而非图画。这张肖像有如此强大的力量，能迫使人们从内心里产生一种想要对着画跪拜的想法，就像在教堂里那样。他还说，这是魔鬼的诱惑，它不仅因为把图画的透视点从真主的着眼点下移到了一条野狗的着眼点，更因为使用法兰克大师的技法，把我们所知道的一切、我们的技巧和异教徒的技巧与方式混杂在一起。这么做，将使我们失去我们的纯正，将使我们沦为他们的奴隶。"

"没有任何事物是纯正的。"姨父大人说，"什么时候在插画中、在图画中创造出了神奇，什么时候在画坊里出现了一种令我欣喜得热泪盈眶、感动得背脊发冷的美妙，我就知道：两种之前从未接触的风格，在此融合，创造出了一种新的神奇。贝赫扎德与波斯的灿烂绘画，要归功于阿拉伯绘画艺术与蒙古—中国绘画艺术的结合。塔赫玛斯普君王最优秀的画作，糅合了波斯的风格与土库曼的细腻。现今，人们一直在谈论着印度阿克巴汗的画坊，那是因为他鼓励他的细密画家们接纳法兰克大师的风格。真主统领东方和西方，愿真主保佑我们远离正统者和纯粹者的想法吧。"

烛光下他的脸显得有多么地柔和而明亮，投射在墙上的影子，就有多么地黑暗而恐怖。尽管我认为他的话合理而无可辩驳，但我就是不相信他。我猜他在怀疑我，因此，我也愈来愈怀疑他。我感觉他偶尔竖耳倾听楼下的庭院大门，希望某个人会来解救他摆脱我。

"你告诉我说，伊斯法罕的谢赫·穆罕默德大师因为里面收藏有他自己都不接受的画作而烧毁了庞大的图书馆，以及他因为良心上的痛苦而烧死了自己。"他说，"我也来告诉你这个传说中你不知道的另一个故事。确实，画家在生命的最后三十年中搜寻了自己的作品，然而，在搜索的过程中，他发现，许多书本中的图画更多的是受他启发画出的模拟作品，而非他的原作。往后几年中，他看到，自己所摒弃的绘画，已被两代画家采纳为典范，他们已经把他的画铭刻于心，或者更确切地说，已经把它们融入了他们的灵魂之中。当谢赫·穆罕默德找出自己的图画并将之销毁时，却发现在数不尽的书本中，年轻细密画家们崇拜地进行了复制，用它们来画别的故事，使得它们散布到世界各地，家喻户晓。长久以来，在饱读群书、遍览群画之后，我们渐渐明白：一位伟大的画家不仅会用自己的经典画作影响我们，最终还会改变我们的心灵视野。一旦一位细密画家的艺术美学如此深入我们的灵魂，那它便会成为全世界的美感准则。伊斯法罕大师人生的晚年，虽然烧光了自己的绘画，却目睹自己的作品不但没有消失，反而蓬勃茂盛；他更进一步地明白了如今每个人都用他以前的眼光来看这个世界，任何东西，若不同于他年轻时所画的样子，如今都被视为丑陋。"

压抑不住内心翻涌的崇拜及想取悦姨父大人的愿望，我跪倒在他膝前。我亲吻他的手，泪水盈眶，感觉自己把灵魂里始终为奥斯曼大师保留的位置让给了他。

"一位细密画家，"姨父大人用自负的口吻说，"是依循自己的良知、遵从他信仰的教条来创作艺术的，他不会害怕任何东西。他丝毫不在乎他的敌人、宗教狂热分子和那些嫉妒他的人会怎么说。"

可是当我在泪眼朦胧中亲吻他苍老而斑点满布的手时，却忽然想到，姨父大人根本不是一个细密画家。我对自己的想法立刻感到了羞惭。这就好像是别人把这种邪恶、无耻的念头塞入我脑中的。尽管如此，你们也明白我所想的确实没有错。

"我不怕他们，"姨父说，"因为我不怕死。"

谁是"他们"？我点点头假装我明白。然而烦躁开始自心头涌起。我注意到姨父身旁的古老典籍是艾尔·杰夫济耶的《灵魂之书》，所有想死的昏庸老头都很喜爱这本讲述死后灵魂旅程的书。自从上一次来这里后，我只看见一样新的物品，混在托盘上的物品中，放在柜子上，夹杂在笔盒、画刀、削笔板、墨水瓶和毛笔之间：一只青铜墨水瓶。

"让我们来证明我们并不怕他们。"我鼓起勇气说，"拿出最后一幅图画，展示给他们看。"

"但这不就证明了我们在意他们的诽谤，至少是把它们当真了？我们没有做任何需要害怕的事。令你感到如此害怕的还有什么？"

他像父亲般抚摸了我的头发。我担心自己可能又要泪如泉涌，就扑进了他的怀里。

"我知道不幸的镀金师高雅先生为什么遇害，"我激动地说，"因为他诽谤您、您的书和我们，他正准备召集埃尔祖鲁姆人努斯莱特教长的信徒们来对付我们。他认定我们落入了魔鬼的手中，认定我们做出了不信教的事情。他开始散布谣言，试图煽动其他为您的书工作的细密画家反叛您。我不懂他为什么会突然开始这么做。也许是出于妒忌，也许是因为受到了撒旦的影响。为您的书工作的其他细密画家也听说了高雅先生是多么坚决地想要毁灭我们。您可以想象，大家开始害怕，更不免像我一样开始怀疑。因为他们之中有一个人，某天半夜被高雅先生逮到了，高雅先生煽动他反抗您、我们、我们的书，并否定插图、绘画以及我们所信仰的一切，这位艺术家陷入了恐慌，杀死了那个混蛋，把他的尸体抛入了井里。"

"混蛋？"

"高雅先生是个恶毒、卑鄙的叛徒，是个人渣！"我大吼道，仿佛他就在房间里，就在我的面前。

死寂。他怕我吗？我怕我自己。感觉好像我屈服于另一个人的意志和思想。不过，这种感觉也很好。

"像你和伊斯法罕的插画家一样陷入恐慌的这位细密画家是谁？是谁杀了他？"

"我不知道。"我说。

然而我却希望他能从我的表情中看出我在撒谎。我明白自己来这里是犯了一个天大的错误，但不打算臣服于罪恶感和悔恨。我看得出姨父大人逐渐对我起疑，这让我很高兴，更加坚定了我的心意。我脑子里飞快地想着：我现在不是要看那幅画里有没有不信教的东西，而是好奇地想要看一看它到底成了什么样；如果他完全明白了我是凶手，因而从内心感到害怕，那么他就绝对不敢拒绝给我看那幅最后的图画。

"谁杀了那无赖真的重要吗？"我说，"那个清除了他的人，难道不是做了一件好事吗？"

当我发现他无法再直视我的眼睛时，我深受鼓舞。自以为比你们优越而道德崇高的尊贵人士，当他们为你们的行为感到难堪时，他们就像这样无法直视你的眼睛。或许因为他们正思考着要举报你们，把你们交给行刑的刽子手。

外头，庭院大门的正前方，野狗群开始狂嗥。

"外面又下雪了。"我说，"这么晚了，大家都上哪儿去了？他们为什么留您一个人在家？他们甚至连支蜡烛都没帮您点。"

"的确很奇怪，"他说，"我自己也不明白。"

他如此真诚，让我无法怀疑。我再次感觉到，尽管我也和别的细密画家一起讥笑他，但我知道自己其实深爱着他。然而，我怎么也想不明白，他如何能这么快察觉我突然涌起的强烈敬爱而立刻表现出父亲般的无尽关爱，抚摸我的头发？我感觉到奥斯曼大师的绘画风格和赫拉特前辈大师的传承，将不会有任何未来。这个可恶的想法再度令我感到害怕。常常，在经历了一场灾难之后，我们都会这样：抱着最后一线希望，孤注一掷，不在乎自己会显得多么荒唐可笑，我们会祈求一切能像从前一样继续。

"让我们继续画我们的书。"我说，"让一切像从前一样继续下去。"

"细密画家中有一位杀人凶手。我将与黑先生一起继续制作我的书。"

他是在刺激我干掉他吗？

"黑现在在哪儿？"我问，"您的女儿和孩子们在哪儿？"

我感觉是某种特殊的力量把这些话放入我嘴里的，但我也控制不住自己。我再也无法感到快乐、感到有希望了，只剩下精明和讥讽。在这对自娱娱人的邪灵——智慧和嘲讽——背后，我察觉到了魔鬼的存在，他操控着它们，驱迫着我。就在这一刻，大门外讨厌的狗群又开始疯狂嗥叫，仿佛闻到了鲜血的腥味。

我是不是很久以前就经历过这一刻？在一座遥远的城市，某个距今久远的日子，像是一片我看不见的雪花飘落，映着蜡烛的火光，我哭着向一位顽固的糟老头努力解释自己没有偷他的颜料，完全是清白无辜的。当时，就像现在一样，狗群仿佛嗅到鲜血般狂吠起来。从姨父大人那属于邪恶老人的坚毅下巴上，从他最后终于能无情瞪视我的眼睛里，我明白他企图击溃我。我努力地想要回想起自己十岁时作为一个细密画家学徒的这一段难堪的回忆，那就像一幅轮廓明晰但色彩早已褪去了的图画。而此时此刻，我却像活在一场清晰但已褪了色的回忆之中。

我起身，绕到姨父大人背后，从他工作桌上各个熟悉的玻璃、陶土、水晶墨水瓶中，拿起那又大又重的崭新青铜墨水瓶。我体内那位认真的细密画家——那是奥斯曼大师灌输到我们所有人体内的——正用清晰但已褪色的颜料，画出我的所作所为及我眼中所见，不像我此刻正在经历的过程，而像一段很久以前的记忆。我们不是经常在梦中从外面看见自己而感到害怕吗，带着同样的恐惧感，我拿着巨大而窄口的青铜墨水瓶说：

"十岁时，当我还是个学徒的时候，见过这样一个墨水瓶。"

"那是一个有三百年历史的蒙古墨水瓶，"姨父大人说，"是黑大老远地从大不里士带来的。用来盛装红色。"

那一瞬间，正是魔鬼唆使着我举起墨水瓶，使尽全力砸向这自负老头的进了水的脑袋。但我没有屈服于魔鬼，反而怀抱虚妄的希望说："是我杀死了高雅先生。"

你们明白为什么我怀着希望这么说，对不对？我希望姨父会理解，会宽恕我。我也希望他将会因恐惧而助我一臂之力。

29. 我是你们的姨父

　　他一说是他杀了高雅先生，屋内就出现了长时间的死一样的沉寂。我想他也会杀了我。我的心怦怦跳了很久。他来这里是为了杀我吗，还是为了来自首并恐吓我？他知道自己究竟想要什么吗？我很害怕，明白了尽管自己多年来熟悉这位杰出画家所有的技巧和能力，但对他的内心世界却一无所知。我能感觉到他僵直地站在我身后，面对我的颈背，拿着大的红墨水瓶，不过，我没有转身看他的脸。因为知道我的沉默会让他感到不舒服，所以：

　　"野狗还在吠个不停。"我说。

　　我们再度陷入沉默。这一次，我知道我的死亡，或者我是否能避免这场厄运，将取决于我，取决于我对他要说的话。除了他的作品，我只知道他是个极聪明的人，如果你们同意一位插画家绝对不可在作品中流露他的灵魂，那么这一点当然是值得骄傲的事情。他是如何趁着没人在家的时候来这里堵住我的呢？我衰老的心里一直在迅速地盘算着这些，但脑子却一片混乱，找不出头绪。谢库瑞在哪里呢？

　　"你先前就知道是我杀了他，对不对？"他问。

　　我根本不知道，他向我表白了我才知道。在我的内心深处，甚至在想着他杀死高雅先生或许未尝不是一件好事，那位已故的镀金大师可能真的慢慢地屈服于自己的恐惧，会把我们大家都毁了的。

面对这位我独自与他共处一室的凶手，我的心底隐约升起了一股感激之情。

"你杀了他，我并不感到惊讶。"我说，"像我们这种活在书本中、做梦都梦见书页的人，只害怕这世上的一样东西。不但如此，我们挣扎着面对更大的禁忌与危险，在伊斯兰城市中搞绘画。如同伊斯法罕的画家谢赫·穆罕默德一样，我们每一个细密画家都免不了内心感到罪恶与后悔，有一种强烈的刺激因素在刺激着我们最先责怪我们自己，使我们感到后悔而乞求真主和社会的宽恕。我们总是像罪人一样，更多时候像是怀着歉疚，偷偷摸摸地制作书本。教长、传道士、法官和神秘主义者们总是指控我们犯有亵渎罪，对我们进行攻击。我十分清楚，对于他们无休止的攻击的屈服，以及我们自己的这种无穷无尽的罪恶感，扼杀同时也滋养了细密画家的想象力。"

"也就是说，你不怪罪我清除了那个白痴高雅先生吗？"

"文章、插画、绘画中吸引我们的东西也就在这恐惧当中。我们之所以从早到晚，跪着在烛光下彻夜工作，直到双目失明，为绘画和书籍奉献自己，绝不只是为了金钱和赏识，而是为了逃离他人的嘈杂，逃离人群。然而相对于创作的热情，我们也想让那些我们所要逃离的人，观看欣赏我们受启示创造出来的画。但要是他们说我们无信仰呢，这会给一位真正具备天赋才华的画家带来多大的痛苦！然而，真正的绘画也正隐藏在这无人能见、也无人能表现的痛苦之中，它就在那些最初人人都会说是坏的、没画好的、没有信仰的图画里。一位真正的细密画家明白他必须达

225

到那个境界，但与此同时，他也害怕到了那个境地后的孤独。又有谁会愿意一生都忍受这种可怕、焦虑的生活呢？在别人之前先责备自己，细密画家以为这样就能摆脱多年来所承受的恐惧。人们也只是在他坦承其罪行时才会相信他，才会把他烧死。伊斯法罕的插画家则是为自己点燃了这把炼狱之火。"

"但你并不是细密画家。"他说，"我也不是出于害怕才把他杀死的。"

"你之所以杀他是因为你想要照你所想的那样毫无恐惧地来绘画。"

长久以来头一次，这位想要杀我的细密画家说出了颇有智慧的话："我知道你说这些是为了转移我的注意，愚弄我，好从这种处境中摆脱出来。"他接着又说："但你最后所说的没错。我要你明白这一点。听我说。"

我扭头看着他的眼睛。当他说话时，已经浑然忘记我们之间惯有的礼仪。他被自己的思绪牵着走。然而，是往哪儿去呢？

"用不着担心，我不会侮辱你的尊严。"他说。他从我的身后绕到了我的前方，哈哈笑着，但却有着非常痛苦的一面。"就像现在这样，"他说，"我在做什么事情，但感觉做这种事的人不是我。仿佛体内有什么东西在扭动，让我干所有的坏事。不过我确实需要它，对于绘画来说也是一样的。"

"这些都是关于魔鬼的无稽之谈。"

"也就是说我在撒谎吗？"

我感到他没有足够的勇气杀死我，所以想要我激怒他。"不，你没有撒谎，但却不知道你内心所感受到的东西。"

"不，我清楚我内心的东西，我还没死就承受着死后的痛苦。

我们不明就里地因为你而陷入了罪孽之渊。可是现在你居然对我说'要再勇敢点'。因为你我成了凶手。努斯莱特教长的疯狗们会把我们都杀光的。"

他愈是没有自信，喊的声音就愈大，而且更用力地抓紧了手里的墨水瓶。会有人经过积雪的街道，听见他的叫喊而进屋里来吗？

"你怎么会杀他的？"我问，更多的是想争取时间而非出于好奇，"你们是怎么在那口井边相遇的？"

"高雅先生离开你家的那天晚上，是他自己来找我的。"他说，出乎意料地想要自白，"他说见到了最后一幅双页图画。我费尽唇舌劝他别小题大做。我带他来到了被大火焚烧过的地方，告诉他我在井边埋了钱。他听说有钱，就相信了我的话。还有什么比这更能证明这位画家的动机其实源于贪婪？因此我不觉得遗憾。他是一个有才华但又平庸的画家。这贪婪的蠢蛋马上准备用指甲去挖冰冻的泥土。如果我真有金子埋在井边，就不用干掉他了。没错，你为自己挑选了一个卑鄙的家伙来替你做镀金的工作。我们的往生者的确有技巧，但选色和用色却很低俗。我没有留下一丝痕迹。告诉我，什么是'风格'的本质？今天，法兰克人和中国人都在谈论一位画家才华的特色，都在谈论所谓的'风格'。究竟一位好画家该不该有风格来区别于他人？"

"不用担心，新的风格并不是一个细密画家想有就有的。"我说，"一位王子会死，一位君王会打败仗，一个似乎天长地久的时代会结束，一个画坊会被关闭，那里的画家们都会四散而去，会四处去为他们自己找寻其他爱好书籍的保护者。也许将来有一天，一位仁慈的苏丹会从不同的地方，比如说从赫拉特，从阿勒颇召集起那些流亡在外、满腹困惑但才华洋溢的细密画家和书法

227

家，邀请他们来到自己的营帐或宫殿，建立起他自己的画坊。即使这些互不熟悉的艺术家最开始仍用他们各自所知的古老风格来进行绘画，但过了一段时间，就好像街上在一起打闹的小孩子们一样，他们之间也会发生同化、争执、互斗。在经过了多年的争执、嫉妒以及对排版、色彩与绘画的钻研之后，出现的就是一种新的风格。通常，创造出这种风格的人，是那个画坊里最优秀、最具天赋的细密画家，我们也可以说他是最幸运的。其余细密画家所能做的，便是通过无止境的模仿，不断修饰这一风格，使其臻至完美。"

他无法再直视我的眼睛，带着一种出乎我意料的温和态度，恳求我的仁慈与诚实，几乎像个少女般颤抖着问我：

"我有自己的风格吗？"

一下子，我以为自己就要掉下泪来了。鼓起所有的温柔、同情和慈爱，我迫不及待地告诉了他我所相信的事实：

"在我六十多年的生命中，我所见到的最才华横溢、手最巧、眼光最细腻的细密画家就是你。如果在我面前放一幅由一千个细密画家合作完成的绘画，我也能够立刻辨认出你那真主所赐的笔触。"

"我也是这么想的，但我知道你并没有聪明到能够明白我技巧中的奥秘。"他说，"你在说谎，因为你怕我。尽管如此，你还是从头开始说说我的风格。"

"你的笔似乎脱离你的控制，依照自己的意志，选择正确的线条。你笔下的图画既不写实也不轻浮！当你画一个拥挤的场景时，通过人物的眼神和他们的位置，使得文字意义中的张力幻化成为一声优美永恒的呢喃。我一遍又一遍地看你的图画，就为了倾听那一声呢喃。每一次，我都愉快地发现它的意义又改变了。该怎么说呢，我会重新细读你的图画，这样一来，就能把里面一层层的意义堆叠起来，显现出的深度甚至远超越欧洲大师的透视法。"

"嗨，说得很好。别管欧洲的大师。再往下说。"

"你的线条的确华丽又有力，观赏者反而宁可相信你所画的而不是真实的物品。这样，正如你能用你的才能使最虔诚的信徒放弃信仰一样，也能用一幅画来引导最不知悔改的不信教者走向安拉之道。"

"确实，可是我不知道那算不算是赞美。接着说。"

"没有一个细密画家比你更懂得颜料的浓度和它们的秘诀。最光亮、最鲜活、最纯正的色彩都是你调配的。"

"好的。还有呢？"

"你知道你是继贝赫扎德和米尔·赛义德·阿里之后最伟大的画家。"

"是的，我很清楚这一点。既然你知道，却为什么还要和那庸才中的庸才黑先生一起合作书本，而不是和我？"

"首先，他的工作并不需要细密画家的技巧。"我说，"其次，和你不同，他不是杀人凶手。"

他对我甜甜地笑了笑，因为我也是马上就带着一种宽松的心情对他笑了。我感觉以这种态度，用风格这一话题或许能逃离这场噩梦。借着我所提起的这个主题，我们开始愉快地讨论起他手里的青铜蒙古墨水瓶，不像父亲与儿子，而像两个阅历丰富的好奇老人。我们谈论着青铜的重量、墨水瓶的对称、瓶颈的深度、旧书法芦秆笔的长度，以及红墨水的神秘，他还站在我面前轻轻摇晃墨水瓶，以感觉墨水的浓稠度……我们谈到，如果不是蒙古人从中国大师那儿学来了红颜料的秘密并把它引进呼罗珊、布哈拉和赫拉特，我们在伊斯坦布尔就绝对制作不出这种颜料。我们聊着，时间的浓稠度似乎也像颜料一样在变化着，时间在一点一点地过去。在我心底的一角，仍在疑惑着为什么还没有人回来。真希望他放下那只沉重的墨水瓶。

带着我们平常工作时的轻松态度，他问我："等你的书完成后，那些见到我作品的人会赞赏我的技巧吗？"

"如果我们可以，真主保佑，没有阻碍地完成这本书，当然，苏丹陛下会这么拿起来看一看，首先检查我们是否在适当的地方用了足够的金箔。接着，他会凝神观看自己的肖像，好像在阅读有关自己个性的故事。和所有的苏丹一样，他会崇拜于他自己，而不是我们精美的绘画。再者，如果他花时间欣赏我们辛勤劳苦、牺牲视力、融合了来自东方和西方的灵感创造出的壮丽景象，那就更好了。你也知道，如果没有奇迹出现，他就会把书本锁进他的宝库，甚至不会问是谁画的边框，是谁镀的颜色，是谁画了这个人或那匹马。而我们也将如所有技艺精湛的工匠一样，继续回去作画，只希望有一天会有奇迹降临。"

我们静默了一会儿，仿佛都在耐心地等待着什么。

"这种奇迹什么时候才会出现？"他问，"我们画了那么多的画，眼睛都快瞎了，但这些画什么时候才会真正得到赏识？人们什么时候才会给予我，给予我们，应得的爱戴？"

"永远也不会！"

"为什么？"

"人们永远也不会给你所想要的，"我说，"将来，人们对你的赏识还会更少。"

"书本会流芳百世。"他骄傲地说，但对自己也是毫无信心。

"相信我，没有一个意大利画家拥有你的诗意、你的执着、你的敏锐、你用色的纯粹与鲜艳，然而他们的绘画却更为令人信服，因为它们更像生命本身。他们不是从一座叫宣礼楼的阳台上去看世界，也没有忽略所谓的远景画法。他们描绘在街上看见的景象，或是从一位贵族的房里看到的事物，包括他的床、棉被、书桌、镜子，他的老虎，他的女儿以及他的钱币。他们画所有的东西，这你也知道，我并不全然信服他们的所有做法。对我而言，通过绘画来直接模拟世界是不敬的行为，我深感憎恶。然而他们用这些新方法所画的图画，确实有不可否认的魅力。他们一五一十地描绘眼睛所见的事物。没错，他们画他们所见的，我们则画我们所想象的。一看他们的作品，你立刻就会明白，唯有通过法兰克风格才能让一个人的面孔永垂不朽。而且，不单单是威尼斯的居民迷上这个概念，整个法兰克地区所有的裁缝、屠夫、士兵、神父和杂货小贩都一样……他们全都请人用这种方式画自己的肖像。只要看过那些图画一眼，你也会渴望这么看自己，你会想要相信自己与众不同，是一个独一无二的、特殊而又奇怪的有生命之物。要达到此种效果，画家不能以心灵所见的相貌来画人，而必须呈现出肉眼所见的形体，以新方法作画。将来某一天，大家都会像他们那样画画。当提及'绘画'时，全世界都会想到他们的作品！就算是一个对绘画一窍不通、愚蠢可怜的裁缝，也会想拥有这么一幅肖像，因为借由看见自己独特的弯鼻，他会相信自己不是一个平凡的傻瓜，而是一个特别的、独一无二的人。"

"那我们也可以画那样的画。"爱开玩笑的凶手说。

"我们不会！"我回答，"你难道没有从你的受害者、死去的高雅先生身上学到，人们是多么害怕被视为法兰克人的模仿者

231

吗？即使人们勇敢地去尝试学习他们的绘画，结果还是一样的。到最后，我们的风格会渐渐失传，我们的颜色会慢慢褪去。没有人会在乎我们的书本和图画，而那些稍感兴趣的人，也要么是一无所知，噘起嘴问，为什么画中没有透视画法，要么他们根本找不到这些书本。对之不感兴趣、时间和灾难将渐渐地摧毁我们的绘画。装订用的阿拉伯胶水含有鱼、蜂蜜和骨头，书页表面则是用蛋白和糨糊混成的涂料上胶打亮，因而贪婪无耻的老鼠会咬坏这些纸张，白蚁、蛀虫等千百种虫子将把我们的书本啃得精光。书册会散开，书页会掉落。妇女们会拿它们来点炉火，盗贼、漫不经心的佣人和孩童会残酷地撕下图画及书页。年幼的王子会拿玩具笔在插画上乱涂乱画，会在上面戳孔，会用来擦鼻涕，拿黑墨水在页缘空白处涂鸦；那些时不时说这是罪孽的人们则会把所有的内容都抹黑，他们会撕下或剪掉我们的图画，或许用在别的图画中，或是拿来玩游戏娱乐。当母亲们销毁她们认为淫邪的插图时，父亲和兄长们则会对着画上的女人手淫，朝上面射精；书页不仅会因为这个原因，同时也因为页面沾染了各种烂泥、潮气、劣质糨糊、口水、食物和各种污秽而全黏在一起。霉菌和灰土的斑迹会在书页黏合处像脓肿一样到处开花。我们的书将被雨水、漏水的屋顶、洪水和泥巴摧残蹂躏。所有的书页都会被水、湿气、蛀虫和疏忽腐化成浆，变得破破烂烂、千疮百孔、色泽褪尽、无法辨别，即使能奇迹般地从某个干燥的箱子底部找出那么最后一本干干净净的书，很自然地，有一天它也会在一场无情的大火中被烈焰吞噬而消失。伊斯坦布尔有哪个地区不是至少每二十年就被烧光一次？我们又如何能期盼一本书得以幸存？这个城市，每三年消失的书本和图画馆，远超过蒙古人在巴格达掠夺焚毁的数量。一位画家又如何能幻想他的经典之作流传超过百年，或者期望有一天他的图画能够得到认同，自己被人们像贝赫扎德般尊崇？不仅仅是我们自己所创作的，就是几个世纪以来在这个世界上创造出来的每一件作品，都会毁灭于大火、腐朽于虫蛀、消失于漠视。因此，席琳从窗口骄傲地看着霍斯陆，而霍斯陆则愉悦地偷窥席琳在月光下沐浴以及恋人们优雅含蓄地对视；鲁斯坦姆与白妖在一口井底肉搏并杀死白妖；为爱而疯了的马杰农在沙漠里与一只白虎和一头山羊友好相处时忧伤的模样；一只为每夜与它交媾的母狼贡献一只羊的吃里爬外的牧羊犬被捉并被吊死；用花朵、天使、枝叶、鸟儿和泪珠制成的所有页缘边饰；哈菲兹谜样诗句插画中的所有乌德琴手；摧残了数千个，不，数万个细密画学徒眼睛的所有墙壁纹饰；书写在悬挂于门和墙上的花纹小盘上的、隐藏于插画边框中的所有诗句；藏匿于墙底、角落、额前装饰物、人来人往的地方、灌木丛里和岩石缝隙间的卑微签名；覆盖着情侣的被子上面的所有花朵；苏丹陛下的祖父胜利地攻上敌人城堡时耐心地等待在一旁的异教徒们被砍下的脑袋；当异教徒的使节亲吻苏丹陛下曾祖父的脚时，出现在其身后的、年轻时你也曾经一起画的所有大炮、枪支、帐篷；有角没角的、有尾巴没尾巴的、尖牙利爪的各种魔鬼；包括无所不知的戴胜鸟、飞雀、无知的鸢和歌唱的夜莺在内的上万种鸟类；安静的猫，躁动的狗，翻腾的云朵；重复出现在千万幅画中的精致花草；拙劣的阴影笼罩着的岩石和每一片叶子都以先知的耐性一片片画出的柏树、梧桐树、石榴树；以帖木儿或塔赫玛斯普王时代的皇宫为范本用以修饰更古老故事的宫殿以及千万块砖瓦；成千上万个忧郁的王子，在开花的春树下，在鲜艳的花海间，坐在一块漂亮的地毯上，聆听着美丽的女人与男孩们吹奏的音乐；图画中各种精美的瓷器与地毯，归功于过去一百五十年来从撒马尔罕到伊斯坦布尔，成千上万个插画学徒在鞭打责骂下的努力；如今你仍以同样的激情所画的美丽花园和游弋在其中的鸢，你笔下令人难以置信的战争和死亡场景、机智地狩猎中的苏丹、同样机智地逃窜着的胆小羚羊、垂死的君王、被俘的敌人、异教徒的帆船舰队、敌人的城市以及你笔下流出的像黑屋脊一样莹莹闪烁的黑夜、繁星、鬼魅般的柏树和你用殷红渲染出的爱与死亡的画面，这一切的一切，都终将灰飞烟灭……"

举起墨水瓶，他使尽全力猛砸向我的脑袋。

重击的力量使我跟跟跄跄地向前跌出。我感到一阵恐怖的剧痛，感受到了一种完全无法用言语来形容的痛楚。一下子，我的疼痛仿佛笼罩了整个世界，这世界也变得一片苍白。尽管我心里清楚他的攻击是蓄意的，可是，那一击之后——或者是因为那一击——心中另一块不太灵光的部分，以一种可悲的善心，想要对意图谋杀我的疯子说："天哪，你错杀我了。"

他再度举起墨水瓶，狠狠槌向我的脑袋。

这一次，就连我心中那不太灵光的部分也明白这不是错误，而很可能是即将结束我生命的疯狂与愤怒。这种状况让我惊恐万分，我开始用尽力气痛苦地高声哀号。如果要画出我的号叫，那它会是绿绿的颜色。然而我知道，夜晚的黑暗中，在空旷的街道上，没有人听得见它的嘶喊，也没有人看得见它的色彩，我是孤零零的一个人。

他被我的哀号吓了一跳，迟疑了一会儿。刹那间我们四目相对。我可以从他的瞳孔里看出，尽管恐惧而怯懦，他仍决定听任自己的所作所为。他不再是我认识的细密画大师，而是一个来自远方的、连我的话都听不明白的、坏透了的陌生人。这种感觉把我此刻的孤独延长成了几个世纪。我想抓住他的手，如同拥抱这个世界，但却没有用。我乞求，或者以为自己是开口说了："我的孩子，我的孩子，求你不要杀我。"像是在梦中，他似乎没有听到我在说话。

他再次拿墨水瓶砸向我的脑袋。

我的思想，我面前的事物，我的记忆，我的眼睛，因为我的害怕而全都融合在了一起。我分辨不出任何一种颜色，接着，我才明白，所有的色彩全变成了红色。我以为是血，其实是红色的墨水；我以为他手上的是墨水，但那才是我流个不停的鲜血。

在这一刻死去，对我而言是多么的不公平，是多么的残酷，又是多么的无情。然而，那正是我年老而血迹斑斑的脑袋慢慢带我前往的结论。接着我看见了。我的记忆如同外头的积雪般一片惨白。我的头在我的口中痉挛发痛。

现在我应该向你们描述一下我的死亡了。也许你们早就了解了这一点：死亡不是一切的结束，这是毋庸置疑的。不过，正如每本书上都提到的那样，死亡却疼痛得令人难以置信。感觉不只是我碎裂的脑壳和脑子，好像身体的各个部位都纠缠在了一起，全都融成了一团，在痛苦中扭曲着。要忍受如此无止境的剧烈痛楚显得是那么的难，我内心的一部分选择了唯一的方式——忘记疼痛，只想寻求一场甜甜的睡眠。

临死前，我记起了自己年少时听过的一个叙利亚神话故事。一个独居老人，一天半夜醒来，从床上起来倒了杯水喝。当他把杯子往茶几上放时，发现原本摆在那里的蜡烛不见了。去哪里了呢？一丝微弱的光线从房里透隙而出。他循着亮光，转身回到卧房，却发现有个人拿着蜡烛躺在他的床上。他问："你是什么人？""我是死亡。"陌生人说。老人一下子神秘地静了下来。"所以，你来了。"他接着说。"是的。"死亡满意地回答。老人坚定地说："不，你只不过是一场我没做完的梦罢了。"老人倏然吹熄陌生人手里的蜡烛，一切都消失在了黑暗中。老人爬回自己的空床，继续睡觉，然后又活了二十年。

我知道这不会是我的命运。因为他再次拿墨水瓶狠砸了我的脑袋。剧痛难耐之中，我只是隐隐约约地感觉到了头部所受的击打。他、墨水瓶以及被烛光微微照亮的房间现在就已经逐渐模糊远去了。

尽管如此，我知道我还活着。因为我还想要攀附住这个世界，还想要远远地逃离，因为我的手和臂膀为保护我的脸和血流如注的头还做了许多的动作，因为我好像曾一度咬住了他的手腕，因为墨水瓶还砸中了我的脸。

我们大概还缠斗了一会儿，如果算得上是缠斗的话。他既强壮又激动，把我仰天打倒在地。他用膝盖压住了我的肩膀，把我紧紧地钉在了地上，一面用极为不敬的言语不停地对我这个濒死的老人说着些什么。也许因为我听不懂，也听不到他的话，也许因为我不喜欢看他那双血红的眼睛，他又狠击了我的头一次。他的脸、眼睛和身上一片艳红，沾满了墨水瓶中溅出的墨水，以及我猜想，沾满了我身上溅出的鲜血。

想到自己在世上最后见到的竟是这与我敌对的男人，我悲伤万分地合上了眼睛。刹那间，我看见一道柔和温暖的光芒。光线舒适而诱人，如同睡眠一般，似乎可以马上化解我所有痛楚。我看见光里有一个形体，孩子气地问："你是谁？"

"是我，阿兹拉伊来，死亡的天使。"他说，"我负责终止人们在尘世的生命旅程。我负责拆散孩子与母亲、妻子与丈夫、父亲与女儿，以及爱侣们。世上没有一个人躲得了我。"

当我明白死亡不可避免时，我哭了起来。

我的眼泪使我口渴万分。一边是我满是鲜血的面孔和眼睛感觉到的越来越剧烈的令人麻木的疼痛；另一边，是一个疯狂与残酷都将终结的地方，然而那个地方对我来说很陌生也很恐怖。我知道它是光亮之地，亡者的国度，是阿兹拉伊来召唤我前往的地方，因而我很害怕。但另一方面，我也明白自己无法久留于这个让我痛苦得扭动哀号的世界，在这充满骇人痛楚与折磨的尘世，已没有我的立足之地了。若要留下来，我必须忍受这可怕的痛楚，而这却不是我这老迈的身躯可以做到的。

因此，临死之前，我的确渴望死亡的到来。与此同时，我也立刻明白了自己一生在书里都没找到的答案，也明白了人们为什么无一例外地都能成功地死去，原来都只是由于这种简单的欲望。我也明白了死亡将使我变得更有智慧。

话虽这么说，但我充满犹豫，就像一个即将远行的人，克制不了自己想再看一眼他的房间、他的物品、他的家。惊惶中我渴望再见女儿最后一面。我真的好想好想，甚至知道只要咬紧牙关，忍受剧痛及愈来愈迫切的口渴，再撑久一点，就一定能等到谢库瑞回来。

于是，我面前致命而温和的光芒略微暗淡了些，我的心打开来，倾听我躺着死去的世界里的各种声响。我听见我的凶手在房里游荡，开柜子、翻我的纸张，专心找寻最后一幅画，当他发现一无所获后，我听见他掀开我的颜料箱、踢倒柜子、盒子、墨水瓶和工作桌。我感觉到自己不时发出呻吟，苍老的手臂和疲倦的双腿偶尔不自觉地抽搐。我等待着。

我的疼痛丝毫没有减轻的迹象。我越来越口渴，再也没有力气咬紧牙关。但是，我继续撑着，等待着。

接着我突然想到，如果谢库瑞回家，她可能会遇见卑鄙的凶手。这一点我根本连想都不愿意去想。这时候，我感觉到杀我的凶手离开了房间。他大概找到了最后一幅画。

我剧渴难耐，但仍然等待着。来吧，亲爱的女儿，我美丽的谢库瑞，快来吧。

她没有出现。

我再也没有力气承受折磨了。我知道死前将见不到我女儿最后一面了。这锥心刺骨的悲伤让我想哀痛而死。正在此时，一张我从没见过的面孔出现在左侧，微笑着，善意地递给了我一杯水。

我忘记了一切，贪婪地伸手想取水。

他缩手拿回水杯。"承认先知穆罕默德是个骗子，"他说，"否定他说过的一切。"

是撒旦。我没有回答，我甚至一点也不怕他。既然从来不相信绘画等于被他愚弄，我满怀自信地等待着。我梦想着前方的永恒旅程，以及我的未来。

这时候，刚才看见的光亮天使朝我接近，撒旦消失了。我的一部分脑子明白这位赶跑撒旦的光亮天使是阿兹拉伊来，但心中叛逆的一部分则想起《末日之书》中写道，阿兹拉伊来是一位天使，他拥有一千只翅膀，覆盖着东方和西方，整个世界都在他的掌控之中。

正当我愈来愈感到困惑时，沐浴在光芒中的天使朝我靠近，仿佛想帮助我，是的，就如安萨里在《壮丽瑰宝》中写的那样，他柔和地说：

"张开嘴，让你的灵魂得以离去。"

"除了'奉真主之名'这一祷文之外，我不会让任何东西离开嘴巴。"我回答他。

这不过是最后一个借口。我知道自己再也抗拒不了，我的时辰已到。有那么一刹那，我感到相当难堪，想到不得不把死状凄惨、丑陋血污的尸体留给我再也见不着的女儿。但我只想离开这个世界，就像抛开一件紧绷的外衣一样。

我张开嘴，陡然间，就像描绘我们的先知拜访天园的登霄之旅的各种图画中所描绘的一样，所有的东西都变得色彩斑斓，一切都淹没于璀璨缤纷之中，好似奢侈地镀上了各种金亮的涂料。痛苦的眼泪从我眼中滑落，艰难的最后一口气从肺部和口中溢出，一切都沉浸在了神秘的寂静之中。

现在我能看见自己的灵魂轻轻地脱离了躯体，被捧在阿兹拉伊来的手心里。我蜜蜂般大小的灵魂沐浴在光芒之中，因为离开躯体时的颤动，它现在仍像水银般在阿兹拉伊来的掌心中微微震动。然而我并不太注意这点，思绪沉浸于我所来到的崭新的陌生世界。

极度的痛苦过后，我的内心充满了平静。死亡并没有像我所害怕的那样给我带来疼痛，相反，我变得舒服了，很快明了此刻的状态将恒久持续，而我活着的时候所感觉到的那种压迫束缚只是暂时的。从今以后，都会是这样，百年复百年，直到世界末日。我既没有为此感到沮丧，也没有为此感到高兴。我过去短暂经历过的事件，如今一件接一件，同时展开呈现在了广袤无垠的空间。现在，所有的事情都同时在发生着，就好像一位爱开玩笑的细密画家在一幅巨大的双页图画中的各个角落里画上了各种互不相关的事物一样。

30. 我，谢库瑞

　　雪下得极大，雪花偶尔穿透面纱，飘进我的眼中。我小心翼翼地踩过满是烂草、泥巴和断枝的花园，但走上街道后立刻就加快了步伐。我知道你们全都在猜我心里正想些什么。我对黑相信多少？好吧，那我就坦白地跟你们说吧，我也很想知道自己是怎么想的。你们明白吧，对不对？我的脑子乱成了一团。然而，我确实知道一点：一如往常，我将回到往日的生活步调，忙于一日三餐、孩子们、父亲和其他事情，但不用多久，甚至不需要我多问，我的心会向我悄声透露什么是对，什么是错。明天，中午以前，我就会知道我将会嫁给谁。

　　有件事，在还没有回到家之前，我就想与你们分享一下。不！别胡思乱想，不是关于黑显露出来的那家伙的大小。如果你们感兴趣，这一点我们可以等会儿再谈。我想要说的是黑的这种急性子。我也不是在想他的眼里只有性欲，老实说，就算他真的是这样也没有多大关系。让我惊讶的是他的愚蠢！也就是说他心里丝毫不曾想过他可以威吓我并迫我就范，可以玩弄我的尊严然后再抛弃我，或者可以做出更为危险的事情。从他纯真的表情中，我也可以看出他是多么地爱我、多么地想要我。可是，经过十二年的等待后，他为什么不能照规矩来，再等个十二天？

你们知道吗？我觉得自己爱上了他的无能，以及他那孩子般的忧郁眼神。这一点是在我本该对他生气却怜悯了他的时候感觉到的。"噢，我可怜的孩子，"我心里有一个声音说，"你可以忍受这么多的痛苦，却又是这么的无能。"我心里是那么地想要保护他，甚至可以为他犯下错误，可以将自己交给这个被宠坏了的大男孩。

一想到我不幸的孩子们，我加快了脚步。就在此时，就在难以看清对面之人的大雪和这提前降临的夜幕中，我感觉到一个幽灵般的人影差点撞了上来。我紧紧地低着头，侧身从一旁溜了过去。

一走进庭院大门，我就发现哈莉叶与孩子们还没回来。很好，我及时赶回来了，宵礼的宣礼声还没有开始。我爬上楼梯，屋子里弥漫着橘子酱的味道。父亲在他那间幽暗的房里；我的脚快冻僵了。我提着一盏灯，走进房间看见柜子被打开、枕头掉出来、房间里乱七八糟时，猜想肯定是谢夫盖和奥尔罕捣的蛋。屋子里一片寂静，是平时的那种寂静，却似乎又与平时的寂静不太一样。我换上家居服，独自坐在黑暗里，放任自己胡思乱想了一会儿。我突然听到了楼下传来的一个声响，在我的正下方，不是来自厨房，而是来自夏天作为绘画工作室的大房间。这么冷的天，难道父亲下去那里了？但我不记得看见那里有油灯的光亮。正当我想着这些的时候，我听见石板步道和庭院之间的前门吱呀一声，接着，讨厌的狗群传来凶恶阴险的吠叫，从庭院大门前经过。我开始感到不安了。

"哈莉叶。"我大叫，"谢夫盖，奥尔罕……"

我感到身上有点发冷。父亲的炭盆一定还烧着，我应该去和

241

他一起坐着暖暖身子。当我高举油灯走向他的房间时，心思已经不在黑身上了，我想着孩子们。

走过走廊，我考虑着是否该下楼在火炉上烧点水，准备待会儿煮鲻鱼汤。我走进了蓝门的房间，房里一片狼藉。我漫不经心地想："我父亲都做了什么呀？"

然后我看到他躺在地板上。

我吓得尖叫了一声。接着我又尖叫了一声。接着，望着父亲的尸体，我静了下来。

听着，从你们闭嘴不语和冷血无情的反应看来，我想你们早已知道房里发生的事情了。即便不是一清二楚，至少也知道不少。你们此刻正在猜想我对眼前的这种景况会作何反应，会有何感觉。就像看画时有些时候做的那样，你们试图想象出主人公的痛苦，想象着故事发展到这一悲惨时刻的经过。接着，看到我所作的反应之后，你们会在那里设想，如果处于我的位置，如果你们的父亲被如此谋杀的话，会有什么感觉。我知道你们会饶有兴致地努力地去想这一点，而不是我的痛苦。

没错，我晚上回家发现有人杀了我父亲。没错，我拉扯了自己的头发。没错，我号啕大哭了。没错，我像小时候那样，用尽全身力气紧抱住他，闻了闻他的肌肤。没错，我因为害怕、痛苦、孤独而全身颤抖了很长时间，喘不过气来。没错，我不相信我所看到的一切，我乞求安拉让他坐起来，让他像以前一样静静地坐在角落里，坐在书堆中间。起来，爸爸，起来，不要死，快点，爸爸，起来，爸爸。但他血迹斑斑的头已被打烂了，烂得一塌糊涂。纸张和书本被撕烂了，茶几、颜料盒与墨水瓶被打烂了，坐垫、工作桌、写字板被野蛮地拆散了，屋里的一切都已乱七八糟，我父亲被疯狂地杀死了：对这一切的一切，我感到恐惧。我更感到害怕的是把这房间里的一切毁坏到如此程度的憎恨。我不再哭了。两个行人经过外头的街道，在黑夜里谈笑风生。此刻，我从内心听到了世界的无尽静寂。我用手擦干鼻涕，抹去脸颊上的泪水，我沉思良久，想着孩子和我们的生活。

我听了听寂静的四周。我跑了过去，抓住父亲的脚，把他拖进走廊。不知道什么原因，他感觉重了许多，但我没有多想就开始把他拉下楼梯。走到一半，我耗尽了力气，只得在楼梯上坐了下来。正当我又要哭的时候，我听见了一个声响，以为是哈莉叶带着孩子们回来了。我又抓紧父亲的脚，用胳肢窝紧紧夹住，继续下楼，这次加快了速度。我亲爱父亲的脑袋烂得一塌糊涂又浸饱鲜血，敲在每一级阶梯上发出湿拖把撞地的声音。到了下面，我转过他现在似乎变轻了点的身体，然后一鼓作气，拖着他走过石板地面，把他弄进了马厩旁边的夏日画室。为了能够看清楚一片漆黑的房间，我跑出门，到厨房的火炉点火。等我拿着蜡烛回来，在手中的烛光下看见拖着父亲进来的房间也已被翻得乱七八糟。我目瞪口呆。

是谁，我的天，是他们之中哪一个？

我的脑子飞快地转动着，飞快地盘算着很多事情，我把父亲留在那间废墟般的房里，紧紧地关上了门。我从厨房抓起一个桶，到井边盛满了水。我爬上楼梯，靠着一盏油灯的光亮，迅速擦掉走廊里、楼梯上的血迹。我很快就做完了这一切。我上楼回到我的房间，脱下沾满了血的衣服，换上干净的。正当我拿着水桶和抹布准备进入我父亲的房间时，听见庭院的大门被推开。宵礼的宣礼声也已经开始了，我鼓起全身的力量，拿起油灯，来到楼梯口等着他们。

"妈妈，我们回来了。"奥尔罕说。

"哈莉叶！你们跑到哪里去了！"我用尽全身的力气喊道，但声音却像低语，而不是大吼。

"可是妈妈，我们没有超过宵礼的宣礼声……"谢夫盖开始辩解。

"闭嘴！外公病了，他在睡觉。"

"病了？"哈莉叶在楼下说。她从我的静默不语中察觉出我在生气。"谢库瑞小姐，我们等了一会儿科斯塔。鲻鱼到了之后，我们没有耽搁，接着去捡月桂叶，然后我还给孩子们买了无花果干和山茱萸果干。"

我有股冲动想下楼去悄声责备哈莉叶，但怕如果下楼，手里的油灯会照亮潮湿的阶梯和匆忙之中遗漏的血渍。孩子们噼噼啪啪地上了楼梯，脱下了脚上的鞋子。

"嘘——"我说，把他们推向我们的卧房，"不是那边，外公正在睡觉，别进去。"

"我要去有蓝门的房间，去火盆边取暖。"谢夫盖说，"不是要去外公的房间。"

"你外公在那个房间睡着了。"我悄声道。

但我注意到他们犹豫了一会儿。"我们要小心，别让侵扰你外公让他生病的坏邪灵也抓住你们两个。"我说，"现在，进你们房间。"我一把抓住他们两人的手，送进我们相拥而睡的房里。"说说看，你们刚才在街上玩什么，弄到这么晚？""我们看到几个阿拉伯乞丐。"谢夫盖说。"哪里？"我问，"他们有拿旗子吗？""我们在爬坡的时候看到的。他们给了哈莉叶一个柠檬，哈莉叶给了他们钱。他们全身上下都是雪。""还有呢？""他们在广场上练习朝靶射箭。""在这么大的雪天里？"我说。"妈妈，我好冷，"谢夫盖说，"我要去有蓝门的房间。""你们不准离开这个房间，"我说，"不然你们会死掉。我去拿炭盆来给你们。""为什么说我们会死掉呢？"谢夫盖问。"我要告诉你们一件事，"我说，"但你们不可以告诉别人，听懂了吗？"他们发誓不说。"你们刚才出去之后，有一个全白的人，他已经死了，身上的颜色也都掉光了，他从一个遥远的国家来到这里找你们外公说话。结果原来他是一个邪灵。"他们问我这个邪灵是从哪里来的。"从河的对岸来的。"我说。"是爸爸所在的地方吗？"谢夫盖问。"是的，是从那里来的。"我说，"这个邪灵来这里是想看一眼你外公书里面的图画，他们说如果一个罪人看到那些图画，会当场死掉。"

一片安静。

"听着，我要下楼去找哈莉叶。"我说，"我会把炭盆拿到这儿来，还有晚餐也是。想都别想离开这个房间，不然你们会死。因为邪灵还在屋子里。"

"妈妈，妈妈，别走。"奥尔罕说。

我板起脸对谢夫盖说："你负责管好你弟弟。如果你们离开房间，没有被邪灵抓到，我也会杀了你们。"我装出每次要打他们之前的严厉表情。"现在，祈祷你们生病的外公不要死。如果你们乖的话，真主会听见你们的祈祷，不让任何人伤害你们。"他们心不甘情不愿地开始做礼拜。我下了楼。

"有人打翻了装橘子酱的锅。"哈莉叶说，"不可能是猫，没那么大力气；狗也不可能进到屋里来……"

她陡然看见我脸上的恐惧，顿住了。"怎么回事？"她说，"发生了什么事？你亲爱的父亲出事了吗？"

"他死了。"

她尖叫。刀子和洋葱从她手里跌落，撞上砧板，力量之大震得她正在处理的鱼都蹦了起来。她又尖叫了一声。我们俩都注意到她左手上有血，那不是沾到鱼身上的血，而是她第一次尖叫时意外切伤食指流出来的。我跑上楼，在卧室对面的房间寻找纱布时，听见孩子们在屋里大吵大叫。我手里拿着撕下的纱布，走进房间，发现谢夫盖爬到弟弟身上，膝盖紧压住奥尔罕的肩膀，掐住了他的脖子。

"你们两个在干吗！"我扯开喉咙大叫。

"奥尔罕要离开房间。"谢夫盖说。

"骗子，"奥尔罕说，"谢夫盖打开门，我叫他别出去。"他哭了起来。

"如果你们不给我在这里安静坐好，我把你们两个都杀了。"

"妈妈，别走。"奥尔罕说。

下楼之后，我包扎好哈莉叶的手指，止住了血。听到我说父亲不是自然死亡，她吓坏了，喃喃背诵起祈祷词祈求安拉的庇佑。她瞪着自己受伤的食指，哭了起来。她对我父亲的感情真的深到让她忍不住哭天抹泪吗？她想上楼去看我父亲。

"他不在楼上。"我说，"他在后面的房里。"

她疑心地望着我。然而等她明白我没有办法再去多看他一眼时，反而被好奇心吞没了。她一把抓起油灯，走向房间。她走出我站立的厨房门口，在石板路上向前走了四五步，怀着敬意与关心，慢慢推开房门，借助手里的油灯火光，探头张望那乱七八糟的房间。一开始她没有看见我父亲，把灯举得更高些，试着照亮大房间的每一个角落。

"啊！"她尖叫。她看见被我留在门边的父亲。她僵住了，呆呆地看着我父亲。她投在石板路上和马厩墙壁上的影子，一动也不动。这段时间，我也在想象她看见了什么。当她回来时，并没有哭。我松了一口气，看到她还保持头脑清醒，想必能够清楚地理解我准备告诉她的事。

"哈莉叶，现在听我说。"我边说边挥舞着手里不自觉握起的鱼刀，"楼上也被乱翻过了，这个卑鄙的恶魔捣毁了所有东西，到处被他弄得满目疮痍。他就是在那里砸烂了我父亲的脸和脑袋；他就是在那里杀了他。我把他搬了下来，以免被孩子们看到，也为了让你有个心理准备。你们三个离家之后，我也出了门。父亲独自一个人在家。"

"我不知道这件事，"她无礼地说，"你去哪里了？"

我刻意停顿了一会儿，要她谨慎留意。接着我说："我和黑在一起。我与黑在吊死鬼犹太人的小屋见了面。可是你不准向别人透露半个字，除此之外，你也暂时不准提起我父亲被杀的事。"

"杀他的人是谁？"

她是真的这么白痴，还是想要向我盘根问底？

"如果我知道，就不会隐瞒他死亡的事实了。"我说，"我不知道，你呢？"

"我怎么可能会知道？"她说，"我们现在怎么办？"

"你要装出什么事都没发生的样子。"我说。我突然很想哭，很想号啕大哭，可是努力忍住了。我们都没有出声。

好一会儿之后，我说："现在别管鱼了，弄一点菜给孩子们吃。"

她难过得哭了起来，我伸手搂住了她，我们紧紧地拥抱在了一起。我忽然感觉自己很爱她，一时间，不只可怜起自己和孩子们，还有我们大家。但我越拥抱着她，心里的猜疑便越来越浓，如同蠹虫般焦虑地啃噬着我。你们知道当我父亲被杀害时我身在何处。你们知道是我安排哈莉叶和孩子们出门的，你们知道这是我为了达到别的目的而做的，你们也知道其后接连发生的巧合……可是哈莉叶知道吗？她真能了解我向她解释的吗，她真的会懂吗？她会明白的，并且也会起疑的。我把她抱得更紧了；但我知道在她女奴的心里，认为我这么做是为了掩饰自己的诡计。没过多久，甚至我也觉得自己好像骗了她。正当父亲在这里被人谋杀时，我忙着和黑谈情说爱。如果只有哈莉叶这么想的话，我还不会觉得如此羞愧，但我知道，你们也是这么想的。甚至你们以为我对你们隐瞒了什么，别不承认了。唉，我真是可怜哪！我是多么地不幸！我哭了起来，接着哈莉叶也哭了，我们又抱在了一起。

在楼上摆好的餐桌边，我假装饥饿地吃了点东西。其间我不时用"我去看看外公"的借口，走进里面的房间，泣不成声。吃完晚饭，孩子们因为烦躁不安，爬到床上就紧紧地钻进了我的怀里，紧贴在了我的身上。因为害怕邪灵，他们迟迟无法入睡，一面翻来覆去一面不停地问："我听见了一个怪声，你有没有听见？"为了哄他们睡觉，我答应给他们讲一个爱情故事。你们知道，在黑暗中，话语可以多么无边无际。

"妈妈，你不会结婚吧，是不是？"谢夫盖说。

"现在，听我说，"我说，"很久以前有一个王子，离得远远地爱上了一位美得不得了的姑娘。他是怎么爱上她的呢？因为在见到漂亮的姑娘之前，他已经见过了她的画像，就是这样。"

就像我悲伤或烦忧时经常所做的那样，我根据此时的心情，即兴编造了故事，而不是讲述原先我所知道的事情。由于我所编造的故事带有我内心的、记忆中的、痛苦的色彩，因此，我所讲的故事，便成为某种陪伴我生命历程的哀愁插画。

等两个孩子都睡着后，我离开了温暖的床铺，与哈莉叶一起收拾被残暴的恶魔搞得乱七八糟的家具物什。我们一件件地捡起七零八碎的箱子、书本、布，一块块地拾起被摔碎了的咖啡杯、陶壶、墨水瓶，一个个地收起被拆散了的工作桌、颜料盒，一片片地在强烈仇恨中被扯碎撕烂的纸张。整理的过程中，我们之间不时会有个人停下手里的活，哀怨痛哭。仿佛房间和家具的毁损，以及我们的隐私被野蛮侵犯，比起我父亲的死，更教我们悲切难耐。我可以告诉你们，失去挚爱的不幸家人往往能从屋里一如往昔的日常物品中得到慰藉。一成不变的窗帘、毛毯和阳光能平抚他们，能够使他们偶尔忘却阿兹拉伊来已经带走了挚爱的亲人，这是我的切身体会。这栋屋子，在父亲耐心关爱的照顾下，一角一隅都经过他细腻的修饰，如今却被无情地摧残殆尽。这个该下地狱的残暴罪犯不但夺走了我们的慰藉和快乐的幻想，更处处提醒我们他冷酷的邪恶灵魂，令我们感到恐惧不已。

举例来说，在我的要求下，我们下楼自井里汲取清水，沐浴净身，并从父亲最珍爱的赫拉特制订版《古兰经》中，复诵"仪姆兰的家属"这章时——这是我已故父亲非常喜欢的章节，因为其中谈到了希望和死亡——由于这种恐惧，吓得我们俩都误以为庭院的大门发出了吱呀声响，然而却什么事也没有。半夜时，我们检查了锁上的门闩，然后两人通力合作，把父亲每天早晨用井水灌溉的罗勒盆栽移到门口堵住之后，返回屋里时，我们都把手里拿着的油灯照射出来的我们自己长长的身影看成是别人的影子。最可怕的是，当我们由于不得不接受父亲已寿终正寝而替他清洗那满是血污的脸、静静地替他换上干净衣服的时候——"从下面把他的袖子递给我。"哈莉叶曾轻声对我说——仿佛这是某种静寂的宗教仪式似的，我们感到极度的恐惧。

脱下了他血染的衣服和内衣后，我们诧异而敬畏地发现，黑暗的房间中，父亲的皮肤在烛光的映照下泛出充满活力的苍白。因为有更多恐怖的事情值得我们害怕，我们并不会害羞地不敢直视父亲张开摊平、遍布老人斑和伤口的裸体。哈莉叶上楼去取他干净的内衣和绿色丝衬衫时，我克制不住自己，朝父亲的下面瞄了一眼，霎时为自己的行为感到羞愧不已。我帮父亲换上了干净的衣服，细心地拭去他脖子、脸和头发上的血污；接着，我用尽全身的力气扑在了父亲的身上，把脸埋入他的胡子里，深深地吸了一口他身上的气味，止不住地哭了好长时间。

你们当中那些指责我缺乏感情甚至罪孽深重的人，让我赶紧告诉你们另外两次痛哭的场合：一、为了不让孩子们察觉发生了什么事，我上楼整理楼上的房间，当我像小时候那样，把他用来磨亮纸面的贝壳拿到耳边时，却发现海的声音早已消失不见；二、当我看见父亲坐了二十年、几乎已变成他身体一部分的红绒布坐垫被撕成碎片时。

等屋里的一切事物，除了无法修补的损害外，都重新归回原位后，哈莉叶询问她是否能把床垫搬来，摊开在我们的房里一起睡，我冷酷地拒绝了。"别让孩子们早上醒来后起疑心。"我向她解释。然而，老实说，我想与孩子们独处，同时也想惩罚她。我爬上床，久久难眠，不是因为心里萦绕着刚才发生的恐怖事件，而是思索着即将来临的命运。

31. 我的名字叫红

《列王记》的作者诗人菲尔多西来到了加兹尼，玛赫姆德君王的宫廷诗人们因为他来自乡下而瞧不起他，但正是他说出了最后一行诗句，补全了一首谁也没能把它补全的、用最繁复的韵脚写成的四行诗。当他吟出这最后一个诗句时，我就在那儿，就在菲尔多西的束腰长袍上。我出现在《列王记》英雄鲁斯坦姆的箭囊上，随着他浪迹天涯寻找失散的坐骑；在他用神奇宝剑把恶名昭彰的食人巨妖砍成两半时我就在那喷涌而出的鲜血之中；当他与接待他的国王的美丽女儿做爱时，我就在那盖在他们身上的被单的褶缝之中。我无所不在，过去是这样，现在也是这样。当叛逆的图尔砍下兄弟伊拉吉的脑袋时；当梦境般壮丽的传奇军队在大草原上厮杀时；还有，当亚历山大中暑后，鲜艳的生命之血从英挺的鼻子闪闪发亮地流下时，我都在现场。是的，萨珊王巴赫拉姆·古尔每天晚上都会在不同颜色的帐篷里选择一位来自不同国家的美女陪他过夜，听她说故事，我，则出现在他每星期二拜访的那位绝代佳丽的衣服上；他看到了这位美女的画像而爱上了她，就如同席琳看到了霍斯陆的画像而爱上了他一样，而我，也同样出现在霍斯陆的一身服装中。真的，我无处不在：在围城军队的旗帜上，在举行盛宴的餐桌桌布上，在亲吻着苏丹脚背的使者的长衫上，以及任何描绘着宝剑的场景中，它们的故事深受孩童喜爱。是的，在俊俏学徒和细密画大师的目光注视之下，通过纤细画笔的涂抹，我在产自印度及布哈拉的厚纸上展示出了乌夏克地毯、墙壁纹饰、伸长脖子从百叶窗里探头张望街道的佳丽身上的衬衫、斗鸡的鸡冠、神话世界的神话果实、石榴树、撒旦的嘴巴、图画边框的精巧勾线、帐篷上的弯曲刺绣、画家自得其乐所画的裸眼才能看到的花朵、糖制鸟雕像上头的樱桃眼睛、牧羊人的袜子、传说故事中的日初破晓，以及成千上万战士、君王和爱侣们的尸体和伤口。我喜欢被抹在血像鲜花一样开放的战争画面上；我喜欢被抹在大师级诗人的长衫上，与一群漂亮男孩及诗人们一起郊游踏青，聆听音乐，饮酒作乐；我喜欢被抹在天使的翅膀上、少女的嘴唇上、尸体的致命伤口上和血迹斑斑的断头上。

我听到了你们要问的问题：身为一种颜色是什么感觉？

色彩是眼睛的触摸，是聋子的音乐，是黑暗吐露的话语。因为千万年来，从各类书籍、家什中，我听到了灵魂的细语，如同风中的窸窣呢喃，请允许我说，我的抚触就好似天使的抚触。一部分的我，严肃的那一半，捉住你们的视线；而欢愉轻松的另一半，则在你们的凝望下飞入天际。

我身为红色有多么的幸福！我炙热、强壮。我知道人们都在注意我，我也知道没人能够抗拒我。

我从不隐藏自己：对我而言，精致优美并非出于柔弱无力，而是来自果决和毅力。因此，我常常把自己置于众目睽睽之下。我不害怕别的颜色、阴影、拥挤，甚至是孤寂。能够用我战无不胜的火焰，涂盖一张期待着我的画纸，是多么的美妙！任何地方只要有我，就会看见眼睛发亮、热情奔腾、眉毛扬起、心跳加速。看啊，活着是多么的美妙！看啊，能够看见是多么的美妙！活着就等于能够看见。我无所不在。相信我：生命从我开始，又回归于我。

安静并听听我是如何成为此种神奇的红色的。一位细密画家，一位颜料的专家，把来自印度斯坦最燥热地区品质最优良的红昆虫干，用他的臼和杵猛力捣成粉末。接着，他准备好了五德拉克马的红色粉末、一德拉克马的肥皂草和半德拉克马的溶剂。他在一个锅子里装三奥卡的水，把肥皂草放进去煮。再把溶剂倒入水里搅匀。他让水继续慢煮，趁这段时间自己喝一杯上好的咖啡。当他享用咖啡时，我像个即将出世的婴孩一样愈来愈不耐烦。咖啡清醒了大师的头脑，带给他邪灵般的锐利目光。他把红色粉末倒入锅里，拿一支调色专用的干净细木棍，小心搅拌锅里的混合物。尽管我即将成为纯正的红色，但还有一个最重要的关键，就是我的浓稠度，煮的时间不能太长，也不能太短。因此，他会用搅拌棍的一端把液体画在拇指的指甲上（绝对不能用其他指头）。噢，身为红色是多么的美妙！我把他的拇指指甲染成了红色，但没有半点稀薄的液体流溢到两旁。简言之，我的浓稠度恰到好处，不过，我仍含有残渣。他把锅子从炉火上拿下来，用一块干净的麻布过滤，除掉我的杂质。然后，他再度把我加热，煮沸两次。最后他加入一小撮明矾粉末，将我静置一旁，等我冷却。

我在锅子里静静待了几天。满心期盼被画上书页、被抹在各处各地，却这样呆呆地静置着，实在让我颓靡心碎。就是在这段沉寂的时间里，我开始思索身为红色的意义。

有一次，在某座波斯城里，一位失明的细密画家靠着记忆画了一匹马，正当他的学徒用毛笔蘸着我为马鞍布的刺绣上色时，我听到了两位失明的大师正在争执：

"因为我们花了一辈子热忱专注绘画，因此，如今瞎了眼的我们，自然知道红色，记得它是什么样的色彩，什么样的感觉。"凭借记忆画马的大师说，"可是，如果我们天生就瞎眼呢？我们要如何真正明了我们俊美学徒此刻正在使用的红色呢？"

"好问题，"另一位说，"但别忘了，颜色不是被知道的，而是被感觉的。"

"我亲爱的大师，请向一个从来不知道红色的人解释一下红色的感觉。"

"如果我们用手指触摸，它感觉起来会像是铁和黄铜之间的东西。如果我们用手掌紧握，它则会发烫。如果我们品尝它，它就像腌肉一般厚而细腻。如果我们用嘴唇轻抿，它将会充满我们的嘴。如果我们嗅闻它，它的气味会像马。如果说它闻起来像是一朵花，那它就会像雏菊，而不是红玫瑰。"

一百一十年前，当时法兰克的绘画尚未足以威胁我们，统治者们从来不为此烦忧，而著名大师也对自己的技法信心满满，狂热的程度有如信仰安拉，因此，法兰克大师选择各种浓淡的红色，用来画各种普通的剑伤，甚至最平凡的粗麻布。他们这种方法，大师们不但视为粗鄙而不敬，更嗤之以鼻。只有软弱无知而犹疑的细密画家，才会使用不同的红色调来描绘一件红色长衫。他们这么宣称——阴影绝不是个借口。而且，只有一种红色，我们也只相信这种红色。

"这种红色的意义是什么？"凭记忆画马的失明细密画家又问。

"颜色的意义在于它出现在我们面前，而我们看到了。"另一位说，"我们无法向一个看不见的人解释红色。"

"不信神、不信教的人为了否定真主的存在，坚持说我们无法看见真主。"画马的瞎眼大师说。

"没错，他只为那些能见的人现身。"另一位大师说，"就是这个原因，《古兰经》里写道，能见的和不能见的永远都不会是一样的。"

俊美的学徒细腻地把我蘸点入马匹的马鞍布上。这种感觉何其美妙，把饱满、强劲、有活力的我涂入精美描绘的黑白图画：当猫毛笔把我抹散在期待已久的书页上时，我开心得浑身发痒。就这样，一旦我把自己的颜色呈现于纸上，仿佛我正命令这个世界："变红！"而世界也就真的变成了我的血红色。没错，那些看不见的人会否认，然而事实却是，到处都有我的存在。

32. 我，谢库瑞

趁孩子睡醒前，我下床写了张简短的便条给黑，要他立刻前往吊死鬼犹太人的空屋。我把纸条塞进哈莉叶手中，叫她赶紧跑去找艾斯特。哈莉叶接信的时候，尽管还在担忧着我们的命运，却以一种比平常大胆的眼神看着我的眼睛。而再也无需害怕父亲的我，则以一种勇敢的目光回瞪她。这场眼神交会将决定此后我们之间的规矩。现在我可以告诉你们，过去两年来，我常担心哈莉叶甚至可能为我父亲生下孩子，而忘了自己的奴隶身份，计划着成为屋子的女主人。孩子们起床前，我去看了看我不幸的父亲，敬畏地吻了吻他的手。此时他的手虽已僵直，但很奇怪，仍保留着一丝柔软。我藏起了父亲的鞋子、头巾和紫色斗篷，等孩子们起床后，我告诉他们说外公身体好多了，一大早便出门前往穆斯塔法帕夏那儿了。

哈莉叶早晨采买过后回到家，在矮桌上摆好早餐，她挖了一些还能吃的橘子酱放在了中间。而我则在想象着艾斯特现在应该正敲响黑的大门。外头雪已经停了，太阳出来了。

在吊死鬼犹太人的花园里，我看见了一个熟悉的景象：悬挂在屋檐和窗棂下的冰柱正迅速消融缩小，弥漫着霉烂枝叶气味的花园饥渴地吸收着阳光。我发现黑已经到了，就在昨晚第一次见到他的地方——似乎是好几个星期以前的事了。我掀开了面纱，说：

"如果你很急切的话，应该会很高兴。我父亲的赞成、反对或疑虑再也不存在了。昨天晚上，正当你在这里企图对我毛手毛脚时，一个冷血恶魔闯入我们空无一人的家中，杀死了我父亲。"

比起对于黑的反应，你们大概对于我的语气为什么如此冰冷而虚伪更感到好奇。我自己也不清楚答案。或许我害怕会哭出来，刺激黑拥抱我，使我比自己预期的更早与他过于亲密。

"他把我们家彻底破坏殆尽，显然出于极端的愤怒和仇恨。然而我不认为他会就此罢手，我不觉得这个恶徒现在能平静地缩回自己的角落。他偷走了最后一幅画。我要你保护我——保护我们——别让他得到我父亲的书。但你将以什么名义、什么关系来保护我们的平安？这就是现在我们必须解决的问题。"

他正打算开口说话，但我的眼神很轻易地就让他安静了下来——好像以前我总是这样做似的。

"在法官的眼里，我父亲死之后，我的监护人就是我的丈夫和他的家人。甚至他活着的时候也该如此，因为法官认定我的丈夫还活着。只是因为哈桑趁他哥哥不在时企图占我便宜，强迫未遂事件让我公公深感羞愧，因此尽管我尚未正式成为寡妇，我也能够回到父亲身边。然而，如今我父亲死了，我连个兄弟都没有，这也就意味着我没有了保护人，或者说唯一的监护人毫无疑问地就是我丈夫的弟弟和我的公公。你也知道，他们本来就已经开始采取行动要把我带回他们家，本来就准备要强迫我父亲，要恐吓我，要逼我回他们家。一旦听说我父亲死亡的消息，他们一定会立刻采取行动把我带回家。我不想回那个家，因此我现在隐瞒了父亲的死讯。也许是白费力气。因为他们也许就是凶案背后的主使。"

就在这一刻，一丝阳光从破损的百叶窗优雅地透隙而入，落在黑和我之间，照亮了房间里的多年尘埃。

"这不是我隐瞒父亲死讯的唯一原因。"我说，深深凝望黑的眼，很高兴看见他眼里的目光因为爱情而显得非常认真，"我也害怕无法证明父亲被谋杀时自己的行踪。虽然哈莉叶是个奴隶，证词可能不会有什么价值，但我担心她也会成为不利于我的这场阴谋的一分子——即使不是不利于我，也将会是不利于我父亲的书。如果在身边没有保护者的时候贸然宣布父亲的死亡，虽然一开始能很容易地让法官接受谋杀的说法，但之后，基于刚才列举的原因，比如说，哈莉叶也许知道我父亲并不希望我嫁给你，我想也很可能使我陷入很大的麻烦。"

"你父亲不希望你嫁给我？"黑问。

"没错，他不希望，他担心你会把我从他身边带到很远的地方去。既然你再也不可能对他造成此种威胁，那也就是说我可怜的父亲没有因此而反对。你有什么不同意见吗？"

"没有，亲爱的。"

"很好。我的监护人不要求你任何聘礼或聘金。请原谅我如此不合宜地亲自谈论结婚的条件，不过有一些条件，很遗憾，我必须向你详细说明。"

我沉默了一会儿，黑仿佛为自己的迟疑道歉似的，连忙说："好。"

"首先，"我开口道，"你必须在两名证人面前发誓，我们结婚后如果你待我很糟，糟到我无法容忍的地步，或者如果你娶了第二个妻子，那么，你必须准我离婚，并付给我赡养费。第二，你必须在两名证人面前发誓，无论什么原因，只要你离家超过六个月不回来，我们也就算是离婚了，并有一笔赡养费。第三，我们结婚之后，你当然要搬进我家，然而，除非谋杀我父亲的恶棍被抓，或者除非你找到他——我真恨不得亲手折磨他！——并且除非你以才华和努力，领导完成苏丹陛下的书，并将其荣耀地呈现给他，不然，你就不能与我睡在同一张床上。第四，你要爱我的孩子，爱与我同床共枕的孩子，视他们如同己出。"

"我同意。"

"很好。如果面前所有障碍能马上消失的话，我们很快就可以成婚了。"

"没错，成婚，但不睡同一张床。"

"婚姻是第一步，"我说，"我们先处理它。爱情随着婚姻而来。别忘了：结婚前燃烧着的爱情之火会随着婚姻熄灭，只留下一片荒芜忧郁的废墟。当然了，结婚后的爱情也会消失，不过快乐将填满它的空缺。尽管如此，还是有些急躁的傻瓜结婚前就先坠入爱河，燃烧热情，耗尽所有情感。为什么呢？因为他们相信爱情是生命中最崇高的目标。"

"那么，真正的目标是什么？"

"真正的目标是快乐，爱情与婚姻只不过是为了得到它而使用的手段：一个丈夫、一栋房子、小孩们、一本书。你难道看不出来，就算我的处境堪怜，丈夫失踪，父亲亡故，仍然比你那枯燥的孤独无依好得多？没有我的儿子我活不下去，我每天和他们欢笑、打闹、相爱。除此之外，既然你如此想要我，就算不和我睡同一张床，也一心想和我一起与我父亲的尸体及难以管教的孩子们共处于一个屋檐下，那么，你得用心听好我接下来要说的话。"

"我洗耳恭听。"

"有许多方法可以确保我离婚。假证人可以发誓证明我丈夫出征前允许我有条件的离婚，譬如说，我丈夫曾发誓说如果自己两年内没有回来，我就是自由之身。或者，更直接一点，他们可以发誓在战场上看见了我丈夫的尸首，并举出类似于他尸体的颜色之类一些可信的细节描述。然而，考虑到我父亲的尸体及我夫家的反对，利用这些假证人是很糟糕的办法，只要是稍有头脑和谨慎的法官便不会采信。尽管我丈夫出征四年毫无音讯，也没有留下赡养费，我们哈乃斐学派的法官仍无法批准我离婚。相反的，于斯屈达尔的法官知道波斯战争使得像我这种处境的女人逐日增多，而比较有同情心。因此，在荣耀的苏丹陛下和伊斯兰教总教长的默许之下，这位法官偶尔会准许其沙斐仪学派的副宗教法官替他处理，通过这种方式，赐予我这种女人离婚的许可，并判给我们赡养费。现在，如果你能找到两位证人愿意公开证明我的困境，给他们钱，带他们一起去于斯屈达尔，安排好晋见法官，确定他的副宗教法官会代替他审理。如此一来，他就能凭借着证人的证词准允离婚，并在法官的名录上登记离婚，你也就能立刻拿到判决书，再取得准许我立刻改嫁的证明。如果下午以前你可以办妥这一切返回这边，那么，找一位传道士于傍晚为我们证婚一点儿也不难，如此一来，身为我的丈夫，今天晚上你便能与我及我的孩子住在同一个屋檐下。有了你的保护，我们夜里就不会再因为听到房里的任何声响就以为是残酷凶手的脚步声而恐惧得无法成眠了。再者，当我们隔天早晨发布我父亲的死讯时，你也能使我在外人面前不再是一个可怜无依的女人。"

"好。"黑乐观而略显幼稚地说，"好，我今天就娶你。"

你们记得不久前，我说过不懂自己为何用这种高高在上而虚伪的态度对黑说话吗？现在我明白了：我感觉唯有用此种语调，才能说服那小时候就有点愣头愣脑的黑去做一些连我都很难相信能做成的事。

"对那些坚持认为我的离婚和我们的婚礼——但愿我们的婚礼能够举行——无效的人，针对那些会使坏不让我父亲的书得以完成的人，针对我们的敌人我们还有很多事要做。但我想我不应该让你的脑子变得更乱，因为你已经比我还要头昏脑涨了。"

"你的脑子一点也不乱。"黑说。

"因为这些不是我自己的想法，是多年来我从父亲身上学到的。"我这么说，是为了让他相信我所说的，不让他认为这些计划全是从一个女人家的脑袋里冒出来的。

接着，黑说出一句话。每一个勇于坦陈我很聪明的男人，都说过同样的话：

"你好聪明。"

"对。"我说，"我很喜欢别人赞美我的智慧。我小的时候，父亲也常常这么说。"

我还想补充说，长大以后父亲就不再称赞我的聪明，但我却哭了起来。我哭泣着，感觉仿佛我离开了自己，成为另一个完全不相干的女人。像一个读者在书上看到了悲伤的图片难过不已，我从外面看见自己的生活，不禁可怜起自己来。当人像是为了别人的遭遇似的为自己痛哭流泪时，会有那么纯真的一面。黑拥我入怀，顿时一股幸福之感在我们心中散发开来。然而这一次，当我们相拥时，这股舒适却只留驻于我们之间，没能扩散到我们周围与我们敌对的世界。

33. 我的名字叫黑

　　我那守寡、失去了父亲、伤心欲绝的谢库瑞迈着轻如羽毛的步子走了之后，我带着她身后留下的杏仁幽香和婚姻迷梦，呆呆地沉浸在了吊死鬼犹太人空屋里的静寂之中。我的脑子乱成了一锅粥，但心思却转得飞快，想得我头都要疼了。甚至还来不及好好地哀悼我姨父的死，我已经迅速地跑回了家。一方面，疑虑之虫啮咬着我，告诉我说：我是谢库瑞伟大计谋里的一颗棋子，她在要弄我；然而另一方面，幸福婚姻的幻想固执地在我眼前，挥之不去。

　　我的女房东在门口拦住我，盘问我上哪儿去了，为什么这么大清早回来。与她交谈了几句之后，我回到房间，拿出藏在床垫里的腰带，从衬里取出二十二枚威尼斯金币，用颤抖的手指把它们放进了钱包。当我再度回到街上，立刻明白，谢库瑞那双黝黑、泪湿、忧愁的眼睛，将会萦绕我的脑海一整天。

　　我向一位永远笑嘻嘻的犹太兑币商换了五枚威尼斯狮子金币。接着，我心事重重地回到了这个到现在为止我都没跟你们说起过的住宅区（因为我不喜欢这个区的名字：雅库特），回到了我姨父家所在的街道，我过世的姨父与谢库瑞的孩子们就在此地他们的屋子里等我。沿着街道疾走时，一棵高大的梧桐树，因为我在姨父过世的当天就在为婚姻的美梦与计划奔波而瞧不起我。接着，随着冰雪消融而嘶嘶流着水的喷泉池朝我耳里低声细语："别太在意，做好你自己的事情，只管快乐。""好是好，"角落里一只不吉利的黑猫一边舔着毛一边反驳着我，"不过，每个人，包括你自己在内，都怀疑你涉嫌你姨父的凶杀案。"

野猫停下了舔毛的动作，我的目光陡然对上了它邪气的眼睛。不用我说你们也明白，伊斯坦布尔的野猫在当地人的娇宠下变得多么厚脸皮。

阿訇先生不在家，我在街区清真寺的院子里找到了他，他有一双又黑又大的眼睛和下垂的眼睑，看起来好像永远没睡够。我请教他一个琐碎的法律问题："一个人什么时候有义务出庭作证，什么时候可以自愿出庭作证？"我扬起眉毛专心聆听他倨傲的回答，假装自己是头一次听闻。"如果有其他证人在场，一个人是否愿意作证是他的选择。"阿訇先生解释说，"不过，在现场只有一个证人的情况下，他必须依照真主的旨意作证。"

"我目前便处于这种窘境。"我继续话题说，"尽管情况人尽皆知，但所有证人都以'又不是义务，只是自愿'的借口，规避自己的责任，不愿意上法庭。结果是，我所帮助的那些人的迫切问题得不到解决。"

"这个嘛，"阿訇先生说，"你为什么不稍微松松你的钱包呢？"

我拿出我的钱兜，给他看里头挤满的威尼斯金币：开阔的清真寺庭院、阿訇的脸、我们大家霎时都笼罩在了闪耀的金色光芒中。他问我究竟遇到了什么困难。

我向他作了自我介绍。"姨父大人生了重病，"我透露."临死前，他希望女儿的寡妇身份得到正式确认，赡养费的给付得到认定。"

我甚至不需要提起于斯屈达尔法官的代理人，阿訇先生马上就明白了一切，他说所有邻居一直很同情可怜的谢库瑞小姐的不幸，早就该这么做了。与其在晋见乌斯库达法官时再临时寻找第二个证人，为合法离婚作证，他提议不如就找他的弟弟，他就住在附近，也很清楚谢库瑞与她可爱孩子的困境。现在，如果付一枚金币给这位弟弟，我也算是为他做了一桩善事。我答应付阿訇两枚金币，他又为我替第二个证人打了折扣，我们当场达成了协议。于是阿訇先生到他的弟弟家去了。

接下来的一天，仿佛我在阿勒颇的咖啡馆看见说书人表演的"猫与鼠"故事。由于故事中充满冒险和诡计，尽管写书的人会以优美的书法写成叙事体诗歌，却一点都不会当真，也不会让人把它们画成图画。我，相反，则愉快地把我们一天的冒险分成四个场景，在我心中描绘成四幅想象的图画。

在第一幅画中，细密画家笔下的我们乘着一艘红色的四桨长船，挤在一群肌肉发达、粗犷的船夫之间，从翁卡帕尼出发，缓缓地穿越蓝色的博斯普鲁斯海峡，航向于斯屈达尔。阿訇和他瘦小黝黑的弟弟正忙着与船夫聊天谈笑，享受这段意外的旅程。与此同时，沉浸于眼前挥之不去的婚姻美梦中，我深深望入博斯普鲁斯海峡，奔流的海水在阳光明媚的冬日早晨显得格外清澈。我留意着海底是否有任何不祥的征兆，比如说，我担心自己可能看见海底有一艘海盗沉船。因此，无论这位细密画家为海水和云朵涂上多么欢愉的色彩，他必须在深邃的海水里加入某种与我的快乐美梦同等强烈的暗示，来象征我的黑暗恐惧——譬如，一条长相丑恶的鱼——让读者明白我们的冒险并非全然前程似锦。

我们的第二幅图画将呈现苏丹的宫殿、皇室法庭议会的集会、欧洲使节的接待会，以及透过足以媲美贝赫扎德的细腻精巧笔触所勾勒出的丰富室内陈设：也就是说，这幅图画必须隐含活泼的巧妙和反讽。因此，画面上要同时出现各种细节：法官先生一方面明显地做出一个大方的"停下"手势，表示拒绝我的贿赂，但另一只手顺从地收下我的威尼斯金币，而行贿的最终结果也将出现在同一画面；那就是，于斯屈达尔法官的沙斐仪派代理人沙哈普先生，坐上了法官的位置。只有对构图技巧炉火纯青的聪明细密画家，才有办法把这一连串的事件同时呈现于一幅画面。所以，当观者欣赏图画时，首先会看见我送上的贿赂，接着看见在图画别处，一位代理人盘腿坐在法官的坐垫上。如此一来，就算他没读过故事，也会明了荣耀的法官暂时让出他的办公室，让代理人得以准许谢库瑞离婚。

第三幅插画也要显示同一个场景，不过这一次，墙壁纹饰的颜色应该暗一点，以中国风格绘画，缠绕的枝丫要更为浓密纠结，彩色的云朵应该位于法官代理人上方，借以表现故事中的尔虞我诈。虽然阿訇先生和他的弟弟实际上轮流在法官代理人面前作证，但是在图画里却同时出现，一起说明情况：可怜的谢库瑞的丈夫四年前上战场后就不曾回来，没有丈夫的照顾，她的生活贫苦穷困，她两个没父亲的孩子每天流泪饿肚子；因为她还是已婚的身份，没有再嫁的希望，而且在这种情况下，她得不到丈夫的许可也没办法借钱。听了他们的话，就连聋子也会禁不住泪如泉涌，准许她离婚的请求。然而，这位冷酷的代理人毫无反应，只问谢库瑞的法定监护人是谁。大家犹豫了一会儿，我立刻插嘴，解释说她的父亲，一位受人景仰的苏丹陛下的传令官和使臣，依然健在。

"除非他出庭作证，否则我不会批准她的离婚！"法官代理人说。

慌乱之中，我连忙解释我的姨父大人现在重病在床，性命垂危，他向真主请求的最后一个愿望便是亲眼见到自己的女儿离婚，而我，则代表他来处理这件事。

"她为什么要离婚？"法官代理人问，"究竟为什么一个垂死的老人，会想看到自己的女儿跟早已消失于战火的女婿离婚？听着，如果有一个优秀、值得托付的女婿人选，那我还能理解，因为这样他才不会带着遗憾而死。"

"确实有个人选，先生。"我说。

"那是谁呢？"

"是我！"

"怎么可能呢？你还是监护人的代表！"法官代理人说，"你从事哪一行？"

"我过去在东部省份担任多位帕夏的书记员、信使和财政助理。我写了一本波斯战史，准备呈献给苏丹陛下。我是绘画和装饰艺术的鉴赏家。二十年来，我疯狂地爱着这个女人。"

"你是她的亲戚吗？"

在法官代理人面前如此毫无防备地变得低三下四，把自己的一生像某件毫无秘密的物品般摊开来一览无遗，让我倍感难堪，因此我陷入沉默。

"别光脸红不吭声，年轻人，给我一个答案，要不然我拒绝

266

给她离婚许可。"

"她是我阿姨的女儿。"

"嗯哼，我懂了。你有能力让她快乐吗？"

当他问这个问题时，比了一个猥亵的手势。此幅画的细密画家应该省略这个下流的举动，只要表现我的满脸通红就够了。

"我的收入还不错。"

"基于我所属的沙斐仪学派，允许离婚并不抵触'圣书'或我的信条，因此我同意这位丈夫在战场上失踪四年的可怜谢库瑞的离婚诉请，"副宗教法官先生说，"我准许离婚。并且，在我的裁决下，万一她的丈夫真的返回，他在这方面也不再拥有任何权利。"

接下来的图画，也就是第四幅，将描绘法官代理人在名录上从容地写下密密麻麻的黑字，登记离婚。接着，他交给我一份文件，上面声明我的谢库瑞今后是寡妇的身份，就算立刻再婚也没有问题。单单把法庭内的墙壁涂成红色，或是用鲜红色的边框镶在插画周围，还不足以显示这一刹那我内心洋溢的幸福光明。我转身跑出法庭的大门，穿过门口聚集的假证人和其他替自己的姐妹、女儿、甚至姑婶诉请离婚的人群，很快踏上归程。

航过博斯普鲁斯海峡后，我们直接返回雅库特地区，在那里，我甩开了好心想为我们举行婚礼仪式的阿訇先生以及他的弟弟。走在街上，我总疑心眼前的每个人都酝酿着嫉妒的坏念头，想破坏即将降临到我身上的无限快乐，因此我没多停留，直接跑向谢库瑞居住的街道。一群不祥的乌鸦在屋顶瓦面上徘徊，兴奋地在赤土屋瓦上跳来跳去，它们究竟是怎么知道屋里有尸体的呢？强烈的罪恶感涌上心头，因为我始终还没能够哀悼我的姨父，甚至连一滴眼泪也没流。尽管如此，从紧闭的门和百叶窗、周围的寂静、甚至石榴树的样子看来，我明白一切正按照计划进行。

你们大概也已明白，我凭直觉在匆忙行动。我从地上捡起颗石子，朝院子大门丢了过去，却丢歪了！我再朝房子丢了一颗。石子落在了屋顶上。我气恼地开始随便朝屋子乱丢石子。一扇窗户开了，正是四天以前，星期三，我第一次透过石榴枝丫看见谢库瑞的二楼窗户。奥尔罕露出脸，透过百叶窗的隙缝，我听到了谢库瑞责骂他的声音。接着，我看见了她。我和我的美丽佳人满心期盼地彼此对望了片刻。她是如此的妩媚动人。她比了一个我解读为"等一下"的手势，然后关上了窗户。

离傍晚还早，我在空旷的花园里满怀希望地等待着，望着一棵棵树和泥泞的街道，不禁对世界的美好无限敬畏。没多久，哈莉叶戴着头巾、面纱走了进来，她一身的穿戴不像是个女奴，反倒像位夫人。保持着远远的距离，我们来到了无花果树的后面。

"一切都很顺利。"我对她说。我拿出从法官那里拿到的文件给她看。"谢库瑞已经离婚了。至于另一个教区的传道士……"我本来要说："我会处理。"然而我却脱口而出："他已经在路上。让谢库瑞做好准备。"

"谢库瑞希望再小也要有一支迎娶队伍，要他们来家，吃顿婚宴。我们已经炖好了一锅杏桃干杏仁肉饭。"

她兴高采烈地准备跟我说她们还做了哪些菜，但我打断了她。"如果婚礼非得办得这么铺张，"我警告，"哈桑和他的手下就会听到消息。他们会来捣乱婚礼，羞辱我们，搞砸婚礼，而我们将束手无策。我们所有努力会因此而白费。我们不但必须保护自己不受哈桑和他父亲的骚扰，也要提防谋杀姨父大人的恶魔。难道你们不怕吗？"

"我们怎么可能不怕？"她说着哭了起来。

"你们一句话都不能跟别人讲。"我说，"替姨父换上他的睡衣，摊开他的床垫把他放在上面，不是像个死人，而要像个重病的人。用杯子和瓶子装一些糖浆，排放在他头部周围，并且拉上百叶窗。注意他房间里不可以有一丝灯火，这么一来，他才可以在婚礼仪式中扮演谢库瑞的监护人和重病的父亲。迎娶队伍是不可能了，最多，你们可以临时邀请几位邻居参加婚礼。邀请他们的时候，你们告诉他们这是姨父大人临终的心愿……这将不会是场欢乐的婚礼，而是哀伤的仪式。如果我们不妥当处理此事，他们将会破坏我们，也会处罚你。你懂吧？"

她哭着点了点头。我跨上我的白马，告诉她我会安排好婚礼证人，过一会儿就回来，到时候谢库瑞应该已经准备好了；一切结束后，我将是屋子的一家之主，还有我待会儿要去理发师那儿修脸。我事先并没有想过这些事，但当我开口时，所有细节却自然变得很清晰。我在战场上也时常有这种感觉，坚信自己是真主宠爱的仆人，他将会庇佑我，一切都会朝好的方向发展。当你感觉到此种自信时，跟随你的直觉，想到什么就做什么，你的行为就绝对不会出错。

我从雅库特区朝金角湾骑过四条街，在毗邻的亚辛帕夏区清真寺找到了满面春风的黑胡子阿訇。他手里正拿着扫帚，忙着把无耻的野狗赶出泥泞的庭院。我向他说明来意，解释道，蒙真主的宠召，我姨父的时日已经不多了；依照他最后的心愿，我准备迎娶他的女儿，她不久前才于斯屈达尔法官的裁决下，获准与在战场上失踪的丈夫离婚。阿訇反驳说根据伊斯兰律法的规定，一个离婚的女人必须等待一个月才能再嫁，然而我辩解说谢库瑞的前夫已经失踪四年，因此绝不会有怀了他的孩子的问题。我连忙又补充道，于斯屈达尔的法官今天早上同意了离婚诉请，准许谢库瑞再嫁。我拿出证明文件给他看。"阿訇先生，你可以放心地相信这场婚姻没有任何阻碍。"我说。没错，她是我的血亲，但表兄妹的关系不算障碍；她前一场婚姻已经宣告无效；我们之间没有宗教、社会和财富上的差异。如果他愿意收下我拿到他面前的金币，如果他到时候能在全区居民面前主持婚礼仪式，那么，他也将为一双无父的孩子与一个无依的寡妇完成一件真主的善行。接着我问，不晓得阿訇先生喜不喜欢杏桃干杏仁肉饭？

他说他喜欢，不过他的眼睛仍然盯着大门口的野狗。他收下了金币。他说会换上礼袍，整理一下自己的仪容，戴好缠头巾，然后及时抵达主持婚礼。他问我屋子的所在，我告诉了他该怎么走。

梦想了十二年之后，再怎么急着举行婚礼，还能有什么比得上婚礼前的理容剪发更能让新郎忘却一切烦忧，安然享受理发师温柔的双手和玩笑的戏谑呢？我的腿引领着我，来到位于市场旁的理发店。它位于阿克萨拉依一排颓倾房屋的街道上，我已改的姨父、我的阿姨与美丽的谢库瑞几年前一直住在这里。五天前初抵伊斯坦布尔时，我曾遇见这位理发师。今天，当我踏进大门，他就像伊斯坦布尔所有好理发师一样拥抱我，不多问过去十二年我上哪儿去了，马上聊起最新的街坊杂谈，最后谈到了我们所谓人生的充实旅途最后必然抵达的终点。

我感觉不是十二年前，但也不能说是十二天前我还在这里。

理发师傅已经上了年纪。他布满斑点的手颤抖地拿起锋利的剃刀，在我脸颊上跳跃滑行，以此可以看出他染上了喝酒的习惯。他雇用了一位面色粉嫩、嘴唇饱满、绿眼珠的小学徒，此时正敬畏地仰望着他的师傅。比起十二年前，如今店里干净整齐多了。他把滚沸的热水倒进用一条新链子挂在天花板上的吊盆里，水从吊盆底部的黄铜水龙头流下，他就用这些水细心清洗我的头发和脸。老旧的宽水槽才新镀了锡，取暖的火盆很干净，没有生锈的痕迹，玛瑙柄的剃刀也非常锋利。他身上是一件十二年前绝对不肯穿的纯丝背心，一身都干干净净。我猜，那位纤瘦、高于同龄男孩的清秀学徒，想必帮这家店及店主人带来了几分整洁。沉浸于热气弥漫、玫瑰花香、泡沫滑溜的修脸享受中，我忍不住想着，婚姻不仅会为一位单身汉的家里带来全新活力与富裕，对他的工作和店铺也会带来不少新意。

我浑然不觉时间的流逝。在理发师老练的手指及火盆的热气下，我整个人融入满室温暖。我对崇高的安拉感到无比感恩，经历了那么多折磨后，生命居然在今天意外送给我一件最美好的礼物。我感到无比好奇，思索着他的世界究竟藏着何种神秘的平衡。我为姨父感到哀伤和怜悯，他的尸体此刻还躺在屋子里，而那间屋子，稍后就要迎接我作为它的男主人。正当我准备一跃而起出发时，有个人影在理发店永远敞开的门口晃动，我扭头一看：谢夫盖！

尽管慌乱无措，但他仍保持一贯的自信，递给了我一张纸条。我说不出话来，心底吹起了一阵凉风，做好了最坏的打算，准备接受最糟的消息。信上写着：

"如果没有迎娶队伍，我就不结婚——谢库瑞。"

我硬拽着谢夫盖的手臂，把他抱到腿上。我很想写信回复我亲爱的谢库瑞："一切依你，我的爱！"可是，在一个不识字的理发师店里，哪里找得到笔和墨？因此，我严肃地朝男孩耳中悄声说出我的答复："没问题。"接着我轻声问他，他的外公好不好。

"他在睡觉。"

此时，我察觉谢夫盖、理发师，甚至你们都怀疑我与我姨父的死有关（谢夫盖，当然，在疑心别的事情）。真是遗憾！我不顾他的抗拒，强行亲了亲他，他不悦地一溜烟离开了。在接下来的婚礼中，换上正式服装的他，始终站在远处充满敌意地瞪着我。

由于谢库瑞并非从她父亲的房子嫁入我家，而是我以入赘女婿的身份搬进岳父家中，迎娶的游行只算得上合宜而已。我自然无法像其他人迎亲时那样，请我富有的朋友和亲戚们盛装打扮，骑马来到谢库瑞家门口等待。不过，我还是邀请了两位回伊斯坦布尔这六天来巧遇的儿时好友（其中一个和我一样是政府官员，另一个则开了一家澡堂），以及我亲爱的理发师，他一边替我刮脸修发，一边含着泪祝我幸福。我自己则跨上第一天回来时骑乘的白马，来到谢库瑞家，敲敲她的庭院大门，仿佛准备好带她到另外的房子展开新的生活。

我赏给开门的哈莉叶一笔慷慨的小费。谢库瑞穿着一件艳红的礼服，戴着从头顶垂至脚跟的粉红新娘流苏，在各种叫喊、啜泣、叹息（一个女人在骂小孩）、哭号，以及"愿真主保佑她"的叫嚷声中，走出屋外，优雅地骑上我们牵来的第二匹白马。好心的理发师在最后一分钟替我找来的击鼓手和唢呐手，开始吹奏一首缓慢的婚礼乐曲，我们寒酸、哀愁、但又骄傲的娶亲队伍于是出发上路了。

当我们的马漫步上街后，我才明白谢库瑞以她惯有的精明安排这个场面，是为了确保婚礼能顺利进行。借助于娶亲的队伍，我们的婚礼得以向所有的街坊邻居们宣布，即使婚礼就此结束，也就算是获得了大家的认同，使得任何可能反对我们婚礼的意见变得软弱无力了。虽然如此，公开宣布我们成婚的消息，仿佛公然挑战我们的敌人，挑战谢库瑞的前夫一家人，这也可能会使事情一开始就陷入危险。如果由我决定，我会选择秘密举行仪式，不通知任何人，也不会有婚礼庆祝。我宁可先成为她的丈夫，之后再来保卫我们的婚姻。

我跨骑着我这匹情绪化、来自于神话故事的白马，走在娶亲队伍的前面。当我们行经巷道时，我不时紧张地留意哈桑和他手下的身影，唯恐他们会从巷子里或阴暗的庭院门边冲出来袭击我们。我注意到成年男子、邻居长辈，以及陌生人们，看着我们这支奇怪的娶亲队伍，虽然不完全了解怎么一回事，却没有做出任何不礼貌的举动，停下手边的活，站在门前朝我们挥手致意。队伍误闯入一个小市场，来到这里，我才发现谢库瑞早已熟练地运用她的流言网络走漏了消息，使得她的离婚与再嫁很快广为邻里接受。人们的反应证实了这一点。兴奋的蔬果小贩不敢离开他那五颜六色的榅桲、红萝卜、苹果太久，跑过来加入我们队伍走了几步便大喊："赞美真主，愿他保佑你们两人。"愁容满面的商店老板对我们微笑；面包师傅一边命令学徒刮掉烤盘的焦块，一边投给我们赞许的目光。虽然如此，我还是颇为担忧，随时保持警戒以防任何突袭，甚或任何无礼的诘问。因此，即使当我们走出市集，队伍后面跟来了一群等着捡钱的嘈杂孩童，我也丝毫不觉得生气。从躲藏在窗户、栏杆和百叶窗后面的女人脸上的微笑看来，我明白这群喧哗的孩童身上散发的充沛活力，支持、守护着我们。

终于，感谢真主，我们踏上刚才走过的路，迂回折返到出发的屋子。我凝视着路面，心里为谢库瑞感到悲伤。事实上，让我感到难过的，并不是她必须在父亲过世当天就结婚的不幸，而是婚礼的朴素与寒酸。我亲爱的谢库瑞完全配得上一场豪华的婚礼，骑上披挂着银制马辔和雕花鞍具的马匹，穿着金线绣花黑貂和丝绸服装的骑士，上百辆满载聘礼和嫁妆的马车。她应该带领着绵延不绝的游行队伍，帕夏的女儿、后宫佳丽和载满宫廷老妇人的马车，一路上闲聊着过往岁月的荣华富贵。但如今谢库瑞的婚礼上，甚至没有平常用来遮掩富家千金不受窥探、覆盖红色丝帐的四柱篷罩；不但如此，甚至也没有一个引导队伍的仆人，手里拿着巨型婚礼蜡烛，以及镶嵌着水果、黄金、银叶子和闪亮宝石的枝状饰品。更难堪的是，因为没有人在前头大叫："让开，让开，新娘来了！"为我们开路，队伍时常被上街采买的人群或到广场喷泉取水的佣人们冲散。每当遇到这种混乱场面，击鼓手和唢呐手索性停止了吹奏，这时我会难过得几乎热泪盈眶。逐渐接近家门的路上，我鼓起勇气转身望向谢库瑞，然后看见在粉红色的新娘金丝流苏和红色面纱之下，她不但没有为这些缺憾感到丝毫悲伤，甚至流露出愉快的神情，似乎很高兴我们的迎娶游行圆满结束，一路上没有任何意外或灾难，我也为此松了一口气。接着，像所有新郎都做的那样，我把即将成为我妻子的美丽新娘扶下马来，挽起她的手臂，然后在欢欣鼓舞的群众面前，一把一把地抓起袋子里的银币，慢慢地从头顶撒落。跟随我们寒酸队伍而来的孩童们，马上弯身满地捡钱币，我和谢库瑞走进庭院，穿过石板步道。我们才刚踏进屋内，一股热气立刻扑面而来，不但如此，更涌上一阵阵恐怖的浓稠尸臭。

然而，当娶亲队伍进入屋里休息时，谢库瑞和所有长者、妇女及孩童们（奥尔罕躲在角落不信任地打量着我）一样若无其事地继续走动谈话，好像根本就没有这股气味。一时间，我怀疑自己的鼻子出了问题。但是我很清楚战争过后那些衣服破碎，靴子、皮带失踪，脸、眼睛及嘴唇被狼和鸟扯烂、曝晒在太阳下的尸体，闻起来是何种气味。那是一种过去时常灌满我的嘴和肺、恐怖得叫人窒息的恶臭，我绝不可能搞错。

下楼来到厨房，我问哈莉叶，姨父大人的尸体在哪儿，为什么整个家里都充满着尸臭味，我说这样一来，别人会明白一切的。我说得不是很清楚，而是含含糊糊地说的。而另一方面我也老在想着这是我以一家之主的身份第一次对她说话。

"照您要求的，我们摊开了他的床垫，替他换上了睡衣，再为他盖上了一条棉被，并且在他身边放了几瓶糖浆。如果他散发出不好闻的气味，那肯定是因为房间里的炭盆太热的缘故。"这个女人哭着说。

她的一两滴眼泪掉进了正在煎羊肉的锅子，嗞嗞作响。从她哭的样子看来，我先猜想她夜里始终陪着姨父大人一起睡，继而我就为自己的这种想法感到了羞愧。安静而骄傲地坐在厨房一角的艾斯特，咽下了嘴里的食物，站起身来。

"要让谢库瑞快乐。"她说，"好好珍惜她。"

我脑中响起第一天回到伊斯坦布尔时在街上听见的乌德琴声。除了忧伤，音乐中还含有一股活力。之后，在姨父一身睡衣平躺不动的幽暗房里，当阿訇先生为我们证婚时，我再度听到了这首旋律。

因为哈莉叶事前已经偷偷让房间通风散气，并且把油灯放在角落让光线昏暗，旁人非但看不出我姨父病了，更别说是死了。整场仪式中，他就这样担任谢库瑞的法定监护人。我的理发师朋友和一位附近的万事通长老担任了证人。仪式最后，阿訇提出充满希望的赐福与忠告，接着带领所有与会人祷告。这时有个好管闲事的老头子，关心我姨父的健康状况，正准备低下好奇的脑袋去察看死者。还好阿訇才一结束仪式，我立刻一跃向前，抓住我姨父僵硬的手，扯开嗓门大喊：

"放下您的一切忧虑，我亲爱的姨父。我会尽自己的全力，照顾谢库瑞和她的孩子，绝对让他们吃得好穿得暖，远离苦难，备受呵护。"

接下来，为了表示我的姨父试图从病榻上对我耳语，我审慎恭敬地把耳朵贴上他的嘴，睁大眼睛假装专注地聆听，就好像一个年轻人倾听他所敬仰的长辈从漫长的一生中淬炼出的、灵丹妙药般的一两句忠告。看见我对岳父表现出无比的忠心和热忱，阿訇先生与邻居长老显然极为欣赏而赞同。我希望不再有人认为我涉嫌姨父大人的谋杀。

我向待在房里的婚礼宾客宣布，病痛的老人想要一个人独处。大家连忙起身离开，走进隔壁房间，那里已经聚集了一群男人，准备享用哈莉叶的肉饭和羊排（到了这个地步，我再也分辨不出空气中是尸体的臭味，还是用百里香和茴香煎的羊排的香味）。我步入宽广的走廊，像个阴郁的男主人若有所思地漫步穿越自己的屋子，接着打开哈莉叶的房门。房里的女人看见一个男人闯入，惊惶失措，我无视于她们的存在，温柔地望向谢库瑞。她见到我，眼睛喜悦地亮了起来。我说：

"谢库瑞，你的父亲叫你。我们已经成婚了，你该去亲吻他的手。"

房里一群女人，有三五个是谢库瑞临时邀请的邻居妇女，还有几个年轻姑娘，从目光中的忠实看起来像是她的亲戚。她们连忙站起身并遮住自己的脸，同时一边尽情地打量我。

宵礼的宣礼声过后不久，心满意足地吃过饭，吃够了核桃、杏仁、水果干、蜜饯和丁香糖的婚礼宾客，才开始渐渐散去。妇女群中，谢库瑞持续不断的哭泣和调皮孩童的争吵，为喜庆蒙上了一层惆怅。在男人们之间，我则以严肃的沉默来回应邻居们闹洞房的讥笑，这让他们认为我是对岳父的病情忧心忡忡。一切哀愁纷乱中，最清晰刻印在我记忆中的一个场景，是晚餐前我领着谢库瑞来到姨父的房间，我们终于得以独处。诚心诚意地轮流亲吻过死者冰冷僵硬的手后，我们退到房间的阴暗角落，饥渴难耐地彼此相吻。在我的嘴里，从妻子灼热的舌上，我尝到了孩子们贪婪抢食的糖果味。

34. 我，谢库瑞

我们悲伤婚礼的最后几名宾客戴上面纱，裹上头巾，穿好鞋子，忙着把最后一块糖果塞入嘴里的小孩，从院门走了之后，四周就陷入了长时间的寂静。我们全聚在院子里，万籁俱寂，只听得见一只麻雀怯生生地从半满的水桶里喝水的细微声响。石炉的火光映在麻雀小小的脑袋上，羽毛熠熠闪光。陡然，麻雀拔翅飞起，消失在黑暗之中。我心中一直伤心地感觉到，在如今已被黑夜吞噬的空屋里，有一具尸体躺在楼上我父亲的床上。

"孩子们，"我说，奥尔罕和谢夫盖听得出这是我宣布重要事情的语调，"过来，到这儿来。"

他们顺从地过来了。

"从现在起，黑就是你们的父亲。你们吻他的手。"

他们安静而乖乖地吻了他的手。"因为他们从小到大都没有父亲，所以我可怜的孩子都不知道该如何服从父亲，不知道该如何注视着父亲的眼睛听他说话，也不知道该如何信赖父亲。"我对黑说，"因此，如果他们对你表现出不敬、做出粗野或幼稚的行为，我知道第一次你会容忍他们，会认为这是由于他们从小都不曾见过他们的父亲，甚至不记得自己有父亲。"

"我克我父亲。"谢夫盖说。

"嘘……听着。"我说，"从现在起，对你们来说，黑的话比我的话还要重要。"我转向黑："如果他们不听你的话，如果他们对你不敬，甚至表现出丝毫粗鲁、骄纵、无礼的态度，第一次先警告他们，但要原谅他们。"我忍住了脱口而出的责打两字，"我在你心中是什么位置，他们在你心中也应该是什么位置。"

"谢库瑞女士，我娶你并不单单是为了成为你的丈夫，"黑说，"也为了当这两个可爱孩子的父亲。"

"你们两个听见了吗？"

"噢，我的真主，我祈求你永远别忘记照耀我们，"哈莉叶在一边说，"真主，求你保佑我们。"

"你们两个听到了，对吗？"我说，"非常好，我漂亮的孩子们。既然你们的父亲这么爱你们，万一你们一时失言，违背了他的话，他也会先原谅你们的。"

"我事后也会原谅他们的。"黑说。

"但如果你们第三次还做他不让你们做的事……那你们就该挨打了。"我说，"懂了吗？你们的新父亲黑经历过由真主怒火引燃的战争，是从最凶险、最邪恶的战斗中回来的，连你们的父亲都没能从那儿回来。他是个很严厉的人。你们的外公宠爱你们，纵容你们。然而你们的外公现在病得很重。"

"我想到外公身边去。"谢夫盖说。

"如果你们不听话，黑会让你们知道什么是真正的挨打。到时候你们的外公就没办法像以前从我手中把你们救走那样从黑的手中救走你们。如果你们不想让你们的父亲发火的话，你们就不要再打架，要分享一切，不能说谎，乖乖祷告，睡觉前要背熟功课，不准对哈莉叶说话没礼貌或者嘲笑她……听明白了吗？"

黑弯腰，一把抱起了奥尔罕，但谢夫盖却站得远远的。我有一股冲动想过去抱着他哭。我可怜的、孤单的、没有父亲的儿子，我可怜的、没人疼爱的谢夫盖，在这个世界上你竟然如此的孤单。我突然以为自己是一个小孩，就像谢夫盖一样，在这个世界上是一个孤单的孩子，脑子里谢夫盖的幼小和可怜与自己的幼小掺杂在了一起，我吓了一跳。因为想起我自己小时候，那一阵子我也像现在在黑怀中的奥尔罕一样被父亲抱在怀里，但不像奥尔罕这样仿佛果实结错了果树般不自在，相反我记得我在父亲的怀里是那么开心，我紧紧搂着父亲，闻着彼此身上的气味。我几乎要掉下眼泪，但我忍住了，虽然心中没这么想但却说了出来：

"来吧，让我听听你们叫黑一声'爸爸'。"

夜晚是那么冷，我们的院子又是那么寂静。远远地，一群野狗正伤心痛苦地嗥叫着。又过了一会儿，寂静像一朵漆黑的花一样，悄悄地绽放飘散了开来。

"好吧，孩子们，"半晌后我说，"快进屋去吧，免得在这里着凉。"

不只是我和黑才感觉到婚礼后新郎与新娘的羞怯，包括哈莉叶和孩子们，我们所有人，扭扭捏捏地进了家，都像是在走进别人家的黑屋子似的。一进屋，父亲尸体的臭味扑鼻而来，但似乎没有谁察觉到。我们静悄悄地爬上楼梯，一如往常，油灯的光把我们的影子投上天花板，拖得长长的，彼此交融，一会儿拉大，一会儿缩小，然而我却觉得似乎是头一次见到这幅景象。上楼之后，正当我们在走廊脱鞋子时，谢夫盖说：

"睡觉前我能去吻外公的手吗？"

"我刚刚看过了,"哈莉叶说,"你外公很难受,显然深受邪灵的折磨,全身都发烫。进房间吧,我给你们铺床。"

说话之间,她已经把他们都推进了房间。她摊开床垫,铺上床单和棉被,一边做事一边念叨着,仿佛她手里拿着的每样东西都是举世无双的珍宝似的,说什么能够睡在这么温暖的房间里是多么的幸福,躺在这么干净的床单上,盖着这么温暖的棉被,就像是睡在苏丹的宫殿里一样。

"哈莉叶,给我们讲故事吧。"奥尔罕坐在便盆上说。

"很久很久以前,有一个蓝色的人,"哈莉叶说,"他有一个最要好的朋友,是个邪灵。"

"那人为什么是蓝色的呢?"奥尔罕问。

"看在真主的分上,哈莉叶,"我说,"至少今天晚上就不要讲有关邪灵、鬼魂的故事了。"

"为什么不呢?"谢夫盖说,"妈妈,你是不是等我们睡着后就去我外公的身边?"

"你们的外公,愿安拉保佑,病得很重,"我说,"晚上我当然要到他身边去照顾他。之后我不是还会回我们床上的吗?"

"叫哈莉叶去照顾外公,"谢夫盖说,"晚上不都是哈莉叶照顾我外公的吗?"

"拉完了吗?"哈莉叶问奥尔罕。她拿一块湿布帮奥尔罕擦屁股,而奥尔罕的脸这时已经蒙上了甜蜜的睡意。她朝便盆里瞥了一眼,皱了皱眉头,似乎不是因为臭,而是因为觉得拉得不够多。

"哈莉叶,"我说,"把便盆拿去倒掉再拿回来,别让谢夫盖夜里再离开房间了。"

"为什么我不能出房间呢?"谢夫盖问,"为什么哈莉叶不能讲有关邪灵、鬼怪的故事？"

"因为屋子里有邪灵，大白痴。"奥尔罕说，语气中没有害怕，更多的是一种傻乎乎的乐观，每次他拉完后都会露出这种表情。

"妈妈，有吗？"

"如果你们走出房间，如果你们想要去看外公，那么邪灵就会抓住你们。"

"黑要把床铺在哪儿？"谢夫盖问，"今天晚上他在哪儿睡？"

"我不知道，"我说，"哈莉叶会给他铺的。"

"妈妈，你还是会和我们一起睡的，对吗？"谢夫盖问。

"还要我说几遍？和以前一样，我和你们一起睡。"

"一直都是吗？"

哈莉叶端着便盆出去了。我打开收藏图画的柜子，残暴的凶手拿走了最后一幅画，我取出幸存下来的九幅画，往床上坐了下来。借由蜡烛的光芒，我盯着看了很久，试图找出其中的秘密。这些图画美得让人误以为它们是自己遗忘的回忆，望着它们，就如同阅读文字一样，你会听见它们对你的低语。

我沉溺在了图画之中，直到闻到自己鼻子下方奥尔罕那漂亮脑袋传来的香味，才发现他也正注视着画中奇异诡谲的红色。一股偶尔会出现的冲动涌上，我很想拿出我的咪咪来喂他。一会儿之后，奥尔罕看到恐怖的死亡之画，害怕得张开鲜红的嘴唇微微喘气，突然间我好想咬他一口。

"我会吃掉你，你懂吗？"

"妈妈，你来挠我痒痒吧。"说着，他便往后一倒。

"起来，快起来，你这混蛋！"我大声吼道，打了他一巴掌。他就躺在了图画上。我仔细检查图画，还好没有任何损坏，只是最上面的那幅马的图画隐约有点皱，但几乎看不出来。

哈莉叶端着便盆进了房，我便收拢图画，正准备离开房间时，谢夫盖焦急地喊道：

"妈妈，去哪儿，你去哪儿？"

"我马上就来。"

我穿过冷冰冰的走廊。黑面对我父亲的空坐垫坐着，过去四天来，他就这样坐着与我父亲讨论绘画和透视法。我把图画摊开在了画桌、坐垫和地板上。顿时，色彩溢满了烛光摇曳的房间，一种光芒，仿佛是一种温暖和惊人的活力，一切都仿佛在这一瞬间活了过来。

我们动也不动，长时间沉默且恭敬地注视着图画。稍微一动，静止的空气就会掺杂着走廊对面房里传来的尸臭，搅动烛火，在闪烁的光芒下，父亲的神秘图画似乎也随之动了起来。这些图画之所以在我眼中变得如此重要，是因为它们造成了我父亲的死吗？是因为这匹奇异的马、这种独特的红、这棵凄凉的树、这两位哀伤的流浪苦行僧，还是因为我惧怕那为了这些图画而谋害我父亲及其他人的那位凶手？过了好一会儿，我和黑才逐渐明白，我们之间的寂静，除了是图画的缘故，同时也是因为我们在新婚之夜独处一室。我们俩都很想说些什么。

"明天早上起来，我们要让每个人都知道我们可怜的父亲已在睡梦中过世。"我说。虽然我说的没错，但听起来却有点虚伪。

"明天早上一切都会变好的。"黑也用同样奇特的语调说，似乎他也不全然相信自己所说的话。

他用难以察觉的动作微微移动身体，试图更靠近我。当时我有一股冲动想要抱住他，并且，就像对我的孩子一样，伸手捧住

283

他的头。

就在这一刻，我听见父亲的房门打开，惊骇地一跃而起，冲过去打开我们的房门，往外张望：借着泻入走廊的光线看去，我震惊地发现父亲的房门半开着。我踏入冰冷的走廊。父亲的房间，在燃烧的炭盆热气中，弥漫着腐尸味。是谢夫盖还是别人进来过？父亲的尸体穿着睡衣安详地平躺着，沐浴在炭盆的微光中。我想起许多夜晚，他临睡前倚着烛火阅读《灵魂之书》时，我曾站在这里对他说："晚安，亲爱的父亲。"他会略略坐直，从我手中接过为他拿来的杯子说："祝福送水的女孩永不匮乏。"然后他会亲吻我的脸颊，凝视我的眼睛，仿佛我还是他的小女孩。我垂下目光，望着父亲可怖的面孔，升起一股战栗。我想避开眼睛不看他，可是同时魔鬼却驱策着我，要我看看他变得多么恐怖。

我胆怯地回到了蓝门的房间，在那里，黑扑到了我的身上。我推开他，有点不假思索而不是因为生气。我们在摇曳的烛光下挣扎缠斗，不过那不算真的争斗，反倒像是模拟的挣扎。我们享受着彼此的碰撞，享受着手臂、腿和胸部的摩擦。我的这种矛盾的心情类似于内扎米笔下霍斯陆与席琳的心境：熟读内扎米的黑能否感觉到，如同席琳，当我说"别吻伤我的嘴唇，别那样"时，意思其实是"继续"？

"除非找到那个极恶之人，除非抓了了杀父凶手，不然我不会和你同床。"我说。

我羞惭万分地逃离了房间。我说话的声音那么大，听起来一定像是我故意要说给孩子和哈莉叶听，甚至是想让我可怜的父亲和已故的丈夫也听到，而我丈夫的尸体大概早已在世界某个荒凉之境化为了尘土。

我一回到孩子们身边，奥尔罕就说："妈妈，谢夫盖刚刚溜到走廊去了。"

"你溜出去了吗？"我说，摆出一副要打他的样子。

"哈莉叶。"谢夫盖抱着她说。

"他没有出去。"哈莉叶说，"他一直都待在房间里。"

我微微打颤，无法直视她的眼睛。我立刻明白父亲的死讯公开后，孩子们往后将向哈莉叶寻求庇护，告诉她我们所有的秘密。这个卑微的佣人将会抓住这个机会，进而试图控制我。她甚至不会就此罢休，还会努力把我父亲遇害的责任推到我身上，这么一来，她便可以把孩子们的监护权移交给哈桑！没错，她真的会这么做，所有这些下流的计谋，全都因为她曾经陪我父亲睡。她何必再隐瞒？无疑地，她就是在这么做，当然了。我亲切地朝她笑了笑。接着我把谢夫盖搂到了怀里，亲了亲他。

"我跟你说，谢夫盖溜到走廊里去过。"奥尔罕说。

"上床去，你们两个。让我躺在你们中间，我来讲一个秃尾巴胡狼和黑邪灵的故事。"

"可是你叫哈莉叶不准讲邪灵的故事给我们听。"谢夫盖说，"为什么今天晚上哈莉叶不能讲故事给我们听？"

"他们会经过'孤儿之城'吗？"奥尔罕问。

"会呀，他们会经过！"我说，"那个城里的小孩都没有父亲母亲。哈莉叶，再下楼去检查一遍门窗，我们很可能故事讲到一半就睡着了。"

"我不会睡着。"奥尔罕说。

"黑今天晚上要睡哪里？"谢夫盖问。

"画室。"我说，"挤过来一点，这样我们才能在棉被下面窝得暖暖的。这冰滋滋的小脚是谁的？"

"我的。"谢夫盖说，"哈莉叶要睡哪儿？"

我开始讲故事，一如往常，奥尔罕很快就睡着了，因此我压低了声音。

"等我睡着后，你不会离开，对不对，妈妈？"谢夫盖说。

"不，我不会离开。"

我真的不打算离开。等谢夫盖睡着后，我脑中想着这是多么舒服呀，在第二次新婚之夜与自己的儿子窝在一块儿熟睡——把我英俊、聪明而热情的丈夫留在隔壁房里。想着想着我就睡着了，可是睡得并不安稳。后来我记得：恍惚奇异的半梦半醒间，在那不祥、不安宁的世界里，我先是和父亲愤怒的亡魂争吵，接着那个残暴的凶手的幻影找上了我，想送我去陪我父亲，我赶紧逃跑；然而凶手甚至比我父亲的亡魂还恐怖，他紧追着我不放，一边还发出啪啪的声响。在梦中，他朝我们的房子扔石头，石头有的打到了窗户，有的落在了屋顶上。过了一会儿，他又朝大门扔起了石头，我甚至感觉他一度还想破门而入。接着，这邪恶的鬼魂开始像某种我无法形容的动物般鬼哭神嚎起来，吓得我心脏怦怦直跳。

我满身大汗地醒了过来。究竟我是在梦里听见这些声音，还是屋子里发出的声音吵醒了我？我弄不明白，只能一动不动地窝在孩子们的身旁，静静地等待。正当我几乎要相信那些声音只是做梦时，又听见了同样的哭喊。就在那一刻，某种巨大的东西砰的一声落在了庭院里。有可能是块石头吗？

我吓得动弹不得。但情况反而更加糟糕：我听见屋子里头有声响。哈莉叶在哪里？黑在哪间房里睡着了？父亲悲惨的尸体状况如何？我的真主，求您保佑我们。孩子们呼呼睡着。

倘若发生在我结婚前，我一定已经从床上起身，像一家之主那样面对这种情况，我会压抑住自己的恐惧，把邪灵和鬼魂赶走。然而现在的我，却只是胆怯地紧搂着孩子。仿佛这世界上什么人也没有，也不会有人来帮助孩子们和我。我向安拉祈祷着，等待着坏事的降临。就像梦中那样，我孤独无依。我听见庭院大门打开了。是庭院的大门，对不对？没错，绝对是。

我猛然起身，抓起我的长袍，浑然不知自己在做什么就冲出了房间。

"黑！"我站在楼梯口轻声喊。

我飞快套上鞋子，走下楼梯。一踏出屋外，踩上庭院的石板步道，从火盆点燃的蜡烛立刻就被风吹灭了。尽管天空晴朗，却刮起了一股强风。等我的眼睛适应了之后，我看见半轮明月在庭院里泻满了月光。我的安拉！庭院的大门是敞开着的。我呆住了，在寒风中瑟瑟发抖。

为什么我没有随身带把刀？甚至连一支烛台或一根木棍都没有。黑暗中，有一刹那，我看见大门自己动了。过了一会儿，等它似乎停下来之后，我听见它发出吱呀声。我记得当时自己心里在想：这好像是一场梦。我并没有被吓傻，我清楚地记得我在院子里走过。

然后我听见屋子里传来一个声响，似乎在屋顶正下方，明白父亲的灵魂正在挣扎着离开他的肉体。知道父亲的灵魂承受这般折磨，一方面让我松了口气，另一方面却令我难过不已。如果这些噪音是父亲引起的，我心想，那就不会给我带来什么灾难。另一方面，想到父亲痛苦的灵魂正激烈地翻腾着，努力想脱离躯体往上飞升，我感到非常悲伤，只能祈祷安拉帮帮我可怜的父亲。但当我转念想到父亲的灵魂不单会保护我，也会保护孩子们时，一股安心的感觉涌了上来。如果大门外真的有什么恶魔在酝酿邪恶的计谋，父亲不安的灵魂会把他吓跑的。

这时候，我忽然担心父亲的痛苦或许是因为黑的缘故。父亲会对黑做什么吗？黑在哪里？就在这时，我瞥见他站在庭院大门外的街道上，我停下了脚步。他正在和某个人交谈。

我注意到一个男人站在对街一块小空地的树林间正对黑说着什么。我立刻明白，刚才我躺在床上听见的咆哮声，便是这个男人发出的，而且我也立刻就认出他是哈桑。他的声音里含着一股哀怨、啜泣的语调，但同时也隐藏着一丝恐吓。我站在远处听他们说话。寂静无声的夜里，他们全神贯注地争论不休。

与此同时，我明白了在这个世界上，我是孤零零的一个人，带着孩子。我心里想着我爱黑，但说实话，我真希望我只爱黑。因为哈桑哀愁、痛苦的声音一句句灼伤了我的心。

"明天，我会带着法官、禁卫步兵和证人一起回来，证人会发誓说我哥哥还活着，正在波斯的山区打仗。"他说，"你们的婚姻是不合法的，你们正犯下通奸罪。"

"谢库瑞不是你的妻子，她是你已故兄长的妻子。"黑说。

"我哥哥还活着，"哈桑信誓旦旦地说，"有证人亲眼见到了他。"

"今天早上，基于他出征四年未曾归来的事实，乌斯库达尔的法官批准了谢库瑞离婚。如果他还活着，叫你的证人告诉他，他已经离婚了。"

"谢库瑞一个月之内不能再嫁，"哈桑说，"不然便是对《古兰经》的亵渎。谢库瑞的父亲怎么可能同意这种荒唐无耻之事！"

"姨父大人病得很重。"黑说，"他的时日已经不多了……是法官批准了我们结婚。"

"你们是不是一起合谋对你的姨父下了毒？"哈桑说，"你们找哈莉叶一起计划的吗？"

"我的岳父为你对谢库瑞的所作所为感到伤心。你哥哥，如果他真的还活着的话，也会为你无耻的行为找你算账的。"

"那些都是谎言，全部都是！"哈桑说，"它们只是谢库瑞为了离开我们所捏造出来的借口。"

屋子里传来一声大喊，是哈莉叶的尖叫。接着，谢夫盖尖叫。他们大叫。害怕、无措，控制不住自己，我不自觉地跟着大叫，惊惶失措地奔进屋内。

谢夫盖跑下楼梯，往外冲向院子。

"我外公像冰块一样冰，"他哭喊，"我外公死了。"

我们紧紧相拥，我搂住了他。哈莉叶仍然狂叫不止。黑与哈桑也都听见了叫喊声和谢夫盖的话。

"妈妈，有人杀了外公。"谢夫盖这一回说。

这句话大家也都听见了。哈桑听见了吗？我用力抱紧谢夫盖，镇定地把他带回了屋里。哈莉叶站在楼梯顶端，想不通这孩子怎么会醒来溜出去。

"你不是发过誓不离开我们的吗？"谢夫盖说，哭了起来。

我现在满脑子担心黑。因为忙着应付哈桑，所以他没能把大门关上。我亲了亲谢夫盖的两颊，把他搂得更紧，嗅闻他脖子里的香气，安慰他一番之后，最后把他交回给哈莉叶。我悄声说："哈莉叶，你们两个上楼去。"

他们上了楼。我回到了庭院门口，隔了几步距离站在大门后。我以为哈桑看不见我。他会不会换了位置，从刚刚对街的黑暗空地，移到了街道两旁的树后面？然而，他确实看得见我，甚至直接对着我说话。与某个我看不见脸的人在黑暗中交谈，已经够叫人神经紧绷了，更为可气的是，当哈桑控诉我、指责我们时，我的内心深处却承认他的话句句属实，就像父亲总让我感觉到的那样，发现自己总是不对，总是有错。此刻，不仅如此，我悲伤至极地发现自己其实爱着这个不停地指控我的男人。我的安拉，求您帮帮我。爱情并不只是为了白白地受折磨，而是为了能借此更接近您，不是吗？

哈桑指控我与黑联手杀害了我的父亲，他说他听见了谢夫盖刚才的话，并说如今一切都已真相大白，我们犯下的是不可原谅的罪孽，必须承受地狱般的酷刑折磨。他还说等天一亮他就要去找法官说明一切。如果我是无辜的，如果我的手没有沾染我父亲的鲜血，他发誓他会带我和孩子们回到他家，他会担任父亲的角色直到他哥哥回来。然而，如果我确实有罪，像我这种女人，当自己丈夫在战争中流血的时候却残忍地抛弃他，这样的女人应该受到各种惩罚。我们耐心地听他说着这些，接着树林间突然一阵沉默。

"现在，如果你自愿回到真正的丈夫家中，"哈桑换了一种完全不同的语调说，"如果你带着孩子神不知鬼不觉地回到家里来，我将会忘掉那场假婚礼把戏，忘掉今晚在这儿所知道的一切，忘掉你们所犯下的罪行，我会忘掉所有的一切，我也会原谅所有的这一切。而且，谢库瑞，我们将一起，年复一年，耐心地等待我哥哥回来。"

他喝醉了吗？他的话这么幼稚，而且就当着我丈夫的面跟我提这些，我真怕这会要了他的命。

"你听懂了吗？"他从树丛里往外喊。

黑暗中我无法确切判断他究竟身在何方。亲爱的真主，求您帮助我们，帮助您有罪的仆人。

"因为你没有办法与杀害你父亲的男人住在同一个屋檐下，谢库瑞。这点我知道。"

刹那间我想，他很可能就是谋杀我父亲的人，也许现在是来嘲笑我们的。这个哈桑其实是魔鬼的化身。然而，也许是我想错了。

"听我说，哈桑先生，"黑冲着黑暗中发话，"我的岳父被谋杀了，这是事实。一个卑劣的禽兽杀了他。"

"他在婚礼前就已经遇害了，是不是这样？"哈桑说，"你们两个杀了他，因为他反对这场诈骗婚姻、这个违法的离婚、这些伪证人，以及你们所有的骗局。如果他认为黑是合适的人选，早在好几年前就把女儿嫁给他了。"

与我的先夫及我们居住在一起这么多年，哈桑对我们的过去了如指掌。再加上一股苦恋的热情，使得他清楚地记得我与丈夫在家中最琐碎的谈话，这些内容，我要不是当时说了就忘了，就是现在想要忘掉。这些年来，我们共享了太多回忆——他、他哥哥和我。我担心如果哈桑开始细数从前，我会发现黑变得很陌生、离我很遥远。

"我们怀疑杀了他的人是你。"黑说。

"刚好相反，是你们杀了他，为了要结婚。这太明显了。至于我，我没有任何理由杀他。"

"你为了不让我们结婚，所以杀了他。"黑说，"当你得知他同意了谢库瑞离婚及我们的婚姻，你气疯了。除此之外，你早就对姨父大人满心怨恨，因为他鼓励谢库瑞回家和他住。你想要报仇。只要他还活着，你知道自己永远得不到谢库瑞。"

"别再啰唆了，"哈桑坚决地说，"我不会听这些胡言乱语。这里冷得要死。我刚刚在这边冻了老半天丢石头叫你们，你们就一点也没听见。"

"黑在专心研究我父亲的绘画。"我说。

我这么说是不是错了？

哈桑改用一种我对黑说话时偶尔会用的虚假语气说："谢库瑞女士，你身为我哥哥的妻子，最妥当的做法便是带着孩子，回到这位土耳其骑兵英雄的家里。根据《古兰经》，你仍然是他的妻子。"

"不。"我说，仿佛朝着黑夜深处低语，"不，哈桑。不。"

"那么，出于我对兄长的责任和忠诚，明天一大早我就必须到法官面前报告我在这里所听见的一切。不然，他们会找我算账的。"

"他们本来就会找你算账，"黑说，"当你去找法官的时候，我也会揭露是你杀害了苏丹陛下的宠爱仆人姨父大人。就今天早上。"

"很好，"哈桑平静地说道，"就这么说。"

我尖叫了一声。"他们会拷问你们两个的！"我喊道，"别去找法官。等一等，一切都会水落石出的。"

"我不怕拷问。"哈桑说，"我经历过两次拷问，两次都让我了解到，唯有这个方法才能揪出真正有罪的人。让随便乱放话的人去害怕拷问吧。我会把可怜的姨父大人的书和图画的事情都告诉法官，告诉禁卫步兵队长，告诉教长，告诉每一个人。人人都在谈那些图画。那些图画里面有些什么？"

"什么也没有。"黑说。

"这么说你立刻就看了。"

"姨父大人要我完成他的书。"

两人都不说话了。之后，我们听到空旷的花园里传来了脚步声。他是走了呢，还是在向我们靠近？我们既看不到他，也不知道他在做什么。在黑暗之中穿过花园另一头的荆棘、树丛和灌木林离开，对他来说是多余的。他完全可以穿过树林，神不知鬼不觉地绕过我们离开。但我们没有听到靠近我们的脚步声。猛然，我喊了一声："哈桑！"没有回应。

"别喊了。"黑说。

我们两个都冻得瑟瑟发抖。没有多等，我们紧紧关上了庭院的大门，在回到孩子们焐热了的床上前，我又去看了一次父亲。黑则又坐回到了图画前。

35. 我是一匹马

　　别看我现在安静地站在这里不动，事实上，我已经奔跑了好几个世纪。我曾经穿越平原、参与战争、载着忧伤的王室公主们出嫁；我不知疲倦地奔跑过一张张书页，从故事到历史，从历史到传说，从这本书到那本书；我出现在无数的故事、寓言、书籍和战斗中；我陪伴过无敌的英雄、传说中的爱侣和出神入化的军队；我曾经载着我们战无不胜的苏丹，奔驰过一场又一场战役，从此以后，很自然地，我现身于数不尽的图画之中。

　　这么经常地被画成图画，会是一种什么样的感觉？

　　当然，我为自己感到骄傲。不过，我确实也会质疑，是否每一次被画的都是我。从这些图画中，很明显地，每个人眼中的我都不太一样。尽管如此，我还是很强烈地感觉到了这些图画中含有一种共通性，一种统一性。

　　我的细密画家朋友们最近讲了一个故事，我听到的是这样的：法兰克异教徒的国王正在考虑娶威尼斯总督的女儿为妻。他认真地考虑，但有一个念头折磨着他："如果这个威尼斯人很穷，他的女儿又很丑，那该怎么办？"为了让自己安心，他命令他最优秀的画家到威尼斯去画下总督的女儿、财产和家当。威尼斯人对这种粗俗的要求不以为意：他们不但愿意在画家窥探的眼前展示自己的女儿，甚至包括他们的母马及宫殿。这位才华洋溢的异教画家采用一种特殊技巧，让你可以从一群人或马之中认出他笔下的少女或马匹。法兰克国王拿着来自威尼斯的画，在庭院仔细研究，正当他沉思着是否应该娶这位少女为妻时，他的种马却突然发情，企图跨上图画中那匹漂亮母马的背。国王的马夫用尽全力好不容易压制住这头狂暴的动物，图画和画框差一点就被它巨大的家伙给摧毁。

他们说，诱使法兰克种马发情的，并不是威尼斯母马的美色——虽然它的确明艳动人——而是因为画家选择了一匹特定的母马，并依照它的模样一五一十地画了出来。现在，问题来了：母马被依照原本的样子画出来，也就是，像一匹真的母马，这是一种罪过吗？就我的情况而言，你们也看得出来，我的形象与其它马的图画几乎没有差别。

事实上，你们若特别仔细观察我优美的腹部、修长的腿和倨傲的仪态，就会明白我确实是独一无二的。然而，这些完美的特征并非出自于我这匹马的独特，而是呈现出画我的细密画家的独特风格。大家都知道天底下没有长得和我一模一样的马。我只不过是一位细密画家想象中的马，被画在了纸上而已。

人们看着我，都会说："我的老天，好俊的一匹马！"不过他们赞美的其实是画家，不是我。每一匹马都是不同的，细密画家尤其必须要了解这点。

仔细看一看，甚至一匹种马的家伙也和别的马的不一样。别怕，你们可以靠近观察，甚至用手把玩：真主赐予我的宝贝有其独特的形状和弧度。

安拉，最伟大的造物主，独一无二地创造出了每一匹马，然而为什么所有的细密画家都借由记忆，用同一种方式描绘所有的马？他们有什么好骄傲的？他们为什么从不认真观察我们，而只是用同一种方法重复描绘成千上万匹马？因为他们试图描绘真主眼中的世界，而不是他们亲眼看见的世界。难道这不等于挑战真主的唯一吗？换句话说，安拉赦罪，难道这不正表明了"真主能做的我也能做"吗？艺术家们，他们不满足于自己亲眼所见的事物；他们把同一匹马画了几千次，假定自己想象中的才是真主的马；他们宣称只有失明的细密画家照记忆所画的，才是最上等的马。这些人难道不全都犯下了挑战安拉的罪行吗？

相反的，法兰克大师的新风格非但没有污蔑宗教，反而最合乎我们的信仰。我祈求埃尔祖鲁姆的同志别误解我。我厌恶法兰克异教徒让他们的女人抛头露面地四处逛街，无视于道德礼法；我讨厌他们也不懂得享受咖啡与漂亮男孩；我讨厌他们脸刮得光光亮亮地到处游荡，可是头发却留得像女人一样长；还有，我讨厌他们宣称耶稣就是真主安拉——安拉保佑我们。甚至我很生他们的气，要是有一个法兰克人来到我跟前，我就想狠狠地尥他一蹶子。

尽管如此，我也实在已经受够了被那些像姑娘般闲坐家中、从没上过战场的细密画家不正确地乱画。他们画我奔跑的时候，两条前腿同时向前伸长。天底下没有哪一匹马是这样像兔子一样跑的。如果我的一条前腿在前，另一条前腿就会在后。许多战争图画里的马像一只好奇的狗一样伸出一条前腿，而另一条腿则直直地插在地上，没这回事，天底下没有哪匹马会这么做。从古至今从来没有任何土耳其骑兵队的马，会像拿一块雕刻版，在战争画面中层层相叠地描二十次那样，整齐划一地迈同一条腿。我们马呢，没人注意的时候就低下头啃食脚下的青草。我们从来不会像画里那样，摆出雕像般的庄严姿态，优雅地等待。为什么每个人都不好意思画我们吃东西、喝水、拉屎和睡觉？为什么他们不敢画出我身上这个真主赐予的奥妙物品？女人和小孩，偷偷摸摸地，特别喜爱盯着它瞧，而这又有什么坏处？难道埃尔祖鲁姆的传教士连这也反对吗？

他们说很久以前，设拉子有一位神经紧张的软弱君王。他非常害怕敌人会把自己赶下王位，好让他的儿子登基。因此，他把王子送去伊斯法罕担任地方官员，甚至还将儿子关进王宫一间最隐蔽偏僻的房间。王子住在这间不见天日的替代监牢长大，度过了三十一年岁月。等他的父亲阳寿已尽之后，这位与书本相依为命的王子终于登上王位，他宣布："快给我带一匹马来。我经常在书本中看到它们的图画，很好奇它们到底是什么模样。"于是他们从宫廷牵来一匹最俊美的灰马，然而，新国王发现这匹马有着烟囱般的鼻孔、不知羞耻的臀部、比图画中还要晦暗无光的毛皮，以及粗鄙的下体，失望幻灭之余，下令屠杀掉了王国里的每一匹马。残暴的杀戮持续了四十天，猩红的血水流入每一条河川。幸好，崇高的安拉坚持他的正义，赏罚分明：如今这位国王没有了骑兵，当他的大敌，黑羊王朝部落的土库曼首领率军攻打时，他的军队不但被击溃，而且他最后也被砍成了八块。谁也不用担心，马的血不会像书中所写的那样白白地流淌的。

36. 我的名字叫黑

谢库瑞把自己和孩子们一起关进了房间之后，我竖耳倾听屋里的声响，四周不时传来细微的吱呀声。有一阵，谢库瑞与谢夫盖开始低语交谈，她烦躁地用一声"嘘"打断了他。与此同时，我听见井边的石板路上传来一声嘎嘎响，但一会儿就消失了。稍后，一只海鸥嘎嘎粗吼着降落在屋顶上，转移了我的注意。然而，它也很快地和周遭环境一起没入了寂静。过了一会儿，我听见走廊另一头突然传来闷声呜咽：哈莉叶在睡梦里哭泣。她的呜咽化为一阵咳嗽，接着倏然而止，再一次把屋子归还给了深邃、恐怖的死寂。没多久，我感觉好像有一个入侵者在我死去的姨父房里走动，我僵住了。

趁着每一段寂静，我研究面前的图画，想象画纸上的颜色分别出自热情的橄榄、漂亮的蝴蝶与已故的镀金师之手。我忍不住想学学姨父对着图画大喊："撒旦！"或"死亡！"但恐惧阻止了我。不仅如此，这些插画让我心烦意乱，因为尽管我的姨父再三坚持，我却实在写不出一则可以与它们相匹配的适当故事。而且，慢慢地，我愈来愈肯定他的死亡与这些画有关，因而感到焦躁不安。之前，为了找机会接近谢库瑞，我一边聆听姨父的故事，一边已经仔细端详过这些插画不知多少遍了。如今她已成为我的合法妻子，我何必再这么认真地来研究它们呢？我脑中一个冷酷的声音回答："因为就算她的孩子已经熟睡，谢库瑞仍不愿意离开自己的床铺，与你共眠。"我在烛光下盯着图画等了很久，希望我黑眼珠的美人会来找我。

到了早晨，我被哈莉叶的惨叫声惊醒，抓起烛台，冲进走廊。我以为哈桑带着手下突袭了我们家，正思量着该把图画藏起来，不过立刻明白哈莉叶是受谢库瑞的吩咐尖叫，透过这种方式向孩子和邻居们宣布姨父大人的死讯。

我在大厅遇见谢库瑞，我们深情地拥抱。被哈莉叶的尖叫声吓醒而跳下床的孩子们，站着一动不动。

"你们的外公过世了。"谢库瑞对他们说，"无论遇到什么情况，我都不准你们再进入那个房间。"

她从我的怀里脱身，走向她父亲身旁，哭喊了起来。

我带孩子们回到他们的房间。"把你们的睡衣换下来，你们会着凉的。"我说，朝床沿坐下。

"外公不是今天早上死的，他昨晚就死了。"谢夫盖说。

一缕谢库瑞的秀发落在她的枕头上，弯曲成一个草写的阿拉伯字母"vav"。棉被下仍残留着她的余温。我们可以听见她与哈莉叶正一起啜泣哭号。她居然能够尖叫得好像她父亲真的是意外地刚刚去世，如此不可思议的虚假。我觉得自己好像根本不认识谢库瑞，好像她被一个陌生的邪灵附身。

"我怕。"奥尔罕说。他望了我一眼，好像在请求我准许他可以哭。

"不要怕。"我说，"你妈妈是哭给邻居们听的，好让他们知道你外公过世了，也好让他们来我们家致哀。"

"他们来的话又怎样？"谢夫盖问。

"如果他们来的话，就不会只是我们因为你外公去世而伤心哭泣，他们也将和我们一起为他的死悲伤悼念，这样一来就为我们分担了哀痛，我们的痛苦也才会减轻。"

"是你杀了我的外公吗？"谢夫盖大吼。

"如果你要这样惹你妈妈生气，别期待我会疼爱你！"我也朝他吼。

我们并不像继父与继子那样，而是像站在一条滚滚急流边交谈的两个男人那样互相大吼。此时，谢库瑞踏进走廊，用力扯开窗户上的木栓，想要推开百叶窗，让邻居们能更清楚地听见她的哭喊。

我走出房间帮她。我们一起用力拉扯窗户，最后两人同心协力一推，百叶窗却整个松脱，掉入了下方的庭院里。阳光和冷风迎面袭来，我们一时之间愣住了。接着，谢库瑞放声尖叫，撕心裂肺地痛哭了起来，好像是要让全世界都知道似的。

姨父大人的死，一旦经由她的哭喊公开宣布之后，顿时转化为强烈的至怨哀痛。无论出于真诚还是伪装，妻子的哭泣让我难过。不自觉地，我也哭了起来。我甚至不知道自己是真诚地出于悲伤而哭，还只是因为怕别人指责我害死了姨父，所以假装哀痛。

"他走了，走了，走了，我亲爱的父亲走了！"谢库瑞哭叫着。

我也照她的样子喃喃自语地啜泣着，但却并不清楚自己到底在说些什么。我很担心，邻居们不知道会怎么看我，他们此刻想必正从自己的屋子、门缝后面、百叶窗缝隙中盯着我们，我想我应该是做对了。我放声哭泣，无论悲伤是否真诚，无论会不会被指控谋杀，无论哈桑和他的手下有何计谋，在哭泣中，我用泪水洗去了所有的怀疑和恐惧。

谢库瑞终于属于我了，我仿佛以哭喊和眼泪来庆祝。我把啜泣中的妻子拉向自己，不顾泪流满面的孩子们正走向我们，充满爱意地亲吻她的脸颊。尽管我还在哭泣，但我还是能感觉到她的脸嫩嫩的，就像她暖乎乎的床一样，散发着那股我们年少时的杏仁树香气。

我们带着孩子们，一起走回尸体安置的地方。我说："万物非主，唯有真主。"仿佛不是对着一具放了两天的发臭尸体说，而是向一位垂死的人重述伊斯兰的誓言。我希望我的姨父嘴里含着这最后一句话上天堂。我们假装他复诵了这句话，然后微笑着凝视他几乎全毁了的脸和全烂了的头。过了一会儿，我打开双掌高举向天堂，背诵"雅辛"章中的经文，其余的人都安静地听着。谢库瑞拿出一块准备好的干净纱布，我们小心地用它绑紧姨父的嘴巴，温柔地合上那没被打烂的眼睛，然后轻轻地把他的身体转向右边侧躺，摆好他的头，让他面朝麦加的方向。谢库瑞在她父亲身上盖上了一条干净的白色被单。

我很高兴孩子们聚精会神地观看每一件细节，沉浸在哭泣后的平静中。我感觉自己是一家之主，有妻有子，有一个温暖的家。这种想法越来越强烈，最终超过了所有对死亡的恐惧。

我把图画一张张收好，放进一个卷宗夹，穿上厚重的罩衫，飞快地跑出屋外。我笔直地朝邻近的清真寺走去，假装没看见听到哭喊前来分担痛苦的一位邻居老妇人，她手里牵着一个流鼻涕的小孙子，小孩显然对于突如其来的出游感到欣欣鼓舞。

阿訇称为"家"的，是一个小小的房子，就像一个小老鼠洞一样。与它接邻的是一座最近新建的豪华清真寺，有着巨大圆顶和宽敞的庭院；与这座招摇浮夸的建筑物相比，阿訇的家实在小得丢人现眼。这位阿訇，就像我经常看到的一样，正一点一点扩张他冰冷、窄小、所谓"家"的老鼠洞，把边界往外延伸，进而霸占了整座清真寺，并且毫不在意自己的太太在庭院尽头的两棵栗树中间，拉起一条晒衣绳，大刺刺地挂上肮脏褪色的湿衣服。我们躲开两条凶猛野狗的攻击，它们，也和阿訇先生一家人一样，跑进庭院占地盘。阿訇的儿子们拿出了棍子在哄狗，我和阿訇两人从他们身边走过去，退到了一个角落。

经过昨天的离婚过程，加上我们没有请他主持婚礼仪式——他想必对此怀恨在心——我可以从他脸上读出："看在老天的分上，现在又有什么事？"

"姨父大人今天早上过世了。"

"愿真主怜悯他，愿他在天堂安居！"他善意地说。为什么我要在话里加入"今天早上"，反而愚蠢地把自己牵扯进去？我在他手里又放了一枚金币，和昨天我给他的那些一模一样。我请求他在每日例行礼拜的宣礼开始前，为死者朗诵祷词，并派他的弟弟上街去向全区居民宣布我姨父去世的消息。

"我弟弟有一个半盲的好朋友，我们几个人可以替亡者施行最终的净身沐浴。"他说。

还有谁会比一个瞎子和一个半傻的人更适合清洗姨父大人的尸体呢？我跟他说葬礼仪式的祈祷将在中午举行，会有许多宫廷、公会和神学院的重要人物及群众参加。我没有向他提任何有关姨父大人的面孔和头颅的破烂状态，因为我很早就决定这件事必须向更高层的人禀报。

由于苏丹陛下将委托我姨父编书的资金账款交由财务大臣管

理，因此我必须第一个向他报告凶杀事件。为了能够进宫达成这个目的，我前往拜访了一位室内装潢师，他是我已故父亲的亲戚，从我小时候起就一直在冷泉门对面的裁缝店工作。找到他后，我亲吻了他满布斑点的手，恳切地解释说我必须晋见财务大臣。他叫我在一旁等着，周围有几个头发日益稀疏的学徒正在缝制窗帘，他们把铺在腿上的彩色丝绸层叠着缝起来。接着，他要我跟随一位裁缝总管的助理，他正准备前往皇宫丈量尺寸。穿过冷泉门，当我们爬上游行广场时，我知道要经过圣索菲亚清真寺对面的工匠坊，好在我不用马上就进去，否则我将不得不向诸位细密画家宣布这件凶杀案。

像平常一样，游行广场越是冷清，我就越是觉得它格外忙碌。每当议会召集时，通往议会宫廷的请愿者门前总会排满请愿的人，然而此刻没有半个人影，仓库附近也没有任何人走动。虽然如此，我却似乎听见不绝于耳的喧哗声从各处蔓延过来，从病房的窗户、木匠的工匠坊、面包店、马厩、柏树丛间，以及牵着马匹站在中门口的马夫。我把自己的惊惶失措归因于即将通过中门，或称致敬之门（我带着敬畏仰望它的宣礼塔），这是我生平第一次穿越它。

来到城门边，我不敢望向人们说刽子手随时待命的地方，也无法向城门的守卫隐藏我的躁虑不安。他们质疑地瞥了一眼我手里的一捆装潢织锦布，我故意带着这个道具，让旁人以为我是在协助我的裁缝向导。

踏进议会广场，我们立刻被一股深沉的寂静包围。我从额头和颈部的血管中都能感觉到我的心在狂跳。这片我的姨父和其他拜访过宫廷的人津津乐道的区域，像一座优美无比的天堂花园，在我面前展开。然而，我并没有感觉到进入天堂的狂喜，反而充满了战栗与虔敬。我感觉自己只不过是苏丹陛下的一个卑微仆役，而此刻，我更彻底明白了，苏丹陛下确实是凡间世界的根基。我看着悠游于青葱草木间的孔雀、链在喷泉上的黄金杯子，以及身穿绸缎长袍的大宰相传令官（他们走动的时候双脚似乎都不接触地面），感到能够效忠我的君王，自己是无比荣幸的。毫无疑问地，我一定会完成苏丹陛下的秘密书本，而其中未完成的图画就夹在我的胳膊之下。我茫然地尾随着裁缝师傅，眼睛紧盯着议会高塔，像被下了符咒般迷乱失心，此刻，恐惧已取代了极致的敬畏。

在一位主动迎向我们的皇家随侍陪伴下，我们做梦似的在恐惧中穿过了议会殿堂及宝库。我感觉自己好像不但以前看过这个地方，甚至对它了若指掌。

我们通过一扇大门，进入一间称为旧议会厅的房间。巨大的拱门下方，我看见众多艺匠大师们拿着布匹、皮革、银剑鞘和珍珠母贝镶嵌的箱子。我立刻明白这些人都是苏丹陛下的各个艺匠：制权杖匠、制鞋匠、银匠、丝绒制造师、象牙雕刻师、制弦琴师。他们全都等在财务大臣的门外，准备提报各项请愿，如工资、材料领取或是请求进入禁绝外人的苏丹私人宫殿，以便丈量尺寸。我很高兴人群中没有画家。

我们退到一侧，和大家一起等待。偶尔，我们听见财务官员提高音调，质疑账目有误，要求澄清；接着听见一位锁匠恭敬地答话。屋里的声音始终保持低语，连庭院里鸽子的扑翅声，回荡在我们上方的门拱，都比谦卑艺匠的微小请求还要大声。

轮到我之后，我走进财务大臣的拱顶小室，发现里面只有一名官员。我很快地向他解释，我有一件要事必须当面向财务大臣禀报：苏丹陛下委托制作且本人极为重视的一本书已经中途而废了。习惯于哼哼哈哈的财务官员感觉到了一些东西，睁大了眼睛。我拿出我姨父书本中的图画给他看了。我注意到他对这些图画的奇异之处和它们惊人的吸引力微感惊突。我连忙向他报告了我姨父的名字、称号和职业，并补充说明他因为这些图画已经遇害了。我讲得很快，心里明白如果没有机会让苏丹陛下得知此事就离开宫殿，我自己将被控谋害了姨父。

官员离开去禀告财务大臣时，我吓出了一身冷汗。这位财务大臣，根据我姨父的说法，不但从来不离开苏丹陛下身旁，有时甚至亲自替他铺设礼拜垫，一直是苏丹的心腹大臣。他有可能离开安德伦宫为我而来吗？派遣一位信差替我传话至皇宫深处的安德伦宫就已经够不可思议的了。我暗忖着荣耀的苏丹陛下大人可能身在何方：他是不是在海边的某座别墅里休憩？还是在后宫？财务大臣陪在他身边吗？

过了很久，我接获召见。这么说好了：我脑子空空如也，根本没时间感到害怕。尽管如此，看见站在门边的丝绒制造师露出尊敬和惊愕的表情时，我还是陷入了恐慌。我跨步进房，立刻就感到了害怕，以为自己会什么话都说不出来。他头上戴着一顶只有他和宰相们才能穿戴的金线刺绣头巾；没错，我面前的人就是财务大臣。他正凝视阅读桌上刚才官员从我那儿拿进来的插画。我心里感到害怕，好像那些图画是我画的似的。我亲吻了他长袍的下摆。

"我亲爱的孩子，"他说，"我没听错吧：你的姨父过世了？"

我一下子由于紧张或是有了一种罪恶感而说不出话来，只能点点头。这时候一件完全出乎意料的事情发生了：在财务大臣讶异而同情的目光下，一颗泪珠溢出了我的眼眶，缓缓滑下我的脸颊。能够身处宫殿中、能够让财务大臣为了与我说话而离开苏丹陛下，能够如此接近苏丹陛下，于此种种，我不禁莫名地深受感动，恍惚失神。泪水从我眼眶中奔涌而出，但我丝毫不觉得难堪。

"尽情地哭吧，我亲爱的孩子。"财务大臣说。

我又啜泣又抽噎。虽然自认过去十二年来我已经成熟了不少，但此刻，如此接近苏丹，接近帝国的中心，一个人很快明白自己不过是个孩子。我不在乎外头的银匠或丝绒制造师是否听见了我的啜泣，我知道我将向财务大臣讲明一切。

是的，我告诉了他一切，自然而然地说出了口。我再一次见到我死去的姨父、我与谢库瑞的婚姻、哈桑的恐吓、姨父的书正面临的窘境，以及图画中隐含的秘密，说着、说着，我慢慢恢复了镇定。我很确信，唯一能解救我脱离陷阱的，便是把自己交给苏丹陛下，世界的庇护，仰赖他无穷的正义和关爱，因此我毫无保留。明白了我所说的一切，并把我交付给酷刑者和刽子手之前，财务大臣是否会把我的故事直接传达给苏丹陛下？

"立刻向工匠坊宣布姨父大人的死讯。"财务大臣说，"我要全体细密画家都去参加他的葬礼。"

他望着我，想看我是否有任何反对意见。这一关心给了我信任，我说出了我的疑虑，关于究竟凶手是谁，杀害我姨父与镀金师高雅先生的动机又是什么？我暗示整件事可能牵涉埃尔祖鲁姆传道士的信徒，以及那些意图破坏举行音乐舞蹈的苦行僧修道院的人。看见财务大臣脸上露出了怀疑的神情，我连忙继续说出自己更多的猜疑：我向他禀告，受邀为姨父大人的书本绘书和上色，不但可以得到金钱报酬，更是至高的光荣，因此很可能导致细密画师之间产生无法避免的竞争和嫉妒，单单是这件事情的秘密性，很可能已经煽动起各种仇视怨恨与钩心斗角。话才出口，我便紧张地感觉到财务大臣开始对我起疑——跟你们现在一样。我亲爱的安拉，我恳求您赐予正义，仅此而已，我别无所求。

随之而来的是一阵沉默，财务大臣把眼光从我身上移开，仿佛替我的话和我的命运感到难堪；他把注意力转回折叠桌上的图画。

"这里有九幅。"他说，"当初的计划是要制作一本十幅图画的书。姨父大人从我们这里拿走的金箔，比用在上面的还多。"

"那个异教徒凶手想必从空无一人的家中偷走了最后一幅图画，那上面用了许多金箔。"我说。

"我们还不知道这位书法抄写家是谁。"

"我已故的姨父尚未完成书本的内文。他期待我帮他完成。"

"我亲爱的孩子，你刚刚说你才回伊斯坦布尔没多久。"

"已经一个星期了。我在高雅先生遇害三天后回来的。"

"你的意思是，你的姨父大人一整年来，一直在请人绘画一本尚未写出来—— 一本不存在的手抄本？"

"是的。"

"那么，他跟你说过书本的内容是什么吗？"

"内容正是苏丹陛下所要求的：他要一本描绘伊斯兰历第一千年的书。通过书中呈现的军事力量和伊斯兰的骄傲，加上崇高奥斯曼王朝的力量与富庶，让阅读此书的威尼斯总督心寒胆战。这本书意图叙述和描绘我们领土中最珍贵、最重要的事物。因此，如《面相术论》这本书一样，此书中央将置入一张苏丹陛下的肖像。不仅如此，由于这些图画采用了法兰克技法，拥有了法兰克风格，因此它们必然会激起威尼斯总督的敬畏，使他渴望与我们为友。"

"这些我都了解，但是，这些狗和树，难道是奥斯曼王朝最珍贵、最重要的事物吗？"他说，用手指了指图画。

"我的姨父，愿他安息，他常说这本书不仅要呈现苏丹殿下的财富，也必须显示他的精神与道德力量，同时还包括他不为人知的忧愁。"

"苏丹陛下的肖像在哪儿呢？"

"我还没见过，可能被那异教凶手给藏在了某处。天晓得，可能现在就在他家里。"

在财务大臣的眼中，我已故的姨父已经被贬为某种下等人，制作出一系列奇怪、毫无价值的展示图画，与他所得到的酬金丝毫不相称。财务大臣是否认为我谋杀了一个不诚实的蠢蛋，是为了想娶他的女儿为妻，或者为了别的原因——比如说，卖掉金箔换钱？从他的眼神中，我看得出我的案子即将了结，因此我鼓起最后的勇气，紧张地开口，试图洗刷我的罪名：我告诉他，我的姨父曾向我透露，杀害可怜的高雅先生的凶手，可能是他雇用的其中一位细密画师。我简明扼要地告诉他，我的姨父对橄榄、鹳鸟和蝴蝶三人有所怀疑。我没有太多证据，也不是很有自信。语毕，我感觉财务大臣认为我只不过是一个不要脸的愚蠢造谣者。

然而到最后，财务大臣却特别指示，我们必须向工匠坊隐瞒姨父离奇死亡的细节，这使得我的精神为之一振，并视为他要与我进行合作的第一个暗示。财务大臣留下了图画，接着我穿越致敬之门——稍早感觉像天堂之门，在守卫的严密注视下，我走出了宫门，顿时全身放松，好似一个离家多年重返家园的人一样。

308

37. 我是你们的姨父

　　我的葬礼正如我想要的那样令人倍感哀荣。我希望能参加的人都来了，这使我感到非常骄傲。当我的死讯宣布时，正在伊斯坦布尔的高级大臣之中，塞浦路斯的哈吉·侯赛因帕夏与托帕尔·巴基帕夏，都依然记得我过去曾尽心尽力侍奉过他们。当前备受赞誉但也饱受批评的省财政主管克尔默泽·梅莱克帕夏，他的出现更使得我们地区清真寺的寒酸庭院蓬荜生辉。我尤其高兴看见苏丹使节主管穆斯塔法老爷，倘若我还活着，并继续积极参与政治，想必也会擢升至同样的官阶。这个庞大的吊丧阵容中有来自各界的达官显要，包括议会秘书凯默列丁先生、仍然保持着以往的微笑的司信主管塞尔特·萨利姆先生、几位早议会传令官——每个人若非是我的挚友就是我的仇敌，一群已淡出政坛的前议会议员、我的学校朋友、其他得知我死讯的人——我想象不出他们是何时何地听说的，以及许许多多其他的亲戚、朋友和年轻人。

　　集会仪式的肃穆悲戚也令我倍感骄傲。财务大臣哈泽姆老爷与皇家侍卫队长的亲临，向所有吊丧者表明了伟大的苏丹陛下对我的死于非命至感伤痛，这一点确实让我非常欣慰。我不清楚荣耀的苏丹陛下的悲伤是否意味着，他将派人，包括动员酷刑者，尽一切力量搜捕卑鄙的凶手，然而我确实知道：那个人渣现在就在庭院里，站在其他细密画家和书法家之中，摆出一副庄严肃穆、悲痛万分的表情，凝视着我的棺材。

请别这么想，请别认为我对凶手满怀怨恨，或者走上了复仇之路，甚或因为我被不忠不义地残忍杀害，所以我的灵魂无法安息。我，此刻，处于一个全然不同的存在层次，我的灵魂相当平静。历经了多年的尘世苦痛后，如今我的灵魂重新找到了它的归属。

当我的躯体在墨水瓶的重击下躺卧于血泊之中痛苦地扭动时，灵魂暂时离开了身体，在一片强光中微微颤抖。接着，两位面如阳光般明亮、面带微笑的美丽天使——如同我在《灵魂之书》中读过无数次的模样——笼罩在空灵的光芒中缓缓朝我接近。他们抓住我的手臂，好像我仍具人形，然后升天。我们的上升是如此平和轻盈，如此迅速，仿佛一场幸福的梦境！我们穿越熊熊烈火，涉过一条条光河，通过黑暗的海洋与冰霜积雪的山岳。每穿越一个地方都要花上千年的时间，但感觉起来却似乎不过是一眨眼的光景。

我们飞升来到了七重天，经过各式各样的群体、奇特的生物、笼罩着形形色色昆虫与飞鸟的沼泽及云朵。每当抵达一重天时，领路的天使都会轻敲大门，门后则传来一个问题："谁要去？"天使会说出我的全名，描述我的品行，并总结道："崇高安拉的一位顺服仆人！"——这句话让我快乐得泪水盈眶。虽然如此，我明白在最后审判日之前还有上千年的等待，届时，真主将决定谁注定上天堂，谁又该下地狱。

因为，除了些微的差异之外，我的升天就与安萨里、艾尔·杰夫济耶及其他著名学者描述到死亡时所写的一模一样。永恒的神秘与黑暗的谜团，只有亡者才可能了解的秘密，此刻展现开来，渲染一片，一个接着一个迸发出千万种灿烂的色彩。

噢，我该如何恰当地形容这段璀璨旅程中看见的色彩？整个世界都是由颜色创造出来的，一切都是颜色。如同我察觉到的，把我和万事万物分开的那股力量是由颜色组成的，我现在也明白了，热情拥抱我并使我留恋世界的那股力量，也是色彩。我看见橘色的天空、美丽的翠绿身体、棕色的蛋和天蓝色的传说之马。世界忠实地反映出多年来我研读不倦的绘画和传说。我惊异敬畏地观望着真主创造的世界，仿佛是头一次看见，但它又似乎早已存在于我的记忆中。我所谓的"记忆"，包含了整个世界：时间在我面前朝过去和未来无限延伸，我明白此刻第一次体验到的世界，将永恒持续，成为记忆。围绕在这片欢腾的色彩中死去，我感觉自己好似脱下了一件紧身束衣，无比轻松平静：从现在起，再也没有束缚，我将拥有无限的时间与空间，可以前往任何一个地方，体验任何一个时代。

察觉这份自由之后，顿时，惊惧狂喜之中我明白了自己就在"他"的身旁。与此同时，我感觉到四周涌入一股无以匹敌的红。

短短的一瞬间，红色染透了一切。这艳丽的色彩溢满了我和全宇宙。当我在这片景色下朝"他"接近时，内心高兴得想要哭出来。突然间，想到自己将这样一身血污地被带到他面前，我感到羞耻难堪。我心中另一部分回想起书本中的描述，死亡之后，"他"将征召阿兹拉伊来和其他的天使领我到"他"的跟前。

我能够见到他吗？我兴奋得透不过气来。

红色朝我逼近——那无所不在的红，包罗着宇宙万象；如此壮丽璀璨的红，想到自己即将成为它的一部分，想到自己能够如此接近"他"，我不禁泪如泉涌。

但我也知道"他"不会再比此时更靠近了；"他"向天使询问我，他们赞美我；"他"视我为一个忠诚的仆人，谨守"他"的戒律和禁令："他"爱我。

陡然间，一个扰人的疑虑打断我攀升的喜悦和奔流的眼泪。在罪恶与忧虑的驱迫下，我惶惑不安地问"他"：

"过去二十年来，我深受威尼斯异教绘画的影响。我甚至一度还想要通过那种技法和风格，为自己绘画肖像，但是我不敢。相反，后来我却请人替您的世界、您的万物、您人间的影子——苏丹陛下，绘画了一幅法兰克异教徒样式的肖像。"

我不记得"他"的声音，但记得"他"注入我脑中的答案。

"东方与西方皆属于我。"

我几乎压抑不住我的兴奋。

"那么，这一切、这些……这个世界的意义究竟是什么？"

"秘密。"我听见自己脑中传来声音，或者是"仁爱"，我不确定是哪一个。

当天使来到身边时，我明白在这至高无上的天堂，某种关于我的决定已经达成，不过我必须待在神圣的婆娑中界，与过去千万年来所有亡魂一起等待世界末日的审判，届时，最终的裁判将决定我们上天堂或下地狱。我很高兴一切都如书中记载的那样发生。当我从天堂下降时，记起曾经在书上读到，葬礼的过程中我将再度与我的身体结合。

然而我很快了解到，所谓"再度返回无生命的躯壳"的现象，只是一种文学比喻，感谢上主。祈祷结束后，人们扛起我的棺材，走下清真寺旁一座小丘陵墓园。这个令我倍感骄傲的庄严送葬队伍，尽管凄绝哀痛，行动却极为整齐利落。从上往下看，行进的队伍看起来像一条细致的丝线。

容我澄清我的处境：根据著名的先知圣训——其中训言"信徒的灵魂是一只鸟，饱食天堂的果树"，人们或许会推论，死后，灵魂翱翔于苍穹。但根据阿布·厄梅尔·宾·阿布杜贝尔对此传说的解释，认为它并不是说灵魂会附身于鸟，甚至变成一只鸟，而是如学识渊博的艾尔·杰夫济耶所说的，圣训的意思是灵魂会出现在飞鸟所到之处。此刻我观察万物的所在——喜好透视法的威尼斯大师们称其为"视角"的地方——证实了艾尔·杰夫济耶的解释。

从我所在的位置，举例来说，我可以看见丝线般的送葬队伍进入墓园，也可以带着分析绘画的欢喜，望着一艘帆船灌饱了风，逐渐加速航向金角湾与博斯普鲁斯汇流交界的皇宫岬。从宣礼楼的高度往下看，整个世界如同一本富丽堂皇的书册，任我一页一页地翻看细赏。

然而，我所见的事物，远超过一个灵魂未出窍的人在同样高度上能看到的：博斯普鲁斯海峡的对岸，过了于斯屈达尔，墓碑之间的一块空地上，有一群孩童正在玩青蛙跳；十二年又三个月前，外交事务大臣的轻舟在七对桨夫的推进下优雅航行，当时我们正陪伴着威尼斯大使从他的海边别墅前往谒见大宰相凯尔·拉戈普帕夏；兰哥新市场上，一个肥胖的女人捧着一大棵包心菜，好像抱着自己的小孩准备喂奶；听说阻碍我晋升之途的议会使节拉马赞先生过世时，我的确欢欣鼓舞；当我还小时，坐在祖母的腿上，望着母亲晾在庭院里的红色衬衫；当谢库瑞的母亲，愿她

313

安息，开始分娩时，我跑到老远的地区找寻接生婆；四十年前我遗失的红腰带（现在我知道是被瓦斯非偷走了）；远处一座壮丽的花园，二十一年前我曾经梦见它，并祈求安拉将来有一天证明那就是天堂；格鲁吉亚总督阿里大人在哥里城堡剿平叛军之后，送到伊斯坦布尔的断头、鼻子和耳朵；以及我美丽亲爱的谢库瑞，她抛下我们屋子里一群吊唁我的邻居妇女，独自来到庭院，呆望着砖炉里的火焰为我哭泣。所有这一切，我都能同时尽收眼底。

书本和以前的学者都常说灵魂栖息于四界：（一）子宫；（二）人世间；（三）我现在所在的婆娑，或中间界；（四）审判之后将要前往的天堂或地狱。

处于婆娑的中间状态，可以同时看到过去和现在。只要灵魂继续保留着记忆，空间的限制便不存在。只有当一个人脱离了时空的牢笼，他才会明白生命是一件束衣。就如同一个没有躯体的灵魂在亡者的国度享受无比欢愉，同样地，人世间最大的幸福就是成为一个没有灵魂的躯体；很遗憾没有人能在死前发觉这点。因此，我一边参与自己风光的葬礼，一边哀伤地望着我亲爱的谢库瑞徒然哭干了泪水。我乞求崇高的安拉，赐福给我们这些天堂中没有躯体的灵魂与凡间没有灵魂的躯体。

38. 奥斯曼大师就是我

你们了解那种把生命慷慨地奉献给了艺术的顽固老人。他们指责所有的人。他们往往形容枯槁、消瘦而高大。他们希望面前屈指可数的日子和过去漫长的岁月一模一样。他们乖戾易怒，永远抱怨连连。他们总想要自己掌控所有的状况，逼身边每个人只能绝望得举手投降；他们谁都不喜欢，什么事都看不顺眼。我就是这样的一个人。

大师中的大师，努鲁拉赫·赛里姆·却勒比，我有幸与他在同一间画坊促膝绘画。当时我只不过是一个十六岁的学徒，他正值八十，那时的他就是此种个性（虽然他的脾气没有我现在暴躁）。三十年前过世的最后一位伟大巨匠萨勒·阿里，性格也是如此（虽然他没有我高，也没有我瘦）。既然当年批评的矛头指向了这些著名的大师，那么我也知道如今这些批评的矛头已经射中了我的后背。因此我要你们知道，这些攻击我们的陈腐指控根本是无稽之谈。事实是这样的：

一、我们之所以不喜欢任何创新，是因为真的没有任何新的东西值得喜欢。

二、我们把大部分的人当智障对待，因为，确实，大部分的

315

人都是智障，不是因为我们郁积了愤怒、不悦或别种性格缺陷（我承认，对待这些人再好一点，这或许对于我们来说会是更加明智而谨慎的选择）。

三、之所以忘记或搞混那么多名字和脸孔——除了那些学徒期受我训练、为我宠爱的细密画家之外——不是因为年老健忘，而是这些名字和面孔实在过于平淡无光，根本不值得记住。

在因为自己的愚蠢以至提早升天的姨父的葬礼上，我试图忘掉亡者曾经强迫我模仿欧洲的绘画大师，带给了我难以言喻的痛苦。回程的路上，我有下面的想法：失明与死亡，真主赐予的礼物，如今不再离我那么遥远了。当然，只要我的绘画和手抄本继续使你们的眼睛发亮，使你们的内心绽放幸福花朵，我就永远不会被忘记。但除此之外，等我死后，我希望人们知道，在我衰老的岁月，在我寿命的尽头，仍然有许多事物能教我开心地微笑。比如说：

一、孩童。（他们会总结整个世界的规则。）

二、甜美的回忆。（漂亮男孩、美丽女子、好绘画和友谊。）

三、欣赏赫拉特前辈大师们的经典画作。（这点无法向外行人解释。）

总结其简单的意义：由我所领导的苏丹陛下的画坊，再也画不出过去那些辉煌的艺术作品。我可以预见到，情况只会每况愈下，一切都将逐渐衰败，最终消失无踪。我痛苦地明白了，尽管我们热情地奉献了自己的一生追求，却很少能够达到赫拉特前辈大师的壮丽层次。谦卑地接受这个事实可以使生活变得简单一些。确实，正因为谦逊可以使生活变得简单一些，因此在我们伊斯兰世界中，它被视为至高的美德。

带着这种谦逊之情，我开始修饰庆典叙事诗中的一幅插画，这幅画描绘了王子的割礼仪式中，埃及总督呈上了各式各样的礼物：一把黄金雕镂的宝剑，上面镶饰红宝石、翡翠和玳瑁，呈放在一块红丝绒上；一匹快如雷电、精力充沛、总督引以为傲的阿拉伯骏马，它的鼻子上有一块白点，皮毛银亮光泽，全身配备着黄金马镫，镶有珍珠和翠绿橄榄石的缰绳及马镫，以及一副绣饰着银丝线和蔷薇宝石的红丝绒马鞍。我拿起画笔，东一挥西一拂，为图画添入各式修饰。这幅图画，最初由我设计构图，接着我再指派不同的学徒，分别绘画马匹、宝剑、王子与观礼的使节。我为竞技场里的梧桐树，加了几片紫色的树叶。我蘸了点黄色，涂上鞑靼大汗使者的长衫纽扣。正当我为马缰涂上一层薄薄的金箔时，外头有人敲门。我放下了手边的工作。

是一位皇室僮仆。财务大臣传唤我进宫。我的眼睛微微发疼，把放大镜放进口袋，跟着僮仆走了出去。

喔，连续工作了这么久之后，能够上街走走，真是舒爽极了！每当这种时候，一个人总会惊艳于世界的新鲜和亮丽，仿佛安拉前一天才创造了它。

我注意到一条狗，比我见过的任何一张狗的画像更为意味深长。我见到一匹马，比我的细密画师笔下的随便一匹都还要糟糕。我瞥见竞技场里有一棵梧桐树，不久前我才用紫色调加强了它的叶子。

过去两年来我一直描绘竞技场中的游行，因此当我踱步穿越竞技场时，仿佛踩进自己的图画一样。比如说我们要转进一条街道：若是在一幅法兰克绘画中，我们的结果便是走出图画和画框外；若是在一幅坚守赫拉特大师风范的图画里，我们终究会抵达安拉俯瞰我们的位置；若是在一幅中国绘画中，我们将被困住，永远也走不出去，因为中国的绘画可以无边无际地予以延伸。

我发现僮仆并非带领我前往议会厅，往常我与财务大臣习惯在那里见面，讨论下列事项：我的细密画家们正在为苏丹殿下制作的手抄本、彩绘鸵鸟蛋或其他礼物；插画家的健康状况，或是财务大臣自己的身体和情绪；颜料、金箔或其他材料的申请；惯常的意见和要求；世界的庇护，苏丹殿下的要求、命令、喜好与脾气；我的视力、我的眼镜或我的风湿痛；或者是财务大臣那游手好闲的女婿，以及他那只虎斑猫的健康。我们安静地走进苏丹的御花园，犯罪似的小心谨慎，踏着轻巧优雅的步伐，安详地穿越树林，往下走向海边。"我们正朝滨海别墅走去，"我心想，"也就是说我将会见到苏丹。陛下必定在那里。"然而我们却转上了另外一条路。我们经过停放划艇和轻舟的棚帐，穿越一座石头建筑的拱形入口，再继续往前走了几步。我先是闻到一股烤面包的香味从侍卫队厨房飘散而出，接着才瞥见一身红色制服的皇家侍卫兵。

财务大臣与皇家侍卫队长共处一室：天使与魔鬼！

这位替苏丹陛下在宫殿底下执行死刑、施加酷刑、拷问、鞭打、刺目和笞踣等刑罚的侍卫队长亲切地对我微笑，仿佛一个无所事事的房客，准备向我这位倒霉与他同住一间旅店房间的室友，述说一则感人肺腑的故事。

然而叙述故事的人不是侍卫队长，而是财务大臣。

财务大臣含蓄地说："一年前，苏丹陛下吩咐我以最高机密负责制作一本手抄绘本，一本日后将用作外交赠礼之一的手抄本。基于书籍的秘密性，陛下认为这本书并不适合由皇家史官罗克曼编纂；同样地，他也不想牵涉到你，尽管他对你的才华极为钦仰。事实上，他认为你因为全心投入庆典叙事诗，想必分身乏术。"

乍进房间时，我猛然以为有哪个无赖恶意中伤，宣称我在某幅画中表露异端邪说，或是在某件作品里犯下欺君之罪。我惶恐地想象君主听信了这个无耻之徒的谗言，不顾我老迈的年纪，即将对我展开严刑拷问。因此，当我听到财务大臣只是试图解释苏丹陛下委托了一个外人编辑手抄本——这些话语的确甜过蜂蜜。我倾听着关于手抄本的内容，没什么新意，因为我早已知情。对于埃尔祖鲁姆努斯莱特教长的许多谣言，我也略有听闻，而画坊里的各种勾心斗角自然更不陌生。

为了表明我问过一个问题，我就问是谁负责编辑这本手抄本，其实我知道这个问题的答案。

"姨父大人，如你所知。"财务大臣说。他紧盯着我的眼睛，补充道："你很清楚他并非寿终正寝，也就是说，他是被谋杀的，对不对？"

"不。"我简洁地说，像个孩童般，接着陷入了沉默。

"苏丹陛下极为震怒。"财务大臣说。

那个低能的姨父大人是个蠢材。细密画师们总是嘲笑他的装模作样远胜于他的博学多闻，他的野心抱负远高于他的智慧才能。我知道在葬礼上有股腐臭的气味。他是怎么死的？我很好奇。

财务大臣巨细靡遗地进行了叙述。骇人听闻。亲爱的真主，请您庇佑我们。不过，谁可能是凶手？

"苏丹颁令，"财务大臣说，"这本引起争端的手抄本必须尽快完成，庆典叙事诗也一样……"

"他还颁布了第二道命令。"皇家侍卫队长说，"倘若，这个泯灭天良的凶手是其中一位细密画家，他要我们揪出这邪恶的魔鬼。他要给凶手判以严酷的极刑，为众人立下范例，谁也别再想阻止苏丹陛下的书，谁也别再想杀死他的细密画家。"

侍卫队长脸上浮现一抹兴奋之情，似乎暗示着他已经知道苏丹陛下颁订的惩罚。

我明白了苏丹陛下不久前才指派这两人负责此项任务，迫使两人不得不合作——就此他们至今难掩彼此的憎恶。想到这一点，燃起了我对苏丹的敬爱，远超过单纯的敬畏。一个小男仆端来了咖啡，我们坐了一会儿。

他们说姨父大人有一个受到他亲自教导的外甥，名叫黑，对绘画和书本艺术颇为熟稔。他们问我见过他吗，我没有回答。他们说：不久前，在他的姨父邀请下，黑离开任职的塞尔哈特帕夏，从波斯前线回来（侍卫队长投给了我一个怀疑的眼神）。回到伊斯坦布尔后，他设法赢取了姨父的宠爱，并得知姨父监制的书本内容。黑宣称高雅先生遇害后，姨父怀疑夜晚拜访他共同绘画手抄本的几位细密画师，其中一位就是凶手。他已经看过这些大师绘制的图画，并说谋害姨父的凶手是其中一人，这个画家同时偷走了使用大量金箔的苏丹肖像。这个年轻人，两天来隐瞒了姨父的死讯，没有向皇宫及财务大臣报告。就在这短短两天的时间内，他仓促地迎娶了姨父的女儿，举办了一场在道德上及宗教上皆引人争议的婚礼，并进驻姨父的房子。因此，他们俩人都认为黑涉嫌重大。

"如果搜索我的细密画师的屋子和工作室，结果在其中一人那里找到遗失的图画，那么黑将能立即洗清罪嫌。"我说，"然而坦白地说，我可以告诉你们，我挚爱的孩子们，我天赋异禀的细密画家们，从他们做学徒时我就看着长大的这些人，他们不会夺走任何人的生命。"

"至于橄榄、鹳鸟和蝴蝶，"侍卫队长用嘲讽的语调说出我给他们的慈爱昵称，"我们打算搜索他们的家、出没的场所、工作地点，以及，如果有店铺的话，还要搜他们的店铺。我们会翻遍每一块石头。这也包括黑在内……"他露出不得已的表情说："因为情势颇为棘手，因此，感谢真主，法官准许我们在质询时如果有必要，可以诉诸刑讯。由于第二件命案的受害者关系到细密画家部门，使得其中每一个人，从学徒到大师，全都有嫌疑，因此刑讯是依法许可的。"

我一言不发地想着：一、所谓"依法许可"，表明了准许刑讯的人并非苏丹陛下本人；二、由于在法官眼中，所有细密画家都是这起双重谋杀案的嫌犯，也由于我，尽管位居画坊总监，却无法指认出我们之中谁是凶嫌，因此我也有罪；三、我明白他们希望得到我的默许或口头上的认可，同意他们拷问我亲爱的蝴蝶、橄榄、鹳鸟与其他人，而这些人，近几年来，全都背叛了我。

"由于苏丹陛下希望如期完成庆典叙事诗与这本显然只做了一半的书，"财务大臣说，"我们很担心拷打可能伤及画师们的双手与眼睛，从而影响他们的技巧发挥。"他面向我说："没错吧？"

"最近另一件案例也遭遇类似的困难。"侍卫队长粗声说，"两位专事修补的金匠和珠宝匠受到魔鬼的诱惑，傻里傻气地迷恋上苏丹陛下的妹妹娜吉米叶苏丹的一只红宝石柄咖啡杯，最后居然忍不住偷了它。苏丹的妹妹悲伤不已，因为她极钟爱那只杯子。由于杯子的窃案发生在于斯屈达尔皇宫，君王便指派我调查。我也明白，苏丹陛下和娜吉米叶苏丹都不希望金匠及珠宝匠

321

大师们的眼睛与手指受伤，免得影响他们的技艺。因此，我把所有珠宝匠大师剥得精光，丢进院子冰冷刺骨、结满冰霜的水池里。每隔一段时间，我就把他们拖出来，狠狠鞭打，留意不伤到他们的脸和手。短短的时间内，被魔鬼所惑的珠宝匠就招供了，并得到了该有的惩罚。尽管浸泡冰水、受尽寒风、饱尝鞭打，但因为其他珠宝匠的内心清白，没有任何人的眼睛和手指受到永久的伤害。就连苏丹也特别提起，他的妹妹对我的表现颇为赞赏，同时，珠宝匠们工作得更为卖力，因为坏了一锅粥的老鼠屎如今已经被剔除。"

我相信侍卫队长会以比对待珠宝匠更为严酷的折磨，来对付我的细密画师。虽然他尊敬苏丹陛下对手抄绘本的热情，但就如其他许多人一样，他也视书法为唯一值得景仰的艺术形式，瞧不起装饰和绘画，认为它们是徘徊在宗教信仰边缘、本就该受罚的不正经的雕虫小技，只适合女人。他故意刺激我说："当你埋首于工作时，你挚爱的细密画家们早已开始密谋，彼此算计着等你死了以后谁能当上画坊总监。"

难道还有什么新的谣言吗？难道还有什么新的阴谋吗？我强忍着没有回答。财务大臣相当清楚我对他充满愤怒，竟然背着我委托那已故的智障编辑手抄本。他也深知我气极了那些忘恩负义的细密画家，为了多赚几枚银币曲意逢迎，偷偷绘制了这些图画。

我发现自己正默默地猜想着可能对我的细密画师们采用的刑讯手段。他们不会选择剥皮拷问，因为那没有任何补救措施；他们也不会使用对付叛军的戳桩刑，因为那是用来树立威慑效果的杀人手段；噼噼啪啪地敲断碾碎细密画家的手指、胳膊或腿显然也不可行。当然，挖掉一只眼睛——依据伊斯坦布尔街头日益增多的独眼龙判断，我猜想这是最近逐渐流行的方式——也不适合用在艺术大师们的身上。因此，我眼前浮现一个画面，在皇室御用花园隐蔽的一角，我亲爱的细密画家泡在冰冷的池塘里，围绕在朵朵睡莲之间，全身猛打战，恨得牙痒痒地彼此怒视，想到这里我忍不住想大笑。尽管如此，我心痛地想到，当热铁烙烫上橄榄的臀部时，他不知会如何惨叫；当沉重的枷锁套上鹳鸟的手脚时，他的皮肤不知会变得如何青白一片。我更不敢想象亲爱的蝴蝶——他对彩绘的技巧与热情教我热泪盈眶——被当作一个寻常窃犯施以笞跐刑的模样。我呆立原地，脑中一片空白。

深沉的寂静吞没了我老迈的心灵，无言。曾经有一段时间，我们一起绘画，满腔的热情使我们忘却了一切。

"这些人是苏丹手下最优秀的细密画家。"我说，"千万别让他们受到伤害。"

财务大臣心满意足地起身，从房间另一头的工作桌上抓起一沓纸，拿到我面前排好。接着，似乎觉得房间太暗，他端来了两支巨大的烛台，放到了我的身旁。烛火上下跳动、左右摇摆着。这就是那些画。

我该如何向你们解释我在放大镜下看见的图画？我很想大笑，但并不是因为它们很可笑。我感到了愤怒，却又不是因为它们是些可以当真的东西。姨父大人似乎指示过我的大师们："别画得像你们自己，假装你们是别人那样去画。"他似乎逼迫他们回想不存在的记忆，去幻想并画出未来的模样，一种他们绝不会期待的未来。更荒唐的是，他们竟然为了这种垃圾自相残杀。

"看着这些插画，你能告诉我哪一幅画是出自于哪一位细密画家之手吗？"财务大臣问。

"可以，"我生气地说，"这些图画是在哪里找到的？"

　　"黑亲自把它们带来的，然后留在了我这里。"财务大臣说，"他决心证明他和他的已故姨父是无辜的。"

　　"质询的过程中，拷问他。"我说，"这么一来，我们就会知道已故的姨父还藏着什么秘密。"

　　"我们已经派人去叫他了。"皇家侍卫队长说，"稍后，我们会彻底搜查这对新婚夫妇的家。"

　　两人的脸都突然亮了起来，涌上一丝恐惧与敬畏，两人肃然起立。

　　无需转身，我便明白他已来到，荣耀的苏丹陛下，世界的庇护。

39. 我是艾斯特

噢，跟大家一起哭真是太畅快了！当男人们前往我亲爱的谢库瑞父亲的葬礼时，女人们、亲戚朋友、街坊邻居，则聚集在屋子里流泪哭泣；而我呢，也哭天抢地地加入了大家的哀悼。一会儿，我与身旁的漂亮姑娘同声哭号，靠在她身上前摇后摆；一会儿，我又转换另一种心情，为自己的哀愁和凄凉的生活痛哭流涕。如果我可以每星期像这样哭上一回，我心想，或许就能忘掉自己每天在街上游荡讨生活的劳苦，忘掉被人嘲笑肥胖和犹太血统的辛酸，重新再生，变成一个说不定更聒噪的艾斯特。

我喜欢婚丧喜庆，因为我可以尽情地吃，而且能忘记自己是人群中的黑羊。我爱死了节日的千层酥饼、薄荷糖、杏仁甜面包和水果干；割礼仪式的碎肉饭和杯状馅饼；苏丹在竞技场举行庆典时的樱桃汁；婚礼上的所有食物；葬礼之后邻居们送来吊慰的芝麻、蜂蜜或各种口味的哈尔瓦糕。

我静悄悄地溜进走廊，穿好鞋子走下楼梯。转进厨房前，我听见马厩旁房门半掩的房间传出奇怪的声响，起了疑心。我朝那个方向走了几步，瞥进门里，发现谢夫盖与奥尔罕绑住某个吊丧妇女的儿子，正用他们已故外公的颜料和画笔在他脸上乱涂。

325

"如果你想逃，我们会这样打你。"谢夫盖说，打了男孩一巴掌。

"我亲爱的孩子，好好玩，别打架，好不好？"我尽力装出温柔的声音说。

"少管闲事！"谢夫盖大吼。

我注意到他们旁边站着一个瘦小、惊惶的金发女孩，显然是受欺负男孩的妹妹，不知什么原因，我替她感到好难过。算了，别管，艾斯特！

来到厨房，哈莉叶疑心地打量着我。

"我哭得口干舌燥，哈莉叶。"我说，"看在老天的分上，倒杯水给我。"

她一言不发，把水递给了我。喝水前，我看了看她哭得发肿的眼睛。

"可怜的姨父大人，人家说他在谢库瑞的婚礼前就已经死了。"我说，"人们的嘴可不像布袋，可以绑得死牢，有些人甚至放话说他不是寿终正寝。"

她非常明显地猛低下头，望向自己的脚趾。接着她抬起头，避开我的眼睛说："愿真主保佑他的仆人远离卑鄙的谣言。"

她的第一个动作肯定了我之前所说的话，不但如此，说话的语调也让人感觉到她不得不说这样的话。

"怎么回事？"我唐突地问，压低声音一副知心朋友的样子。

犹豫不决的哈莉叶当然明白，姨父大人死后，想要操控谢库瑞的指望是一点儿都没有了。然而不久前，她却是在楼上哀悼时哭得最真诚的人。

"今后我该怎么办呀？"她说。

"谢库瑞非常看重你。"我拿出惯有的说词。一排装满哈尔瓦糕的罐子排在装着葡萄糖蜜的大陶罐和腌菜罐之间，我掀开盖子，凑上去闻一闻或伸一根手指进去捞一点尝尝。我问这些都是谁送来的。

哈莉叶喋喋不休地解释谁送了哪一罐："这是卡依塞利的卡辛先生送的；这个嘛，是住在两条街外的细密画家部门的助理送来的；那是锁匠左撇子哈姆迪送的；那一罐是埃迪尔奈的少妇……"这时谢库瑞打断了她。

"已故高雅先生的遗孀卡比叶，并没有来吊问，也没有传话或是送哈尔瓦糕过来！"

她正从厨房往楼梯走去。我跟上她，知道她想私下与我讲几句话。

"高雅先生与我父亲之间并没有任何嫌隙。高雅的葬礼那天，我们做了哈尔瓦糕给他家送去了。我想知道这是怎么一回事。"谢库瑞说。

"我现在就查一查。"我说，猜测着谢库瑞心里在想什么。

由于我没有多说，她亲吻了我两侧脸颊。站在庭院刺骨的寒风里，我们互相拥抱在了一起。过了一会儿，我轻抚我美丽谢库瑞的秀发。

"艾斯特，我好怕。"她说。

"我的宝贝，别怕。"我说，"啥事都有好的一面。看吧，你终于嫁人了。"

"可是我不知道自己做得对不对。"她说，"所以我一直还没有让他靠近我。整个晚上我都守在我可怜的父亲身旁。"

她睁大眼睛直视着我，仿佛在问：你明白我的意思吗？

"哈桑声称你们的婚礼在法官眼中是无效的。"我说，"他送了这个给你。"

虽然嘴巴上说"别再送了",但她随即打开小纸条看了起来,这次她并没有告诉我信中的内容。

她这么谨慎是对的,我们站立拥抱的庭院里还有别人:我们的上方,有一个堆满傻笑的木工,正在为大厅的窗户重装百叶窗,原来的那一扇今天早上不知为何掉下去摔坏了。他一边工作,一边斜睨着我们和屋里哭泣的女人。这时,一位忠实邻居的儿子敲响了庭院大门,大喊:"哈尔瓦糕来了。"哈莉叶连忙从屋里跑出来替他开门。

"他已经下葬有一阵子了。"谢库瑞说,"我现在可以感觉到我可怜父亲的灵魂正永远离开他的躯体,升上天堂。"

她从我的手臂里抽身,抬头望向晴朗的天空,长长地做着祈祷。

忽然间,我觉得离谢库瑞好远、好陌生,就算我只是她眼中的那片云,我也不会感到惊讶。念完祈祷文后,美丽的谢库瑞立刻热情地亲吻了我的双眼。

"艾斯特,"她说,"只要杀害我父亲的凶手仍然逍遥法外,我与我的孩子将不会有片刻安宁。"

我很高兴她没有提起新丈夫的名字。

"去高雅先生家里,和他的遗孀聊一聊,弄清楚他们为什么没有送哈尔瓦糕。赶紧回来把消息告诉我。"

"你有什么口信要给哈桑吗?"我说。

我觉得很尴尬,不是因为问了这个问题,而是我说话时不敢直视她的眼睛。为了掩饰我的尴尬,我叫住哈莉叶,掀开她手里那只瓶子的盖子。"噢喔,"我说,"加开心果的粗麦哈尔瓦糕。"

我尝了一口，"他们还掺了酸橙。"

看到谢库瑞冲我甜甜地微笑，仿佛一切事情都在照计划进行着，这让我很开心。

我一把抓起我的包袱离开。还没走两步我就看见黑在马路的尽头。他刚从岳父的葬礼回来，从他容光焕发的表情看来，这位新丈夫还挺满意自己的生活。为了不破坏他的好心情，我离开马路，钻进一排树丛，然后穿越吊死鬼犹太人的花园，他妹妹就是著名的犹太医生默谢·哈门的情人。每当行经这座让人联想起死亡的花园，我都会感到无限忧伤，以至于总是忘记我得负责替这栋房子找个买主。

死亡的气息也弥漫在高雅先生的家中，但没有激起我任何的忧伤。我可是艾斯特呢，进出过千万间房子，认识千百个寡妇；我知道失去丈夫的年轻女人们，若不是沉浸于挫折和痛苦，就是充满愤怒与抗拒（不过，所有这些折磨谢库瑞都经历过）。卡比叶选择了愤怒的毒药，我明白这有助于加快我工作的进程。

如同一切命运乖舛的骄傲女人，卡比叶自然会怀疑所有访客都是故意挑她最悲惨的时刻来可怜她；甚至更恶毒的，来见证她的痛苦，并暗自欢喜自己的境况比她好多了。因此，她不与宾客多寒暄，抛弃任何花言巧语，直接切入话题。艾斯特今天下午来有何贵干，为什么要趁卡比叶正准备小睡一会儿以缓解悲痛的时候来访？我知道她对最新的中国丝绸和布尔萨手帕毫不感兴趣，所以甚至不用假装解开包袱，便直接切入正题，转达泪人儿谢库瑞的挂念。"你的哀伤谢库瑞感同身受，但一想到她竟然无意间冒犯了你，不禁更加深了她的痛苦。"我说。

卡比叶高傲地承认自己没有问候谢库瑞，没有登门拜访表示哀悼，或与她一同哭泣，也没有做任何哈尔瓦糕派人送去。她的骄傲背后，隐含着一丝藏不住的得意：很高兴有人察觉到了她的愤恨。逮住这一点，你们机敏的艾斯特企图从中挖掘出卡比叶愤怒的原因和始末。

没过多久，卡比叶便承认她对已故的姨父大人极为不满，原因是他所编辑的手抄绘本。她说她丈夫，愿他安息，并不愿意为了多赚几枚银币参与书本制作，但是姨父大人却说服他说这个计划是苏丹的旨意。虽然如此，她的先夫察觉到姨父大人雇他镀金的图饰，渐渐从简单的装饰插画发展成为完整的图画，不仅这样，这些绘画还包含了法兰克异端邪说、无神信仰，甚至亵渎神圣的痕迹。他渐感不安，并开始分不清是非对错。远比高雅先生还要理智和谨慎的卡比叶小心地补充道，所有这些疑虑并非一夕之间迸发，而是逐渐产生。由于可怜的高雅先生从不曾找到任何公然渎神的证据，只好把自己的担忧视为空穴来风，抛在脑后。此外，他透过更加虔诚来让自己心安，从不错过埃尔祖鲁姆努斯莱特教长的任何一场讲道，要是没能及时做礼拜他就会从心底感到不安。他明白画坊里有几个混蛋嘲笑他对信仰的全心奉献，但更深知他们无耻的讥笑源自于嫉妒他的才华和技艺。

一颗豆大、晶莹发亮的泪珠从卡比叶湿润的眼睛滑下脸颊，这一瞬间，你们好心肠的艾斯特下了一个决定，要尽快帮卡比叶找一个比她亡夫更好的丈夫。

"先夫并不常跟我讲他的这些忧虑。"卡比叶谨慎地说，"根据我所记得的，把它们拼凑在一起之后，我得出了结论，所有落到我们头上的事件的起因，全指向最后一晚引他去姨父大人家中的那些图画。"

好一种表达歉意的方式。为了回应她的话，我提醒她，如果考虑到姨父大人可能也是死于同一个"混蛋"手下，那么她与谢库瑞的命运，以及她们的敌人，其实是一样的。角落里那两个瞪着我看的大头孤儿更透露出两个女人另一个相似处。不过，无情的媒婆头脑立刻提醒我，谢库瑞可要比她美丽、富有且神秘得多。我一五一十地把我的想法告诉了卡比叶：

"谢库瑞要我告诉你，如果她冒犯了你，她很抱歉。"我说："她想说她爱你如姐妹，更如天涯沦落人。她希望你想一想，帮帮她。高雅先生最后一晚出门时，有没有提过他要与姨父大人之外的人见面？你有没有想过他可能是要去见别人？"

"这是在他身上发现的。"她说。

她打开一只柳编盒子的盖子，里面放着绣花针、几块布和一颗大核桃。她从盒子里拿出一张折叠起来的纸。

我打开这张皱巴巴的粗纸，仔细端详，看见用墨水画出的各种形状，被井水浸泡得已经晕开或褪色了。我好不容易才看出那是什么形体，这时，卡比叶说出了我的想法。

"马。"她说，"但是已故的高雅先生只做镀金的工作，从来不画马，也不可能有任何人请他画马。"

你们老迈的艾斯特望着这几匹潦草画出的马匹，但实在看不出什么所以然来。

"如果我把这张纸拿给谢库瑞，她一定会很高兴。"我说。

"如果谢库瑞真的那么想要这张纸，就叫她自己来拿。"卡比叶丝毫不带感情地说。

40. 我的名字叫黑

　　如今你们已经明白，像我这样的人，也就是，以爱情、悲伤、快乐和苦痛为借口，维持着永恒孤独的忧郁之人，对我们而言，生命中没有大喜与大悲。我并不是说我们无法理解喜怒哀乐搞得神魂颠倒的其他灵魂，相反的，我们比他们更能理解这种感情。我们不解的是，在这些时刻，这股莫名的忧愁拉扯着我们的灵魂深陷其中。这股无声的担忧蒙住了我们的心智，占据了我们心中替自己本该体验的真实悲喜所保留的那个位置。

　　我已安葬了她的父亲，感谢真主，从葬礼上跑回家，我拥抱了我的妻子谢库瑞，以示安慰。然而突然间，她崩溃痛哭，抱着孩子跌坐在一只大坐垫上，她的孩子愤恨地瞪视我，我一下子蒙了。她的不幸带来了我的胜利。一下子，我娶了年轻时的梦中情人，逃离了看不起我的岳父，并成为了这间屋子的一家之主。谁会相信我的眼泪？可是相信我，不是那样的。我真的很想痛哭一场，但做不到：一直以来，姨父待我就如同我的亲生父亲。但是，因为主持姨父葬礼净身仪式的碎嘴阿訇一直啰里啰唆地讲个没完，于是整场丧礼下来，关于我姨父离奇死亡的谣言便在邻居之间散开，我站在清真寺的庭院里时就已经感觉到了。我不希望自己哭不出来被解释成负面的意思；你们也知道，我内心的真实感受就是害怕被印上"铁石心肠"的标记。

你们知道有些富有同情心的姑婶总会解释说"他在心里面哭"，来保护像我这样的人不被赶出去。我确实是在心里面哭，并躲到了一个角落，避开多嘴邻居和远房亲戚，以及她们教人叹为观止的澎湃泪水。身为一家之主，我思索着是否该出来控制场面，但就在此时，大门传来了敲门声。我心里一下子慌了起来，是哈桑吗？但无论如何，我愿意不计代价拯救自己逃离这个眼泪浸泡的地狱。

是一位皇室僮仆，召唤我入宫。我惊呆了。

走出院子后，我在地上捡到了一枚沾满泥巴的银币。我害怕进宫吗？是的，我是害怕，但我也很高兴来到寒冷的户外，与马、狗、树和人们在一起。我想和僮仆交个朋友，就像那些可悲的天真家伙，相信他们可以在临刑前软化世间的残酷，试图与地牢守卫轻松地闲话家常，谈生命的美妙、漂浮在池塘水面上的鸭子，或是天上某片形状奇特的云朵。可是，唉，这位阴郁、满脸痘子的年轻人却不爱说话。行经圣索菲亚清真寺时，我敬畏地望着修长的柏树优雅地向上延伸入薄雾迷蒙的天际。此时令我感到毛骨悚然的，并不是历经千辛万苦终于娶到谢库瑞后，却立即面临死亡；而是想到还没能与她躺在一张床上尽情做爱一场，便要死在宫廷酷刑者的手中，这是多么的不公平。

我们没有朝吓人的宣礼塔走，宣礼塔所在的中门后面，正是酷刑者与手脚利落的刽子手执行任务的场所，相反，我们走向了木工房。当我们穿过谷仓时，一只猫蹲在一匹马的两腿间，坐在泥巴里清理毛发，转过头来却看都不看我们。那匹栗色的马从鼻孔里喷着雾气。和我们一样，猫儿全神贯注于处理自己的脏污。

谷仓后面有两个人，从他们绿紫色的制服中我分辨不出他们是谁的人，他们叫僮仆退下，把我锁进一栋小屋的一个黑暗房间。新鲜木材的气味告诉我房子很新。我知道把人锁进黑暗房间的目的，是为了在拷问前先激起恐惧。我心里一边希望他们从笞跖刑开始，脑中一边思考着可以编什么谎话来躲过这场灾难。隔壁房里大概有一群人，那里传出了很大的声响。

看我说话显得愉快且充满嘲弄的语气，你们当中肯定有人会想这怎么一点都不像是出自一个即将面临严刑拷打的人。不过，难道我没有跟你们提过我相信自己是真主的幸运仆人之一吗？倘若历经了多年的挫败后，这两天来降临到我头上的幸运之鸟还不足以证明的话，那么我在庭院大门外捡到的银币，必然也含着某种暗示。

等待拷问的时间里，银币让我心安不少，坚信它会保护我。我把它拿在手里，抚摸它，一再地亲吻这枚安拉送给我的幸运符。然而，过了不知多久，当他们把我移出暗室带进隔壁房里，我看见皇家侍卫队长和他的克罗地亚光头酷刑者时，那一刻，我才明白银币保不了我。我内心无情的声音说得一点也没错：我口袋里的银币并非真主所赐，而是两天前我撒向谢库瑞头顶的那些银币之一——被孩童们遗漏了。此刻，当他们把我交在酷刑者的手中时，我已经没有可以信赖的幻想，也没有赖以依靠的东西了。

我甚至没有发现自己已经开始掉眼泪了。我想哀求，但仿佛在梦中，我的嘴里吐不出半点声音。从战争、死亡、政治暗杀和拷打（我曾经从远处目睹）中，我很清楚生命可以瞬间即逝，但从不曾如此身临其境。他们将如同剥掉我的衣服般，把我从这个世界剥离。

他们脱下我的坎肩和衬衫。其中一个酷刑者坐上我的身体，双膝压住了我的肩膀。另一个人则以妇女准备食物般的熟练纤巧，往我头上套了一个笼子，接着开始从它前方慢慢扭紧。不，那不是笼子，应该说是某种铁钳，逐渐从两边挤压我的头。

我扯开喉咙放声厉叫。我哀求饶命，但每个字都含糊不清。我痛哭惨叫，因为我的勇气已经用尽。

他们暂停一会儿，问道："是你杀死了姨父大人吗？"

我深吸一口气说："不。"

他们再度扭紧铁钳。疼极了。

他们又问了一遍。

"不。"

"那么是谁？"

"我不知道！"

我心里开始想是不是应该干脆告诉他们是我杀的。但全世界在我头顶快活地旋转着。我心中充满不甘。我问自己是否逐渐习惯了痛楚。我的酷刑者和我僵持了一会儿。我感觉不到疼痛，只觉得恐惧。

正当我根据口袋中的银币断定他们不会杀死我时，他们突然放开了我。他们拿下铁钳般的刑具，我的头其实并没有受到什么伤害。用膝盖压住我的酷刑者站起身来，不带半分歉意。我穿上了我的衬衫和背心。

房间里是一段很长时间的寂静。

在房间的另一头，我看见了画坊总监奥斯曼先生。我走向他，亲吻了他的手。

"不要担心，我的孩子。"他对我说，"他们只是在测试你。"

当下我知道继姨父之后我又找到了一位新的父亲。

"苏丹陛下下令，你这一次不用接受拷问。"侍卫队长说，"他认为应该由你来协助画坊总监奥斯曼大师，找出是哪一个恶徒，杀害了他的细密画家及为他编辑手抄本的忠诚仆人。你们有三天的时间，可以质询细密画家，研究他们完成的彩绘书页，找出狡猾的罪犯。君主听闻挑拨离间者散布关于他的细密画家和绘画手抄本的谣言，感到震怒。苏丹颁令，指派我与财务大臣哈泽姆老爷共同协助你们寻找这个恶棍。你们其中一人与姨父大人是亲戚，听闻过他的讲述，因此知道夜里拜访他的细密画家们是如何干活的，也知道书本背后的故事。另一人是著名的大师，对于工匠坊中每一位细密画家都了若指掌。三天内，若你们无法揪出那个人渣，并找回他偷走的失踪书页——关于这幅画的谣言满天飞，正直的苏丹陛下明确地指示，你，我的孩子黑先生，将第一个接受严刑拷问。接下来，毫无疑问地，也就轮到其余的细密画师了。"

我察觉不出这两位老朋友之间有任何暗示的动作或表情。多年来他们分工合作：财务大臣哈泽姆老爷负责书籍绘画的委派，而画坊总监奥斯曼大师则通过他，从国库取得资金及材料。

"大家都知道，任何时候，当苏丹陛下统治下的任何一个部门、单位、组织发生了犯罪行为，全体成员都将被视为有罪的，直到其中真正的罪犯被揪出并逮捕。一个部门若指认不出部门里的凶手，它将被视为'凶杀部门'列入法院记录，即使部门首领或大师也无法避免。其中的成员将依此接受惩罚。"侍卫队长说，"因此，我们的画坊总监奥斯曼大师将会严厉监督，用他锐利的眼睛检查每一幅插画，揭露引诱无辜细密画家们自相残杀的种种邪恶、诡诈、祸端与教唆，并让罪犯在世界的庇护者苏丹陛下的正义律法之下，接受制裁。如此，才能洗刷画坊的污名。为此目的，我们已颁布命令，无论奥斯曼大师有任何要求，众人都必须配合。我的手下此刻正前往各个细密画师居处，没收所有过去他们在家中暗地进行的手抄本书页。"

41. 奥斯曼大师就是我

皇家侍卫队长与财务大臣重申了一遍苏丹陛下的命令后，走了，房间里只剩下了我们俩。当然，黑被恐惧、哭喊与尝试性的拷问弄得筋疲力尽，伤心不已。他像个小男孩般沉默不语。我知道自己会慢慢喜欢他，因此并没有打扰他。

我有三天的时间可以检视侍卫队长的手下从书法家和细密画师家中搜集来的书页，分辨谁画了哪些部分。你们都很清楚，第一眼看到姨父大人的书本插图时，我厌恶至极。这些插图是黑为了洗脱自己的嫌疑才呈交给财务大臣哈泽姆老爷的。应当承认，书页中必有蹊跷，才会使得像我这种终生为艺术奉献的细密画家，产生如此强烈的厌恶与仇恨；光是低劣的艺术无法激起这样的反应。因此，带着这种好奇，我开始重新审视已故的蠢蛋让夜晚到他家的细密画家们所画的这九张书页。

在一张白纸的中央，就像他制作的其他画一样，在可怜的高雅先生制作的镀金彩绘和他所绘制的边框中，我看见了一棵树。我努力地想象这棵树究竟出自于哪一个故事场景。如果我要求插画家画一棵树，亲爱的蝴蝶、聪慧的鹳鸟与机灵的橄榄会先根据某个故事构思这棵树，如此他们才能胸有成竹地把它画出来。之

338

后，若我检视那棵树，将能从它的枝叶看出插画家心中所想的故事。然而，眼前的却是一棵悲哀、孤零零的树。图画的背景上，地平线的位置颇高，让人联想起设拉子前辈大师的风格，借此强调孤立感。不过，地平线提高后创造出来的空间里，却空无一物。这幅画试图通过威尼斯大师的技法，单纯描绘一棵树的原貌，并借由波斯的世界观，由上往下看，结合两者，变成一幅既不像威尼斯也不像波斯的畸形图画。我想，大概只有长在世界尽头的树才会是这副德行。为了结合两种不同的风格，我的细密画家和没大脑的已故小丑创造出一幅毫无技法可言的作品。实际上，激怒我的，并不是这幅画包含的两种相异的世界观，反倒是其中的缺乏技巧。

继续往下检视其他图画，我看见一匹完美的梦幻之马与一个粗脖子的女人，它们给了我同样的感觉。题材的选择也激怒了我，不管是两个流浪苦行僧还是撒旦。显然，我的插画家把这些劣作偷偷夹入苏丹陛下的彩绘手抄本。崇高的安拉明智地在书本完成前取走了姨父的生命，他的判断力教我重新深感敬畏。不用说，我根本没有想完成这本书的欲望。

有谁能不厌恶这条狗？尽管以俯视的角度呈现，但它却像是我们的兄弟一般，就在我们的鼻子底下盯着我们看。一方面，我震惊于这条狗的简单姿势、极为传神的斜眼恐吓、贴近地面的头部，以及森白的牙齿，简言之，这位画家的才华令我钦佩（我几乎可以准确地判断出都有谁参与了这幅画的绘制）。但另一方面，如此才华却受一个荒谬概念的可笑逻辑左右，我无法原谅。不管是因为想要模仿欧洲人，还是借口说这本书是苏丹陛下委托制作来送给威尼斯总督的礼物，所以必须使用威尼斯人熟悉的技巧，这些都不是这些图画曲意造作的充足理由。

在一张热闹的图画中，我骇异地看见了狂热的红。我一眼便认出画中物品各出自哪位细密画师之手，却无法指认是哪位艺术家为它涂上了这种独特的红色，这种红色渲染出了幽晦的氛围，逐渐吞没了画中的整个世界。我弯身在这幅拥挤的图画前看了很久，向黑指出我的哪一位细密画家画下了梧桐树（鹳鸟）、船只与房舍（橄榄），以及风筝和花朵（蝴蝶）。

"像您这样一位伟大的细密画大师，担任细密画部门的总管多年，当然能分辨手下各个插画家的技艺、线条配置和笔触气质。"黑说，"然而，当一位像姨父那样的奇特爱书人，要求同样的插画家以崭新实验的技法作画，这时，您如何能这么有把握地断定哪些图案是出自哪位艺术家？"

我决定讲一个故事来回答："很久以前，有一位君王统治着伊斯法罕。他是绘画书籍的爱好者，独自居住在他的城堡里。他是一位伟大、强壮、有智慧但冷酷的国王，生平只爱两件事：他委托制作的手抄绘本，以及他的女儿。君王对自己的女儿钟爱有加，十分宠爱，他的敌人宣称他根本是爱上了她，这一点都不为过。因为骄傲又善妒的君王，甚至向派遣使者前来提亲的邻国王子与君主宣战。自然，全世界没有任何男人配得上他女儿。他甚至把她监禁在一个房间，屋外以四十扇门牢牢锁住。因为依照伊斯法罕的一项风俗信仰，他相信如果自己的女儿被别的男人看见，她的美貌将会消失。有一天，当他委托制作的一本《霍斯陆与席琳》以赫拉特风格绘画并抄写完成后，一个谣言在伊斯法罕流传了开来：书本里有一张热闹的图画，其中有一个肌肤若雪的美女，不是别人，正是善妒君王的女儿！甚至在听闻流言之前，君王便已经对这幅神秘插画起疑，他颤抖着双手翻开书页，泪如雨下地看见女儿的美貌确实出现在画中。故事的发展，并不是被保护在四十扇门后的君王的女儿，某天夜里溜出去给人绘画，而是她的美貌像一个郁闷窒息的幽魂，透过镜子的层层反射，如一丝光线或一缕青烟，溜出门下的缝隙及钥匙孔，映入了一位彻夜工作的插画家的眼中。技艺精湛的年轻细密画家忍不住把这位美得令他不敢直视的佳人，画入手边正在进行的图画之中。那幅画的场景描绘的是席琳在一次郊外野游中，看见了霍斯陆的画像，因而坠入爱河。"

"我挚爱的大师，我的阁下，这真是太巧了，"黑说，"我也非常喜爱《霍斯陆与席琳》的这个场景。"

"这些并不是寓言，而是真实发生的事件。"我说，"听着，那位细密画家并非把君王的美丽女儿画成席琳，而是画成了一位弹乌德琴和准备餐桌的侍女，因为那是他当时正在描绘的人物。结果，站在旁边的绝色女伶夺走了美貌席琳的光彩，因而破坏了整幅画的平衡。在画中看见自己的女儿后，君王就要找出画她的天才细密画家。然而，这位机巧的细密画家，因为害怕君王的怒火，舍弃了自己的风格，转而采用一种新技巧来描绘侍女和席琳，借此隐藏自己的身份。因为，同一幅画中还包括了其他许多细密画家的熟练笔触。"

"君王最后如何找出了这位画他女儿的细密画家？"

"从耳朵！"

"谁的耳朵？女儿的还是肖像的耳朵？"

"事实上，都不是。凭着直觉，首先他摊开自己所有细密画家绘制的书本、书页与插图，审视其中所有的耳朵。他重新看清一件多年以前就已知晓的事实：无论才华高低，每一位细密画家所画的耳朵，风格都不同。无论他们描绘的面孔是谁，属于苏丹、孩童、士兵，或者甚至，真主宽恕，是我们崇高先知半掩的面孔，或者甚至，真主再次宽恕，是魔鬼的脸，这些都不重要。每一位细密画家在画每一个人物时，总会用同样的方式画耳朵，它就好像一个秘密签名。"

"为什么？"

"当大师们画一张脸时，他们会致力于追求脸部的极致美善，着重形式样板的原则，强调人物的表情，或者注意它是否应该神似某个真实人物。不过当画耳朵的时候，他们非但不会从别人那里偷取，模仿样板，更不会观察一只真的耳朵。对于耳朵，他们不思考，不重视，甚至不会停下来想想自己在做什么。他们只是任凭记忆引领自己的画笔。"

"可是，伟大的画师们不也是凭借记忆创造出他们的经典作品，甚至不需要看见真的马匹、树或人吗？"黑说。

"没错，"我说，"然而那些记忆来自于多年的思考、冥想与自省。花了一辈子时间看过无数真实或绘画中的马匹后，他们知道眼前最后一匹有血有肉的马，将只会玷污保存在他们心中的完美马匹形象。一匹马被一位细密画师画了千万遍之后，终将接近真主眼中的形象，经验丰富的艺术家深知这一点。他不假思索凭着经验画出来的马，其实充满了画家的才华、努力和见识，如此产生的一匹马，才最为接近安拉的马。不过，在一只手尚未累积任何知识之前，在艺术家没有深思熟虑其所作所为之前，或者在不曾仔细观察君王女儿的耳朵之前，画家随手画下的耳朵，都只是某种瑕疵。正因为它是一个瑕疵或缺陷，所以会因细密画家而异。也就是说，它等于一种签名。"

一阵骚动打断了我们。侍卫队长的手下把他们从细密画家和书法家居处搜集到的书页，拿进了老旧的画室。

"更何况，耳朵的确是人类的缺陷。"我说，希望黑会微笑，"人人皆有，但人人皆异：它是丑陋的完美表征。"

"故事里，因为独特的耳朵绘画风格而被逮捕的细密画家，最后怎么了？"

我忍住没说"他被刺瞎了"，以免黑更加沮丧。相反，我回答："他娶了君王的女儿。而且从此以后，许多拥有书本绘画工匠坊的大汗、君王及苏丹，都学会了这种辨认细密画家的方法，并称之为'侍女法'。不仅如此，他们刻意保密，以便日后如果有哪一位细密画家，画出了不敬的人物或隐含犯罪的图案却否认时，可以很快查出谁该负起这一责任。想发掘这些小小的犯罪，必须搜寻无关乎图画重点的各种琐碎、不经思索、重复出现的细节，这些细节可以是耳朵、手、草、树叶，或者甚至马的鬃毛、腿或蹄。但要留意，若插画家已经警觉图画的细节中含有自己的秘密签名，这个方法就不适用了。举例来说，胡须行不通，因为许多画家早已晓得胡须可以被自由地绘画，成为某种签名。不过眉毛就有可能：没有人会特别留意。现在，我们来瞧瞧，究竟哪些年轻画师在已故姨父的插画上留下了笔墨痕迹。"

于是，我们拿出两本手抄绘本的书页互相比较。这两本书，其中一本秘密进行，另一本公开编辑，两者各讲述不同的故事与题材，并以两种迥异的风格绘画。一本是已故姨父的书；另一本则是由我监制的庆典叙事诗，描述王子的割礼仪式。黑和我认真观察，目光跟随我手里的放大镜四处移动：

一、打开庆典叙事诗，我们首先注意到了一张狐狸毛皮张开的嘴。皮货工匠队伍中一位身穿红长衫配紫腰带的大师，捧着这张狐皮，与队伍一起行经坐在特制包厢观看游行的苏丹陛下面前。毫无疑问，狐狸嘴里颗颗分明的牙齿，与姨父的"撒旦"肖像的牙齿，皆出于橄榄之手。那恐怖的撒旦，半人半兽的邪恶怪物，显然来自撒马尔罕。

二、庆典期间某个特别欢乐的日子，一群落魄潦倒的前线士兵，一身褴褛地出现在苏丹陛下俯瞰整座竞技场的包厢下方。其中一人上前请愿："崇高的苏丹陛下，我们，您英勇的士兵，在异教圣战中沦为俘虏，为了重获自由，我们留下一部分弟兄作为人质。换言之，敌人放我们自由，好让我们回来准备赎金。然而，当我们返回伊斯坦布尔后，却发现物价如此昂贵，根本筹不出钱来拯救在异教徒囚禁下受苦受难的弟兄。我们仰赖您的仁慈援助。请陛下赐我们黄金或奴隶，让我们带去敌营换回弟兄的自由。"角落里有一条懒狗，睁着一只眼睛盯着苏丹陛下、我们悲惨凄凉的士兵，以及竞技场里的波斯与鞑靼使臣。这条狗的指甲，显然是鹳鸟的作品。同样地，姨父书中一幅叙述"金币之旅"的图画，填充角落的那条狗的指甲，必定也是鹳鸟所绘。

三、一群杂耍艺人在苏丹陛下面前表演翻筋斗和鸡蛋过桥的把戏，人群中有一个光头男人，身穿紫色背心露出小腿，坐在边上一张红地毯上敲铃鼓。这个人拿乐器的姿势，与姨父书中"红"的图画里一位手端大黄铜托盘的女人一模一样。无疑是橄榄的作品。

四、从苏丹陛下面前经过的厨师队伍，在推着的车厢里的炉子上放了一只大锅，炖煮包心菜洋葱肉卷。车厢旁手里拿着锅的

344

大厨们，踩着粉红色的土地，把他们的炖锅放在蓝色的岩石上。同样地，姨父一幅名为"死亡"的插画中，有一个幽魂般的怪物飘浮在靛色地面和红色石块上方。两幅图画中的岩石出于同一位艺术家之手：一定是蝴蝶。

五、鞑靼快骑信差送来口信，波斯君王的军队又发动了一场新的战役，攻打奥斯曼人民。听说这个消息，人们愤而将波斯大使雕梁画栋的瞭望亭夷为平地，因为过去他一再花言巧语向苏丹陛下——世界的庇护——誓言君王是苏丹的好友，对陛下只有兄弟般的情谊而绝无异心。在这场狂怒和摧毁中，挑水夫忙跑出来平息竞技场漫天飞扬的尘土，另外还有一群人扛着装满亚麻籽油的皮袋，准备泼向随时要攻击使臣的暴民，希望借此使人群平静下来。挑水夫和扛亚麻籽油的人，他们奔跑时的抬脚动作，出自蝴蝶之手。同样地，"红"的图画中，士兵进攻时抬起脚的动作，也是蝴蝶的作品。

最后一项并不是我的发现。虽然把放大镜从这幅画到那幅画左右移动，主导线索搜寻的人是我，然而，发现的却是黑。他一眨也不眨地睁大眼睛，心中充满对酷刑的恐惧，只期望能回到在家中苦等的妻子身旁。利用"侍女法"，我们花了一整个下午，理清已故姨父留下的九幅绘画中，哪一位细密画家画了哪一幅画；之后，再分析我们得到的这些情况。

黑的已故姨父并没有让任何一位细密画家画单独的一幅画，每一幅图画我的三位细密画师几乎都有参与，这也可以看出这些画在各个画家之间的传递极为频繁。除了我认得的笔触外，我发现第五位艺术家的拙劣痕迹。看见这可耻凶手缺乏才华的作品，不禁让我恼火，不过就在这时候，黑从其小心谨慎的笔触判断它其实是姨父之作——省得我们走岔路。可怜的高雅先生为姨父的书所做的镀金纹饰，几乎和我们的庆典叙事诗上的一模一样（的确，这让我伤心不已），但我想，他也偶尔在画中的墙壁、树叶和云朵上画上了几笔。撇开他不谈，那么，很清楚的，只有我最优秀的三位细密画师参与了这些插画的制作。他们是我从学徒开始热情训练的爱徒，我挚爱的三位天才：橄榄、蝴蝶和鹳鸟。

为了寻找我们需要的线索，必须探讨他们的才华、技艺与气质，这样的讨论，也将不可避免地涉及到我自己的一生。

橄榄的个人特质

他的本名叫威利江，不知道除了我为他取的名号之外他还有没有其他的别名，因为我从没见过他在任何作品上签名。当他还是学徒时，每星期二早上会来我家接我前往画坊。他非常骄傲，所以，如果他要自降身份为作品署名，必定会让这个签名清晰可辨，不会试图把它藏在任何角落。安拉极慷慨地赐予了他过人的能力。从镀金到描格，他都可以轻易上手，而且品质一流。画坊里最擅长创造树木、动物及人脸的画家就属他。威利江的父亲，我想大概在他十岁时，带他来到了伊斯坦布尔，他的父亲师从瑟亚乌什——波斯君王的大不里士画坊中专精脸部描绘的一位著名插画家。他的师门背景可以追溯至蒙古时代的大师，因此如同一百五十年前移居撒马尔罕、布哈拉与赫拉特的前辈大师，他们受到蒙古—中国风格的影响，笔下的爱侣都好像中国人，有着圆圆的月亮脸，威利江的画中人物也不例外。不管是在学徒期，或者当他成为大师之后，我始终无法引导这位固执的艺术家改变风格。蒙古、中国与赫拉特大师的风格和典范已深驻于他的灵魂中，我多么希望他能够超越，或甚至把它们彻底忘掉。当我这么告诉他时，他回答说，自己就如许多时常在各个国家和画坊间游走的细密画家一样，早已忘记了旧日的风格，甚至他根本不曾真正学到。虽然许多细密画家的价值，正来自于他们记忆中根植的精美形式典范，但倘若威利江真的有办法遗忘，想必会是一位更伟大的插画家。尽管如此，在灵魂深处保存着前辈的教导，仍然有两个甚至连他也不自觉的优点，像是一对隐而不宣的罪行：一、对如此天赋异禀的细密画家而言，执着于旧的形式必然激发罪恶与疏离之感，这样的情绪将能策励他的才华达到成熟；二、遭遇瓶颈时，他永远可以唤起自己宣称已经遗忘的风格，这么一来，便能回头求助赫拉特的古老典范，成功地运用在任何新的题材、历史或场景上。他有一双犀利的眼睛，知道该怎么做才能把从前向塔赫玛斯普君王的前辈大师所学的旧形式运用到新的图画中，并追求彼此的和谐。赫拉特的绘画与伊斯坦布尔的细密画，在橄榄身上达到了巧妙的融合。

依照我对所有细密画家的惯例，我曾有一次未经知会就突然造访他家。不像我或其他许多细密画大师的工作场所，他的房里凌乱肮脏地塞满了颜料、画笔、海贝壳研光板、画桌和各种物品。我实在搞不懂，但他却一点也不觉得难堪。他也没有为了赚外快而在外面干私活。听见我描述的情况后，黑说，对于已故姨父崇尚的法兰克大师风格，最热衷也最能接受的人正是橄榄。我明白这样的赞美来自于已故的蠢蛋，我也明白这是错误的看法。我不敢断言橄榄是否比外表看起来更为深刻而隐晦地臣服于赫拉特风格——这点可以回溯到他父亲的师父瑟亚乌什，以及他的导师穆沙非，甚至远溯到贝赫扎德与前辈大师的时代——不过，我总怀疑橄榄心中是否另外蕴藏着其他的喜好。我所有的细密画家中，他最沉默敏感，但也最背信忘义，更是目前为止最离经叛道的一位（我很顺口地这么说）。当我想到侍卫队长的刑讯室时，脑中第一个浮现的人就是他（我既希望又不希望他被拷打）。他拥有邪灵般的眼睛，他什么都能看到，也什么都能发现，包括我的缺点。尽管如此，带着流亡者随时因应环境调整自己的谨慎，他从不开口指出我们的错误。他很乖巧，没错，但我不认为他是杀人凶手（我没这么告诉黑）。因为橄榄不信任何东西。他连金钱也不相信，虽然他也会紧张地把钱存起来。然而，和一般认知刚好相反，所有的杀人凶手都是极端虔诚的信徒，而非没有信仰的人。手抄本彩绘的结果是挑战绘画，绘画的结果，真主宽恕，便是挑战安拉。这是人尽皆知的事。因此，从缺乏信仰这一点来评判，橄榄是个真正的画家。话虽如此，但我相信他的才华不及蝴蝶，甚至比不上鹳鸟。我一直希望橄榄就是我的儿子。我故意这么说，想引黑嫉妒，他的反应却只是张大了眼睛，以孩童般的好奇看着我。接着我又说，橄榄最专精的是用黑墨水绘画，最擅长处理的题材包括战士、狩猎场景、处处可见鹳与鹤的中国式风景、一群漂亮男孩聚集在树下吟诗弹乌德琴。他最拿手的是描绘传奇恋人的悲伤、持剑君王的怒火，以及英雄闪躲恶龙攻击时脸上的惊惶恐惧。

"或许姨父要橄榄画最后一幅画，用欧洲人的风格，细腻地呈现苏丹陛下的面孔和坐姿。"黑说。

他是在给我出脑筋急转弯的题吗？

"假如真是这样，那么，杀了姨父之后，橄榄何必拿走他早已熟知的图画？"我说，"或者，他何必为了看那幅画而杀死

348

姨父？"

我们同时针对这些问题思索了一会儿。

"因为那幅画中少了什么。"黑说，"或者因为他后悔自己画了某样东西，感到惶恐不已。或者……"他想了一想，"或者，会不会是他杀掉姨父后，想拿这幅画来作恶，或把它当作一个纪念，或者甚至根本无需理由就把画拿走了？毕竟橄榄是一位伟大的插画家，自然而然地崇敬美丽的绘画。"

"我们已经讨论过橄榄在哪方面算是一位伟大的插画家。"我说，怒气渐升，"但是姨父的插画没有一张称得上美丽。"

"我们还没有看过最后一幅画。"黑大胆地说。

蝴蝶的个人特质

他的本名是哈桑·却勒比，来自火药工厂区，但对我而言，他永远是"蝴蝶"。这个名号总让我回想起他童年和少年时期的俊美：他漂亮到让所有看见他的人都不敢相信自己的眼睛，想要再看一遍。不仅如此，他的才华更是与美貌不相上下，如此奇迹的化身始终令我惊异不已。他是色彩的大师，颜色是他的强项。他热情地绘画，洋溢着上色的欢乐。但我要黑留意，蝴蝶这个人轻浮随便、漫无目标又犹豫不决。这么说有失公允，于是我连忙补充：他是一位发自内心绘画的真诚画家。如果细密画的目的不是为了充实智慧、与我们内心的野兽对话或满足苏丹的骄傲，也就是说，如果细密画的目的只是一场视觉的盛宴，那么蝴蝶的确是一位真正的细密画家。他创造出开阔、轻松而欢悦的曲线，仿佛他四十年前曾经师从加兹温的大师们。他满怀自信地涂上鲜艳、纯粹的颜色，绘画构图中总隐藏着某种温和的圆环状。不过，是我把他培养出来的，而非辞世多年的加兹温的大师们。也许正是这个原因，所以我爱他如子，不，我爱他比爱我儿子还要更甚，但我对他从来不曾感到任何敬畏。就像对所有学徒一样，当他童年和青少年时，我时常用笔杆、尺，甚至木条打他，但这不表示我不尊重他。因为同样地，尽管我经常用尺子打鹳鸟，但我仍然很尊重他。一般人可能认为，师父的责打将消灭年轻学徒内心的才华邪灵与魔鬼，然而事实完全相反，责打只会暂时压制它们而已。如果责打得适当正确，之后，邪灵与魔鬼将再度升起，激励成长中的细密画家致力于绘画。至于我加诸蝴蝶身上的责打，塑造他成为了一位满足而驯服的艺术家。

我立即觉得有必要向黑赞美他。"蝴蝶的艺术作品，"我说，"具体地证明了一幅喜乐之画，诚如诗人在玛斯纳维体诗中思考的，必须通过天赋神赐的色彩感受力与灵活运用，才有可能达到。当我察觉这一点时，同时也明白了蝴蝶缺少的是什么：他还不懂什么是贾米在诗中提及的所谓'灵魂的黑暗之夜'，他身上没有此种失去信仰的短暂时刻。他始终带着天堂般的狂喜作画，踌躇满志，热情充沛，相信自己能创作出一幅喜乐之画，而他确实也成功了。我们的军队围攻多皮欧城堡、匈牙利使节亲吻苏丹陛下的脚、我们的先知骑马登上七重天，这些当然原本就是欢乐的场景，然而在蝴蝶的笔下，它们却成为栩栩如生的喜庆。在我让人画的插画中，如果死亡的黑暗或宫廷会议的严肃过于沉重，我会告诉蝴蝶'照你的意思上色'。接下来，原本像是被撒了一层墓园泥土的凝重服饰、树叶、旗帜和海洋，忽然间，开始在微风中波动起来。有时候我会想，也许安拉希望世界看起来就像蝴蝶笔下的模样，也许'他'希望生命充满欢乐。的确，蝴蝶笔下的世界，各种色彩和谐地互相吟诵美妙的抒情诗歌，在那里，时间不会流逝，魔鬼也从未涉足。"

然而，就连蝴蝶自己也明白这样不够。某个人必然曾经正确地——是的，不可否认——小声告诉他，尽管他的作品洋溢着节庆的欣喜，但是缺乏深度。年幼的王子和年老力衰、来日无多的后宫嫔妃，很喜爱他的图画；但是，被迫对抗邪恶以求生存的人们却毫不感兴趣。深知这些批评的蝴蝶，可怜的人，有时候会嫉妒起某些平凡的细密画家，仅仅只是为了表示自身拥有邪恶与邪灵的气质。只不过，他认为是邪恶与邪灵气质的东西，其实常常是肤浅的邪恶与妒意。

我常常生他的气，是因为他作画时，不会忘我地投入画中的美妙世界，臣服于绘画的狂喜；只有在想像自己的作品取悦于别人时，他才会达到那样的境界。他激怒我的原因，在于满脑子只想着自己能赚多少钱。这又是一个人生的反讽：许多才华远不及蝴蝶的艺术家，却比他更能够对艺术奉献心力。

为了弥补自己的这些短处，蝴蝶一心一意想证明他把自己贡献给了艺术。他效法那些没脑子的细密画家，在指甲和米粒上描绘肉眼几乎无法辨识的图画，也全心投入这种精雕细琢的手工艺。有一次我问他，之所以致力于这种让许多插画家年纪轻轻就失明的追求，是不是因为觉得安拉赐予他过多才华，令他引以为耻？只有无能的细密画家，才会在一粒米上画出一棵树的每一片叶子，借此求得虚浮的名声，骗取驽钝赞助人的重视。

蝴蝶作画的原因是为了取悦别人，而不是为了自己的喜悦。他忍不住渴望取悦别人，这种倾向，使得他跟其他人相比更加热衷于别人的恭维。如此发展下去，胆小的蝴蝶，就想借由当上画坊总监来确保自己的地位。这个话题是由黑提出来的。

"是的。"我说，"我知道他一直谋划着等我死后继承总监之位。"

"你认为他有没有可能为此谋杀自己的细密画家弟兄？"

"有可能。他是一位了不起的大师，但他自己却不明白这一点。就算他绘画时，也还是放不下外在的世界。"

话才说完，我突然意识到，其实，我也希望蝴蝶能继我之后领导画坊。我不信任橄榄，而鹳鸟到最后一定会不知不觉地臣服于威尼斯风格。蝴蝶对于赞美的渴求——想到他可能会夺去一条人命，我感到很沮丧——将是管理画坊和应付苏丹的关键。唯有蝴蝶的敏锐，以及他对色彩的理念，才有能力与威尼斯的艺术概念相抗衡。那些异教画家透过描绘真实本身而非意象来愚弄观者，在画中表现出所有细节：有阴影的红衣主教、桥、小船、烛台、教堂和马厩、牛只和马车车轮，仿佛这些事物在安拉眼中同等重要。

"你是否也曾经像拜访其他画家一样，临时造访过他家？"

"任何人只要见过蝴蝶的作品，都会立刻感觉到，这位画家熟知爱情的美好，也曾经体验过衷心的喜悦和悲伤。但就像所有热爱色彩的人一样，他被自己的情绪牵着走，善变而不专。由于我太热爱他的天赐异彩，以及他对色彩的敏锐，从他年少起就特别留意他，也知道他所有的一切。当然，如此一来，很快便引起其他细密画家的嫉妒，造成我们的师徒关系紧张而受损。蝴蝶曾经有过许多爱情的片段，但他并不怕别人的闲言闲语。最近，自从他娶了街区小贩的漂亮女儿后，我就没有特别想去见他的念头，也没有机会。"

"谣言说他与埃尔祖鲁姆教长的追随者结盟。"黑说，"人们说他借此从中获利，如果教长及他的信徒宣称某些作品抵触宗教，因此禁止我们的书——里面描述战争、武器、血腥场面和例行庆典，更别提游行的队伍里包括了贩夫走卒，从厨师到魔术师，苦行僧到男童舞者，锁匠到卖烤肉串的——并限制我们必须遵循波斯前辈大师的题材和形式。"

"就算我们巧妙而成功地回归到帖木儿时代的精妙绘画，就算我们分毫不差地回归到当时的生活细节——聪慧的鹳鸟将是继我之后最有可能达到的——到头来，还是一样，一切都会被遗忘。"我冷酷地说，"因为每个人都将会想要像法兰克人那样被画下。"

我自己真的相信这些该受诅咒的话吗？

"我的姨父也是这么相信。"黑悄声说，"不同的是，他觉得这是好事。"

鹳鸟的个人特质

我看过他签自己的名字：罪人画家穆斯塔法·却勒比。他才不在乎自己是否拥有个人风格，是否应该用签名来标示它，还是该学前辈大师那样保持匿名，或者自己是否该以谦卑的态度署名。他会大方地面带微笑，龙飞凤舞地签下自己的名字。

他勇敢地沿着我指给他的道路走了下去，在纸上创造出前人画不出来的作品。和我一样，他仔细观察每一件事物，比如说，吹玻璃师转动手里的棍子，把被高热熔化的玻璃吹制成蓝水罐和绿瓶子；鞋匠弯着腰，聚精会神地用皮革、针线和木头模子制作鞋子及长靴；节日庆典上，秋千画着优雅的弧线；一台把种子挤出油的压榨机；我们朝敌人发射的炮弹的爆炸；枪支的螺钉和枪管。他观察一切，把它们画下来，不管帖木儿时代的前辈大师或者大不里士和加兹温的著名画家从来都不曾降低身份画这些琐事。他是第一个为了准备日后绘画《胜利记》，刻意前往战场并平安归来的穆斯林细密画家。在战场上，他热情研究敌人的堡垒、大炮、军队、皮开肉绽的伤马、挣扎求生的伤兵，以及尸体——一切全为了绘画。

比起他的风格，绘画主题更能凸显他的独特；比起他的绘画主题，他对微小细节的关注更能让人认出他的作品。我可以绝对安心地托付他处理一幅画的各个层面，从页面的安排到构图以至最琐碎的上色，他都游刃有余。从这一点来看，他有权继任我的职位。然而，他太有野心，也太自负，对待其他画家更是盛气凌人，因此绝对没办法管理那么多人，到最后一定会让所有的人都走光的。事实上，在他看来，以他超乎常人的勤勉努力，画坊所有的绘画工作都应该由他一个人来做。如果他想做的话，他是可以办到的。他是一位了不起的大师，深谙自己的技艺，崇拜自己。这是多么的幸福。

有一次我事先没有通知就去造访他家，正好他在工作。折叠桌、书桌和坐垫上全部摆满了他正在绘画的纸张：有为苏丹陛下的书籍画的图画；有替我画的；有的是替一些看不起我们的愚蠢欧洲游客画的，信手挥洒，用在可悲的服饰之书里；还有一张属于一幅三折屏风画，特别为一位极看重他的帕夏所绘；几张贴在画册里的图案；自己画着玩的图画，其中甚至还有一张淫秽的春宫图。高瘦的鹳鸟像花丛间的蜜蜂一样，从这一张图飞掠到下一张。他一边哼着歌谣，不时拧一把正在调颜料学徒的脸颊，偶尔朝面前的图画加上神来一笔，最后再沾沾自喜地笑着展示给我们看。不像我的其他细密画家，看见我到访时，他并没有刻意停下工作，仪式性地表示尊敬。相反的，他开心地表演他的快手绘画，一项唯有靠天赋和经验才可能练就的技能（他可以同时做七八个细密画家的工作）。此刻，我察觉自己正暗想着，如果邪恶的凶手是我的三位细密画师之一，我向真主祈祷他是鹳鸟。在他学徒时期，每个星期五早晨当他来到我的门口时，我并不会像看见蝴蝶那样欣喜。

既然他对每一个小细节都同等注意，不带任何歧视地细腻呈现它们，因此他与威尼斯大师的美学手法颇为类似，但又不像他们，在野心勃勃的鹳鸟眼中和笔下，人的面孔从来不会是独一无二或与众不同的。我想这是因为他公开或暗中瞧不起任何人，所以觉得面孔并不重要。我确信辞世的姨父没有指派他描绘苏丹陛下的脸。

就算画一个至为重要的主题，他也会忍不住在画面的某个角落安排一只多疑的狗，或者加上一个碍眼的乞丐，用来讥嘲一场仪式的浩大奢华。过人的自负让他敢于讽刺自己创作的所有图画，包括题材和他自己。

"听说高雅先生的凶案，杀人手法很类似优素福的兄弟，他们因为嫉妒，把他抛入了井中。"黑说，"而我姨父的死，则很像霍斯陆的意外被杀，被爱上自己妻子的儿子所杀。大家都说鹳鸟特别喜爱描绘血腥的战争场景和可怖的死亡情节。"

"任何人，如果以为一位画家就像他绘画的主题，那么想必不了解我或我的细密画师。暴露我们的不是主题，它们是别人委托我们做的，而且总是大同小异。真正揭露我们的，是当我们在呈现主题时，融入图画之中的隐秘情感：一丝从图画深处发散的光芒，一种犹豫或愤怒的气氛，蕴含于人物、马匹和树木的构图关系中，一棵迎向天际的柏树弥漫的渴望与哀愁，以及当我们冒着失明的危险热情地纹饰墙壁瓷砖时，注入画中的虔敬与耐心……是的，这些才是我们隐藏的痕迹，而非那些整齐划一的马匹。一位画家，当他呈现马匹的狂暴与速度时，并不是描绘自己的狂暴与速度；透过试图创造一匹完美的马，他所揭示的，是自己对这丰沛世界及其创造者的景仰，笔下的斑斓色彩，展现的是对生命的无比热爱，仅此而已，别无其他。"

42. 我的名字叫黑

　　我和伟大的奥斯曼大师面前摆满了各式各样的手抄本书页，有些已写上书法准备装订，有些不是还没上色，就是因为某些原因尚未完成。我们花了一整个下午，比对我姨父的书页，鉴定各个细密画大师，并列表记下评估的结果。侍卫队长派出恭敬却粗鲁的手下，突袭搜查各个细密画家和书法家的居处，把收集到的书页拿来给我们（有些图画和我们的两本书毫无关联，有些书页则证实了书法家也一样，为了赚外快，偷偷接受宫廷外的委托）。正当我们以为这些人都已经走了的时候，一位十分自信的侍卫跨步走向大师，从自己的腰带间拿出了一张纸。

　　起初我没留意，以为又是哪个父亲，尽其所能接触各个部门总监和单位主管，向他们递上请愿，想让自己的儿子当学徒。透隙而入的微弱光线告诉我，早晨的太阳已经失去了踪影。为了让眼睛休息，我开始做一个运动，试图空洞地望向远方不要对焦。这个练习，是设拉子前辈大师给细密画家的建议，认为这么做可以预防过早失明。就在这时，我昏眩地发现，大师拿在手里、难以置信地瞪着瞧的那张纸，有着熟悉的迷人颜色和令人窒息的折叠法。它和之前谢库瑞通过艾斯特转交给我的信件一模一样。我正打算像个白痴似的开口说"真巧",但马上注意到,诚如谢库瑞的第一封信,里面也夹了一张画在粗纸上的图画!

奥斯曼大师留下图画,把信交给我,这时我才尴尬地明白果然是谢库瑞送来的。

> 我亲爱的丈夫黑,我派艾斯特到已故高雅先生的家去探探他的遗孀卡比叶的口风。在那里,卡比叶拿出一张插画页给艾斯特看了,也就是我随信附给你的这张。稍后,我也去了卡比叶家中,尽我所能劝她把画交给我,告诉她这么做对她有利。当可怜的高雅先生被人从井底打捞出来时,这幅画就在他身上。卡比叶发誓说没有任何人曾委托她已故的丈夫画任何马匹。既然如此,是谁画的呢?侍卫队长的手下已经搜过房子。我附上这张纸条,因为这件事对于调查想必关系重大。孩子们尊敬地亲吻你的手,向你致意。谢库瑞,你的妻。

我仔细读了三遍这张优美便条的最后六个字,仿佛凝视花园里的六朵艳红玫瑰。之后,我也倾身望向奥斯曼大师拿着放大镜正在审视的书页,当下看出上面墨渍晕散的形体是马,有好几匹马摆出同一个动作,像是和前辈大师那样作为练习而一气呵成画出来的图画。

奥斯曼大师提出了一个问题:"这是谁画的?"

接着他自己回答:"当然了,是替已故的姨父画马的同一个细密画家。"

他能如此肯定吗？更何况，我们根本不能确定书中的马是谁画的。我们从九张书页中找出马的图画，开始检查。

这是一匹骏逸、简单、栗色的马，让你无法转移视线。我这么说是事实吗？我曾经花很长时间看这匹马，先是与我的姨父一起研究，后来又独自一人面对这些图画很久，然而从不曾对它特别留意。它是一匹美丽但平凡的马：它平凡到我们分辨不出是谁画的。它并非纯栗色，比较接近赤棕色，这种赤棕色中隐约也有一丝红色。这匹马，我在别的书本和图画中看过很多次，知道它是一位细密画家完全不加思考，顺着记忆直接画出来的。

我们就这样瞪着马瞧，直到能够发现它所隐藏着的秘密。于是，现在，我可以看见马身上所蕴含着的美，闪烁发亮，像一股热流从眼前升起，包含着一股力量，激起人们对生命的热望，对知识的渴求，以及对世界的全心拥抱。我自问："究竟是哪一位细密画家有如此神来之笔，能够描绘出这匹安拉眼中的马？"好像一时间忘了他只不过是一个卑鄙的杀人凶手似的。马站在我面前，像一匹真正的马，然而我的内心某处仍然明白它只是一幅图画。陷入真实与虚幻的两难之地，让我有点恍惚，内心莫名地涌起一股完美无缺之感。

我们花了一点时间，互相对照练习用的模糊马匹与姨父书中的马，最后得出它们是出自同一个人之手的结论。那几匹强壮、优雅的骏马，它们骄傲的姿态透露着静止而非动作。姨父书中那匹马则令我惊羡不已。

"好一匹不可思议的马。"我说，"它使人产生一股冲动，想要拿张纸把它画下来，再画下每一样东西。"

"一个人可以给一位画家最大的恭维，便是说他的作品刺激了自己对绘画的狂热。"奥斯曼大师说，"不过，现在让我们忘掉他的才华，设法揭发这个恶魔的身份。姨父大人，愿他安息，有没有提过这幅图画准备配以什么样的故事？"

"没有。根据他的说法，这是居住在我们强大苏丹领地里的一匹马。一匹骏马：有着高贵的奥斯曼血统。它是一个象征，目的在向威尼斯总督展示苏丹陛下的财富与疆土。不过另一方面，就像是威尼斯大师笔下的物品，这匹马也比透过真主之眼创造出的马匹更栩栩如生，它就好像住在伊斯坦布尔的某座马厩里，由某个马夫照料。如此一来，威尼斯总督会告诉自己：'奥斯曼的细密画家也变得和我们一样观看世界，这表示奥斯曼人民也变得像我们了。'于是，他会愿意接受苏丹的力量与友谊。因为如果用不同的方式画一匹马，你也会开始用不同的方式看世界。尽管它看起来独一无二，这匹马却是依照前辈大师的手法所绘。"

关于这匹马我说了这么多，这使它在我眼里变得更加美丽而珍贵。它的嘴巴微张，两排牙齿间隐约可见它的舌头。它的眼睛炯炯发亮。它的腿强壮而优雅。一幅图画之所以能流传不朽，是因为画的本质，还是人们给它的评价？奥斯曼大师极其缓慢地移动放大镜，观察马的每一个细节。

"这匹马究竟要说明什么？"我带着一股天真的热忱说，"为什么这匹马存在？为什么是这匹马！这匹马有何特别？为什么这匹马能令我激动？"

"作为委托者苏丹、君王和帕夏们觉得这些作品华美。因为他们委托制作的图画完全就像他们委托制作的书本一样，都能令人感受到他们的力量，充斥其中的大量金箔，包含在内的奢侈劳力与视力的耗损，都证明了他们的富有。"奥斯曼大师说，"一幅精美的插画含有深刻的意义，因为它证明了一位细密画家的才华就如用来制作图画的黄金一样，昂贵而稀少。其他人觉得这幅马的图画很美丽，是因为它像一匹马，一匹真主眼中的马，或者纯粹一匹想象中的马；逼真的效果来自于才华。对于我们来说，绘画之美首先在于其细腻而丰富的内涵。毫无疑问，当我们发现这匹马还能透露出凶手的痕迹、恶魔的印记时，图画的意义更为延伸扩大。接着会慢慢地察觉，美丽的并非马的形象，而是马本身；也就是说，不把马的肖像看作一幅图画，而视它为一匹真正的马。"

"如果把马的这幅画当作一匹真正的马来看，您看到了什么？"

"看这匹马的体型，我会说它不是幼驹，然而，从颈子的长度和弧度来判断，我会说它是一匹优良的赛马，而看它平坦的背部，我会说它很适合长途旅行。从它纤细的腿看来，我们或许可以推论它有阿拉伯马的敏捷聪明，但身体太长又太大，所以不可能是。它的优雅腿部反映出布哈拉学者法德兰在《马之书》中形容的精良马匹，如果遇到一条河流，它将不惊不惧地轻松跃过它。皇家兽医富玉济翻译的《马之书》中，描写一匹上等马的种种美妙特性，优美的译文我仍牢牢记得，可以向你肯定我们面前这匹栗色马符合书中每一项描述：一匹精良的马必须拥有一张漂亮的面孔、羚羊的眼睛；它的耳朵应该像芦秆般竖立，两耳距离要适中；一匹上等的马应该有小牙齿、圆额头和细眉毛；它必须高大、鬣长、腰部短、鼻头小、肩膀窄，同时背部宽平；它必须拥有结实的大腿、修长的颈子、宽阔的胸膛、厚实的臀部，以及多肉的大腿内侧。这头牲口踱步时，它应是骄傲而高贵的，行进的姿态仿佛在向两旁的群众致意。"

"这就是我们的栗色马！"我说，惊异地望着马的画像。

"我们已经找到了我们的马。"奥斯曼大师带着惯有的反讽微笑说，"但很可惜的，它丝毫无助于我们辨别这位细密画家到底是谁。因为我知道没有一位正常的细密画家会在画马的时候，用一匹真马作为模本。我的细密画家们，自然都是凭借记忆，一口气把马画出来的。要证明这一点，让我提醒你，他们大多先从一个马蹄的尖端开始，勾勒出整匹马的轮廓。"

"这么做的原因，不是为了让画中的马可以稳稳地站在地面吗？"我辩解说。

"加兹温的贾玛列丁在他的《马之绘画》一书中写道，只有当一个人脑中牢牢记住整匹马的形象时，他才能够从马蹄开始，准确地画出一幅马的肖像。无疑地，如果画马的时候必须经过缜密的思索琢磨，或者甚至更荒谬的，要经过一再观看一匹真马，依照这种方法，画家非得从头开始画到脖子，再从脖子到身体。我听说有些威尼斯插画家通过反复尝试与犯错，小心翼翼地画出一些路边随处可见的驮马图画，卖给裁缝或屠夫，并引以为乐。这种绘画根本谈不上表达世界的意义，更别说呈现真主创造物的美。然而，我深信即使是这些平庸的画家也一定知道，一幅真正的绘画并非取材于眼睛在某个刹那看见的事物，而是根据手的记忆和习惯自然产生的。画家永远得独自面对画纸。就因为这样，他必须永远依赖记忆。我们面前的这匹马，正是取材于记忆，借助灵活老练的手部动作来完成的。现在，我们别无他法，只能利用'侍女法'寻找它身上的秘密签名。仔细看看这里。"

他极为缓慢地移动图画上方的放大镜，审视这匹迷人的马，仿佛在一张古老、详细的牛皮地图上，搜寻宝藏的位置。

"没错。"我说，像一个急着找出高明答案讨好老师的学生，"我们可以比较马鞍毯的颜色和刺绣，看看跟别的画有什么不同。"

"我的细密画师从不降低身份去描那些细节。图画中的服饰、地毯和被毯的刺绣是学徒们画的。说不定是已故的高雅先生画的。别管它们了。"

"是耳朵吗？"我激动地说，"马也有耳朵……"

"不。耳朵从帖木儿时代就没变过；它们就好像芦苇的叶子，大家都清楚得很。"

我本来打算说："那么，马鬃的编织和每一缕毛发的笔触呢？"但还是闭上了嘴，因为我并不怎么喜欢这场师徒游戏。如果我是学徒，理当清楚自己的角色。

"看看这里。"奥斯曼大师带着沉重但专注的语气说，好像一位医生向同僚指出一个恶性脓包，"你看见了吗？"

他把放大镜移到了马的头部，然后慢慢提高，拉开它与纸面的距离。我低下头，以便更清楚地观察被镜片放大的部位。

马的鼻子很奇特：它的鼻孔。

"你看见了吗？"奥斯曼大师说。

为了确认所见无误，我想我应该移动到放大镜的正后方。正巧奥斯曼大师也这么做了，就在离图画有段距离的放大镜后方，我们突然间脸贴上了脸。感觉到大师粗硬的胡须和冰凉的脸颊，我不禁陡然间吓了一跳。

一阵沉默。我酸涩的眼睛下方，一拃外的图画里，似乎正发生着一件奇妙的事，而我们则戒慎恐惧地亲眼目睹着。

"它的鼻子上有什么？"半晌后我才开得了口小声说。

"他把鼻子画得很古怪。"奥斯曼大师说，眼睛不离开书页。

"会不会是他的手滑了？这是个失误吗？"

我们继续研究这奇怪、独特的鼻子画法。

"难道这就是包括伟大的中国大师们在内的画家们都在谈论的所谓模仿威尼斯人而形成的'风格'吗？"奥斯曼大师讥讽地说。

我心里升起一股怒气，以为他在讥讽我辞世的姨父："我已故的姨父以前常说，缺陷如果并非来自于能力或才华的不足，而是发自细密画家的灵魂深处，那就不该被视为缺陷，那已经是风格了。"

无论它是怎么来的，是细密画家的手误还是那匹马的问题，要指认出谁是杀害我姨父的恶棍，这个鼻子是唯一的线索。然而，遗留在可怜的高雅先生身上的马匹图画墨迹却已晕散，别说研究鼻孔了，我们连马的鼻子都看不清楚。

我们花了很多时间，查阅奥斯曼大师手下挚爱的细密画家们这些年来为各种书籍所绘的马，寻找同样有问题的马鼻孔。由于尚未完成的庆典叙事诗描述各个行业团体在苏丹陛下面前步行游行，因此在两百五十幅插画中，几乎没几匹马。于是，在苏丹的允许下，我们派人到各处去取书，包括存放某些图画书、样本手册，以及新编书籍的手抄本绘画坊，还有苏丹的私人寝宫和后宫，拿回所有尚未被收藏锁入宫廷宝库保存的书册。

从一位小王子的殿阁找到的《胜利记》里，有一幅双页插画，内容叙述在塞格德围城中身亡的苏莱曼大帝苏丹的葬礼仪式。我们首先检查额头有白斑的栗色马、拖着灵车的羚羊眼灰马，以及其它身披华丽马鞍毯与刺绣马鞍的忧伤马匹。它们全都出自蝴蝶、橄榄与鹳鸟之手。这些马，无论是拖曳着大车轮的灵车，还是立正站直，用湿润的眼睛望着红布覆盖的主人遗体，皆以同样优雅的姿势站立。这种姿势仿照赫拉特前辈大师的绘画，也就是，一条前腿骄傲地向前延伸，旁边另一条腿则直直地竖在地面。它们的脖子长而弯，尾巴整齐绑起，鬃毛也经过修剪和梳理，然而，所有马的鼻子都没有我们所要寻找的问题。同样地，尽管无数指挥官、学者和教长前来参加葬礼仪式，立正站立于四周的山顶，向辞世的苏莱曼苏丹致敬，但他们骑乘的千百匹马之中，也没有任何一匹拥有此项异征。

这幅忧郁的葬礼图画，也把它的哀伤传给了我们。我们难过地看见，这本奥斯曼大师与细密画家们呕心沥血完成的手抄绘本，已被糟蹋得不成样了。后宫的嫔妃用这本书与王子们玩游戏，在书页的各个地方乱涂乱画。一幅苏丹祖父的狩猎图中，有人用拙劣的笔迹在一棵树旁边写着："我崇高的老爷，我爱你并且等着你，就像这棵树一样坚毅。"就这样，带着满心的悲伤气馁，我们审阅了一本又一本传世之作，这些经典的创作过程我时有耳闻，但从不曾亲眼目睹。

《艺苑》的第二册中，都出现了三位细密画师的笔触。书里，我们看见在轰隆作响的火炮与众多步兵后方，有上百匹包括栗色、灰色与蓝色等各种颜色的战马，身披各式威武的全副盔甲，背负着挥舞弯刀的英勇骑兵，整齐划一地登上粉红色的山顶，然而，没有任何一匹马的鼻子有瑕疵。"而且，究竟什么算瑕疵！"奥斯曼大师后来说，那时我们正在检查同一本书里的另一张图，上头描绘了皇室外门及我们此刻恰巧所在的游行广场。图中把医院画在了右边远处，将苏丹的皇家谒见厅与庭院中的树木以缩小的比例绘画，让它们能容纳进画里，但又富丽堂皇到符合在我们心中的重要性。只不过，在守卫、侍卫队及议会秘书骑乘的各色马匹的鼻子上，也没能找到我们要寻找的记号。接着，我们看见苏丹陛下的曾祖父雅勿兹·苏丹·赛里姆，向杜卡迪尔的统治者宣战之后，沿着库斯昆河岸竖立起帝国营帐，猎捕各种仓皇逃跑的红尾黑灵犬、弹跳四窜的幼羚，以及惊惶失措的野兔，留下一只倒卧血泊的花斑大虎，它身上的斑点如花朵绽放。无论是苏丹的白额栗色马，或是驯鹰者——鹰都停在他们的前臂上蓄势待发——腿下的马匹，都没有我们寻找的记号。

直到黄昏，我们已经检视过千百匹马，都是这四五年来奥斯曼大师的细密画大师们、橄榄、蝴蝶及鹳鸟所画的：克里米亚大汗穆罕默德·吉拉伊的美耳栗色有斑点的黑色及黄色的马；作战时头和颈部冒出山顶的粉色和银灰色的马；从突尼斯的西班牙异教徒手中夺回哈库瓦德堡垒的哈依达尔帕夏的马匹，以及西班牙人红栗色与开心果绿色的马，其中一匹马在逃跑时摔了个嘴啃泥；一匹黑马（它引起了奥斯曼大师的评论："我忽略了这一匹，我想不出这么草率的图会是谁画的。"）；一匹红色的马（它微微转过耳朵，倾听一个皇室僮仆在树下随手弹奏的乌德琴）；席琳的马（和她同样羞怯优雅的雪布狄兹，站在一旁等待趁着月光在湖中沐浴的主人）；长枪比武时骑乘的活泼马匹；暴躁的马与它俊美的马夫（不知为何，奥斯曼大师看着这幅画说："我年少时极喜爱他，我为他费了很大的劲。"）；安拉派遣给先知易里雅斯，保护他不受异教徒攻击的金光飞马——它的翅膀被误画在了易里雅斯的身上；苏莱曼大帝苏丹的灰色纯种马，头小身体大（他骑在马上悲伤地凝望着年轻可爱的王子，由于失去了三个爱子，他把年轻的王子叫来一起打猎）；愤怒的马；奔驰的马；疲累的马；美丽的马；被人忽视的马；永远离不开书页的马；以及跨越镀金页缘似乎想要逃离书页的囚禁的马。

它们身上都没有我们所要找寻的签名。

即便如此，面对着逐渐降临的疲倦与忧愁，我们依然能保持持久的兴奋：有好几次，我们忘记了马，无法自拔地沉湎于美丽的图画，流连于迷人的色彩。欣赏这些图画时，奥斯曼大师往往带着怀旧的热情，而非新鲜的惊奇——它们大多是他创作、监督或纹饰的。"这些是卡辛姆帕夏区的卡辛姆画的！"有一次他指着苏丹陛下的祖父苏莱曼苏丹的红色军营下那些小小的紫色花朵说，"他绝对不能算是一位大师。四十年来，他就用这些五片花瓣的朵朵小花，填满了图画中的畸零空白，两年前才刚刚过世。我总是指派他画这些小花，因为没有人画得比他好。"他沉默了一会儿，接着哀叹："可惜，太可惜了！"在我的灵魂深处，感觉到这些字眼宣布了一个时代的结束。

正当四周暗下来的时候，一道光线溢满了房间。一阵骚动。我此刻如鼓一般狂跳起来的心，刹那间明白：世界的统治者，崇高的苏丹陛下，忽然间已经走进了房间。我扑身跪倒在他的脚边。我亲吻他长袍的衣角。我头晕目眩。我无法直视他。

不过他早已开口和画坊总监奥斯曼大师说起话来了。目睹他与一个几分钟前才和我一起促膝观画的人说话，让我心中充满炙热的骄傲。我不敢相信，崇高的苏丹陛下此刻正坐在我原先坐的座位上，专注地倾听大师讲解，就和我刚才一样。随侍在侧的财务大臣、驯鹰团指挥官，以及许多我认不出身份的护卫陪侍在他身旁，众人全神贯注望着敞开的书页。我鼓足勇气，斜眼仔细观察世界至高无上的统治者的面孔和眼睛。他是多么英俊！多么高贵挺拔！我的心脏已不再狂跳。就在这时，"他"向我看来，于是我们的眼神交会了。

"我非常喜爱你的姨父，愿他安息。"他说。是的，他正在对我说话。兴奋之中，我漏听了他说的一些话。

"……我深感哀痛。然而，看见他创作的图画皆为经典之作，我颇为欣慰。待威尼斯的异教徒们看见它们之后，将惊惧于我的智慧。你们必须从这匹马的鼻子，判断出那位卑鄙妄为的细密画家是谁。否则，即便残酷，也不得不严刑拷问所有的细密画师。"

"世界的庇护，至高无上的苏丹陛下，"奥斯曼大师说，"要揪出造成这个笔误的家伙，最好的方法，是命令我的细密画师在一张白纸上画一匹马，不加思考，即兴作画。"

"当然，只要它确实是笔误，而非真正的鼻子。"苏丹陛下犀利地指出。

"苏丹陛下，"奥斯曼大师说，"为了这个目的，如果可以借由您的命令，宣布今天晚上举行一场比赛；如果可以派遣侍卫前去拜访陛下的细密画家们，要求他们在一张白纸上即兴画马，作为比赛……"

苏丹陛下望向皇家侍卫队长，表情仿佛在说："你听见了吗？"接着他说："你们知道诗人内扎米的竞赛故事中，我最喜爱哪一篇吗？"

有些人回答："我们知道。"有些人说："哪一篇？"有些人，包括我在内，没有开口。

"我不喜欢诗人的竞赛，或是讲述中国画家和西方画家与镜子之争的故事。"英俊的苏丹说，"我最喜爱的比赛，是大夫的死亡之争。"

语毕，他倏然起身离去，前往参加昏礼。

稍后，等昏礼的宣礼结束，我在昏暗的天色中走出宫廷大门。我匆忙赶回居住的区域，快乐地想着谢库瑞、男孩们，以及我们的家，但就在路上，我惊恐地想起了大夫之争的故事：

两位大夫在他们的苏丹面前比赛，其中一位通常被画成身穿桃红衣服的大夫，制造了一枚绿色的毒药丸，药性之强可以毒死一头大象。他把这枚药丸递给了另一位身穿深蓝色长袍的大夫。那位大夫先是吞下了有毒的药丸，之后，又吞下一枚他当场配制的深蓝色解药。从他那温和的微笑中可以看出他一点事也没有。接下来，该轮到他让对手尝一尝死亡的滋味了。他从容不迫地享受着这其中的乐趣，从花园摘下了一朵粉红色的玫瑰。他把花拿到唇边，朝花瓣轻吐了一首谁也听不见的神秘诗句。接着，他自信满满地伸长手臂，把玫瑰递给了敌手，让他一闻花的芳香。神秘咒语的力量使得身穿桃红衣服的大夫心慌意乱，尽管花里除了寻常的香气之外什么也没有，但是他刚把玫瑰举到鼻子前，就因为惊吓过度，倒地身亡了。

43. 人们都叫我"橄榄"

昏礼之前，门口传来敲门声，我没有刻意多礼地打开门：是一位宫廷派来的侍卫队长的手下，一个干净、俊美、开朗、神清气爽的年轻人。除了纸张和写字板，他手里还拿了一盏油灯，灯火非但没有照亮他，反而在他脸上投下了阴影。他很快向我说明了来此的任务：苏丹陛下宣布在细密画家之间举行一场比赛，看谁能在最短的时间内画出一匹最精美的马。也就是说我现在就要在地上坐下来，把纸铺在写字板上，放在膝上，然后在页面边框内指定的空间里，描画出一匹全世界最美丽的马。

我邀请我的客人进屋，然后跑去拿我的墨水和我最细致的画笔，一支用猫耳尖端的毛发制成的画笔。我往地上坐了下来，接着愣住了！这场比赛会不会是某种阴谋诡计，到时候要我赔上鲜血和脑袋？可能！不过，赫拉特前辈大师们笔下的传世画作，不也都是以精细的线条，巧妙地介于美与死之间吗？

我心中充满了绘画的欲望，然而有点害怕画得和前辈大师们的一模一样。我抑制住了自己。

望着面前的白纸，我沉思了一会儿，让我的灵魂得以摆脱忧虑。我必须单纯地专注在即将下笔的美丽马匹身上，我必须集中全部的力气与注意力。

　　所有我曾经画过和看过的马匹开始在眼前奔腾。其中一匹最为完美无缺。我当下决定要画这匹从来没有人能画的马。我果断地用想象之眼描摹出了它的形象。周围的世界渐渐褪去，仿佛顿时忘记了自己，忘了我坐在这里，甚至忘记了我将要画的画。我的手自动拿起画笔浸入墨水瓶，蘸饱了恰到好处的分量。来吧，我能干的手，让我想象中的骏马跃然纸上吧！马与我似乎已经融为一体，我们即将诞生。

　　跟随着直觉，我在描了边框的空白纸上，寻找一个适当的位置。我想象着马就站在那里，接着突然：

　　甚至还来不及思考，我的手已经依照自己的意志，果断地下笔。看，多么优雅地从马蹄开始，迅速转而向上，画出纤瘦的漂亮小腿，然后往上延伸。它带着同样的坚定，弯过膝盖，飞快地往上滑到下腹部，我的情绪也随之高涨！从这里，它胜利地向上抛出一条弧线：它的胸膛多美呀！胸部逐渐变窄形成脖子，跟我心目中的马一模一样。画笔没有停顿，我从它的脸颊顺势而下，来到坚毅的嘴。我想了几秒，决定让嘴巴张着。我进入嘴里——就是这样，来，嘴巴张大一点，小马儿——接着带出它的舌头。我慢慢旋转画笔，勾勒出鼻子，没有犹豫的余地！我的手引着笔稳定地斜向上，同时，我朝整幅图画看了一眼，看见笔下的线条完全如我的想象时，我根本忘了自己在画什么，任由我的手自动描绘出耳朵，并滑出一道精美的弧线，形成优雅的脖子。当我凭着记忆往下画到背部时，我的手自动停了下来，让岔开的毛笔吸饱墨水。我心满意足地继续画马的后半身，以及它强壮而凸出的臀部。我全神贯注地沉浸于图画之中。当我愉快地开始画它的尾巴时，觉得自己好像就站在逐渐成形的马匹身旁。这是一匹战马、一匹赛马。把马尾打了一个结整齐束拢后，我兴致勃勃地往上移动。当画到它的屁股和臀颊肉时，我自己的屁股和肛门感到一阵舒适的凉意。享受着这份感觉，我开心地完成它柔软圆润的后半部、落在右腿后方的左后腿，最后是马蹄。我的手丝毫无误地照着我的想像，描出了姿态高雅的左前腿。我笔下的这匹马着实令我震撼莫名。

我把手抬离页面，飞快地画下燃烧、忧伤的眼睛；接着我多少有点犹豫但也很快描出了鼻孔和马鞍毯。我耐心地琢磨一缕缕马鬃，仿佛以我的指头替它温柔地梳理。我为它加上了马镫，并在前额点上了一块白斑；最后，再热情、慎重、毫不含糊地画出了它的睾丸与阴茎，这才算是彻底完成。

当我画一匹骏马时，我就变成了那匹骏马。

44. 人们都叫我"蝴蝶"

　　我相信大约是在昏礼的时候，有人来到了门口。他解释说苏丹宣布了一场比赛。遵命，我亲爱的苏丹；的确，有谁画的马能比我画的更美丽？

　　然而，得知这幅画将以黑墨风格呈现而没有色彩时，我愣了一下。为什么不上色？是因为恰巧我最善于选色和用色吗？谁来评判哪一幅画最好？我试图从宫廷派来的这位宽肩膀、粉红嘴唇的漂亮男孩口中打探更多的消息，也感觉到画坊总监奥斯曼大师就在这场比赛的幕后。奥斯曼大师，无疑地，深知我的才华，喜爱我胜于其他所有的细密画家。

　　因此，当我凝望空白纸张时，眼前浮现了一匹姿态、长相和气质能同时取悦苏丹及奥斯曼大师的马。这匹马必须活泼，但要严肃，像是奥斯曼大师十年前画的马；它应该扬蹄而立，因为苏丹总喜欢这样。如此一来，他们两人将会一致赞同这匹马的美。不晓得奖金是多少个金币？米尔·穆萨威尔会怎么画这幅画？贝赫扎德会怎么画？

　　突然间，这匹马飞快地冲入我脑中，还没等我回过神来弄清楚，该死的手已经抓起画笔，从扬起的左前腿下手，开始描绘一匹超乎任何人想像的奇迹之马。很快画完腿后，我继续把它连上身体，愉悦而自信地挥洒出两道弧线——如果你们看见这两条线，一定会说这位艺术家不是画家，而是书法家。我敬畏地注视着自己的手在纸上移动，好像它是属于别人的。两道优美的弧线形成马儿饱满的腹部、结实的胸膛及天鹅般的脖子。这幅画几乎可以算是完成了。噢，我是个多么有才华的人！与此同时，我看见我的手已经为健壮昂扬的马匹，勾勒出鼻子和微张的嘴，并描下它聪明的额头与耳朵。接下来，再一次，看呀多么美丽，我兴高采烈地画下了另一条弧线，仿佛在写一个字，我几乎忍不住笑了出来。从扬首的马脖子处，我猛然往下挥出一道完美的圆弧，画出负载马鞍的背部。我的手一边忙着画马鞍，一边骄傲地欣赏逐渐成形的马匹，它有一个和我一样健壮、圆润的身体：这匹马绝对会让大家惊羡。我想象等我赢得大奖后，苏丹陛下将给我什么甜蜜的赞美，他将会奖赏我满满一袋金币；想到自己回家数钱的样子，我忍不住又想大笑。就在这时，我从眼角瞥见我的手已经画完了马鞍，它把笔伸到墨水瓶里蘸墨，然后再回到纸面。我喜笑颜开地开始画马的后半部，好似在开玩笑。我轻快地勾勒出尾巴。我笔下的马臀是多么圆滑而曲线玲珑，真渴望用双掌捧住它，就像把玩一个任我侵犯的男孩的柔软臀部。在我的微笑中，我灵敏的手已经画完了后腿，笔也停了下来：有史以来最精美的一匹扬蹄战马画成了。我得意洋洋，欣喜地想象人们会多么喜爱我的马，他们会赞美我是最有才华的细密画家，甚至当场宣布由我担任画坊总监。但我又想到那些白痴可能也会这么说："他轻轻松松一下子就画好了这幅画！"就是因为这个原因，我担心人们可能不会严肃看待我的神妙之作。因此，我精雕细琢地以工笔画出马鬃、鼻孔、牙齿、一缕缕马尾及马鞍毯，让人们可以明显看出我确实为这幅画下了极大功夫。从这个角度，也就是侧面扬蹄的姿势，应该会看得见马的生殖器，不过我空下它们没有画，避免让妇女们过于分心。我骄傲地端详我的马：暴风般扬首举蹄，强而有力。仿佛刮起一阵狂风，卷起一支画笔扫出椭圆的笔触，像是一行草书；尽管如此，马匹仍然稳若磐石。人们会像赞美贝赫扎德或米尔·穆萨威尔那样，赞美创作这幅画的伟大细密画家，届时，我也将跻身大师之列。

当我画一匹骏马时，我就变成了画它的伟大的前辈绘画大师。

45. 人们都叫我"鹳鸟"

昏礼过后我本来打算前往咖啡馆，但有人告诉我门口有访客。这是好事。我去了；是一位宫廷派来的信差，他说明了来意。很好，世界上最美丽的马。你只要告诉我画一匹马付我多少钱，我当场就可以画出五六匹世界上最漂亮的马给你。

当然我没这么说，保持风度地邀请站在门口等待的男孩进屋。我思考了一会儿：世界上最美丽的马根本不存在，我怎么来画它呢。我可以画战马、高大的蒙古马、尊贵的阿拉伯马、浴血奋战的英勇战驹，或甚至是拖着一车石头载往建筑工地的倒霉驮马。但有谁会说它们是世界上最美丽的马呢？自然，所谓"全世界最美丽的马"，我明白苏丹陛下指的是波斯画家画过千万遍的马匹中，最耀眼夺目的一匹，符合所有往昔的公式、模样和姿态。但为什么？

显然，有许多人不希望我赢得一袋子金币。如果他们叫我画一匹普通的马，大家都知道没有人能比得过我。是哪个人愚弄了苏丹殿下？尽管那些嫉妒我的画家谣言不断，但至高的君王深知在他所有的细密画家当中，我最具才华。他欣赏我的插画。

我的手突然愤怒地一跃而起，似乎想挥去所有恼人的顾虑。

从马蹄尖端下笔，经过一阵聚精会神的努力，我画出了一匹真正的骏马。你们很可能曾在路上或战场中见过这样的马，疲倦，但仍保持风度……接着，出于同一股怒气，我大笔一挥，画出了一匹土耳其骑兵的战马，甚至比前面那匹还好。手抄本绘画坊没有一个细密画家画得出如此美丽的东西。正当我准备凭记忆再画另一匹马时，皇宫派来的男孩说："一匹就够了。"

他正打算抓起纸离开，但被我阻止。因为我深深知道，就像知道自己的名字一样，这些混蛋会拿出一大袋金币作为绘马比赛的奖金。

如果我照自己的意思画，他们不会给我金币！如果赢不了金币，此后我的名字就会永远蒙羞。我停下来想了一会儿。"等等。"我对男孩说。我走进房里，回来的时候拿着两枚闪亮无比的伪威尼斯金币，把它们塞进了男孩的手中。他很害怕，眼睛睁得大大的。"你像狮子一样勇敢。"我说。

我拿出了从不让任何人看见的私藏标准型手册中的一本。在这些书里，我曾偷偷地复制下了多年来见过的最美丽的插画。更不用说宝库的侏儒总管杰兹米，只要你给那无赖十枚金币，他就会从秘藏的书册中复制下各种最美丽的树、龙、鸟、猎人及战士来给你。对于想通过图画和装饰目睹真实世界的人而言，我的手册没什么帮助；但是对想回忆古老传说的人来说，我的手册是完美的珍品。

我一边翻着书页，一边展示图片给宫廷僮仆看，最后选定了一匹最优秀的马。我拿出一根针，轻巧地在图画的轮廓线上戳洞。接着，我在这张模板的下方垫了一张白纸，朝模板缓缓撒下适量的煤灰，然后轻轻摇晃，让煤灰顺利掉入洞孔。我拿开模板。一点一点的煤灰把美丽马匹的整个形体转印到了下方纸上。看起来极为赏心悦目。

我抓起笔，在突然涌现的灵感带领下，我以迅速而果断的笔触，优雅地连起黑点。当我照此画着马腹、典雅的脖颈、鼻子和臀部时，深情地感觉到它就在我的体内。"完成了。"我说，"全世界最美丽的马。那些笨蛋没有一个能画得出来。"

为了让皇宫来的男孩也深信不疑，同时更为了让他不会向苏丹解释我这幅画的灵感从何而来，我又给了他三枚伪币。我暗示说如果我最后赢得了金币，还会再给他更多。不只这样，我相信他心里想象着，自己也许很快便能够再次瞥见我妻子的身影——他刚才斜睨着她，嘴巴都合不起来了。许多人认为一位细密画家只要能画出一匹漂亮的马就能成为一名优秀的细密画家。然而，要成为最优秀的细密画家，光是画出最好的马还不够，你必须说服苏丹陛下及他周围的一群马屁精，让他们相信你的确是最优秀的细密画家。

当我画一匹骏马时，我就是我，仅此而已。

46. 人们将称我为凶手

你们能够从我速写一匹马的方式中，分辨出我是谁吗？

一听说被邀请创作一匹马时，我立刻明白这不是一场比赛，他们想要通过我的绘画来抓我。我很清楚他们在可怜的高雅先生身上，找到了我画在粗纸上的马匹素描。但在我画的那些马中，并没有任何瑕疵或风格得以让他们发现我的身份。虽然我极有把握，但画马的时候仍惊惧不已。我为姨父所画的马，是否有什么地方会暴露我自己？这回我得画一匹全新的马。我从完全不同的方向思考，我"压抑"住了自己，变成了另外一个人。

然而，我自己是谁？我是一个会为了迎合画坊的风格，克制住自己不要画出经典之作的人吗？还是一个总有一天能胜利地描绘出内心深处那匹马的画家？

刹那间，惊恐万分地，我感觉到那位胜利的细密画家出现在了体内。好像心中的另一个灵魂正在看着我，面对他，我感到了羞愧。

我马上明白我无法继续留在家里，于是冲出门，在黑暗的街道上快步走着。诚如谢赫·奥斯曼·巴巴在《圣者的生活》一书中所写的那样，一位真正的流浪苦行僧为了逃离内心的恶魔，必须一辈子漂泊，永远不在任何地方逗留太久。经过六十七年从一个到一个城市的不断流浪之后，他终于厌倦了奔波而臣服于魔鬼。就是在这种年纪，细密画大师们达到失明，或是安拉的黑暗；在这样的年纪，他们不由自主地成就了自己的风格，远离了所有其他风格的影响。

我漫步在贝亚泽特的鸡贩市场，跨过奴隶市场空无一人的广场，走进从热食店飘散而出的愉悦香气中，像是在搜寻着什么似的转悠着。我行经大门紧闭的理发店及熨衣店，一位年迈的面包师傅正在数钱，惊讶地抬头看我。我经过一间散发腌菜和咸鱼气味的杂货店。由于我的目光只被颜色吸引，因此走进了一间摆满待称货品的药草干货店，在油灯的光芒下，如同望着爱人般深情款款地凝视着一袋袋咖啡、姜、番红花和肉桂；我注视着一罐罐五颜六色的口香糖、从柜台上飘来芳香的洋茴香、欧芹萝、土茴香和一堆堆的藏红花。一会儿，我想把每样东西都放进口中；一会儿，我又想把眼前的一切全都画在纸上。

我走进了一家饭馆，上个星期我为了填饱肚子来过这里两次。我私下称它为“落魄人的热食店”——事实上，“悲惨人”可能更恰当一点。它为老顾客们一直开到半夜。饭馆里有几个倒霉鬼，一身穿着好像马贼或死刑逃犯；几个可悲的家伙，深沉的哀愁与绝望使他们的目光脱离了尘世，飘向遥远的乐园，就如吸鸦片的人一样；两个乞丐，挣扎着想遵循最基本的行规；以及一位年轻绅士，远远避开人群坐在角落。我向阿勒颇来的厨子和善地打过招呼，让他在我的碗里满满地盛上包心菜碎肉卷饼，淋上酸奶酪，再撒上一把红辣椒粉，然后在年轻绅士旁边找了一个位子坐下。

每个夜里，总有一阵忧郁、伤心向我袭来。噢，我的弟兄，我亲爱的弟兄，我们污秽堕落，我们逐渐腐烂、死亡，我们正在毁灭自己的生命，我们深陷痛苦，无法自拔……有些夜晚，我梦见他从井里爬出来追我，可是我知道我们已经把他深深埋进了厚重的土里。他不可能从坟墓里爬出来。

我本来以为年轻的绅士已经把鼻子埋进汤里而忘了整个世界，可他却开启了聊天的大门，这难道是安拉的启示吗？"的确，"我说，"他们把碎肉绞得刚刚好，我的包心菜卷味道很鲜。"我询问他的来历：他刚从二十个银币的宗教学校毕业，在阿瑞费帕夏手下做小职员。我没有问他为什么三更半夜地没有在帕夏的官邸、清真寺，或在自己家中亲爱妻子的怀里，反而选择跑来这间挤满单身汉的路边饭馆。他问我是什么人，从哪里来。我想了一会儿，说道：

"我的名字叫贝赫扎德。我来自赫拉特和大不里士。我曾经创作出最华美的图画、最令人赞叹的经典画作。从波斯到阿拉伯，在每一间穆斯林的手抄本绘画坊，几百年来人们谈论绘画制作时，都会提到我：它看起来好真实，就像贝赫扎德的作品。"

当然，重点不在此。我的绘画呈现出心灵所见，而非眼睛所视。然而，你们非常清楚，图画是为眼睛创作出来的喜悦。如果你们把这两个概念结合在一起，我的世界就会浮现。也就是：

其一：绘画为了眼睛的喜悦而鲜活地呈现出心灵所见。

其二：眼睛看见的世间万物融合进绘画中，反过来滋养心灵。

其三：因此，美，来自于眼睛在世界上发现了我们心灵早已知道的事物。

这位二十个银币的宗教学校的毕业生，能够了解这个我在灵光乍闪之际萃取自内心深处的逻辑吗？完全不懂。为什么？因为，就算你花了三年的时间，待在一间边远郊区的宗教学校里，坐在老师的脚边，听他每天为二十个银币讲课——今天这点钱只够你买二十个面包——还是不晓得贝赫扎德到底是什么人。显然那位二十个银币的老师也不知道贝赫扎德是谁。好吧，我来讲讲。我说：

"我什么都画过，任何题材：我们的先知坐在清真寺绿色的礼拜神龛前，他的四位哈里发随侍在侧；另一本书中，先知在登宵的夜晚，骑着卜拉格马登上七重天；亚历山大在前往中国的路上，来到一座滨海神庙，大声击鼓吓退一只卷起海面风暴的怪兽；一位苏丹听着乌德琴声，一面偷窥他的后宫佳丽在水池里裸泳，一面手淫；一位年轻的摔跤手习得师父所有招式后，准备战胜他师父，却在苏丹面前被自己的师父亲手打败，因为他师父留了一手最后绝招；年幼的蕾莉与马杰农跪在一间雕梁画栋的教室里，一起诵读荣耀的《古兰经》，坠入爱河；情侣间不敢直视对方的表情，从最羞怯到最笨拙的姿态；一块一块堆砌石头建造宫殿；罪犯接受严刑拷打；翱翔的老鹰；顽皮的兔子；阴险的老虎；柏树、梧桐树以及站在枝头上的喜鹊；死亡；互相比赛的诗人；庆祝凯旋的盛宴；以及像你这种只看得到面前那碗汤而看不到其他东西的家伙。"

含蓄的小职员已经不怕了，甚至觉得我很有趣，微微一笑。

"你的老师一定叫你读过这个，你晓得这故事。"我继续说，"萨迪的《蔷薇园》中，有一个故事我非常喜欢。你一定知道，大流士国王在一场狩猎中，与人群走散了，独自在山上徘徊。出其不意地，一个长相凶恶、留着山羊胡的陌生人出现在了他的面前。国王惊恐万分，连忙伸手拿起放在马上的弓箭。这时那人哀

382

求道：'我的国王，等一下，别射箭。您怎么认不出我了呢？我难道不是您托付了一百匹马和马仔的王室马夫吗？您见过多少回了？您的一百匹马，每一匹马的性情、脾气，甚至颜色，我都记得清清楚楚。那么，您怎么会不曾注意我们这些受命于您的仆人，甚至像我这样时常与您碰面的人呢？'"

当描绘这个场景时，我在一片天堂般五彩缤纷、繁花盛开的翠绿草原上画出了马夫悉心照料的黑、栗色及白色的马匹。为了让最愚钝的读者也能明白萨迪的故事寓言，我把马都画得十分喜悦、十分安详：唯有通过关爱、留意、热情与同情，才能一窥人间的美与神秘；如果你想生活在快乐的马匹漫游的那片乐土上，就必须睁大眼睛，真正观看这个世界，注意所有的色彩、细节和玩笑。

这位二十个银币的宗教老师的弟子一方面觉得我有趣，一方面又觉得我可怕。他想扔下汤匙溜走，但我没给他机会。

"大师中的大师贝赫扎德，在图画中把国王、他的马夫及马匹画得是那么绝妙，"我说，"以至于一百年来，细密画家们不停地模仿那些马匹。贝赫扎德所描绘的他想象中和心中的每一匹马，如今都已成为一个典型的样式。千百位细密画家，包括我在内，单单靠记忆就能画出这些马。你看过马的图片吗？"

"我有一次在一本神奇的书中看过一匹飞马。那本书是一位伟大的老师，学者中的学者，送给我那已故老师的。"

我真不知道是应该把这小丑的脑袋压进他的汤里淹死他，还是任他继续天花乱坠地形容这辈子看过的唯一一幅马匹图画。这驴蛋，和他的老师，居然把《珍禽异兽》当宝一样看，而且天晓得他们看到的是多么拙劣的复制版本。我想出了第三种解决方法，就是扔下我的汤匙，离开饭馆。走了很长一段时间之后，我来到那间废弃的苦行僧居所，走进屋内，一股平静的感觉涌向了我。打扫干净后，我什么也不做，静静地聆听着四周的寂静。

稍后，我把镜子从我收藏的角落里拿了出来，架在一张矮桌上。接着，我支起了画板，在画板上铺好一张跨页插图，置于膝上。我调整好位置以便看清镜中自己的脸孔，然后拿起炭笔画起了自画像。我耐心地画了很久。过了好一会儿，当我再次看见纸上的脸并不像镜中我的脸时，内心充满颓丧挫折，眼泪不禁溢出眼眶。那些被姨父吹捧上天的威尼斯画家究竟是怎么做到这一点的？于是我想象自己就是他们其中之一，猜想如果我能以同样的心境作画，或许也能画出一幅逼真的自画像。

又过了一会儿，我咒骂起法兰克画家和姨父。我擦掉了纸上的东西，重新看向镜子，继续着手画画。

到头来，我发现自己又在街上漫游，而接着，又发现自己已来到了这间龌龊的咖啡馆。我甚至搞不懂自己怎么会来这里的。我走进屋内，想到跟这群可悲的细密画家和书法家混在一起，觉得好羞耻，额头不禁开始冒汗。

我感觉到他们都在看我，彼此用手肘捅一捅，示意我的到来，讥笑着——好吧，我是清楚地看见他们这么做了。我在角落里坐下，努力展现自然的神态。与此同时，我用目光搜寻别的画师，那以前有一段时间曾经和我一起当奥斯曼大师学徒的亲爱弟兄。我确信他们每个人今天傍晚也都被要求画一匹马，而这些白痴也一定竭尽所能，认真参与了这场比赛。

说书人还没开始表演，甚至图画也还没有挂上。这也迫使我与咖啡馆里的人群套起了近乎。

好吧，我坦白地跟你们说：和大家一样，我也开玩笑、讲下流故事、夸张地亲吻同伴的脸颊、说各种双关语和反讽比喻、询问年轻大师助手的近况，而且也和大家一样，无情地揶揄我们共同的敌人。激情所至，我甚至会放肆地调戏打闹，亲吻男人的脖子。然而在胡闹的同时，我却知道自己大半的灵魂仍陷于冷酷的死寂，这带给了我难以承受的痛苦。

虽然如此，没过多久，我已经成功举出各种比喻来形容自己的和某些名人的那话儿，像是毛笔、芦苇、咖啡馆的柱子、笛子、楼梯栏杆柱、门环、宣礼塔、浓糖浆里的拇指饼、松树，甚至有两次用世界来形容。我同样成功地把那些有口皆碑的漂亮男孩的屁股，比喻为橘子、无花果、凸起的小馅饼、枕头，还有小小的蚂蚁窝。然而，一位与我同龄的自负的书法家却只能把自己的宝贝极为业余而毫无半点自信地比喻为一艘船的桅杆和一个挑夫的扁担。我更进一步用各种隐喻，谈到了老画家们再也举不起来的家伙和新学徒们的樱桃色嘴唇；谈到了某些书法家把钱贮藏起来（我也一样），放在某个地方（"天下最肮脏的坑穴"）；谈到了我喝的酒里很可能放了鸦片而不是玫瑰花瓣；谈到了大不里士和设拉子的最后几位伟大画师；谈到了在阿勒颇，人们已经把酒加入咖啡里，以及那里的书法家和漂亮男孩。

侃侃而谈中，有时候，我感觉到体内的两个灵魂之一，最后终于胜利浮出，把另一个抛在后头，让我忘记了自己那死寂冷漠的一面。这些时刻，我会回忆起童年时的节日庆典，当时的我可以自由自在地与亲戚朋友相处。如今，就算有再多笑话、亲吻和拥抱，我心底仍有一片死寂，让我在人群之中饱受孤独的痛苦与折磨。

是谁，赋予了我如此死寂冷酷的灵魂——不是灵魂，是邪灵——永远不断地斥责我，隔绝我与外界的联系？是撒旦？不过，减轻我内心幽寂的，并非撒旦煽动的愚行祸端，而是能够触及灵魂深处、最简单纯净的故事。

在葡萄酒的影响下，我讲了两个故事，盼能借此得到安宁。一位高挑、苍白却又肤色嫩红的书法学徒，用绿色的眼睛盯着我，聚精会神地听我讲着。

细密画家为了安抚孤寂的灵魂而讲的
两个关于失明与风格的故事
其　一

与人们所知的相反，靠着观察一匹真马来画马的方法，并不是法兰克大师的发明，其原始想法来自于伟大的画师——加兹温的贾玛列丁。白羊王朝的大汗乌宗·哈桑征服加兹温之后，年迈的大师贾玛列丁加入胜利君主的书本绘画坊，但他并不满足；相反的，他主动进言，声明想要画下自己亲眼目睹的战争场景，为大汗的《历史》增添图饰。这位大师，六十二年来画了各种马匹、骑兵攻击和战争的图画，却从未亲身参与过战争。在大汗的首肯下，他第一次上了战场。不幸的是，他还来不及看见大汗淋漓的马匹冲锋陷阵，就被敌军的炮火炸断了双手，炸瞎了眼。年老的大师，如同所有真正的巨匠，其实早已等待着安拉恩赐的失明降临，也没有把失去双手的悲剧视为太大的缺憾。虽然某些人坚持一位细密画家的记忆位于双手，他却不以为然，主张它们深藏在智慧和内心之中。不仅如此，如今他已失明，宣称自己能看见安拉眼中真正的图画、风景与纯净无瑕的马匹。为了向艺术爱好者分享如此奇景,他找到了一位高挑、脸色白净、皮肤粉嫩、绿眼睛的书法学徒,一笔一笔指示他写下自己在安拉的神圣黑暗中看见的壮丽马匹——就好像他亲自拿笔绘画一样。大师过世后,年轻的书法学徒集结这三百零三幅马的记录,每一匹都是从左前腿开始下笔,装订成了三册,分别命名为《马之画》、《马之动》、《马之爱》。这三本书在白羊王朝的领土上,有一段时间广受欢迎,出现了各式各样的新版本及复制本,上面的图画也被插画家、学徒和他们的学生们牢记,并用作练习样本。虽然如此,乌宗·哈桑的白羊王朝灭亡之后,赫拉特风格的绘画席卷了全波斯地区,贾玛列丁和他的手抄本也从此被人们遗忘了。无疑地,这样的后果,多少可以归因于赫拉特的凯默列丁·礼萨。在他的《盲者之马》一书中,强烈批评这三册书,并坚持认为应该把它们全烧了。凯默列丁·礼萨宣称,加兹温的贾玛列丁那三册书中描绘的马,没有一匹算得上是真主眼中的马——因为没有任何一匹是"纯净无瑕的"。由于年老的大师亲眼目睹了一场真正的战役,无论时间多短,在那之后他画的马匹,都已不再纯净。因为征服者苏丹穆罕默德把白羊王朝乌宗·哈桑的金银财宝全部掠夺回了伊斯坦布尔,可以想见的是,这三百零三篇故事中的一部分,偶尔或许会流落到其他伊斯坦布尔的手抄本里,甚至可以看到有些马匹正是依照其中的指导绘成的,对此不必感到惊讶。

其　二

在赫拉特与设拉子,当一位迟暮之年的细密画师因为一生过度辛劳而失明时,人们不仅视其为大师毅力的表征,更解释为真主对伟大画师作品与才华的肯定。因此,有一阵子在赫拉特,如果一位大师年岁已老却没有失明,就会受到怀疑。这种情况驱使许多年老的画师刻意去追求失明。很长一段时间，人们非常崇敬刺瞎自己眼睛的艺术家，认为他们跟随前辈的脚步，仿效那些宁可刺瞎自己也不愿意侍奉异主或改变风格的传奇大师。到了阿布·萨伊德的时代，这位继承米朗君王世系的帖木儿的子孙，征服了塔什干和撒马尔罕后，为他的画坊引进了一个新花样：比起真正的失明，更大力尊崇模拟的失明。给阿布·萨伊德这个灵感的是年老的艺匠卡拉·瓦利，他确信一位失明的细密画家可以从黑暗中看见真主眼中的马；然而，若一位明眼的细密画家可以如瞎子般观察世界，那更是真正的才华。六十七岁时，为了证明自己所言不假，他睁着眼睛盯住纸面，却完全没有对焦观看图画，任凭笔尖挥洒画出了一匹马。整场艺术仪式上，米朗君王还找来了聋子音乐家弹奏乌德琴、哑巴说书人讲述故事，以陪衬著名大师的表演。绘画完成后，众人仔细比较卡拉·瓦利的精彩马匹图画和他以前所画的其它马匹：丝毫没有半点差异，让米朗君王颇感失望。而著名的大师则声称，一位拥有才华的细密画家，不论闭眼还是睁眼，永远只会看见一种马，也就是安拉心目中的模样。在他看来，伟大的细密画师之间，失明或没有失明并无任何差别：手永远会画出同样的马，因为当时还没有法兰克人所谓"风格"的这种新发明。伟大的大师卡拉·瓦利所绘的马，在之后的一百一十年间，一再被每位穆斯林细密画家模仿。至于卡拉·瓦利本人，在阿布·萨伊德战败、画坊解散后，从撒马尔罕迁移到了加兹温，两年后被控企图驳斥荣耀《古兰经》中的经文："盲人和非盲人不相等。"为此，他先是被赐瞎了，接着遭年轻尼扎姆君王的士兵杀害。

我正想再讲第三个故事，向有着漂亮眼睛的书法学徒描述伟大的贝赫扎德大师如何刺瞎自己、为何始终不愿离开赫拉特、为什么被强押到大不里士后永远不再绘画、为什么说一位细密画家的风格其实是他所属画坊的风格，以及其他从奥斯曼大师那儿听来的故事，但是我逐渐被说书人吸引住了。我怎么会知道他今晚要说撒旦的故事？

我忍不住想说："最先说'我'的人是撒旦！拥有独特风格的人是撒旦。分隔东方与西方的人也是撒旦。"

我闭上眼睛，在说书人的粗纸上任凭心中所想画出了撒旦的模样。当我画图时，说书人和他的助手、其他画家及好奇的观众咯咯窃笑，在一旁鼓噪。

请告诉我，你们觉得我有个人风格吗，或者一切都只是葡萄酒在作祟？

47. 我，撒旦

　　我喜爱橄榄油炒红辣椒的气味、落在平静海面上的晨雨、窗边倏然闪现的女子容颜，寂静、沉思与耐心。我相信自己，而且，通常，我从不在乎别人对我的批评。尽管如此，今夜我来到这间咖啡馆，是为了向我的细密画家与书法家弟兄们澄清一些流言蜚语。

　　当然了，因为开口的人是我，不管我说什么，你们都准备相信我说的是反话。不过，精明的你们，也该察觉到我话语的反义不见得全然准确，而且，就算怀疑我，狡猾的你们想必也对我的言论颇感兴趣：你们很清楚，我的名字，在荣耀的《古兰经》中出现了五十二次，是最常被提到的名字之一。

　　既然如此，我就从真主那荣耀的《古兰经》讲起。书中提到我的每一件事都是真的。请别会错意，当我这么说时，心中可是存有极度的谦卑。因为这里面有着一个风格的问题。荣耀的《古兰经》对我的贬抑，长久以来带给了我极大的痛苦，但此种痛苦正是我的生活方式。我不是在为此而争辩。

　　一点没错，真主在我们天使眼前创造出了阿丹。接着他要我们匍匐于这个造物跟前。是的，情况就如"天梯"章节中的描述：当所有的天使都朝阿丹屈身时，我拒绝了。我提醒众人，阿丹只不过是用泥巴做出来的，我却出身于火，一种人尽皆知的优越元素。因此我不向阿丹低头。于是，真主认为我的行为，怎么说呢，"高傲"。

"堕落吧，远离这层层天堂。"他说，"这里容不下你这类图谋自身伟大的家伙。"

"准许我活到最后审判日，"我说，"直到亡者复活。"

他准允了，我对他说，这段时间内，我将诱惑害我受罚的阿丹后代，而那些被我成功腐化的人，他说将会送他们下地狱。你们也知道我们双方始终谨守这些诺言。关于此事，我没有什么可以多说的了。

有些人宣称，当时全能的真主与我达成了一项协定。依照他们的说法，通过企图摧毁人们的信仰，实际上我是在帮助全能真主考验他的子民：拥有坚定判断力的善良好人，将不会误入歧途；屈服于俗世欲望的邪恶坏人，则会犯下罪行，日后将落入地狱深渊。因此，我的工作极为重要：如果所有人都可以上天堂，就不会有人感到惧怕，但是整个世界的运作及统治，却绝不可能单单靠美德实现。在我们的世界，邪恶与美德同等必要，罪行与正直更是缺一不可。虽然安拉创造的尘世秩序因我而得以实施——当然是在他的认可下，不然他怎么会允许我活到审判之日，但我却永远被标志为"邪恶"，同时，从不给我以应有的奖赏，这是我内心的隐痛。有些人，比如神秘主义的曼苏尔，梳羊毛者，或是著名的伊玛目·安萨里的弟弟阿赫玛德·安萨里，依循这条逻辑继续延伸，甚至在文章中写下这样的结论：如果我引发的罪行确实经过真主的准允和旨意，那么它们其实是真主所要的。更进一步地，他们主张善与恶并不存在，因为一切皆源于真主，就连我也是他的一部分。

其中一些愚钝的家伙受到了应有的惩罚，连同他们的书一起被焚毁。因为，善与恶当然存在，该如何划分两者，正是每个人的责任。我不是安拉，真主宽恕，在那群笨蛋的脑袋中植入此种荒唐念头的人也不是我；全是他们自己想出来的。

这使我忍不住提出第二项不满：我并不是全天下所有邪恶罪行的根源。许多人犯罪的原因完全无关乎我的教唆、欺骗和诱惑，纯粹是基于他们自己的盲目野心、肉欲、意志力薄弱、劣根性，还有最常见的，基于他们自己的白痴。就像某些博学的神秘主义者想尽办法替我脱罪一样，假设我是一切邪恶的起源同样荒谬无稽，且与荣耀《古兰经》的经义不符。我没有引诱水果贩奸诈地用烂苹果蒙骗顾客、鼓吹小孩子撒谎、煽动巧言令色的马屁精、教唆老年人编织淫邪的春梦或激发男孩手淫。即使全能真主也找不出这最后两者之中有何邪恶之处。确实，为了驱策你们犯下深重罪孽，我尽心尽力。但有些教长却在书中写道：所有打哈欠、打喷嚏或甚至放屁的人都是我的俘虏。这证明他们丝毫不了解我。

就让他们误解你吧，如此一来你可以更轻易拐骗到他们，你们或许会这么建议。没错。但容我提醒你们，我有我的自尊，当初也就是它促使我与全能的真主决裂。尽管我可以化身为各种形体，尽管各种书本中数以万次地提及我曾伪装成明艳诱人的美女，成功地勾引许多虔诚之士，但今晚在场的各位细密画家弟兄，能否请你们解释一下，为什么大家坚持把我画成一个畸形、尖角、长尾巴的丑陋怪物，脸上永远布满一颗颗凸起的肉痣？

于是，我们来到了真正的主题：绘画。一位传道士，我不愿意具名以免他日后来骚扰你们，鼓动伊斯坦布尔街头一群乌合之众，谴责以下的行为有背真主的旨意：像唱歌一样呼唤众人准备祈祷；苦行僧修道院的集会；坐在彼此的腿上；随着乐器的演奏放纵地吟诵；以及饮用咖啡。我曾听说我们中间有些细密画家，因为害怕这位传道士及其信众，于是声明所有法兰克风格的绘画，背后都是我在作祟。好几个世纪以来，我已背负了无以数计的指控，但从来没有这么离谱的。

让我们从头来看。每个人都念念不忘是我诱惑了好娃偷吃禁果，而忘记了整件事的开端。不，也不是从我在全能真主面前表现的傲慢开始。一切的起始，在于他在我们面前创造了阿丹，并期待我们向他屈膝低头，结果遭到了我恰当而坚定的拒绝——虽然其他天使服从了。难道你们认为他说的是对的吗？他居然要求用火创造出来的我，去向用粗泥创造出来的人类低头？噢，我的弟兄，说出你们的良心话。算了，没关系，我知道你在思考，只是担心在这里说话不方便：他会一字不漏地听见，并且日后借此斥责你们。好吧，我们别去追究，既然如此他当初何必赋予你们良知。我同意，你们的恐惧是合理的，我会忘掉这个问题，也会忘掉那泥与火的辩论。但有件事我绝不会忘记——没错，我始终引以为傲的事情：我从来不曾对人低头。

然而，这恰巧是法兰克大师们如今在做的事情，他们非但不满足于呈现每一种人身上每件琐碎的细节，从绅士、教士、富商到女人，各种人的眼睛颜色、肤色、弯翘的嘴唇、额头的皱纹、戒指和肮脏的鬓角——甚至包括落在女人乳房间的迷人阴影。这些艺术家甚至胆敢把他们的主角置于画纸的正中央，仿佛人类理当被崇拜；不仅如此，还把这些肖像当作偶像展示，要求观者臣服于前。人有重要到应当被画出每个细节，包括他的影子吗？如果街上的每栋房子，都依照人类的谬误观点描绘，随着距离愈来愈远而大小逐渐缩小，那么人难道不是实际上僭越了安拉的地位，站到了世界的中心？这一点，安拉，全能伟大之主，必定比我更清楚。总之，单从表面来看，把绘制这些肖像的主意归功于我，实在可笑。我怎可能这么做？我，拒绝匍匐于人类跟前而遭受不可言喻的痛苦和孤立；我，失去了真主的宠爱而成为众人咒骂的对象。还不如像某些毛拉在书中写的和某些传道士所说的那样，每一个把玩自己的年轻人和每一个放屁的人都是受到我的引诱，这么说还较为合理。

关于这个主题，我还有最后一点意见，但不打算说给凡夫俗子听，他们满脑子不外乎世俗的野心、肉体的欲望、金钱的渴求和其他可笑的热情！只有真主，以他无限的智慧，才能明白我：难道不是您，要求天使在阿丹的面前弯腰，使得人类自我膨胀、充满了骄傲？如今，他们模仿您要天使看待他们的方式来看待自己，人类开始崇拜自己，把自己放在世界的中央。就连您最忠诚的仆人也想拥有一张自己的法兰克大师风格的肖像。对于自恋的下场，我太清楚了，那便是很快就会完全忘记了您。然而到时候，他们又会把所有的罪责都推给我。

我该如何对你们说呢？实际上我对这一切毫不在意。自然，只能靠牢牢站稳双腿，承受几百年来人们对我残酷地丢石头、辱骂、诅咒，以及当众斥责。只希望那些暴躁肤浅、动不动就骂我的敌人，能够记得全能真主恩赐我活到最后审判日，却只分配给他们六七十年的岁月。如果我建议他们多喝咖啡延寿，相信很多人会因为是撒旦在说话，决定反其道而行，彻底禁绝咖啡，或者更夸张的，倒立过来把咖啡从屁眼灌进去。

别笑。重要的不是思想的内容，而是思想的形式。重要的不是一位细密画家画了什么，而是他的风格。不过这些事情需要不露痕迹才行。我本来打算说一个爱情故事作结，但现在已经很晚了。今晚赋予我声音的这位巧嘴说书人承诺，后天星期三晚上，他会挂起一幅女人的画像，届时他将给大家讲述这个爱情故事。

48. 我，谢库瑞

　　我梦见了父亲，他对我说了一连串我听不懂的话，太可怕了，吓得我从睡梦中惊醒。谢夫盖与奥尔罕躺在我的两侧，紧紧地搂着我，他们温热的身体焐得我都出汗了。谢夫盖的手搁在了我的肚子上，奥尔罕则把汗湿的脑袋枕在我的胸口上。我设法轻巧地爬下床，离开房间，没有吵醒他们。

　　我穿过宽阔的走廊，安静地打开了黑的门。在手中蜡烛的微光下，我看不到他，只看见他白色床垫的边缘。黑暗、寒冷的房间中央，铺在地上的床垫像是一具白布覆盖的尸体。烛光似乎无法照射到床垫上。

　　我把手往前举了一点，橘红色的烛光映上了他疲倦、胡子拉碴的脸，以及他裸露的肩膀。我靠近了他。和奥尔罕一样，他像只甲虫般蜷缩着身体而眠，脸上带着一抹熟睡少女的神情。

　　"这是我的丈夫。"我告诉自己。他看起来如此遥远、如此陌生，我心中不禁充满了后悔。如果手边有支匕首，我会杀了他。不，我当然不想这么做；我只是学孩子们那样想象着，如果我杀了他会是什么感觉。我不相信这么多年以来他活在对我的思念中，也不信赖他纯真稚气的表情。

我用光脚尖轻触他的肩膀，把他叫醒。当他看见我时，吓了一跳，反而没什么喜悦兴奋之情，不过只有一会儿，正如我所期望的那样。还没等他完全回过神来，我已经开了口：

　　"我做梦看见了我的父亲。他向我透露了一个骇人的秘密：杀死他的人是你……"

　　"你父亲遇害时，我们不是在一起吗？"

　　"这我晓得，"我说，"但是你知道我父亲将会一个人在家。"

　　"我不知道。是你叫哈莉叶带孩子们出门的。只有哈莉叶，也许还有艾斯特知道这件事。至于说知道这件事的可能还有什么人，你应该比我清楚。"

　　"有几次，我感觉到一个内在的声音准备告诉我为什么一切会变得这么糟，我们的种种不幸究竟是为什么。我张开嘴想让它说出来，但仿佛在一场梦里，我发不出声音。你已经不再是我童年那个善良而天真的黑了。"

　　"天真的黑被你和你父亲赶走了。"

　　"如果娶我是为了报复我的父亲，那么你已达到了目的。也许这就是为什么孩子们不喜欢你的原因。"

　　"我知道。"他不带任何伤感地说，"上床前你下楼待了一会儿，他们大声唱：'黑，黑，你是我的屁眼。'故意要让我听。"

　　"你打他们一顿好了。"我说。一开始希望他真的打，但马上又担心地说："如果你敢举起手打他们，我会杀了你。"

　　"上床来吧，"他说，"不然你会冻坏的。"

　　"也许我永远不会上你的床。也许我们的婚姻真的是一场错误。他们说我们的婚礼在法律上站不住脚。你知道吗，我在睡着前听见了哈桑的脚步声。别忘了，还住在我先夫的家里时，我听了哈桑的脚步声好多年。孩子们喜欢他。他这个人残酷无情。他有一把红宝剑，你可要小心提防他的剑。"

我看见黑的眼里流露出无比的疲倦与严峻，我明白这吓不倒他。

"我们两人之中，你拥有较多的希望，也拥有较多的哀愁。"我说，"我只是挣扎着远离不快乐，并且保护我的孩子。而你，则是固执地努力要证明自己，不是因为你爱我。"

他花了很长时间解释他多么爱我，如何在寂寥的旅店、荒凉的深山和大雪纷飞的夜里，始终只想着我。如果他没说这些话，我可能已经把孩子们叫醒，一起投奔回前夫的家中。我突然冲动地说出了下面的话：

"有时候我感觉前夫似乎随时会回来。我害怕的不是夜里独自与你相处或是被孩子们发现，我害怕的是，只要我们拥抱在一起，他就会来到门口敲门。"

我们听见庭院大门外传来了野猫厮杀恶斗的哭号。接着是一段长长的寂静。有一阵我想我都快要哭了。但是，我不能在边桌上放下烛台，也不能转身回我的房间陪伴儿子。我告诉自己，除非彻底相信了黑与父亲的死毫无关联，不然我绝不离开这个房间。

"你鄙视我们。"我对黑说，"自从娶了我之后，你变得很高傲。原本你就在可怜我们，因为我丈夫失踪了。如今我父亲被人杀害，你更觉得我们可怜了。"

"谢库瑞小姐，"他谨慎地说，我很高兴他这么起头，"你自己很清楚那些都不是真的。我愿意为你做一切。"

"那么，下床来，站着和我一起等待。"

为什么我会说我在等待？

"我不行。"他说，尴尬地比了比棉被和身上的睡衣。

确实没错，但我还是很不高兴他忤逆了我的要求。

"在我父亲遇害前，你每次走进这间屋子时还会畏缩得像只打翻了牛奶的猫。"我说，"然而现在，当你称呼我为'谢库瑞小姐'时，听起来却虚伪空洞——好像故意要我们知道你只是随口说说罢了。"

我全身发抖，不是因为愤怒，而是冰冻的寒意袭上了我的腿、背和脖子。

"上床来成为我的妻子。"他说。

"要怎样找出杀害我父亲的恶棍？"我说，"如果得花一段时间才抓得到，那么我不应该与你待在同一栋房子里。"

"多亏你和艾斯特，奥斯曼大师现在把所有注意力都放在了马上面。"

"奥斯曼大师与我已故的父亲是势不两立的仇人。如今我可怜的父亲在天上看见你仰赖奥斯曼大师找出杀他的凶手，一定感到痛苦万分。"

他猛然从床上一跃而起，走向我。我甚至动弹不得。但出乎我的意料，他只是伸手捻熄了我的蜡烛，然后站在那儿。我们身处在一片漆黑当中。

"现在你父亲看不见我们了。"他悄声呢喃，"只剩我们两个人。现在，谢库瑞，告诉我：当我经过十二年再度回来后，你给了我这样的印象，我以为你能够爱我，能够在心中腾出一个空间给我。接着我们结婚了。从那时起你就一直在逃避，不愿爱我。"

"我不得不嫁给你。"我低语。

在那儿，黑暗中，不带怜悯地，我感觉到我所说的每一个字，都像一只钉子刺入他的皮肤——如同诗人富祖里所说的那样。

"如果能够爱你，我小时候早就爱你了。"我又低语。

"那么，告诉我，黑暗中的美丽女郎。"他说，"你一定偷窥过每一个经常造访你家的细密画家，对他们略知一二。就你看来，哪一个是凶手？"

我很高兴他仍能保持这点幽默感。毕竟，他是我的丈夫。

"我好冷。"

我真的这么说了吗，我记不得了。我们开始接吻。我在黑暗中拥抱他，一只手仍然拿着蜡烛。他柔软的舌头滑进我嘴里，我的眼泪、我的头发、我的睡袍、我的颤抖，甚至还有他的身体，一切都是那么的美丽。他灼烫的脸颊温暖着我的鼻尖，如此舒服；但这胆小的谢库瑞把持住了自己。当我吻着他时，并没有任凭自己沉沦，或是放掉手中的蜡烛，而是想着在天上注视我的父亲，想着我的前夫，以及卧床熟睡的孩子。

"屋子里有人。"我大叫，推开黑，转身跑进了走廊。

49. 我的名字叫黑

在幽暗清晨的掩护下，我像个犯了罪的房客避开别人的视线悄悄走出了家门，在泥泞的巷子里走了很长一段时间。来到贝亚泽特后，我在院子里洗完了小净，然后进入清真寺做了礼拜。空旷的寺院里只有阿訇先生和一位老人，他边打瞌睡边礼拜——此等境界就算修炼一辈子也颇难达到。你们知道，某些时刻，在我们昏沉的睡梦中和悲伤的记忆里，偶尔会感觉安拉此刻正注意着自己，这不禁使我们满心期待地祈祷，仿佛奋力突破重围把请愿书递交到苏丹手上；带着这样的心情，我乞求安拉赐予我一个温馨美满的家庭。

抵达奥斯曼大师家之后，我才察觉到，还不到一个星期，他已经逐渐取代了已故姨父在我心中的位置。尽管他个性较为刚愎且对我疏远，但他对彩绘手抄本的信仰却更为深沉。相较于一般印象，总认为他是崇高的大师，多年来在细密画家之间卷起强烈的恐惧、畏怯和敬爱；但在我眼里，他反倒更像一个安分守己的年长苦行僧。

我们从大师家里出发前往皇宫。他骑着马，微微驼背；我则步行，同样微微前倾。我们的模样，想必让人联想起古老寓言书的廉价插图里,那种老迈的苦行僧与胸怀大志的学徒。

来到皇宫后,我们发现皇家侍卫队长和他的手下比我们还兴奋而积极。苏丹陛下颇有把握,认为一旦今天早晨我们看了三位画师的图,顷刻间,便能决定其中谁是卑鄙的凶手。因此,他下令届时立即拷问罪犯,甚至不允许他有申诉的机会。因此,我们并不是被带往行刑示众的刽子手喷泉,而是来到苏丹御花园一个幽僻角落,那里有一间简陋的小屋,专门作为质询、拷问与吊刑之用。

一位看起来彬彬有礼,但显然不是侍卫队长手下的年轻人,郑重地把三张纸并排放在工作桌上。

奥斯曼大师拿出了他的放大镜,我的心脏开始狂跳。他的眼睛与放大镜保持固定的距离,极其缓慢地滑过三张精美的马匹肖像,仿佛一只老鹰优雅地滑翔过一片广袤大地。每当遇到马的鼻子时,就像老鹰瞥见一头即将成为猎物的小羚羊,他会慢下来,专注而镇静地盯着看。

"没有。"好一会儿后他冷冷地说。

"没有什么?"侍卫队长问。

我原以为崇高的大师会再三慎重,细察马匹的每一个部位,从鬃毛到马蹄。

"那该死的画家没留下半点蛛丝马迹。"奥斯曼大师说,"从这些画中,我们分辨不出是谁画了栗色马。"

我拿起他置于一旁的放大镜,观看马的鼻孔:大师说得没错。这三匹马的鼻孔,丝毫没有我姨父手抄本中那匹栗色马的特征。

这时,我的注意力转向了等在门外的酷刑者,他们身旁放着一副我猜不出用途的刑具。正当我试图从半掩的门缝观察他们时，看见一个人像被邪灵附身般匆忙倒退疾走，躲进了一棵桑树后面。

就在这一刻，如同一道曙光照亮了铅灰的清晨，至高的苏丹陛下，世界的根基，进入了房里。

奥斯曼大师立刻向他坦陈，自己无法从这些图画中找出任何线索。尽管如此，他还是忍不住向苏丹陛下介绍了这些华美绘画中的马匹：这一匹扬蹄的动作、那一匹的典雅姿态，以及第三幅，符合古书中的尊贵与傲气。同时，他推测出了哪一位艺术家画了哪一幅图，而挨家挨户拜访三位画师的僮仆，也证实了奥斯曼大师的判断。

"皇上，一点别惊讶，我了解自己的画师就像是熟悉自己的手背。"大师说，"令我困惑的是，一位我如自己手背般了解的画师，怎么可能留下一个完全陌生的记号。因为就算是细密画师的瑕疵，也必有其来源。"

"你的意思是？"苏丹陛下说。

"至高无上、昌盛繁荣的苏丹陛下，世界的庇护，依我看，这个隐匿的签名，很明显地在这匹栗色马的鼻孔中，绝不仅仅是一位画家无意义的荒谬错误，而是一个记号，其根源可追溯至年代久远的其他图画、技法、风格或甚至其他马匹。若能准许我们进入您的皇家宝库，翻阅深锁于各个地窖、铁箱和橱柜中的历代图书，检视其华美的书页，或许能指认出眼前这个错误究竟属于何种技法。届时，我们将能依此查明它出于三位细密画家何人之手。"

"你想进我的宝库？"苏丹惊奇地说。

"是的。"我的大师说。

这个请求之放肆大胆，几乎等于要求进入后宫一样。此刻，我才明白，后宫与皇家宝库不仅是苏丹陛下皇室御花园中两处最美丽的场所，同时也占据了苏丹陛下心中两个最珍爱的位置。

我试着从苏丹陛下俊美的脸庞看出他的反应，这时我已经不再害怕正视他的脸。但他却起身离开了。他被触怒了吗？我们，甚至全体细密画家，会因为大师的无礼而受罚吗？

望着面前的三匹马，我想象着自己将被处决，没有机会再见谢库瑞一面，甚至还没能够与她同床，就这么抱憾而死。尽管它们美丽的形体近在咫尺，但此刻，这些华美的马匹却似乎来自遥远的国度。

在这段恐怖的寂静中，我彻底了解了，若一个孩童从小被带入深宫内院成长生活，他必须终其一生侍奉苏丹陛下，甚至为他而死。同理，身为一个细密画家，则意味着终生侍奉真主，并且为了他的美，死不足惜。

好一会儿之后，财务大臣的手下带我们走向中门时，死亡盘踞在了我的心头，那就是死亡的寂静。不过，当我们通过无数帕夏在此接受处决的大门时，守卫却对我们视而不见。昨天还令我目眩神迷，以为是天堂的议会广场、高塔和孔雀，如今丝毫引不起我的兴趣，因为我明白了，我们将被带往更深处，带往苏丹陛下私密世界的核心：安德伦禁宫。

我们穿越连大臣们也不能不经允许就进入的一扇扇大门。像个闯入神话故事的孩子，我的眼睛始终望着地上，以免撞见出现在面前的珍奇异兽。我甚至不敢瞧一眼苏丹接见宾客的殿阁。不过，我的目光偶尔会飘向后宫的墙壁、旁边一棵再普通不过的梧桐树和一个身着闪亮蓝丝绸长袍的高大男人。我们穿过一道道擎天廊柱，最后停在了一扇矗立的大门前，边框雕饰着华丽钟乳石图案的门扉，比其他的门还要宏伟壮丽。入口处站着几位身穿光亮长袍的宝库司役；其中一人正弯下腰开锁。

财务大臣直视着我们的眼睛说："你们荣幸备至，崇高的苏丹陛下准许你们进入安德伦宫的宝库。在那儿，你们将查阅无人见过的书籍，审视不可思议的黄金图画，而你们也将如猎人般，追踪凶手的足迹。苏丹陛下嘱咐我提醒你们，在星期四正午之前，亲爱的奥斯曼大师有三天的时间——其中一天已经结束了——来找出细密画家中的罪犯。若是失败，案件将转交皇家侍卫队长负责，动用刑讯解决。"

首先，他们拿下挂锁外的布套，锁孔用蜡密封着，以防有人未获许可私自开启。宝库门房与两位司役证实封蜡完好无损后，点头示意。接着毁损封蜡，插入钥匙，在一阵打破沉寂的当啷声响中，门锁打开了。奥斯曼大师的脸色陡然转为灰白。当其中一扇厚重、华美的木制双门被推开后，一道幽暗的光线，仿佛远古时代的残骸，落在了他的脸上。

"苏丹陛下不要书记官和财产清查秘书等不必要的人进入。"财务大臣说，"由于皇家图书长过世之后，没有人代替他的职位管理书籍，因此，苏丹陛下命令由杰兹米老爷一人随侍你们入内。"

杰兹米老爷是个目光犀利明亮的侏儒，看起来至少已经七十多岁了。他的头饰像一面船帆，甚至比本人还奇怪。

"杰兹米老爷对宝库内部的一切都了若指掌，他比谁都清楚各种书本的位置。"

年老的侏儒对这样的赞美并没有显露出半点骄傲。他的目光扫过附着银制支架的暖炉、握把镶嵌珍珠母贝的夜壶，以及皇室僮仆手里的油灯和烛台。

财务大臣宣布等我们入殿后，大门将再次锁上，并用雅勿兹·苏丹·赛里姆有七十年历史的图章再度封印；傍晚，昏礼过后，在随行宝库司役众人的见证下，封印将再次被开启；除此之外，我们必须特别小心不要让任何物品"意外地"落入我们的衣服、口袋或腰带；离开前我们将接受从头到脚的彻底搜身。

我们经过左右两排列队而立的司役，进入了殿堂。室内寒冷如冰。身后的门一关上，我们便陷入了黑暗中。一股混合着霉旧、灰尘及潮湿的气味灌入我的鼻腔。散在各处的零乱物品、箱笼、盔甲等全部混在一起，乱七八糟地堆了好几堆。我感觉自己好像刚刚目睹了一场混乱的大战。

我的眼睛慢慢习惯了洒满整个空间的奇异光线，它从高窗上的厚木板间透隙而入，渗过沿着高墙而上的楼梯扶手，穿过二楼木头走道的栏杆。墙壁上点缀着各种颜色的绒毯、挂毡和绣帷，房间也因此而被映成了红色。怀着崇敬的心情，我思索着，这里的所有财富，不知是打了多少仗、洒了多少血、劫掠了多少城市及宝库才累积起来的。

"害怕吗？"年老的侏儒问，替我说出了心中的感觉，"每个人头一次进来都会害怕。到了夜里，这些东西的魂魄会低声耳语。"

让人感到恐惧的，是吞没这满室珍宝的一片寂静。我们听见身后传来了门外上锁封蜡的咔嗒声，敬畏地环顾四周，没有移动。

我看见宝剑、象牙、长袍、银烛台和缎面旗帜。我看见了珍珠母贝镶嵌的盒子、铁制的箱笼、中国的花瓶、腰带、塔尔琴、武器、丝缎坐垫、地球仪模型、靴子、毛皮、犀牛角、彩绘鸵鸟蛋、火枪、弓箭、权杖及好多好多的橱柜。到处是成堆的地毯、布匹及绸缎，仿佛随时会从木板搭建的二楼、楼梯扶手、橱柜间和小储藏壁室里，塌落到我身上。一抹我从没见过的奇特光线，映照着布匹、箱笼、苏丹的长袍、宝剑、粉红色粗蜡烛、包头巾、珍珠绣花枕头、金丝滚边马鞍、钻石镶柄弯刀、红宝石镶嵌的权杖、铺棉包头巾、羽毛帽饰、精巧时钟、宽口水罐、匕首、象牙雕刻的马匹和大象、盖子上镶钻石的水烟袋、珍珠母贝镶嵌的五斗柜、马匹的装饰冠毛、大念珠串、红宝石与玳瑁嵌饰的盔甲。这道从高窗微弱渗入的光芒，照亮了阴暗室内的浮尘，像是从清真寺圆顶玻璃天窗流泻而入的夏日阳光，但它却并不是阳光。在这片奇特的光芒下，空气变成一团触手可及的实体，而一切物品也看似属于同样的质地。我们感受着房里的寂静，慢慢地，我明白了是覆盖了一切的灰尘，黯淡了原本弥漫这间冰冷房里的鲜红色彩，把所有物品都蒙上了一种神秘的色彩。有些奇异难辨的物件，即使再多看两眼，仍分辨不出它们到底为何物，这使得满室丰盈的物品反而更教人骇惧莫名。我原本以为是箱子的东西，之后却觉得是一张折叠工作桌，而再过一会儿，又觉得那是某种奇怪的法兰克玩意儿。我看见在一堆满地散落、到处乱丢的长袍和羽毛间，埋藏着一只珍珠母贝镶嵌的箱子，但之后才发觉它其实是莫斯科沙皇进贡的异国橱柜。

杰兹米老爷把暖炉放进了墙上的壁龛。

"书都放在什么地方？"奥斯曼大师轻声问。

"你指的是哪些书？"侏儒说，"是从阿拉伯来的书呢，还是库法体《古兰经》；是雅勿兹·苏丹·赛里姆陛下——天堂的居民——从大不里士带回来的书呢，还是被判处死刑的帕夏们充公的书；是威尼斯使节呈献给苏丹陛下祖父的书呢，还是征服者苏丹穆罕默德时代的基督教书？"

"三十年前，君王塔赫玛斯普送给崇高的苏丹赛里姆——天堂的居民——作为贺礼的书。"奥斯曼大师说。

侏儒带我们来到了一座巨大的木制橱柜前，奥斯曼大师略微焦躁地打开了橱门，望向面前的书册。他翻开一本，先瞄了一眼书末题记，然后一张一张翻阅书页。我们两人一起惊诧地凝视面前的工笔细画，画中是眼睛微凹的大汗。

"成吉思汗、察合台汗、拖雷汗与中国的皇帝忽必烈汗。"奥斯曼大师念道，他合起书，拿下了另一本。

在我们面前出现了一张精美绝伦的插画，内容描绘受到爱情鼓舞而产生力量的法尔哈德，正把挚爱的席琳连人带马扛上肩膀带走。为了传达恋人间的热情与哀愁，画家用凄绝的颤抖笔触，悲伤地画出山上的石头、天边的云朵，以及三棵高贵的柏树，目睹法尔哈德被爱冲昏头的行为。画中落叶上泪水的滋味与忧愁立刻撼动了奥斯曼大师和我。这个动人的场景，在伟大画师的营造下，并不是要展现法尔哈德的男子气概，而是想表达他的苦恋心情如何顷刻间感染了整个世界。

"八十年前大不里士的仿贝赫扎德之作。"奥斯曼大师一边说，一边把书放了回去，打开了另一本。

这幅画选自《卡里莱与笛木乃》故事中的一个场景，一只猫与一只鼠被迫为友。草原上有一只鼠，被地面的一头貂和天上的一只鹰夹杀，情急之下找到一只受困猎人陷阱的猫为救星。它们达成协议：猫假装是鼠的朋友，亲昵地舔它，借此吓退貂和鹰；反过来，鼠则小心打开兽夹，把猫解救出来。我还来不及体察画家的感情，大师已经把书塞回其他书册旁边，随手又打开了另一本。

这张愉快的图画中有一位神秘女子和一个男子：女人优雅地打开一只手问问题，另一只手环抱着绿斗篷下的膝盖。男人转头朝向她，专心聆听。我贪婪地注视着这幅画，嫉妒他们之间的亲密、爱情和友谊。

放下书本，奥斯曼大师翻开了另一本书的一页。波斯和图兰人的骑兵军队——永远的宿敌——全副武装穿上了铠甲、头盔、护胫，带着弓箭和箭筒，骑上威武、传奇的武装骏马，在一场激烈的生死决战展开之前，两军士兵整齐地列队站在黄土飞扬的大草原上，直直地竖起手里的长矛，色彩斑斓的庞大阵仗互相对峙，耐心地看着指挥官们的决斗。我正想告诉自己，无论这幅画是一百年前还是当今所绘、无论它的主旨是战争或爱情，一位信仰坚决的艺术家在图画中真正传达的意念，是他与自己的意志力及绘画热情的争战，并打算进一步说明，这位细密画家其实是在描绘自己的耐心，这时奥斯曼大师却说：

“这里也没有。”同时他合上了沉重的书卷。

我们在一本画集的书页中看见了一幅风景画，卷曲的云朵缭绕着叠翠山峦，绵延不绝。我想这幅画，是画家看着这个世界，却把它描绘成了另一个世界。奥斯曼大师讲述道，这幅中国绘画可能是从布哈拉传到了赫拉特，从赫拉特传到了大不里士，最后再从大不里士流入到了苏丹陛下的宫殿，一路上夹在一本一本的书中，一会儿装订成册，一会儿又拆散，最后终于和别的图画一起重新装订成册，结束了从中国到伊斯坦布尔的旅程。

我们看见了各种战争与死亡的图画，一幅比一幅更为骇人而精致：鲁斯坦姆与马赞德兰国王对峙、鲁斯坦姆攻打阿夫拉西亚布的军队，以及鲁斯坦姆身着盔甲伪装成一位神秘的陌生战士……另一本画集中，我们看见了断肢残骸、染血的匕首、眼里泛着死亡幽光的哀伤士兵、军人们切洋葱似的互相砍杀，从图中我们辨认不出是哪些传奇军队。奥斯曼大师——天晓得是第几千次了——观看着霍斯陆偷窥席琳在月光笼罩的湖里沐浴、分离多年之后再次相见时激动昏厥的爱侣蕾莉与马杰农，还有一幅活泼的图画，画中描述在众多花鸟树木的簇拥下，萨莱曼和埃伯萨尔私奔逃到世界尽头，定居在一座幸福小岛。诚如一位真正的伟大画师，他忍不住叫我注意图画角落的奇特之处，甚至包括拙劣的作品。这些奇特之处或许是画家的才艺疏浅使然，或许是为了调和颜色而成：霍斯陆与席琳聆听着贴身婢女讲述动听的故事，但是，看那里，怎样一个悲伤怀恨的画家，会多余地让一只不吉利的猫头鹰蹲踞在了树枝上？一群埃及女人剥着可口的橘子，却因为贪看俊美的优素福而割伤手指；然而是谁，在她们之中混入了一个身穿女人装束的漂亮男孩？那位描绘伊斯凡迪亚尔被箭刺瞎的细密画家，是否料到日后自己也会失明？

我们看见了天使陪伴着我们崇高的先知登霄；象征土星的黑肤、六臂、银白长须的老人；在母亲和保姆的看护下，婴儿鲁斯坦姆安详地熟睡在珍珠母贝镶嵌的摇篮中。我们看到了大流士如何痛苦地死在亚历山大的怀中；巴赫拉姆·古尔怎么带着他的俄罗斯公主退入红色寝房；瑟亚乌什如何骑上一匹鼻孔别无特征的黑马，冲出大火；以及被自己儿子所杀的霍斯陆，死后哀戚的送葬队伍。奥斯曼大师飞快地翻阅着一本又一本手抄本，其间他有时会认出某位艺术家，并叫我看，有时则从隐匿的角落，或从卑微地暗藏在一间破败房舍偏僻的花丛间，或从躲藏着精灵的黑井中找出插画家的签名。靠着比较不同的签名和书末题记，他可以说出谁从何人那里学到了什么。他会从头到尾翻完一本书，希望找到一系列相关的图画。有时四周会是一片安静，只听得到翻动书页的窸窣声响。偶尔，奥斯曼大师会发出"啊哈！"的感叹，但我却因为搞不懂什么让他如此兴奋而一言不发。偶尔他会提醒我，某一幅插画的页面构图或树与骑兵的相对位置，之前我们曾在另外一本书、一个截然不同故事的不同场景里遇见过。他会再次指出那些图画，唤起我的记忆。他比较两幅图画，内容同样描述内扎米《五部曲》一书，一幅出自帖木儿之子君王礼萨时代——也就是将近两百年前，另一幅他说是七八十年前绘于大不里士。两位不曾见过彼此作品的细密画家，却创作出了相同的图画，他问我其中的奥妙是什么。接着他自己回答了自己的问题：

"绘画就等于记忆。"

陈旧的手抄绘本打开了又合上，奥斯曼大师沉下脸凝望精妙的艺术结晶（因为再也没有人能画得这么好），接着在拙劣的作品前脸色又亮了起来（因为所有细密画家都是一家人！），他指着一些古老图画中的树、天使、遮阳伞、老虎、帐篷、龙和忧郁的王子，告诉我这些是画家记得的样子。他这么做，是向我暗示：曾经有一段时间，安拉视世间万物为独一无二，他相信眼前所见的事物皆至美纯善，并将他的造物赐予了我们——他的仆人。绘画家，以及那些懂得观察世界的绘画爱好者，他们的责任便是记住安拉看见并留给我们的辉煌美景。历代画家中，日夜操劳、鞠躬尽瘁直至失明的伟大画师们，花费毕生心力与才华，只为了到达并描绘出安拉要求我们所见的神妙梦境。他们的作品，就好似人类回想起自己最初的精华记忆。可惜的是，即使是最伟大的大师，那些年老体衰或是过度操劳而失明的伟大细密画家，也只能依稀忆起片段的繁华荣景。正是这般神秘的智慧，解释了为什么会有如此不可思议的现象，使得两位年代相隔上百年且从未见过彼此作品的前辈大师，奇迹似的以完全相同的手法，绘画出了相同的一棵树、一只鸟、一位王子在公共澡堂沐浴的姿势，或是一个窗边的忧愁女子。

过了很久，宝库的红光暗了下来，很明显地，橱柜里没有君王塔赫玛斯普送给苏丹陛下父亲的书籍。这时，奥斯曼大师继续引申了刚才的逻辑：

"有时候，鸟的翅膀、树叶悬附在枝丫的模样、屋檐的弯曲、云朵飘浮的姿态或女人的笑脸会代代相传，通过展示、教导和记忆由大师传给学生，几个世纪以来就这样流传了下来。一位细密画家，从大师那儿学了这个技巧后，会认为它就是完美的形式，并坚信它将如荣耀的《古兰经》一样永恒不变。而且，就好像牢牢不忘《古兰经》一样，他也永远不会忘记刻印于记忆中的绘画技巧。然而，永远不忘记并不代表艺术大师会一直使用这个技巧。他为其耗尽视力的画坊有着自己的惯例，身旁的顽固大师也有着个人的用色偏好，而他的苏丹也会不时地突发奇想，这一切，常常妨碍他使用自己的技巧。于是，当他绘画鸟的翅膀、女人的笑脸——"

"或马的鼻孔。"我立刻说道。

"——或马的鼻孔时，"面容肃穆的奥斯曼大师说，"不会依照铭刻于灵魂深处的技法来画，而会遵循自己当时任职的画坊惯例，就和那里的其他人一样。你懂我的意思吗？"

翻阅过诸多版本的内扎米的《霍斯陆与席琳》后，我们在其中找到了一页席琳坐在宝座上的图画，宫殿的墙上有两块石板匾额。奥斯曼大师朗读上面的刻字：崇高的安拉，请赐佑神圣力量予帖木儿汗之子、高贵的苏丹陛下、正义的大汗陛下，保佑他统治的国土，万世昌荣（写在了左边的石板上），历代富足（写在了右边的石板上）。

半晌后，我问："在哪些图画里，我们才能找到细密画家依照记忆中铭刻的技巧画马的鼻孔？"

"我们必须找出君王塔赫玛斯普赠送的书册——著名的《列王记》。"奥斯曼大师说，"我们必须回到过去那繁华、神奇的岁月，当时的细密画仍保留有安拉的影响。我们还有许多书要检查。"

一个念头闪过脑中，也许，奥斯曼大师的主要目的并非找出有特殊鼻子的马，而是尽可能地想看遍所有长年沉睡于宝库、远离觊觎的艺术杰作。我愈来愈不耐烦，只想赶快找到线索，让我可以回去陪伴在家里等我的谢库瑞。我实在不愿意相信伟大的大师想尽可能久地一直待在冰冷的宝库里，舍不得离开。

于是，我们在年老侏儒的指引下，继续打开一个个橱柜和箱笼，检视里面的图画。有时候我实在受够了那些看起来差不多的图画，不想再看到霍斯陆来到城堡的窗台下探访席琳。我会离开大师身旁——甚至看也不看一眼霍斯陆坐骑的鼻孔——来到火炉边取暖，或者走进宝库隔壁的房间，戒慎恐惧地在成堆的布匹、黄金、武器、盔甲和战利品间走走。偶尔，奥斯曼大师会惊呼挥手，让我兴奋地以为他发现了一幅新的经典，或者，是的，终于找到了一匹鼻子畸形的马。我急忙跑到大师身旁，他盘腿坐在一张征服者苏丹穆罕默德年代的乌夏克地毯上，手微微颤抖地拿着书本；然而当我望向图画时，才发现原来是我从未见过的主题内容：撒旦偷偷登上了努哈的方舟。

我们看着成百上千个君王、国王、苏丹和大汗——从帖木儿的时代到卡努尼·苏丹·苏莱曼大帝的年代，这些君主统治过大大小小的王朝和帝国——兴致高昂地狩猎羚羊、狮子及兔子。我们看见一个下流的男人在一头骆驼的后腿上绑了几片木板，站在上面打算侵犯这头可怜的动物，他的行为就连魔鬼也觉得可耻，羞愧地咬着手指蜷缩一角。在一本经由巴格达传来的阿拉伯语书中，我们看到了一个商人紧抓着一只神话灵鸟的脚，飞越大海。接下来一册书中，打开的第一页，我们看见谢库瑞与我最喜欢的场景：席琳瞥见悬吊在树枝上的霍斯陆肖像，对他一见钟情。往下，一幅插画栩栩如生地呈现一只精密时钟的内部构造，各种轮轴和金属球，大象背上的鸟和阿拉伯小雕像，这时，我们才想起了时间。

我不知道我们依照这个模式，花了多少时间，一本书又一本书、一幅画接着一幅画地检视。仿佛，宝库里潮湿而霉朽的时间，已经彻底融入到了冻结于图画和故事中的永恒黄金岁月。几个世纪以来，在众多君王、大汗和苏丹的画坊中，奢侈地耗尽无数大师眼力所成就的这些彩饰书页，似乎随时会活过来，就好像我们周遭的物品——头盔、弯刀、钻石镶柄的匕首、盔甲、中国陶杯、覆满灰尘的精致乌德琴、珍珠绣饰的坐垫和织锦——都是我们在无数绘画中看见的奇珍异宝。

"现在我明白了，经过几百年几千年悄悄地、慢慢地重制同样的图画，成千上万艺术家灵巧地描绘出了世界的演变。"

我承认我不完全听得懂大师话中的意思。面前这千万幅图画，全都是过去两百年间绘制的，它们一路从布哈拉到赫拉特，从大不里士到巴格达，最终来到了伊斯坦布尔。大师对它们详细观察的程度，早已超过了只是单纯寻找某些马匹鼻孔里的线索。看着这些图画，我们仿佛一边低吟忧伤的挽歌，哀悼着所有前辈细密画家的才华、灵感与耐心，多年来，在这片土地上，他们创造了无数绝美的绘画和彩饰。

宝库大门在昏礼时分再度开启时，奥斯曼大师告诉我他不打算离开；不仅如此，他想在这里待到清晨，凭借油灯和烛火的光线检视图画，这么做，才能完成苏丹陛下赋予的任务。由于延续着刚才的心情，我的第一个反应就是告诉他，我想与他及侏儒一起留下来。

我的大师透过敞开的门，向等在外头的司役传达了我们的愿望，并企求财务大臣的许可。这时，我却突然后悔自己刚才的决定。我眼前闪现出了谢库瑞和我们的家。我愈想愈觉得如坐针毡，不禁担心，她一个人和孩子们怎么度过这漫漫长夜，她是否会牢牢扣紧窗户上新修好的百叶窗。

从半开的宝库大门向外望去，此刻薄雾弥漫的安德伦宫庭院里，高大湿润的梧桐树召唤我；两个皇室僮仆不敢惊扰苏丹陛下，用手语比画着在那儿交谈，仿佛在向我招手。外头的美妙世界令我心神向往。然而，我留在原地，羞耻和罪恶感使得我无法动弹。

50. 我们两个苦行僧

　　是啦，谣言说我们的图画夹在一本图集里，这本书，集结了来自中国、撒马尔罕和赫拉特的图片，被藏在宝库最隐秘的角落；这个宝库呢，则塞满了崇高的苏丹陛下的祖先几百年来从各国掠夺的战利品。把这种传言散布到整个细密画家部门的，大概是那个侏儒杰兹米老爷。如果现在让我们来讲自己的故事，但愿我们不会冒犯到这间好咖啡馆里在座的各位。

　　我们已经死了一百一十年，而我们那没救的苦行僧修道院也被指控为异端的洞窟和罪恶的巢穴，于四十年前被关闭了。不过，你们自己看，如今我们就在你们面前。怎么可能呢？我告诉你们怎么可能：因为我们被用威尼斯风格画了出来！就像这张插画中所描述的，有一天，我们两个苦行僧流浪在苏丹陛下的领土上，从一个城市走到下一个。

　　我们打赤脚，剃光头，衣衫不整；我们两个人身上都穿着一件背心，围一片鹿皮，腰间绑一条皮带，手里挂着拐杖，脖子上用链子挂着我们的讨饭钵。我们俩一个扛着一把砍树用的斧头，另一个则带了一把汤匙，用来吃真主赏给我们的任何食物。

　　那个时候，站在一家旅店前的饮水池边，我和我的好友，不，我的爱人，不，我的兄弟，正陷入惯常的争执："你先请，不不，你先。"我们吵吵嚷嚷地互相推让，坚持叫对方先拿起汤匙吃钵里的食物。这时，一位法兰克旅行者，一个奇怪的人，叫住了我们。他给了我们一人一枚威尼斯银币，然后开始替我们画像。

他是法兰克人，他当然很怪。他把我们放在画纸的正中央，好像我们就是苏丹的营帐，而且还画出我们衣衫不整、打赤膊的模样，这时我脑中灵光一闪，向同伴说出这个想法：如果要看起来像一对落魄潦倒的海达里耶乞丐苦行僧，我们应该翻白眼，让瞳孔望向里面，像个瞎子用眼白面对世界。于是我们真的这么做了。摆出这种姿态，是因为一位苦行僧天性就要观看自己脑袋中的世界，而不是外在的世界；既然我们脑袋中塞满了印度大麻，里头的风景显然比那法兰克画家看见的要怡人得多。

就在这个时刻，外面的景色甚至变得更糟了：我们听见一位教长在那儿乱嚷乱叫。

你们可千万不要产生误解。上个星期，我们提到了"教长"，然而在这间精巧的咖啡馆里却发生了一个严重的误会：我们讲的那个受人尊敬的"教长"，与从埃尔祖鲁姆来的传道士崇高的努斯莱特教长一点关系也没有，和私生子胡斯莱特教长也无关，更不是在树上与魔鬼胡搞的那位锡瓦斯来的教长。而那些看一切都不顺眼的信徒曾说过，如果崇高的教长再一次成为这里嘲讽的目标，他们会剪断说书人的舌头，把咖啡馆弄个底朝天。

一百二十年前，当时还没有咖啡，我们刚才讲到的那位受人尊敬的教长，没办法只好气得鼻孔冒烟。

"喂，法兰克异教徒，你干吗画这两个家伙？"他说，"这些无耻的海达里耶苦行僧游手好闲，到处乞讨、偷东西。他们吸大

417

麻、喝酒、互相鸡奸，而且看外表就知道，他们从来不晓得要怎样做礼拜或念经，没有房子、家庭或家人。他们根本就是我们这个善良世界的败类。而你呢，这伟大的国家有那么多美景，为什么偏要画这种卑贱的图画？你是故意要让我们丢脸吗？"

"完全不是，只是因为画你们丑陋的一面可以赚更多的钱。"异教徒说。听见画家如此合理的解释，我们两个苦行僧不禁目瞪口呆。

"如果可以赚更多的钱，那你会把魔鬼画成讨人喜欢的模样吗？"教长说，小心翼翼地试图引发一场争执。不过从这幅画中你们看得出来，这个法兰克画家是个真正的艺术家，只专注于面前的绘画及日后会卖得的金钱，全然不理会教长的无聊闲扯。

他真的画了我们，画完后把我们塞进马鞍背上一个皮卷宗夹，接着返回了他的异教城市。没多久，奥斯曼的常胜军队征服了这座多瑙河畔的城市，并洗劫一空。于是我们两个最后就这样回到了伊斯坦布尔，进入了皇家宝库。在那里，我们被一遍又一遍地复制，从某本秘密书籍来到另一本，好不容易终于来到这间欢乐的咖啡馆，与众人一同享用被当成回春灵药的咖啡。现在接下来：

关于绘画、死亡，以及我们的世间地位简论

我们刚才提到的那位科尼亚来的教长，曾经让人在一本抄录他讲道言论的书中，写下了下列声明：海达里耶苦行僧是世界上多余的废物，因为天下的人类分为以下四种，但他们却不属于任何一类：一、贵族；二、商人；三、农夫；四、艺术家。因此，他们是多余的。

除此之外，他又让人这么写道："这些人总是双双结伴流浪，总是争吵着谁该先用他们唯一的汤匙吃饭，那些不明就里的人会觉得有趣而可笑，然而，他们的推让其实是狡猾地隐瞒真正的意图——谁可以先搞另一个。"崇高的"请别误会"教长之所以能揭露我们的秘密，是因为他，还有我们、漂亮的小男孩、学徒和细密画家们，大家其实全是同道中人。

真正的秘密

然而，真正的秘密在这里：法兰克异教徒替我们画像时，凝视我们的眼神专注又温柔，使我们对他产生了好感，很喜欢被他画。但是他却犯了一个错，他用肉眼观看世界，并把眼睛所见一五一十地画了出来。因此，尽管我们的视力好得很，他却把我们画成了好像是瞎子，不过我们并不在乎。此刻，我们心满意足，真的。依照那位教长的说法，我们身陷邪恶地狱；在某些无信仰者的眼里，我们只不过是腐烂的尸体；对你们这些聚集在这里的睿智的细密画家而言，我们则是一幅图画。正因为我们是图画，所以可以活生生地站在你们面前。与受人尊敬的教长结束冲突后，我们从科尼亚走了三天三夜到了锡瓦斯，穿越三个庄园、八个村落，一路行乞。一天晚上被刺骨的冰雪包围，结果我们两个苦行僧就这样紧紧相拥，一起睡着而冻死了。临死之前我做了一个梦，梦见自己被画成了一幅画，在历经几千几万年后，进入了天堂。

51. 是我，奥斯曼大师

　　布哈拉流传着一个阿布杜拉汗时代的故事。这位乌兹别克的大汗生性多疑，尽管不排斥一幅插画产生自多位画家之笔，但他极力反对画家们彼此抄袭，因为如此一来，若画中有错，便无法断定哪一位互相抄袭的画家该负责。更重要的是，久而久之，与其鞭策自己在黑暗中找寻真主的记忆，剽窃成性的细密画家们会懒惰地偷看隔壁的艺术家，把别人的东西照抄下来。基于这个原因，当两位伟大的画师——一位来自南方的设拉子，另一位来自东方的撒马尔罕——逃离战火和残酷的国王来到他的宫廷寻求庇护时，乌兹别克的大汗高兴地欢迎他们。不过，他禁止两位盛名的天才观看对方的作品，并且把他们分别安置在皇宫对角的小画室，尽可能远地隔离开了他们。就这样，整整三十七年又四个月，两位伟大的画师仿佛倾听传奇故事般，各自聆听阿布杜拉汗描述对方的神秘作品，比较彼此的差异，或是有什么巧妙的雷同。结果，两位画家对彼此的画作都好奇得要命。等乌兹别克大汗好不容易龟速般地走完了漫长的一生，两位老迈的艺术家立刻跑去对方的房里观看图画。稍后，两位细密画家坐在一个大坐垫上，把对方的书放在腿上，望着从阿布杜拉汗的传奇故事中听闻的图画，一股强烈的失望感涌上了他们的心头。因为大汗的故事让他们充满了期待，但眼前的插画却根本不如想象中的那么辉煌壮丽；相反地，看起来就像他们近年所见的许多图画一样，平凡、晦暗而无光。两位大师当时并不明白，画里的晦暗其实来自逐渐到临的失明；不仅如此，即使他们完全瞎了之后，仍不明白这个道理。反之，他们把晦暗归咎于被大汗愚弄。就这样，一直到死，他们始终相信梦境比绘画美丽得多。

夜半时分，在寒冷的宝库里，我用冻僵的指头翻着书页，凝望书中自己梦想了四十年的图画，明白比起这个残酷的布哈拉故事中的主人公，自己幸运得多。想到自己在失明和踏入来世之前，得以抚阅这辈子听闻多时的传奇书册，不禁让我激动地颤抖。偶尔，当我看见眼前一幅画作的精妙甚至胜于传说时，更忍不住呢喃："感谢您，真主，感谢您。"

举例而言，八十年前，君王伊斯玛仪越过河，以武力从乌兹别克人的手中夺回了赫拉特与整个呼罗珊。接着，他指派自己的弟弟萨姆·米尔扎掌管赫拉特。为了庆祝这个欢欣的事件，他的弟弟下令编纂一本手抄本，对《双星相会》这本书重新进行编辑、绘画，书的内容是阿米尔·霍斯陆在德里的皇宫中目睹的一个故事。书中有一幅图画，正如我所听说的那样，呈现的是两位君主在河岸会面共同庆祝战争的胜利。画里的主角，其中一人的面孔是德里的苏丹凯·哥巴德；另一位则是他的父亲，孟加拉的统治者布格拉汗。然而两人的面孔同时也神似君王伊斯玛仪和他的弟弟，主持这本书籍编纂的是萨姆·米尔扎。我很肯定，不管我从这幅画联想到哪个故事，这个故事的主人公就会出现在画中苏丹的帐篷里，感谢真主赐予我机会目睹了这张神奇的书页。

另一幅画，出自同一时期的另一位伟大巨匠谢赫·穆罕默德。画中描绘的是一个卑微的臣子对主子已臻热爱的敬畏与崇仰，在一旁观看苏丹打马球的他，殷殷期盼着球向他滚来，让他有机会捡到球并呈献给他的皇上。他耐心地等了很久，球果然滚向了他，这幅画描绘的就是他把球交给苏丹的情形。关于这幅画我已经听说了千万遍，画家透过精巧的笔触和深刻的同情，描绘出充满感情的细节，像是臣子伸长手指紧紧握住马球，或是他鼓不起勇气抬头看皇上的脸。这些都流露着无比的爱、敬与顺从，如此的情感，存在于卑微的臣子对他崇高的苏丹，或者俊美的年轻学徒对他的老师之间。此刻看着这幅画，我深深明白世界上没有一种喜悦，能胜过身为一位伟大巨匠的学徒；反过来说，身为一位年轻、漂亮又聪慧的学徒的老师，也乐于品尝此种濒临奴性的顺服所带来的愉悦。那些始终不明白这个真理的人，我替他们感到难过。

　　我翻遍书页，全神贯注地扫视成千上万的飞鸟、马匹、士兵、情侣、骆驼、树与云。与此同时，欣喜的宝库侏儒则像逮到机会展示其金银财宝的古代君王一样，骄傲而大方地从箱笼里搬出一册又一册书本，放在了我的面前。在一只塞满各式惊人巨集、普通书本和混乱画册的铁箱里，不同的两个角落，出现了两本离奇的书卷。其中一本以设拉子风格装订，封面是酒红色的；另一本则是赫拉特的装订，以中国式样涂上一层保护用的黑漆。两本书的图画几乎完全雷同，乍看之下我以为它们是复制版。为了分辨哪一本是原版、哪一本是复制品，我检查书末记载的书法家姓名，搜寻隐藏的签名，最后才在一股战栗中发现，这两本内扎米的书，正是大不里士的谢赫·阿里大师创作的传奇手抄本。

其中一本是为黑羊王朝的大汗贾杭君王所作，另一本则是替白羊王朝的大汗乌宗·哈桑所绘。得到谢赫·阿里绘制的精美手抄本后，为了防止他仿制出第二个版本，黑羊王朝的君王刺瞎了他的双眼，失明的大师于是投奔白羊王朝的大汗，并靠着记忆画出了更优秀的第二个版本。在两本传奇的手抄本中，他失明之后所画的第二本，里面的图画更为简单而纯粹；然而，第一本的颜色却较跳跃而鲜活。两者之间的差异告诉我，盲人的记忆展现出生命的纯粹简洁，但同时也削弱了生命的活力。

既然我自己是个真正伟大的画师，感谢万能的安拉，他看见并知晓一切，我知道总有一天我会失明，但这是我此刻想要的吗？在这间杂乱的宝库里，置身优雅而恐怖的黑暗中，我似乎可以感觉到他就在附近。因此，仿佛一个罪犯渴求在接受处决前再看世界最后一眼，我恳求他："允许我看完所有的绘画，让我饱饱眼福。"

在真主奥妙智慧的力量下，当我继续往下翻阅书页时，频频遇到各种有关失明的传说和事件。一幅著名的场景中，席琳在一次野外郊游时，看见了悬在梧桐树枝上的霍斯陆肖像，爱上了他。设拉子的谢赫·阿里·礼萨清晰地画出了树上的每一片叶子，让它们填满整片天空。有一个傻瓜看见作品，批评这幅插画真正的主题并不是梧桐树；谢赫·阿里回应说，真正的主题也不是美丽少女的热情，而是艺术家的热情。为了骄傲地证明自己的观点，他企图在一粒米上画下同样一棵梧桐树，包括它的每一片树叶。如果没有认错藏匿在席琳贴身婢女纤足下的签名，那么此刻我眼前所见的，想必就是这位盲大师在纸上创造的华美梧桐树了——不是米粒上的树；那棵树他没能完成，因为着手进行了七年又三个月后，他便瞎了。另一张纸上画着鲁斯坦姆举起三叉箭刺瞎了亚历山大，深谙印度风格的艺术家，选择以鲜明、艳丽的色彩描绘了这个场景；此种氛围，使得细密画家的失明、永恒哀愁和保密的欲望，在观者眼里却好似一场欢乐庆典的序幕。

我的目光游走于书册和图画之间，满心兴奋，渴望着亲眼观看多年以来时有耳闻的传说，同时也担心着自己即将再也看不见任何东西。坐在这里，在寒冷的宝库中，四周充塞着从未见过的暗红——笼罩在奇异烛光下的布匹和灰尘反映出的颜色，我不时赞叹惊呼。听见我的叫声，黑和侏儒会跑到我身旁，从我肩膀后方观望我面前的华丽书页。我克制不住自己，开始向他们解释：

"这种红的颜色，属于大不里士的伟大画师米尔扎·巴巴·伊玛密，其中的秘密已随他一起进了坟墓。他把它用在地毯边缘、萨法维君王缠头巾上阿列维教派标记的红色；还有，看，这幅画中狮子的腹部和这位漂亮男孩身上的长袍，都用了它。安拉从来不曾直接显露这种细致的红色，除非当他让其臣民的血液流淌。但为了让我们经过努力找到它，真主就把它藏在了稀有昆虫的肚子中和石头中。而今在这个世界上，我们可以用肉眼在人造布料和最伟大画师的图画中见到这种红色调。"我说，并补充道，"感谢他如今把它展现在了我们面前。"

"看看这里。"好一会儿后我说，忍不住再次向他们展示一幅经典，这是一幅诉说着爱、友谊、春天和欢乐的图画，可以出现在任何一本抒情诗选集中。我们看到春天的树木盛开着缤纷的花朵，恍若天堂的花园里高耸的柏树，情侣们依偎在花园中，吟诗喝酒，欢乐满溢。置身湿霉、冰冷、遍布灰尘的宝库，我们仿佛也能闻到春天的花香，以及幸福恋人们皮肤上散发出来的隐约幽香。"仔细看，这一位艺术家，不仅能够用真诚细腻的笔触，描绘出爱侣的臂膀、纤巧的赤足、优雅的姿态和在他们头顶上慵懒翩飞的鸟儿，同样地，也能画出背景中形体粗糙的柏树！"我说，"这是布哈拉人鲁特非的作品，由于这位画家脾气暴躁又好斗成性，以致每幅图都只画一半就不画了。他与每一位君王及大汗争吵，指责他们对绘画一窍不通。这位伟大的大师从不曾在任何一座城市久留，总是从这个君王的宫殿换到下一个，从这座城市迁至下一座，一路上与人起冲突，就是找不到有哪一位统治者的书配得上他的才华。直到最后他来到某位首领的画坊。这个微不足道的首领，只统治着几块光秃秃的山顶。尽管如此，鲁特非声称：'大汗的领土虽然小，但他懂得绘画。'于是他在那里待了下来，度过了二十五年余生。然而，他究竟知不知道这位微不足道的君主其实是个瞎子，时至今日，这个疑问仍是众人茶余饭后的笑谈。"

"你们看见这一页了吗？"午夜之后很久，我说，这回他们两人一起手拿着蜡烛赶到了我的身旁。"从帖木儿孙子的时代起一直到现在，一百五十年的时间里，这册书已经换了十个主人，远从赫拉特传到了此地。"借助我的放大镜，我们三个人审视着塞满书末页各个角落、推挤杂沓、层层相叠的签名、献词、历史资料和现实生活中彼此残杀的苏丹名号。"这册书是伊斯兰历八百四十九年时，借真主之助，由赫拉特的穆沙非之子，书法家苏丹·威利，在赫拉特编纂完成的，献给伊斯梅图德·冬雅，她是世界的统治者拜松古尔的兄弟穆罕默德·朱齐的妻子。"接着，我们从书末题名得知，此书流传至白羊王朝的苏丹哈里尔之手，再传给他的儿子叶尔孤白大人，然后流传到北方的乌兹别克苏丹手中。每位君王都曾开心地赏玩这本书一段时间，从中移去或增添一两幅图画。从第一个主人开始，每位君王都把自己美丽妻子的面容加入图中，并骄傲地在末页添上自己的名号。之后，这本书落入征服赫拉持的萨姆·米尔扎手中，他在书中补上一页献词，把它当作礼物送给了自己的哥哥伊斯玛仪君王。后者接着把它带回大不里士，同样补上另一页献词，准备作为礼物。然而后来，天堂的居民，雅勿兹·苏丹·赛里姆在察德兰打败了伊斯玛仪君王，并将大不里士的七重天宫殿掠夺一空，这本书才随着苏丹的凯旋军队，翻山越岭，跋山涉水，最后终于来到了伊斯坦布尔的宝库。

我这样一位年老大师如此热情与兴奋，黑和侏儒究竟能明白几分？我继续打开新的书册，翻阅其中的书页，我可以察觉到千百座大小城市里千万个插画家内心深沉的悲苦，他们每个人都拥有独特的气质，每个人的画作都听命于不同的残酷君主、大汗或首领。每个画家都展现了无比的才华，而每一个人，也都同样臣服于失明。我随手翻开一本展示各种酷刑手段和刑具的原版手抄本，满怀羞辱，望着书中的内容，不禁感受到在我们漫长学徒生涯中必经的责打痛楚，那长尺的鞭打，打得我们满脸通红，或是用大理石制的磨光石敲击我们的光头。我不懂这样一本可怖的书为什么会出现在奥斯曼皇家宝库：尽管对我们而言，刑讯拷打是为了维护安拉在世上的正义，由法官监视执行的必要手段，然而异教徒旅行家视其为我们残酷与邪恶的证明，为了取信于他们的信徒同胞，他们找来一些寡廉鲜耻的细密画家，以几块金币的代价要他们作践自己，制作这种图画。我深感难堪，这位细密画家显然享受着某种堕落的快感，描绘各种酷刑场景：笞跖刑、杖

426

打、钉十字架、吊脖子或脚、挂钩刑、木桩戳刺、人球大炮、拔指甲、绞刑、割喉、喂饿犬、鞭打、装袋、重压、浸泡冰水、拔发、碎指、细刀剥皮、切除鼻子，以及挖眼。真正的艺术家如我们，整段学徒生涯经历过无数残酷的笞跖刑、任意的掌掴和捶打，只为了让易怒的大师发泄自己失手画歪线条的怨气；更别提好几个小时的杖打和尺鞭，只为了消除我们内心的恶魔，让它重生为灵感的邪灵。只有真正的艺术家如我们，才能在描述笞跖刑和拷打时，感受极致的快乐；只有我们，才能带着为孩童的风筝上色的欢愉，为这些刑具着色。

几百年之后，人们会欣赏我们制作的手抄本中的图画，尽管他们渴望看得仔细一点，但又缺乏耐心。赏画的过程中，他们或许能感受到我此刻在这间冰冻的宝库检视图画时感受到的羞辱、喜悦、深沉的痛苦和欢乐，但他们永远无法真正了解我们的世界。我用冻得发麻的苍老手指翻动书页，拿着可信的珍珠母贝镶柄的放大镜，像一只老迈的鹳鸟横越大地般，左眼滑过一幅幅图画。尽管底下的景色极少能令我感到惊奇，但偶尔还是能从中看出令人赞叹的新事物。从这些多年来不见天日、时有传奇经典的书页中，我逐渐得知哪一位画家从谁那儿学到了什么；在哪位君王的哪间画坊，首先发展出如今我们称为"风格"的技巧；哪一位著名的大师曾经为谁工作；以及，举例而言，在中国的影响下，从赫拉特蔓延至全波斯的中国式卷云，原来也已传到了大不里士。偶尔我会放任自己惊叹："啊哈！"然而，我的内心深藏着一股无法与你们分享的忧伤，一股对于所有画家的痛惜与悲叹。这些漂亮、圆脸、利眼、纤瘦的画家，为了艺术，在学徒时期就饱受鄙夷、折磨及大师的责打，尽管如此，他们仍满怀热情与希望，喜悦地沉浸于对大师的仰慕，享受着大师的赞赏关怀，分享彼此对绘画的挚爱，直到长年的劳苦后，终究不得不屈服于默默无闻和失明的结局。

忧伤与痛惜的心情，引领我进入了一种敏感而纤细的心灵世界。多年来为苏丹陛下绘制战争与节庆，使得我的灵魂早已悄悄遗忘了这种状态存在的可能。在一本图片集中，我看见一个红唇细腰的波斯男孩腿上放着一本书，和我此刻拿着书的姿势一模一样。它提醒了我一个真理：世界之美属于安拉。只不过，追求黄金和权力的君王们总是忘记这个真理。另一本图集中，有一幅伊斯法罕年轻大师所绘的图画。我含着泪，凝望面前一对青春洋溢的情侣彼此爱恋，不禁联想到自己手下俊美学徒们对绘画的充沛热爱。一位纤足、皮肤白里透红、柔弱而女孩子气的青年，露出一条让人一见就想亲它的细致臂膀，旁边一位樱桃口、杏仁眼、柳枝身、花蕾鼻的秀丽少女，则惊异地凝望着年轻人在自己漂亮的手臂上，烙下三枚小而深的痕迹——仿佛三朵迷人的小花，以证明他对她的爱情与仰慕是多么强烈。

莫名地，我的心跳加速，心怦怦直跳。好像六十年前刚当学徒时，看见一些大不里士黑墨风格的春宫图，上面画着皮肤净白的俊美男孩及乳房瘦小的苗条少女，我的前额冒出点点汗珠。我回忆起曾经有一次，当时我已经结婚几年并刚刚成为大师，有人带来一位天使面孔、杏仁眼、玫瑰花瓣皮肤的漂亮少年，介绍他为学徒候选人。看见他时，我心中涌起对绘画的热爱及深邃的思想。那一瞬间，一股强烈的冲动告诉我，绘画其实无关乎忧伤与痛惜，而是我此时体验的这股欲望。如何把这股欲望首先转化为对真主的爱慕，进而转化为对真主眼中世界的爱恋，则要仰赖艺术大师的才华。这股冲击如此强烈，使我狂喜地感到过去的一切全部重新回来了：我花费在绘画板前直至弯腰驼背的所有岁月，学习过程中默默承受的所有鞭打，为了追求失明在绘画上奉献的终生心力，以及不仅自己饱受、更加诸别人身上的一切创作痛苦。仿佛观看着某种禁忌之物，我带着同样的狂喜，安静地凝望着这幅动人心弦的图画。我望着它良久，移不开目光。一颗泪珠从我的眼眶滚落脸颊，滑入了胡子里。

注意到在宝库中缓缓飘移的一支蜡烛朝我接近时，我忙把面前的画集放到一边，随手打开了一本侏儒不久前搬到我身旁的卷册。它也是为君王们编辑的一本特别画册。我看见两头鹿分别站在绿色的矮树丛两端，深情地对望，一旁观望它们的豺狼又嫉又恨。我翻到下一页：栗色和枣红色的马匹，只可能出自赫拉特的前辈大师之手——它们是多么的壮丽！我又翻过一页：一位正襟危坐的政府官员从一张七十年前的图画中，自信满满地向我问候。从他的面孔我分辨不出他是谁，因为他看起来像任何人，至少我是这么觉得的。然而，画中的氛围、坐姿男子胡子中的多样色调，却唤起了什么。我的心脏猛跳，我认出了这张作品中精致的手部出于何人。我的心远比我的头脑更早察觉，只有他才画得出这么华美的一只手：这是贝赫扎德大师的作品。仿佛一道光芒从画中倾泻而出，照亮了我的脸。

过去我曾经见过几次贝赫扎德大师的绘画。然而，也许因为几年前我并非单独欣赏，而是与一群前辈大师共同观画，也许我们不能确定那是否为贝赫扎德大师的真迹，所以当时没有像现在这般内心感到震慑。

湿霉沉重的黑暗宝库似乎亮了起来。这只秀丽的手，使我联想起刚才看到的那条印着爱痕的纤细臂膀。再一次，我赞美真主在我失明之前，为我展现了如此辉煌之美。我怎么知道自己即将失明？我不知道！黑手执蜡烛，望着图画，朝我侧身走近。我感觉或许可以把这样的直觉告诉他，然而，口中却吐出了别的话。

"看看这只手画得多么惊人。"我说，"是贝赫扎德的。"

我的手不由自主地抓住了黑的手，仿佛握住一位学徒男孩的手；年轻的时候，我极宠爱这些柔软、嫩肤、美丽的学徒男孩。他的手平滑而结实，比我的手温暖。手腕的内侧宽大又细致，让我一阵激动。年轻时，我时常把年幼学徒的手握入掌中，慈爱地望着他迷人、惶恐的眼睛，然后才开始教他握笔的方法。我用同样的眼神望着黑。从他的瞳孔里，我看见了他举在手中的烛火。"我们细密画家都是兄弟，"我说，"然而，如今一切都将画上句号了。"

"怎么讲？"

当我说出"一切都将画上句号了"时，心中带着大师对失明的渴求。一名伟大的大师，为一位君主或诸侯奉献生命，遵循昔日风格在画坊创作无数经典，甚至为这个画坊树立了自己的风格。然而，他也深明，一旦他的君主失掉最后一仗，新的统治者将跟随劫掠部队而来，解散画坊，拆散装订的书册，让书页四散失序，鄙视破坏所有的一切，摧毁一切他长久信仰、劳苦追寻并深爱如子的精微细节。但我必须以不同的方式向黑解释。

"这幅画是描绘伟大的诗人阿布杜拉·哈特非。"我说，"哈特非是一位了不起的诗人。君王伊斯玛仪占领赫拉特后，众人连忙涌入宫中阿谀谄媚，他却选择了待在家里。结果，君王伊斯玛仪亲自移驾前往他位于郊区的家中拜访。我们之所以知道画里的人是哈特非，并不是因为贝赫扎德画出了哈特非的脸，而是根据肖像下方的说明文，不是吗？"

黑望着我，用漂亮的眼睛回答"是"。"看见画中诗人的面孔时，"我说，"我们明白它可以是任何人的脸。如果阿布杜拉·哈特非，愿真主让他的灵魂安息，出现在这里，我们绝对不敢奢望能凭这幅画中的脸认出他来。不过，我们可以依据整体的图画确认他是谁：构图的气氛、哈特非的姿势、颜色、镀金、贝赫扎德大师勾勒的精美手部，立刻就能想到这是一位诗人的画像。因为在我们的艺术世界里，意义胜于形式。但是，若我们开始模仿法兰克和意大利大师，用他们的风格绘画，就像苏丹陛下委托你的姨父编辑的手抄本那样，这时候，意义的支配将会终结，而形式的统治就此开始。虽然如此，通过法兰克的方法……"

"我的姨父，愿他永远安息，被谋杀了。"黑鲁莽地说。

我轻轻抚摸我掌中的黑的手，好似恭敬地抚摸着一位年轻学徒的小手，想象有一天它会画出经典名作。我们安静而虔诚地欣赏了一会儿贝赫扎德的杰作。稍后，黑把手从我的掌中抽走了。

"我们略过了前一页的栗色马，没有检查它们的鼻孔。"他说。

"什么也没有。"我说，翻回前一页让他自己看。那些马的鼻孔没有丝毫特别。

"我们什么时候才找得到有奇怪鼻孔的马？"黑孩子气地问。

深夜直至清晨之前，我们从一堆深浅绿色的波纹丝绸下，翻出一个铁箱，在里面找到了传说中君王塔赫玛斯普的《列王记》，并把它搬了出来。然而那时，黑早已蜷身熟睡，躺在一条乌夏克红地毯上，浑圆的脑袋枕着一个珍珠镶绣的枕头。而多年后再度瞥见这本传奇之书，我立刻明白了，对我来说，新的一天才刚刚开始。

　　这本我在二十五年前远远看过一次的传奇书册又大又重，杰兹米老爷和我费尽力气才搬动了它。当我摸到它的装订边时，发现皮革里面有木头。二十五年前，卡努尼·苏丹·苏莱曼大帝刚刚辞世不久，君王塔赫玛斯普得知自己终于摆脱了这位曾经三次攻占大不里士的苏丹，高兴万分，立即献上满载贡品的骆驼，送给苏莱曼的继承人苏丹赛里姆，礼物中包括一本富丽堂皇的《古兰经》，以及他宝库中最美丽的一本书，也就是我面前的这一本。最开始，一个三百多人组成的波斯使节团带着这部书，前往新苏丹冬季狩猎时居住的埃迪尔奈。接着，它和其余贡礼一起由骆驼和骡子运回了伊斯坦布尔。趁书本尚未被锁入宝库前，画坊总监卡拉·曼密与我们三位年轻大师赶忙去一探究竟。就像伊斯坦布尔民众会跑去看印度来的大象或非洲来的长颈鹿一样，我们赶去了宫殿。那天，在那儿，卡拉·曼密大师告诉我们，晚年从赫拉特迁居至大不里士的贝赫扎德大师，并没有参与此书的编纂，因为他已经瞎了。

　　对于我们这些奥斯曼细密画家而言，普通手抄本中的七八幅插图已叫我们震惊，如今，阅览这部包含两百五十张大幅插画的书册，正如人们都在熟睡之时游览一座恢弘壮丽的宫殿一样。满怀着虔诚敬畏，我们无声地欣赏着面前令人难以置信的丰富书页，仿佛凝望着奇迹闪现却又瞬息即逝的天堂花园。

　　往后的二十五年里，我们不时讨论到这本已锁入宝库的书册。

　　二十五年之后，我安静地翻开《列王记》的厚重封面，好像打开一扇沉重的宫殿大门。我翻动书页，发出悦耳的窸窣声，忧伤多于敬畏。

一、忘不了听闻过的许多故事，指称伊斯坦布尔每一位细密画大师都曾经从这本书中窃取图片，这使得我无法全心投入面前的插画。

二、脑子里总在想着可能会在某个角落里巧遇贝赫扎德所描绘的手，这也使得我无法全神贯注于每五六幅画中就会出现的经典之作（塔赫姆勒斯挥矛砍断恶魔与巨人头颅的姿态是多么果决而优雅！后来，在和平时期，这些敌人反而教导他字母、希腊文和各种不同的语言）。

三、马的鼻孔与一旁的黑及侏儒，也妨碍我全身心融入眼前所见的景象。

尽管如此幸运地得到了安拉慷慨丰厚的赐予，能在黑暗的丝绒之幕降临我的双眼前——每一位伟大细密画家渴求的神圣荣耀——有机会尽情饱览这本传奇之书，然而我却发现自己更多地是用脑在观画，而非用心体会，自然倍感伤心。待清晨的曙光透入变得像座冰冷墓穴的宝库，我已经看遍了这本极品至宝中的两百五十九幅画（不是两百五十幅）。既然我是用脑在看，那就容许我仿照喜好推理的阿拉伯学者，再一次分条加以说明。

一、各处的马匹，始终找不到一匹马的鼻孔类似卑鄙凶手所画：鲁斯坦姆前往图兰追逐马贼时遇到的各色马匹；阿拉伯苏丹拒绝了他的请求之后，弗里东君王带领着游过底格里斯河的特异神驹；因为他们的父亲分封领土时，赐给了伊拉吉最好的国家波斯，把遥远的中国赐给了另一个王子，却只把西方的国土留给了图尔，图尔出于嫉妒，砍断了弟弟伊拉吉的头，此时在远处望着这一幕的伤心的灰马群；亚历山大英勇部队里的战马（这支由里海、埃及、柏柏尔与阿拉伯士兵组成的军队，全身装备着铠甲、铁盾、无坚不摧的宝剑和闪亮的头盔）；踩死君王雅兹德·格尔德的传说之马（由于违逆真主降赐的天命，上天惩罚君王雅兹德·格尔德流鼻血不止，他来到碧绿的湖边，用治病的甘泉舒解疼痛，却不幸被马蹄践踏而死）；还有六七位细密画家共同描绘的上百匹完美的神话之马。虽然如此，我还有超过一天的时间，可以检视宝库里的其他书籍。

二、过去二十五年来，细密画大师之间流传着一个恒久不息的谣言：一位插画家获得苏丹的允许，进入了这间禁绝外人的宝库。他找到了这本惊世之书，翻开它，借着烛光，在自己的笔记本中复制下了各式各样精致的马匹、树木、浮云、花朵、飞鸟、庭园和战争与爱情的场景，从此之后便把它们用在了自己的作品中……此后，无论何时，只要一位艺术家创作出一幅精湛出众的佳画，其他人就会受嫉妒所激，重新提起如此的谣言，故意贬低他的画作只不过是大不里士的波斯绘画。当时，大不里士尚非奥斯曼的领土。当中伤的矛头指向我时，我感到理直气壮的愤怒，但同时暗自窃喜；不过反过来，听见别人受到相同的指控，我则深信不疑。此刻，我哀伤地明白了一个事实，我们这四位细密画家，二十五年前看过此书一眼后，书中的影像就莫名地烙印在了我们的记忆里。从此之后，我们不自觉地追忆、转化、改变、画下它们，融入为苏丹陛下编纂的手抄本中。我的心沉了下去，不是因为过度猜疑的君主们冷酷无情，舍不得从宝库里拿出这些经典让我们欣赏，而是领悟到我们自己的绘画世界，竟如此狭隘。无论赫拉特的著名大师，或是大不里士的新兴大师，波斯艺术家远比我们奥斯曼人，创造出了更多璀璨的绘画及更多经典的佳作。

一个念头闪电般窜入了脑海：如果两天后，我与我的所有细密画家全被送上拷刑台，那该将有多好。我拿起画刀，残酷地用刀尖刮掉手下图画中敞开在我面前的眼睛。画作内容讲述一位波斯学者，他光用眼睛观察印度使者带来的棋盘，便学会了下棋，进而击败了印度大师设下的棋局！好一个波斯谎言！一个接一个，我刮去了棋士的眼睛，没有放过一旁观战的君王和侍从。一页页往后翻，我无情地剜掉画中每一只眼睛：凶残作战的君王、穿戴华丽盔甲威风凛凛列队行进的士兵，以及躺在地上的断头。连续做了三页同样的事情之后，我把画刀塞回了腰带。

我的双手在颤抖，但不觉得自己的身体有什么不适。五十年画家生涯中，我时常遇见被人挖去眼睛的图片，现在的我，是不是和那么多疯子犯下此种病态行为后有着同样的感觉？我只希望被我刮掉的眼睛里流出鲜血，染红这本书的画页。

三、我感受到在生命尽头等着我的折磨与慰藉。君王塔赫玛斯普策励全波斯十年来最精湛的艺术家们完成的这本绝世典籍中，没有任何一个地方有贝赫扎德大师的笔迹，也没有任何一处找得到他勾勒的纤手。这证明了贝赫扎德在生命的晚年，当他从那时不受欢迎的赫拉特逃到大不里士时，已经瞎了。因此，我再一次欢喜地确认，这位伟大的大师，投注毕生心力终臻前辈大师的完美境界后，为了避免自己的绘画因其他画坊或君王的要求而遭受玷污，于是，他刺瞎了自己的眼睛。

就在此时，黑和侏儒翻开两人手中一卷厚重的书册，放在了我的面前。

"不，不是这一本。"我平静地说，"这是蒙古版的《列王记》：亚历山大率领的铁骑兵队在他们的铁马里灌满石油，点火燃烧，用它们鼻孔里喷发的熊熊烈焰攻击敌军。"

我们瞪视着这支烈火钢铁部队，其火焰的绘制受到了中国绘画的影响。

"杰兹米老爷，"我说，"我们曾经在《赛里姆苏丹编年史》中，详细记录了君王塔赫玛斯普派波斯使节献上的贡品，这本书也是贡品之一，二十五年前由他们运送而来……"

他很快找出《赛里姆苏丹编年史》，放到了我的面前。色彩鲜丽的书页上，画着使节向苏丹赛里姆呈上《列王记》及其他礼物。我的眼睛在一项项条列出的礼物中，发现一段多年前曾读过但因为太不可思议而遗忘的文字：

> 玳瑁与珍珠母贝镶柄之黄金帽针。尊崇的赫拉特
> 瑰宝，绘画巨擘贝赫扎德大师，以此针刺瞎其高贵的
> 双目。

我问侏儒在哪里找到了这本《赛里姆苏丹编年史》。我跟随他穿越灰尘满布的黑暗宝库，迂回绕过堆叠的箱笼、布匹织毯和橱柜，钻过楼梯底下。我注意到我们时而缩小时而放大的影子，滑过铁盾、象牙及虎皮，走入另外一间房间。同样的奇异晕红，从布匹和丝绒中蔓延而出，充盈满室。收藏《列王记》的铁箱旁边，堆满了其他书册、金银丝线镶绣的各式布匹、尚未琢磨的塞以蓝宝石和红宝石镶嵌匕首。在这堆物品中，我发现了君王塔赫玛斯普呈献的其他贡品：伊斯法罕的丝绸地毯、一副象牙棋盘，还有一样即刻吸引我目光的物品——一个显然是帖木儿时代的笔盒，上面纹饰着中国飞龙与花草，以及珍珠母贝镶嵌的太阳。我

打开笔盒，一股檀木和花露水的幽香飘然而出，里面躺着一根玳瑁与珍珠母贝镶柄的金针，平常用来固定缠头巾上的羽饰。我拿起帽针，鬼魅般地返回了我的座位。

再次独处，我把贝赫扎德大师拿来刺瞎自己的金针放在摊开的《列王记》上，凝视着它。我微微颤抖，不是因为看见这根他用来刺瞎自己的针，而是因为只要是看到他神妙的双手曾经拿过的东西，我就会这样。

为何君王塔赫玛斯普会把这根可怖的针与书一并呈献给赛里姆苏丹？是否因为这位君王，尽管幼年受教于贝赫扎德，青年时大力赞助艺术家，到了老年却改变了想法，疏远了所有诗人和艺术家，虔诚投入信仰与礼拜？是否也是由于这个原因，所以他愿意让出众多顶尖画师投注十年心血绘制的这本精美典籍？他之所以送上这根金针，是否为了向众人证明，伟大画师是出于自己的意志刺瞎双目；还是如谣言所传，是为了骄傲地声明，任何人只要看了书中图画一眼，就不愿意再观看世上其他事物？然而，对于君王来说此书已不再是经典了，因为他只感到了无限后悔，和许多统治者晚年一样，担忧年少时对绘画的热爱为自己招致了亵渎之罪。

我想起一些愤世嫉俗的细密画家告诉我的故事，他们行将老年，才发现自己的梦想终究无成：黑羊王朝统治者贾杭君王的军队准备进入设拉子时，该城著名的画坊总监伊本·胡尚格宣布："我拒绝改变画风。"并叫他的学徒以烙铁弄瞎了他的眼睛。雅勿兹·苏丹·赛里姆打败苏丹伊斯玛仪后，他的军队掳掠大不里士，搜刮七重天宫殿，并带回一批细密画家。传言说其中有一位年老的波斯大师，因为相信自己绝对无法忍受以奥斯曼风格作画，于

437

是用药毒瞎了双眼，并非如某些人所言，他在半路染上怪病导致失明。每当我的细密画师们生气的时候，我就给他们讲述贝赫扎德刺瞎自己的故事，让他们以此为楷模。

难道没有别的解决之道？倘若一位细密画师，就算只是微乎其微地，只要他喜欢一点新的绘画方法，难道就不能拯救整个画坊，并保存前辈大师的风格？

这根优雅细长的帽针尖端，有一丝黑的痕迹，然而我酸涩的眼睛分辨不出究竟是不是血。我把放大镜往下移，凝望金针良久，仿佛注视着一幅哀愁的爱情图画，染上了相仿的愁绪。我试着想象贝赫扎德是怎么办到的。我听说当事人不会立刻失明，黑暗的丝绒会缓缓降临，有时候历时多日，有时候得花上几个月，就好像自然衰老的失明一样。

才走进隔壁，我就瞥见了它。我停住脚步看，没错，就在那里：一面象牙镜子，麻花握柄、粗黑檀镜框、边框雕着精巧的文字。我再度坐下，凝视镜中自己的眼睛——它们目睹我的手画了六十年。烛焰在我的瞳孔里跳跃，是那么的美丽。

"贝赫扎德大师是如何办到的？"我再次迫切地问自己。

紧盯着镜子，没有一刻移开眼睛，我的手以女人涂眼影时的熟练动作拿起了金针，引领着它。毫不犹豫，仿佛在一只雕镂用的鸵鸟蛋尖戳一个小洞，我勇敢、沉着、坚定地把金针插入了右眼的瞳孔。我的五脏六腑一沉，不是因为感觉到自己的所作所为，而是我看见了自己的所作所为。我把针压进眼里，到手指四分之一的深度，然后抽出来。

刻在镜框上的对句写着，诗人祝福揽镜之人永恒的美丽与智慧——并期许镜子永恒的生命。

微笑着，我把针插入了另一只眼。

很长一段时间我没有移动。我瞪视着世界——瞪视着一切。

如同我先前的臆测，世界的颜色并没有黯淡下来，而是好像温柔地渗溢晕散，彼此相融。但我仍然隐约可见所有的一切。

不一会儿，微弱的阳光洒落宝库，映在了猩红色的布匹上。财务大臣与他的手下依照一贯的繁文缛节，损毁封蜡，打开门锁及大门。杰兹米老爷更换了新的夜壶、油灯及暖炉，端来了新鲜面包及桑椹干，并告诉众人我们将继续留在宝库里，从苏丹陛下的书本中寻找画有特殊鼻孔的马匹。能够一面欣赏全天下最美丽的图画，一面努力追忆真主眼中的世界，享受如此美妙境地，夫复何求？

52. 我的名字叫黑

　　财务大臣与司役们依照繁文缛节打开大门后，清晨的冬阳从皇家安德伦禁宫的庭院，漫入室内，由于我的眼睛早已习惯宝库里柔和的红色氛围，这道光线顿时让我觉得刺眼恐怖。我僵立原地，奥斯曼大师也一样。似乎我稍微一动，宝库中那湿霉、满是尘埃、伸手可及的空气会带着我们寻寻觅觅的线索倏然溜走。

　　露出莫名的惊异神情，奥斯曼大师凝视着流泻在我们身上的光线，仿佛头一次看见某个辉煌的物品。两排宝库司役沿着敞开的大门左右列队而立，阳光透过他们彼此头部之间的缝隙，从庭院洒进来。

　　前一天夜里，当他翻阅《列王记》时，我在一旁观察他。我注意到他脸上时不时地闪现出同样的惊讶表情；他的影子投在墙上，微微颤抖；他的头小心翼翼地凑近他的放大镜；而他的嘴唇先是轻轻嚅动，好像准备揭露某个愉快的秘密，接着又不由自主地一张一合，仿佛看见了一幅令人敬畏的图画。

　　大门再度关上后，我不耐烦地在各个房间之间来回走动，更加焦躁不安。我担心我们没有足够的时间可以从宝库里找出足够的资料。我感觉奥斯曼大师没有专注在这件事上，于是向他坦陈心中的忧虑。

他像平常对待自己的学徒一样，很自然地抓起了我的手。"我们这类人，别无选择，只能努力从真主的眼光观看世界，并仰仗他的正义。"他说，"此刻，身处于这些图画和宝物中，我强烈地感觉到两者逐渐合而为一：当我们逼近真主的视野时，他的正义也逐渐接近我们。看，这是贝赫扎德大师用来刺瞎自己的针……"

奥斯曼大师讲述金针的残酷故事时，为了让我看得更清楚，他把放大镜往下移了移。我仔细端详放大镜下面这根邪恶物品的锐利尖端。针尖黏着一层淡红色的湿润。

"前辈大师们，"奥斯曼大师说，"被迫改变为其奉献了一生的风格、颜色和技巧时，会深感良心不安。对他们而言，为了屈迎附会而改变世界观，今天依东方君主的要求，明天又听从西方君王的想法，是一件可耻的行为——然而这正是我们当今艺术家的做法。"

他的眼睛没有直视我，也没有盯着面前的书页。他似乎正凝视着远方一片遥不可及的空白。他面前的《列王记》摊开在其中一页：波斯和图兰的军队发动全力，混战在了一起。杀气腾腾的英勇战士骑着战马冲杀着，长矛刺穿了盔甲，戳穿了躯体，脑袋掉了，手臂断了，躯体被劈成了两半，断肢残骸遍地横陈。

"昔日的伟大画师，若被要求改用胜利者的风格、被迫模仿别的细密画家，为了维护尊严，他们会拿一根针，英勇地提早召唤绘画多年终将来临的失明。是的，在真主的纯净黑暗如神圣恩赐笼罩在他们的眼睛之前，他们会连续好几个时辰甚至好几天盯着一幅经典杰作。由于他们低着头彻夜不眠地凝视着图画，因而面前图画中的意义和景象——溅满了从他们眼中滴落的鲜血——将取代他们遭遇的悲苦。同时，因为他们的眼睛极为缓慢地朦胧，所以会在安详中达到失明。这是多么幸福！你猜得出当我等待盲人的神圣黑暗降临时，会选择凝视哪一幅图画吗？"

仿佛努力回想一场童年的记忆，他把目光盯在宝库墙外某个远处。他的眼睛，眼白的部分变多，瞳孔好像变得越来越小了。

"那幅画，属于赫拉特前辈大师的风格，场景中，痴情狂恋的霍斯陆骑着马，来到席琳的别墅窗下等待。"

也许他打算继续描述画面的内容，如同吟诵一首哀伤的诗，悼念前辈大师的失明。"我崇高的大师，我亲爱的阁下，"莫名的冲动下，我打断了他的话，"我渴望永恒凝视的画面，是我恋人的秀丽容颜。我们已经结婚三天了。过去十二年来我对她思念不已。席琳瞥见霍斯陆的肖像从此一见钟情的场景，总会让我想起她来。"

奥斯曼大师脸上浮现各种表情，或许是好奇，但不是因为我的故事，也不是面前杀戮场景的缘故。他似乎在期待某个好消息能带给他慰藉。当我确定他没有在看我时，便一把抓起帽针，走到了一边。

毗邻浴室的宝库第三个房间有一个阴暗的角落，那里塞满了上百个法兰克君主呈献的时钟。时钟停下之后——它们通常没多久就停了——便被收进这里。我走到那里，仔细检查奥斯曼大师宣称贝赫扎德用来刺瞎自己的金针。

红色的日光渗隙而入，投射在灰尘满布的时钟上，从箱盒、水晶钟面和镶嵌的钻石反射而出，映得裹着淡红液体的金针尖端不时莹莹闪烁。传奇中的贝赫扎德大师确实用这个东西刺瞎了自己吗？奥斯曼大师也对自己做出了同样可怕的事吗？一只巨大时钟的摆锤上挂着一个摩洛哥小丑的吊饰，那是一个颜色鲜艳、手指大小的娃娃，它脸上的表情似乎在说："没错！"显然，如果钟还可以动，这位头戴奥斯曼缠头巾的小丑，将会随着每个钟点的报时，欢欣地点头——这是送礼的哈布斯堡国王与精湛的钟匠为了娱乐苏丹陛下及他的后宫佳丽，特别设计的一个小玩笑。

我继续查阅了不少极为平庸的手抄本：正如侏儒跟我说的那样，这些手抄本原属于帕夏们所有，他们被砍头后，难以计数的财产和宝藏全被没收了，其中就有这些手抄本。那么多的帕夏被处决，以至于这些书册看也看不完。幸灾乐祸的侏儒表示，许多帕夏忘记了自己是苏丹的臣民，陶醉于个人的财富与权力，甚至为了彰显自己，编纂书籍，镀上金箔，以为他们是君主或君王，这些人活该被砍头，他们的财产也活该全部被充公。这些书有些是图集，有些是手抄绘本，或是插画诗集；即使在这些二流的书里，凡是遇到任何一幅席琳爱上霍斯陆肖像的图画，我都会停下来欣赏。

画中画，也就是，席琳在野外郊游途中遇见的霍斯陆肖像，从来不曾被细腻刻画。并不是细密画家没有能力描绘如此微小的细节，许多人拥有灵敏的巧手，能在指甲、米粒，甚至发丝上作画。然而，为什么他们没有画出席琳的爱情对象——霍斯陆脸上的五官细节，让观者得以辨识？我一边随手翻阅一本顺序混乱的图集，一边想着这个问题，打算在下午某个时刻向奥斯曼大师请教，以便能够暂时忘却我的绝望。这时候，一幅画在布上的迎亲图中有一匹马的画像吸引住了我的视线。我的心脏猛然一跳。

在那里，在我的面前，有一匹鼻孔特殊的马。它驮着一位妩媚的新娘，两眼看着我。这匹神奇的马仿佛准备向我吐露一个秘密。做梦般地，我想大叫，但却发不出声音。

没有半分迟疑，我立刻抱起书卷，匆忙穿越各式物品和箱笼，跑向奥斯曼大师，把摊开的书页放在了他的面前。

他低头望向图画。

看不见他脸上有丝毫惊喜的火花，我开始捺不住性子。"这匹马的鼻子就跟我姨父书里的一模一样。"我说。

他把放大镜贴近马。他深深地弯下腰，眼睛凑向放大镜和图画，贴得如此之近，鼻子几乎就要碰到书页。

我受不了这片寂静。"如您所见，这匹马的风格和技巧不同于我姨父书中的马。"我说，"但鼻子是一样的。画家采用了中国画家的世界观。"我停顿了一会儿："这是一列迎亲队伍，类似中国的图画，但其中的人物并不是中国人，而是像我们一样的人。"

大师的放大镜几乎要平贴到书页，他的鼻子紧贴着放大镜。为了看清楚，他不仅利用眼睛，甚至尽其所能利用他的头、颈部肌肉、老迈的背部和他的肩膀。长时间的寂静。

"马的鼻孔被剪开了。"半晌后他气喘吁吁地说。

我把头凑向他的头。脸贴着脸，我们盯着那个鼻孔看了好一会儿。我悲伤地发现，除了马的鼻孔被剪开之外，奥斯曼大师观看它们也有困难。

"您确实看见了，对不对？"

"不是很清楚，"他说，"你形容一下画面。"

"依我看，画中是一位忧愁的新娘。"我悲伤地说，"她骑着一匹裂鼻的灰马，在陌生侍卫和随从的护送下，出嫁到夫家。侍卫的脸孔显示出他们是索格底亚那的白羊王朝土库曼人，个个神情狰狞、满脸粗黑虬髯、眉头深锁、胡须又长又细、体格魁梧、身着素面薄布袍、细窄鞋子、头戴熊皮毡帽、腰配战斧和弯刀。美丽的新娘或许是一位忧伤的中国公主，因为根据画面内容判断，她与贴身婢女在油灯和火把的映照下彻夜赶路，想必还有很长的一段旅途。"

"或者也许，我们之所以认为新娘是中国人，是因为细密画家为了强调她的清新脱俗，学中国人那样涂白了她的脸，并为她画上了一双凤眼。"奥斯曼大师说。

"无论她是什么人，这位哀伤的佳丽让人心痛。在漆黑的夜里，由一群面目狰狞的外国侍卫陪同，穿越广大的草原，前往一块陌生的土地，嫁给一个素未谋面的丈夫。"我说。接着我马上补充："我们该如何从她坐骑的裂鼻，确定姨父的马是出于我们哪一位细密画家之手？"

"翻到下面几幅图画，告诉我你看见什么。"奥斯曼大师说。

就在此时，侏儒也过来加入了我们。刚才冲过来把书拿给奥斯曼大师的中途，我瞥见他正坐在夜壶上。现在我们三人一起看着书页。

我们看见一群娇艳动人的中国少女——与刚才那位忧愁新娘采用了同样的风格——聚集在花园里，弹奏一个形状奇特的乌德琴。我们看见中国的房舍、准备长途远行的阴郁篷车队，以及美得如同陈年绮梦的无垠草原。我们看见用中国风格画的树木，盘根错节，绽放满树春花，夜莺在枝头跟跄跳跃，引吭高歌。我们看见用呼罗珊风格画的众王子们，端坐于帐篷内，长篇大论地讲述诗歌、美酒与佳人。我们看见精美辉煌的花园，还有英俊的贵族，他们前臂上站着雄伟的老鹰，直挺挺地骑着骏马前去狩猎。

接着，仿佛魔鬼融入了书页当中，我们从画中感觉到了邪恶，但大多数时候仍然是智慧。一位英勇的王子挥舞巨矛砍杀恶龙，细密画家是否在他的动作里，加入了调侃的意味？一群穷苦的农人向他们的长老祈求慰藉，画家是不是对他们的贫苦感到幸灾乐祸？对他而言，是描绘两条交媾中的野狗紧贴不分、露出悲伤空洞的眼神有趣呢，还是描绘女人们咧开血盆大口讪笑这两只动物时更为有趣而愉快？接着我们看到细密画家笔下真正的魔鬼：这些畸形的生物，长得很像赫拉特前辈大师和《列王记》绘者笔下时有所见的邪灵与巨人；不过，充满讥诮才华的细密画家却把它们画得更为阴邪、凶残，而且更具有人形。我们笑着看这些恐怖的魔鬼，尽管身形为人，却有畸形的身体、分叉的角和猫一样的细长尾巴。随着我继续往下翻，这些浓眉、圆脸、凸眼、尖牙、利爪和老头般皱黑皮肤的赤裸魔鬼，开始互相斗殴扭打、偷窃上等马匹献祭他们的邪神，跳跃嬉闹、乱砍树木、掳掠銮轿里的公主、捕捉恶龙或是劫掠金银财宝。我向他们解释，这本出于众人之笔的书册中，所有魔鬼皆由一位名叫西亚赫·卡勒姆的细密画家所绘，这位画家同时也画了许多剃了光头、衣衫褴褛、身缠铁链、手持拐杖的海达里耶苦行僧。奥斯曼大师要我逐一形容彼此的相似之处，并仔细地听我讲述。

"剪开马的鼻孔让它们呼吸顺畅，耐得住长途跋涉，是蒙古人几百年来的传统。"听完后他说，"旭烈兀大汗的军队，便是以马匹征服了全阿拉伯、波斯和中国。他们进入巴格达，烧杀掳掠，把所有书籍抛入底格里斯河。当时的书法家，日后的绘画家伊本·沙奇尔逃离了城市和杀戮，然而，他没有跟随众人逃往南方，反而沿着蒙古骑兵前来的道路，朝北方走去。当时，由于《古兰经》禁止，没有人制作插画，画家更是不受重视。如今我们的职业备受尊崇，其中最伟大的秘诀要归功于伊本·沙奇尔，所有细密画家的大师及守护圣人：他创造了从宣礼塔俯瞰大地的世界观，坚持以一条时而可见时而不可见的地平线为基准，并通过中国人观察万物的方式，用蜿蜒、鲜活、乐观的色彩描绘一切，从天上的飞云至地上的爬虫。我听说，在那段传奇的旅途中，为了驱策自己继续北行，进入蒙古部族的中心地区，他特别研究了马的鼻子。不畏风雪、不屈不挠地步行跋涉了一年后，他终于来到了撒马尔罕，然而，就我所见所知，他在那里画的马匹却都没有裂鼻。对他来说，完美的梦幻良驹并非成年后才认识的结实、强壮、胜利的蒙古马，而是快乐少年时熟知的优雅阿拉伯马，如今他悲伤地将之遗留在了身后。这就是为什么，姨父书中的怪异马鼻，既没有让我联想到蒙古马，也没有让我联想到由蒙古传遍呼罗珊与撒马尔罕的剪鼻习俗。"

奥斯曼大师讲述时，时而看着书本，时而又看着我们，仿佛只看得见自己心灵所召唤的景象。

"除了裂鼻马和中国绘画之外，书中的魔鬼也是由蒙古部落带进波斯，再从那儿一路传至伊斯坦布尔的。你们大概都听说过，这些恶魔是邪恶的使者，由地底深处的黑暗势力派遣而来，攫取人类的生命及一切珍贵事物，他们会用尽一切手段把我们带入黑暗与死亡的地下世界。在地下世界里，无论是云、树、物品、狗或书，都有自己的灵魂，都会说话。"

"说得没错，"年老的侏儒说，"安拉为证，有些夜晚我被锁在宝库里，那时我会听见，除了原本就不断发出声响的时钟、中国瓷盘和水晶碗，所有火枪、宝剑、盾牌及血污的头盔，它们的幽灵全都焦躁不安起来，激烈地交谈，吵得整个宝库好像在浓浓的黑暗中变成了一个拥挤不堪的战场。"

"海达里耶苦行僧，我们刚才看过他们的图片，把这个信仰从呼罗珊带入波斯，之后再传到了伊斯坦布尔。"奥斯曼大师说，"雅勿兹·苏丹·赛里姆打败君王伊斯玛仪后，他的军队将七重天宫殿洗劫一空。当时贝迪玉扎芒·米尔扎——帖木儿的后代子孙——背叛了君王伊斯玛仪，带着追随他的海达里耶信徒一起投效了奥斯曼帝国。天堂的居民，雅勿兹·苏丹·赛里姆在风雪冰霜的冬季返回伊斯坦布尔，身后运载着无数战利品；其中包括从察德兰俘虏的两位美女，她们是君王伊斯玛仪的嫔妃，肌肤似雪，杏眼微翘。与她们同行的，还有典藏于七重天宫殿图画馆的所有书籍。这些书籍中有些是之前统治大不里士的蒙古、伊尔汗、贾拉伊儿和黑羊王朝时期留下的，有些则是战败的伊斯玛仪君王从乌兹别克、波斯和帖木儿人手中掠夺的珍品。在苏丹陛下和财务大臣命令我离开这里之前，我想好好欣赏这些书本。"

然而，此时他的眼睛已经显露出盲人眼中的茫然失焦。他继续拿着他的珍珠母贝镶柄放大镜，但更多的是出于习惯而不是为了观看。我们陷入了沉默。奥斯曼大师再一次要求侏儒——他像是在听一个悲惨的传说似的听着奥斯曼大师讲着所有的故事——为他找一本书，他详细形容了书本的装订边。侏儒一走，我马上诚心地问大师：

"那么，我姨父书里的马图，究竟出自何人之手？"

"我们谈论的两匹马都有裂鼻，"他说，"不管它是在撒马尔罕或者，如我所言，在索格底亚那所画，你在这本书中找到的马匹是以中国风格描绘；至于姨父书中的美丽骏马，则是如赫拉特大师们笔下的神妙马匹，为波斯风格。的确，这幅插画优雅无比，任何地方都很难找到与之匹敌的作品！它是一匹艺术之马，不是蒙古马。"

"可是它的鼻孔被剪开了，就和纯正的蒙古马一样。"我低语。

"两百年前蒙古人撤走以后，开始了帖木儿及其后世子孙的统治。显然，当时一位赫拉特前辈大师，画下了一匹鼻子被剪开的华美骏马，他或是受到了自己亲眼所见的蒙古马的影响，或是受到了另一位画出裂鼻蒙古马的细密画师的影响。没有人确知那匹马，到底最先出现在为哪位君王编辑的哪本书中的哪一页。但我相信那本书和图画受到了极度赞赏——天晓得，或许是苏丹的宠妃对它赞誉有加——并且很快盛行一时。我也相信，基于这个原因，所有普通的细密画家，尽管羡慕地咕哝抱怨，仍然开始模仿这匹马，复制它的图画。在这种风气的带领下，这匹美妙的马及它的鼻孔逐渐成为一种形式的典范，深深刻印在了那些画坊的细密画家的心里。多年以后，等他们的统治者战败，这些画家，如同被遣送到另一座后宫的抑郁女子，投奔到新的国家寻找新的君王和王子。无论到何方，他们永远带着储存在记忆中的马匹形象，鼻孔优雅地剪开着。也许受到不同画坊中不同大师的不同风格的影响，许多画家不再描绘长存于心中一隅的特殊影像，最终遗忘了它。然而，也有一些细密画家，来到新加入的画坊后，不但画优雅的裂鼻骏马，更教导他们的漂亮学徒跟着做，用'前辈大师就是这么画的'鼓励他们。于是，就这样，即使蒙古人和他们的精干马匹早已离开了波斯及阿拉伯土地，即使断垣残壁的城市早已展开新的生命，过了世世代代，有些画家仍然继续依此法画马，坚信它是标准的形式。我也确信其中的一部分人，浑然不知蒙古骑兵的胜利，更不晓得他们坐骑的裂鼻，仍旧依照我们在画坊里的方式画马，并坚持那才是'标准的形式'。"

"我亲爱的大师，"我说，又敬又畏，"如我们所愿，您的'侍女法'确实找到了一个解答。每一位艺术家的确都有自己的隐藏签名。"

"不是每位艺术家，而是每间画坊。"他语带骄傲地说，"甚至不是每间画坊。某些悲惨的画坊，就如同某些悲惨的家庭，其中的成员，每个人长年来坚持不同的意见，殊不知快乐生之于和谐，同理可言，和谐孕育着快乐。有些画家试着学中国人绘画，有些学土库曼人，有些则学设拉子的风格，彼此长年争执不休，始终无法达到快乐的共鸣——正如一对不幸福的夫妻一样。"

我看见他脸上明显地溢满了骄傲。权威之士的严峻神情，如今已取代了好一阵子以来弥漫在他脸上的阴郁和苍老。

"我亲爱的大师，"我说，"过去二十年来，您在伊斯坦布尔聚集了来自世界各地的各类细密画家，结合了他们各自不同的才华与气质，达到美妙的和谐，进而创造并界定出了奥斯曼的风格。"

为什么不久前我诚心诚意体会到的敬畏感受，却在开口后变成了虚伪奉承？当一位才华与技巧令人们惊叹的大师接受赞美时，是否不得不抛掉权威和影响力，甚至变得有点可悲，才可能听到诚恳的赞语？

"那侏儒躲到哪儿去了？"他说。

他这么说，有点想要转变话题，好像一位权威人士尽管很高兴听到阿谀谄媚，却隐约觉得有些不妥。

"尽管您是熟谙波斯传说和风格的伟大大师，但您更创造出了一个独一无二的绘画世界，彰显奥斯曼帝国的光荣与力量。"

我耳语道，"是您，用艺术呈现出了奥斯曼帝国宝剑的力量、奥斯曼帝国伟业的光明色彩、对器物发明的热忱与投注，以及安逸自由的生活方式。我亲爱的大师，能与您一同欣赏这些著名前辈大师的经典杰作，是我毕生的光荣……"

我继续这样轻声赞美了很久。置身于恍若废弃战场的宝库，处于冰冷的黑暗与拥挤的混乱中，我们的身体靠得如此之近，使得我的耳语变成了某种亲昵的情感流露。

慢慢地，正如某些盲人控制不了自己的脸部表情，奥斯曼大师的眼睛也不自觉地露出了老人的喜悦。我滔滔不绝地赞美年老的大师，一会儿洋溢着真心诚意，一会儿又忍不住内心对瞎子的厌恶，反感得直打哆嗦。

他伸出冰冷的手指抓住我的手，抚摸我的前臂，轻触我的脸。他的力量和衰老透过指尖传到了我的身上。再一次，我想起了在家里等着我的谢库瑞。

我们就这样待了许久，面前散布着敞开的书页。我滔滔不绝的赞美和他的自负自怜似乎弄得我们精疲力竭，以至于我们不得不稍事休息。渐渐地，我们都感到了有些尴尬。

"那侏儒跑哪儿去了？"他又问了一遍。

我确信狡猾的侏儒正躲在某个暗处观察我们。我转动肩膀，装出左顾右盼地寻找他的样子，但眼睛仍牢牢地盯着奥斯曼大师的眼睛。他是真的瞎了吗？或者只是努力想说服全世界，包括他自己，他真的瞎了？我曾听说设拉子有一些天分不足、能力不够的年迈大师，老年后佯装失明，借以激起人们的尊敬，避免别人提及他们的失败。

"我真想死在这里。"他说。

"我亲爱的大师，我伟大的阁下，"我奉承他，"当今的世风，重视的不是绘画的内容，而是它能带来的金钱；推崇的不是前辈大师，而是模仿法兰克风格的画家。身处于这样的时代，您会有如此想法，我完全理解，更感到热泪盈眶。然而，您也有责任保护您的细密画师们不受敌人的迫害。请告诉我，透过'侍女法'，您得出了什么结论？那匹马是哪一位细密画家画的？"

"橄榄。"

他回答得如此轻描淡写，我甚至都没有感到惊讶。

他沉默了一会儿。

"但我也同样肯定，橄榄并没有谋杀你的姨父或不幸的高雅先生。"他平静地说，"我之所以相信那匹马是橄榄的作品，是因为他最服膺前辈大师，最熟知赫拉特的传统与风格，而且他的师学家世可以溯源至撒马尔罕。我知道你不会问我：'为什么在橄榄过去多年的画作中，我们都没有发现同样的裂鼻马？'我先前已经解释过，因为有时候某种技巧——飞鸟的翅膀、树叶悬附在枝丫的模样——会被保存在记忆中，世代相传，从大师传给学徒。但艺术家不见得会在画中采用这个技巧，因为他将受到各种影响，像是某位脾气暴躁、态度严厉的大师，某间画坊的特殊品位，或是某位苏丹的个人喜好。因此，这匹马，是亲爱的橄榄年幼时直接师承波斯大师，并且从来不曾遗忘的形象。它之所以碰巧出现在姨父的书中，是安拉为我设下的一个残酷诡计。难道我们模仿赫拉特前辈大师模仿得还不够吗？对土库曼的细密画家而言，一想到美丽的女子，就一定要有中国人的容貌特征；同样地，对我们而言，提起绘制精良的图画，我们不也只会想到赫拉特的经典杰作吗？我们全都是赫拉特忠心耿耿的仰慕者。所有伟大的艺术，都孕育自贝赫扎德影响下的赫拉特，而这样的赫拉特，则是根基于蒙古骑士与中国人。紧随赫拉特传奇大师脚步的橄榄，有什么理由要谋杀比他跟得更紧甚至是盲目崇拜古典风格的高雅先生呢？"

"那么是谁？"我说，"是蝴蝶吗？"

"鹳鸟！"他说，"心底深处这么告诉我，因为我深知他的贪婪与愤世嫉俗。听着，事情很可能是这样的：当可怜的高雅先生替你的姨父镀金时，发现姨父愚蠢而拙劣地模仿法兰克技法，开始相信这项工作可能很危险。一方面，他笨到听信了愚蠢的埃尔祖鲁姆传道士的胡说八道——很遗憾，尽管镀金师比画师更接近真主，但他们实在又笨又无趣，而另一方面，他明白你的傻瓜姨父正在编辑的书，是苏丹的重要计划。两者的矛盾，使得恐惧与疑虑在他内心冲击不定。他究竟该相信他的苏丹，还是埃尔祖鲁姆的传道士？倘若是从前，这不幸的孩子——我了解他就如自己的手背——一定会来找我，向我吐露啃噬自己良心的两难困境。然而，就连呆头鹅的他也非常清楚，替你的姨父镀金、模拟法兰克人这些行为，等于背叛了我和画坊。因此，他只好寻求另外一个人。他向狡诈且野心勃勃的鹳鸟吐露了心中的秘密，结果犯了一个错：由于他很仰慕鹳鸟的才华，竟错误地让自己臣服于鹳鸟的智慧和道德观之下。我曾经见过很多次鹳鸟利用高雅先生对他的钦慕之情，任意摆布这位可怜的镀金师。结果他们之间发生了某种争执，导致高雅先生死在了鹳鸟之手。因为高雅先生在此之前就已向埃尔祖鲁姆教徒们透露了心中的恐惧，于是基于复仇雪恨的冲动及展示力量的目的，他们出手杀死了你那崇拜法兰克风格的姨父，认为他是害死他们同胞的罪魁祸首。我不敢说自己绝无幸灾乐祸的心态。多年前，你的姨父哄骗苏丹陛下，找来一位威尼斯画家，名叫塞巴斯提亚诺，命令他以法兰克风格为皇上画了一幅肖像，把陛下当成了异教国王。如此尚不满足，为了羞辱我的尊严，他派人把这幅可耻的肖像送来给我，要我依此复制。基于对苏丹陛下的敬畏，我不得不羞耻万分地用异教徒的技法复制了这幅画。若不曾被迫做了那件事，今天或许我还能为你的姨父哀悼，并且积极找出杀死他的败类。然而，我关心的不是你的姨父，而是我的画坊。我的细密画师——我爱他们胜过自己的儿子，呵护溺爱，训练了他们整整二十五年——由于你姨父的缘故，他们不仅背叛了我，也背叛了整个艺术传统。他们热切地模仿法兰克大师，理直气壮地宣称'这是苏丹陛下的旨意'。这群寡廉鲜耻的画师，每一个都应该押去接受拷打折磨！如果我们，细密画家群体，都明了首要服从的是自己的才华和艺术，而非提供我们金钱和工作的苏丹陛下，那么我们早就得以进入天堂之门了。现在，我想要独自看这本书。"

奥斯曼大师说出了这段最后的声明，像是一位绝望而虚弱的帕夏，因为战败即将面临斩首，行刑前吐露心中最后的遗志。他打开杰兹米老爷摆在他面前的书册，开始用斥责的声音命令侏儒替他翻到他想要看的那一页。严峻的指控语气，让他霎时又变回了全画坊都熟悉的画坊总监。

我远远地退到了一个角落，挤在珍珠镶绣的枕头、枪托以珠宝镶嵌而子弹已生锈的火枪和大小橱柜之间，从那里观察着奥斯曼大师。不停啮噬我的疑惑此时已蔓延至全身上下：我越来越觉得很有可能就是奥斯曼大师精心安排手下，谋杀了可怜的高雅先生，以及，接着谋杀了我的姨父，目的就为了要终止苏丹陛下这本书籍的编纂，为此我痛斥自己刚才居然对他产生了敬畏之感。但另一方面，望着他此时全心投入面前的图画，不管失明还是半失明，带着满脸的皱纹认真检视它，我忍不住对这位伟大的大师怀抱深深的敬意。我逐渐领悟到了一个事实，为了保存旧有的风格及细密画坊的体制，为了摆脱姨父的书，为了再一次成为苏丹的唯一宠幸，他将不惜放弃任何一位细密画大师，包括我在内，把我们交付给皇家侍卫队的行刑官。我努力地运用我的想象力来甩掉过去两天来对他产生的敬爱。

但许久之后，我依然理不出半点头绪。为了平抚心里激荡不止的恶魔，转移脑中犹豫不决的邪灵，我从箱笼里随便抽出几本书卷，漫无目标地翻看了一会儿彩绘的书页。

有多少男男女女把手指放在了嘴里！两百多年来，从撒马尔罕到巴格达，每一间画坊都用这个动作表示惊讶：英雄凯·霍斯陆被敌人围堵在河边后，靠着自己的黑战驹与安拉之助，安全横越了汹涌的阿姆河，这时，当初拒绝以木筏载他渡河的可恶船夫们，全都吃惊地把手指放进了自己的嘴里。霍斯陆第一次看见美人席琳时，她正沐浴在一度波光粼粼而如今银箔已斑驳褪色的湖水里，雪白的肌肤映着月光，他惊诧得拿不开嘴里的指头。我甚至花了更多的时间，端详后宫的绝色佳丽，她们躲在半掩的宫殿门后，站在遥不可及的塔楼窗口，隔着帘幕往外窥探，每个人都用手指堵住了嘴巴。败给波斯军队而失去王位的帖扎夫准备逃离战场时，他的后宫宠妃，绝世美女艾丝琵奴，站在宫殿窗口震惊而凄怆地望着他，手指放在嘴里，用眼神乞求他不要遗弃她，不要把她留给敌军摆布。当优素福因为佐列哈的强奸诬告被捕下狱时，她站在窗边观望，一只手指放进了迷人的小口，显现出她的奸邪与肉欲，而非慌乱迷惑。一对仿佛出自情诗场景、快乐但面色忧愁的爱侣，在一座恍若天堂的花园谈情说爱、纵情美酒，然而此时却有一个阴险的婢女在一旁偷窥他们，嫉妒地把手指放入了殷红的嘴里。

尽管笔记本里如此记载，每一位细密画家也都熟记这只不过是代表吃惊的标准动作，然而，一只纤长的手指滑入一位美女口中，这样的画面在每一幅画中各有不同，也都带有不同的美感。

这些图画能带给他多少抚慰？黄昏降临之后，我走到奥斯曼大师面前，对他说：

"我亲爱的大师，等大门再次打开时，我希望您准许我离开宝库。"

"怎么啦？"他说，"我们还有一个晚上和一个上午。面对举世闻名的伟大绘画，你的眼睛居然这么快就满足了！"

他说话时，脸仍然朝着前方的书页，然而瞳孔中的一片浊白，这证明他的眼睛确实正在慢慢地变瞎。

"我们已经知道马鼻孔的秘密了。"我自信地说。

"哈！"他说，"没错！剩下的事就交给苏丹陛下和财务大臣了。或许他们会赦免我们大家。"

他准备宣布鹳鸟为凶手吗？我甚至不敢问，怕他不准我离开。更可怕的是，我时不时地觉得他很可能会指控我。

"贝赫扎德拿来刺瞎自己的帽针不见了。"他说。

"大概是侏儒拿去放回原位了。"我说，"您面前的图画真是华丽极了！"

他的脸像个孩子般亮了起来，微微一笑。"为爱痴狂的霍斯陆，半夜来到席琳的别墅前，骑在马背上等待她。"他说，"赫拉特前辈大师的风格。"

此时他凝视着图画，仿佛真的看得见，但他手上甚至没有拿放大镜。

"你有没有看见，夜晚黑暗中的耀眼树叶，一片片好像星星或花朵般绽放色彩？你有没有注意到，墙壁纹饰内含的谦卑耐心、精致纤巧的金箔镀色，以及整张画面构图的微妙平衡？霍斯陆的英挺骏马如女人般优雅高贵。他挚爱的席琳在他上方的窗口低垂着脖子，但脸上充满着骄傲。这对恋人仿佛将永远停驻于此，画中的质感、皮肤和细密画家深情涂染的微妙色彩，散发出一道光芒，笼罩住了他们。你可以看见，他们的脸略微转向彼此，身体却半转向我们。因为他们知道自己身处画中，正被观者欣赏。这就是为什么他们无需类似我们周遭所见的人物。相反地，他们试着证明自己是来源于安拉的记忆。这就是为什么在图画中，时间停止了。无论图画中的故事进行得多快，他们将永远停留在那里，永恒不朽。就像一位有教养、有礼貌的害羞少女，默默地一动不动，没有突然挥手、比画、扭身或眨眼。和他们一起，周围的一切都已凝结在了深蓝色的夜里：鸟儿衬着点点繁星，飞翔在黑暗之中，像是恋人狂跳的心脏一样扑扇着翅膀；同时，在这无与伦比的瞬间，它们像是被钉入了天空，就此直至永远。赫拉特的前辈大师们明白，当真主的丝绒黑暗像帘幕一样覆盖上他们的眼睛时，如果一动不动地凝视如此完美的图画，日日夜夜，直到彻底失明，他们的灵魂最后将会融入画中的永恒不朽。"

到了昏礼时分，经过同样的烦琐手续，在同一群司役的注视下，宝库大门再度打开，奥斯曼大师却仍专注地瞪着面前的图画，瞪着悬浮在天空中静止不动的飞鸟。然而，如果仔细看他瞳孔里的一片白茫，将发现他瞪着书页的方式有点奇特，就像一个盲人在吃饭的时候，有时会无法对准面前的饭盘。

由于宝库司役官得知奥斯曼大师将滞留不出，而杰兹米老爷会守在门口，因此他们只对我草草搜了身，没有发现我藏在内衣里的帽针。出了皇宫庭院，来到伊斯坦布尔的街道后，我溜进一条巷子，从内衣里拿出伟大的贝赫扎德用来刺瞎自己的恐怖物品，把它塞入了腰带间。我拔腿奔跑在了街道上。

宝库里的寒意钻透了我的骨头，久久不散，以至于此刻走在户外，以为温暖的早春已经提前降临到城市街巷。我走入埃斯奇罕市集，走过一间间正在打烊的杂货店、理发店、药草店、蔬果店和木柴店。我放慢了脚步，望着温暖的商店，仔细检视昏黄油灯下的木桶、布匹、红萝卜和大小瓶罐。

离开两天后再度归来，我姨父的街道（我仍说不出"谢库瑞的街道"，更别提"我的街道"了）看起来更为陌生而遥远。虽然如此，想到能够平安快乐地重回谢库瑞身边，想到今天晚上能够与我的恋人同床共枕——既然凶手几乎算是抓到了——让我感觉世界如此温暖亲切，因此看见石榴树和紧闭的新百叶窗时，好像农夫朝对岸的人喊叫那样，我差点大声喊了出来，但我克制住了自己。因为稍后一见到谢库瑞，我想说的第一句话就是："我们知道谁是可恶的凶手了！"

我打开庭院大门。或许因为大门的吱呀声，或许是麻雀从汲水桶饮水的悠游自在，又或许是屋子里的一片黑暗，总之，独居十二年的经验给了我一种野狼般的敏锐，我立刻察觉家里没有人。尽管苦涩地明白自己被独自遗弃在了这里，但人往往仍然会打开又关上每一扇门、每一个橱柜，甚至掀开锅盖看一看。我也这么做了，甚至还检查了每一只箱笼。

　　一片死寂中，我只听见了自己的心脏在一个劲地狂跳。就像一个封刀挂剑的老人一样，我从最隐蔽的箱子中翻出了我深藏的宝剑。当我猛然佩上剑时，立刻冷静了下来。这把象牙柄的长剑，在我执笔为生的岁月里，总是为我带来内心的安稳与心理的平衡（也使我走起路来都能保持躯体的平衡）。书本，我们总误以为它能带给我们安慰，其实，它只是为我们添加了一种深沉。

　　我下楼走进庭院。麻雀已经飞走了。仿佛抛弃一艘缓缓下沉的破船，我头也不回地离开屋子，让逐渐迫近的黑暗与寂静将之吞没。

　　我的心，此时镇定了许多，告诉我快跑去找他们。我跑了起来。但当我在拥挤的地方想要抄近路而跑过清真寺庭院时，一群野狗以为遇到了什么好玩的事，开心地尾随在了我的身后。当野狗越来越多的时候，我也不得不放慢了脚步。

53. 我是艾斯特

正当我把扁豆汤放到炉火上准备煮晚餐时，听见奈辛说："门口有客人。"我回答："看好，别让汤糊底了。"我把汤勺递给了他，然后抓着他苍老的手引导他往锅子里搅了几下。如果你不做给他看，他会拿着汤勺站在那里呆愣好几个小时。

我看见黑站在门口，一时间心中对他充满了怜悯。他脸上吓人的表情让我根本不敢问他发生了什么事。

"你不用进来了，"我说，"我换件衣服就来。"

我换上平常参加斋戒月庆典、吃喜酒、大请客时穿的一套黄色和桃红色相间的外出服，然后拎起我的节日小布包。"我回来的时候要喝汤的。"我对可怜的奈辛说。

小犹太社区里，家家户户的烟囱正费力地喷出烟雾，好像水壶用力吐着蒸汽。黑和我刚走过一条马路，我就对他说："听说谢库瑞的前夫回来了。"

黑沉默不语，一直到我们走出这个社区前，他都没有开口说话。他的面色死灰，就像那即将到来的黄昏一样。

"他们在哪里？"好一会儿后他问。

听他这么问，我才明白谢库瑞和她的孩子不在家。"他们在他们家里。"我说。我指的是谢库瑞以前的家,但话一出口,马上晓得这么说会刺伤黑的心,于是又在句子后头加了"有可能"三个字,留给他一点点希望。

"你见到她刚回来的丈夫了吗?"他问我,紧紧地盯着我的眼睛。

"我还没见到他,也没亲眼看到谢库瑞离开家。"

"你怎么知道他们走了?"

"从你的脸上看得出来。"

"告诉我每一件事。"他坚决地说。

心烦意乱的黑忘了一点,如果艾斯特还想继续当原来的艾斯特,帮那些眼睛盯着窗户、耳朵听着路上的无数做梦少女寻找丈夫,轻松地敲响无数痛苦家庭的大门,那么她绝不会说出"每一件事"。

"我听说的是,"我说,"谢库瑞前夫的弟弟哈桑,到你们家里去了,"——听到我说"你们家",我看到他很满意——"他告诉谢夫盖说,他父亲正在从战场回家的路上,大概下午就会抵达,如果到时候发现谢夫盖的母亲和弟弟不在家,他会非常伤心。谢夫盖把话传给了母亲,谢库瑞表现得很谨慎,但又作不了决定。快到下午的时候,谢夫盖溜出家门,和他的哈桑叔叔一起回到了他爷爷的身边。"

"你从哪里知道这些消息的?"

"谢库瑞难道没跟你说过,过去两年来哈桑千方百计要把她弄回他家吗?有一段时间哈桑还通过我传信给了谢库瑞。"

"她曾经回过信吗?"

"伊斯坦布尔各种女人我都见识过,"我骄傲地说,"从来没有一个人像谢库瑞这样，对她的家、她的丈夫和她的节操如此忠贞不渝。"

"可是，现在我是她的丈夫。"

他的声音带着一种典型男性的手足无措，让我很难过。无论谢库瑞到哪一边，另一边都会心碎的。

"哈桑写了一张纸条要我转交给谢库瑞。上面描述谢夫盖怎样回到家里等待父亲归来，又提到谢库瑞的婚礼不合法，谢夫盖多么不快乐，因为他不喜欢要当他新父亲的假父亲，打算留在那里不再回去。"

"谢库瑞怎么做了？"

"她和可怜的奥尔罕两个人等了你一整夜。"

"哈莉叶呢？"

"哈莉叶已经等待了好几年，想找机会对你美丽的妻子落井下石。为了这个目的，她才会投进你已故姨父的怀抱。哈桑得知谢库瑞独自在凶手和鬼魂的阴影下度过夜晚后，又派我送了另一封信。"

"他写了些什么？"

"感谢真主，这可怜的艾斯特不会读也不会写，因而每当愤怒的先生们和恼火的父亲们问起这个问题，她总是说：'我看不懂信，只看得懂美丽姑娘读信时的表情。'"

"你在谢库瑞脸上读出了什么？"

"无助。"

很长一段时间，我们彼此都没有开口。我看见一只猫头鹰栖息在一座小希腊教堂的圆顶上，等待着夜晚；挂着两条鼻涕的邻居小孩嘲笑我的衣服和布包；一条癞痢狗一边开心地搔痒，一边

462

蹦蹦跳跳走下柏树耸立的墓园，走向街道，去迎接黑夜的到来。

"走慢一点！"我朝黑喊，"我没办法像你那样上坡上得那么快。我提着这么一个包袱，你要带我上哪儿去？"

"在你带我到哈桑家之前，我要先带你去见几个慷慨而勇敢的年轻人，这么一来你就可以打开布包，向他们兜售碎花手帕、丝绸腰带和银线绣花钱包，叫他们买给自己的秘密情人。"

如此凄惨的状态下，黑仍说得出笑话，这是好事儿。然而我立刻看到，在他嬉笑的背后，蕴藏着何等样的严肃。"如果你打算召集人群，那么我绝不会带你去哈桑的家。"我说，"我怕死了争吵和打架。"

"假如你继续做一个平常那样的聪明艾斯特，"他说，"那就既不会有争吵，更不会有打架。"

我们穿过了阿克萨拉依，走上了一条直通朗加菜园的路。泥泞道路的上方是一片曾经辉煌过的街区，黑走进了一间尚未打烊的理发店。我看见他与理发师交谈，昏黄的油灯下，理发师正在给人理发，一个脸蛋白净的男孩正用细致的手举着油灯为理发师照明。没过多久，理发师与他的学徒加入了我们的行列；之后，在阿克萨拉依又有两个男人加入了进来。他们带着宝剑与斧头。来到谢赫乍德巴胥的一条巷子时，一位我怎么也想象不到会卷入这种暴力行动的神学院学生，也在黑暗中加入了我们，手里还拿着一把剑。

"你打算在光天化日之下闯入市中心的房子吗？"我说。

"不是光天化日，现在是晚上。"黑以一种很喜欢开玩笑的语气轻松地说。

"别因为你召集了这么一些人就那么过分地自信。"我说，

"千万别让禁卫步兵们看到一群武装暴徒在路上闲逛。"

"谁也不会看见。"

"昨天，一群埃尔祖鲁姆教徒先突袭了一家酒馆，接着又闯入了撒厄尔卡普的杰拉黑苦行僧修道院，在两个地方都是见人就打。一个老人头上挨了一棍之后就死了。乌漆抹黑的夜里，他们可能会以为你们是同一伙的。"

"我听说你去过已故高雅先生的家里，探望过他的妻子，真主保佑她，也见到了墨渍斑斑的马匹草图，之后你告诉了谢库瑞这件事。既然如此，你知道高雅先生与埃尔祖鲁姆传道士的忠实信徒们，是不是走得很近？"

"我之所以去他家打探过高雅先生妻子的口风，是因为我认为或许到时候，这些消息能帮助我可怜的谢库瑞。"我说，"本来我去那里就是给她看佛兰芒商船最新运到的布匹，而不是想介入你们的法律政治事务，反正我愚钝的头脑也搞不懂。"

"艾斯特女士，你很聪明。"

"既然你说我很聪明，那么我也告诉你这一点：这些埃尔祖鲁姆传道士的忠实信徒还会更加狂怒，还会伤害更多人，你们还是小心点吧。"

当我们走进恰尔舍卡普后头的街道时，我害怕得心跳都加速了。天上的半月投下苍白的月光，照得栗子树和桑椹树上光秃秃、湿漉漉的树干闪烁发亮。邪灵与鬼魂吹出的一阵微风，吹皱了我布包上的荷叶花边，穿入树林引起一阵窸窣耳语，并带着我们一行人的气味，飘送到了路旁蜷伏着的野狗面前。一只接着一只，它们开始狂吠，这时我向黑指了指房子的所在。我们静静地瞪着黑暗的屋顶和百叶窗看了一会儿。黑安排手下包围了房子，各就各位：有人去了空旷的花园，有人负责庭院大门两侧，还有人躲进了屋后的无花果树后。

"大门入口那边有一个肮脏的鞑靼乞丐。"我说，"他是个瞎子，可是对这条马路上的来往行人一清二楚，甚至比这里的区长还熟。他成天搞怪捣蛋，就像苏丹的醒醒猴子一样。只要远远地扔个八九枚银币给他，他就会告诉你他所知道的一切。"

隔着一段距离，我望着黑递钱币给他，然后拔出长剑抵住乞丐的喉咙，逼问他。接着，我不知道事情是怎么发生的，总之，本来我以为只是在看守房子的理发师学徒，却开始用斧头的握柄猛捶鞑靼人。我观望了一会儿，以为一下子就会结束，可是鞑靼人却不停地哀号着。我跑上前去，把乞丐拉开到一旁，免得被他们给杀了。

"他诅咒我的母亲。"学徒说。

"他说哈桑不在家。"黑说，"我们能够相信这瞎子的话吗？"他递给我一张随手写下的纸条。"拿进屋里去，交给哈桑。如果他不在里面，就交给他的父亲。"他说。

"你没有写什么给谢库瑞吗？"收下纸条时，我问。

"如果我另外给她一张纸条，将会更激怒屋里的男人。"黑说，"告诉她，我已经找到杀她父亲的卑鄙凶手了。"

"真的吗？"

"告诉她就是了。"

鞑靼乞丐仍然又哭又号个不停，我呵斥了他一顿，让他安静了下来。"可别忘了我是为你才做的。"我说，忽然明白自己是在故意拖延，只因为不想离开这里。

我干吗来蹚这浑水？两年前有一个布贩在埃迪尔奈城门区被

杀——他们还先割掉了她的两只耳朵——因为她把说好要嫁给一个男人的姑娘嫁给了别人。祖母以前常告诫我，土耳其人经常不分青红皂白乱杀人。我真希望现在就能回家，和我最亲爱的奈辛一起喝扁豆汤。尽管我的双脚抗拒，但想到谢库瑞在屋里的情况不知如何，便朝屋子走去。好奇心也在啃噬着我的心。

"卖布的——！我有最新的中国丝绸，可以做漂亮的礼服。"

我察觉从百叶窗缝隙渗透而出的橘色光芒动了动。门开了。哈桑那好脾气的父亲请我进了屋。屋里像有钱人家一样很温暖。灯光下，谢库瑞与她的男孩们坐在一张矮餐桌旁，一看见我，她马上站起了身。

"谢库瑞，"我说，"你的丈夫来了。"

"哪一个？"

"新的那个。"我说，"他带着一群手拿武器的人包围了房子。他们已经准备好与哈桑一决生死。"

"哈桑不在家。"客气的公公说。

"太幸运了。你看看这张纸条吧。"我说，像一位苏丹的大使，高傲地下达君主的冷酷圣旨似的，把黑的纸条递给了他。

趁彬彬有礼的公公阅读纸条时，谢库瑞说："艾斯特，来吧，我替你盛碗扁豆汤暖暖身子。"

"我不喜欢扁豆汤。"起初我这么说。我不喜欢她说起话来像是很喜欢这个家似的样子。然而，当我明白她是想与我独处时，便抓起汤匙跟在了她的后面。

"告诉黑，全都是因为谢夫盖。"她低语道，"昨天晚上我一个人与奥尔罕一起等了一整夜，怕凶手，怕得要命。奥尔罕吓得抖了一整夜。我的孩子们分隔在了两地！什么样的母亲能够和自己的孩子分开？黑迟迟没有回来，我听他们说苏丹陛下的刽子手已经拷问出他的口供，他确实参与谋杀了我的父亲。"

"你父亲遇害时，黑不是和你在一起吗？"

"艾斯特，"她说，睁大一双美丽的黑眼睛，"求求你，帮帮我。"

"那么你得告诉我，为什么你要回到这里，让我明白以后，我才帮得了你。"

"你以为我很清楚自己为什么回来吗？"她说。她似乎强忍着眼泪。"黑对我可怜的谢夫盖很凶，"她说，"所以，听到哈桑说孩子们真正的父亲回来了，我就相信了他。"

然而从她的眼里，我知道她在撒谎，她也明白我分辨得出来。"我被哈桑耍了！"她悄声说。我察觉到她希望我从这句话里，推断出她爱着哈桑。可是，谢库瑞自己究竟明不明白，她之所以对哈桑愈来愈念念不忘，是因为她嫁给了黑？

门开了，哈莉叶端着香气诱人、刚出炉的面包走了进来。我可以从她一见到我就愤愤不悦的表情中看出，姨父大人死后，这可怜的东西——她不能被卖掉，也不能被遗弃——已经变成谢库瑞摆脱不掉的痛苦遗物。新鲜面包的芳香充满了整个房间，当谢库瑞回到孩子们身边时，在香气中我顿时领悟，事实的真相是谢库瑞为了孩子们必须面临抉择：不管是他们的生父、哈桑或黑，都不是她要找的、自己真心所爱的丈夫，她的难题是要找到一个能够爱两个男孩的父亲，真心深爱这两个天真无邪却又担心害怕的小男孩。谢库瑞已经准备好，用尽努力，去爱任何一位好丈夫。

"你用你的心在追寻自己想要的，"我不假思索地说，"然而你必须用头脑来作决定。"

"我现在就可以立刻带着孩子们回到黑身边。"她说，"可是我有几个条件！"她沉默了一会儿。"他必须善待谢夫盖和奥尔罕。他不可以因为我回到了这里而跟我算账。最重要的，他必须遵守我们当初的婚姻条件——他知道我指的是什么。昨天晚上他抛下我孤零零一个人，让我独自面对凶手、小偷、倒霉蛋和哈桑。"

"他还没找到杀害你父亲的凶手，但他叫我告诉你，他已经找到了。"

"我应该去找他吗？"

我还来不及回答，谢库瑞前任公公早已读完纸条。他说："告诉黑先生，我的儿子不在场，我负担不起把儿媳妇交出去的责任。"

"哪一个儿子？"我故意这么说，想装泼悍样，语气却很轻柔。

"哈桑。"他说。他是个老实人，所以红着脸说："听说我的大儿子正从波斯赶回来。有人可以作证。"

"哈桑上哪儿去了？"我问。我喝了两勺谢库瑞盛给我的汤。

"他去召集官税局的官员、脚夫和其他人。"他用幼稚的口吻说，正如一个不会说谎的正直木讷男人，"昨天发生了埃尔祖鲁姆教徒的事情后，今天晚上禁卫步兵也在街上巡逻。"

"我们没看到他们的人影。"我边说边走向大门，"你想说的就只有这些？"

我向公公问这个问题好吓唬他，但谢库瑞很清楚我其实是在问她。她的头脑真的是很昏乱呢，还是在隐瞒些什么？比如说，她是不是在等哈桑带着人手回来？很奇怪，我发觉我还很喜欢她的犹豫不决。

"我们不要黑。"谢夫盖大胆地说，"不要再来了，肥女人。"

"但是这么一来，谁会替你母亲带来她喜欢的花边桌布、花鸟刺绣手帕，还有你最喜欢的红色衬衫布料？"我说，把我的布包留在了房间中央，"在我回来之前，你可以把它打开来，随你喜欢拿出来看一看、穿一穿、改一改或缝一缝。"

当我离开时，心情很沉重。我从没见过谢库瑞眼中含过这么多泪水。我才刚适应外头的寒冷，黑就在泥泞的路上拦下了我，他手里握着剑。

"哈桑不在家。"我说，"或许他去市场买酒庆祝谢库瑞回家。或许就像他们说的那样，他很快会带着一群人回来。若是那样，你们就会爆发冲突，因为他是个疯狂的家伙，尤其是当他拿起他的红宝剑的时候。"

"谢库瑞说了些什么？"

"她公公说绝对不行，他不会交出他的儿媳妇。不过你不要担心他，你要担心的是谢库瑞。你的妻子非常困惑。如果你问我，我跟你说，她在父亲过世两天后逃到这里来，是因为害怕凶手，因为哈桑的恐吓，以及你突然不见踪影，毫无消息。她知道那间充满恐怖阴影的房子她再也不能待第二个晚上了。她还听说你参与了谋杀她的父亲……不过她的第一任丈夫并没有回来。是谢夫盖，似乎还有她的公公，相信了哈桑的谎言。谢库瑞想回到你身边，但有几个条件。"

我直视着黑的眼睛，列数了她的条件。他当场接受了，毕恭毕敬的态度仿佛对一位真正的外交使节说话一样。

"我呢，也有一个条件。"我说，"我准备再回到那间屋子。"我指了指窗户的木窗框，公公就坐在窗户后面。"等一下从这里和前门攻击。时机到了我会大声尖叫，暗示你们住手。如果哈桑回来的话，别犹豫，直接攻击他。"

我的话，当然，丝毫不像一位尽量避免冲突的大使会说的。我知道自己有点演过头了，但是我不管。这一回，我刚大叫一声："卖布的！"门就开了。我直接走向公公。

"整个邻里，以及治理这几个区的法官，也就是每一个人，都知道谢库瑞早已离婚，并且遵循《古兰经》的戒律已经再嫁。"我说，"就算你早已过世的儿子再度复活，并且在先知穆萨的带领下从天堂返回家来，也没用，因为他和谢库瑞已经离婚了。你们绑架了一位已婚妇女，违反她的意愿把她关在了这里。黑要我转告你，他和他的手下会在法官插手之前，先要你们为此罪行接受惩罚。"

"那么他将犯下严重的错误。"公公不温不火地说，"我们根本没有绑架谢库瑞！我是这几个孩子的祖父，赞美真主。哈桑是他们的叔叔。当谢库瑞一个人被丢下时，除了来这里寻求庇护，她还能上哪儿去？如果她想要，大可以现在就带着孩子离开。可是永远别忘了，这是她自己的家，她曾在这里生儿育女，快乐地抚养孩子长大。"

"谢库瑞，"我鲁莽地问，"你想回你父亲的家吗？"

听见"快乐的家庭"这句话，她哭了起来。"我没有父亲。"她说，还是我以为她这么说了？她的孩子们先是抱住了她的腿，然后拉她坐了下来，搂着她。他们三个人抱成一团，相拥而泣。然而艾斯特可不是白痴：我非常清楚谢库瑞哭泣的目的是为了安抚双方，并且逃避自己作决定。但我也知道这是真诚的眼泪，因为我也被感动得哭了起来。过了一会儿，我注意到哈莉叶，那条狡猾的蛇，也在哭。

就在这时，好像要处罚屋子里唯一没哭的绿眼睛公公一样，黑和他的手下开始朝房子进攻，用力撞击门窗。两个男人对准前门狂敲猛踹，乒乒乓乓的巨响像大炮一样传遍了整间屋子。

"你是一个成熟稳重的男人，"我的眼泪鼓励我说，"打开大门，告诉外头那群发疯的野狗，谢库瑞要出去了。"

"换了是你，你会把一个孤苦无依、逃到你家寻求庇护的弱女子，更别说是你的儿媳妇，丢到马路上给那群野狗吗？"

"是她自己想要走的。"我说。我拿出一条紫手帕擤鼻涕，哭太久鼻子塞住了。

"如果是这样，那么她可以自己打开门离开。"他说。

我在谢库瑞与孩子们身旁坐下。一声接着一声吓人的撞门巨响，反而给他们以借口流下更多的眼泪。孩子们愈哭愈大声，使谢库瑞哭得更加悲切，我也一样。尽管外头的恐吓叫嚣愈来愈凶，尽管门上砰砰作响的撞击几乎要拆了房子，但我们两人都明白，哭泣是为了争取时间。

"我美丽的谢库瑞，"我说，"你的公公给了你许可，而你的丈夫黑也接受了你所有的条件，正深情地等着你回去。你在这个家里已经没有任何事了。披上你的斗篷，戴好你的面纱，带着你的物品和你的孩子，打开大门，让我们安静地回你家去。"

听见我的话，孩子们哭得更凶了，谢库瑞则睁开惊恐的大眼。

"我怕哈桑。"她说，"他一定会用可怕的手段报复，他是个凶暴的人。别忘了，我可是自愿来这里的。"

"这并不能结束你新的婚姻啊。"我说，"你被丢下来无依无靠，当然会找个地方寻求保护。你丈夫已经原谅你了，他也准备好要带你回去。至于哈桑，我们可以照这些年的老方法应付他。"我微微一笑。

"可是，我不要去开门。"她说，"因为这么一来，就表示我是自愿回到他身边。"

"我最亲爱的谢库瑞，我也不能开门。"我说，"你和我同样明白，如果我打开门，就表示我干涉了你们的家务事，我会因此遭受严厉的报复。"

她的眼神告诉我她懂。"那么，大家都不要开门。"她说，"我们就等着他们把门撞破，然后强行把我们带走。"

我马上明白，对于谢库瑞和她的孩子而言，这将是最好的选择，但我很害怕。"可是，那表示一定会流血。"我说，"如果不找法官解决这件事，就会发生流血事件，而一场血仇可是多年都还不清啊。一个有尊严的男人，绝对不可能眼睁睁看着自己的房子被人破门而入，居住在屋子里的女人被人强行绑架，他绝不会就此罢手的。"

谢库瑞没有回答，只是紧紧地抱着她的两个男孩，撕心裂肺地痛哭着。我忽然再次后悔地发现这位谢库瑞原来是如此虚伪狡猾。耳边一个声音叫我别管了，走吧，但是我也已经没办法靠近那快被他们撞烂的门了。事实上，无论他们究竟是否会撞破大门闯进屋内，我都很害怕，不晓得接下来将发生什么事。我心里想，黑的手下，由于他们信赖我，或许会担心自己做得太过火，因而随时可能住手，但这一来，将使得她公公大胆起来。当他走到谢库瑞身旁时，我知道他在假哭；然而更糟的是，他居然全身颤抖，显然不是装的。

我跨步走向大门，用尽全力尖叫："住手！够了！"

屋外的行动和屋内的哭号瞬间中断。

"孩子他妈，叫奥尔罕把门打开。"我灵机一动，用甜美的语气，好像对着男孩说话，"他想回家，谁也不会怪罪他。"

我嘴里的话几乎还没有说完，奥尔罕已经从母亲松开的手臂间溜了出来，以一种在这里居住多年的熟练姿态，拉开门闩，抬起木条，解开扣锁，然后往后退了两步。大门懒洋洋地滑开，外头的寒意涌入了室内。四周一片鸦雀无声，远处一条懒狗的吠叫清晰地传入每个人耳中。谢库瑞亲吻了返回她怀里的奥尔罕，谢夫盖则说："我要去告诉哈桑叔叔。"

我看见谢库瑞站起身，收拾包袱拿起斗篷，准备离开。我实在松了一大口气，差点忍不住笑出声来。我坐回桌子旁，又喝了两勺扁豆汤。

黑很明智，他没有朝屋子大门靠近。后来，当谢夫盖把自己锁进亡父的房间时，尽管我们拜托黑帮忙，他都没过来，也没让他的手下过来。最后谢库瑞同意让谢夫盖带走哈桑叔叔的红宝石柄匕首，这男孩才愿意跟随我们离开了房屋。

"你们要小心哈桑和他的红宝剑。"公公的话里带着真诚的担忧，而不是挫败和报复的口气。他亲吻两个孙子，吻了吻他们的脑袋。他也对谢库瑞耳语了几句。

看见谢库瑞最后一次望向屋子的大门、墙壁和炉火，我再度想起在这间屋子里，她曾经与第一任丈夫度过生命中最快乐的时光。然而，她是否也分辨得出，同样一间屋子，如今只是两个悲惨寂寞男人的避难所，弥漫着死亡的气息？回来的路上我一直没有跟在她身边，因为她着实已经伤透了我的心。

我们一行人，两个无父的孩子和三个女人——一个仆人、一

473

个犹太人和一个寡妇——紧紧拥在一起，并不是因为夜晚又冷又黑，而是因为身处陌生而难以通行的街巷，以及心中对哈桑的恐惧。我们拥挤的队伍在黑等人的保护下，像一列运载宝物的驼马队，为了避开守卫、禁卫步兵、难缠的地痞流氓、小偷或哈桑，特意穿越偏僻荒凉的道路和街巷，专走人烟稀少的地方。偶尔，四周黑得伸手不见五指，我们只能摸索前行，一路上蹭着墙互相碰碰撞撞。我们彼此紧拉着行走，满怀恐惧，总觉得各种活死人、邪灵和恶魔随时可能从地底窜出，把我们吞入黑夜。在我们伸手盲目摸索前行的同时，从墙壁和紧闭的百叶窗后面，传来人们在寒冷夜晚的咳嗽与鼾声，以及马厩里牲口低低的嘶叫声。

就连艾斯特，这个走遍了伊斯坦布尔大街小巷、对所有最穷最乱的地区——那是指除了移居者和各种牛鬼蛇神聚集的地区之外——也毫不陌生的人，此刻，当走上这些迂回蜿蜒、只通向无穷无尽黑暗的道路时，偶尔也觉得我们可能会消失在这路途上。不过，我仍然分辨得出某些街角我曾在白天提着布包耐心走过。比如说，我认得裁缝总管街两旁的墙、从努汝拉赫教长寓所隔壁的马厩里飘出的刺鼻肥料气味——很奇怪总让我联想到肉桂——魔术师街旁的火灾废墟、猎鹰人通道，以及广场上的盲人教士喷泉。这么一来，我知道我们根本不是朝谢库瑞亡父的家走去，而是前往另一个神秘的目的地。

没有人说得准如果哈桑发火了，会做出什么事，所以我明白黑已经找好另一个地方藏匿他的家人，避免他找上门——也避免杀人恶魔找上门。要是我猜得出那个地方在哪儿的话，现在就会告诉你们，明天早上也会告诉哈桑的——不是因为存心不良，而是我深信谢库瑞还会想要哈桑的追求。不过，聪明的黑，再也不信任我了。

正当我们沿着奴隶市场后面一条暗巷行走时，街道遥远的尽头突然出现了一阵尖叫、哭号的骚乱。我们听见一团混乱的声音，恐惧中，我辨认出了开始打斗的嘈杂噪音：棍棒齐飞、剑斧碰撞，以及痛楚的惨叫。

黑把自己的长剑交给了一位最信赖的手下，夺下谢夫盖手里的匕首，使得男孩哭了起来；接着他叫理发师学徒与另外两个手下，把谢库瑞、哈莉叶与孩子们带走了。他告诉我说，神学院的学生会抄近道护送我回家；也就是说，他不让我和其他人待在一起。这是一次偶然呢，还是他们想把藏身之处巧妙地对我保密呢？

在我们不得不走过的这条窄巷底有一间店铺，我知道它是一家咖啡馆。也许打斗才开始没多久就结束了。一群人一面叫嚣，一面在咖啡馆进进出出。起初我以为他们在抢劫，然而，不，他们打算拆了这家咖啡馆。在旁观者手中火炬的光芒下，他们小心翼翼地搬出所有陶杯、铜罐、玻璃杯和矮桌，然后在我们面前把它们全部砸烂，以示警告。他们对一个试图阻止的男人拳打脚踢，不过最终他逃掉了。开始的时候，我以为这些人的目标只是咖啡而已，毕竟他们自己是这么讲的。他们谴责它带来了不良的影响，伤害了人们的视力和肠胃，蒙蔽了人们的智识，诱使人们丧失信仰，更是法兰克人传来的毒药。不仅如此，他们还说，当装扮成美女的撒旦为他端来咖啡时，崇高的穆罕默德拒绝了。眼前的暴动就好像在上演一个晚上的道德教化剧，如果到时候真的回得了家，我想大概会好好骂奈辛一顿，警告他别再喝太多那种毒药。

由于附近有许多出租房舍和廉价客栈，很快就聚集了一群好奇的民众，里面有地痞无赖、流浪汉，以及违法潜入城市的人渣，他们的围观更加激励了那群咖啡的仇敌。这时我才明白，原来那群人是埃尔祖鲁姆传道士努斯莱特教长的信徒。他们企图扫荡伊斯坦布尔每一间酒店、娼寮和咖啡馆，并且严加惩罚所有叛离先知正道的人，比如那些以举行苦行僧仪式作为借口，其实根本是在弹奏音乐跳肚皮舞的人。这群宗教狂热分子唾骂所有危害宗教的敌人，像那些与魔鬼串通的人、异教徒、不信教者和画画的人。我突然想起，就是这间咖啡馆，听说里面的墙壁上挂了图画，说书人老是诽谤宗教和埃尔祖鲁姆的教长，下流无耻的闲扯满天飞。

　　一位脸上溅满血渍的咖啡馆学徒从屋里逃出，我本来以为他就要倒下，没想到他却用袖口擦掉了前额和脸颊的血迹，混入我们这群人里面，看起了热闹。害怕的人群稍微往后退了一点。我注意到黑认出了某个人，并迟疑了一下。这时四散的埃尔祖鲁姆众信徒开始重新集结，照他们的样子看来，显然禁卫步兵或某个携带棍棒的团伙正往这边赶来。人们把火炬熄了，人群一下子乱成了一团。

　　黑抓住我的手臂，叫神学院的学生带我离开。"走小巷。"他说，"他会护送你回家。"神学院的学生也早已急着想溜了，我们几乎是跑着离开的。尽管满脑子替黑担心，可是，既然现在艾斯特已经被迫退场，她就不可能再继续跟你们把故事讲下去了，不是吗？

54. 我是一个女人

有人说："我亲爱的说书人先生，你或许能够模仿任何人或任何东西，但绝对不可能是女人！"然而我可不同意。没错，我流浪过一座又一座城市，在婚礼、节庆和咖啡馆模仿各种角色，从傍晚开始一直到喉咙沙哑，也因此从来没有机会结婚，但是，这并不表示我不熟悉女人。

我可是很懂女人的，事实上，我本人就认识四位，不仅看过她们的脸，也跟她们说过话。她们是：

（一）我母亲，愿她永恒安息；（二）我挚爱的姨妈；（三）我哥哥（他总是打我）的妻子（她是我初恋的女人。有一次机会难得地见到她，结果我哥哥叫我"滚！"）；以及（四）当我在科尼亚旅行时，在一扇窗口陡然瞥见的一位女子。虽然从未与她交谈，但多年来我对她满怀欲望，直到今天依然不变。说不定，她已经过世了。

看见一个女人裸露的脸蛋、与她交谈、感受她的温柔慈爱，为我们男人开启了欲望的折磨与心灵的痛苦。因此，为了避免这样的后果，最好的方法是遵照我们高贵信仰的训诫，根本不要看女人，尤其是漂亮女人，除非你已经正式结了婚。肉体欲望的唯一解药是寻求俊美男孩的友谊，他们是女人的极佳替代品，而且等时间久了，这也会变成一种甜蜜的习惯。在欧洲法兰克人的城市，女人不仅在街上抛头露面，还会展示她们闪闪发亮的秀发（飘扬在她们诱人的颈子后面）、她们的手臂、她们美丽的喉咙，甚至，如果传言是真的，她们还露出一小段迷人的小腿。结果是，那些城市里的男人走起路来相当艰辛、尴尬，并且极度痛苦。因为，是这样的，他们的前面老是硬邦邦的，如此的后果自然而然导致整个社会瘫痪。毫无疑问，这就是为什么法兰克异教徒每天都能把一座新堡垒输给我们奥斯曼人。

当我还是刚步入青春期的时候，就已经明白了，促成心灵快乐与满足的最佳配方，便是远离美丽的女人；明白这一点之后，我反而对女人益发感到好奇。那时，由于除了自己的母亲和姨妈之外没见过别的女人，我的好奇心充满神秘的色彩，让我的脑袋隐隐作痛。我明白若要了解女人的感受，除非学着做她们所做的事，吃她们所吃的食物，说她们所说的话，模仿她们的举止，以及，是的，除非我穿上她们的衣服。于是，某个星期五，当我的母亲、父亲、哥哥和姑姑前往法赫莱恩格海边祖父的玫瑰花园时，我告诉他们身体不舒服，要留在家里。

"跟着来吧。你可以看看乡下的狗、树和马，模仿它们来娱乐大家。况且，你一个人待在家里能干吗呢？"母亲说，愿她安息。

我总不可能回答说："亲爱的母亲，我打算换上你的长裙，装扮成女人。"因此我说："我肚子痛。"

"别那么没用，"父亲说，"来吧，我们可以摔跤。"

他们一离开，我立刻穿上如今已故的母亲和姨妈的衬衣与长裙。我的画家和书法家弟兄们，现在我要一五一十地向你们描述当初我换上女人衣服时的感觉，还有那一天我所学到的，身为一个女人的秘密。先容我坦白地澄清，不同于书本的记载和传道士的说法，当你打扮成一个女人的时候，相反地，并不觉得自己像魔鬼。

一点也不！当我套上母亲的玫瑰绣花羊毛内衣时，一股温柔的幸福感传遍了全身，我变得和她一样敏感。我姨妈自己从来不敢穿的开心果绿丝绸长衫，碰触着我裸露的皮肤时，我内心感到了一股对所有孩童——包括对我自己——难以抑制的关爱。我想要哺育每一个人，煮饭喂养全世界。这时的我想要知道拥有乳房的话会是一种什么感觉，于是我把所有找得到的东西——袜子和洗脸毛巾——塞进胸前，让自己能够明白一件着实好奇不已的事情：当一个波霸是什么感觉。当我看见自己胸前巨大的凸起时，是的，我承认，我骄傲得跟撒旦一样。当下我明白了，男人呀，只要瞥一眼我丰硕的乳房，就会追着它们跑，想尽办法只求把它们放进自己的嘴里。我觉得充满力量，然而，这是我想要的吗？我被搞糊涂了：我既想要充满力量，又想要让人怜惜我。我想要一位有钱有势有智慧、素未谋面的男人疯狂地爱上我；但同时我又惧怕这样的一个男人。我翻出母亲的嫁妆箱，从枝叶花纹刺绣的床单旁边、香味扑鼻的羊毛袜之间，找出她藏在箱底的黄金雕花手镯，把它们戴上了手腕。接着，我抹上她每次从澡堂回家用来红润脸颊的胭脂，穿上姨妈的翠绿斗篷，束拢头发，罩上同样翠绿色的薄面纱。我凝视着珍珠母贝镶框镜子中的自己，打了一个哆嗦。虽然没有妆点我的眼睛和睫毛，但它们已经变成女人的了。尽管只露出眼睛和脸颊，但我显然是一位非常妖媚动人的女人，这使我快乐极了。我的阳具，比我自己更早注意到面前的美女，挺了起来。自然，这使我感到很生气。

从手里的镜子中，我望着一颗泪珠滑落眼眸。突然间，我伤痛地忆起一首从不曾忘却的诗。就在这一刻，在万能真主的启发下，我用歌唱般的节奏吟出了这首诗，试图忘记心中的烦忧：

> 我善变的心啊，当我身处东方时，渴望西方；当我身处西方时，渴望东方。
>
> 我的身体啊，当我是男人时，想做女人；当我是女人时，想做男人。
>
> 身为人类何其困难，人类的生活更是无比艰辛。
>
> 我只希望能享受前面，也能享受后面；成为西方人，也成为东方人。

我原本想说："希望我们的埃尔祖鲁姆弟兄们不要听见这首发自我内心的歌。"因为他们一定会气坏的。可是，我为什么要害怕？或许他们压根儿不会生气。听着，我可不是因为爱讲闲话才说的，只不过，我听说那位有名的传道士，崇高的绝对不是胡斯莱特先生，虽然已经结了婚，但其实喜欢男孩胜过喜欢我们女人，就和你们这些敏感的画家一样。我只是把听说的转述给你们听。可是我一点也不在乎这件事情，因为除了觉得他很坏之外，他还好老喔。他的牙齿都掉光了，而且，听一些跟他熟稔的年轻男孩说，他的嘴巴臭得要死，请原谅我的用词，就像一头熊的屁股。

那么好吧，谣言先在此打住，让我回到眼前真正的重点：当我一看见自己如此美丽之后，再也不想洗衣服、洗碗或像个奴隶般上街抛头露面。贫穷、眼泪、哀愁、绝望地凝视镜中沮丧的影像，以及哭泣，是可怜的丑女人们的命运。我必须找到一个会把我捧在手心里的丈夫，然而，那个人会是谁呢？

这就是为什么我开始躲在窥孔后面，偷看先父以各种名义邀请来家里的帕夏与贵族的儿子。我希望我的处境类似那位樱桃小口、带着两个小孩、让所有细密画家为之迷恋的美人儿。或许我最好讲一段可怜的谢库瑞的故事给你们听，不过，等等，我已经答应过星期三晚上要说下面的故事：

一位受魔鬼怂恿的女人述说的爱情故事

其实很单纯。故事发生在凯梅尔于斯图，伊斯坦布尔一个比较贫穷的地区。当地有一位名声显赫的居民，瓦瑟夫帕夏的秘书却莱比·阿赫曼。这位洁身自爱的绅士已经结了婚，有两个小孩。有一天，他从一扇敞开的窗户瞥见一位黑发、黑眼、银白肌肤、高挑苗条的波斯尼亚美女，深陷情网，无法自拔。只可惜这女子已经嫁人，她忠心爱恋自己英俊的丈夫，对却莱比丝毫无兴趣。无缘的却莱比无法向任何人倾吐心中的苦闷，只是整日狂饮从希腊人那儿买来的酒，被情伤折磨得形销骨立。到最后，他再也无法向邻居们隐藏自己的痴情单恋。刚开始，由于邻居们羡慕这样的爱情故事，欣赏且敬重这位却莱比，因此赞赏他的痴情，偶尔开他一两个小玩笑，任由一切顺其自然。然而，却莱比压抑不住心中无可救药的哀伤，开始每天晚上喝得烂醉如泥，跑到银白肌肤的美女与丈夫快乐生活的家门口，坐在屋前的台阶上，像个孩子一样哭上好几个小时。终于，邻居们被他吓坏了。每天夜里，这位痴情男子哀伤痛哭时，他们不能打他赶他走，又想不出方法安慰他。这位有教养的却莱比，知道自己打扰了邻居，学会了把眼泪往肚里吞，不发泄出来干扰别人。尽管如此，他的绝望忧愁却逐渐感染了街坊邻里，成为众人的哀伤和忧愁。居民们失去了快乐的心情，而且，如同广场上郁郁溢流的饮水泉一样，却莱比自己也变成了悲伤的源泉。一开始传遍街头巷尾的牢骚抱怨，慢慢地变成了厄运的谣传，最后终究成为了某种不幸的宿命。有些人搬走了，有些人的事儿变得越来越不顺了，有些人因为失去了兴致，就再也无法继续原本的行业了。等邻居们全部搬走之后，有一天，失恋的却莱比也带着妻儿搬离了此地，只剩下银白肌肤的美女和丈夫两个人留了下来。这场因他们而起的悲剧，浇熄了两人之间的爱情烈焰，使得他们渐行渐远。尽管仍然共度余生，但是从此以后，他们再也没有感受到快乐。

我正要开口说我好喜欢这个故事，因为它提醒了我们爱情和女人都是陷阱，但是，哎哟，你们瞧我这脑子。既然现在我是个女人，那么我应该说点别的什么话。好吧，就说这么一句话吧：

噢，爱情真是美妙极了！

这会儿，闯进屋子里的那些陌生人是谁呀？

55. 人们都叫我"蝴蝶"

看见破门而入的人群，我知道埃尔祖鲁姆教徒们已经开始动手杀害我们这些幽默的细密画家了。

黑也挤在看热闹的人群中。我看见他拿着匕首，周围有一群奇奇怪怪的男人、鼎鼎大名的布贩艾斯特和另外几个拎着布包的女人。我站在旁边观看，各种物品被砸得稀烂，试图溜走的咖啡馆客人被毒打了一顿，我有股冲动想逃走。过了一会儿，另外一群人马，大概是禁卫步兵赶到了现场。埃尔祖鲁姆教徒们赶紧熄掉他们的火把，逃之夭夭了。

咖啡馆漆黑的门口已经没有人了，也没有人在观看了。我走进屋里。屋内一片狼藉。我踩着碎满一地的杯盘、玻璃和碗。一盏油灯高挂在墙壁的钉子上，经过这一阵的混乱后还没有熄灭，然而也只照亮了天花板上被煤烟熏黑的痕迹。遍布木椅、矮桌碎片等各种残骸的地面，则陷于一片黑暗。

我把一张张长坐垫堆叠起来，爬上去伸手取下了油灯。在它的光晕之中，我发现地上躺着几个人。我看见一张脸浸在血泊中，看不下去了，就转过身看看另一个。第二个人仍在呻吟，一看见我的油灯，他便发出婴孩般的咕哝，我吓得往后退了几步。

有人走了进来。我先是猛然一惊，然后才感觉到是黑。我们一起弯身查看倒在地上的第三个人。我垂下油灯靠近了他的头，这时，我们看见内心早已知晓的事实：他们杀了说书人。

他打扮成女人的脸上没有半点血迹，然而下巴、眉头和涂了胭脂的嘴巴都被打肿了，脖子上一片瘀青，显然是被勒死的。他的手臂瘫在了身后的两侧。不难推断出其中一人从背后抓住老人的手臂，其他人则殴打他的脸，最后才勒死了他。难道他们就为了要"割断他的舌头，让他再也不能诽谤崇高的传道士教长"才着手这么做的吗？

"把灯拿过来。"黑说。火炉边，油灯的光芒照出摔烂的咖啡研磨器、筛子、磅秤和咖啡杯碎片，这些东西七零八落地散布在打翻一地的咖啡泥泞中。黑走到说书人每天晚上挂图画的角落，搜寻表演者的道具、腰带、魔术手帕和挂图架。黑说他在找图画，并把刚才我递给他的油灯举到我面前：没错，我是出于道义画了两张画。我们什么也没发现，只找到了一顶死者平常戴在剃得光溜溜头顶上的波斯小圆帽。

趁四下无人，我们穿过一条狭窄的通道从后门出去，步入了黑夜。刚才的袭击过程中，屋里大部分画家和人群想必就是从这扇门逃走的，然而从到处散落的花盆和一袋袋咖啡豆看来，显然这里也曾有过一番缠斗。

咖啡馆被毁以及说书大师遇害的事件，加上夜晚的恐怖黑暗，拉近了我与黑的距离，同时我想这也引发了我们之间的沉默。我们又走过了两条街。黑把油灯交还给我，然后抽出匕首，抵住了我的喉咙。

"我们往你家走。"他说，"我想搜查你的屋子，这样我才能

484

放心。"

"他们已经搜过了。"

我非但没有对他动怒，甚至忍不住想戏弄他。黑会去相信关于我的无耻传言，不刚好证明他也在嫉妒我吗？他握住匕首的样子没什么自信。

我家与我们离开咖啡馆后走的道路是相反方向。因此，为了避免碰上人群，我们在街区里左拐右弯地走过大小街道，穿越空旷的花园，花园里潮湿而孤寂的树木飘散出郁沉的芳香。我们沿着一道宽宽的弧线，绕远路走向我家。从咖啡馆那里传来的嘈杂声一直就没停过。我们听到埃尔祖鲁姆教徒们在街上到处乱跑，禁卫步兵们、街区的守夜人和年轻人在后面追着。走完一半的路途时，黑忽然说：

"接连两天，我和奥斯曼大师待在宝库里看传奇大师们的经典画作。"

沉默了好一会儿之后，我几乎尖叫地说："一位画家到了某个年纪之后，就算他与贝赫扎德在同一张工作桌上绘画，他所看见的也只能取悦他的眼睛、满足并感动他的灵魂，却没有办法增长他的才华。因为一个人是用手绘画，而不是用眼睛。到了我这个年纪，更别说奥斯曼大师的年纪了，一个人的手很难再学习新的东西了。"

确信美丽的妻子正在等我回家，我便扯开喉咙大声说话，警告她我并不是独自一人，让她能够躲起来，别被黑看见——不是说我就怕了这个挥舞匕首的可悲笨蛋。

我们走过庭院大门的时候，我还依稀看到屋子里有灯影在摇曳，不过感谢真主，现在只剩下了一片黑暗。这个耍刀的禽兽竟

485

敢强行闯入我的神圣家园，粗暴地侵犯我的隐私。在这间屋子里，我日复一日，花费所有时间寻求并绘画安拉的记忆，直到眼睛酸疼——那时我会和我美貌无双的妻子做爱——因此，我发誓一定要报复他。

放下油灯，他逐一检查我的纸张、一幅就快要画完的画——被判罪的囚犯乞求苏丹解开他们的债务锁链，并接受陛下的慈善赏赐——我的颜料、我的工作桌、我的刀子、我的削笔器、我的毛笔、我写字桌旁的各种物品、我的磨光石、我的画刀，以及我的笔与纸匣之间的空隙。他翻遍了我的橱柜、箱笼、坐垫底下、我的一把剪纸刀、一个柔软的红枕头和一块地毯下面。接着他从头来过，把油灯拿得更靠近每一样物品，再次检查同样的地方。初次拔出匕首时，他曾说过不会搜索整栋房子，只会检查我的画室。难道，我就不能把我想藏的东西藏在我妻子此刻正从那里偷窥我们的房间里吗？

"我姨父尚未完成的手抄本里，有一张最后的图画。"他说，"杀死他的凶手偷走了那幅画。"

"它不同于其他图画。"我接口，"你的姨父，愿他安息，要求我在纸的一个角落画一棵树。在背景某处……画面的中央、前景的部分，将置入某人的图画，大概就是苏丹陛下的肖像。那块很大的空间已经留好，但还没有开始画。依照法兰克的风格，放在背景的物品必须比较小，所以他要我把树画得小一点。随着画面的细节慢慢发展，整幅图感觉起来仿佛是从一扇窗户望出去的世界景象，完全不像一幅插画。然后我才领悟到，利用法兰克的透视方法作画时，页缘的边框与镀金取代了窗户的窗框。"

"高雅先生负责边框装饰和镀金。"

"如果你想问的是这件事，我已经说过我没有杀他。"

"一个凶手绝不会承认是他杀了人。"他马上回嘴，接着问我，刚才咖啡馆遭袭的时候，我在那里做什么。

他把油灯放在我坐着的坐垫旁边，放在了我的纸张、我画的书页之间，借此照亮我的脸。他自己则在房间来回走着，就像黑暗中的一个阴影。

我把跟你们说的这些都告诉了他，跟他说我其实是咖啡馆的稀客，今天只是恰巧路过。除此之外，我还告诉了他我为他们画过两幅墙上的挂画，而实际上我也不喜欢咖啡馆里发生的这一切。"因为，"我补充道，"如果绘画艺术企图通过对生活中的丑恶加以鄙视与惩罚取得其影响力，而不是从画家个人的技巧、执着与回到安拉身边的渴望中孕育出力量，那么，唯一的下场便是艺术受到自身的鄙视和惩罚。不管它的内容鄙视的是埃尔祖鲁姆的传道士或撒旦，后果都一样。更何况，如果那咖啡馆不跟埃尔祖鲁姆教徒纠缠的话，今天晚上它也不会受到袭击。"

"就算这样，你还是会去那里。"这混蛋说。

"没错，因为那里很愉快。"他到底懂不懂我有多坦白？我又说："即使明知某样事情是错的，我们这群阿丹的子孙仍然可以从中获得极大的乐趣。我必须羞愧地说，我也喜欢观赏那些廉价插画和模仿表演，还有说书人用平铺直叙的白话文讲述的各种撒旦、金币和狗的故事。"

"就算是这样，为什么你会踏入那个不信教者们待的咖啡馆？"

"好吧。"我放任内心的声音说，"我自己也时常被怀疑的蠹虫啃噬：自从奥斯曼大师，甚至包括苏丹陛下，公开认定我是画坊中最具才华也最为专精的画师之后，我开始战战兢兢生怕其他的画师嫉妒，为了不让他们对我产生仇恨，有时候我会努力试着去他们出没的场所，和他们待在一起，努力做得像他们一样。你懂吗？而且，自从他们把我说成是一个'埃尔祖鲁姆信徒'之后，为了让别人不要相信这种谣言，我便开始经常进出那个邪恶不信教者们待的咖啡馆了。"

"奥斯曼大师说，你时常表现出好像对自己的才华与专精感到抱歉似的。"

"他还说了我些什么事？"

"为了让别人相信你确实抛弃一切投入了艺术，你刻意在米粒和指甲上画些琐碎无聊的图画。他说因为你对安拉赐予的伟大天赋感到不好意思，所以总是努力去讨好别人。"

"奥斯曼大师已达到贝赫扎德的层次。"我真心实意地说，"还有呢？"

"他毫无保留地列出了你的种种缺点。"这混蛋说。

"那说说我的缺点。"

"他说，尽管拥有超凡的才华，然而你绘画的原因，并不是出于对艺术的热爱，而是为了取悦于别人。显然，促使你绘画的最大动机，是去想象一位观画者将会感受到的喜悦。然而，你实在应该纯粹为了绘画本身的喜悦而画。"

奥斯曼大师竟如此坦率地向这个家伙揭露了我的事情，我的心不禁一阵灼痛。他只不过是个灵魂卑贱的东西，一辈子不是致力于艺术，而是专心当个小官员，写写字拍拍马屁。黑继续说：

"奥斯曼大师认为，伟大的前辈大师绝不会为了服从新君王的权威、新王子的一时兴起或新时代的喜好，放弃他们奉献一生建立的风格和技巧。因此，为了避免被迫变更风格技巧，他们会英勇地刺瞎自己。相反地，你们却无耻地借口说是苏丹陛下的旨意，热情仿效法兰克画师的技法，为我姨父的书本作画。"

"伟大的画坊总监奥斯曼大师这么说想必没有恶意。"我说，"我去给我的客人煮一壶菩提茶。"

我走进隔壁房间。我的挚爱把她身上穿的中国丝缎睡衣往我头上一抛——这是她从布贩艾斯特那儿买来的，然后揶揄地模仿我说："我去给我的客人煮一壶菩提茶。"伸手握住了我的阴茎。

我从她铺好的床垫旁边的箱子最底部，翻出藏在玫瑰花香床单中的玛瑙镶柄刀，把它从刀鞘抽出。刀锋锐利无比，如果把一条丝手帕往上面抛，才轻轻一沾刀锋，手帕就会裂成两半；如果把一张金箔放在上面，割下来的金箔切边就和用尺割的一样平滑。

我尽可能把刀藏好，回到画室。黑很满意刚才对我的质询，还一直手拿着匕首绕着红坐垫打转。我把一张画了一半的插画摆在坐垫上。"过来看看。"我说。他好奇地跪下来，试着分辨画中的究竟。

我走到他身后，拔出刀子，猛然把他推下地，用身体的重量压住让他动弹不得。他的匕首跌落一旁。我抓住他的头发，用力把他的头压在地上，拿起刀子从下方抵住了他的脖子。我摊平黑纤弱的身体，用硕壮的身躯压得他紧紧趴在地上，下巴和空出来的手硬推他的头，让他几乎碰到刀尖。我一只手里抓满了他的脏头发，另一只手握着刀子抵向他细皮嫩肉的喉咙。他很明智地一动也不动，因为我大可当场解决他。如此贴近他的鬓发、他的颈背——其他情况下很可能诱人赏巴掌的地方——和他丑陋的耳朵，更加激怒了我。"我强行克制住了自己不要现在就把你做

489

掉。"仿佛在泄露一个秘密似的，我朝他耳里低语。

于是他像个乖顺的小孩一样一声不哼地听我说话，这让我感到极为满意。"你一定晓得《列王记》里的这个传说。"我轻声耳语，"费里东君王犯了一个错，把最贫困的领土分封给了自己两位年长的儿子，而把最富饶的土地波斯，给了最年幼的伊拉吉。嫉妒不已的图尔决心报仇，设计欺骗了自己的弟弟伊拉吉，当他准备割断伊拉吉的喉咙时，动作和我现在的一模一样。他抓住伊拉吉的头发，用全身的重量压在弟弟的身上。你感觉得到我身体的重量吗？"

他没有回答，不过他那待宰绵羊般瞪得大大的空洞双眼，告诉我他正在听。这激起了我的兴致："我对波斯风格的忠诚景仰，不限于绘画艺术，还包括砍头的习惯。这种广受喜爱的场景，我在描述君王瑟亚乌什之死图画里还看过另一个版本。"

我向安静聆听的黑解释这个场景的细节：瑟亚乌什为了向他的兄弟们报仇所做的准备；他烧毁了自己的整座宫殿、所有财产和物品；他温柔地辞别了妻子，跨上马背，前往战场；输掉战争之后，他被人抓着头发在地上拖行，然后面朝下地摔在了土里，"和你现在一模一样"，一把刀子抵住他的喉咙；战败的国王满脸是土，聆听俘虏他的敌军与他的朋友间爆发争执，辩论究竟该杀了他还是放了他。接着我问他："你喜欢这幅插画吗？格鲁维从背后袭击瑟亚乌什，就像刚才我对你一样。他压在他身上，拔剑抵住他的脖子，手里抓着他一大把头发，然后割开了他的喉咙。殷红鲜血即将喷涌而出，先在干燥的地表激起一阵黑烟，然后那里就会绽开出一朵鲜花。"

我安静了下来，我们可以听见远处的街道上埃尔祖鲁姆教徒们的奔跑惨叫声。霎时间，屋外的恐惧使我们两个互相堆叠在一起的人靠得更近了。

"然而在那些图画中，"我更猛力拉扯着黑的头发，补充说，"可以察觉到，画家难以用优美的手法呈现出两个男人虽然互相憎恨、身体却和我们一样合而为一的样子。那些图画似乎满溢着斩首之前的那种背叛、妒忌和战争的混沌氛围。即使加兹温最伟大的画师，在画两个压在一起的男人的身体的时候也会犯难，所有的东西都会画得乱成一团。相反地，你和我，你自己看，我们就优雅利落得多。"

"刀锋刺到我了。"他呻吟道。

"我很感激你跟我说话，亲爱的老兄，可是没这回事。我始终非常小心。我绝不愿意做任何事来破坏我们优美的姿势。在爱情、死亡与战争的场景中，伟大的前辈大师们就像描绘一个身躯似地画出交缠在一起的身躯，这仅能从我们的眼中引出泪水来。你自己看：我的头靠在你的颈背上，好像是你身体的一部分。我可以闻到你的头发和脖子的气味。我的双腿分别压在你的两条腿上，直直伸长与你的腿互相契合，外人要是看见了或许会误以为我们是一只优美的四腿动物。你有没有感觉到我的体重均匀地分散在你的背和屁股上？"又是沉默，但我没有把刀子往上推，因为这么一来真的会把他刺流血的。"如果你不打算开口，我可能会忍不住咬你的耳朵。"我说，朝那只耳朵里呢喃。

从他眼里，我看出他准备说话，于是再问一次同样的问题："你有没有感觉到我的体重均匀地分散在你的背和屁股上？"

"嗯。"

"你喜欢吗？"我说。"我们是不是很美？"我问，"我们是

491

不是就像前辈大师的经典画作中，那些以极其优雅的姿势肉搏厮杀的传奇英雄一样美？"

"我不知道。"黑说，"我从镜子里看不见我们。"

我想像我的妻子正在隔壁房里，借由不远处那盏咖啡馆里的油灯流泻的光芒，观看我们。一想到这里，我兴奋得忍不住想咬一口黑的耳朵。

"黑先生，你为了盘问我，手持匕首，强行闯入我家，侵犯了我的隐私。"我说，"现在你感觉到我的力量了吗？"

"是的，我也了解到你有权这么做。"

"那么，现在，继续问我任何你想知道的问题。"

"形容一下奥斯曼大师是如何抚摸你的。"

"我在当学徒的时候，比现在柔弱、纤细而漂亮得多，那个时候他会像我骑在你身上一样骑在我身上。他会抚摸我的手臂，有时甚至会弄疼我，然而因为敬畏他的学识、他的才华与力量，因此他的行为也让我很高兴。我从来不曾对他心存任何邪念，因为我爱他。对奥斯曼大师的爱引导我热爱艺术、色彩、纸张、图画与彩饰之美，以及画中的万事万物，进一步衍生为对整个世界及真主的热爱。奥斯曼大师就如同我的父亲。"

"他时常打你吗？"他问。

"就像一位父亲恰当地、带着规劝的想法责打孩子一样，他也像一位大师应该做的那样，为了教我而痛打我、惩罚我。如今我发现，他用尺敲打我的指甲所带给我的疼痛与恐惧，激励我更快、更好地学到了许多东西。当学徒的时候，因为害怕他抓住我的头发拉着头猛撞墙壁，我从不曾打翻颜料，也从不曾浪费他的金彩；我能很快地熟记马前腿的弧度；我知道怎么掩盖描边师的失误，懂得及时清洗画笔，以及学会了如何心无旁骛地专注于面前的书页。由于我的才华与专精全得自于年少时接受的责打，因此，如今我也理直气壮地责打我的学徒。不仅如此，我知道就算我错打了他，只要不击垮学徒的精神，最后也终将使他受益无穷。"

"尽管如此，你知道殴打一位长相清秀、眼神妩媚、天使般的学徒时，偶尔，你会因为纯粹的享受而耽溺其中。你很清楚奥斯曼大师想必也从你身上得到过同样的快感，对不对？"

"有时候他会拿一块大理石磨光石狠狠敲击我的耳后部，害我耳鸣好几天，连走路都处于半恍惚状态。有时候他会使劲捆我巴掌，使得我的脸颊痛上好几个星期，眼泪直流。我记得这些，但仍然敬爱我的大师。"

"不，"黑说，"你对他满怀怨恨。愤怒在你心底暗暗累积，为了报复，你替我的姨父画法兰克风格的手抄本。"

"你一点儿都不了解细密画家。事实刚好相反。大师的责打，能使一位年轻细密画家对自己的大师忠诚尊敬，至死不渝。"

"伊拉吉和瑟亚乌什被人从背后割喉的凶残场景，就如此刻你对我下手的情况一样，肇始于兄弟阋墙，而根据《列王记》所述，兄弟阋墙的原因往往缘于一位偏心的父亲。"

"的确。"

"你们这群细密画家的偏心父亲，不仅促使你们自相残杀，现在更打算背叛你们。"他狂妄地说。"呃，拜托，刺到了。"他呻吟道。他痛苦地哀号了一会儿，接着继续说道："没错，只需一眨眼的工夫，你就能割裂我的喉咙，让我血流满地，像头献祭的羔羊，不过，如果你没听完我的解释便下手——我也不相信你会那么做，呃，求求你，够了——那你一辈子都会想着我现在到底打算对你说什么。拜托，刀锋稍微松一松。"我照做了。"虽然从你们小时候开始，奥斯曼大师就密切注意着你们的一举一动、一颦一笑，欣喜地看着你们的天赋才华在他的悉心教导下，于绘画作品中盛开绽放，不过如今为了拯救他为之奉献了毕生精力的画坊及其风格，他决定弃你们于不顾。"

"高雅先生的葬礼那天，我讲述了三个寓言，想让你明白人们所谓的'风格'实际上是多么可厌的东西。"

"你的故事是关于细密画家的个人风格。"黑谨慎地说，"然而奥斯曼大师关心的，是如何严守整个画坊的风格。"

他徐徐讲述道，苏丹已下令尽全力找出谋杀了高雅先生与姨父的凶手，为了这个目的，陛下甚至准许他们进入了皇家宝库；而奥斯曼大师却准备趁此机会从中阻挠姨父的书，并惩罚那些背叛了他且已开始模仿法兰克大师的人。黑又说，根据风格来判断，奥斯曼大师怀疑图中的裂鼻马是出于橄榄之手；不过，身为画坊总监，他相信凶手是鹳鸟，并打算把他交付给刽子手。我可以感觉到，在尖刀的逼迫下，他说的是事实。看见他像个孩子般认真地叙述这一切，我真想亲吻他。他说的事情我一点也不担心，因为铲除掉鹳鸟，意味着奥斯曼大师死后——愿真主赐福他长命百岁——我将接替他担任画坊总监。

令我不安的不是他的话可能成真，而是它可能不会成真。反复思索黑话中的言下之意，我从琐碎的线索中得出了一个结论：奥斯曼大师不仅愿意牺牲鹳鸟，就连我也一样。想到这难以置信的可能性，我的心脏狂跳，内心涌起一股被遗弃的恐慌，仿佛一个孩子突然失去了父亲。只要一想到这一点，我就几乎克制不住冲动想割断黑的咽喉。但我还是忍住了。我并不打算诘问黑或自己：我们只不过为了姨父的书而从欧洲画师那里撷取灵感画了几幅蠢画，凭什么就鄙视我们为叛徒？我再次肯定，高雅先生的死是鹳鸟与橄榄为了陷害我而设下的阴谋。我把刀子从黑的喉咙移开了。

"我们一起去橄榄家，把他的房子从里到外仔细搜一遍。"我说，"如果最后一幅画在他手中，至少我们知道应该害怕谁。如果不在他那里，我们就拉他为盟友，共同突击鹳鸟的房子。"

我叫他信任我，并说我们两人之间只需要他的匕首作为武器就够了。我向他道歉，因为我居然连一杯菩提茶都没招待他。我拿起地上的油灯，两个人意味深长地凝视着刚才我把他压倒在上面的坐垫。我提着灯走向他，对他说，他喉咙上轻描淡写的刀痕将成为我们友谊的印记。伤口只渗了一点血。

街上仍听得见埃尔祖鲁姆教徒及其追兵的奔跑骚乱，不过谁也没有注意我们。我们很快抵达了橄榄的家。我们敲遍了庭院大门、房屋前门，又不耐烦地拍了拍百叶窗。家里没人。我们敲的声响很大，因而确定他不是在睡觉。黑说出了我们俩人心中的想法："该闯进去吗？"

我用黑的匕首钝边，扭断了门锁上的铁环，接着把刀子插入门与门框之间的缝隙，两人使尽力气用力一压，撬开了门锁。扑面而来的是一股长年累积的潮湿、尘土和单身汉的气味。借助油灯的光亮，我们看见了一张凌乱的床、随意丢在坐垫上的几条腰带、背心、两块包头巾、内衣、纳格什班迪教团的信徒尼马图拉先生的波斯语—土耳其语字典、一个木制头巾架、宽毛巾、针线、一个装满苹果皮的小铜盘、好几个坐垫、一个绒布床罩、他的颜料、画笔和各种绘画材料。正想上前翻看小桌子上他用来书写的一叠裁切整齐的印度纸还有他画的彩绘画纸，但我克制住了自己。

一来是因为黑比我还积极；二来我深知如果一位细密画师去检视一位水平低于自己的画师的物品，只会为自己招来厄运。橄榄并不如大家想象的那么有才华，他只是有热情而已。为了掩盖自己的才能不足，他致力于仰慕前辈大师。虽然如此，过去的传奇人物只能够唤醒艺术家的想象力，真正作画的毕竟是手。

黑仔仔细细地搜索着每一个箱子与盒子，甚至连洗衣篮的底部都没放过。我则没有动手，只是用眼睛扫视着橄榄的布尔萨毛巾、黑檀木梳、肮脏的洗澡巾、花露水瓶、一条印着印度格子花纹的难看的缠腰布、铺棉外套、一件肮脏厚重的女性开衩长袍、一个歪七扭八的铜托盘、污秽的地毯，以及其他邋遢廉价的家具，房里的物品与他所赚的钱根本不相称。橄榄要不是吝啬到把钱都存起来，就是浪费在什么东西上……

"毫无疑问，这是一个凶手的家。"一会儿后我说，"连块礼拜垫都没有。"不过我心里想的不是这件事。我排除杂念。"这些物品的主人，不知道如何才能快乐……"我说。但在我内心一角，我伤心地感到，孕育绘画的其实正是痛苦与接近魔鬼。

"就算一个人明知让自己快乐的方法，他仍然可能不快乐。"黑说。

他拿了一系列图画放在了我面前。他从一个箱子深处翻出这些画在撒马尔罕粗纸上、后面裱以厚纸的图画。我们仔细端详：一个迷人的撒旦从遥远的呼罗珊冒出地底、一棵树、一个美女、一条狗，还有我画的死亡。这些画，就是遇害的说书人每晚挂在墙上用来讲故事的挂图。黑问哪些是我画的，我指了指死亡的图画。

"我姨父的书中也有相同的几张图画。"他说。

"说书人和咖啡馆老板共同想出了这个主意，他们认为请细密画家每天晚上画一幅图画来挂在墙上会更好。说书人先请我们其中一人在粗纸上随手画画，然后要我们提供一点故事和笑话，最后再加上他自己的内容，一场夜间表演就开始了。"

"为什么你为他画的死亡和你为我姨父画的是同样的画？"

"说书人要求我们在一张纸上画一个单独的角色。然而，我并没有像替姨父画图的时候那样，画得那么认真而精细。我放任我的手随意挥洒，很快就画好了。其他人也一样，或许是想炫耀能力，他们选择了自己在秘密手抄本中的题材，重新随手为说书人再画出了另一张。"

"马是谁画的？"他问，"谁画了有裂鼻的马？"

放下油灯，我们好奇地观察面前的马匹。它长得很像姨父书中的马，不过比较仓促，比较潦草，迎合较为通俗的品味，似乎买画的人不仅付给插画家较少的钱要求他画快一点，更强迫他画一匹较为粗糙，但也因此，我相信是这个原因，较为写实的马。

"鹳鸟一定最清楚马是谁画的。"我说，"他是个傲慢的蠢蛋，每天非得听一听关于细密画家的闲话，不然活不下去，所以他每晚一定前往咖啡馆报到。没错，我相信，这匹马肯定是鹳鸟画的。"

56. 人们都叫我"鹳鸟"

　　蝴蝶和黑三更半夜抵达了我家。他们把图画摊开在我面前的地板上，要求我告诉他们谁画了哪张图。这使我想起了我们小时候经常玩的"猜头巾"游戏：先画出各式各样不同人的头饰，有教长的、骑兵的、法官的、刽子手的、财务官员和秘书的；接着，在另外一叠纸的背面写上对应的称呼，游戏的内容就是要把它们凑成正确的一对。

　　我告诉他们，狗是我画的。我们向被卑鄙地杀害了的说书人讲述了它的故事。我说"死亡"一画必定是出于可爱的蝴蝶之手，油灯的光芒在死亡的图画上愉快地摇曳着，而他此时正拿着匕首抵住了我的脖子。我记得是橄榄兴致勃勃地描绘了"撒旦"，不过故事内容可能是往生的说书人自己编的。"树"一开始是我画的，但树叶则是由当天咖啡馆中的众画家一起画的，故事也是大家一起想的。"红"的情况也一样：有一张纸被溅上了几滴红墨水，小气的说书人问我们能不能借此发挥。我们朝纸上多洒了几滴红墨水，接着各自在一角勾勒出了某样红色的物品，再轮流告诉说书人自己的图画有何故事，让他能讲述给大家听。眼前这匹精美的马是橄榄所画，他的才华教人赞叹。而我记得这位忧郁的女子是蝴蝶的作品。就在这个时候，蝴蝶放下了抵住我喉咙的匕首，向黑说，确实，女人是他画的，现在他记起来了。市场里的金币是众人的共同创作；而两位苦行僧人，则是橄榄的画作，毕竟他是海达里耶的后代。海达里耶教派的基本精神，在于鸡奸小男孩、乞讨，而他们的教长——克尔曼的艾夫哈都德·迪尼——两百五十年前就写下了教派的圣书，以诗文阐明了他在美丽的脸孔中见证了真主的完美。

我请求我的艺术大师弟兄们原谅屋内的凌乱，因为他们来得太突然，我们没能事先准备。我告诉他们实在很抱歉，不能招待他们芬芳的咖啡或香甜的橘子水，因为我的妻子还在里屋熟睡。我警告他们说，在这里翻箱倒柜，搜遍各种帆布、抽绳袋、印度丝绸和细棉布薄腰带、波斯印花布和土耳其挂袍，掀起每一块地毯和坐垫，翻开每一本装订的书册以及我为各种手抄本绘制的零散图画，就算找不到想要的东西，也别想闯入内室搜寻，不要让我的手沾上鲜血。

我装出好像很害怕他们的模样，但老实说，我享受到了其中的乐趣。一位艺术家的技能取决于他是否能够留心眼前之美，严肃记下最微小的细节，并且同时往后退一步，把自己从庸庸碌碌的世界抽离，仿佛望着镜子般，自远处冷眼笑看凡间的世界。

因此，我回答了他们的问题。是的，埃尔祖鲁姆教徒发动袭击时，咖啡馆一如平常的夜晚，聚集了四十多人，除了我之外，还包括橄榄、描边师纳赛尔、书法家杰玛尔、两位年轻的插画助手，以及最近与他们形影不离的几位年轻书法家、美貌无双的学徒拉赫米、其他几个俊秀的见习生，还有六七个闲杂人等，一些诗人、酒鬼、吸大麻的和苦行僧之类的人，他们巧语哄骗咖啡馆老板让他们加入了这群欢乐而机智的团体。我描述了当时的情况：袭击一开始，屋内马上陷入了混乱，应咖啡馆老板之邀前来享受低级娱乐的人们仓皇奔逃，没有一个人想到要留下来保护屋里的物品和打扮成女人的可怜的老说书人。对此我感到伤心吗？"是的！我，画家穆斯塔法，又名'鹳鸟'，毕生投入细密画艺术，非常享受每天晚上与我的细密画家弟兄们坐在一起聊天、说笑、瞎扯、互相恭维、吟诗诵词、妙语双关。"我坦白道，两眼直视着愚钝的蝴蝶的眼睛，一股强烈的羡嫉笼罩住了这位身形圆润、清澈大眼的男孩。我们的蝴蝶，有着孩子般的美丽双眼，学徒时，是一个俊秀而感情丰富的绝色。

接着，在他们的询问下，我向他们描述挂图说故事的起源。游走于城市街巷的说书人，愿他的灵魂在天堂安息，抵达这间咖啡馆展开表演工作的第二天，有一位细密画家可能受了咖啡影响，在墙上挂起了一幅画自娱娱人。伶牙俐齿的说书人注意到了墙上的画，并开玩笑地表演了一场独角戏，假装自己是图画中的狗在说话，结果大受欢迎。从此以后，每天晚上，他都会扮演细密画师笔下的一个角色，讲述他们偷偷告诉他的各种诙谐故事。由于艺术家们终日活在埃尔祖鲁姆传道士的怒火恐吓之下，说书人对传道士的讥嘲谩骂很快就引起众人的共鸣与喜爱，也为咖啡馆招来了更多顾客，埃迪尔奈来的老板当然更加鼓励他的表演。

他们问我，我怎么解释说书人每晚挂在身后、他们从橄榄兄弟的屋子里搜出来的图画。我告诉他们，没什么好解释的，因为咖啡馆老板，就和橄榄一样，是一个乞讨、偷窃、粗野的海达里耶苦行僧无赖。头脑简单的高雅先生听了教长的讲道，尤其是每星期五的地狱烈火惩罚章之后，吓得六神无主，一定曾向埃尔祖鲁姆信徒们批评他们在咖啡馆的所作所为。或者甚至更有可能的是，当高雅警告他们停止惹麻烦时，脾气同样火暴的咖啡馆老板和橄榄，便共谋做掉了这位倒霉的镀金师。高雅被谋杀点燃了埃尔祖鲁姆教徒的怒火，而或许因为高雅先生曾向他们提及姨父的书，因此他们视姨父为凶杀的主谋，把他给杀了。接着，为了再次报仇，他们对咖啡馆发动了袭击。

我所说的话，圆胖的蝴蝶和阴郁的黑（他像个鬼似的）到底听进去了多少？他们自顾自地搜索我的财产，兴高采烈地翻开每一个盖子，甚至连每一块石头都掀起来找。当他们在胡桃木雕纹箱里发现我的长靴、盔甲和成套战士装备时，蝴蝶幼稚的脸上露出了一丝妒忌的表情。于是，我再次向他们重复大家早已熟知的事实。我是第一位跟随军队参与战役的穆斯林插画家，也是能将仔细观察到的战场实景描绘于各胜利《编年史》中的第一位细密画家：大炮发射、敌军城堡的高塔、异教徒士兵的制服颜色，遍地横陈的尸体、沿着河岸堆积如山的头颅，以及精装骑兵队的井然秩序与冲锋陷阵。

蝴蝶要我穿上盔甲给他看。我立刻大方地脱下罩衫、黑兔毛滚边衬衣、长裤与内衣。借由火炉的光线，他们凝神看着我，这让我很高兴。我套上干净的长内衣，穿上冬天穿在盔甲里的红细棉布厚衬衣、毛线袜、黄色皮长靴，最后在靴子外套上绑腿；我把护胸甲从箱子里拿出来，欣喜地穿上，然后转身背向蝴蝶，用命令僮仆的语气指示他绑紧盔甲的系带，并为我装上护肩；我继续套上护臂、手套、骆驼毛编的剑带，最后再戴上为庆典仪式准备的黄金镶饰头盔。穿戴完后，我骄傲地宣布，从今以后战争场景再也不是过去的画法了。"再也不能允许像从前那样，描绘互相对峙的骑兵队时，将双方画得整齐一致，就好像拿同一块图样，先描出我方的军队，然后翻到另一边去描出敌军的兵马。"我说，"从今天起，伟大的奥斯曼画坊中创作的战争场景，将会如同我亲眼目睹并亲笔描绘的模样：军队、马匹、武装士兵和浴血尸首的混乱场面！"

蝴蝶又妒又羡地说："画家不是画自己看见的，而是画安拉所见的景象。"

"没错，"我说，"不过，我们所见的一切，崇高的安拉一定也全看到了。"

"当然，安拉看见我们所见，但是他的观察角度不同于我们。"蝴蝶一副责备我的样子说，"我们迷惑中观察到的混乱战场，在他全知全能的眼中则是两队整齐划一的对峙军队。"

自然，我有话可以反驳。我想说："我们的责任是信仰安拉，只描绘出他向我们揭露的事物，而非他隐藏的景象。"但我保持缄默。我之所以沉默不语，不是因为担心蝴蝶指控我模仿法兰克人，也不是因为他不断用匕首一端敲打着我的头盔和背部以测试我的盔甲。我只是心里在盘算着，只有忍住自己，赢取黑和这媚眼驴蛋的信赖，我们才有机会摆脱橄榄的阴谋。

一旦明白在这里找不到想找的东西后，他们才告诉我究竟在搜寻什么。卑鄙的凶手带着一幅画潜逃……我说他们为了相同的原因已经搜过我家。既然遍寻不着，想必聪明的凶手把画藏在了某个没有人找得到的地方（我想到了橄榄）。然而，他们真的注意我的话吗？黑徐徐地讲述了裂鼻马的事儿，说苏丹陛下给了奥斯曼大师三天的时间，眼看期限将至。我一再询问他马的裂鼻有何重要性时，黑盯着我的眼睛，告诉我说奥斯曼大师分析过这个线索后，推断出它们是橄榄所画，不过他更怀疑我，因为他深知我野心勃勃。

乍看之下，他们显然已认定我是凶手，因此到这里来找寻证据。不过，依我看，这并不是他们来访的唯一理由。孤独和绝望驱使他们前来敲响了我的大门。当我开门时，蝴蝶用以指向我的匕首在他的手里微微颤抖。他们不仅惊惶失措，担忧他们绞尽脑汁仍找不出身份的下贱凶手，可能会在黑暗中围堵他们，像个老朋友似的微笑着，挥刀割断他们的喉咙，更辗转难眠，害怕奥斯曼大师可能与苏丹陛下及财务大臣共谋，把他们交付给酷刑手。更别提满街游荡的埃尔祖鲁姆暴徒们，扰得他们心神不宁。简言之，他们渴求我的友谊。只不过奥斯曼大师在他们心中植入了相反的想法。我当前的任务，便是细心地向他们指出奥斯曼大师搞错了，毕竟这正是他们内心深处的期望。

直截了当地宣布伟大的大师年老头昏弄错了，必然会激得蝴蝶立刻跟我拼命。这位俊美的彩绘师仍不停地在用匕首敲击我的铠甲，我望进他一双水汪汪的眼睛，睫毛扑扑扇动得像蝴蝶展翅。从他的眼里，我依然看得见他对大师的爱情的黯淡火光；曾经，他是大师最宠爱的学徒。我年轻的时候，这两个人，大师与学徒之间的亲密关系，常受到嫉妒人士奚落。然而他们毫不在乎，在众人面前意味深长地凝视对方，甚至当众彼此闻着对方的体味。后来，奥斯曼大师不知含蓄地公开称赞蝴蝶，宣布说他拥有最活泼的芦秆笔及最成熟的彩绘笔，这项宣告——的确是实话——后来在眼红的细密画家之间成为了数不尽的双关语的来源，他们用芦秆笔、画笔、墨水瓶和笔盒编造出各种下流的象征、低贱的指涉和淫秽的暗喻。基于这个原因，不只是我才感觉到奥斯曼大师希望蝴蝶继承他担任画坊的领导人。从他跟别人说我好斗、刚愎、固执的态度，很早以前我就明白了伟大的大师内心深处暗藏着此种想法。他认为，确实也合情合理，比起橄榄和蝴蝶，我对法兰克的技法由衷向往，而且始终抗拒不了苏丹陛下对创新的渴望，不时赞叹："伟大的前辈大师绝对不会这么画。"

我明白在这一点上我能够与黑密切合作，因为我们热切的新郎一定极想完成他已故姨父的书，这不仅能够为他赢得美丽的谢库瑞的芳心，向她证明自己可以取代她父亲的地位，而且也能够捡最现成的便宜来讨好苏丹陛下。

因此，我突如其来地切入了话题，赞叹姨父的书真是一本举世无双的神妙奇迹。等这本经典大作依循苏丹陛下的命令与已故姨父大人的意愿完成后，全世界将震慑于奥斯曼苏丹的力量与财富，也会震慑于他手下细密画师们的天赋、典雅与才能。这本书不仅会使他们惧怕我们、惧怕我们的力量与我们的冷酷，更会让他们感到意乱神迷，看见我们会哭也会笑，我们向法兰克画师学到了技巧，我们使用了最鲜丽的色彩，我们注意到了最琐碎的细节。最后，他们将在恐惧中省悟一项只有最智慧的君主才明白的道理：我们不仅处于眼前的画中世界，也将跻身于历代前辈大师之列。

蝴蝶始终没有停止敲打我，一开始像个好奇的孩子，想确定我的铠甲是真的还是假的；接下来，像个朋友测试它够不够坚固；到最后，则仿佛一个怀恨在心的妒忌仇敌，想刺穿我的铠甲，进而狠狠伤害我的躯体。事实上，他明白我的才华高于他；甚至，他大概也察觉到了奥斯曼大师知道这一点。天赋才华的蝴蝶是卓越的画师，他的嫉妒令我颇感骄傲：不同于他，我的成就来自于挥洒自己的"芦秆笔",而非握紧师父。我感觉到我也能够使他承认我可以当他的师父。

我提高音量说,我很遗憾有些人想破坏苏丹陛下和已故姨父的伟大巨著。奥斯曼大师待我们如父,他是我们每个人景仰的大师,我们的一切成就都来自于他的教导!然而基于某种莫名的原因,奥斯曼大师试图隐瞒在皇家宝库中得出的橄榄就是卑鄙凶手这一调查结果。我说,橄榄既然不在家,想必一定躲在斐纳门附近一间废弃的海达里耶苦行僧修道院。苏丹陛下的祖父在位时,关闭了这间苦行僧修道院,不是因为它窝藏道德堕落的行径,而是长年来与波斯之间无休无止的争战;而且,我又补充,有一阵子橄榄甚至夸口说他负责看守这座废弃的苦行僧修道院。如果他们不相信我,怀疑我的话中暗藏诡计,反正,匕首在他们手里,届时到了那里也可以处置我。

蝴蝶又举起匕首狠狠重击了两下,若是一般的铠甲早已承受不住。他转向已被我说服的黑,孩子气地朝他大叫了几声。我一个箭步跨到他身后,伸出盔甲包裹的手臂勒住了蝴蝶的脖子,把他拖向我。我用另一只手抓住他的手往后扳,逼他松手放掉了匕首。我们并不算真的肉搏,但也不只是打闹而已。我跟他们讲述了《列王记》中一个鲜为人知的类似场景:

"波斯军队与图兰军队全副武装,蓄势待发,列队在哈玛万山的山脚下对峙。两天下来,一位神秘的波斯将领杀死了两位伟大的图兰战士;到了第三天,图兰军队派出了机智多谋的申古尔,想要让他打探这位波斯将领的身份。"我说,"申古尔向神秘的战士挑战,他接受了。双方的军队屏息观战,午后的烈阳照得他们的铠甲闪闪发亮。两位战士的战马向前疾驰冲撞,风驰电掣，金属铿锵，四溅的星火烧得马匹的毛皮冒出阵阵白烟。这是一场冗长的决斗。图兰战士拉弓射箭；波斯战士神乎其技地驾驭马匹、挥舞长剑。最后，神秘的波斯人抓住图兰人坐骑的尾巴，把他摔下马来。接着他追上企图逃跑的申古尔，从后面一把抓住他的盔甲，然后勒住了他的脖子。不得不接受自己战败的图兰人，仍然渴望知道这位神秘战士究竟是何方神圣，绝望中，他吐出众人心中多日来的疑问：'你是谁？''对你而言，'神秘的战士回答，'我的名字是死亡。'告诉我，我亲爱的朋友，他是谁呢？"

"鼎鼎大名的鲁斯坦姆。"蝴蝶天真愉快地回答。

我亲吻他的脖子。"我们全都背叛了奥斯曼大师。"我说，"在他惩罚我们之前，我们必须找到橄榄，揪出我们之中的毒瘤，彼此合作洗刷我们的污名，如此一来才有力量抵御那些一直都想破坏艺术的敌人，对抗那些亟欲把我们送入酷刑地狱的恶人。或许，等我们抵达橄榄的废弃苦行僧修道院后，会发现那个残酷的凶手甚至不是我们之中的人。"

可怜的蝴蝶不发一言。无论他多么有才华、有自信或受到青睐，就像所有虽然互相厌恶嫉妒但仍结党共谋的插画家一样，生怕被众人孤立，也害怕下地狱。

前往斐纳门的路上，一股诡异的黄中带绿的光芒笼罩着我们，但它并不是月光。柏树、圆顶、石墙、木屋及大火肆虐后的土地，浸淫在这片光芒下，使得古老、一成不变的伊斯坦布尔夜景弥漫着一股陌生的氛围，像是置身于敌人的碉堡。爬上山坡的时候，我们看见在远处，贝亚泽特清真寺再过去的某个地方，大火正在燃烧。

我们在沉窒的黑暗中遇到了一辆牛车，上面装着几袋面粉，正朝城墙的方向驶去。我们给了车夫两枚银币，请他载我们一程。黑身上带着图画，他小心地坐了下来。我仰身躺下，望着低矮的云层映着火光，微微泛红。这时，两滴雨水落在了我的头盔上。

走了好长一段路之后，我们来到一个深夜里似乎荒无人烟的街区。我们沿路搜寻废弃的苦行僧修道院，吵醒了周围的每一条狗。虽然看见许多石造房舍亮起灯火，想必是听见了我们的骚动，然而一直敲到第四扇门，才有人开门回应。一个头戴小圆帽的男人，透过手里的油灯火光，目瞪口呆地望着我们，仿佛见了鬼一样。他甚至不肯朝雨势渐大的屋外多探出一点，就这样缩在门里给我们指了指废弃的苦行僧修道院的方向，愉快地补充说，到了那里之后，我们别想从邪灵、恶魔和鬼魂的纠缠下全身而退。

走进苦行僧修道院的庭院，迎接我们的是一排高傲的柏树，安详平静，无视骤雨和烂草的臭味。我的目光滑上苦行僧修道院墙壁上的木板缝隙，之后，再移向一扇小窗的百叶窗。透过屋内一盏油灯的光芒，我看见一个男人阴森的影子正在做礼拜，或者也许是因为我们的缘故，正在假装做礼拜。

57. 人们都叫我"橄榄"

　　怎么做比较适当呢？是中断礼拜，一跃而起替他们开门，还是让他们在大雨中等待，直到我结束礼拜？我察觉他们正在注视我，于是在心神不宁中完成了整个礼拜仪式。我打开门，是他们——蝴蝶、鹳鸟和黑。我开心地大喊一声，激动地抱住了蝴蝶。

　　"唉呀，我们最近是遭遇了什么呀！"我悲叹，把头埋入了他的肩膀，"他们究竟想对我们怎样？他们为什么要杀我们？"

　　他们每个人都面露恐慌，生怕自己落单。这种表情，我这辈子不时在各个绘画大师脸上见过。就算在这修道院里，他们也绝对不想彼此分开。

　　"别怕。"我说，"我们可以在这里躲好几天。"

　　"我们担心，"黑说，"我们应该对他感到害怕的那个人，也许就在我们当中。"

　　"一想到这一点，我也非常害怕，"我说，"因为我同样听说了这样的传闻。"

　　谣言从皇家侍卫队传到了细密画家部门，声称高雅先生和故姨父的凶杀之谜已经解开：凶手正是那本现已不再神秘的书的制作者——我们其中之一。

黑问我，为姨父的手抄本画了几幅图画。

"我画的第一张图是撒旦。我为他画了白羊王朝画坊的前辈大师们画过许多次的地底恶魔之一。说书人也是照我说的去说的，我还替他画了两个苦行僧人。也正是我，建议并说服姨父在书中把他们加了进去，因为这些苦行僧人在奥斯曼帝国的土地上也占有他们的一席之地。"

"就这些？"黑问。

当我回答"对，就这些"时，他以一种大师逮到学徒说谎的优越姿态走向门口，然后带回一卷没有被雨淋湿的纸。他把它放在我们三位艺术家面前，就像母猫衔来一只受伤的小鸟给她的小猫一样。

纸张还夹在他的腋下，我就已经认出来了：它们是咖啡馆遇袭时，我从里面救出来的插画。我没有去质问这几个家伙，他们是如何进到我的屋子里，又怎么把它们翻出来的。总而言之，蝴蝶、鹳鸟和我都爽快地承认了为说书人——愿他安息——所画的每一张图画。最后，只剩下马，一匹壮丽辉煌的马，还留在一旁没有人认领，它的头部低垂。相信我，我甚至不知道有这幅马的画像。

"画马的人不是你吗？"黑说，语气像一个手持藤条的老师。

"不是我。"我说。

"那么我姨父书里的那一幅呢？"

"那幅也不是我画的。"

"然而，根据马的风格来判断，画它的人必定是你。"他说，"而归纳出这个结论的人就是奥斯曼大师。"

"可是我根本没有任何风格呀。"我说，"我这么说不是出于

509

骄傲，故意反抗最近的潮流。我这么说也不是为了脱罪。对我而言，拥有风格比身为一个杀人凶手更大逆不道。"

"你拥有一项独一无二的特质，使你不同于前辈大师和其他人。"黑说。

我对他笑了笑。他开始讲述一些我相信你们此刻都已知道的事情。我专心地听了他的叙述：苏丹陛下与财务大臣如何商议找出破案之道、奥斯曼大师的三天期限、"侍女法"的运用、马鼻子的特异之处以及黑出乎意料地获准进入皇家禁宫，以便亲自检视那些卓越的经典书籍。每个人的一生中，总有些时刻，甚至在身历其境的当下，会突然顿悟，我们正经历着一场自己永难忘怀的事件，就算多年后也将历历在目。纷纷扰扰的大雨从天而落。仿佛受到阴雨的影响，蝴蝶哀伤地紧握着他的匕首。盔甲背后沾满白色面粉的鹳鸟，则高举油灯，勇敢地跨步走进苦行僧修道院深处。他们鬼魅的影子在墙上游走，我的艺术大师弟兄们，我是多么地深爱着他们！我何其荣幸身为一位细密画家。

"这几天来，当你与奥斯曼大师并肩欣赏前辈大师的杰作时，是否庆幸自己竟如此好运？"我问黑，"他亲吻你了吗？他抚摸你英俊的脸孔了吗？他抓住你的手了吗？你是不是对他的才华与知识敬畏不已？"

"奥斯曼大师透过前辈大师的杰作，向我展示了你的风格从何而来。"黑说，"他教导我，隐藏的'风格'错误并非一位画家个人自主的选择，而是源于画家的过去及其遗忘的记忆。他也告诉我，这些秘密的错误、弱点和缺陷，过去被视为可耻的象征，画家为了怕背离前辈大师而不得不刻意隐藏。然而，由于法兰克大师们将它们传遍了全世界，于是从今以后，人们便赞美它们为

'个人特质'或'风格'。从今天起，多亏了那些以自己的缺点为荣的蠢蛋，我们的世界将变得更加丰富而愚蠢，当然，也将变成一个充满缺陷的世界。"

黑对自己所言深信不疑，这证明了他是那种新一代的白痴。

"然而这些年来，我为苏丹陛下的书籍所画的马匹，却都是正常的鼻孔。这一点奥斯曼大师能够解释吗？"我问。

"这是因为你们童年时他给予你们的爱与责打。因为他既是你们的父亲，也是你们挚爱的师长，所以你们每个人都遵从他，并且彼此学习。你们所画的画既跟他画的一样，彼此之间也十分相似，这一点他也不明白。他不要你们各自拥有自己的风格，而是希望皇家画室拥有一个整体的风格。由于他凛然的身影笼罩着你们每一个人，以至于你们忘了内心深处的记忆——那些不完美、超乎标准形式的歧异特点。只有当你为别的书制作别的图画时，才能远离奥斯曼大师的目光，也才能画出蛰伏心中多年的马。"

"我的母亲，愿她安息，远比我的父亲还要有智慧。"我说，"有一天晚上我哭着回家，下定决心再也不要回画坊。我沮丧而气馁，不只是因为奥斯曼大师的责打，还有那些严厉而暴躁的画师，以及老是拿着尺子威吓我们的部门总管。我已故的母亲安慰我，告诉我世界上有两种类型的人：一种人，童年时受到责打的恐吓与摧残，从此一蹶不振，她说，因为责打扼杀了他内心的恶魔；另一种则是幸运的人，责打只是吓阻并驯服了他内心的恶魔，没有扼杀它。虽然后面这种人永远不会忘记童年的痛苦记忆——她警告我别向任何人透露这一点——但他从受到的责打中学会了如何与心中的恶魔相处，因而将会变得更加聪明，能够知道别人不知道的东西，会结交朋友、分辨敌人、察觉背后的阴谋，并且，让我再添一项，使他画得比任何人都要好。奥斯曼大师会因为我的树枝画得不和谐而用力甩我耳光，让我在泪眼模糊中看见森林在我眼前浮现。他会因为我没看见页面底下的错误而愤怒地敲我的头，但接下来又会慈爱地拿起一面镜子，放在书页上让我从全新的角度观看图画。然后他会和我脸贴着脸，和蔼地指出镜子中神奇出现的图画错误，我永远忘不了他的慈爱与这项仪式。当我因为被他在众人面前斥责并用尺子打我的胳膊而自尊心受伤，躲在棉被里哭了一整晚后，隔天早晨他会来到我身边，温柔地亲吻我的手臂，让我在感动中坚信总有一天我会成为一位伟大的细密画家。不，那匹马不是我画的。"

"我们，"黑指鹳鸟和他自己，"准备搜索苦行僧修道院，寻找谋杀我姨父的无耻凶手偷走的最后一幅图画。你见过那最后一幅画吗？"

"那幅画，将不见容于苏丹陛下、和我们一样追随前辈大师的插画家，也将不见容于忠于信仰的穆斯林。"语毕，我闭上了嘴。

我的话使他更为急切。他和鹳鸟开始搜遍整栋房屋，把修道院翻了个底朝天。有好几次，我走向他们，协助他们，让他们翻得更顺利些。在其中一间漏雨的苦行僧小室，我提醒他们地板上有个洞，别摔了进去，如果他们想要的话也可以搜一搜。我给了他们一把大钥匙开启一个小房间，三十年前，这间修道院的拥护者加入贝克塔胥教派并四散离去之前，他们的长老便住在这个房间。他们兴冲冲地走入房里，只见有一面墙已经没有了，雨直往里飘，于是他们搜都懒得搜就掉头离去了。

我很高兴蝴蝶没有跟他们一起，不过，只要找到暗示我涉案的证据，他也会加入他们的阵营。鹳鸟与黑想法一致，他们害怕奥斯曼大师会把我们交付给酷刑者，坚持我们必须互相扶持，团结对抗财务大臣。我感觉黑的动机不只是想借着找出杀害他姨父的凶手，送给谢库瑞一个真正的结婚礼物，同时也打算引导奥斯曼细密画家走上欧洲大师的道路，用苏丹的钱支付给他们，要他们完成姨父模仿法兰克人的书（这本书不仅亵渎神圣，更荒谬可笑）。我也知道，多多少少可以肯定，这项计谋的根源是鹳鸟渴望铲除我们，甚至包括奥斯曼大师，因为他梦想当上画坊总监——既然每个人都猜测奥斯曼大师属意蝴蝶——而且，他也准备不择手段增加他的机会。

一时间我迷糊了。我听着雨声，思忖良久。接着，我突然闪过一个念头想要讨好鹳鸟和黑，就好像一个人挣扎着突破重围，想把请愿书递交给骑马路过的君主和大宰相。我走到了他们的身边，带着他们穿过黑暗的走廊和一扇大门，走进一间曾经是厨房的阴森房间。我问他们有否在断垣残壁中找到了什么。当然，他们什么也找不到。四周看不见任何过去用来煮饭给穷人难民吃的锅碗瓢盆和鼓风箱。我甚至从来不曾试图打扫这个恐怖的房间，任由它爬满了蜘蛛网、灰尘、泥巴、瓦砾和猫狗的粪便。一如往常，一阵不知从何处窜出的强风，吹暗了灯火，映得我们的影子一会儿淡，一会儿浓。

"你们到处都翻遍了，却没有找到我的秘藏宝库。"我说。

出于习惯，我用手背当扫帚，拨掉废弃了三十年的壁炉里的灰烬，随之出现了一个旧炉灶，我吱呀一声拉起它的铁盖。我把油灯拿近炉灶的小开口。接下来的景象我绝不会忘记，在黑还来不及行动之前，鹳鸟已经一跃向前，贪婪地攫走里头的几个皮囊。他正打算就在炉灶口打开它们，但是我已转身走向宽敞的客厅，害怕留在后头的黑尾随在后，接着，鹳鸟细长的腿也蹦跳着跟在了我们的后面。

他们看见其中一个袋子里装着一双干净的毛袜、我的抽绳裤、我的红内衣、我最上等的衬衣、我的丝衬衫、我的剃刀、梳子和其他私人物品，一时间愣住了。黑打开另一个袋子，发现五十三枚威尼斯金币、近年来我从工匠坊偷取的几片金箔、我私藏的标准型手册、书页中夹着更多偷来的金箔、淫秽的图片——有些是自己画的，有些是我搜集来的——我亲爱母亲的遗物玛瑙戒指、她的一缕白发，以及我最好的画笔和毛笔。

"如果我真的是你们怀疑的凶手，"我说，语气带着愚蠢的高傲，"我的秘藏宝库里必然藏着最后一幅画，而不是这些东西。"

"为什么这些东西在这里？"鹳鸟问。

"皇家侍卫队趁着搜查我的家时——就像搜查了你的家一样——顺手牵羊，无耻地把我花了一辈子搜集的两片金箔揣进口袋。我担心我的家很可能为了那卑贱的凶手再被搜一次——果然没错。如果最后一幅画在我这儿，它只可能出现在这里。"

最后一句话实在不该讲出口；虽然如此，我可以感觉到他们松了一口气，不再害怕我会在修道院的阴暗角落割断他们的脖子了。我是否也取得了你们的信赖？

然而这个时候，我心中突然涌起一股极度的不安。不，不是因为自幼便熟识的插画家朋友们看见了这些年来我贪心地攒钱、收购并储存金币，或甚至让他们发现我的手册和春宫画。老实说，我很后悔自己出于一时的恐慌，向他们展示了所有这些东西。只有一个生活漫无目标的人，才可能如此轻易地暴露自己的秘密。

"不过，"好一会儿后黑开口，"如果奥斯曼大师什么都不说，也不指出我们之中谁是凶手，把我们交付给酷刑者的话，我们现在就要作出决定，到时候在刑讯拷打之下该说些什么。"

我感觉到一股空虚与沮丧降临在了我们身上。油灯的惨淡光芒下，鹳鸟与蝴蝶瞪着我手册中的春宫画。他们全身散发着漠然不在乎的态度，事实上，他们甚至透露出某种怪异的快乐。一股强烈的冲动驱使我去看那幅图画一眼——我可以猜出是哪一幅。我站起身，站在他们背后，安静地凝视着自己画的淫图，仿佛回想起某段今已远去但仍清晰的欢乐记忆，内心激荡不已。黑加入了我们。不知何故，我们四个人一起观看那张图画让我感到宽心。

"盲人和非盲人有可能相等吗？"过了一会儿，鹳鸟说。他是否在暗示，虽然眼前所见是淫秽的，但安拉赐予我们的视觉享乐却是荣耀的？不对，鹳鸟怎么可能明白这种事？他从来不读《古兰经》。我知道赫拉特前辈大师们经常引述这句箴言。伟大的画师们常用这句话来回应反对绘画的敌人，这些人恐吓说我们的宗教禁止图画，审判日到临时画家们全部会被打入地狱。接着，出乎意料地，从蝴蝶的嘴里吐出一句我从来不曾听他说过的话：

"我很想画一幅图呈现盲人和非盲人不相等！"

"图中的盲人和非盲人会是谁呢？"黑天真地问。

"Ve mâ yestevil' âmâ ve'l basîru，意指盲人和非盲人不相等。"蝴蝶说，并接着背诵：

"……黑暗与光明也不相等。

背阴和当阳也不相等，

活人和死人也不相等。"

我顿时打了一个寒战，想起不幸的高雅先生、姨父，以及今

515

晚被杀害的说书人兄弟。其他人是否和我一样害怕？很长时间，大家一动也不动。鹳鸟仍捧着我的书，尽管众人都瞪着摊开的书页，但似乎没有一个人注意到画中的粗鄙！

"我也想画最后的审判日。"鹳鸟说，"我想画死人如何复活，罪人如何与纯洁的人分隔开。为什么我们不可以描绘我们宗教的《古兰经》呢？"

小时候，当我们在同一间画坊房间并肩工作时，偶尔会从工作板和工作桌上抬起头，学习年老画师那样休息眼睛，然后开始谈论心中浮现的任何绘画题材。那个时候，就如同此刻盯着面前的书本一样，我们互相聊天，却不望向对方，把眼睛转向窗外某个遥远的目标，以便让眼睛得到休息。我不知道为什么，是因为兴奋，回想起无忧无虑的学徒岁月中某个异常迷人的片段；或是因为悔恨，忽然明白自己已经很久没有阅读《古兰经》；还是因为恐惧，前不久才目睹了咖啡馆里的罪行。总之，轮到我开口时，我却一片茫然，心跳加快，好像面临某种危难。由于脑中空无一物，我只能说出下面的话：

"你们记得'黄牛'篇章中最后一段经文吗？我最想画的就是它们：'我们的主啊！求您不要惩罚我们，如果我们遗忘或错误。求您不要使我们荷负重担，犹如你使古人荷负它一样。我们的主啊！求你不要使我们担负我们所不能胜任的。求您恕饶我们，求您赦宥我们，求您怜悯我们。'"我的声音顿住了，眼中突然涌出了泪水。我尴尬极了——唯恐别人讥笑，因为当学徒的时候，我们总是随时要保护自己，提防暴露出自己细腻的情感。

我以为我的眼泪很快就会消退，但是却克制不了自己，忍不住大声呜咽起来。泪眼朦胧中，我感觉到身旁每一个人都被感染了同情、凄凉与哀愁的情绪。从今以后，苏丹陛下的画坊将臣服于法兰克的风格；我们毕生奉献的风格与书籍将逐渐被人们所淡忘。是的，事实如此，一切的心血努力都将终结。倘若埃尔祖鲁姆教徒没能以暴力铲除我们，苏丹的刽子手也将把我们折磨得不成人形……不过，我一方面痛哭、抽噎、叹息——耳朵仍倾听着哀伤的雨声淅沥，另一方面心中却察觉到自己真正感到哀伤的不是那些事情。周围的人感觉得出来吗？我不禁有点罪恶感，我的泪水既真诚又虚伪。

蝴蝶来到我身旁，手臂搂住我的肩膀。他抚摸我的头发，亲吻我的脸颊，用甜蜜的话语安慰我。他的友谊激起我更诚挚而罪恶的眼泪。虽然不敢看他的脸，但不知为何，我却误以为他也在流泪。我们一起坐了下来。

我们回忆起过去的种种：我们同一年进入画坊当学徒、被迫离开母亲展开新生活的陌生悲伤、从第一天起开始承受责打的疼痛、收到财务大臣的第一份礼物时那份欢欣喜悦，以及我们一路奔跑回家的那些日子。最初只有他在讲，我则感伤地聆听，之后鹳鸟加了进来，再过一会儿则是黑——他曾在画坊待过一阵子，可是在我们学徒生涯初期便离开了——也加入我们哀愁的谈话。我忘了自己不久前才哭过，开始与众人一起笑着谈了起来。

我们促膝话旧，忆起以前冬天的早晨，很早就起床，先把画坊大房间里的火炉点燃，然后用热水拖地。我们想起一位年老的"大师"，愿他安息，这个老头平庸谨慎到整整一天里只能画一棵树上的一片叶子，当他发现我们根本没在看他笔下的树叶，而是望向窗外青葱翠绿的茂密枝叶时，不曾打我们，而是不下一百次地斥责我们："不是看那里，是看这里！"我们回想起一位细瘦学徒传遍整间画室的哭号，他一边哭一边拿着包袱走向大门，因为繁重的工作导致他斜视，不得不被遣送回家。接着，我们的眼前再一次浮现出，曾经有一次我们愉快地注视着（因为不是我们的错）殷红颜料从裂开的青铜墨水瓶渗出，徐缓地晕散在一幅由三位插画家花了三个月心血绘制的图画上（内容描述奥斯曼军队前往西尔万途中，来到科尼克河岸边，因为担忧饥荒，占领埃莱什填饱肚子）。以文雅而恭敬的态度，我们谈论起一位三人同时追求、也一起爱上的切尔卡西亚女子，她是一位七十岁帕夏的妻子中最美丽的。这个帕夏，为了展现他的战绩、权力与财富，要求我们仿照苏丹陛下狩猎宫殿的天花板纹饰，为他装饰自己的住所。接下来，我们热切地回想着，冬天的早晨，我们会把我们的扁豆汤放在微敞的门边，以免蒸汽濡湿了画纸。我们一同嗟叹，自从我们画坊的师父们强迫我们远行到外地任职后，就与许多朋友及大师疏远了。陡然间，我眼前浮现出了亲爱的蝴蝶十六岁时最甜美的模样：他正拿着一只平滑的贝壳，飞快摩擦一张纸，企图把它打得光亮；而夏日的艳阳从敞开的窗户投射而入，映上了他蜂蜜色的赤裸臂膀。他忽然停下手中心不在焉的工作，低下头，仔细检视纸上一块污斑。他改变刚才打磨的动作，拿贝壳在那块恼人的污斑上加强磨了几下，然后又回到之前的规律，手臂前后摆动，目光飘向窗外遥远的天边，陷入白日梦中。我永远不会忘记，当他转头再次望向窗外前，有一刹那深深望入我的眼睛——后来我也曾经如此看别人。他凄怆的眼神只有一个含意，每一位学徒都了然于心：如果你不做梦，时光就不会流逝。

58. 人们称我为凶手

你们已经把我忘了，对不对？我何必继续对你们隐藏自己的存在？这股语气变得愈来愈强烈，再也压抑不住，我已习惯用它说话。有时候，我得用尽全力才克制得了自己，随时提心吊胆，深怕紧绷的声音泄露我的身份。有时候，我放纵自己无拘无束地畅谈，任由嘴里滔滔不绝地涌出象征第二个身份的语言——或许你们会从我所用的词语中认出我是谁了——我的双手开始颤抖，额头冒出滴滴汗珠，忽然察觉到，我身体吐露的这些轻声细语，也将提供新的线索。

然而我在这儿感觉是那么的舒适自得！与我的画师弟兄们一起促膝叙旧，追溯过去二十五年的种种，我们想起的不是昔日的怨怼与仇恨，而是绘画的美丽与喜悦。坐在这里，我们仿佛等待着逼临眼前的世界末日，在泪眼婆娑中彼此相抚，共同追忆美好的过往岁月，这幅景象也隐隐让人联想起后宫嫔妃们的处境。

我的这个比喻，取自于克尔曼的阿布·萨伊德，他在撰述帖木儿子孙的《历史》一书中，收入了许多设拉子与赫拉特前辈大师们的故事。一百五十年前，黑羊王朝的统治者贾杭君王举兵东进，打败当时帖木儿王朝自相残杀的大小君主，击溃军队，劫掠领地。接着，他率领手下战无不胜的土库曼军队，穿越整个波斯，来到东方。最后，在阿斯特拉巴德，他击败了易卜拉欣——帖木儿之子沙哈鲁的孙子。占领古尔甘之后，他派遣军队进攻赫拉特城。根据克尔曼的历史学家记载，这场战争，不只撼动了全波斯，更消灭了帖木儿王室至此全胜无敌的势力；这个王朝，半世纪以来统治了半个世界，领土从印度延伸到拜占庭。赫拉特的围城造成空前的毁灭灾难，男女老少哀鸿遍野，整座城市宛若人间炼狱。历史学家阿布·萨伊德以某种残酷的快感，向读者描述围城的场景：黑羊王朝的贾杭君王进入他攻占的城堡，冷血地杀光了所有帖木儿的后裔；他到众君王和王子的后宫挑拣嫔妃，把她们纳入自己的后宫；他无情地隔离每一个细密画家，强迫他们服侍他自己的绘画大师，充当他们的学徒。阿布·萨伊德的《历史》写到这里，笔锋一转，不再描写躲在城堡高塔的墙垛后，试图反击敌军的君王和战士，而把焦点转向画坊的细密画家们：身陷画笔和颜料堆中的他们，等待着围城达到恐怖的顶点，走向无法逃避的结局。他列出了画家们的姓名，一个接一个述说他们如何举世闻名，并且将永垂不朽。然而，如同君王的后宫佳丽们，如今早已为人淡忘的这群彩绘大师，困在画坊中什么事都不能做，只能相拥而泣，共同回忆过去的幸福岁月。

我们也是，如同哀伤的后宫嫔妃，追忆着苏丹恩赐的皮毛滚边长衫与塞满金币的钱袋。他送这些礼物给我们作为酬佣，答谢我们节庆时呈献给他的彩绘雕花箱盒、镜子与盘子、彩绘鸵鸟蛋、剪纸画、单页图片、幽默书籍、游戏纸牌和手抄绘本。那些认真工作、辛勤劳苦、清心寡欲的年长画家，而今安在？他们从来不会幽居家中，心机深重地隐藏自己的技巧，唯恐自己的兼差被人发现；相反，他们每天都会来画坊，从不缺席。那些谦卑地投注毕生心力、勾勒微枝末节的年老细密画家，而今安在？他们终生致力于描绘城墙上错综复杂的图案、肉眼几乎难以辨别差异的柏树叶片，以及填满画面空白的七叶草。那些才华平庸，却从不嫉妒他人的画师，而今安在？他们了解真主赐予某些艺术家才华和能力，赐予另一些艺术家耐心和恭顺，诚心接受他旨意中的智慧与正义。我们眼前再度浮现这些叔伯辈的大师，其中几位身形伛偻，但永远面带微笑，有几位老是轻飘飘又醉醺醺，还有一些不时想把他们那嫁不出去的女儿塞给我们。随着我们一点一滴地回想，慢慢地，我们学徒时期和画师初期在画坊生活的种种细节，再度从尘封的记忆中苏醒。

你们记不记得，有一位微有斜视的描边师，每当他画格线的时候，总喜欢鼓起脸颊——如果画的线朝右边，就鼓左颊；如果线朝左，就鼓右颊。还有一位喜欢自嘲的瘦小画家，每当上颜料上多了的时候，总会一边咯咯笑，一边喃喃自语："耐心点，耐心点，耐心点。"另有一位年逾七旬的镀金大师，常常与楼下的装订师学徒聊天，一聊就能聊好几个小时，他常说把红墨水涂在前额可以预防衰老。再有一位脾气暴躁的大师，为了测试颜料的浓稠度，涂满了自己的指甲后，就会叫来一个他的学徒，甚至随意拦下任何路过的人，把颜料涂在他们的指甲上。还有一位肥胖的画家，他会拿镀金时拨扫多余金粉的毛茸茸兔子脚，梳理自己的胡须，逗我们笑。这些人，如今身在何方？

那些用了太多次，最后甚至成为学徒身体的一部分，然后又被随手丢弃的磨光板，到哪儿去了？那些被学徒们拿来玩"剑士"而磨钝了的长剪刀，又到哪儿去了？刻着大师姓名以免混淆的写字板、中国墨水的芳香、宁静中从咖啡壶里传来的微弱滚沸声，这一切，都到哪儿去了？每年夏天，我们的虎斑猫会生下小猫仔，我们从它们的脖子与内耳剪下细毛，制成各式各样的画笔，这些笔都哪儿去了？为了让我们闲暇时可以学书法家那样练习技巧，而发给我们的一大捆印度纸张，又在哪儿呢？还有一把丑陋的铁柄画刀，使用它必须事先得到画坊总监的允许，如此一来，当我们需要用它刮掉严重的错误时，便能向全画坊立下警示作用，这把画刀，现在在哪里？处罚这类错误的仪式，如今还存在吗？

我们谈到，苏丹准许细密画师在家工作，是一项错误的决定。我们也谈到了早冬的傍晚，当我们在油灯和烛光下工作到眼睛酸疼时，御膳房会送来芳香甜美的热哈尔瓦糕。我们含泪笑着回想起一位年老力衰的镀金大师，因为双手颤抖不止，无法再握笔或拿纸，但每个月都会来画坊转一转，并且带来一包女儿特地为我们学徒做的点心：浸饱糖浆的炸面球。我们还谈到了已故大师卡拉·曼密的精美画作，他是奥斯曼大师前任的画坊总监。他的葬礼过后几天，人们进入他空荡的屋里，在他摊平作为午睡之用的薄床垫底下发现一捆卷宗，从里面找到了这些华丽的图画。

我们一一列举对哪几幅画引以为傲，而且如果手边有复制版的话，会想随时再拿出来欣赏，就像卡拉·曼密大师自己的收藏一样。他们提到了《技艺之书》中的一幅宫殿画：画面上半部的天空以金色涂料彩饰，预言着世界末日的来临，然而营造出这股氛围的并非金彩本身，而是高塔、圆顶和柏树之间的色调变化——展现金彩使用的细腻精巧。

他们描述了一幅我们崇高先知的肖像：天使从他的腋下托着

他，引领他从宣礼塔顶登霄，先知的脸上露出忸怩和发痒的神情。图画的色彩很严肃，就连孩童们，乍见这个神圣的场景，也不免先因为虔诚的敬畏而颤抖，接着才恭敬地开怀大笑，好像自己也被搔痒了。我则述说了曾经为前任大宰相画过的一幅画，纪念他弭平山区叛军的功绩：在页面的边缘，我戒慎恭敬地排列出被他砍下的头颅，一颗颗画得细腻而雅致。我并不把它们当成普通尸体的脑袋，而是依法兰克肖像画家的态度，勾勒出每一张独一无二的脸孔，刻下他们死前深锁的眉头，染红他们的脖子，描绘他们微启的嘴唇质问着生命的意义，张开他们的鼻孔无奈地吸入最后一口绝望的空气，最后，合上他们殷盼尘世的双眼。借此，我为画面注入了一股神秘的恐怖氤氲。

我们就这样充满怀念地谈到了彼此最喜爱的爱情与战争场景，回想它们令人惊艳而泫然欲泣的微妙含蓄，仿佛它们是我们难以忘怀却又遥不可及的亲身经历。星夜下情侣幽会的神秘而幽静的花园、青葱的树木、璀璨的飞鸟、凝结的刹那……所有这一切都从我们眼前一一闪过。我们看见了腥风血雨的战场，真实得有如惊醒我们的噩梦：斩为两半的躯体、战马的盔甲溅满斑斑血迹、俊美的士兵彼此挥刀残杀、纤手小口凤眼的女子垂着头站在虚掩的窗边目睹整场杀戮……我们回想起那些高傲自大的漂亮男孩、那些英俊的君王与大汗，他们的权势和宫殿早已在历史中灰飞烟灭。如同这些君王们后宫中相拥而泣的嫔妃，如今我们明白，我们的生命正逐渐走入记忆。然而，我们是否也会像她们一样，从历史走入传奇？不敢继续往下想，再往下想只会加深恐惧的阴影，被世人遗忘的恐惧——甚至比死亡还要可怕，于是我们转移话题，询问彼此最欣赏的死亡场景。

第一幅闪过脑海的图画，是撒旦诱骗佐哈克杀害自己的父亲。根据《列王记》最开始的描述，故事发生在世界初创的时代，凡事皆简单明了，无需解释。如果你想要羊奶，就去挤羊奶喝；如果你想要马，就骑上马离开；如果你心中沉思邪恶，那么撒旦就会出现，说服你杀死父亲是件美妙的事。于是佐哈克杀死了有着阿拉伯血统的父亲玛尔达斯，画面优美，一方面因为事件的过程单纯，没有任何理由；另一方面事件发生在夜晚一座华丽的宫殿花园，金色的星光时隐时现地照亮了青翠的柏树和缤纷的花朵。

接着，我们回想起传奇的鲁斯坦姆，他在不明就里的情况下杀死了对战三天的敌军将领，然后才发现对方原来是自己的亲生儿子苏赫拉布。画中的情绪深深触动了我们每个人。鲁斯坦姆看见对方的手臂上，戴着多年前他送给男孩母亲的臂环，这时才认出眼前被自己的长剑砍得血肉模糊的敌人，竟是他的儿子，哀痛欲绝。鲁斯坦姆悔恨地捶打自己的胸膛。

深受触动之后我们心中所想的究竟是什么呢？

雨水继续打在苦行僧修道院的屋顶上，我来回踱步。突然间，我脱口说出了下面的话：

“要么是我们的父亲——奥斯曼大师——出卖并让人杀了我们，要么是我们背叛他、杀了他。”

众人陷入了恐慌，不是因为我说错了，而是因为我说的话没错。我们沉默不语。我继续踱步，心里惶恐不已，担心自己先前的好言好语全都白费了，赶紧对自己说：“快说个阿夫拉西亚布谋杀瑟亚乌什的故事来改变话题吧。可是故事是关于背信忘义，我怕不适合。那么，谈谈霍斯陆的死吧。”好吧，不过，我是该讲菲尔多西《列王记》的版本呢，还是内扎米在《霍斯陆与席琳》一书中的故事？《列王记》的悲剧焦点，在于霍斯陆含泪明白了潜入他寝室的凶手竟是自己的儿子！霍斯陆孤注一掷，借口说他想做最后的祷告，吩咐贴身僮仆去取水、肥皂、干净的衣服及礼拜垫。天真的男孩不明白主人其实是派他去求救，而真的离开房间去准备这些东西了。等到房里只剩下霍斯陆，凶手立刻反锁了房门。在《列王记》最后的这个场景中，菲尔多西语带厌恶地描写阴谋者们找来的这个凶手：他全身恶臭、毛发浓密、大腹便便。

我来回踱步，脑子里塞满了话语。然而仿佛在梦中，我发不出半点声音。

就在这个时候，我感觉到其他人正在低声交谈，说我的坏话。

他们猛然出手抓住了我的双腿，冲劲之大我们四个人全摔在地上。一阵短暂的扭打挣扎之后，我被他们三人仰天压倒在了地板上。

其中一个人坐在我的膝盖上，另一个人按住了我的右臂。

黑跨坐在我身上，全身的重量紧紧压住我的肚子和胸膛，并用双膝钉住了我两边的肩膀。我完全无法动弹。所有人都愣在原地不动，重重地喘气。我脑中想起了一段过去的事：

我已故的伯父有个流氓儿子，比我大两岁——我希望他在抢劫商旅队时遭逮捕，早已被砍头。这头嫉妒的禽兽，因为知道我的才识比他丰富又较聪明，总是随便找借口向我挑衅，不然就是坚持与我摔跤。当他很快制伏我之后，会把我压倒在地，和现在的黑一样，用膝盖顶住我的肩膀。他会盯着我的眼睛，就像黑现在这样，然后垂下一丝唾液，缓缓地对准我的眼睛，等待它一点一滴积聚。他非常享受观看我把头左甩右转试图躲避唾液的挣扎。

黑叫我别想隐瞒任何事。最后一幅画在哪里？快说！

我感到无比懊悔与愤怒，有两个原因：第一，我先前说的一切全是白费唇舌，没发现他们事先已经达成了协议；第二，我没有逃走，想象不到他们的妒意竟然强烈到这种地步。

黑恐吓我说，如果不交出最后一幅画，就要割断我的喉咙。

多么荒谬呀。我紧闭嘴唇，好像担心如果自己张开口，事实就会顺口溜出。另一方面我也在想自己已经无能为力。如果他们彼此达成了协议，把我当成凶手交给财务大臣，这么一来他们就能逃过一劫。我唯一的希望只能仰赖奥斯曼大师，他或许会指出另一个嫌犯或另一条线索。可是话说回来，我能确定黑关于奥斯曼大师的说法都是正确的吗？他们会不会先当场杀死我，之后再把罪名加在我身上呢？

他们拿匕首抵住了我的喉咙，我看到黑脸上立刻闪现出了一抹掩饰不住的欢愉。他们打了我一巴掌。匕首是不是割进了我的肌肤？他们又打了我一巴掌。

我心中归纳出了下面的逻辑：只要我保持沉默，一切都会安然无恙！这个想法给了我力量。他们再也掩藏不住一个事实了：从当学徒那天起，他们始终嫉妒我。毋庸置疑地，我，上色的手法最纯熟，线条画得最直，镀色的作品最佳。他们强烈的妒意让我深爱他们。我向我挚爱的弟兄们微微一笑。

其中一个人，我不想要你们知道是谁做出了如此下流的行为，热情地亲吻我，好像在亲吻渴求已久的情人。其他人把油灯拿到我们身旁，在灯光下观察我们。对于我挚爱弟兄的亲吻，我不得不以同样的深吻回报。倘若一切都将结束，至少让大家知道最好的细密画是我画的。找出我画的图画，自己亲眼瞧瞧。

他开始恼怒地殴打我，好像我的回吻激怒了他。不过旁边的人拉住了他。一时间他们有点犹豫不决，他们之间的你推我攘让黑颇感不悦。似乎他们并不是对我生气，而是对自己未来的人生方向感到愤怒，因此，他们想向全世界复仇。

黑从腰带里抽出一样物品：一根尖端锐利的长针。不假思索地，他把它拿到我面前，作势要戳入我的眼睛。

"八十年前，大师中的大师，伟大的贝赫扎德，预见一切将随赫拉特的陷落而终结。为了不让任何人强迫他以另一种风格作画，他光荣地刺瞎了自己的双眼。"他说，"他从容不迫地把这根帽针插入自己的眼睛，再拔出来。没多久，真主的华丽黑暗缓缓降临他钟爱的仆人——这位拥有神妙之手的艺术家。君王塔赫玛斯普把这根针，以及此时昏醉失明的贝赫扎德，偕同著名的《列王记》，当作礼物，从赫拉特运到大不里士，呈献给了苏丹陛下的祖父。一开始，奥斯曼大师并不了解为什么君王会送上这个物品，不过如今，他终于想通了这份残酷礼物背后的邪恶意旨与正直道理。奥斯曼大师明白苏丹陛下想拥有法兰克大师风格的个人肖像，也察觉爱如己子的你们全部背叛了他，于是，昨天深夜，在宝库里，他拿这根金针插入自己的双眼——仿效贝赫扎德。你这个卑贱的家伙，是你毁掉了奥斯曼大师费尽毕生心血建立起来的画坊。现在，如果我把你刺瞎，你还需要什么理由吗？"

"不管你要不要刺瞎我，到最后，这里都再也不会有我们的容身之处。"我说，"就算奥斯曼大师真的瞎了，或死了，从此我们可以任意画我们喜欢的，在法兰克的影响下接纳自己的瑕疵和特质，试图追求拥有个人的风格，也许这么一来会比较像自己，但那终究不是我们。不，就算我们坚持学前辈大师那样绘画，坚持说唯有如此我们才是真实的模样，然而，苏丹陛下，他甚至连奥斯曼大师都可以背弃，当然会找别人来取代我们。再也不会有人看我们的画，别人对我们只有怜悯。咖啡馆的遇袭更是在我们的伤口上撒了盐，因为这一事件的发生将有一半会怪罪到我们细密画家头上，我们诽谤了受人敬重的传道士。"

尽管我滔滔不绝地试图说服他们，我们的内讧将无益于自身，却只是白费唇舌。他们根本不想听我说话。他们惊慌失措。只要能在清晨之前赶快决定究竟谁有罪，管它是对是错，如此一来他们确信自己就能获救，免除严刑拷打；同时，与画坊有关的一切都将回复从前，继续延续下去，不会改变。

不过，另外两人并不喜欢黑的恐吓。假使后来查出凶手另有他人，而苏丹陛下得知他们无缘无故刺瞎了我，那时该怎么办？他们既担心黑与奥斯曼大师的亲密关系，又惧怕他对大师的不敬态度。他们试图拉开黑的手，移开黑在狂怒中坚持对准我眼睛的金针。

黑惊恐万分，以为他们想夺走他手里的金针，以为我们要联手对付他。顿时一阵混乱。我只能努力把下巴往上抬，避开逼近眼前随时可能发生意外的金针抢夺战。

事情来得太快了，一开始我甚至搞不清楚发生了什么事。我的右眼感觉到一阵锐利的短暂痛楚；我的前额猛然一麻。接着一切回复了原来的样子，然而恐惧已在我心底扎下了根。虽然油灯已被移到一旁，我依旧能够清晰地看见面前的身影果断地举起金针，要插入我的左眼。他刚才从黑手里抢过了金针，这次下手比之前更加小心翼翼。当明白金针已轻而易举地穿透我的眼球时，我瘫在地上无法动弹，感受到了同样的痛楚。前额的麻木似乎已扩散至整个脑袋，不过，金针被抽出来后便停止了。他们轮流看了看金针，又看了看我的眼睛，仿佛不确定发生了什么事。等众人终于了解到降临在我身上的惨剧后，骚动停了下来，压住我手臂的重量也减轻了。

我放声尖叫，近乎狂嗥。不是因为疼痛，而是出于战栗，彻底领悟到他们对我做了什么。

我不知道我号叫了多久。一开始，我察觉哀号不仅使我略微感到了轻松，对他们也一样。我的声音拉近了我们彼此之间的距离。

虽然这么说，但是随着我的尖叫持续不停，我看到他们愈来愈紧张。我不再感觉任何疼痛，但满脑子所能想到的却是我的眼睛被针刺穿了。

我尚未失明。感谢上天我还看得见他们惊骇悲伤地注视着我，我还看得见他们的影子在修道院天花板上茫然游移。我顿时觉得宽心，但又感到惶恐不安。"放开我。"我狂叫，"放开我，让我再看一次这个世界，求求你们。"

"快点告诉我们，"黑说，"那天夜里你怎么会遇上高雅先生的？说了我们就放开你。"

"我正从咖啡馆要回家，倒霉的高雅先生出现在了我的面前。他很害怕，一副失魂落魄的样子。一开始我很可怜他。现在先放开我吧，等会儿我再详细告诉你们。我的眼睛快要看不见了。"

"它们不会立刻失明。"黑语气坚决，"相信我，奥斯曼大师刺穿了自己的眼睛后，还能够辨识出裂鼻的马。"

"不幸的高雅先生说他想和我谈谈，他说我是他唯一可以信赖的人。"

可如今我同情的不是他，而是我自己。

"如果你能在眼睛凝结血块之前告诉我们，明天早上你就可以尽情观看世界最后一眼。"黑说，"你看，雨就要停了。"

"我对高雅说：'我们回咖啡馆去。'不过，我马上察觉他不喜欢那里，甚至害怕那个地方。这个时候我才第一次彻底地明白，和我们共同绘画了二十五年之后，高雅先生已经与我们分道扬镳，走上了不同的道路。过去八九年来，自从他结婚后，虽然仍常在画坊里看到他，但我从来不知道他在忙些什么……他告诉我，他见到了最后一幅画，画中蕴含的深重罪孽我们一辈子都洗刷不掉。他断言我们每一个人最后都会下地狱遭受火炼。他十分担心又害怕，就像一个无意中犯下巨大罪孽的人一样，恐慌得近乎要崩溃了。"

"巨大的罪孽是什么？"

"当我问他同样的问题时，他讶异地瞪大眼睛，好像在说：你的意思是你不知道？这时我才明白我们的朋友老了很多，我们也一样。他说，不幸的姨父在最后一幅画中，厚颜无耻地使用了欧洲的透视法。画中的物品不是依照它们在安拉心中的位置依次所绘，而是根据肉眼所见的形态——如同法兰克人的画法。这是一项很大的罪孽。第二项罪，则是把苏丹陛下——伊斯兰的哈里发——画成和一条狗同等大小。第三项罪，也是关于把撒旦描绘成相同的大小，甚至把他画得模样讨人喜欢。不过，比起这些，最严重的一道罪——在我们的绘画中引进法兰克技巧的必然结果——则是要依照真人大小描绘苏丹陛下的肖像，还要画出他脸上所有的细节！正如偶像崇拜者的作为……或者，就好像基督徒画在教堂墙壁上日夜膜拜的'肖像'一样，那些无可救药的异教徒，天生忍不住去崇拜偶像。这一点高雅先生很清楚，毕竟你的姨父告诉过他许多关于肖像画的事，于是他深信肖像画是最严重的罪孽，并且将导致穆斯林绘画的灭亡。我们一面走下街道，高雅一面跟我解释这些话，我们没有去咖啡馆，因为他宣称店里的人诽谤崇高的传道士先生及我们的宗教。走着、走着，偶尔他会停下来寻求我的帮助，问我这一切到底是否正确，有没有任何解决的方法，我们是不是逃不过地狱酷刑。他不时突然悔恨交加地捶打胸脯，然而我却突然发现自己一点都不相信他。他是个假装后悔的大骗子。"

"你怎么知道？"

"我和高雅先生打小就认识。他是个正直而安静、平凡而又无趣的人，和他的镀金作品一样。当时站在我面前的人，看起来甚至比我们认识的高雅还要愚蠢，还要天真、虔诚，也更为肤浅。"

"我听说他也和埃尔祖鲁姆教徒们走得很近。"黑说。

"没有一个穆斯林会因为无意间犯了一项罪孽，就如此地捶胸顿足。"我说，"一位虔诚的穆斯林晓得真主是公正而明理的，他会分辨仆人的内心真意。只有脑袋像豆子一样大的白痴，才可能相信不小心吃到一口猪肉就得下地狱。总之，一位真正的穆斯林明白，打入地狱的恐吓是用来吓别人的，而不是用来吓唬自己的。高雅先生就是在故意这么做，你们懂吧，他想吓唬我。教他可以这么做的人正是你的姨父，这也是我当时才明白的事情。现在，老实告诉我，我亲爱的细密画师弟兄们，鲜血是不是已经在我眼里凝结了，我的眼睛是不是正在失去它的光彩？"

他们把油灯拿到我脸旁，凝神观看，露出外科医生般的关心和同情。

"看起来毫无改变。"

难道这三个紧盯着我瞧的人，将是我在世上看到的最后一幕？我知道自己到死都不会忘记这一刻。接着我说出了下面的话，因为除了后悔之外，我仍怀抱一线希望：

"你姨父故作神秘，好让高雅先生察觉自己涉入了某项禁忌计划。他遮住最后一幅画，只向每个人显露特定的一小部分，要我们在那里作画——他故意为这幅画营造神秘的气氛。对罪孽的恐惧根本就是姨父一手灌输进去的。最先散布亵渎之罪的想法，造成众人躁动恐慌的人，是他，而不是那些一辈子没看过手抄绘本的埃尔祖鲁姆信徒。然而，一位良心清白的细密画家有什么要害怕的呢？"

"当今时代，一位良心清白的细密家需要害怕的事情可多了。"黑自以为是地说，"的确，没有人可以反对细密画艺术，但是图画为我们的信仰所禁止。过去波斯大师的插画，甚至赫拉特伟大画师们的经典作品，因为终究被视为页缘装饰的延伸，不会有人反对。人们认为它们的功用在于加强文章之美与书法之雅。而且，老实说，谁会去看我们的饰画？然而，当我们开始使用法兰克的技法后，我们的绘画变得不再着重装饰花纹或繁复图案，而更接近简单明了的肖像。这正是荣耀的《古兰经》所禁止、我们的先知所反对的行为。苏丹陛下与我的姨父都非常了解这个道理。我的姨父便是因此而遇害的。"

"你姨父被杀的原因，是因为他害怕了。"我说，"就像你一样，他开始声称手边正在进行的最后一幅画，并没有违逆宗教或天经……刚好给埃尔祖鲁姆教徒一个好借口，长久以来，他们一直焦急地寻找一切违逆宗教的证明。高雅先生与你姨父是一对完美的搭档。"

"而杀死他们两人的家伙就是你，是不是这样？"黑说。

刹那间我以为他会揍我，但在短短的片刻，我也知道关于姨父的遇害，美丽谢库瑞的新丈夫实在没什么好抱怨的。他不会打我，就算当真动手，我也不会在乎了。

"苏丹陛下渴望编辑一本受到法兰克艺术家影响的手抄本，彰显他的威势。"我执拗地继续说，"事实上，你姨父的企图也不减于苏丹，他想制作一本具争议性的书籍，内容隐含禁忌，满足他个人的骄傲。他在旅行途中看到了法兰克大师的绘画，不禁感到一股卑躬屈膝的敬畏，于是深深迷恋上了这种艺术风格，一天到晚向我们吹嘘——你一定也听过那一大堆透视法和肖像画的胡扯。在我看来，我们的书里没有半点有害的东西，也没有任何为我们宗教所不容的东西……他自己清楚得很，所以才假装在编辑一本禁忌之书，满足个人的虚荣……能够在苏丹亲自首肯下领导如此危险的工作，其中的意义对他而言不下于对法兰克大师的画的崇拜。没错，如果当初我们作画的意图是为了挂在墙上公开展示，那么或许真的有亵渎的意味。然而，书中没有任何一幅画让我觉得它抵触了宗教、背弃了信仰或对宗教有所不敬，或有一丝一毫的禁忌。你们有这些感觉吗？"

我的视力在不知不觉中慢慢消失，还好感谢上天，我仍然依稀可以看见我的问题让他们起了很大的疑心。

"你们下不了决心，对不对？"我洋洋得意地说，"即使你们暗中相信我们绘制的图画中，隐含污蔑的痕迹或亵渎的阴影，也不愿意接受这个想法，更不会说出来，因为如此一来，等于亲手把证据交给指控你们的埃尔祖鲁姆信徒等宗教狂热分子。另一方面，你们也无法大声宣称自己如初降的新雪般纯洁无瑕，因为这么一来，意味着必须放弃令人目眩神迷的骄傲，放弃那种参与一项隐匿、神秘、禁忌行动的沾沾自喜。我后来才发现自己享受着这种骄傲。你们知道我是如何察觉的吗？就在我半夜把可怜的高雅先生带到这间苦行僧修道院的时候！我借口说在路上走这么久快冻僵了，带他来了这里。事实上，我很高兴向他展示我是一个自由思考的海达里耶怀旧人士，甚至，我渴望成为一位海达里耶信徒。我想让高雅知道我是苦行僧教派的最后一位追随者，这个教派奉行鸡奸、吸食大麻、流浪等各种离经叛道的行为。我以为等他发现这个事实，会更加害怕或尊敬我，从此吓得不敢再到处乱说话。可惜人算不如天算，结果正好相反。我们弱智的童年友伴憎恶这个地方，并且很快认定，各种有关你姨父的亵渎指控都千真万确。所以，我们挚爱的学徒同侪，本来还哀求着：'帮帮我，告诉我，我们不会下地狱，让我今晚睡得安稳。'却转而用一种全新的恐吓语气强调：'这么做是不会有好结果的。'他坚信我们在最后一幅画中背离了苏丹陛下原初的命令，届时陛下也绝不会容忍此等罪行，他也坚信所有这一切都会传进埃尔祖鲁姆的教长传道士耳朵里的。要让他相信这一切都是子虚乌有是不可能的。我知道他会向传道士的昏庸追随者全盘托出，夸大姨父的荒诞思想、公然冒犯宗教，以及把魔鬼画成迷人的模样等等，而他们自然会相信他的每一句无稽之谈。不用我多说，你们也知道，自从成为苏丹陛下眼前的宠儿之后，不只艺术家，整个工艺匠社群对我们都又羡又嫉。如今他们将幸灾乐祸地异口同声道：'细密画家们已经陷入了异端邪说。'不仅如此，姨父与高雅先生之间的合作更证明了大家的诽谤是正确的。我之所以说'诽谤'，是因为不相信我的弟兄高雅针对这本书及其最后一幅画的指控。就算当时，我也不能容忍有人指责你已故的姨父。我认为苏丹陛下放弃奥斯曼大师，转而偏爱姨父大人，是颇为恰当的抉择。即使到不了姨父那程度，我也相信他口沫横飞对我描述的法兰克大师及其艺术技巧。过去，我曾经深信不移，认为我们奥斯曼画家可以随心所欲地采用法兰克的技法，或者前往国外参观学习，信手捻来，不会造成任何麻烦——无需与魔鬼交易，也不会为自己招来灾祸。未来的日子光明可盼。你的姨父，愿他安息，取代了奥斯曼大师，成为我的新父亲，引导我走向新的生活。"

"我们先别讨论这一点。"黑说，"先讲讲你是如何谋杀高雅的。"

"这桩事件，"我说，察觉自己说不出"谋杀"两个字，"我干下这桩事件，不只是为了拯救我们，更是为了拯救整个画坊。高雅先生明白自己提出了一个有威力的恐吓。于是我祈祷全能的真主，恳求他给我一个暗示，向我证明这个混蛋究竟卑鄙到什么程度。我的祈祷应验了，真主让我看清了他丑陋的真面目：我告诉高雅愿意给他钱，他露出了贪婪的眼神。这些金币是我灵机一动想出来的，其实我是在安拉的帮助下撒了个谎。我说金币不在修道院，被我埋在别的地方。于是我们出了门。我带着他穿越空旷的街道和荒凉的区域，脑中毫无头绪究竟要走去哪里。我不晓得自己要干吗，走着、走着，心里愈来愈怕。漫无目标地晃了一圈后，我们回到一条先前走过的街道。这时，我们的弟兄高雅先生，一辈子钻研形式和重复的镀金师，开始起疑。幸好真主赐予我一片风雪肆虐后的空旷废墟，以及不远处，一口枯井。"

说到这里，我知道自己再也说不下去了，也告诉了他们。

"如果你们在我的处境，也会为了拯救所有的细密画家弟兄，做出同样的事情。"我大胆地说。

听见他们赞同了我的话时，我的泪水几乎夺眶而出。我就要说出一切了，原本以为这是因为他们给了我原本根本配不上的关爱而软化了我的心，但不是这个原因；我就要说出一切了，原本以为这是因为我再次听见了我杀了他后把尸体抛入井里时砰然响起的声响，却不是这个原因；我就要说出一切了，原本以为这是因为我回想起了成为杀人凶手前和大家一样的快乐生活，但也不是这个原因。眼前浮现出了童年时经常出入我们街区的一个瞎眼老人：每当他出现时，我们这些小孩总是站在远处的饮水池边看他。他会从污秽的衣服里拿出一只肮脏的长柄铁杯，然后招呼我们："我的孩子，谁能帮一个瞎眼老头，拿这只水杯去池子里舀点水？"没有人帮他时，他会说："好心有好报啊，我的孩子！好心有好报！"他眼珠的虹膜早已褪去了颜色，几乎和他的眼白混成了一片。

想到自己将会像这位瞎眼老人一样，我的心情激动难耐，飞快地供出了杀害姨父大人的过程，丝毫没有从中感到有何乐趣。我对他们既没有太诚实，也没有太保留：我找到了一条中庸之道，让自己不至于太激动，但我发现他们明白了我当初到姨父家中并非就是为了去杀他。当他们明白了我希望澄清这不是蓄意谋杀时，也明白了我说"若一个人心中不存恶意，绝不会下地狱"时是在为自己寻找祈求宽恕的理由。

"把高雅先生交给安拉的天使之后，"我深思熟虑地说，"往生者临终时对我说的一席话开始啮噬我的心。导致我双手染血的最后一幅画，黑压压地笼罩着我的脑海，于是，我决定去看它一

536

眼。我去找你的姨父，想让他给我看一看那最后的一幅画。这些日子来他再也不召唤我们任何人去他家中。见到我之后，他不仅拒绝展示那幅画，甚至表现出没什么好大惊小怪的态度。他嗤之以鼻，根本没有哪幅画或其他什么东西能够神秘到会促使人去搞谋杀！为了阻止他的继续羞辱，也为了引起他的重视，我向他坦白杀死高雅先生并弃尸井底的人就是我。是的，接着他才对我认真起来，但还是一样继续羞辱我。一个羞辱自己儿子的人怎么配得上当父亲？伟大的奥斯曼大师经常会向我们发火、责打我们，但他从不曾羞辱我们。噢，我的弟兄们，我们背叛他真是大错特错。"

我对我的弟兄们微笑，他们全神贯注望着我的眼睛、聆听我说话，好像我快要死了。如同一个濒死之人，我也看见他们的身影逐渐模糊，离我远去。

"我杀死你姨父有两个原因。第一，因为他无耻地逼迫伟大的奥斯曼大师去模仿威尼斯画家塞巴斯提亚诺；第二，因为我一时软弱，降低姿态问他我是否拥有个人风格。"

"他怎么回答？"

"他说我确实拥有个人风格。当然，从他嘴里说出这个词，是一种赞扬，而绝非侮辱。我记得自己在羞愧之中思考着，这是否真的是赞美：虽然我认为风格代表了无师承和不光荣，但心中的疑虑不停地啃噬我。我不想要有任何风格，可是，魔鬼却在一旁煽风点火，使我好奇极了。"

"每个人暗地里都渴望拥有个人风格。"黑机灵地说，"甚至每个人都渴望拥有自己的肖像，就像苏丹陛下一样。"

"难道抗拒不了这种诱惑的折磨？"我说，"等这场浩劫散播开来，任谁都没有能力阻挡法兰克人的技法。"

然而，没有人在听我说话。黑正在讲述一个故事，一位忧愁的土库曼酋长因为鲁莽地向君王的女儿示爱，结果被放逐到中国十二年。虽然十二年来对爱人朝思暮想，但由于没有她的肖像，他终究在众多中国佳丽间遗忘了她的容颜。他的相思之苦转变成为安拉赐予的磨炼。但我们都知道他讲的其实就是他自己的故事。

"多亏了你的姨父，我们全都学会了'肖像'这个词。"我说，"真主祝福，希望有一天，我们能无忧无惧地叙述自己一生的故事，呈现我们最真实的生活样貌。"

"所有寓言都是大家的寓言，并不是人自身的。"黑说。

"所有绘画也都是真主的绘画。"我接下去，替他讲完赫拉特诗人哈特非的诗句，"可是，随着法兰克技法的传播，人们将会认为，把别人的故事当成自己的故事来讲也是一种技巧。"

"这也正是撒旦所想要的。"

"现在放开我，"我用尽全力大叫，"让我再看世界最后一眼。"

他们吓坏了，我心里涌上一股新的自信。

黑最先醒过神来："你会拿出最后一幅画吗？"

我斜睨了黑一眼，他立刻明白我会拿出来的，于是放开了我。我的心脏开始狂跳。

我相信你们早已发现我始终努力隐瞒的身份。即便如此，你们也不要讶异于我仍然仿效赫拉特前辈大师们的作风，他们藏匿自己的签名不是为了隐瞒身份，而是出于原则及对自己老师的尊敬。兴奋难掩地，我跨步穿越修道院的漆黑房间。我手拿着油灯，替自己黯淡的影子开路。难道黑暗的帘幕已经开始盖住我的双眼了吗，还是这里的房间和走廊真的这么黑？我还剩多少时间，几天，几星期，才会完全失明？我与我的影子在厨房的鬼魅中停下脚步，从一个肮脏橱柜的干净角落里拿出画纸，接着转身快步走了回去。黑跟在我身后以防万一，但他没带他的匕首。我是不是也应该在自己失明之前，捡起匕首刺瞎他的眼睛？

"我很庆幸自己能在失明之前再看它一眼。"我高傲地说，"我也希望你们都能看看它。这里。"

在油灯的光芒下，我向他们摊开那最后一幅画。这幅画，是我杀死姨父后从他家拿走的。一开始，我看着他们望向跨页图画时好奇又胆怯的表情。接着我绕到他们身后，和他们一起看画。凝视着图画，我全身微微颤抖。眼睛的刺痛，或是一阵倏然的狂喜，使得我头晕目眩。

双页画纸上，我们过去一年在各个角落绘制的图画——树、马、撒旦、死亡、狗和女人——依照姨父看似拙劣的新构图技法，大小不一，排列在画面中，四周再框以死去的高雅先生的页缘镀金；整体看起来，感觉好像我们不再是望着一本书里的一幅画，而是望出一扇窗户，看向窗外的世界。在这个世界的中央，原本应该放上苏丹陛下肖像的位置，是我骄傲地欣赏过的我自己的肖像。我不是非常满意这幅肖像，因为我已经花费了好几天时间，对着镜子擦掉又重画，还只是画得稍微有点像我自己。不过，我仍感到难以言喻的狂喜，因为在图画中，我不只是位于广大世界的正中央，而且基于某种奥妙而邪恶的理由，我看起来比真实的自己更为深沉、复杂而神秘。我只希望我的细密画家弟兄们能体会、了解、分享我的激动心情。我不但是万物的中心，好像一位君王或国王，同时又是我自己。这样的处境一方面满足了我的自傲，另一方面增加了我的尴尬。慢慢地，这两种对立的情绪终于互相平衡，我平静下来，尽情享受图画带来的晕眩快感。不过我也知道，若要这股快感臻至顶点，我必须彻底呈现脸上和衣服上的每一个痕迹、所有皱纹、阴影、痣和疣，从我的胡髭到衣服缝线的种种细节，所有的颜色和明暗，都必须精雕细琢到最琐碎的细节，这种细腻也只有通过法兰克画家的技巧才能得以呈现。

我在昔日伙伴的脸上察觉到恐惧、昏惑，以及吞噬我们全体的必然情绪：嫉妒。对于一个深陷罪恶泥沼的人，除了感到愤怒的憎恶，他们也羡慕不已。

"好多个夜晚，当我来到这里，在油灯的光芒下凝视这幅画时，第一次感觉到真主已经遗弃了我，孤独中只有撒旦与我为友。"我说，"我知道即使真的身处世界的中心——每当看见这幅画，我都非常想要做到这一点——即使画中弥漫的红色灿烂辉煌，即使所有钟爱的事物都围绕在身旁，包括我的苦行僧伙伴与貌似美丽谢库瑞的女人，就算拥有这一切，我依旧孤独。我不怕拥有特质或个人风格，也不怕别人弯腰低头崇拜我；恰好相反，我渴望得到这些。"

"你是说你毫无悔意？"鹳鸟的语气好像刚听完星期五的讲道。

"我能感觉到心中的魔鬼不是因为杀了两个人，而是我画出了如此的肖像。我怀疑我之所以杀死他们，其实是为了创作这幅画。可是如今，孤独让我感到恐惧。如果一位细密画家在掌握他们的技巧之前就去模仿法兰克大师，那就会让他更像个奴隶。现在的我想尽办法要逃离这个陷阱。当然，你们也都明白了：我杀死他们两人，是为了让画坊像从前一样延续下去，安拉也必定明白这一点。"

"你的行为只会替我们带来更大的麻烦。"我挚爱的蝴蝶说。

蠢蛋黑还在看画，我猛然一把抓住他的手腕，用尽全力，把指甲掐入他的肉里。我愤怒地扭转他的手腕。怯生生握在他手里的匕首掉了下来，我从地上一把抢了过来。

"只不过现在，你们不能用把我交给刽子手这个办法，来解决你们的麻烦。"我说。我把匕首的尖端举到黑的脸前，作势要戳他的眼珠："把帽针给我。"

他用空出来的手拿出金针，递给了我。我把它塞进腰带。我狠狠盯着他羔羊般的眼睛。

"我很同情美丽的谢库瑞，因为她别无选择，最终只能嫁给了你。"我说，"如果我没有被迫杀死高雅先生，拯救你们大家免于毁灭，她早已嫁给我，而且会过着幸福快乐的生活。的确，我最透彻了解她父亲告诉我们的法兰克画家们的故事。因此，现在仔细听我想对你们说的最后一句话：我们这些想靠技艺和尊严为生的细密画师，而今在伊斯坦布尔已经没有容身之处了。没错，我终于明白了这一点。就算我们遵循已故姨父和苏丹陛下的旨意，降低身份去模仿法兰克大师，也会缩手缩脚，不只是因为有像埃尔祖鲁姆教徒或高雅先生这些人的阻挠，更是因为我们内心不可避免的怯懦，使得我们无法走到最后。就算顺从魔鬼的左右，坚持下去，弃绝过去所有的传统，企图追求个人的风格和法兰克的特色，一切仍是白费力气，我们终究会失败——正如我费尽毕生能力和知识，还是画不出一幅完美的自画像。这幅甚至一点也不像我的粗糙自画像，告诉我一件我们都心知肚明但始终不愿承认的事实：法兰克人的娴熟技巧需要经过好几个世纪的磨炼。即使姨父大人的书完成了，送到威尼斯画师手中，他们看了一定会轻蔑地冷笑，而威尼斯总督也将附和他们的奚落——别无其他。他们会嘲讽奥斯曼人放弃了身为奥斯曼人，并且从此不会再害怕我们。如果我们能继续依循前辈大师的道路，该有多好！可是没有人想要，高贵的苏丹陛下不要，黑先生也不要——忧郁的他渴望拥有一张宝贝谢库瑞的肖像。那么，你们就坐在这儿，花上个几百年来模仿法兰克人！在你们的赝品画上骄傲地签下自己的名字。赫拉特的前辈大师试图描绘真主眼中的世界，为了隐藏个人的身份，他们从不签名。相反的，你们为了隐藏自己的没有个人特色，不得不在画上签名。然而，有另一条出路。你们大概都接到征召了，只不过一直瞒着我：印度的苏丹阿克巴，最近正以重金礼聘全世界最优秀的细密画家，美言劝诱他们投效他的宫殿。很显然，庆贺伊斯兰历第一千年的纪念手抄本，将不是在伊斯坦布尔编纂，而会在阿格拉的画坊里由我们来完成。"

"一位艺术家非得先杀过人，才可能像你一样高高在上吗？"鹳鸟问。

"不，他只需要最具天赋和才华就够了。"我不假思索地回答。

远处，一只骄傲的小公鸡啼了两声。我收拾好我的包裹、金箔、标准型手册，把我的插画放入卷宗夹。我心想或许可以用抵住黑喉咙的匕首，一个一个地杀死他们，然而，我现在却更加爱我的童年伙伴——包括拿帽针刺入我眼睛的鹳鸟。

蝴蝶站起身，我朝他叱喝一声，吓得他跌坐了回去。从这一点我确信自己能安全逃离修道院后，我快步走向大门。跨出大门前，我急躁地吐出准备好的临别箴言：

"如今我逃离伊斯坦布尔，就好像当初伊本·沙奇尔在蒙古的占领下逃离巴格达。"

"若是这样，你应该前往西方而不是东方。"嫉妒的鹳鸟说。

"东方和西方都是真主的。"我学已故的姨父用阿拉伯语说。

"但东方是东方，西方是西方。"黑说。

"细密画家不该屈服于任何形式的支配。"蝴蝶说，"他应该画他认为心中想画的，无需担忧是东方还是西方。"

"完全正确，"我对挚爱的蝴蝶说，"我想吻你一下。"

我才朝他跨出两步，尽忠职守的黑已经扑向了我。我的一只手里拿着装满衣服和金箔的布包，另一只手的胳膊下则夹着装有图画的卷宗。太过小心保护我的物品，以至于我忽略了保护自己。我眼睁睁地让他抓住了我拿着匕首的手臂。不过他也没那么好运，他被一张矮工作桌绊倒，陡然失去平衡。结果他不但没能控制住我的手臂，反而整个人倚着它才不致跌倒。我用尽全力踹他，咬他的手指，甩掉了他的手。他哀号着，怕我杀了他。接着，我一脚踩上他刚才抓住我的手，他痛得惨叫。我朝另外两人挥舞匕首，大吼：

"坐回原地去！"

他们坐在原地没有动。我把匕首的尖端戳进黑的鼻孔，仿效传说中凯·卡乌斯的做法。当鲜血开始渗出时，他求饶的眼睛流下了痛苦的眼泪。

"现在告诉我，"我说，"我会失明吗？"

"根据传说，有些人的眼睛会凝结血块，有些人不会。如果安拉赞赏你的绘画成就，他就会赐予你辉煌的黑暗，带你到他的国度。若是如此，你所看见的将不再是这个丑陋的世界，而是他眼中的灿烂景色。如果他不赞赏你，则你将继续像现在这样看见这个世界。"

"我将在印度发挥我真正的艺术成就。"我说，"给安拉评判的图画，我现在还没画出来。"

"你别抱太大的幻想，以为自己能够摆脱法兰克风格的影响。"黑说，"你知不知道阿克巴汗鼓励他所有的艺术家在作品上签名？葡萄牙的耶稣会教士早已把法兰克的绘画和技法引进了那里，如今它们遍布各地。"

"一位坚持纯正的艺术家，总会有人需要，也一定能找到庇护。"我说。

"是啊，"鹳鸟说，"瞎了眼逃到不存在的国家。"

"为什么你一定要坚持纯正？"黑说，"和我们一起留下来吧。"

"因为你们将毕尽余生仿效法兰克人，只希望借此取得个人风格。"我说，"但正是因为你们仿效法兰克人，所以永远不会有个人风格。"

"我们无能为力。"黑恬不知耻地说。

当然了，他唯一的快乐来源不是绘画成就，而是美丽的谢库瑞。我把染血的匕首从黑血流如注的鼻孔中抽出，对准他的头高高举起，像一个刽子手举刀准备砍下死刑犯的脑袋。

"只要我愿意，可以当场砍断你的脖子。"我说，这是显而易见的事实，"但是为了谢库瑞的孩子和她的幸福，我也可以饶你一命。好好善待她，不准糟蹋或忽视她。向我保证！"

"我向你保证。"他说。

"我特此赐予你谢库瑞。"我说。

然而我的手臂却不听使唤，自顾自地行动，握紧匕首使劲朝黑砍下。

最后那一瞬间，一方面因为黑动了，一方面我中途转向，匕首砍入了他的肩膀，而不是脖子。惊骇中，我望着我的手臂干下的好事。整支匕首插入黑的肉里，只露出了刀柄。我拔出匕首，伤口顿时绽放一朵艳红。我为自己的行为感到既羞惭又恐惧。但是，如果上船到了阿拉伯海后失明，我知道届时再也没有机会对任何一位细密画家弟兄报仇。

鹳鸟害怕接下来轮到他，聪明地逃进了漆黑的内室。我高举油灯追上去，但是马上感到胆怯又转身走了回来。最后，在向蝴蝶道别、离开他之前，我吻了他。可惜弥漫在我们之间的浓稠血腥味，让我无法尽情吻他。不过，他看到了泪水从我眼中滑落。

我离开修道院，留下一片死寂，穿插着黑的呻吟。我几乎是跑着逃离了泥泞湿滑的花园及黑暗的街巷。带我前往阿克巴汗画坊的大轮船，将在晨礼的宣礼之后出航，我必须及时赶到帆船码头，搭乘最后一艘驶往大轮船的小舟。我大步快跑，泪水从眼中奔流而下。

当我像个贼一样穿越阿克萨拉依时，隐约可见地平线泛出了第一道天光。我第一个行经的公共饮水池对面，在交错的小巷、窄道和墙壁间，是二十五年前第一天抵达伊斯坦布尔时居住的石屋。透过微掩的庭院大门，我再度瞥见那口井，曾经有一个深夜，我差点在罪恶感的驱使下朝它纵身一跃，因为十一岁的我，居然尿湿了一位慷慨好客的远亲为我铺设的床垫。等我来到贝亚泽特，只见周围所有店铺全都肃然而立，迎接我和我泪湿的眼睛：钟表店（我时常拿坏了的时钟来这里修）、卖瓶瓶罐罐的店（我从店里购买没有花纹的水晶灯、蛋奶杯和小瓶子，带回去在上面绘饰花草图案，再偷偷卖给富商），以及公共澡堂（因为它很便宜，人又很少，有一阵子我经常往那里去）。

焦黑一片的咖啡馆废墟附近一个人都没有，美丽的谢库瑞和她的新丈夫——此时此刻他可能正在垂死挣扎——居住的房子里也没有人。我衷心祝福他们幸福美满。自从双手染血后，这些日子每当我在街上游荡，伊斯坦布尔的每一条狗、每一棵葱郁的树木、每一扇百叶窗、每一支黑烟囱、每一个鬼魂，以及每一位辛苦、忧郁、早起赶到清真寺参加晨礼的路人，瞪着我的眼神总是充满憎恶。然而，自从供出罪行，并决心抛弃这座唯一熟悉的城市后，他们全都投给了我友善的目光。

经过贝亚泽特清真寺后，我站在海峡边望着金角湾：地平线上方逐渐亮了起来，但水色依旧深黑。两艘渔船、卷起船帆的货船和一艘废弃的远洋帆船，在看不见的波浪中上下起伏，一再要求我不要离开。夺眶而出的泪水，是由于金针的刺痛吗？我告诉自己去梦想在印度的未来，我的才华将创造出多么辉煌的作品，我将因此享受多么辉煌的生活！

我离开马路，穿过两座泥泞的花园，来到一间绿树围绕的老旧石屋下。在我当学徒的时候，每个星期二会来到这间屋子迎接奥斯曼大师，然后扛着他的包袱、卷宗、笔盒及写字板，以两步的距离跟在他身后，一起前往画坊。这里完全没变，除了院子里和路旁的梧桐树长高了许多，高大的树木带给房子和街道一股豪华、庄严及富庶的气质，让人回想起苏莱曼苏丹时期的时光。

由于通往港口的路不远，在魔鬼的诱惑下，我满怀兴奋，忍不住想再看一眼让我度过二十五年岁月的画坊及它壮丽的拱廊。我沿着从前当学徒时跟随奥斯曼大师行走的路径：走下春天时弥漫菩提花幽香的射手街，经过大师买圆肉馅饼的面包店，爬上两旁排列着乞丐和椴梓树及栗树的山坡，穿越百叶窗紧闭的新市场，走过大师每天早上问候的理发师的门前，行经夏天时卖艺人搭帐篷表演的空旷平地，走过气味难闻的单身汉公寓，钻过霉味湿重的拜占庭拱廊，经过易卜拉欣帕夏的宫殿和盘绕着三条蛇的石柱（我画过它上百遍），以及我们每次都用不同的方法描绘的一棵梧桐树，进入竞技场，穿过栗树和桑树的绿阴，每天早晨，枝叶中总是挤满了扑翅乱飞、高声啁啾的麻雀和喜鹊。

画坊的厚重大门紧闭。入口处或上方的拱顶回廊下，都见不到半个人影。房子旁边有几扇以百叶窗遮盖的小窗，以前我们当学徒的时候，每当工作得窒闷无聊，总会向窗外张望，盯着外头的树木发呆。然而我只来得及抬头瞥了一眼，就被人阻止住了。

他的声音尖锐刺耳。他说我手里那把染血的红宝石柄匕首是他的，是他的侄儿谢夫盖和他的母亲一起从他家里把它偷走的。他说，我手里的匕首清楚地证明了我是黑的同党，昨天夜里闯入他家劫走了谢库瑞。这个傲慢、狂怒、声音尖锐的男人知道黑有一些画家朋友，知道他会来画坊。他挥舞着一把泛着奇异红光的闪亮长剑，暗示他有许多恩怨必须跟我算账，无论它们究竟是什么。也许我本想告诉他这其中有误会，却看见了他脸上失控的愤怒。从他的脸上我可以看出，他会愤怒地一下子就挥剑把我杀死。我多么想说："求求你，住手。"

可是他已经出手了。

我甚至还来不及举起我的匕首，只来得及抬高了我拿着布包的那只手。

布包飞了出去。一气呵成，动作流畅而毫无窒碍。长剑首先砍断了我的手，接着贯穿我的脖子，切下了我的脑袋。

我可怜的身体往前踉跄了两步，留下身后茫然困惑的我；我的手笨拙地挥舞着匕首；我孤零零的身体往旁一歪，瘫倒在地；鲜血从脖子喷溅而出。我可怜的脚，浑然不觉有异，仍继续走动，像垂死马匹的腿无助地挣扎着。

我的脑袋跌落在泥泞的地上，从这里，我看不到我的凶手，也看不到我的图画和塞满金箔的布包，我的心思仍紧抓住它们不放。它们都在我身后，朝向下坡的方向，在通往我永远抵达不了的海洋与帆船码头的那一边。我的头再也无法转过去看它们一眼，再也无法看一眼这个世界。我抛开了它们，任凭我的思绪带我离开。

被砍头前的一瞬间，我脑海中闪过的是：船即将驶离港口了。一个催促我快走的命令窜入了心里，就好像小时候母亲催我"快一点"一样。妈妈，我的脖子好痛，全身都动弹不得。

也就是说，人们所谓的死亡就是这样啊！

不过我知道我还没死。我穿孔的瞳孔僵止不动，但透过张开的眼睛，我依旧可以看得很清楚。

从地面高度望出去的景象，令我着迷：马路微微往上倾斜延伸，画坊的墙壁、拱廊、屋顶、天空……一切就这样一一排列下去。

眼前的这一刻似乎永无止境，我发现观看竟成为了一种记忆。这时，我想起了以前接连好几个小时凝视一幅美丽图画时内心的想法：如果凝视得够久，你的心灵会融入画中的时间。

所有的岁月全都凝结在了当下这一刻。

仿佛将不会有人来打扰我，等我的思想褪去之后，污泥当中的我的头颅将继续凝视这片引人愁思的斜坡、石墙、咫尺天涯的桑树与栗树，日复一日，年复一年。

这永无止境的等待突然间不再令人向往，反而变得极端痛苦而冗长，我只渴望能够离开这一时刻。

59. 我，谢库瑞

黑把我们藏在了一个远亲的家里，我在那里度过了一个不眠的夜晚。躺在床上，依偎着哈莉叶和我的孩子们，伴着鼾声及咳嗽声，我还能够入睡。但在令人不安的梦境中，我看见四肢被砍断又随便重组的怪物和女人们紧追着我不放，一再把我惊醒。黎明将临时，我在寒意中醒来，替谢夫盖和奥尔罕盖好棉被，搂了搂他们，亲了亲他们的小脑袋。我恳求安拉赐予他们美梦，如同我住在先父的屋顶下那段幸福岁月中平静夜里的甜美梦境。

然而我再也无法入睡。晨礼过后，从狭窄、阴暗的屋里透过百叶窗望出街道，我看见了过去在美梦中反复出现的景象：一个鬼魅般的男人，伤痕累累，精疲力竭，高举一根木棍当作宝剑挥舞，踩着熟悉的步伐殷切地走向我。每次在梦中看见这个景象，正当要冲上去拥抱他时，我总会惊醒，泪流满面。当我认出街上的男人是黑时，梦中永远发不出的叫喊声脱口而出。

我冲过去开门。

他的脸被打得肿胀瘀青。他的鼻子血肉模糊。一道又深又长的切口从他的肩膀划入脖子。他的衬衫浸饱了鲜血。正如梦中的丈夫，黑隐隐约约地对我微笑，因为，他终究是凯旋了。

"快进来。"我说。

"叫醒孩子们,"他说,"我们要回家了。"

"你这个样子不能回家。"

"再也不需要怕他了。"他说,"凶手是威利江先生,那个波斯人。"

"橄榄……"我说,"你杀死那个卑鄙的混蛋了吗?"

"他已经从帆船码头坐船逃到印度去了。"他说,避开了我的眼睛,深知自己没能彻底完成任务。

"你能走回我们家吗?"我说,"让他们弄匹马给你。"

我感觉他会死在家门口,对他无限怜悯。不仅是因为他将死去,也是因为他还不曾品尝过一丝一毫真正的幸福。他眼中的忧伤和坚决告诉我,他不想死在这个陌生的家里,只渴望消失,不让任何人看到他凄惨的样子。他们费了一点力气,把他抬上马背。

回程的路上,我们紧抓着包袱穿越窄巷,一开始孩子们吓得不敢看黑的脸。然而,骑在马背上缓缓而行的黑,仍有余力描述事情的经过,讲述他如何揭发了杀死他们外公的可恶凶手,如何击破了他的计谋,如何与他比剑一决生死。我可以看见孩子们慢慢对他产生了好感,不禁恳求安拉:求求您,别让他死!

当我们到达家门口时,奥尔罕大叫:"我们到家了!"他的语气如此快乐,使我直觉以为死亡天使阿兹拉伊来会可怜我们,安拉会再给黑一点时间。但经验告诉我,我们永远无法猜测崇高的安拉何时、为何会带走一个人的灵魂,因此我也没抱太大的希望。

我们困难地扶黑下了马,带他上楼,在我父亲蓝门的房间铺好床,让他躺了下来。哈莉叶煮了一壶热水带上了楼。我和哈莉叶脱下他的衣服,用手撕开或拿剪刀剪开,拿掉了黏在他身上的浸血衬衫，解下了他的腰带、鞋子和内衣。我们推开百叶窗，柔和的冬阳穿透花园里摇曳的枝叶，满溢了整个房间；宽口瓶、水壶、胶水盒、墨水瓶、几片玻璃和画刀上反射出点点光芒，照亮了黑惨白的皮肤，以及酸樱桃色的紫红伤口。

我撕下几片床单，浸泡在热水中用肥皂搓洗，然后拿它们擦拭黑的身体。我的动作小心翼翼，仿佛在擦拭一块珍贵的古董地毯，同时又温柔专注，如同照料一个我的孩子。悉心谨慎地，不压到他满脸的瘀肿，不触痛他鼻孔的切口，我像个医生清洗了他肩膀上的恐怖伤口。好像孩子们还是婴儿时帮他们洗澡那样，我唱着歌似的跟他说着一些无聊的话。他的胸口和手臂也遍布伤痕，左手的指头被咬得发青发紫。用来给他擦拭的碎布很快便吸满了鲜血。我轻碰他的胸腔，用手感觉到了他腹部的柔软。我看着他的阴茎良久。下面的庭院里传来了孩子们的声音。为什么有些诗人称呼这个东西为"芦秆笔"呢？

我听见艾斯特走进厨房，一贯愉悦的声音和故作神秘的姿态宣布她又带来了新的消息。我下了楼。

她兴奋得连拥抱我或亲吻我都忘了，劈头就说：人们在画坊前发现了橄榄的断头，证明他有罪的图画与他的包袱也被找到了。他原本打算逃往印度，但决定临走前再看画坊最后一眼。

有人目击了整个过程：哈桑巧遇橄榄后，拔出他的红宝剑，一剑砍下了橄榄的脑袋。

一面听她讲述事情的经过，我一面心里在想着，不知道不幸的父亲此刻在哪里。得知凶手已受到应有的惩罚，先是使我放下了心中的恐惧；接着，复仇的快感给了我一种舒坦，也感觉到了正义的存在。当下，我真想知道如今已故的父亲在他所待的地方是否也能有同样的感受。也就在这一刻，整个世界对我而言，好像是一座拥有无数房间的宫殿，里面有着一扇接着一扇的房门。只有靠回忆与想象的驰骋，才能从一间房走入下一间，然而我们大多数人，由于懒惰的缘故，极少发挥这些能力，于是一辈子都停留在了同一个房间里。

"亲爱的，别哭了。"艾斯特说，"看吧，到最后一切都圆满收场了。"

我给了她四枚金币。她生硬地一个一个把它们放进自己的嘴里狠咬了几口，掩饰不住满心的兴奋和期盼。

"威尼斯人的假金币满街都是。"她微笑着说。

等她一离开，我马上就命令哈莉叶不准让孩子们上楼。我回到黑所在的房里，反手锁上了门，急切地来到黑的身旁，贴上了他赤裸的身体。接着，更多的是出于好奇而非欲望，是出于爱怜而非惧怕，我做了那件事情，也就是父亲遇害当晚在吊死鬼犹太人的屋里黑要我做的那种事。

我不能说我完全理解，为什么长久以来用芦秆笔象征男性阳具的波斯诗人，相对之下要将我们女人的嘴比拟成墨水瓶。或者我也不太懂这个代代相传、来源早已不可考的比喻，背后究竟是什么意思——是在形容嘴巴的小吗？还是形容墨水瓶的神秘寂静？还是说，真主自己是一位画家？然而，要了解爱情，不能透过逻辑，像我这样一个无时无刻不在绞尽脑汁以求自保的女人，是想不通的；爱情只有毫无逻辑的人才能了解。

好吧，我来告诉你们一个秘密：那儿，在弥漫死亡气息的房间里，引起我欢愉的不是嘴里的东西。当时，趴在那里，整个世界在我唇间颤动，然而引起我欢愉的却是我的儿子们在庭院里互相吵闹咒骂的快乐唧喳声。

那时，我的嘴正忙着的时候，我的眼睛瞥见黑用一种全然不同的眼神望着我。他说他永远不会再忘记我的脸和我的嘴了。他的皮肤闻起来好像我父亲湿霉的旧书，宝库中的灰尘与布匹的气味渗入了他的头发。我完全放纵了自己，拥抱他的伤口、他的刀痕与瘀肿，他像个孩子般呻吟，一步一步远离了死亡。然后我才明白，我甚至会更加依恋他。仿佛一艘阴郁的船只，胀饱了风帆逐渐加速，我们愈来愈急促地做爱，带着我们大胆地航向未知的海域。

黑对这些海域了若指掌，即使躺在濒死的病榻上，也能驾驭自得，从此我知道他过去曾多次往返这些海面，天晓得是与什么样低贱的女人。迷乱中我已分不清自己亲吻的手臂是我的还是他的，嘴里吸吮的是我自己的手指还是我整个的生命。陶醉于欢愉和伤口的痛楚中，他透过半闭的双眼，检视着前方未知的世界。偶尔，他会温柔地用双手捧起我的头，难以置信地凝视我的脸，一会儿仿佛在端详一幅图画，一会儿又好像看着一个明格里亚娼妓。

达到欢愉的顶点时，他狂叫一声，像是在纪念波斯与图兰军队战争的寓言图画中，传奇的英雄被一剑斩成两截时的哀号。想到整条街的邻居都可能听见这声叫喊，我骇惧不已。然而就如同一位真正的细密画师，在灵感高潮的刹那，一方面顺从安拉的引导握笔挥毫，一方面仍然能理智地控制整幅画面的形式与构图，黑即使在狂喜的顶端，也能继续从心中一角校正我们在茫茫大海中的位置。

"你可以告诉他们，你正在给他们父亲的伤口抹药。"他喘着气说。

这句话不仅象征了我们情欲的色彩——处于生与死、禁忌与乐园、绝望与羞耻的临界点——日后也成为了我们情欲的借口。接下来的二十六年里（直到有一天早晨我挚爱的丈夫黑心脏病发倒在井边猝逝），每个中午，当阳光从百叶窗间渗隙透入房里时，我们就做爱，并且最初几年是伴着谢夫盖与奥尔罕的玩耍声，我们也总是称它为"给伤口抹药"。就因为这样，我嫉妒的儿子——我不希望粗暴而忧郁的父亲出于一时嫉妒，责打他们——才得以每晚继续与我同床共枕多年。所有明智的女人都知道，与其和一位被生命击垮的忧郁丈夫同床，还不如和自己的孩子相拥而眠，这要愉快舒适得多。

我们，孩子们和我，幸福快乐，但黑却快乐不起来。最明显的原因，在于他肩膀和脖子上的伤口始终没能痊愈。我挚爱的丈夫从此"残废"，我听别人这么形容他。不过，除了外表受影响之外，这并不会使他的生活变得艰难。我甚至听过几个从远处看见他的女人形容他长得英俊。然而事实上，黑的右肩比左肩低，脖子始终怪异地倾斜到一边。我也听说过一些流言，大意是说：像我这种女人，只能嫁给一个她觉得比自己卑下的丈夫；而且，就好像黑的伤是他郁郁寡欢的原因，同样地，这也是我们两人之间的幸福秘诀。

虽然只是流言，但流言中也许也含有一丝真实的成分。除了遗憾和无奈自己无法在奴隶、女仆和侍从的簇拥下，骑着高挑的骏马，昂首阔步走过伊斯坦布尔的街道——艾斯特总认为这是我应得的待遇，偶尔我也会期盼拥有一位勇敢而强壮的丈夫，期盼拥有能够抬头挺胸睥睨世界的丈夫。

无论真正原因为何，黑始终沉浸于忧愁当中。由于知道他的悲伤丝毫无关乎他的肩膀，因此我相信，必定是某个忧伤的邪灵占据了他灵魂的阴暗一角，使他情绪消沉，就算在我们共赴云雨的极乐刹那，也挥之不去。为了平抚心中的邪灵，有时他会喝酒，有时凝视着书本中的插画，投身艺术鉴赏；有时他甚至会与细密画家们泡在一起，和他们一起追求漂亮男孩，流连忘返。有一段时间，他很喜欢与画家、书法家和诗人们聚在一起狂欢作乐，吟诗弄词，以各种双关语、比喻或文字游戏自娱娱人。也有一阵子，他抛开一切全心投入工作，在驼背的苏莱曼帕夏的行政部门替自己谋得一职，成为政府职员，负责秘书工作。四年后，苏丹陛下逝世，继任的苏丹穆罕默德对艺术毫无兴趣。从此以后，黑对绘画和装饰的热情从原本的公开颂扬，转为私底下的秘密追逐。有些时候，他会打开我父亲遗留的手抄本，带着罪恶感和悲伤感，望向一幅帖木儿之子时代绘制于赫拉特的图画——是的，席琳瞥见霍斯陆的肖像，一见钟情。对他而言，欣赏图画不像是参与一场宫廷内至今依然风行的才华飨宴，而仿佛停驻于一个早已尘封在记忆中的甜美秘密。

　　苏丹陛下即位的第三年，英格兰国王送给了陛下一个神奇的时钟，上面装着一个风箱乐器。一个英国代表团花费好几星期的辛劳，拼装起各式各样他们从英国带来的零件、机械、图案和小雕像，终于组好了这座巨大的时钟，将它竖立在皇室御花园一个面向金角湾的斜坡上。大批民众蜂拥围观，有的聚集在金角湾的斜坡上，有的乘着轻舟，带着震撼而敬畏的心情，众人争睹真人大小的雕像与装饰在巨钟的嘈杂音乐声，互相牵引、移动；雕像们随着节奏自动翩翩起舞，仿佛它们是活生生的真主造物，而非他仆人的创造。时钟报时的鸣声好像敲响一座大钟，远远传遍全伊斯坦布尔。

黑和艾斯特分别在不同的场合告诉我，这座成为全伊斯坦布尔愚夫愚妇惊奇焦点的时钟，不出所料因为象征异教徒的力量，成为虔诚教徒和苏丹陛下的眼中钉。这样的闲言闲语很快地甚嚣尘上，直到有一天半夜，苏丹艾哈迈德，苏丹穆罕默德的继任统治者，得到安拉的启示，抓起长矛从后宫跑下御花园，把时钟和上面的雕像砸了个粉碎。告诉我们这个小道消息的人还说，苏丹陛下在熟睡中看见了我们的崇高先知沉浸于圣光里的神圣脸孔，这位真主的使徒警告陛下：如果苏丹陛下放任不管，让他的臣民尊崇模仿人类、意图取代安拉造物的图画或雕塑，那么他的帝国将会背离上天的旨意。他们还补充说苏丹陛下抓起长矛的时候梦还没醒呢！苏丹陛下也向忠诚的历史学家口述了这一事件，内容约略如此。他找来书法家，赐予他们大笔黄金，编纂这本名为《历史精髓》的手抄本，不过没让任何细密画家给它画插画。

于是，一百年来，吸取了波斯地区传来的灵感滋养，在伊斯坦布尔绽放的绘画艺术，就这样如一朵灿烂的红玫瑰般凋萎了。究竟要依循赫拉特前辈大师还是法兰克大师的风格，这个导致细密画家们争论不休、疑难困惑的冲突，始终没有得出什么结论。因为绘画被彻底地遗弃了，画家们画得既不像东方也不像西方。细密画家们也没有因此而愤怒或鼓噪，反倒像认命屈服于疾病的老人，带着卑微的哀伤和顺从，慢慢接受了眼前的情势。过去，他们曾肃然追随赫拉特与大不里士的伟大画师，但如今已不再梦想前辈的传奇作品；过去，他们曾对法兰克画师新奇的技法心生向往，在羡妒与仇恨中进退维谷，如今对它们却也不再好奇。就好像入夜后家家户户关起房门、城市陷入夜幕一样，绘画也已无人理会。人们无情地遗忘了，曾经，我们透过截然不同的眼光观看过世界。

我父亲的书，令人遗憾地，终究没有完成。被哈桑散落一地的已完成的图画，后来送入了宝库。在那里，一位效率极高且一丝不苟的图书司库，把它们和其他不相关的画坊插画混杂在一起，装订成册，于是它们便分散到好几本不同的书里。哈桑逃离伊斯坦布尔后，从此消失无踪，再也没有听到他的消息。但谢夫盖和奥尔罕始终没有忘记，杀死卑鄙凶手的人，是他们的哈桑叔叔，而不是黑。

奥斯曼大师在失明两年后与世长辞，鹳鸟接替他当了画坊总监。同样敬畏我先父才华的蝴蝶，投注余生为地毯、布匹和帐篷绘制装饰图案。画坊的年轻助理画师也走上了同样的道路。谁也没有觉得放弃插画就是什么严重的损失，或许，是因为不曾有人看过自己的脸完美无瑕地呈现在画纸上的缘故。

我的一生，暗地里渴望有人能够为我画两幅画，这个心愿我从没向任何人提起：

一、我自己的肖像：但我明白，不管苏丹的细密画家多么努力，他们还是会失败，因为就算看见了我的美貌，很可惜地，他们仍然坚信一个女人的眼睛和嘴巴非得画得像中国美女那样，才是美丽。假使他们根据赫拉特前辈大师的手法，把我画成一位中国美女，也许那些认识我的人看了画像，能够从中国美女的容貌背后，辨别出我的脸。但后世的人，就算他们了解我其实不是凤眼，依旧分辨不出我的面孔到底是什么模样。如果今天，年华老去的我——我在孩子的陪伴下活到了老年——能有一张自己年轻时的肖像，该有多好！

二、一幅幸福之画：诚如拉恩的诗人萨勒·那辛在他的诗中所描述的东西。我非常清楚这幅画应该怎么画。想像这个画面：一个母亲与她的两个孩子，她怀里抱着年纪较小的那个，微笑着给他喂奶，孩子开心地吸吮她饱胀的乳房，也回以微笑；哥哥略微嫉妒的眼神，与母亲四目交投。我想成为这幅画中的母亲。我想要画面上天空中的鸟儿，好像在飞翔，但同时又喜悦而永恒地悬在半空，正如赫拉特前辈大师的风格，让时间停止。我知道这不容易。

我的儿子奥尔罕，傻到用理智解释一切事物。多年来，他一直提醒我，一方面，能停止时间的赫拉特画师绝对画不出我的模样；但另一方面，善于描绘母与子肖像的法兰克画师，则永远停不住时间。他说，我的幸福之画无论如何都画不出来。

也许他说得没错。事实上，我们并不在幸福的图画里寻找微笑，相反，我们在生活中寻觅快乐。细密画家们深知这一点，但这也正是他们描绘不出来的。这就是为什么，他们用观看的喜悦取代生命的喜悦。

我把这个画不出来的故事告诉给了我的儿子奥尔罕，希望他或许能把它写下来。毫不犹豫，我把哈桑和黑寄给我的信都交给了他，以及我们在可怜的高雅先生身上发现的图画——墨迹晕散的马匹草图。奥尔罕总是十分急躁，脾气也不好，他过得并不快乐，也从来不怕冤枉他不喜欢的人。因此，如果在奥尔罕的叙述中，夸张了黑的散漫，加重了我们的生活困苦，把谢夫盖写得太坏，将我描绘得比实际还要美丽而严厉，请千万别相信他。因为，为了让故事好看并打动人心，没有任何谎言奥尔罕不敢说出口。

大事记

公元 622 年：圣迁。伊斯兰教创始人穆罕默德在麦加传教时受到麦加古莱什部落的迫害，穆罕默德率领部分信士迁到麦地那。由此，公元 622 年成为伊斯兰历元年。

公元 1010 年：菲尔多西完成《列王记》。波斯诗人菲尔多西（940—1020）将史诗《列王记》呈给伽色尼王马哈茂德苏丹。《列王记》长约十二万行，故事从开天辟地写到公元 651 年波斯帝国灭亡。书中包括波斯神话传说、历史故事（亚历山大大帝的入侵、英雄鲁斯坦姆的事迹、伊朗与图兰的斗争），从 14 世纪起就为细密画家们提供了无数灵感。

公元 1206—1227 年：成吉思汗统治时期。史上蒙古帝国三次西征，建立了横跨欧亚的帝国。

公元 1207—1273 年：鲁米生活的时期。鲁米，波斯苏菲神秘主义大思想家，诗人，其六卷叙事诗集《玛斯纳维》，系苏菲神秘主义思想集大成之作，在伊朗具有崇高的地位，被喻为"波斯语的《古兰经》"。

大约公元1141—1209年：波斯诗人内扎米生活的时期。他撰写了长篇爱情叙事诗《五卷诗》，由"秘密宝库"、"霍斯陆与席琳"、"蕾莉与马杰农"、"七美人"、"亚历山大记"五部分组成，书中内容成为历代细密画家们大量的灵感来源。

公元1258年：成吉思汗之孙旭烈兀（统治期公元1251—1265年）攻占巴格达，结束了阿拉伯帝国在此的统治。

关于书中所写，伊本·沙奇尔从清真寺高高的宣礼塔上看到蒙古军队在巴格达的暴行而开创细密画的绘画传统，只是一种传说。细密画兴起于蒙古人统治伊朗的伊儿汗王朝（1230—1380），是与受到中国宋元时期绘画影响密切相关，这是学术界公认的。并且，细密画的俯视视角在伊儿汗王朝的细密画中并不十分突出，后期才开始逐渐凸显出来。在帖木儿王朝时期，随着苏菲神秘主义在伊朗的极度兴盛，细密画的艺术哲学观被纳入苏菲神秘主义的范畴，生活于伊儿汗王朝与帖木儿王朝之交时期的著名细密画大师祝奈德的画作已经具有成熟的俯视视角。之后，以贝赫扎德为代表的"赫拉特画派"强化了细密画的真主全知式的俯视视角，才使这种俯视视角成为细密画最重要的特征之一。

公元1300—1922年：1300年，奥斯曼国形成，1453年，征服君士坦丁堡后，开始了奥斯曼帝国时期。奥斯曼帝国发源于中亚，地跨欧洲东南部、中东和北非，在最强盛时期，疆域曾到达维也纳和波斯西北部。

公元1370—1405年：突厥首领帖木儿的统治期。帖木儿征服了黑羊王朝在波斯的领土，夺取从蒙古到里海沿岸的大片土地，包括俄罗斯的中亚地区、印度东北部、阿富汗、波斯、伊拉克和安纳托利亚东部（帖木儿于1402年在此击败了奥斯曼苏丹巴耶济德一世）。

公元1370—1507年：帖木儿王朝，由帖木儿建立，是统治波斯和中亚地区的一个强大王朝，系突厥-蒙古人后裔，因此也称"汗国"，孕育出了杰出的艺术和文学复兴。位于设拉子、大不里士和赫拉特的细密画家画坊在帖木儿王朝一片繁荣。15世纪早期，赫拉特作为王朝都城，是伊斯兰世界的绘画中心，也是绘画大师贝赫扎德的故乡。

设拉子：伊朗南部大城市。帖木儿王朝统治时期形成"前期设拉子画派"。该画派的显著特征是整个画面从一条清晰的地平线铺展上去，为后来"赫拉特画派"

典型的真主全知式的俯视视角奠定了基础。该画派的代表作是菲尔多西的《列王记》。在萨法维王朝时期（1502—1735），设拉子依然是细密画艺术中心之一，形成"后期设拉子画派"。

赫拉特：中亚历史名城，今属阿富汗。帖木儿王朝时期曾有多个汗王占据过该城，在此形成著名的"赫拉特画派"。

公元1375—1467年：黑羊王朝。土库曼人部族联盟建立的王朝，统治伊拉克的部分地区、安纳托利亚东部和波斯西部。贾杭王（统治期公元1438—1467年）是黑羊王朝的末代君主，1467年，他被白羊王朝苏丹高个子哈桑击败。

公元1378—1502年：白羊王朝。土库曼人部族联盟建立的王朝。统治伊拉克北部、波斯中西部、阿塞拜疆和安纳托利亚东部。苏丹乌宗·哈桑（统治期公元1452—1478年）占领奥斯曼帝国东边领土的企图虽然失败，但他在1467年击败了黑羊王朝的贾杭王，1468年击败了帖木儿王朝的阿布·萨伊德，将领土扩张至巴格达和波斯湾。

公元1453年：奥斯曼帝国苏丹"征服者穆罕默德"占领伊斯坦布尔，拜占庭帝国由此灭亡。

公元 1501—1736 年：萨法维王朝。统治波斯和中亚地区的强大王朝，与西邻奥斯曼帝国之间战事频仍。都城所在地起初是大不里士，随后迁至加兹温，之后又迁往伊斯法罕。萨法维王朝的第一任统治者是伊斯玛仪一世（公元 1501—1524 年在位），他征服了白羊王朝之前治下的阿塞拜疆和波斯地区。

公元 1512 年：著名细密画大师贝赫扎德从赫拉特迁往大不里士。1510 年年底，伊朗萨法维王朝开国君主伊斯玛仪一世攻陷赫拉特，贝赫扎德随其他细密画家一起被迫迁往新王朝的都城大不里士，虽仍任新君主的宫廷画坊总监，但并未进行新的绘画创作。

　　大不里士：位于伊朗西北部，是伊朗萨法维王朝最初的都城，其第二任君主塔赫玛斯普一世是细密画艺术的狂热追逐者，网罗了大批细密画大师在自己的宫廷画坊中，形成著名的大不里士画派。该画派留下了许多传世经典名作，其中最伟大的作品就是由细密画大师苏尔坦·穆罕默德绘制的菲尔多西的《列王记》。

公元 1514 年：洗劫七重天宫殿。奥斯曼苏丹赛里姆一世在查尔迪兰战役中击败萨法维王朝，之后洗劫了大不里士，并将大量波斯细密画和书籍带回伊斯坦布尔。

公元 1520—1566 年：苏莱曼大帝和奥斯曼文化的黄金时代。奥斯曼苏丹苏莱曼一世一生戎马倥偬，攻城略地无数，将帝国领土向东西方扩张，包括 1529 年围攻哈布斯堡王朝的维也纳，1535 年从萨法维王朝夺取巴格达。

公元 1556—1605 年：印度国王阿克巴统治时期。他是突厥-蒙古人后裔，印度莫卧尔王朝（1526—1857）最著名的君主，他在位半个世纪期间，王朝达到极盛。波斯细密画传入印度之后，阿克巴在自己的宫中网罗了大量波斯画家，开创了印度细密画的繁荣时代。

公元 1571 年：勒班陀战役。奥斯曼入侵塞浦路斯（1570 年）之后，在基督教国家联合海军和奥斯曼帝国海军之间的一场持续四小时的海战。尽管奥斯曼帝国被击败，威尼斯还是在 1573 年放弃了塞浦路斯。这场战役对欧洲士气有很大影响，也影响了提香、丁托列托和维罗纳的绘画主题。

公元 1574—1595 年：奥斯曼苏丹穆拉德三世统治时期（小说中的事件发生在这段时间）。由于与萨法维王朝的战争，1578 至 1590 年间的奥斯曼帝国诸多动荡。穆拉德三世是奥斯曼苏丹中最痴迷于细密画和书籍的一位，他在伊斯坦布尔创作了《技巧之书》、《庆典之书》和《胜利之书》。奥斯曼最著名的细密画家包括奥斯曼大师在内，对这些书均有贡献。

公元 1576 年：塔赫玛斯普一世向奥斯曼伸出橄榄枝。在数十年敌对关系之后，萨法维王朝的塔赫玛斯普一世在苏莱曼一世过世之际，向奥斯曼苏丹赛里姆二世送上礼物，提出和解。礼物中有一本二十五年前制作的特别精美的《列王记》。这本书之后被移送到托普卡帕宫的宝库中。

公元 1583 年：波斯细密画家威利江（橄榄），在来到伊斯坦布尔十年后，被委任为奥斯曼宫廷画师。

公元 1591 年：圣迁千年，黑和奥斯曼宫廷画师们的故事发生的时间设定背景。纪念日到来之前，黑从东方回到伊斯坦布尔，小说中的故事从此开始。

文景

Horizon

社 科 新 知　文 艺 新 潮

我的名字叫红

[土耳其] 奥尔罕·帕慕克 著

沈志兴 译

出 品 人：姚映然
责任编辑：陈欢欢
装帧设计：张溥辉

出　　品　北京世纪文景文化传播有限责任公司
　　　　　（北京朝阳区东土城路8号林达大厦A座4A　100013）
出版发行　上海人民出版社
印　　刷　山东临沂新华印刷物流集团有限责任公司
制　　版　北京大观世纪文化传媒有限公司

开 本：850mm×1168mm　1/32
印 张：18　字 数：366,000　插 页：6
2016年1月第1版　2025年10月第21次印刷
定 价：59.00元
ISBN：978-7-208-13321-1/I·1444

图书在版编目（CIP）数据

我的名字叫红/（土）帕慕克（Pamuk, O.）著；沈
志兴译. —上海：上海人民出版社，2015
ISBN 978-7-208-13321-1

I.我… II.①帕… ②沈… III.长篇小说-土
耳其-现代 IV.①I374.45

中国版本图书馆CIP数据核字（2015）第232751号

本书如有印装错误，请致电本社更换　010-52187586